U0113011

天津博物館藏

直報 捌

天津古籍出版社

光緒二十四年閏三月

直報

本館開設天津紫竹林海大道老桒市氣燈房巷內

光緒二十四年閏三月初一日　此月小建　第一千零廿八號
西歷一千八百九十八年四月廿一日　禮拜四

啓者昨接上海孫仲英善長來電旋又接到顧緝庭葉澄衷嚴筱舫楊子萱施子英各觀察來電據云江蘇徐海兩屬水災綦重饑民數十萬顚沛流離死亡枕籍災區十餘縣待賑孔急需欵甚鉅官欵恐未能徧及素仰貴社諸大善長久辦義賑飢溺猶已敬求代呼將伯源源接濟功德無量蒙滙賑欵卽滙上海陳家木橋電報總局內籌賑公所收解可也云云伏思同居覆載異姓不啻天親縱隔形骸民物莫非胞與頓遭洪水哀此災荒盡是蒼生何分畛域況救人性命卽積我陰功雖此日拯茲黎庶散盡赤仄青蚨卜他年報在子孫同來玉堂金馬敝社欵無備濟自知獨力難成術欲廣仁惟冀衆擎易舉叩乞　顯官鉅紳仁人君子共憫奇災同施仁術原擬活人無算雖千金之助不爲多但能濟世有功卽百錢之施不爲少盡心籌畫量力輸將敝社不禁爲億萬災黎泥首叩禱也如蒙　慨助卽交天津瀏米廠濟生社帳房代收並開付收條以昭徵信　濟生社籌賑同人謹啓

部照已到　直隷勸辦湖北賑捐局自光緒二十三年十一月二十日以後至光緒二十四年正月初十日以前請奬各捐生部照已到請卽攜帶實收來局換照可也

上諭恭錄

上諭都察院奏已革道員由提塘遞送印信稟專摺糾条一摺已革廣西太平思順道何昭然以被条議結之案輒由提塘齎投印稟實屬有違定制該員業經革職所呈各節毋庸置議嗣後革職人員如有申訴情事應親赴都察院呈遞倘再有擅具稟件交由提塘投遞之事定當嚴懲不貸欽此

祭縕袍文

王醉侯來稿

歲在光緒戊子小陽既朔有穆陵窮措大王子癲仙者服大布衫著福字履躑躅河干殆將誕登彼岸而不名一錢意殊趑趄適故人權子履端至固措大道義交也喜拯人危當是時朔風怒吼天津橋畔水生骨矣居者行者已皆易袷而綿權子雖寒士亦已絮乎其袍綿乎其袖矣驟睹措大瑟縮狀不禁憫然乃直前握手唏噓而問曰范叔乃一寒至此乎邀過其廬出灰色川紬夾袍一襲爲贈錯大感激流涕再拜而受歸乃馳書故舊丐來敗絮一裹促其例贈孺人連夜改製之仗義者復贈鴉青棉褂一襲於是乎衣敝縕袍思與狐貉者抗衡焉然而良不易也譏其服之不衷者有之爲其赤貧徹骨不應更着紬帛也目爲邊幅不脩者有之以其長短不齊未能補綴也種種諷刺令人難堪而措大都不顧轉逢人誇耀謂予袍雖敝而料則名機也詎韶華易逝轉瞬間已冬去春回昔之禦寒而有餘者今則却熱而不足矣於朝奉謀爲更典計不可乃再促孺人爲之抽梁換柱易棉而夾焉如是者三轉大起色遠而望之若燦錦遂皆疑謂某也已際會風雲矣卽而目之似綉蟒則又疑謂某也已通籍矣不知皆非也彼之指爲際會者謂其油膩之光可以鑑人拖泥之絮隨風

趨舞目爲繡蟒者則以其碎錦飄零莫能束帶五色斑斕殊異尙　非眞訣之實乃譏之耳若然則措大不將終於窮鄕乎卽又不然夫窮且益堅乃所以爲措大也旣有措大之實而後能著其名名旣著卽緼袍亦與之並傳不朽焉自是非値宴會不輕御歸則什襲藏之如拱璧好古者意其將繼晏子之裘以勸世也爰浼脅肩諂笑客進言欲以重金購之不可再言之則聲色俱厲曰而翁血戰袍將留禦強隣示子孫非可以利誘也不速退當手執斬樓蘭之劍先斬汝頭客懼曳尾咋舌而去措大坐是不復御然歲必檢晒一次而不意遂干造物之忌也未幾竟爲鼠輩嚙敗然一絲一縷亦足寶貴乃婦孺無知偏又棄去比聞信馳救已爲骨董家攫去措大念切同袍爲之搥胸頓足悲不自勝迄於今蓋十有一年矣追懷舊情猶深愴楚爰於戊戌淸明前三日敬具淸酒素蔬爲文以告其故舊同袍之靈曰嗚乎惟予緼袍其價連城與爾締交寒暑幾更增予之光救予之窮感爾庇護愼始全終歲一省視曾未疎慵不圖別後竟罹鞠凶嗚乎痛哉汝生在蜀予本齊士相識之初介在權子偶俱無猜患難扶持玆之永訣苦於遠離君不負我我實愧爾君不罪我我愧權子然非得已也惟君有靈其鑒苦衷嗚呼哀哉伏維尙饗

接續會典獎單　○刑部卽補筆帖式文全請作爲本部主事無論咨留遇缺卽補吏補候補主事長明請　賞加四品銜並隨帶二級禮堂主事榮元請在任以六部科甲員外郎不論雙單月儘先選用並　賞加四品銜內閣中書達通請在任以知州不論雙單月遇缺卽選先換頂戴卽選郎中內閣侍讀樸奎請免選郎中在任以知府不論雙單月遇缺卽選工部候補筆帖式魁林請作爲本部主事遇缺卽補補郎中後加三品銜四品銜理藩院員外郎承祐請先換三品銜並隨帶二級　記名司業得缺後以四品京堂補用四品銜理藩院員外郎文年請　賞換三品頂戴得四品後加二品銜刑部卽補員外郎樂善請作爲本部郎中無論咨留遇缺卽補戶部員外郎春慶請以本部郎中無論題選遇缺卽補起居注筆帖式歧桂請以內閣中書遇缺卽補並　賞加五品銜四品銜理藩院郎中桂芳請在任以知府遇缺卽選並　賞換三品頂戴刑部卽補郎中英秀請俟得缺後在任以知府遇缺卽選先換頂戴兵部卽補員外郎宜楨請作爲本部郎中無論題選遇缺卽補　記名直隸州知州四品銜戶部堂主事隆泰請俟得直隸州知州後在任以知府歸候補班前先補用理藩院筆帖式元瑞請俟陞題署主事後作爲本院員外郎無論咨留遇缺卽補戶部郎中榮沛請在任以知府遇缺卽選並隨帶二級滿纂修協修官四品銜禮部候補郎中文瑞請俟補郎中後以應升之缺開列在前並　賞換三品頂戴四品銜吏部中惠森請　賞換三品頂戴並隨帶二級四品銜兵部員外　恩良請俟升　中後在任以知府遇缺卽選並　賞換三品頂戴儘先帶領引　見　　此單未完

挑選秀女　○按例挑選秀女先取具族長確實保結後由叅佐等再行詳查咨送戶部其屯居之秀女派領催前往稽查如有殘疾之女令家長族長報明送都統查驗赶卽造册准於閏三月初十日以前咨送內務府以備再行擇期挑選云

大工告竣　○禮部咨修理　孝陵　隆恩殿工竣據欽天監選擇五月二十六日辰時恭請　神牌還位相應知照太常寺辦理查此次告祭司工之神豐潤縣恭辦祭品等項銀兩據直隸總督造具册結咨報戶部以便照章核撥

囘王例貢　○西藏囘王每年朝貢一次本屆朝貢之期有呼畢達者齎貢入京於三月二十八日到西苑門外身穿朝服金衣錦帽洋式皮靴從者四十餘人携有象牙珍珠寶石等物旋至會同四譯館引至理藩院衙門將貢物敬獻並請　聖安　皇上賜以緞疋玉器古玩其從人則賞銀一百六十餘兩二十九日各穿蟒袍補褂赴西苑門排班謝　恩將午散出

懸不畏法　○三月二十九日刑部山東司由獄提出斬決盜犯小楊大沇等五名於點名後綁入囚車派撥營兵押赴市曹行刑將首級裝入木籠懸杆示衆以儆盜風

給恐難辭　○五城練勇局巡夜勇丁所用火藥俱由工部火藥局領取頃聞有西城練勇局勇丁宋國泰赴都察院呈控哨官恩德魁冒領官物私行出售等情當經總憲劄交西城訊辦城憲楊萃伯侍御查悉前情並査出有未銷火藥七十簍實據總辦局務司

坊官希圖避飴地步當卽尋覓民房暫行隱貯未悉如何結局俟訪明再錄

慎防私銷　○每月二十八日吏部驗看月官分發單向由前門外琉璃廠英華齋刻字舖牛某刻板刷印除官用外卽有私行售賣之事本月二十八日驗看單經順治門外椿樹上二條衚衕居住吏部文選司求賢科直隸甲紀某查出私售情弊卽諭令刻字舖以後俱在伊家刊刻刷印外間不准私售倘經查出將刻字舖擬罰云

亦云幸矣　○京師風俗凡新婚之家彩輿到門必放鞭炮千聲名曰鎭煞積習相沿亦吉慶之意也三月二十九日宣武門外敎塲四條衚衕張姓娶婦正當鼓樂喧闐之際有友人某甲代爲放炮不防風力太猛炮紙火星飛落喜棚之上頃刻烟燄上升不可嚮邇赶卽將棚拆倒用水澆灌立卽撲滅亦云幸矣

人浮於事　○泰西官商人等之來華者皆學習官話以便與華人往來已有年矣操此業者北京人居多每有一缺卽有多人謀幹近聞東交民巷某國府第欲延一舌人經巾帽衚衕錢某舉薦劉某堪膺是選每日功課早九點鐘起至十二鐘止下午兩點鐘起五點鐘止薪水每月十五元劉應聘之餘意頗自得旋又有一人手持高某名片投奔袁某代求轉薦噫安得廣厦千萬間大庇天下寒士俱歡顏古與今有同慨也

骨肉團圓　○前門外羅家井居民崔某以犁雲鋤雨爲業生有一子年甫七歲忽於三月中旬失去崔向各處找尋杳無踪影亦無可如何昨有友人張某忽奔至崔家謂爾子現在彰儀門外某菜園中收養崔聞而喜甚同往看視果是掌珠依然無恙赶卽從豐餽謝將子領回一家骨肉團圓人咸以爲誠實之報

今之長沙　○江蘇附生方德厚上書北洋大臣條陳時事蒙批該生條陳時務論理甚是而論勢則難行與人家國事本非容易該生具此見地尙其從近裏著已處切實講求閱歷久之自當有得也此批

栢節先聲　○新授運司奉督憲檄署臬司廷廉訪雍於初一日起程由京來津刻經邑尊飭差在火車站預備茶座卽假吳楚公所爲行台

浙運銜名　○前江蘇押運總辦會辦來津及各銜名均經錄報茲聞浙江辦運各員亦陸續赶到合亟訪錄於左總辦候補府許南友太守星箕外局總理候補縣胡少橋大令元溥均於日昨抵津諒不日卽赴督轅稟謁

三取前茅　○三取書院二月初二日輪考官課業將詩文各題登報茲將全卷由前任運司閱畢未及發榜移交後任刻經方都轉標發榜示謹將生童前五名照錄生徐雲陳奎齡陳寶東李芬王煥童程思幹王連鳳溫士灝王士珍李文濤

遣迎故相　○原任大學士禮部尙書張文達公子靑籍隸南皮在官逝世柩停薊門茲聞公子奉　旨歸葬靈柩路出雲津督憲委派水師砲船兩艘前往通州迎接諒一二日可抵津埠矣

分解鹽課　○前報登鹽課起解一則茲悉已派候補批驗所大使壽祺候補大使增鈺候補鹽知事蕭贊元許玉齡候補鹽巡檢章貞陸鍾泰諸君聞此項頭批正課銀兩須俟閏月中旬分作三起每起二員管解云云

上叩黃堂　○三合棧王雨村素跑猪合每猪一頭得用錢二百二十文然執此業者尙有他人聞王現赴府轅投稟懇請獨充猪行買賣牙紀情願每年出津錢若干作爲義阡局修理墳墓之用並乞出示嚴禁猪客私相賣買等情未知太尊准行否又昨有候選從九劉崇德係滄州人在府轅投稟控告鄉人吳成在伊家義地中搭蓋房間不但侵佔義地且有碍義渡等情云云稟亦標收

漏稅被罰　○西河上游運貨船皆在大紅橋停泊昨有趙姓船裝貨未經報稅被局役查出共貨物若干該稅錢四十吊當將趙某鎖押送天津關究辦擬加倍罰錢一百二十吊趙如數繳納乃釋之以去

橋南小火　○近數日回祿君不時枉駕失愼之事無日無之昨晚鐵橋東南岸某紮彩作不戒於火立時火光冲天轟轟烈烈

幸韋河近取水較易衆人極力灌救始將撲滅

二錨仙去 ○昨有于海山槽船李七載船均在河干停泊不料於夜間被賊將錨竊去船上人酣睡不覺遂成無人野渡橫亘中流溜疾水狂險遭碰撞覆沒幸他船守夜人喊醒始行纜住聞兩船皆將知照地方報案云昔張灣有二錨仙去好事者因演爲劇今梨園猶唱之茲二錨其效尤者乎安得王道施法一捉之

定非一賊 ○河東陳家溝娘娘廟西茂盛米面雜貨店於二十九日夜間被賊人挖洞而入竊去包米二包現錢六十餘吊包袱一個次日鋪掌胡姓開具失單赴縣報案矣

掘墳巨案 ○河間縣城東邊各莊張某於咸豐年間病故葬埋祖塋至今數十年並無別故本年二月初旬有地師某聲稱張某死屍未壞業變爲旱魃如不設法掘出將來附近村莊受害不堪設想劉某信之因聚無知者十數輩潛往盜掘過半被墳主查知赶往攔阻反被毆打幾至釀成命案當經赴縣控告未悉該縣如何訊辦也訪明再錄

毛賊可惡 ○本埠紫竹林自開通商碼頭以來百貨雲集而流氓混食爲鼠竊狗偷乘間施其伎倆者無分晝夜所在恒有極宜嚴辦稍弛其防若輩遂至無所忌憚昨午某行棧內拿有竊貨之陳小毛者隨即片送有司請予懲辦

何如不訟 ○婁某家小康戶也有捐職雁行忽斷雀角生嫌論者或謂其薄手足重財帛涉訟獄甚非保家產之道無十分屈莫入公門也

津門得雨 ○節近穀雨連日春風淡蕩雨師迄未稅駕三農皆望眼將穿念八日早濃陰四合如潑墨如魚鱗至晚六點鐘果細點濕衣時斷時續入夜後簷瓦淅瀝有聲徧灑大千世界直至鼉更三鼓餘始止據老農云雖未澤下一尺然小雨如酥二麥已均形滋潤矣

棄孩見救 ○河北獅子林集賢書院後溝內昨早棄有初生幼孩呱呱不止經撿糞人拾去將養作螟蛉昔楚令尹子文爲女所生棄夢中虎乳得生其後秉國鈞爲荊楚賢臣若該孩者焉知不與子文後先媲美也哉

情急吞烟 ○某甲擅補眼鑲牙技在宮北開設生理昨午有婦人在該舖門首偃臥奄奄然將斃觀者如堵詢悉婦與甲因借貸起釁遂吞服鴉片烟甲瞥見赶即極力灌救不至損命信知其家舁之去後不知如何了結容訪再佈

光緒二十四年三月二十九日京報全錄

宮門抄○三月二十九日刑部 都察院 大理寺 廂藍旗值日 侍衛處引 見一名 刑部十名 正白蒙六名 正藍滿九名 兩翼十名 內務府二十名 恭王謝看視 恩 莊王謝管宗學 恩 意公謝署守護東陵 恩 裕德假滿請 安 密雲副都統信恪請 訓 陸潤庠謝仍在南書房行走 恩 定成謝授山東知府 恩 載瀛續假十日 召見軍機 信恪 定成 閱卷大臣 派出翁中堂阿克丹

○○奴才延茂者徵跪 奏爲將吉林歷年核扣六分減平銀兩數目專案奏報並援部定留抵俸餉舊案作爲俸餉接濟恭摺具陳仰祈 聖鑒事竊查道光二十三年戶部奏請各直省每年支放文武各官養廉俸工及役食雜支等款悉令每兩核扣六分減平發給原奏聲叙凡各省支發應行減平之項仍須用庫平扣折每兩餘銀六分支發存解又咸豐六年正月准 盛京戶部咨准戶部咨核覆咸豐四年吉林奏放俸餉雜支等銀嗣後吉林並打牲烏拉俸餉一律按吉林市平彈兌發給應扣平餘等銀全數由金銀庫扣留存儲歸入正欵開銷又同治元二年復經戶部具奏減平銀兩甘肅雲南貴州及東三省准其留抵俸餉又光緒二十一年戶部奏催各省欠解減平案內咨令吉省仍准留抵並歷年未造欵冊亦令趕緊補造以憑稽考等因各在案奴才延茂接署任事後接奉部咨行催造報當即飭司逐年查造去後並於咨覆戶部奏定減平新章改令專欵存儲聽候提撥案內聲明光緒二十二年以前減平銀兩另案造報在

案茲據掌戶司關防協領等查明稟覆前來奴才等詳加覆核部定吉省減平一案係因吉林俸餉向賴戶部指由內省撥款協濟與別省情形不同特將此項留抵俸餉雜支各款六分減平銀兩自道光二十三年起至咸豐三年止均遵部咨扣平按年列抵俸餉造冊報部核銷在案其自咸豐四年以迄同治三年年底止所有歷年另扣減平之項業於同治四年間經　欽差查辦事件大臣署吉林將軍阜保奏　旨清查銀庫出入短收案內繕單彙案奏結並將歷年遞推無款目可指之銀一萬三千七百餘兩飭令經手各員分賠在案至由同治四年起至光緒二十二年年底止各年核扣減平共銀九萬七千五百三十三兩二錢四分五厘五毫三絲六忽七微三纖五抄檢查部咨舊章係准留抵俸餉之項而歷年均未造冊列抵報銷奴才等遞加查究始悉此項銀兩向充接濟俸餉之需緣吉省歷年約需俸餉雜支等銀均先儘本省歲徵各款照額列抵其餘不敷之數全賴戶部指撥查各項徵款撥款必須先期徵解乃敷抵放俸餉無如本省應解地丁租稅各銀例須次年五月後始能陸續解齊且內省應撥餉銀雖按年各有解款究未全完積欠遞推相沿已久況每批委解到奉俟接部咨再赴奉天部庫轉領到吉已在夏秋之交是以本省每屆開放春餉之時所有指定徵撥各款向不敷放惟賴有此項庫存減平銀款藉以隨時墊放照章發餉不誤兵食直俟夏秋以後內外徵撥各款先後解交到庫始能按期發放秋季俸銀並將春夏墊放俸餉借用減平銀兩如數提還另款存儲至於儲年開放春夏季俸餉又須如此墊放循環接濟歷年相應非此不濟即如題報核銷二十二年分俸餉雜支用數冊尾僅存銀七十餘兩而二十三年二月初旬發放俸餉僅收到本省應徵租稅等銀十四萬五千餘兩核計春夏應用款項尚不敷銀七萬餘兩若不將此項減平銀兩接濟墊放卽恐有誤兵食是以歷年造報俸餉未曾到抵者均以留作循環接濟之用查各直省藩運道庫向有外結之款以資周轉至吉林縣庫無存儲事事仰給部庫並將此項庫存扣平銀兩盡抵俸餉嗣後每年春夏放餉徵撥各款一時不能到庫則不敷甚鉅實係無法騰挪若遂愆期改放又復失信於兵丁今既奉部咨　查奴才等謹擬援照部咨舊案將此項現存留抵俸餉銀九萬七千五百餘兩暫且留作吉林常年俸餉循環接濟之需以重兵食而免愆期其自光緒二十三年起以後按年應扣減平銀兩仍應遵照部咨新章按年造冊報部存儲聽候部撥如此畧為通融既於部定減平新舊各章兩不相背且於吉林常年俸餉裨益良多嗣後吉林每年進款自然日見加增彼時再將此項減平銀兩或存候指撥或解交部庫再行咨請部臣核定除將同治四年起至光緒二十二年底止由支發各官廉俸雜支款內減扣六分市平共銀九萬七千五百三十三兩二錢四分五釐五毫三絲六忽七微二纖五抄開造每年核扣減平銀數清冊一本咨送戶部查核立案外理合將奏報吉林歷年核扣六分減平銀兩數目並援留抵俸餉舊案作為俸餉接濟各緣由恭摺具陳伏乞　皇上聖鑒　恩准施行謹

奏請　旨奉　硃批戶部知道欽此

○○頭品頂戴安徽巡撫臣鄧華熙跪　奏為部議土藥統捐體察安徽省情形碍難試辦仍請照舊稽徵以保利源恭摺覆陳仰祈

聖鑒事竊准戶部咨內地土藥出產日盛另籌徵收之法以擴利源一摺令各省將軍督撫選派幹員在出產土藥繁盛各處設立總局畧仿洋藥稅釐併徵之法先行試辦每担百觔徵銀六十兩納足之後發給印票粘貼印花任其銷售概不重徵等因鈔錄原奏恭錄諭旨咨行到皖當經轉行司局欽遵妥籌開辦茲據督辦土藥局署布政使于蔭霖查明議覆詳請　奏咨前來臣詳加察核該證以訪聞安徽省土藥一項近惟鳳陽潁州泗州三府州屬間有種植地土磽瘠所收皆係薄漿未堪行遠或種戶自便服食或本處就近出售價值甚低商販亦少迥非他省產多質美銷路暢旺者所可並論此項土藥釐捐從前由各釐卡兼收為數本極微末光緒十六年前撫臣沈秉成遵　旨設局專收試辦兩年未能起色又　奏歸藩司督辦皖北皖南各設總卡皖北為起運之區皖南為行銷之地防其沿途出賣繞越漏捐更復酌增分卡派員合力稽徵遵照部章每百觔徵收庫平銀三十兩逐年收數自萬餘兩增至二萬餘兩鄰省過境土藥抽收釐款亦在其中非專恃本省所產也今部議設立總局試辦統捐洵為簡便良法際此時艱用鉅籌款極難苟有可擴利源自應實心經理惟欲設局統捐必先有總數可稽要地可扼安徽省所產土藥散在皖北各州縣中栽種無多並無連畦接畛之處又或前種而

後止彼熟而此荒總稅務司所開安徽二千担誠係約畧之辭既難按畝細查得其確數亦無繁盛處所綜其大綱且皖境水陸紛歧無要可扼平原既頭頭是道支河亦處處可通土藥輕而易藏平時多設分卡嚴密稽察尚難保無偷漏一經專設總局必將分卡酌裁官吏之耳目難周商賈之趨避更便流弊所極不可勝言是以鄰省之中出數多而行銷廣者鉅商大賈之所集尚請照舊稽徵不敢輕於嘗試安省產少貨劣販運零星厘收逐漸有增大不易統捐爲數加倍商人成本亦增非百計以走私即相率而裹足恐併徵之稅項當屬渺茫而固有之厘金轉致短絀臣再三籌度實覺窒礙難行惟有飭令各員將本省現行之法力加整頓照舊稽徵務在杜絕弊端以保利源而裨要用仍當隨時策畫留意訪詢如他省改章試行克收成效再行參酌舉辦斷不敢畏難苟安除咨部查照外所有安省土藥統捐礙難試辦仍請照舊稽徵緣由謹繕摺覆　奏伏乞　皇上聖鑒　訓示謹　奏奉　硃批戶部知道欽此

遺失提單　茲由盛京船代來棉紗一百三十八包其貨已經起回因提單遺失已於太古行另行掛號如有別人拾去作爲廢紙特此佈告　益通行告白

來電照登　敬啓者江蘇徐海兩屬水災綦重飢民數百萬災區數十縣顛沛流離死亡枕藉已公請嚴佑之往辦義賑並請宋培之往辦留養婦孩接佑之電徐海災重較川災百倍草根樹皮早經食盡沿途賣兒女者紛紛此時野無青草天又下雪凍餓死者日有百數十人天絕災黎存亡呼吸非辦急賑不可若至三月不堪設想乞再籌銀數千恐緩不濟急愈速愈妙但現在待款孔急需款甚鉅南紳頻年籌募早已筋疲力盡憶前北地災荒南紳接濟今南邊災重北紳定必樂輸倘蒙　仁人君子慷慨解囊捐款請即滙至敝所俾即彙解多多益善愈速愈妙救人一命勝造浮屠功德無量　上海陳家木橋電報總局內籌賑公所楊廷杲謹啓素仰貴館諸公樂善不倦求將前項募啓刋登貴報俾閱報者惻然動念捐款源源災民幸甚杲懇

徐海一帶地多斥鹵一遇水旱即餓殍載道頃接孫仲英觀察轉寄上海義賑公所勸捐電啓合亟照登務求　諸善紳胞與爲懷慨賜捐助即日滙寄上海俾紓災民殘喘公侯萬代　本館附啓

魁陞號綢緞洋貨莊

本號自置顧繡綢緞洋貨等物整零均按銀莊格外公道皆比大市價廉發售　寓天津北門外估衣街五彩號衚衕口坐北向南便是特此　本號謹啓

告白

啓者敝行出售彩票共計六百餘張除已售出四百餘張外尚有一百餘張待售售完即定期抓彩每票一張售洋三元諸公若不憑信貨物請到本行先來看彩然後買票均無不可至各彩詳細數目前報登過此次不及備載並託鍋店街恒義號又美昌號竹記號代售　天津紫竹林南有嘁洋行謹啓

昨接來班　農學報
念八册　時務報一
册至五十七册俱全
新出王可莊狀元
集　張狀元全集
快覽百種通書　經
濟書票　初學讀書
要畧　丁酉正月份
至今年二月份萬國
公報俱全餘書再錄
天北各報處
津門紫氣堂仝啓
內

紫竹林第一樓番菜館

本號專作英法大菜各色精細點心各樣洋酒洋貨等物一應俱全並售
上　八百
紅茶每斤津錢一千
上　六百
又批發茂生公司鐵海紙烟零整發售價值格外公道原箱計一百盒價洋一百四十四元每盒計五百支洋一元五角凡仕商賜顧請即駕臨是荷　主人謹白

海大道鴻春樓番菜館

啓者本店三層大樓工程告竣地勢寬闊以備貴官紳請讌擇於去臘遷移新正月初二日開市各樣俱全價廉物美凡仕紳賜顧者請即駕臨是幸　主人謹白

悅來洋貨店

開設天津法國租界紅樓後自運各國玩物金邊三連磨花描銀玻璃磚鏡子五彩大小碗盞杯盤料器奇形異樣水香荷包靴掖洋景襪子手套叫鐘表鍊花針子戒指洋火盒坈扣梳篦金銀首飾鼻烟壺各樣五色料金珠書圖等物格外價廉消售發客

恒昌照像館

啓者本號今因建造新樓于三月初二日暫遷往牌坊外先農壇前另設玻璃照像棚諸君賜顧請駕光臨是荷俟本樓工竣復回原鋪謹此佈聞

本主人謹啓

北浮橋口

回回西天慶羊肉飯莊

包辦酒席不用水海味 小賣俱全用清眞白麵

擇日開市

新開元隆號綢緞洋貨莊

自去歲四月初旬開張以來蒙各主顧垂盼雲集馳名日盛本號特由蘇杭等處加意揀選名機新鮮貨色零整銀價俱照大莊行市公平發售以昭久遠此白　寄賣龍井雨前素茶福建皮絲水烟各種眞料大小皮箱　開設天津府北門外估衣街中路北門面便是

三井洋行分莊　告白

敝者日本商始創貿易爲業數拾年以來今分莊開設北門外鍋店街洮家衚衕口對過專選精工料實東洋棉紗各等時式大小疋棉布粗洋布斜紋洋標等格外公道價亦從廉凡仕商賜顧者請至分莊面議可也特此佈聞

三井本莊主人啟

零剪

品名	價
高鴉背	一千三百五
正號元青貢緞每尺	一千四百文
中號	一千一百文
副號	八百八十文
眞杭青金銀庫緞每尺	二千二百文
眞裕順曾皮絲烟每包	一千一百文
南京鹹鴨每支 大	一千八百文
小	一千二百文

寄售

品名	價
龍井	一千七百文
雨前	一千一百文
珠蘭 每斤	一千四百文
雀舌	九百六十文

本號自製元淺京緞蔓售零剪杭絨衣線年燕金腿南貨精貨一應俱全近因錢市漲落不同分別減價抑因無恥之徒假冒南味字號者甚多雖云謀利誠恐亂眞欲辦薰貓用煩楮墨天津宮北大獅子胡同公益仁記南味坊謹白

朱鈍翁業已痊健循舊出診近治男科生氣肝瘀脚風腹脹婦女乾癆產後逆經幼女眼翳及時瘟均著大效仍寓彌勒庵

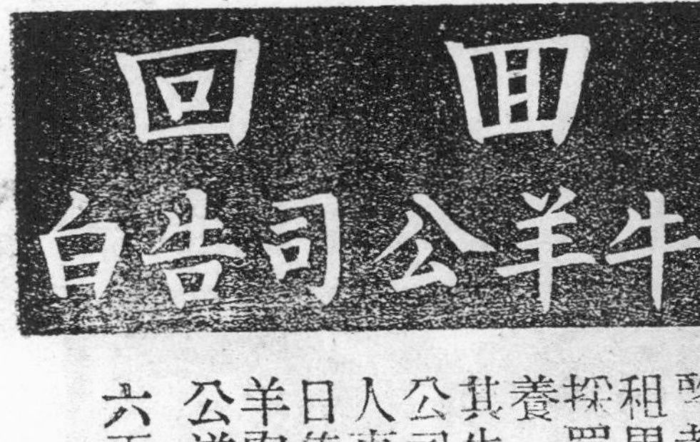

啓者本公司開設天津紫竹林法租界烏利文洋行旁邊專由內地採買牛羊以備洋人膳用所有圈養一切宰牛羊之法日皆按西法其牛羊肉净無可比與衆不同本公司今因議定新章特邀回教中人專爲司理此事故特聲明除每日售與洋人按摺取之外所有牛羊肉皆照章售與華人零用格外公道不悞主顧議定準斤十六兩價錢 牛肉每斤一百八十文 羊肉每斤二百六十文

主人謹啓

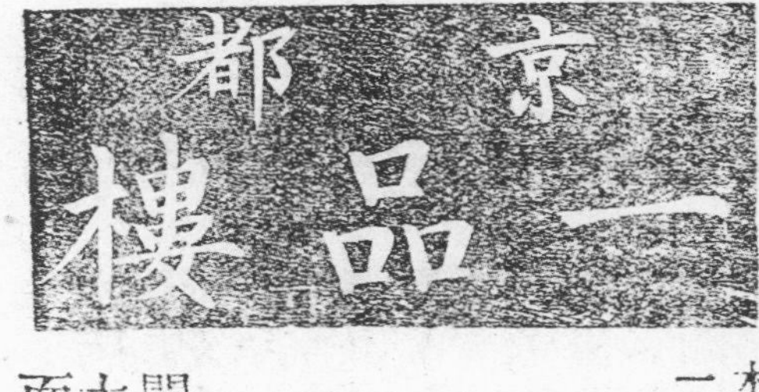

本樓擇於三月十一日開市大吉

本鋪常做 隨意便飯 蘇造饌餚 烤鴨薰雞 應時小賣

內有樓房雅座

開設天津紫竹林大街北頭路西門面便是

美孚老牌煤油

啓者美國三達煤油公司之德富士老牌煤油天下馳名萬商稱美蓋其質潔色清亮白如銀且絕無烟氣能耐久燃比之生荳等油晶光百倍而儉用價廉此爲德富士老牌之佳處誠屬無雙妙品也士商賜顧請到天津美孚洋行採辦或向就近殷實行店購買庶不致悮

DEVOE'S
PAT'D JUNE 22.63.
BRILLIANT
OIL
IMPROVED
PAT'D JUNE 28.64.
PATENT CAN
美孚行

烏利文洋行

啓者本行開設香港上海三十餘年四方馳名專售各式金銀鐘表鑽石戒指八音琴千里鏡眼鏡等物並修理鐘表外洋新到各色鐘表價錢比別家格外公道開設在紫竹林法租界大街本行又分莊在北門外樂壺洞保陽棧傍榮生祥內請諸君降臨光顧是幸特此佈聞戊戌年閏三月初一日禮拜四烏利文洋行

開設天津紫竹林海大道旁

福仙茶園

京都洪春班

特請山陝京都上洋姑蘇名角

閏三月初二日早十二點鐘開演

朱雙明 大鎮 明海山 于報 張鳳台 于古奎 左月春 白文奎 馮瑞龍 小福奎 周春才 景四寶 一陣風 常雅秋 趙斌恒 劉祥泉 衆武行

泗水關 藥茶計 一捧雪 審頭刺湯 鳳鳴關 烏龍院 花蝴蝶

初二日晚六點半鐘開演

周福來 盛花 安桂秋 姜小五 白文奎 羊喜壽 小洪奎 小福奎 小連第 張長奎 周春奎 于占奎 一陣風 常雅秋 賽狸貓 劉祥泉 衆武行

九里山 祭寶塔 樊城長亭 取帥印 捉放曹 迷人館 畫春園

創包機器

啓者近來西法之妙莫過機器靈巧至各行應用非得其人難盡其妙每值傷損修理必悮時日令有甯子卿專於經理機器茲擬創辦包定各項機器以及向有機器常年煤料工力價值格外公道如貴行欲商者請到福仙茶園面議可也特白

德商 瑞豐洋行

啓者德國租界內擬墊土坑數處前已登報包攬工程者所遞條紙定於閏三月初二日務要一律交齊以便呈閱此啓

瑞豐洋行謹白

石印王可莊狀元全本殿試卷

寄京琉璃廠各書紙店發售留津無多祇在本齋發賣每本收津錢八百文小絳雪儀門齋啓

閏三月初一日銀洋行情

天津通行九七六錢

銀盤二千三百二十文　洋一千六百六十文

紫竹林通行九六錢

銀盤二千三百五十文　洋一千六百八十五

洋錢行市七錢二分三

閏三月初二日出口輪船　往上海　禮拜五

武昌　輪船往上海　太古行

泰順　輪船往上海　招商局

怡生　輪船往上海　怡和行

海大道福仙茶園街口

新開清眞同瑞茶店

本店主人不惜資本精選各省雷鳴小種雨前雀舌三窨珠蘭茉莉雙薰龍井銀針安化紅梅諸品名茶各樣鮮花明目散薰法與衆不同以上各貨加工揀選凡貴商賜顧者不悮

謹啓

直報

本館開設天津紫竹林海大道老菜市氣燈房巷內

光緒二十四年閏三月初二日　第一千零廿九號
西歷一千八百九十八年四月廿二日　禮拜五

啓者昨接上海孫仲英善長來電旋又接到顧緝庭葉澄衷嚴筱舫楊子萱施子英各觀察來電據云江蘇徐海兩屬水災綦重飢民數十萬顛沛流離死亡枕籍災區十餘縣待賑孔急需欵甚鉅官欵恐未能徧及素仰貴社諸大善長久辦義賑飢溺猶己敬求代呼將伯源源接濟功德無量蒙滙賑欵卽滙上海陳家木橋電報總局內籌賑公所收解可也云云伏思同居覆載異姓不啻天親縱隔形骸民物莫非胞與頓遭洪水哀此災荒盡是蒼生何分畛域況救人性命卽積我陰功雖此日拯茲黎庶散盡赤仄青蚨卜他年報在子孫同來玉堂金馬斂社欵無備濟自知獨力難成術欲廣仁惟冀衆擎易舉叩乞　顯官鉅紳仁人君子共憫奇災同施仁術原擬活人無算雖千金之助不爲多但能濟世有功卽百錢之施不爲少盡心籌畫量力輸將斂社不禁爲億萬災黎泥首叩禱也如蒙　慨助卽交天津溜米廠濟生社帳房代收並開付收條以昭徵信

濟生社籌賑同人謹啓

部照已到　直隸勸辦湖北賑捐局自光緒二十三年十一月二十日以後至光緒二十四年正月初十日以前請奬各捐生部照已到請卽攜帶實收來局換照可也

追封福字履文

王醉侯來稿

穆陵窮孟嘗者少負大志迫於飢游學海上歷十年落落寡合乃改轍之燕趙意謂荆高屠狗之流庶幾遇之乃不圖賦貧窶淺迷高明廣大之天淵涉世坎艱多患難貧賤之日月丁亥夏轉徙之章武二三舊雨固受恩豪覆翼者比接晤意殊冷落孟嘗怒怫然去寄跡旅舍居恒鬱鬱某日絕糧將訪友爲獵食計適遇故人邱君杰軒於途握手慇慇偕過舟次詢別況甚悉既而把酒論心情誼優渥越宿假館租界一切旅費悉資之無吝色然而非其志也會北洋電報學堂招生徒肄業乃丐其友明湖子以書介進甄別日試題爲不遠千里而來孟嘗藝首成試官交贊目爲遠到才天孫乞巧日進堂肄業造詣最速嗣以代鳴不平干執事怒遂辭去賦閑兩年困甚捉衿肘見納履踵决權子履端者與爲道義交以同病故無他贈持茶青福字履一雙畀之曰助爾翔步天衢勿嫌褻也以其辭恭不敢却再拜受之然碩大無朋非飾襯不良於行不獨此也孟嘗爲人雖豁達有大度然生平不尚錦繡一旦着色履忸怩情狀殆不能堪以飢驅故又勢不能杜門家食無已只得强登之時值　皇會同鄉牟子造廬邀觀却之不可相與偕行有舊相識覩履愕然問故孟嘗慙沮莫能答亟從僻徑歸意緒懊喪如敗灰孺人慰解之曰夫子何不達之甚耶夫視履考祥古有明證君之著者福字履也其爲吉徵無疑且君既有憑藉正當扶搖而上九萬里曷可以天步艱難故而爲捷足者登耶孟嘗聞之不禁有動於衷亟思出游孺人止之曰日暮將焉往曰非爾所知也邁步出至道署前突一肩輿踵至前道者喝避而孟嘗正在出神凝思間雖被呵斥未聞也隸恨甚直前追逐孟嘗返顧不禁大怒厲聲斥之並及其主顯者理屈降輿揖謝過孟嘗始而恨繼而悲悲已復大笑不止行道者咸嗤之以鼻孟嘗則意氣洋洋且徧

走告其故舊以自鳴得意無他蓋預爲福字履寫照以杜同輩之覬面譏訕耳自是以後凡重孟嘗者莫不並重福履孟嘗亦以福履曾共患難視之不與凡履等非逢朝覲謁當道不輕著出必規行矩步望之儼然僉曰是必貴介否則無此舉趾非世家亦無此巨履也昔孟嘗君田文爲齊人當其仕齊也有珠履三千今王子亦齊籍是履也殆古之遺範歟 嘗聞而頷之並以邦人之重巳也恒刻自砥礪旅津十載儕輩無閒言癸巳年福運大轉不獨着福履抑且履福地繼而變福相遇福人增福祿結福緣發福財益福產 賞福字頌福酒育福男誕福女於是乎五福臨門千祥雲集家慶綿延國恩蕃錫然皆福字屨爲之基也因其勢足錄功懋懋賞爲之表於朝命百工會議照游歷各國立功後積勞病故例追贈默子少跑銜並加恩予 曰華祝六義尚書公爰特爲文以記示不忘本也

接續會典獎單 ○同知通判太常寺寺丞裕晉請免陞本班在任以員外郎不論雙單月遇缺即選四品銜內閣侍讀恩佑請賞換三品頂戴四品銜工部候補郎中長潤請 賞換三品頂戴記名道府內閣侍讀英華請俟升知府後在任以道員遇缺即補並隨帶二級理藩院郎補郎中員外郎崇林請仍以郎中無論滿蒙咨留遇缺即補 記名道府吏部郎中延譽請以道員用吏部員外郎鍾琦請 賞加四品銜兵部主事增鈞請 賞加四品銜 記名道府兵部郎中恩澍請以道員用兵部候補員外郎景清請俟補員外郎後以本部郎中儘先題升吏部員外郎聯壽請 賞加四品銜刑部郎中宗室溥昂請以應升之缺升用四品銜工部郎中錫綸請均准其儘先奏補滿詳校幫詳校官 記名道府理藩院郎中榮凱請俟得道府後 賞加鹽運使銜並隨帶二級即選科甲堂主事兵部筆帖式覺羅文英請俟選主事後以科甲員外郎遇缺即選即補侍讀內閣中書富斌請作爲 中分部遇缺即補 此單未完

奉省貢鹿 ○三月二十九日奉天省送到貢鹿十二隻皆係頭角生芝毛斑錯錦或眠於草或飲於泉其高如馬其馴似牛方之紫頷青裾單衣黃練眞幻立分對此桃紅柳綠之際精神煥發 皇上顧而樂之立即發往 頤和園畜養訛寢毋拂其性飲食毋失其時以備 皇太后游幸賞覽仰見 聖天子孝養之隆休徵立應巳

旗兵傳操 ○兵可百年不用斷不可一日無備況處今日之勢內而伏莽不可不防外而海疆不容不固京師爲根本重地凡護衛各處尤宜時加整頓三月二十九日經兵部調取八旗滿蒙漢各營兵隊於是日黎明赴西直門外海甸昆明湖地方聽候點名由欽派大臣扎拉豐阿芬車二公閱視演水師炮位該兵等平日操練有素一但各展所長槍砲無弗命中及遠兩大臣顧而樂之迨各隊演畢始各命駕而旋趨朝覆 命云

考廕須知 ○難廕一項例准入監讀書凡以廕謁選者大都專就文職此風由來巳久乃部中新章忽改爲一體給予武職當時並未通行各直省以故承廕者仍照舊辦理比至都始知昔是今非長安居大不易每有令人進退維谷者頃聞湘省有二品廕生胡君少巖者於此事煞費苦心爰錄之俾天下之欲以廕通籍者咸知焉少巖係佐庭都督之公子都督爲昔年名將有輕裘緩帶之風當髮逆亂時總兵江上戰功卓著前爲林文忠後爲胡文忠所推許旋沒於王事少巖年方幼稚及壯聞死節事時以父爲忠臣子不得爲孝子爲憾今歲恩得一官爲 國効力乃援例呈請湖廣總督張香帥看得才具優長精明練達批准給咨送部考廕時少巖尚不知新章之非故調也比至京始知新例不得巳挽同鄉京官出結自具呈於某相國備述自少讀書未嫺弓馬懇恩奏請仍賞文職以通判歸部選用因得於保和殿引 見勤政殿考試此殊典也論者謂少巖此行不易雖有桀桀大材無所用之即欲不爲東方朔之索米長安其可得乎少巖落落有大志所交多通儒佳士居處順治門外亦常有長者車轍則其爲人可知繡轂朱輪行當拭目俟之

彙纂西學 ○刻聞順天府尹憲胡雲楣大京兆意欲仿照張香帥督楚以來提倡西學力圖自强以西學各書繙譯雖夥而詞義或未能切當或筆墨不甚雅馴因擬彙刊一書分爲十二門以成西學大觀業將今世所傳各種譯本送交西學堂分校刪潤然後付

梓他日宏編訂出必有大饜人心者

官單奇貨 ○日前琉璃廠華英齋刻字舖私售驗看單經吏部文選司求賢科紀某查出嚴禁售賣等情已列前報茲聞現在舉行大挑知縣教職官單經紀某雇覓刻字匠人在伊家刊刻板片刷印如有購買者每省須京錢六千不得私行售賣是以欲閱全省者十金始可購之詢其何以奇貨是居一則恐有人在外招搖二則刊刻官單紙張工料銀共費一百五十餘金之譜不得不據以牟利於是都中各報房均歎碍難購致矣

格外體恤 ○三月二十八日禁城午門前　欽派驗看月官大臣上班驗看時有口背　歷不符一員查核捐案亦不相符旋經吏部熙續莊大冢宰細加詢問係因口誤所致冢宰格外體恤是以未究可謂險中之幸

得雨深透 ○京師三月二十八日午後得雨經列前報越一日旭日東升田家方擬作綠野之耕不期濃雲復合醞釀至未末申初雨師又至始僅細如散絲繼而急如撒菽直至夜間一點鐘雨始止而雲亦歸岙三農喜相告曰連日渥沛甘霖可卜十分年景彼向以薪桂米珠爲患者至是可以稍釋隱憂矣

豸節抵津 ○委署臬司廷廉訪雍前赴京引　見等因均紀前報茲悉請訓出都乘坐火車於昨晚抵津邑尊在車站預備茶座行台仍駐吳楚公所

請補集賢 ○浙江等省附生胡金榜等湖北附生傅衡等稟批據稟請補考集賢書院候行津郡司道查核辦理此批

各回本任 ○前報堤頭減壩汛常弁與靳官屯趙弁對調暨趙弁於上月二十六日接印等情刻悉上憲以該弁等均屬人地相宜未便遽易生手仍飭各回原任矣

義阡工竣 ○附郭一帶義阡由府憲督修等情暨預支培修歲欵由運憲請領轉發各節均經登報佈聞刻朱家墳義塜盡行培修業經工竣當不日由上憲照章詣地戡驗云云

修補石橋 ○東關外護城濠向有石橋一座以便行人因年久失修頗形塌陷濠水因之阻滯不通刻經工程局督工重修加高倍寬不但行路者稱便卽濠水亦易於疎洩指日卽可工竣

法使過津 ○法國欽使畢君因有要公奉國皇命赴京與總署面議昨日抵津駐節法國領事署是早督憲王夔帥乘輪船赴行台拜謁畢君隨於午後亦赴督轅答拜聞少作憩息卽乘坐火車北上云

鹽務清單 ○刻據清苑等縣商人同赴批驗所呈遞開碼日期暨船隻鹽斤數目清單並請派差督同秤役等詣地築包過秤準以官砝俾免有輕重之差云

衆紳遞稟 ○昨有十餘人衣履華潔若武人模樣聯名赴縣投遞稟詞經邑尊傳入面詢一切移時始行退出惟不准閑人入內不知伊等所請與邑尊所諭果係何事也有言係請示舉行鄉約者未知確否俟訪再佈

堤工批准 ○大城等縣文生馬天驥等在水利局投稟現經批示此項堤工業已派員戡估議辦着卽知照爾等迅速回籍靜候毋得逗遛此批

覆估清堤 ○昨報毛刺史潤身領欵修清河千里堤一則茲因東淀水大漲堤岸又被冲刷刺史恐前估不符聞赴道署稟請前往覆估俟覆估後回津稟覆再酌量領欵興工修築

鹽坨小火 ○昨早十點鐘時鹽坨藥王廟迤東房姓家午炊失愼男婦向外亂奔高聲喊救鄰人一齊闖入七手八脚立時撲滅僅燒柴棚半間亦云幸矣

避債無台 ○郭小林在縣指告劉名三欠錢不還等情當經前邑尊陳大令批示劉名三不還借債王蓮舫不爲理償其中究

因何故着原中保人等據實禀陳毋得一字欺飾致干查究等語刻聞劉名三因避債無台已遠颺矣該家屬四出偵尋尚未找還

險成人腊 〇鹽坨碼後每春令挑挖濠溝以便疏洩雨水昨有頑童沿邊行走偶一失脚跌落坑內坑積鹹水四五尺許該童幾成人腊幸經旁人援登彼岸然已奄奄一息矣

拿獲二犯 〇昨晚有捕役多人在河北小紅橋李家小店拿獲賊犯二名並抄出洋槍兩桿賊贓若干當卽押送縣署訊辦不知失主誰何二犯是否正賊一併訪明再佈

和尚便宜 〇西門外慈惠寺廟南舊有空地一段係王楷祖遺之產紅契串票皆有該寺僧人認爲廟地因此僧俗爭吵成案經某委廉堂訊將王楷之地斷給僧人將王之紅契當堂批爲廢紙王楷下堂如醉如癡至今並未歸家昨王之家人在各處粘貼聲寃單一紙並言如有知王楷下落送信者謝儀若干云

拐逃被獲 〇郭禿子滄州產月前由本村拐一孀婦來津寓窰窪小客店嗣緣腰纏告乏遂入落馬湖土窰爲娼藉資餬口昨該孀夫弟與本州捕役探明下落赴縣署投文協同本地捕役將男婦一併拿獲解回本州訊辦

狂且似賊 〇達摩菴前黃姓同院李某妻良家女四德之中容尤勝附近某甲垂涎久昨晚潛入院中將窗紙舐破向內偸窺却被黃忽忽外來卽行扭住送交保甲局究治甲之來此竊物耶偸香耶黃雖例不應捉姦旣爲同院近逾比鄰固無妨於捉盜也

光緒二十四年三月三十日京報全錄

宮門抄〇三月三十日工部　鴻臚寺　八旗兩翼值日無引　見　八額駙等前往南苑請　安　溥興由南苑回京請　安並得保獎謝　恩　麟中堂續假一個月　富侯續假十五日　順天府奏京師得雨二寸有餘　召見軍機　明惠　皇上明日辦事後至頤和園　皇太后前請安後駐蹕

〇〇甘肅新疆巡撫臣饒應祺跪　奏爲造報甘肅新疆光緒二十年分善後收支各欵謹繕清單並分造總散清册懇恩飭部核銷恭摺仰祈　聖鑒事竊照甘肅新疆省善後經費自光緒十一年起每歲隨餉估撥銀一十四萬兩伊犁善後經費二十年應分銀一十一萬二千兩並加撥提存銀五萬兩內除撥補伊犁鎮標不敷軍餉銀三萬八千兩外計二十年實撥伊犁善後經費銀一十二萬四千兩塔爾巴哈台善後經費銀三萬兩新疆十九年分收支善後各欵業經臣　奏咨請銷在案茲據新疆糧台詳稱自光緒二十年正月初一日起至十二月底止收支善後欵目自應仍接上案造報查舊管項下實存餉平銀一十五萬四千七百一十兩一錢二分七厘新收項下由防軍報銷册內提撥原估新疆伊犁塔爾巴哈台善後經費並扣回平餘等項共計新餉平銀一十六萬四千七十九兩三錢八分開除項下支發新疆各屬義學經費通商善後保甲稽察牛瘟醫藥局卡員役薪水羅布淖爾招徠戶民遷徙川資修造房屋製造農具及驛站渡船水手等費供支新疆馬步營旗病故員弁靈柩回籍車脚口分羅布淖爾步隊一旗弁勇薪糧查勘邊界員役薪糧駝脚俄文館束修膏火電報各局一切費用共新平銀一十四萬六百一十六兩三錢七分二厘實在項下截至二十年十二月底止實存新餉平銀一十七萬八千一百七十三兩一錢三分五厘應歸下案接續造報造具總散清册詳請　奏咨前來臣覆查光緒二十年分支發善後各欵均屬實用實銷並無浮冒除將清册分送各部外相應繕具清單會同陝甘督臣陶模恭摺具陳伏乞　皇上聖鑒勅部核銷施行謹　奏奉　硃批該部知道單併發欽此

〇〇頭品頂戴山東巡撫臣張汝梅跪　奏爲山東黃河現由北嶺迤下絲網口入海勢甚通暢舊河已見淤塞擬將舊河截斷以免分行力弱謹將籌辦情形恭摺具陳仰祈　聖鑒事竊維黃河以入海爲歸宿必海口通暢水得遂其就下之性方免汎濫爲灾查東省黃河自咸豐五年銅瓦廂決口水入大清河由利津縣鐵門關蕭神廟以下入海其始河面雖窄河身尚順故黃水猶能容納其後逐年淤墊河身日高至光緒八年以後幾於無歲不決上游愈決則下游愈淤海口亦因之高仰迨光緒十六年韓家垣決口前撫臣張曜遂

奏請建築攔黃大壩將舊河截斷以韓家垣爲入海之路行之數年韓家垣又復淤墊至光緒二十一年呂家窪決口大溜旁洩韓家垣積淤日甚淺可膠舟二十三年前撫臣李秉衡於是有　奏明聞空陳莊新河至李家皂以入蕭神廟舊河之乃挑工未畢偏値是年十一月凌水暴漲灌入新河不能施工致宣洩仍復不暢二十三年北嶺西灘兩處漫決水由絲網口入海正河幾致斷流嗣後西灘漸次淤塞大溜全注北嶺復由北嶺倒灌至西灘漫口分入正河涓涓細流今已全行堙塞此現在舊河淤墊水已改道之情形也伏查山東黃河受病不止一端而目前急則治標先以疏通海口爲第一要務臣前奏調開缺南陽鎭總兵崔廷桂荷蒙　恩允該員於咸豐年間南河豐工卽身親其役後官河南歷辦大工於修防最爲熟悉該員到東後臣派令總理修防事宜先自中游長淸縣起自利津海口周歷履勘茲據稟稱由北嶺口門至絲網口入海計七十餘里均已刷成河身其勢極順現擬自北岸薄莊起至南岸北嶺子止修築新隄一道計長四百二十丈將舊河截斷並將迤下西灘旱口堵塞將舊河南隄改作新河北隄南岸則從十六戶迤下起至絲網口迤上之二道嶺止計長七千丈修建南隄一道使河身有所收束得以逼水刷沙尾閭可期通暢北嶺有東壩基卽改挑水壩廂修護埽以托溜勢惟十六戶河面甚窄正當頂沖應將該莊遷徙等情稟請核　奏前來臣查水性就下其勢使然自上年五月北嶺決口大溜由絲網口入海勢極通順前撫臣李秉衡於上年九月奏請留爲入海之路欽奉　硃批着照議妥辦等因欽此欽遵在案惟彼時正河尙有微溜故復請間段挑挖留爲分洩之路今則正河自北嶺以下淤高至二三尺涓滴不通若復逐段挑挖自北嶺經陳莊至李家皂二十餘里工費繁多旣難籌此鉅款且水分行則溜緩力弱易致停淤自以將舊河截斷使全溜專由北嶺入海爲是李秉衡原奏謂將來有無變遷隨時因勢利導蓋亦未嘗不慮及此耳至十六戶在北嶺迤上中隔南嶺一莊已多被水坍塌十六戶對岸爲鹽窩河面寬僅一百餘丈該處河形本自南而北至鹽窩屈曲東行正當坐灣頂衝加以河面逼窄奇險迭出每年鹽窩一處搶險動費數萬金仍無把握設有疏失則北岸利津霑化均受其害茲擬勸諭十六戶居民擇地遷徙將鹽窩拋護甎石逼流東行使河身逐漸展寬則鹽窩險工可以漸臻鞏固以下孟莊呂家窪等處均改在背河遂年防汎料物亦可節省辦法頗爲妥協臣復稽諸衆論詢謀僉同已飭趁桃汎以前趕緊興辦應需兩岸築隄經費撙節估計約需銀六萬餘兩當茲庫帑支絀不敢請撥部款上煩　宸廑卽飭賑撫局設法先行籌撥濟用以工代賑總期工歸實用款不虛糜仰副　朝廷保衛民生至意除飭武定府督同利津縣另覓海灘淤地趕辦遷民事宜並飭崔廷桂督率工員將該處工程妥速辦理外所有籌辦山東黃河請改由絲網口入海緣由理合恭摺具　奏伏乞　皇上聖鑒　訓示謹奏奉　硃批着照所請該部知道欽此

頃閱前月三十日直報聲明欠賬一則內稱張保人均欠報資不付云云竊思與該處並無欠欵何得云爾實係彼處賬目均係味良浮開以少報多遂致轇葛不淸胆敢出言不遜彼昧良之事不一而足余姑存厚道不肯直揭隱情倘再如此放肆余當一一指出悔之晚矣

張保人卽樂山白

諭各報分處梁子亨知悉昨者汝因外邊有人欠下報錢登諸告白但別位欠與不欠姑毋深論我翟某實無欠你報錢之事果有其事亦應當面索討而且別家所欠也有數目我所欠並不寫出多少眞乃昧盡天良我看你不是爲要報錢是要登告白賣弄你的臭文耳你告白所說我因學淺實實不董何爲不得不聲何爲海涵人物何爲貪黷無厭何爲冒充後人請你饒了我罷我的心肝全要嘔出來了此諭

翟靜波謹啓

來電照登　敬啓者江蘇徐海兩屬水災綦重飢民數百萬災區數十縣顚沛流離死亡枕藉巳公請嚴佑之往辦義賑並請宋培之往辦留養婦孩接佑之電徐海災重較川災百倍草根樹皮早經食盡沿途賣兒女者紛紛此時野無靑草天又下雪凍餓死者日有百數十人天絕災黎存亡呼吸非辦急賑不可若至三月不堪設想乞再籌銀數千恐緩不濟急愈速愈妙但現在待欵孔急需欵甚鉅南紳頻年籌募早巳筋疲力盡憶前北地災荒南紳接濟今南邊災重北紳定必樂輸倘蒙　仁人君子慷慨解囊捐欵請卽滙至敝所俾卽彙解多多益善愈速愈妙救人一命勝造浮屠功德無量　上海陳家木橋電報總局內籌賑公所楊廷杲謹啓素仰貴館諸公

樂善不倦求將前項募啓刊登貴報俾閲報者惻然動念捐欵源源災民幸甚果懇徐海一帶地多斥鹵一遇水旱卽餓殍載道頃接孫仲英觀察轉寄上海義賑公所勸捐電啓合亟照登務求
諸善紳胞與爲懷慨賜捐助卽日滙寄上海俾紓災民殘喘 公侯萬代
本館附啓

啓者敝行議定抓彩計票六百張內有五十會得彩頭彩計四尺高度金銅樓大座鐘一個値價銀一千兩此鐘本爲賣於萬壽時所用貨到稍遲萬壽之期已誤雖經紳商看過終以貨高不肯遞價敝行亦以此物難尋常出售因添搭鐘表八音琴等貨以便抓彩所添之貨通按跌價估値配彩以次挨及頭彩至五十彩因花樣過多前報業經登過此次不及備載 諸公若不憑信貨物若何請到本行先來看彩然後購票均無不可每票一張售洋三元並託鍋店街恒義號又美昌號竹記號代售
天津紫竹林有嘁洋行謹啓

魁陞號綢緞洋貨莊

本號自置顧繡綢緞洋貨等物整零均按銀莊格外公道皆比大市價廉發售 寓天津北門外估衣街五彩號衚衕口坐北向南便是特此
本號謹啓

德商 瑞豐洋行

啓者德國租界內擬墊土坑數處前已登報包攬工程者所遞條紙定於閏三月初二日務要一律交齊以便呈閱此啓
瑞豐洋行謹白

石印王可莊狀元全本殿試卷

寄京琉璃廠各書紙店發售留津無多祇在本齋發賣每本收津錢八百文
小儀門絳雪齋啓

天后宮北 義興順綢緞莊

本莊自置顧繡綢緞綾羅紗絹各樣洋貨南貨雅扇桂母頭油香貨歸安貝松泉湖筆一概俱全

頭號杭寗綢 四錢三
頭號江寗綢 三錢三
頭號蓁本緞 三錢八
紅梅茶 九百六
紅茶 每斤 六百四
紅茶梗 二百二
龍井茶 一吊八
金百襉裙布裡 五兩八
壽棉綢裡每套 六兩八

拍賣告白

啓者本月初五日禮拜一下午兩點鐘英租界麥加利銀行候大樓上拍賣外國傢俱棹椅鏡子立櫃洗面棹洗面盆帳子鐵床洋琴洋燈洋爐子洋鎗玩物各樣俱全如欲買者請早來細看面拍可也特此佈聞
集盛洋行謹啓

經濟叢鈔書票出售

茲啓者本局所印經濟分類叢鈔照經科分爲六門曰內政曰外交曰理財曰經武曰格物曰攷工部二百卷訂四十二本裝六函六月出書每部售洋十元買書票者售洋八元買票之時付洋四元領書再繳銷書念部贈書一部各日報均登報聲明士林願買書票就近向天津北門內府署東各報處梁子亨售書局紫氣堂購取買書票一張先付英四元其餘四元領書再繳日後出書請卽執花邊圖記對號票一紙爲據倘將此票遺失與局無涉
經濟書局仝啓

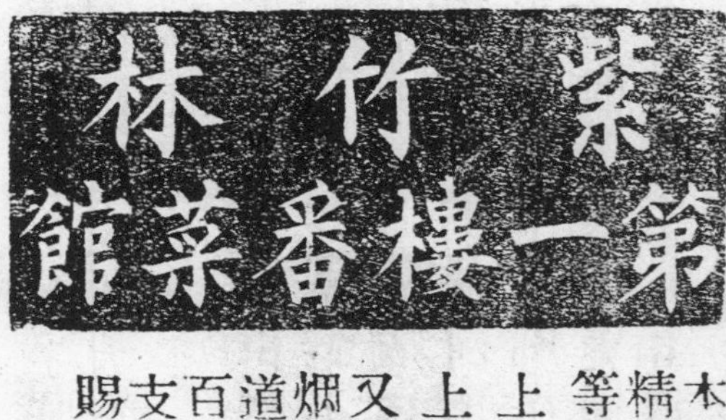

本號專作英法大菜各色精細點心各樣洋酒洋貨等物一應俱全並售
上上紅茶每斤津錢一千八百
上紅茶每斤津錢一千六百
又批發茂生公司鐵海紙烟零整發售價値格外公道原箱計一百盒價洋一百四十四元每盒計五百支洋一元五角凡仕商賜顧請卽駕臨是荷
主人謹白

海大道 鴻春番菜館

啓者本店三層大樓工程告竣地勢寬闊以備貴官紳請讌擇於去臘遷移新正月初二日開市各樣俱全價廉物美凡仕紳賜顧者請卽駕臨是幸
主人謹白

悅來洋貨店

開設天津法國租界紅樓後自運各國玩物金邊三連磨花描銀玻璃磚鏡子五彩大小碗盞杯盤料器奇形異樣香水壺荷包靴掖洋景礶子手套呌鐘表鍊花針扣子戒指洋火盒玳瑁梳篦金銀首飾鼻烟壺各樣五色料金珠畫圖等物格外價廉消售發客

恒昌照像館

啓者本號今因建造新樓于三月初二日暫遷往牌坊外先農壇前另設玻璃照像棚 請諸君賜顧請駕光臨是荷俟本樓工竣復回原舖謹此佈聞

本主人謹啓

北浮橋口 同 同
西天慶羊肉飯莊 擇日開市
包辦酒席不用水海味
小賣俱全用清眞白麵

新開 元隆號綢緞洋貨莊

自去歲四月初旬開張以來蒙各主顧垂盼雲集馳名日盛本號特由蘇杭等處加意揀選名機新鮮貨色零整銀價俱照大莊行市公平發售以昭久遠此白 寄賣龍井雨前素茶福建皮絲水烟各種眞料大小皮箱 開設天津府北門外估衣街中路北門面便是

三井洋行分莊
告白

啟者日本商始創貿易爲業數拾年以來今分莊開設北門外鍋店街洗家衚衕口對過專選精工料實東洋棉紗各等時式大小疋棉布粗洋布斜紋洋標等格外公道價亦從廉凡仕商賜顧者請至分莊面議可也特此佈聞

三井本莊主人啟

啓者本行開設香港上海三十餘年四方馳名專售各式金銀鐘表鑽石戒指八音琴千里鏡眼鏡等物並修理鐘表外洋新到各色鐘表價錢比別家格外公道開設在紫竹林法租界大街本行北又分莊在門外樂壺洞保陽棧傍榮生祥內請諸君降臨光顧是幸特此佈聞

戊戌年閏三月初二日禮拜五

烏利文洋行

告白

近年市售石印畫譜除介子園十竹齋外每以舊本而易新名良由難覓新稿若敝局新印之耕香館畫賸蒙賞鑒 諸君賜顧者極讚其筆法神韻每部價洋二元併發售石印經史子集科場文章新出策學滙源西學富彊叢書時務分類興國策各種格致洋學古今閑書目繁不及備載湖筆徽墨信箋文玩紈摺雅扇貨高價廉

天津東門外
同文書局啓

朱鈍翁業巳痊健循舊出診近治男科脚氣肝瘀生風腹脹婦女乾癆產後逆經幼女眼翳及時瘟均著大效仍寓彌勒庵

啓者本公司開設天津紫竹林法租界烏利文洋行旁邊專由內地採買牛羊以備洋人膳用所有圖養一切宰牛羊之法目皆按西法其牛羊肉淨無可比與衆不同本公司今因議定新章特邀同教中人專爲司理此事故特聲明除每日售與洋人按摺取之外所有牛羊肉皆照章售與華人零用格外公道不悞主顧 議定準斤十六兩價錢 牛肉每斤一百八十文 羊肉每斤二百六十文

主人謹啓

美孚老牌煤油

啓者美國三達煤油公司之德富士老牌煤油天下馳名萬商稱羡蓋其質潔色清亮白如銀且絕無烟氣能耐久燃比之生莊等油晶光百倍而儉用價廉此為德富士老牌之佳處誠屬無雙妙品也士商賜顧請到天津美孚洋行採辦或向就近殷實行店購買庶不致悞

DEVOE'S
PAT'D JUNE 22.63.
BRILLIANT
OIL
IMPROVED
PAT'D JUNE 28.64.
PATENT CAN

開設天津紫竹林海大道旁

福仙茶園

京都洪春班

特請山陝京都上洋姑蘇名角

閏三月初三日早十二點鐘開演

小黑燈　朱雙明　景德泉　劉玉龍　明海龍　馮瑞山　白文奎　安桂秋　左月春　景四寶　常雅秋　徐天元　劉祥泉　楊家訓　周安元　萬鐵柱　衆武行

豫讓橋　太平橋　穆蓮救母　硃砂痣　羣英會　八蜡廟

初三日晚六點半鐘開演

張鳳台　袁清太　張長奎　姜小五　小福奎　于占奎　賽狸藹　一陣風　姜小五　牛處　周春奎　明海山　羊喜壽　常雅秋　趙斌恒　劉祥泉　衆武行

封神榜　牧虎關　伐東吳　打櫻桃　馬蹄金　挑滑車

創包機器

啓者近來西法之妙莫過機器靈巧至各行應用非得其人難盡其妙每值傷損修理必悞時日今有甯子卿專於經理機器玆擬創辦包定各項機器以及向有機器常年煤料工力價值格外公道如、貴行欲商者請到福仙茶園面議可也特白

海大道福仙茶園街口

新開清眞同瑞茶店

本店主人不惜資本精選各省雷鳴小種雨前雀舌三窨珠蘭茉莉雙薰龍井銀針安化紅梅諸品名茶各樣鮮花明目散薰法與衆不同以上各貨加工揀選凡貴商賜顧者不悞　謹啓

京都 一品樓

本樓擇於三月十二日開市大吉

本舖崇做　隨意便飯　蘇造餚饌　烤鴨薰鷄　應時小賣

內有樓房雅座

開設天津紫竹林大街北頭路西門面便是

新開敦慶隆綢緞洋貨莊

擇於閏三月十一日開張

本號開設天津北門外估衣街西口路南第五家專辦上等綢緞顧繡以及各樣花素洋布各碼線批合線俱按銀莊零整批發格外克己士商賜顧者請認明本號招牌庶不致誤　本號特白

啓者今有友人由陝西自辦老西土每兩津錢五百文並各樣烟膏貨眞價廉如蒙賜顧者請到東門內聚隆成寄售

閏三月初三日出口輪船　往上海　禮拜六

武昌　輪船往上海　太古行

泰順　輪船往上海　招商局

怡生　輪船往上海　怡和行

閏三月初二日銀洋行情

天津通行九七六錢

銀盤二千三百三十文　洋一千六百六十五

紫竹林通行九六錢

銀盤二千三百六十文　洋一千六百九十文

洋錢行市七錢二分

直報

本館開設天津紫竹林海大道老栄市氣燈房巷內

光緒二十四年閏三月初三日　第一千零三十號

西歷一千八百九十八年四月廿三日　禮拜六

啓者昨接上海孫仲英善長來電旋又接到顧緝庭葉澄衷嚴筱舫楊子萱施子英各觀察來電據云江蘇徐海兩屬水災綦重飢民數十萬顛沛流離死亡枕籍災區十餘縣待賑孔急需款甚鉅官款恐未能徧及素仰貴社諸大善長久辦義賑飢溺猶已敬求代呼將伯源源接濟功德無量蒙滙賑款即滙上海陳家木橋電報總局內籌賑公所收解可也云云伏思同居覆載異姓不啻天親縱隔形骸民物莫非胞與頓遭洪水哀此災荒盡是蒼生何分畛域況救人性命即積我陰功雖此日拯茲黎庶散盡赤仄青蚨卜他年報在子孫同來玉堂金馬敝社款無備濟自知獨力難成術欲廣仁惟冀衆擎易舉叩乞 顯官鉅紳仁人君子共憫奇災同施仁術原擬活人無算雖千金之助不爲多但能濟世有功即百錢之施不爲少盡心籌畫量力輸將敝社不禁爲億萬災黎泥首叩禱也如蒙慨助即交天津溜米廠濟生社帳房代收並開付收條以昭徵信

濟生社籌賑同人謹啓

部照已到　直隸勸辦湖北賑捐局自光緒二十三年十一月二十日以後至光緒二十四年正月初十日以前請奬各捐生部照已到請即攜帶實收來局換照可也

上諭恭錄

上諭譚鍾麟奏特叅庸劣武職各員一摺廣東羅定協副將海祿捕務懈弛難期振作潮州鎮標中軍遊擊寶瑞縱兵滋事紀律毫無哲字營哨弁儘先守備黃友朝營務廢弛科歛規費精選營哨弁守備鄧榮誨不守營規均着即行革職以肅戎行餘着照所議辦理該部知道欽此　旨扎拉豐阿桂祥現駐南苑正藍旗蒙古都統着啓秀署理廂白旗漢軍都統着裕德署理欽此　旨芬車現駐南苑所管左翼前鋒統領着永隆署理欽此　旨芬車現駐南苑所管鑾儀衛鑾儀使着奕功署理欽此　旨芬車明惠廣忠現駐南苑廂黃旗滿洲副都統着官祥署理廂白旗蒙古副都統着色楞額署理廂紅旗蒙古副都統着永隆署理欽此　上諭廣東潮州鎮總兵員缺着馬維騏補授欽此

寃抑難伸

陳恆益謹白

茲因光緒十八年以押租銀貳萬六千兩花費九千兩租辦王德新瑞有德兩處京引連年賠累自力不支乃于二十年以自巳房間契紙瑞有德合同借據押到郡紳李子香所開瑞恒錢舖銀七千兩約于是年六月內再以王德新合同押銀三千兩統計銀壹萬兩俟交齊之日言明按壹分壹厘上票外現給該舖息銀五厘八年限滿再準商回贖所押之件立有議單各執爲証另錄查監至二十一年歲底還該商舖銀一千兩後聞因賑捐准各商增長鹽價從此引岸漸有起色商滿擬欠瑞恒之欵于八年到期更不難歸還該紳之欵詎料伊不待限滿即派家丁店役舖夥十餘人來商家坐討四十餘日更將商弟少謙騙至伊家說令書押將租引轉租渠辦而商弟再四跪央方得放回復又將商喚至伊隔壁一所空房之內不準出門三十三日每日兩三次李子香自來挽勸仍令商書押將租引歸伊築

辦課運商因欠外之欵鉅而且繁焉能照允伊竟巧計百出又煩出徐潤泉邵子周向商家老父寡孀言說果不將引岸轉租李子香辦伊斷不能將商放回而商之父孀皆有痛子痛侄之心遂爲其所惑隱忍書押蓋印圖章李子香恃有議單在手才將商放回嗣因業商王德新瑞有德不準轉租具稟贖回乃子香以自行捏寫議單爲憑並不敢將實在証據呈案含混赴運憲案下控告運憲燭其奸遂不以鹽務論按照私債不準折抵引岸故將案發縣而前縣主陳未識因何不追確情亦不問該商所執作質字據堅向商按照伊自捏寫議單追銀二萬一千兩夫賬目原以本欠主自立之據爲憑若不據此而僅恃討欠者呈出莫須有之字據卽給照追雖有無限寃情恐終不能分白矣思當日向該紳舖借銀之時約擬八年爲限者以此數年中引岸稍有起色不難歸還引岸卽無起色所得羸餘亦能屢抽屢還按原議應扣至二十八年正月方爲限滿自可歸淸而伊突于二十一年歲底卽來索討殊出情理之外伊非不知于理不合但意在謀產見產被贖遂露出詭謀奸態似此必須追出商親立字據沉寃可白案亦可水落石出敢具此爲合郡告亦敢據此請官府察謹將伊不交出眞據底錄後

立議單陳松岩陳少謙瑞恒號今議到陳松岩陳少謙因有正用情愿將自行租辦王德新大宛兩縣額引一千八百一道並東壩外舖一座瑞有德大宛兩縣額引一千八百一道引契二帋自置二道街房座紅契二帋公櫃取銀扎子一個取房租扎子二個計倪姓陸姓房產紅契係買朱姓蕭姓的作押憑中借到　瑞恒號公法化寶銀一萬兩正筆下現交銀七千兩因有租辦王德新引契一張未交同中言定至六月內將引契交出再付銀三千兩以歸一萬兩之數言明每月按一分一厘行息限期八年爲滿年限不滿不準回贖倘限內因事故收回同中言定陳松岩陳少謙情愿貼併　瑞恒號銀三千兩作爲加息其本銀每本歸付銀一千餘兩限滿將本利還淸後卽將引契產契房租扎公櫃銀扎繳回如到期本利不付卽將京引東壩外舖一座交出歸爲　瑞恒號自辦扣作本利將本利還淸陳松岩陳少謙再爲收回自辦每年春秋兩運生鹽歸　瑞恒號發運價銀隨行貼市生鹽亦以八年爲限將本利還淸後卽歸陳松岩陳少謙自行發運欲後有憑各無返悔立此議單二帋各執一帋爲據外有陳松岩陳少謙借約一帋交付瑞恒號收執候至年終將利付給外至歸本銀若干再爲換票　光緒二十年正月廿五日立議單陳松岩陳少謙瑞恒號　中友人苑杏江各有圖章押記

接續會典奬單　○戶部筆帖式普受請作爲本部主事遇缺卽補卽選主事翰林院筆帖式恩綸請作爲員外郞分部遇缺卽補戶部筆帖式銅盛請在任以本部主事無論咨留遇缺卽補兵部筆帖式榮春請　賞加隨帶二級內務府候補員外郞筆帖式繼順請俟補員外郞後在任以郞中卽補吏部筆帖式恩繼請以本部主事儘先題升理藩院筆帖式寶善請在任以知縣不論雙單月歸議敘班先選用內閣候補中書文林請俟補中書後作爲侍讀遇缺卽補刑部員外郞德隆請俟得郞中後在任以知府不論雙單月遇缺卽選四品銜吏部郞中靈山請　賞換三品頂戴戶部員外郞樂平請　賞加四品銜並隨帶二級兵部筆帖式蔭彬請俟題升主事後　賞加四品銜理藩院主事舒志請在任以直隸州知州儘先卽選內閣卽補侍讀英凱請作爲郞中分部遇缺卽補刑部員外郞靈昆請俟升郞中後在任以知府不論雙單月遇缺卽選理藩院委署主事筆帖式善英請俟補主事後以本院員外郞遇缺卽補吏部候補員外郞錫齡請作爲本部郞中無論咨留遇缺卽補戶部學習主事傅蘭泰請作爲本部員外郞遇缺卽補理藩院候補主事噶拉炳阿請作爲本院員外郞無論滿蒙咨留遇缺卽補　　此單未完

輦路經行　○閏三月初一日　皇上辦事用膳召見大臣後乘轎出順貞門神武門隨墻門西安門阜成門紫竹院小坐走蘇州街六郞庄進　頤和園東宮門至樂壽堂　皇太后前請安駐蹕於初三日仍由舊路還宮云

夏季官册　○吏部京外文官各官銜名籍貫出身飭吏繕寫夏季搢紳裝釘黃册於閏三月十五日委派承辦司員赴軍機處呈遞聽候恭呈　御覽

肅邸殯儀　○肅親王薨逝舉辦喪儀已列前報閏三月初一日爲發引之期屆崇文門內東單牌樓錦裕和槓房八十名大槓

黃寸蟒棺罩大槓俱用明黃油拴槓用黃絨繩槓夫執事俱穿紅駕衣黃龍亭影亭松亭松獅魂轎魂車對子馬鑾駕儀仗全幅金銚銀鎬鷹狗駱駝打圍式樣由御河橋出崇文門走花兒市出廣渠門至大交亭地方圜寢沿途經左右兩翼步軍統領三堂憲親身彈壓閑人所有執事者皆係貝子貝勒諸鉅公車馬塞途猗歟盛哉

揭曉有期　○禮部飭傳五城正副指揮吏目知悉閏三月十一日爲本年戊戌科會試揭曉之期爲此示傳該司坊官飭夫在署前搭設榜棚自初十至十三日止每日派撥官人十名在署前懸榜以昭愼重

化私爲官　○京師烟館久干例禁誠以傳夜作晝最易藏奸也近日又因戶部箚行五城步軍統領衙門飭查共計烟館若干俟查明家數飭領官帖每年交銀三十兩者方准開設若不領帖概不准其生理是以城內外各烟館均一律歇業俟酌定後方能照常貿易刻下烟霞客頗覺不便云

無理取鬧　○戶部爲批駁事貴州司案呈據撫寧縣燒鍋長春永商戶兪楨祥呈稱直省無照燒鍋擾害有照燒鍋請飭查拿等情到部查該商所稱各節措詞謬妄情節支離除將原呈收存外相應批示不得再行瀆請致干罪戾

及時行樂　○閏三月初一日河南在京各官舉行團拜兼以延同鄉會試諸公吃夢假座於宣武門外炸子橋嵩雲草堂雇定福壽菊部演劇計自午刻十點鐘開演至夜間兩點鐘始散極絲竹管絃之盛絕勝曲水江頭盡霓裳羽衣之觀來自大羅天上雖異鹿鳴之嘉宴頗洽燕笑之幽情第未卜此會中人誰是燒尾化龍者且當時事孔艱未稔袞袞諸公於興高采烈之際有以策治安否耶

訟則終凶　○京師彰儀門大街陳某前因急需與服叔揭借本銀五百兩以房租作按割業抵息已經數年欲於本年三月間贖回房產自居適叔建造屋宇有佔地址遂致口角相爭姪母年屆花甲見子與叔滋鬧驚駭撲地陳遂誚叔毆其母於閏三月初一日背負年邁之人赴宛平縣稟請驗傷以細故而傷叔姪之情是亦不思之甚也

何故輕生　○婦人之心最褊淺偶有口角細故非投河即墜井亦可哂也前門外東河沿地方居住常某之妻某氏不知緣何於初一日清晨投奔河干撲入水中經隣佑王某等從後尾追呼人施救登即援之出險得慶更生至因何故必欲自盡外人尙難縣道其詳云

豸節遲行　○清河道憲高觀察定於初一日赴省昨巳登報刻因交代尙未清楚又改於初四日起程云

關憲批示　○鋪民陳起祥稟批據稟巳悉候函致英國領事官迅速查明辦理見復另諭飭遵仰卽赶緊將陳寶書屍身打撈務獲切切此批

集賢題目　○月之初二日集賢書院輪應運憲官課謹將是日應課及補考詩文題目照登應課文題　不報無道至君子居之　詩題　賦得乞借春陰護海棠得陰字　補考　於是始興發補不足　賦得　春兼三月閏得兼字五言八韵

委查土稅　○候補直隸州楊刺史奉稅關土藥厘捐局憲札委赴遵化州灤州玉田豐潤等處稽查所產土藥厘稅事務昨巳赴轅稟知不日起程前往

營員銷差　○前紀練軍管帶前營王游戎義才奉委帶勇丁四哨前往隔淀堤彈壓等因聞日昨回津赴護衛營稟覆統憲銷差矣

二批鹽課　○運署例於春季起解鹽厘正課業將頭批所派管解人員職名先後均登報牘刻悉二批正課經方都轉照案掣籤分派六員押解至該員職名統俟再訪

京商領引　○刻據長蘆京引商人慶餘等號赴運署請領本年額引以憑下坨築包赶運春運等因當經方都轉照案備准飭商領訖

押追侵地　○某甲前以監生某侵佔地基三尺赴縣控告經林委廉訊斷飭令拆房償地在案昨甲又控某抗斷不遵反逞刁横云云復經林委廉傳該生到案訊謂前憑地契訊斷侵佔屬實如何竟抗違不償該監生執拗如故委廉怒除責戒尺二百外並押禮房飭令務將侵佔地基償還原主

備結候領　○昨有陳氏婦在縣遞稟蒙批云准給領狀至所呈圖契均行照領可耳聞該氏照章備結聽候當堂飭發給領

竊案例誌　○東門外某油店有客訂買油斤先交訂錢若干該鋪即將油如數備齊待取不料昨晚被妙手兒盡行竊去鋪掌即着該管地方查看請予報案差緝

死有餘辜　○景州民人周正萬殺死生父周大任並妻馬氏及一子一女經署州白刺史冠瀛押犯赴省等情已早登報刻悉在省覆訊順供後即照例恭請王命將該犯周正萬凌遲處死昨將首級差解回州發原犯事處懸竿示衆以昭炯戒

事當杜漸　○萬益當前路東王紳家大門台堦磚石屢被竊攘當即知照該管地方查照轉稟營汎嚴爲巡防特恐由小引大不得不預防也

迹近串通　○河東鄉甲局昨有王某喊冤聲稱伊妻某氏拐携多物逃跑叩求將媒人高某拿究等語局員詰係再醮婦恐與高有串通情弊立即派勇將高拘到一併送縣

失慎未成　○昨晚魚更二躍時鐵橋東丁姓板廠遺火碎木遽被引然轟轟烈烈勢幾不可嚮邇旋經衆人撲滅未兆焚如亦云幸矣

掩耳盜鈴　○周十等在河北大王廟前席地招賭各情昨經登報茲聞周因地與保甲局近移在廟後喝雉呼盧與會不減於前然廟後與廟前相去幾何豈遂稽察所不能及耶此誠掩耳盜鈴伎倆矣

以李代桃　○昨據官塲人云某甲在西關外開烟館因生意清淡以致債台百級被人告發傳案押候過堂適有友來署探視談笑頗洽甲乘看役不防步出登洋車逸去杳無踪影該差情急即將友人管押以李代桃囑令煩人將甲找回方能釋放否則無出頭日矣噫果係與甲合謀作此狡獪友固咎有應得不然豈不冤乎

代收江蘇第六次助賑清單　○無名氏捐公砝化寶銀三十兩　清河某爲超度亡媳楊捐公砝化寶銀十兩　劉財迷助行平化寶銀五兩　閻衡山助行平化寶銀五兩　隱名氏捐行平化寶銀二兩六錢　無名氏捐洋五十元　同善堂捐洋二十元　無名氏求保家宅人口平安捐洋二元　僑寓津門瑯琊氏無奈何叩祈　神靈默消水患捐洋一元　天津濟生社籌賑同人謹啓

光緒二十四年閏三月初一日京報全錄

宮門抄○閏三月初一日內務府　國子監　侍衛處值日無引　見　鄭王等大挑一等覆　命　徐郙假滿請　安　吏部呈進月官卷　值年旗奏改派值年之大臣　派出大額駙　召見軍機　崑中堂

○○巡視中城給事中臣國秀御史臣黃均隆跪　奏爲言官呈送鋪夥訊無棍徒擾害實迹碍難辦理請　旨飭交刑部審訊以昭平允恭摺仰祈　聖鑒事竊工科給事中慶祥送交看守關閉福慶堂飯莊之李春江勾串鋪夥張二將家具盜賣等情飭傳李春江到案據供曾在福慶堂飯莊帮夥福慶堂係給事中慶祥開設雇伊戚劉金軒即劉玉慶在鋪中管事令伊等入鋪帮忙上年正月間該鋪關閉慶宅隨令劉金軒與伊並鋪徒邱姓張姓四人看守五月間劉金軒將鋪中家具拉至鐵道開設飯棚因買賣虧累將家具折賣賠還虧賬等語飭傳劉金軒質對據原役供稱劉金軒有病未能到案臣等以李春江羈候已久無人對質飭令取保俟劉金軒病痊到案再行傳質今年二月間慶祥自行赴副指揮衙門質訊見李春江取保負氣走出兩次片稱劉玉慶有病不能到案李春江實係棍徒取保則送棍徒者自應看押亦絕無看押本院之理復指斥臣等承審此案任意狡賴實屬護惡不諳律例並交出當票指爲李春江等偸賣

勒令將原物起出查慶祥以言官開設飯莊已屬不應乃因劉玉慶不能到案親赴該衙門自行質訊尤屬有乖體制李春江等果係盜賣家具似不應將當票仍交鋪東既交鋪東乃欲向當鋪照賊贓起出揆之情理詎得其平至李春江是否棍徒據副指揮呈稱在中城地方並無行兇實迹另犯別案無從查覆今該給事中欲照棍徒擬辦臣等以棍徒罪在徒流以上必須確有實迹方能送部訊辦庶免寃屈該給事中心不輸服屢次片催應將原片附卷存案相應請　旨將此案飭交刑部審辦以昭平允而肅官箴謹恭摺具陳伏據

皇上聖鑒謹　奏奉　旨已錄

○○直隸總督臣王文韶跪　奏爲查明直隸釐金外銷各欵據實覆陳恭摺仰祈　聖鑒事竊准戶部咨具奏各省釐稅請飭切實具報以憑考核一摺奉　旨依議欽此咨行到臣當經分行司道督同各局員逐細確查去後茲據藩司員鳳林等查明詳覆前來直隸抽收百貨釐金捐共有二局一設於大名向歸練餉局報部核銷一設於天津向歸支應局報部核銷鹽釐茶釐即統在百貨之內大名釐局所收捐欵本係接濟軍需嗣因東明黃河隄工修防緊要全數留充工欵該局僻在偏隅總核常年收數不過二萬數千兩及三萬餘兩上下內僅大名郡城四門保甲員司勇役工薪粮公費並冬防三個月設立路燈費歲共需銀一千四百兩歷年照案提撥列作外銷未經報部其餘開支釐局司員薪工局用等項銀一千七百餘兩外儘數撥歸東明河工動用均經造銷有案別無外銷之欵又天津釐局總核近年實收之數約在十五萬兩上下內除撥發未經報部外銷各欵共銀三萬數百兩其餘十二萬兩左右奏專歸直隸沿海炮台工程用欵並撥補津防月餉及提該局員司人等薪費協撥順天府辦公經費永定河道防汛經費及一切地方工需按年悉數報部並無另有提留備用餘欵其外銷各欵迭次裁而又裁減而又減現在大名釐金項下僅止郡城保甲一欵固係直與晉豫三省錯壤鄰境流民類皆麕聚郡城匪徒最爲混跡不得不派員帮同地方官嚴查奸宄以衛閭閻天津釐金項下亦祇十有四欵一係慈航小輪船薪餉公費因北洋沿海各營運送餉械及機器等局購運物料而設一係西沽武庫加添公費口粮因添建廠庫多座收發事益繁重不得不添派員司書識住局經理以重軍火而設一係捕盜弁勇薪糧因自各營遣撤後游勇匪徒勾結爲害附近天津各屬盜案迭出不得不專募熟悉道路弁勇用以保衛商民消弭隱患以補地方之力有不逮而設又各保甲局薪糧公費及天津營務處並津標三營親兵營天津練軍五營弁兵冬令查夜津貼經費暨查夜弁兵搭蓋窩棚等六項銀兩係因天津華洋雜處教堂林立人烟稠密良莠混淆非地方官年例編查保甲巡緝盜賊所能濟事不得不設立專局常年稽察彈壓並於冬夜分派各營弁兵節節巡查以靖地面而安遠人他若文報處薪水公費所以重中外之文報水師營碼頭官渡油捻經費可以便兵民之濟渡官船局薪水公費所以均差務而杜擾累看守新城橋閘汛弁津貼公費並新用閘南運減河歲修津貼所以時啓閉而防水患以上十欵均屬最關緊要事非得已計每年共需銀三萬數百兩相沿已久歷經照案辦理無不力從節省核實開支若再勉强裁減則布置難免罅漏公費亦僅敷衍竊恐無俾實事欵雖減而轉成虛糜合無仰懇　天恩准將外銷各欵照案留支此後按季造册報部祇准有減無增以示限制除將釐金外銷各欵清摺咨送戶部並將常時雜稅土藥稅釐另行查明奏報外理合恭摺據實覆陳伏乞　皇上聖鑒　勅部核覆施行謹　奏奉　硃批戶部知道欽此

○○王文韶片　再據督辦黑龍江漠河金廠道員周冕禀稱已故吉林補用道李金鏞於光緒十三年奉委辦理礦務漠河一帶向無人烟一切開物成務悉屬草昧經營歷年以來商民輻輳成政昭然皆該故道創辦之力而於中俄交涉事宜尤能力持大體至今沿邊居民及江左旗屯等稱道不置該故道於十六年九月因積勞過甚在廠病故當經前督臣李鴻章奏請賜邮立傳並在於原籍建立專祠前吉林將軍長順亦以該員服官吉省深得民心請於長春廳地方立祠均經奏　旨允准在案漠河礦務係該故道創辦有裨邊防大局而祀典闕如似不足以勸有功而彰藎績擬請於金廠內捐建該故道專祠由委員春秋致祭等情請　奏前來臣查李金鏞生平見義勇爲救災放賑卓著賢聲其開辦漠河金礦於自古人迹罕到之地爲　國家興利實邊洵屬功績昭垂無愧馨香之報合無仰懇

天恩俯准金廠委員在於漠河地方爲該故道李金鏞捐建專祠春秋致祭以順輿情出自慈施逾格謹附具陳伏乞　聖鑒　訓示　謹奏奉　硃批着照所請該部知道欽此

請看時務書籍

出售皇朝正續經世文編　經世文三編　新出西學通攷　新出平治十議內外編　越事備考　大板萬國史記　大英國
志　法國志畧　西法策學滙源　礦務叢鈔　西事類編　西國學校　西國律例　西法易經筋　泰西采風記　泰西事
物彙纂　中西測地志畧　中外經世緒言　中外時務策學大成　中外大畧時務要書　時務庸書　萬國公法　時務分
類興國策　萬國時務分類大成　海國大政記　普天忠憤集　英軺日記　四國日記　傳相日記　報國錄　各國約章
各國地球新錄　各國富強　國朝駢體正宗　曾惠敏公奏疏　文學興國策　時務度言　時務新編　時務要覽　時
務新議　蘆杭議　洋務新編　洋務文編　洋務自強　保富新國論　出洋須知　正續盛世危言　格致啓蒙　格物入
門　獨本格致課藝　無邪堂問答　五大洲述異錄　洋務經濟論　出使須知　中東戰紀續編　萬國輿地圖書　古徵
書　電氣圖說　西海記　西征紀程　切問齋文鈔　各國鐵路圖攷　鐵路工程圖　新出王狀元全本殿式卷　快覽百
種書　石印宋板註疏十三經　羅秘路史　籌鄂龜鑑　代售經濟票　先快爲快物奇價廉　時務報一至五十七冊倶全
天津北門內府署東各報處紫氣堂全啓

來電照登　敬啓者江蘇徐海兩屬水災綦重饑民數百萬災區數十縣顛沛流離死亡枕藉巳公請嚴佑之往辦義賑並請宋培之往辦留養婦孩接佑之電徐海災重較川災百倍草根樹皮早經食盡沿途賣兒女者紛紛此時野無青草天又下雪凍餓死者日有百數十人天絕災黎存亡呼吸非辦急賑不可若至三月不堪設想乞再籌銀數千恐緩不濟急愈速愈妙但現在待欵孔急需欵甚鉅南紳頻年籌募早巳筋疲力盡憶前北地災荒南紳接濟今南邊災重北紳定必樂輸倘蒙仁人君子慷慨解囊捐欵請卽滙至敝所俾卽彙解多多益善愈速愈妙救人一命勝造浮屠功德無量　上海陳家木橋電報總局內籌賑公所楊廷杲謹啓素仰貴館諸公樂善不倦求將前項募啓刋登貴報俾閱報者惻然動念捐欵源源災民幸甚杲懇

徐海一帶地多斥鹵一遇水旱卽餓殍載道頃接孫仲英觀察轉寄上海義賑公所勸捐電啓合亟照登務求　諸善紳胞與爲懷慨賜捐助卽日滙寄上海俾紓災民殘喘公侯萬代　本館附啓

魁陞號綢緞洋貨莊

本號自置顧繡綢緞洋貨等物整零均按銀莊格外公道皆比大市價廉發售　寓天津北門外估衣街五彩號衚衕口坐北向南便是特此　本號謹啓

德商　瑞豐洋行

啓者德國租界內擬墊土坑數處俱巳登報包攬工程者所遞條紙定於閏三月初二日務要一律交齊以便呈閱此啓

瑞豐洋行謹白

石印王可莊狀元全本殿試卷

寄京琉璃廠各書紙店發售留津無多祇在本齋發賣每本收津錢八百文

小儀門絳雪齋啓

紫竹林　第一樓番菜館

本號專作英法大菜各色精細點心各樣洋酒洋貨等物一應俱全並售
上　八百
紅茶　每斤津錢一千
上　六百
又批發茂生公司鐵海紙烟零整發售價值格外公道原箱計一百盒價洋一百四十四元每盒計五百支洋一元五角凡仕商賜顧請卽駕臨是荷

主人謹白

海大道　鴻春樓番菜館

啓者本店三層大樓工程告竣地勢寬闊以備貴官紳請讌擇於去臘遷移新正月初二日開市各樣俱全價廉物美凡仕紳賜顧者請卽駕臨是幸

主人謹白

悅來洋貨店

開設天津法國租界紅樓後自運各國玩物金邊三連磨花描銀玻璃磚鏡子五彩大小碗盞杯盤料器奇形異樣香水壺荷包靴掖洋景襪子手套叫鐘表鍊花針扣子戒指洋火盒珖琯梳篦金銀首飾鼻烟壺各樣五色料金珠畫圖等物格外價廉消售發客

恒昌照像館

啓者本號今因建造新樓于三月初二日暫遷往牌坊外先農壇前另設玻璃照像棚諸君賜顧請駕光臨是荷俟本樓工竣復回原鋪謹此佈聞

本主人謹啓

新開元隆號綢緞洋貨莊

自去歲四月初旬開張以來蒙各主顧垂盼雲集馳名日盛本號特由蘇杭等處加意揀選名機新鮮貨色零整銀價俱照大莊行市公平發售以昭久遠此白　寄賣龍井雨前素茶福建皮絲水烟各種眞料大小皮箱　開設天津府北門外估衣街中路北門面便是

北浮橋口 回回 西天慶羊肉飯莊

包辦酒席不用水海味

小賣俱全用淸眞白麵

擇日開市

三井洋行分莊 告白

啟者日本商始創貿易爲業數拾年以來今分莊開設北門外鍋店街沈家衚衕口對過專選精工料實東洋棉紗各等時式大小疋棉布粗洋布斜紋洋標等格外公道價亦從廉凡仕商賜顧者請至分莊面議可也特此佈聞

三井本莊主人啟

啓者本行開設香港上海三十餘年四方馳名專售各式金銀鐘表鑽石戒指八音琴千里鏡眼鏡等物並修理鐘表外洋新到各色鐘表價錢比別家格外公道開設在紫竹林法租界大街本行又分莊在北門外樂壺洞保陽棧傍榮生祥內請諸君降臨光顧是幸特此佈聞

戊戌年閏三月初三日禮拜六

烏利文洋行

告白

啓者敝行出售彩票共計六百張整除已售出四百餘張外尙有一百餘張待售售完即定期抓彩每票一張售洋三元　諸公若不憑信貨物請到本行先來看彩然後買票均無不可至各彩詳細數目前報登過此次不及備載並託鍋店街恒義號又美昌號竹記號代售

天津紫竹林南有嘁洋行謹啓

拍賣告白

啓者本月初五日禮拜一下午兩點鐘英租界麥加利銀行候大樓上拍賣外國家俱棹椅鏡子立櫃洗面棹洗面盆帳子鐵床洋琴洋燈洋爐子洋鎗玩物各樣俱全如欲買者請早來細看面拍可也特此佈聞

集盛洋行謹啓

田回 牛羊公司告白

啓者本公司開設天津紫竹林法租界烏利文洋行旁邊專由內地採買牛羊以備洋人膳用所有圖養一切宰牛羊之法目皆按西法其牛羊肉淨無可比與衆不同本公司今因議定新章特邀同敎中人專爲司理此事故特聲明除每日售與洋人按摺取之外所有牛羊肉皆照章售與華人零用格外公道不悞主顧　議定準斤十六兩價錢

牛肉每斤一百八十文

羊肉每斤二百六十文

主人謹啓

美孚老牌煤油

啓者美國三達煤油公司之德富士老牌煤油天下馳名萬商稱美蓋其質潔色清亮白如銀且絕無烟氣能耐久燃比之生荳等油晶光百倍而儉用價廉此爲德富士老牌之佳處誠屬無雙妙品也士商賜顧請到天津美孚洋行採辦或向就近殷實行店購買庶不致悞

京都 一品樓

本樓擇於三月十二日開市大吉

本舖崇做

隨意便飯 蘇造餑餑 烤鴨 薰雞 應時小賣

開設天津紫竹林大街北頭路西門面便是

內有樓房雅座

閏三月初六日出口輪船 往上海 禮拜二

新豐 輪船往上海 招商局

豐順 輪船往上海 招商局

閏三月初三日銀洋行情

天津通行九七六錢

銀盤二千三百三十文 洋一千六百六十五

紫竹林通行九六錢

銀盤二千三百六十文 洋一千六百九十文

洋錢行市七錢二分

新開 敦慶隆綢緞洋貨莊

擇於閏三月十一日開張

本號開設天津北門外估衣街西口路南第五家專辦上等綢緞顧繡以及各樣花素洋布各碼線批合線俱按銀莊零整批發格外克已士商賜顧者請認明本號招牌庶不致誤 本號特白

朱鈍翁業已痊健循舊出診近治男科脚氣肝瘀生風腹脹婦女乾癆產後逆經幼女眼翳及時瘟均著大效仍寓彌勒庵

開設天津紫竹林海大道旁

福仙茶園

京都洪春班

特請山陝京都上洋姑蘇名角

閏三月初四日早

堂會

初四日晚

堂會

創包機器

敬啓者近來西法之妙莫過機器靈巧至各行應用非得其人難盡其妙每值傷損修理必悞時日今有甯子卿專於經理機器玆擬創辦包定各項機器以及向有機器常年煤料工力價值格外公道如貴行欲商者請到福仙茶園面議可也特白

海大道福仙茶園街口

新開清眞同瑞茶店

本店主人不惜資本精選各省雷鳴小種雨前雀舌三窨珠蘭茉莉雙薰龍井銀針安化紅梅諸品名茶各樣鮮花明目散薰法與衆不同以上各貨加工揀選凡貴商賜顧者不悞

謹啓

直報

本館開設天津紫竹林海大道老菜市氣燈房巷內

光緒二十四年閏三月初四日　第一千零三十一號
西歷一千八百九十八年四月廿四日　禮拜日

啓者昨接上海孫仲英善長來電旋又接到顧緝庭葉澄衷嚴筱舫楊子萱施子英各觀察來電據云江蘇徐海兩屬水災綦重飢民數十萬顛沛流離死亡枕籍災區十餘縣待賑孔急需欵甚鉅官欵恐未能徧及素仰貴社諸大善長久辦義賑飢溺猶已敬求代呼將伯源源接濟功德無量蒙滙賑欵即滙上海陳家木橋電報總局內籌賑公所收解可也云云伏思同居覆載異姓不啻天親縱隔形骸民物莫非胞與頓遭洪水哀此災荒盡是蒼生何分畛域況救人性命即積我陰功雖此日拯茲黎庶散盡赤仄青蚨卜他年報在子孫同來玉堂金馬敝社欵無備濟自知獨力難成術欲廣仁惟冀衆擎易舉叩乞　顯官鉅紳仁人君子共憫奇災同施仁術　原擬活人無算雖千金之助不爲多但能濟世有功即百錢之施不爲少盡心籌畫量力輸將敝社不禁爲億萬災黎泥首叩禱也如蒙　慨助即交天津溜米廠濟生社帳房代收並開付收條以昭徵信　濟生社籌賑同人謹啓

部照已到　直隸勸辦湖北賑捐局自光緒二十三年十一月二十日以後至光緒二十四年正月初十日以前請奬各捐生部照已到請即攜帶實收來局換照可也

上諭恭錄

禮部題戊戌科會試鈐榜官一本奉　硃筆着堃岫去欽此　硃筆稽察正白旗蒙古旗務着德藩去欽此

重農說

語云天不愛道地不愛寶寶美稱也重詞也固非近在耳目間日用可常御明矣然有富貴所求而貧賤所欲而富貴或否者其爲寶猶末也惟富與貴雖極奢華不得以尋常而鄙棄之貧與賤雖至儉嗇不得以糜費而姑置之一切有必需焉且不但需焉而已朝以饔夕以飧不可一日離苟離焉遂勢有所不堪而事有大可慮者何也則五穀是噫是眞寶也是至寶也十斛之環連城之璧萬鎰之黃金貴則貴矣而不可以當一粒蓋一日不再食則飢再日不一食必病數日不得食勢必委頓以至於死當是時珠可以充腸乎璧可以果腹乎黃金可炊以悅口乎不能也故曰稼穡惟寶既知稼穡之爲寶當知稼穡之甚難既知稼穡之甚難尤當知稼穡之足重而不可忽且緩當今天下大勢在强兵尤在富國人人能知之人人能言之矣富國若何曰招商也曰開礦也曰築鐵軌也設銀行創郵政以收利權也講製造習紡織以塞漏巵也次第舉行類皆著有成效獨農政闕焉迄未有論及者何哉豈以其獲利無多與抑以其事可從緩與豈知食者民所天也民非食不能生食非農何由得國無九年之蓄曰不足操國計者必使九年耕而三年餘倉廩充盈然後可以禦荒歉而備緩急焉昔子貢問政子曰足食足兵民信之矣子貢曰必不得已而去於斯三者何先曰去兵食固重於兵也現當時局難艱海疆多故彼省招募此省設防各要隘營壘不啻星羅棊布兵足矣而食不足將使枵腹荷戈可乎即曰商務興矣進欵日見充裕隨處皆可購買運以火車發朝夕至米粟何憂缺乏抑知督勸無方樹藝不講田荒矣歲歉矣雖金錢如山積從何處購運乎況善

用兵者斷敵人糧道能使不戰而自潰故或潜師截輜重否則用火攻焚其積聚此又挽運之可慮者也外洋設有警信各國謹守局外例不准運糧相接濟誰肯如秦伯之泛舟輸粟者其不至易子析骸幾何矣近年來偏災屢見小民蕩析離居到處皆有焉山西之大旱人相食矣四川之山崩水溢淤壞民田矣湖北之凶年現在勸捐放賑矣最重而最久者尤莫甚於直隸一省尤莫甚於順屬之文大津屬之青靜等處自同治末年被水患迄於今無歲無之貨妻鬻子老弱轉溝壑少壯流離於四方者更不知凡幾數縣二三百里間一片汪洋田奪於水農何有焉農死於歲穀何生焉幸而南北各地方閭閻安堵遠近烽烟頓息江浙暨東省漕糧連檣北上得以暢行無阻京師八旗俸米源源接濟不致匱乏倘海疆不靖或內地畧有梗阻漕運不通直隸所產菽米供民食且不足兵餉更何所取給乎然則欲實倉儲農固不可不講也欲興農務水固不可不治也是宜專派大員之深通地理諳水利者或築隄或挑河使水皆順軌無復泛濫潰決之虞相度形勢隨其高原下隰宜麥者麥之宜穀者穀之宜稻者稻之復流亡給牛種以時督責訓課野無曠土國無游民然後地利興而國用足子輿氏不云乎諸侯之寶三土地人民政事土地何以寶爲其爲五穀所由生也顧不重哉

接續會典獎單　○陞用員外郎內務府筆帖式鐵珊請在任遇有員外郎缺出俟到俸滿班時儘先升用內務府員外郎斌成請俟升郎中後以知府不論雙單月遇缺卽選滿校對官內務府候補員外郎景昌請免補員外郎以郎中與保奬人員間缺輪補吏部主事鈺昶請以本部員外郎儘先題升兵部委署主事敦崇請俟題升主事後　賞加四品銜翰林院筆帖式松齡請在任以知縣不論雙單月歸議敘班前卽選戶部候補員外郎恩通請仍以本部員外郎無論咨留遇缺卽補詹事府筆帖式連桂請在任以六部堂主事遇缺卽選兵部候補主事慶蕃請作爲本部員外郎無論咨留遇缺卽補禮部候補員外郎廣瑞請俟補缺後以本部郎中遇缺卽補內閣候補中書斌通請　賞加五品銜工部主事瑞隆請　賞加四品銜吏部候補員外郎宗室海昆請　賞加四品銜詹事府筆帖式毓麗請作爲主事分部遇缺卽補國子監筆帖式啓紳請在任以知縣不論雙單月歸議敘班前先選用內務府候補主事楨興請免補主事以員外郎與保奬卽補人員間缺輪補五品銜兵部堂主事文翰請　賞換四品頂戴內務府候補郎中增德請俟補缺後遇有應升應轉缺出開列在前兵部筆帖式鳳淩請作爲本部主事遇缺卽補　此單未完

公忠體國　○　皇上奉　皇太后懿旨前詣　恭府視疾曾恭紀前報　恭邸謝看視　恩亦見宮門抄矣聞三月二十九日巳刻　皇上乘輿復行看視俯伏道旁者見　龍顏有喜咸謂邸疾定已輕瘳白叟黃童歡呼雷動近數日來果聞政躬就痊大非昔比力疾扶持可下榻步履惟氣血虧損不能耐勞仍須加意調理勿藥之占當在指顧間也但刻下　宵旰憂勤蒼黎困苦防務在在均形吃緊而恭邸公忠體國未能稍去諸懷古稱社稷臣恭邸有焉

戶部堂諭　○現奉戶部諸堂憲　諭上年十二月間本部因京師銅錢短少奏令廣東鼓鑄銀圓運京配用並令廣東在於應解本年京餉內提銀三十萬兩鑄造大小銀圓解京以便流通市面嗣於本年二月間據廣東省解到前項大小銀圓共三十萬圓業經照數兌收除開放順天府二萬兩外其餘銀圓現擬由部庫放欵內搭放銀圓著北檔房將所擬搭放銀圓各欵開單傳付各司處並付知三庫各按照本部所開各欵俟箚庫時將開放某欵銀兩應照章酌量搭放銀圓於箚付內聲明並知照各衙門查照云

浙省釐金　○浙江巡撫咨差候補知縣祁蔭甲管解光緒二十四年分動撥第一批厘金銀五萬兩於閏三月初二日午刻赴戶部投批交納

丞相騎箕　○總理戶部事務麟芝菴中堂前因患病請假調理頃聞於閏三月初一日騎箕仙逝遺摺當於日內進呈至喪儀如何舉行俟訪明再錄

明火累燈　○近日五城地面暨城內各固山官廳地面所有烟館一律不准開設等情已列前報茲聞因崇文門內王府井大街居住現任江西九江府知府延太守府第於日前夜間被盜共二十餘名施放洋鎗蜂擁入室搜搶衣物首飾金銀甚多計贓數千金

當報該管地面步軍校官廳詳報步軍統領衙門經榮振華中堂暨左右兩翼副金吾親詣勘驗被盜情形於是嚴諭步軍校勒限上緊緝獲倘遇限滿不獲卽行從嚴參辦是以地面各烟館恐有被累俱不敢開燈云

勤能獲福　○勤儉黃金本旨哉斯言頃聞前門外高爵街地方有劉五者赶車爲生家居小巷門對溝渠昨因溝旁穢汚不堪稍爲疏濬詎畚掮從事之際乃于泥淖中檢得銅簪一枝抵家以水濯之一縷金光燦爛射目權之約重四五錢持赴廊房頭條衚衕某金店易銀一百四十餘兩劉五得此意外之財不免喜形于色卽耳而目之者亦莫不從旁豔羨人之宜勤不宜惰也可於劉五一事思過半矣

車載死人　○閏三月初二日前門外天橋迤南石路旁有車一輛中載男屍由南向北而行被地面將車夫李三拏獲解交中城司管押究訊至今尚未相驗其中有何情節俟訪明再錄

大挑報賀　○本年會試後舉行大挑直隸等省舉人限於三月二十八二十九三十等日辰刻赴　內閣候挑等情已列前報頃悉各孝廉遵卽預期取具印結於是日衣冠肅穆師師濟濟旅進旅退祇候挑選聞已經中選者一等知縣共有一百三十餘人之多二等教諭亦多至一百四十餘人現已紛紛報賀羣相稱慶洵爲門第生輝哉按　朝廷闢門籲俊專取品學兼優之士各孝廉榮登仕版或則花縣宣猷小試宓琴之化或則芹宮振鐸宏開馬帳之風儒以道得民學而優則仕亦何患廷獻無賚乎

是耶非耶　○近來競尚西法而奸巧之徒往往卽以此騙人取利有以西字招徒者則書館之別開生面也有以西法驗相者則風鑑之新翻花樣也然此等借皮毛以欺人惑世尚無大害乃西直門大街竟有懸牌治病者大書大英梅滕更夫子授張某內外兩科字樣視其人則年僅弱冠也聽其言則西醫之門外漢也甚至藥名僅識一二三醫理未諳一二胆敢出手悞人性命想西醫聞知必當往破其誣以拯一方民命

土貨新章　○海關土貨章程現經詳咨議定光緒二十四年正月分開辦自發單之日起扣至該貨運津投稅繳單之日爲止按照中歷月分計算本省一年新疆甘肅三年他省二年逾期卽照華商運貨章程辦理逢關納稅遇卡抽釐倘起單後遇有實在碍難事故限期或有不足亦可預先報明沿途地方官或關卡釐局轉報本關准於通融酌核辦理

道府兩批　○靜海縣民人邊有慶呈批候移籌賑局酌核辦理俟准覆到再行飭遵又鹽山縣文童王德元昨經在府遞禀蒙批云據童父王鴻磐被人呈控有案至童父身故爾竟意圖狡賴殊屬非是不准此批聞該童將繕詞復遞

輔仁題目　○初三日輔仁書院爲府尊官課是日太尊親詣點名扃試業經考訖謹將生童題目照登　生文題　湯之盤銘曰三章　童題　以友輔仁至請益　通場詩題　賦得春風不暖不寒天　得風字生八韻童六韻

清理溝渠　○本埠城廂內外各溝渠原爲洩水而設年久淤泥太甚大半不能流通刻經邑尊出示招集船隻挖取淤泥所有載泥船隻越關勿須阻滯倘有訛索定當嚴究懲辦

派查牽道　○查鹽漕重船全資牽挽所行牽道自當通暢無碍司其事者爲批驗所與海河廳刻據海河廳委派差役赴沿河一帶查看所有流氓在岸上支蓋窩鋪與牽道有無妨碍照實禀覆以憑核辦

飭呈捐册　○刻據津郡司道各憲札飭工程總局委員高大令飭將春季所收各項鋪戶捐欵照具清册並須將鋪面字號捐輸錢數詳細註登呈送各署以備存查

縣批照錄　○何起批此案前據該民人控經前縣訊明斷令爾與李長壽等央求地方仍租與爾二年爲限取具甘結在案計至光緒二十二年二月間斷結之日起迄今早逾定限前蒙榷憲札由本縣飭差押令拆房乃爾並不遵照辦理輙復揑砌斷案混行呈瀆屬實刁狡已極現蒙榷憲札催斷難再延着限二日內立將所蓋房屋拆去倘再違延定卽提究不貸切切

獅林小火 ○河北獅子林某回民果子舖於初三日早六點鐘時不戒於火幸經隣佑人多立卽撲滅然該舖房間已被拆毁過半惟隣房未被殃及幸哉

蠻觸交爭 ○昨有兩人在東門外互相揪扭打作一團雖多人勸解終不肯解手適保甲局總憲途經該處立飭勇丁將二人一併扭獲帶局尚不知如何訊辦

攪擾花叢 ○河東某甲虎而冠者也慣於插圈尋套近在侯家後各小班攪擾冒稱保甲總局文案師爺頗有勒索情事人皆畏之噫果係幕府中人理當自重何至爲狗苟蠅營事耶

爭糞控官 ○天下至汚者莫如糞然田非糞不殖載在周禮孟子亦嘗稱之故揀拾者皆有規矩分地段不得混淆也昨金家窰與獅子林兩糞夫在大道相爭彼此打作一團旁人排解之據云事關重大非控經官斷不能了若輩勿管也遂揪扭以去

賊人巧計 ○河東娘娘廟前胡姓米面舖昨夜被賊穴墻入室竊去津錢五十千並米面若干先是該晚有異鄉五人赤手空空只携葦蓆一領靠該舖墻下搭一窩堡經巡更人盤詰據云赴某處工作緣川資告罄未便店宿每至一處卽覔隙地支棚而眠等語更夫遂不介意及夜該舖遂至被竊更夫始悟五人卽賊刻報官驗畢飭捕赶緊嚴拿恐鴻飛冥冥未易弋獲也

種火未成 ○河北營門西某甲性慳吝大有一家飽煖千家怨之勢昨晚二更時舉家安寢適某患肚瀉如厠方出屋門聞院內有生烟氣旋卽柴棚火起赶緊用水向潑幸存柴無多卽被撲滅次晨見餘燼內有燒殘舊布縷尙帶煤油氣味始悉被人下此火種也險哉刻下天乾物燥最易招災居家者其愼諸

婦人短見 ○昨友自楊村來云領河剝船孫某係大邑黃岔村人現因漕船過境剝船俱在楊村聽候差遣伊妻某氏不知何故與小姑吵鬧氏母家亦剝船戶在該處停泊孫令氏歸寗冀圖解勸詎朝去夕來入夜暗取鋼鑽自扎其腹及孫知覺早已香消玉殞無計還魂矣氏父母得耗協同該管地方赴縣控告請驗至如何訊斷容俟續訪

光緒二十四年閏三月初二日京報全錄

宮門抄○閏三月初二日理藩院 鑾儀衛 光祿寺 廂黃旗值日無引 見 啓秀等各謝署缺 恩 卓公耆齡各請假十日 松淮請假五日 召見軍機

○○奴才榮祿等謹 奏爲拿獲結夥持械刃傷事主隣境搶刦盜犯請 旨交刑部審辦恭摺仰祈 聖鑒事竊據北營叅將王漢池游擊趙春霖督率都司徐鎭邦把總王文斌樊玉候補千總劉永祥等會同守備王文煥千總邢安東城副指揮馬爲爰等帶同弁兵在京東南道口等處將結夥持械刃傷事主隣境搶刦盜犯王庫頭劉羣兒高殿奎卽高莊兒拿獲並起獲現贓賊具等物傳同事主田德通一併解送前來奴才等督飭司員詳加審訊據王庫頭供係大興縣人因貧與劉羣兒高莊兒商允搶刦田姓家衣服得財分用隨於上年十二月初四日夜伊等三人由劉良兒家會齊起身分持刀械至東壩西門內田姓家進院入屋用刀將事主婦人砍傷搶得皮箱棉被衣服首飾等物携贓仍至劉良兒家將贓物俵分當賣銀錢花用不料被官人將伊等拿獲連起獲現贓刀械等件一併解案實不知劉良兒逃往何處劉羣兒高殿奎卽高莊兒均供係大興縣人與王庫頭結夥持械搶刦一次得贓分用屬實事主田德通供係大興縣人在東壩西門內地方居住上年十二月初四日夜伊家被賊進院入室用刀將伊妻砍傷搶去皮箱棉被衣服首飾等物並未呈報今經官人獲賊傳伊赴案認贓具領各等供查王庫頭劉羣兒高莊兒胆敢商同結夥持械肆行搶刦復敢刃傷事主實屬藐視刑章大干法紀亟應嚴行懲治以儆兇頑除將事主田德通取保聽候刑部傳質外相應請 旨將王庫頭劉羣兒高殿奎卽高莊兒等三名交刑部審明辦理未獲之劉良兒仍飭嚴緝獲日補送刑部再原拿此案之員弁等均能不分畛域悉心蹈訪將此等隣境搶刦盜犯跟踪弋獲緝捕尙屬得力可否俟刑部定案時聲明請 旨准由奴才等擇優量予鼓勵之處出自 皇上逾格 恩施爲此謹 奏請

旨奉　旨已錄

○○頭品頂戴福建布政使臣季邦楨跪　奏恭報微臣抵閩接受藩篆日期叩謝　天恩仰祈　聖鑒事竊臣於上年六月在直隸臬司任內欽承　恩命補授福建布政使九月交卸臬篆遵　旨入都仰蒙　召對二次聖訓周詳莫名欽感十月　陛辭出京輕裝南下茲於本年二月行抵福建省城奉閩浙督臣邊寶泉飭知赴任是月二十一日准署布政使臣李興銳將藩司印信文卷委員齎送前來臣當即恭設香案望　闕叩頭祇領任事伏念臣迴翔　禁闥任歷邦畿曾無毫髮之能更少涓埃之報迺荷　殊恩於　楓陛復遷崚秩於薇垣鳴玉珮以趨　朝親承　天語綰印章而視事遙隸海邦艱鉅初膺悚惶倍切竊以制沿行省握庶政之綱維任重開藩作百僚之領袖整齊風俗宜求吏治澄清綜理度支當慮民膏匱竭矧値海疆之多故尤虞時局之無禆以臣不才難期稱職惟有懍遵　宸訓恪守官箴遇事稟商督臣實心經理望三山之聳峻益屬廉隅攷九郡之綿延周諮利病庶竭隧露輕塵之薄效稍答　高天厚地之隆施所有微臣抵閩接受藩篆日期並感激下忱理合恭摺叩謝　天恩伏乞　皇上聖鑒謹　奏奉　硃批知道了欽此

○○二品頂戴福建按察使臣李興銳跪　奏爲恭報微臣交卸藩篆接受臬篆日期叩謝　天恩仰祈　聖鑒事竊臣欽承　恩命補授福建按察使光緒二十三年七月十七日抵閩經督臣　奏署藩篆業將接篆日期繕摺具陳在案茲據新授福建布政使季邦楨行抵閩省奉督臣檄飭各赴新任等因遵即交卸藩司篆務二十四年二月二十一日准署按察使興泉永道周蓮將印信文卷移交前來當即恭設香案望　闕叩頭謝　恩祇領任事伏念臣湖湘下士知識庸愚忝擢監司暫權屛翰際此藩條已卸雖無理財用人之繁臬事初陳自有察吏安民之責查閩俗素多爭訟臬司總理刑名必情僞之周知乃勸懲之悉當如臣檮昧深懼弗勝惟有矢愼矢勤隨時隨事稟商督臣認眞經理以期仰答　高厚鴻慈於萬一所有微臣交卸藩篆接受臬篆日期並感激下忱理合恭摺叩謝　天恩伏乞　皇上聖鑒謹　奏奉　硃批知道了欽此

○○邊寶泉片　再新授福建布政使季邦楨現已到省應飭赴任供職署藩司按察使李興銳赴臬司新任署臬司興泉永道周蓮飭回興泉永道本任各事責成除咨部外謹附片具陳伏乞　聖鑒謹　奏奉　硃批知道了欽此

寃抑難伸

茲因光緒十八年以押租銀貳萬六千兩花費九千兩租辦王德新瑞有德兩處京引連年賠累自力不支乃于二十年以自巳房間契紙瑞有德合同借據押到郡紳李子香所開瑞恒錢舖銀七千兩約于是年六月內再以王德新合同押銀三千兩統計銀壹萬兩俟交齊之日言明按壹分壹厘上票外現給該舖息銀五厘八年限滿再準商回贖所押之件立有議單各執爲証另錄查監至二十一年歲底還該商舖銀一千兩後聞因賑捐准各商增長鹽價從此引岸漸有起色商滿擬欠瑞恒之欵于八年到期更不難歸還該紳之欵詎料伊不待限滿即派家丁店役舖夥十餘人來商家坐討四十餘日更將商弟少謙騙至伊家說令書押將租引轉租渠辦而商弟再四跪央方得放回復又將商喚至伊隔壁一所空房之內不準出門三十三日每日兩三次李子香自來挽勸仍令商書押將租引歸伊築辦課運商因欠外之欵鉅而且繁爲能照允伊竟巧計百出又煩出徐潤泉邵子周向商家老父寡嬸言說果不將引岸轉租李子香辦伊斷不能將商放回而商之父嬸皆有痛子痛侄之心遂爲其所惑隱忍書押蓋印圖章李子香恃有議單在手才將商放回嗣因業商王德新瑞有德不準轉租具稟贖回乃子香以自行揑寫議單爲憑並不敢將實在証據呈案含混赴運憲案下控告運憲燭其奸遂不以鹽務論按照私債不準折抵引岸故將案發縣而前縣主陳未識因何不追確情亦不問該商所執作質字據堅向商按照伊自揑寫議單追銀二萬一千兩夫賬目原以本欠主自立之據爲憑若不據此而僅恃討欠者呈出莫須有之字據即給照追雖有無限寃情恐終不能分白矣思當日向該紳舖借銀之時約擬八年爲限者以此數年中引岸稍有起色不難歸還引岸即無起色所得贏餘亦能屢抽屢還按原議應扣至二十八年正月方爲限滿自可歸淸而伊突于二十一年歲底即來索討殊出情理之外伊非不知于理不合但意在謀產見產被贖遂露出詭謀奸態似此必須追出商親立字據沉寃可白案亦可水落石出敢具此爲合郡告亦敢據此請官府察謹將伊不交出眞據底錄後　立議單陳松岩陳少謙瑞恒號今議到陳松岩陳少謙因有正用情愿將自行租辦王德新大宛兩縣額引一千八百一道並東壩外舖一座瑞有德大宛兩縣額引一千八百一道引契二帋自置二道街房座紅契二帋公櫃取銀扎子一個

陳恒益謹白

取房租扎子二個計倪姓陸姓房產紅契係買朱姓蕭姓的作押憑中借到 瑞恒號公法化寶銀一萬兩正筆下現交銀七千兩因有租辦王德新引契一張未交同中言定至六月內將引契交出再付銀三千兩以歸 一萬兩之數言明每月按一分一厘行息限期八年爲滿年限不滿不準回贖倘限內因事故收回同中言定陳松岩陳少謙情愿貼併 瑞恒號銀三千兩作爲加息其本銀每本歸付銀一千餘兩限滿將本利還清後即將引契產契房租扎公櫃銀扎繳回如到期本利不付即將京引東壩外舖一座交出歸爲 瑞恒號自辦扣作本利將本利還清陳松岩陳少謙再爲收回自辦每年春秋兩運生鹽歸 瑞恒號發運價銀隨行貼市生鹽亦以八年爲限將本利還清後即歸陳松岩陳少謙自行發運欲後有憑各無返悔立此議單二帋各執一帋爲據外有陳松岩陳少謙借約一帋交付 瑞恒號收執候至年終將利付給外至歸本銀若干再爲換票

光緒二十年正月廿五日立議單陳松岩陳少謙瑞恒號

苑杏江各有圖章押記

中友人

啟者敝行議定抓彩計票六百張內有五十會得彩頭彩計四尺高度金銅樓大座鐘一個値價銀一千兩此鐘本爲賣於 萬壽時所用貨到稍遲萬壽之期已誤雖經紳商看過終以貨高不肯遞價敝行亦以此物難尋常出售因添搭鐘表八音琴等貨以便抓彩所添之貨通按跌價估値配彩以次挨及頭彩至五十彩因花樣過多前報業經登過此次不及備載 諸公若不憑信貨物若何請到本行先來看彩然後購票均無不可每票一張售洋三元並託鍋店街恒義號又美昌號竹記號代售

天津紫竹林有喊洋行謹啟

來電照登

敬啟者江蘇徐海兩屬水災綦重飢民數百萬災區數十縣顛沛流離死亡枕藉巳公請嚴佑之往辦義賑並請宋培之往辦留養婦孩接佑之電徐海災重較川災百倍草根樹皮早經食盡沿途賣兒女者紛紛此時野無靑草天又下雪凍餓死者日有百數十人天絕災黎存亡呼吸非辦急賑不可若至三月不堪設想乞再籌銀數千恐緩不濟急愈速愈妙但現在待款孔急需款甚鉅南紳頻年籌募早已筋疲力盡憶前北地災荒南紳接濟今南邊災重北紳定必樂輸倘蒙 仁人君子慷慨解囊捐款請卽滙至敝所俾卽彙解多多益善愈速愈妙救人一命勝造浮屠功德無量 上海陳家木橋電報總局內籌賑公所楊廷杲謹啓素仰貴館諸公樂善不倦求將前項募啓刋登貴報俾閱報者惻然動念捐欵源源災民幸甚杲懇

徐海一帶地多斥鹵一遇水旱卽餓殍載道頃接孫仲英觀察轉寄上海義賑公所勸捐電啓合亟照登務求 諸善紳胞與爲懷慨賜捐助卽日滙寄上海俾紓災民殘喘 公侯萬代

本館附啓

悅泰洋貨店

開設天津法國租界紅樓後自運各國玩物金邊三連磨花描銀玻璃磚鏡子五彩大小碗盞杯盤料器奇形異樣香水壺荷包靴掖洋景礦子手套叫鐘表鍊花針扣子戒指洋火盒玳瑁梳篦金銀首飾鼻烟壺各樣五色料金珠書圖等物格外價廉消售發客

拍賣告白

啓者本月初五日禮拜一下午兩點鐘英租界麥加利銀行候大樓上拍賣外國家俱棹椅鏡子立櫃洗面棹洗面盆帳子鐵床洋琴洋燈洋爐子洋鎗玩物各樣俱全如欲買者請早來細看面拍可也此佈 聞
特集盛洋行謹啓

北浮橋口

回 回

西天慶羊肉飯莊

包辦酒席不用水海味
小賣俱全用清眞白麵
准于本月初九日開市

新開 元隆號綢緞洋貨莊

自去歲四月初旬開張以來蒙 各主顧垂盼雲集馳名日盛本號特由蘇杭等處加意揀選名機新鮮貨色零整銀價俱照大莊行市公平發售以昭久遠此白 寄賣龍井雨前素茶福建皮絲水烟各種眞料大小皮箱 開設天津府北門外估衣街中路北門面便是

三井洋行分莊 告白

啟者日本商始創貿易爲業數拾年以來今分莊開設北門外鍋店街洗家衚衕口對過專選精工料實東洋棉紗各等時式大小疋棉布粗洋布斜紋洋標等格外公道價亦從廉凡仕商賜顧者請至分莊面議可也特此佈聞
三井本莊主人啟

烏利文洋行

啓者本行開設香港上海三十餘年四方馳名專售各式金銀鐘表鑽石戒指八音琴千里鏡眼鏡等物並修理鐘表外洋新到各色鐘表價錢比別家格外公道開設在紫竹林法租界大街本行又分莊在北門外樂壺洞保陽棧傍榮生祥內請 諸君降臨特 光顧是幸 此佈聞
戊戌年閏三月初四日禮拜日
烏利文洋行

告白

近年市售石印畫譜除介子園十竹齋外每以舊本而易新名良由難覓新稿若敝局新印之耕香館畫賸蒙賞鑒諸君賜顧者極讚其筆法神韻每部價洋二元併發售石印經史子集科場文章新出策學滙源西學富強叢書時務分類與國策各種格致洋學古今閑書目繁不及備載湖筆徽墨信箋文玩紈摺雅扇貨高價廉
天津東門外
同文書局啓

恒昌照像館

啓者本號今因建造新樓于三月初二日暫遷往牌坊外先農壇前另設玻璃照像棚 諸君賜顧請 駕臨是荷俟本樓工竣復回原鋪謹此佈聞
本主人謹啓

田 回

牛羊公司告白

啓者本公司開設天津紫竹林法租界烏利文洋行旁邊專由內地採買牛羊以備洋人膳用所有圈養一切宰牛羊之法目皆按西法其牛羊肉淨無可比與衆不同本公司今因議定新章特邀回教中人專爲司理此事故特聲明除每日售與洋人按揩取之外所有牛羊肉皆照章售與華人零用格外公道不悞主顧 議定準斤十六兩價錢
牛肉每斤一百八十文
羊肉每斤二百六十文
主人謹啓

美孚老牌煤油

啓者美國三達煤油公司之德富士老牌煤油天下馳名萬商稱美蓋其質潔色清亮白如銀且絕無烟氣能耐久燃比之生萱等油晶光百倍而儉用價廉此為德富士老牌之佳處誠屬無雙妙品也士商賜顧請到天津美孚洋行採辦或向就近殷實行店購買庶不致悞

DEVOE'S
PAT'D JUNE 22.63.
BRILLIANT
OIL
IMPROVED
PAT'D JUNE 28.64.
PATENT CAN
美孚行

京都 一品樓

本樓擇於三月十二日開市大吉 本舖做 隨意便飯 蘇造餑餑 烤鴨薰鷄 應時小賣 內有樓房雅座 開設天津紫竹林大街北頭路西門面便是

閏三月初六日出口輪船 往上海 禮拜二

新豐 輪船往上海 招商局
豐順 輪船往上海 招商局
景星 輪船往上海 怡和行
通州 輪船往上海 太古行

閏三月初四日銀洋行情
天津通行九七六錢
銀盤二千三百三十文 洋一千六百六十五
紫竹林通行九六錢
銀盤二千三百六十文 洋一千六百九十文
洋錢行市七錢二分

新開 敦慶隆綢緞洋貨莊

擇於閏三月十一日開張

本號開設天津北門外估衣街西口路南第五家專辦上等綢緞顧繡以及各樣花素洋布各碼線批合線俱按銀莊零整批發格外克已士商賜顧者請認明本號招牌庶不致誤 本號特白

朱鈍翁先生鑑湖高士浙水名流代學爽鳩世習扁鵲脉理精奥醫術深通來津十年屢治危症名揚遐邇著手回春久寓彌勒庵

開設天津紫竹林海大道旁

福仙茶園

京都洪春班

特請山陝京都上洋姑蘇名角

閏三月初五日早晚

堂會

創包機器

敬啓者近來西法之妙莫過機器靈巧至各行應用非得其人難盡其妙每値傷損修理必悞時日今有甯子卿專於經理機器玆擬創辦包定各項機器以及向有機器常年煤料工力價値格外公道如貴行欲商者請到福仙茶園面議可也特白

海大道福仙茶園街口

新開清眞同瑞茶店

本店主人不惜資本精選各省雷鳴小種雨前雀舌三窨珠蘭茉莉雙薰龍井銀針安化紅梅諸品名茶各様鮮花明目散薰法與衆不同以上各貨加工揀選凡貴商賜顧者不悞 謹啓

石印王可莊狀元全本殿試卷

寄京琉璃廠各書紙店發售留津無多祇在本齋發賣每本收津錢八百文 小儀門絳雪齋啓

直報

本館開設天津紫竹林海大道老菜市氣燈房巷內

光緒二十四年閏三月初五日　第一千零三十二號

西歷一千八百九十八年四月廿五日　禮拜一

上諭恭錄

上諭大學士麟書持躬恪愼學問優長由宗人府主事洊歷正卿屢司文柄簡授內大臣翰林院掌院學士旋登揆席翊贊綸扉總理部旗事務宣力有年克勤厥職前因患病給假方冀調理就痊長資倚畀遽聞溘逝悼惜殊深着賞給陀羅經被派貝子溥倫帶領侍衛十員卽日前往奠醊加恩晉贈太子太保銜入祀賢良祠照大學士例賜邮任內一切處分悉予開復應得邮典該衙門查例具奏伊子工部員外郞英綿着以五品京堂卽補伊孫定恒着賞給舉人准其一體會試用示篤念耆臣至意欽此　上諭吏部奏詹事府贊善員缺請旨簡用一摺詹事府右贊善員缺着候補贊善李聯芳補授欽此

自强說

天之與人者何厚哉予之以身予之以耳目手足有耳也而後能聽有目也而後能視有手與足也而後能取携能步履天之愛人至矣盡矣天愛人卽有以生人天生人卽有以成人長養之栽培之使之優游食息一人如是人人如是推之百千億萬人莫不如是無歧視也無偏私也同戴高同履厚卽同具此耳目手足而無或缺無如目同視也華人不及洋人明耳同聽也華人不及洋人聰手足同運動也華人不及洋人巧何哉曰在人之自强與否而已聰也明也巧也賦之於天實運之於人積之則愈篤精之則愈神拓充之則千變萬化而不可思議其中有淺深有優絀則視乎人力之所到以爲衡洋人之所以勝於華人者從可知矣人孰不愛其身卽孰不愛其耳目手足乃華人之用愛也爲其逸洋人則爲其勞華人之用愛也使之惰洋人則使之勤惟逸且惰焉始則護惜之繼則閒曠之終必至於委頓廢弛而不可用惟其勤且勞焉始則洗濯之繼則磨礪之終必至於堅忍銳利而不可遏勤與惰勞與逸强不强之分也差之毫釐

謬以千里是不可不早辨焉不觀夫銅鐵乎方其在礦也精氣內含寶光潛蘊藏鋒斂鍔無所謂利器也及置諸爐中日以鍛月以鍊千辟而百灌鋒芒出矣廉鍔露矣以頑鐵而變爲精鋼非銅鐵自爲也勤與勞所致也自強也使保護而珍藏之其不至糟朽者幾何矣不觀之土田乎方其未治也厚者瘠薄隰者沮洳榛莽荆棘無所謂膏腴也及加以墾闢春有耕夏有耘芟夷而蘊崇阡陌開矣溝塍理矣以石田而化爲腴壤非土田自爲也勤與勞之功也自強也使閒曠而棄置之其不至斥鹵者幾何矣強不強之明效大驗有如此者推之農用強於稼穡則收穫豐焉士用強於學問則術業進焉商用強於貿易工用強於操作則利益厚而技藝精焉於是國用饒人才出有無可通而器用皆備以之自守則封疆固而內亂不能生以之禦鄰則武備修而外患不足慮泰西諸大國所以稱雄海上者豈有化術哉自強而已中國時局之艱未有甚於今日也庫藏空矣幾於羅掘俱窮營務弛矣盡屬烏合之衆商務極思振興局廠講求製造大半步西國後塵借洋商息債未聞卓然自立獨出心裁者其見輕於雄國受侮於強鄰岌岌不堪爲國矣雖然猶是人也豈耳無聰乎目無明乎手與足獨無巧乎特不能自強故耳倘一旦翻然悟奮然興頓洗從委靡因循之習發憤爲雄當在反掌間也內而強於心外而強於力合心與力而強於趨事赴功農強矣辨土宜教樹藝不虞水毀木飢士強矣精格致尙實學無取虛文故事工與商皆強矣籌算於居積之中神明於規矩之外務使陶頓失其富而離輸遜其能一人強衆人強舉一國之君臣上下無不強如此而不能馳逐爭衡洗國恥雪舊恨吾不信也大抵成敗利鈍無定形視乎其人之所爲而已庸人多畏縮但求目前無事以偸旦夕之安於是隱忍之粉飾之養癰成患一旦決裂遂至潰敗而不可收拾倘能振作精神實事求是堂堂大國安在不可自立乎況天地清淑之氣鍾毓於中華者居多人文秀美駕泰西而上一切聲光化電諸學問凡洋人所能者華人皆可能特上之倡導不力則下之風氣不開修鐵軌以利行立學堂以興教設機器等局以製器械非不步武泰西然皆襲其迹而未求其眞也惟是鼓吾氣振吾神心摹力追使耳盡其聰目盡其明手足盡其巧以成爲自強也而後可

接續會典奬單 ○內閣中書兆珍請作爲員外郎分部遇缺卽補三品頂戴禮部員外郎景樞請 賞給三代三品封典工部候補郎中海康仍請以本部郎中無論咨留遇缺卽補內閣候補侍讀廷恩請以郎中分部遇缺卽補內務府員外郎繼銘請開復革職留任處分免繳捐復銀兩工部員外郎英志請俟升郎中後在任以知府不論雙單月遇缺卽選收掌官武職四品銜世襲雲騎尉戶部銀庫司庫倭恒額請俟年滿調補後作爲六部主事遇缺卽補並 賞換文職四品銜侍讀銜卽補侍讀內閣中書恒謙請 賞換四品頂戴並隨帶二級翰林院七品筆帖式榮興請 賞加五品銜內閣中書裕隆請作爲侍讀遇缺卽補並賞加四品銜內閣中書榮寬請作爲侍讀遇缺卽補在任卽選同知內閣中書連兆請俟選同知後在任以知府歸候補班前補用卽補侍讀內閣中書毓書請俟升任後 賞加四品頂戴卽選主事翰林院筆帖式保在請作爲員外郎分部遇缺卽補卽補侍讀內閣中書松茂請俟升任後 賞加四品銜內閣候補中書齊增請以中書無論滿漢本堂不計旗分遇缺卽補翰林院筆帖式玉山請作爲主事分部遇缺卽補內閣中書阿克敦布請在任以侍讀遇缺卽卽補選主事翰林院筆帖式長壽請作爲員外郎分部遇缺卽補翰林院典簿徵厚請以六部漢字堂主事歸科甲本班儘先前卽選內閣中書松壽請在任以撫民同知不論雙單月遇缺卽選 此單未完

寺傳謝 恩 ○鴻臚寺爲示傳事照得每屆舉行大挑人員例應赴寺謝 恩歷經遵辦在案今本年戊戌科大挑所有八旗滿蒙漢及各省挑定一二等各員均限於十日內親身赴本寺內行謝 恩禮以符定制如遲查究毋得自悞特示

上下流通 ○戶部爲曉諭事查廣東解到大小銀元合銀三十萬兩原議先由官俸搭放惟現在春俸已過秋俸爲期尙遠自應因時變通由各衙門飯銀養廉各項工程顏緞兩庫折價五城練勇局月領銀兩內自本年閏三月酌量搭放至搭放以後凡在部照海防例報捐請領昭信股票及在崇文門左右兩翼交稅均准銀元搭收以期流通行用茲將搭放搭收簡明條欵開列於左 一銀元係屬庫平而搭放各項均係京平應按六分申平核算如大鉛元一枚重庫平七錢二分申合京平應重七錢六分三厘三毫其五角以

下小銀元均依此數申算凡官民人等承領此項銀元絕無虧平之累　一銀元放數自畸零搭放成數頗難劃分擬先行知照銀庫自閏三月起遇有各項搭放之欵每百兩應放給銀元若干現銀若干均由管庫大臣屆時斟酌核定惟至少不得不及二成之數　一搭放之欵既不必定成數搭收之欵亦無庸按成數核計自閏三月起在部報捐請領股票每百兩繳銀元若干現銀若干均聽本人自便崇文門左右兩翼收稅亦照此章辦理其不願交銀元者仍聽　一各項收欵向按庫平紋銀茲後有以銀元交納者每大銀元一枚即作爲庫平紋銀核算不得稍有折減倘兌收之時書吏藉詞刁難應由該管官查明從重治罪以上各條應由本部知照領票各衙門備案並行知崇文門左右兩翼步軍統領順天府五城一體張貼曉示俾官民人等無不周知特示

先覩爲快　○北闈鄉會試揭曉之前一日琉璃廠向有出賣紅錄之舉嗣於巳丑科起因報錄者爭先搶報致啓爭端遂爾禁絕數年以來已寂寂無聞而與試諸君翹盼泥金捷報雖一日之隔未免望眼欲穿今年戊戌科會試經龍文齋刻字舖爲首商議公送全本紅錄於閏三月初三日在各巷黏貼報單云初十日午後在琉璃廠東門內觀音閣廟內出看紅錄由午至夜隨到隨錄直至五魁一名不缺任人縱觀毫無障礙並不取分文云云誠快事也諒是日望登鰲頭者必結伴往觀也

聯名具呈　○閏三月初二日都察院署前有山東省孝廉一百數十人聯名攔輿呈控某處拆毀聖廟等情業經批准諒不日據情代奏矣

小施其技　○禮親王府護院李某於數年前投入邸中一若客無能者惟克盡厥職每晚隨衆查夜尚覺忠勤耳近日以薪水不敷衣食意欲他去遂稍露其能每獻一技衆皆詫爲神奇該府正殿高近五丈李由傍殿數躍而上步行屋脊如履平地以雙手按脊將身懸起作順風旗勢已而至簷翻身下墜雙手握椽往復數次殊無倦意復由正殿躍至西廊連翻金斗至南矮屋而下親王聞之厚加賞賜增其薪水勿使他去云

給比其隣　○安定門外小關地方德盛湧油酒店於閏三月初一日夜間十一點鐘突遭明火約計盜匪共有十數人當即鳴鑼告警未幾聚集鄰人數百名各持器械蜂擁而至該盜賊見勢不佳知萬不能奏技遂施放洋鎗數十聲一鬨而去鄰人恐受其害亦未敢追而該店檢點財物一無所失惟車門被賊毀壞舖夥尚姓受洋鎗轟傷其餘幸俱無恙噫輦轂之下盜匪竟敢似此猖狂有緝捕之責者務當嚴整捕務使若輩聞風知懼庶閭閻得以安枕耳

栢節晉京　○新授長蘆鹽運司委署臬司廷廉訪雍到津各情均登前報茲悉廉訪因有要公約於初六日乘火車赴京事畢後即由京晉省接篆云

豸旌赴省　○清河道高觀察趨轅禀知督憲定於初五日起程由水路赴省片請王都戎承露用仙航輪船拖送並聞官場傳說諏吉十一日接篆未知確否

諭禁私墾　○刻據天津道憲札飭營田局委員司事派役諭知附近鄉農不准私開稻田如違干究當即遵照曉諭矣

查勘海河　○海河至掛甲寺一帶淺而曲隄亦卑薄故歷年皆由該處潰決刻經當道札委章刺史兆蓉前往查勘妥議具覆以憑核辦

會銜出示　○工程局天津縣會銜出示云照得津郡城壕每年春間由局僱夫挑濬引刷濁汚歷經照辦在案查去冬壕內封凍居民傾倒灰土漸形淤塞茲値春仲地氣融化穢氣薰蒸業經僱夫疏挑以便吸水惟壕中汚穢向來運至河沿一帶聽附近村庄自來裝運培壅田園洵屬兩有裨益合行出示曉諭爲此示仰附近各村一體知悉務即自備車船來津載運由局縣發給布旗執照倘有棍徒差役地保人等阻攔訛索准爾等來局縣指控定即拿究不貸勿違特示

縣批照錄　○于光華批誣告有反坐之例爾果別無隱情爾妻即或病故劉李氏斷不敢憑空誣控自取咎戾擬請備案之處

應不准行

胆大妄爲　○某署公所司帳李某在周胡子小班與鳳魁有嚙臂盟繼又見異思遷與翠伶盟白首一箭雙雕致二妓醋海生波朝暮打駡胡子欲逐二妓李某又從中調停不得不揮金似土前曾放給某茶園五千金至今無著此外虧空公所不下萬餘金不知何欵彌補訪明再登

侵田控府　○復潤田青縣人因鄰村居民名牛咬者繞越地界侵佔伊家麥田於昨午據情繕就禀詞赴府投遞至如何批示容俟再訪

窰窪小火　○昨晚七點餘鐘窰窪閘口間王某蒸食鋪不戒於火幸臨河甚近鋪夥七手八脚一面取水灌澆一面拆毀墻屋得以立時撲滅僅燒門面半間比鄰皆未殃及然亦受驚不小矣

失女兩誌　○李甲南皮人在津傭工携家居焉昨有同里婦某氏來投宿李念切鄉誼允之不料乘夜將十一歲幼女拐逃李現四出偵尋未知能否弋獲又昨有人書帖告白云東窰窪劉家水鋪後魏姓女孩名叩年十一歲身穿魚白褂靑托領紅褲紅鞋不知失迷何所如有知其下落送信或將女送回者定有重謝決不食言云云

浙漕減數　○聞歷届江浙海運漕米約八十餘萬石本年運到僅五十萬上下較客歲虧三分之一刻各剝船陸續駛赴鹹水沽起兑以便運通交納

隱契受罰　○城內某甲價買住房一所希圖省費隱契不稅並將價值加倍捏寫典據當經該管經紀地方查知禀報提訊屬實除飭照例補稅外並罰銀若干充公爲匿不報稅者戒

光緒二十四年閏三月初三日京報全錄

宮門抄○閏三月初三日吏部　翰林院　正黃旗値日無引　見　莊王光公各假滿請　安　裕德等謝署缺　恩　信公請假十日　麟中堂遞遺摺　倉塲奏漕船五日回空　召見軍機　熙敬　皇上明日辦事後由　頤和園還宮

○○頭品頂戴湖南巡撫臣陳寶箴跪　奏爲原任總兵功在苗疆兵民愛慕據情籲懇　恩施以彰藎績而資觀感恭摺仰祈　聖鑒事竊臣據鳳皇廳同知唐步瀛詳據在籍前任貴州石阡府知府田宗超等聯名呈稱原任鎭筸鎭總兵湖南提督一等果勇侯諡勤勇楊芳貴州松桃廳人由松桃協標左營書識於乾隆六十年從大軍勦捕楚鈐叛苗拔補把總保升千總旋隨征川陝敎匪轉戰湖北四川陝西三省邊界有戰必先無攻不克至嘉慶九年敎匪肅淸積功洊保台拱營守備普洱都司升下江營游擊兩廣督標叅將廣西副將補寧陝鎭總兵並蒙　賞戴花翎誠勇巴圖魯名號十年署陝西提督因寧陝新兵蒲大芳等謀亂奉　旨謫戍伊犂旋蒙　恩釋回以守備千總補用十三年請假回籍省親補松桃協千總十五年奉　旨補授廣東右翼總兵調西安鎭總兵十六年丁毋憂十八年敎匪林淸亂起呈請自効補河北鎭總兵是年十二月克復滑縣俘首逆朱亮臣加提督銜賞雲騎尉世職十九年勦平陝西才峽賊匪調漢中鎭總兵二十年奉　旨補授甘肅提督道光元年調直隸提督三年調湖南提督五年調固原提督六年奉　旨簡放叅贊大臣勦辦新疆回匪克復和闐等城　賞加騎都尉世職是年十二月戰於喀爾鐵蓋山冒雪督陣生擒首逆張格爾獻俘至京奉　旨封三等果勇侯加太子太保銜繪像　紫光閣凱旋　召見晋二等侯太子太傅銜　賜紫禁城騎馬十三年四川淸溪土千戶越巂山各夷滋事調補四川提督夷匪盪平　詔晋一等侯十四年夷復蠢動奉　旨降二等侯以總兵發往甘肅補用因傷疾舉發乞假回籍調理湖南鎭筸鎭與辰沅靖道均駐紮鳳凰廳城十六年鎭筸鎭標營兵暨道標練勇因借餉鼓譟城中一日數驚奉委赴鎭筸查辦之叅將蘇淸阿復被亂黨刺斃人情鼎沸勢更岌岌地方士民一再詣松桃請爲鎭定楊芳慮鎭筸有變掣動苗疆全局乃力疾集鄉勇赴交之正大營遙爲聲援一面遣人宣揚　朝廷威德亂黨聞風解散會前湖廣總督訥爾經額帶兵進駐辰州各叛黨恐怖楊芳繞道密陳毋用

兵威隨親詣鎮旱協同文武計擒首要鍾潮楝等懲治餘黨以資發落人心以定旋奉　旨補授鎮旱鎮總兵楊芳涖任後民情尚懷疑懼乃會商前督撫臣劉切曉諭民苗乃得按堵如常操兵之暇時與地方父老相接見諮詢利病時或輕騎減從巡歷汎地徑行苗寨加意拊循事之不便於民者必爲更易居恒愛兵如子執法如山考拔弁兵當挑選並念邊兵寒苦因陳明將前鎮道賠欵一萬五千餘兩存庫以資接濟迨會同籌議苗疆善後事宜奏定鎮標兵丁買備屯穀價銀及道標練勇仍駐北關並著海花疊陣圖式敎弁兵以分合奇正使知進退之方刊印　聖諭廣訓暨行軍論射篇令各弁兵時加誦習於長矛托磚跳架騸馬等式講習尤詳至今標兵驍勇敢戰一兵有數技之能皆楊芳敎澤所遺復以鎮旱文風漸振乃商諸鳳皇廳同知各捐廉銀委紳購地重修學宮接見士紳勸以興賢育材並著有河洛要言平平錄青囊演易等書時與諸生討論經史嗣是人文蔚起科第奮興廳城北門偪近溪流時有衝決之虞楊芳捐修護城一道以殺水勢及蛟水驟發此城得以無恙在任兩年兵勇士民無不畏威懷德及去設位祀之十八年遷廣西提督調湖南二十一年　簡授叅贊大臣罔不規畫周詳殫精竭慮故能允孚衆望勳著旗常嗣因傷疾舉發告養回籍於二十六年三月二十一日以傷疾卒於家蒙　恩褒邮　賜祭葬如例　予　勤奮生平功績宣付國史館立傳光緒十一年由貴州省原籍奏准從祀鄉賢固已疊荷恩榮惟鎮算地方沐其遺澤祀典猶虛軍民戴德之忱缺然未盡造具事實淸册請於廳城建立專祠以隆報饗呈懇轉詳等情由廳詳請具奏前來臣查原任湖南鎮算鎮總兵果勇侯楊芳仰荷　列聖特達之知由營書薦升提鎮　錫封　予　疊沛　鴻施固已至優極渥惟道光十六年鎮算標兵譁譟之時苗疆戡定未久頑苗之反側未安兵勇之驕悍難馭前鎮道撫綏乏術巳啓峅端若稍失機宜後事卽難設想楊芳素得兵心布置固妥用能計擒首要解散脅從當時邊民旣免鋒鏑之災嗣後兵丁罔弗恪遵紀律是以軍民感念日久愈深茲據聯名呈請不敢壅於上　聞可否仰懇　天恩准將原任鎮算鎮總兵前湖南提督一等果勇侯楊芳於鳳皇廳城建立專祠由地方官春秋致祭以順輿情而資矜式出自　恩施逾格除咨部外謹恭摺具陳伏乞　皇上聖鑒　訓示謹　奏奉硃批着照所請該部知道欽此

寃抑難伸

茲因光緒十八年以押租銀貳萬六千兩花費九千兩租辦王德新瑞有德兩處京引連年賠累自力不支乃于二十年以自巳房間契紙瑞有德合同借據押到郡紳李子香所開瑞恒錢舖銀七千兩約于是年六月內再以王德新合同押銀三千兩統計銀壹萬兩俟交齊之日言明按壹分壹厘上票外現給該舖息銀五厘八年限滿再準商回贖所押之件立有議單各執爲証另錄查監至二十一年歲底還該商舖銀一千兩後聞因賑捐准各商增長鹽價從此引岸漸有起色商滿擬欠瑞恒之欵于八年到期更不難歸還該紳之欵詎料伊不待限滿卽派家丁店役舖彩十餘人來商家坐討四十餘日更將商弟少謙騙至伊家說令書押將租引轉租渠辦而商弟再四跪央方得放回復又將商喚至伊隔壁一所空房之內不準出門三十三日每日兩三次李子香自來挽勸仍令商書押將租引歸伊築辦課運商因欠外之欵鉅而且繁爲能照允伊竟巧計百出又煩出徐潤泉邵子周向商家老父寡孀言說果不將引岸轉租李子香辦伊斷不能將商放回而商之父孀皆有痛子痛侄之心遂爲其所惑隱忍書押蓋印圖章李子香恃有議單在手才將商放回嗣因業王德新瑞有德不準轉租具稟贖回乃子香以自行揑寫議單爲憑並不敢將實在証據呈案含混赴運憲案下控告運憲燭其奸遂不以鹽務論按照私債不準折抵引岸故將案發縣而前縣主陳未識因何不追確情亦不問該商所執作質字據堅向商按照伊自揑寫議單追銀二萬一千兩夫賬目原以本欠主自立之據爲憑若不據此而僅恃討欠者呈出莫須有之字據卽給照追雖有無限寃情恐終不能分白矣思當日向該紳舖借銀之時約擬八年爲限者以此數年中引岸稍有起色不難歸還引岸卽無起色所得贏餘亦能但抽屢還按原議應扣至二十八年正月方爲限滿自可歸清而伊突于二十一年歲底卽來索討殊出情理之外伊非不知于理不合但意在謀產見產被贖遂露出詭謀奸態似此必須追出商親立字據沉寃可白案亦可水落石出敢具此爲合郡告亦敢據此請官府察謹將伊不交出眞據底錄後　立議單陳松岩陳少謙瑞恒號今議到陳松岩陳少謙因有正用情愿將自行租辦王德新大宛兩縣額引一千八百一道並東壩外舖一座瑞有德大宛兩縣額引一千八百一道引契二帋自置二道街房座紅契二帋公櫃取銀扎子一個取房租扎子二個計倪姓陸姓房產紅契係買朱姓蕭姓的作押憑中借到瑞恒號公法化寶銀一萬兩正筆下現交銀七千兩因有

陳恒益謹白

魁陞號綢緞洋貨莊

租辦王德新引契一張未交同中言定至六月內將引契交出再付銀三千兩以歸一萬兩之數言明每月按一分一厘行息限期八年爲滿年限不滿不準回贖倘限內因事故收回同中言定陳松岩陳少謙情愿貼備瑞恒號銀三千兩作爲加息其本銀每本歸付銀一千餘兩限滿將本利還清後即將引契房租扎公櫃銀扎繳回如到期本利不付即將京引東壩外鋪一座交出歸爲瑞恒號自辦扣作本利將本利還清陳松岩陳少謙再爲收回自辦每年春秋兩運生鹽歸瑞恒號發運價銀隨行貼市生鹽亦以八年爲限將本利還清後即歸陳松岩陳少謙自行發運欲後有憑各無返悔立此議單二帋各執一帋爲據外有陳松岩陳少謙借約一帋交付瑞恒號收執候至年終將利付給外至歸本銀若干再爲換票　光緒二十年正月廿五日立議單陳松岩陳少謙　中友人苑杏汀各有圖章押記

本號自置顧繡綢緞洋貨等物整零均按銀莊格外公道皆比大市價廉發售　寓天津北門外估衣街五彩號衚衕口坐北向南便是特此

本號謹啓

來電照登

敬啓者江蘇徐海兩屬水災綦重飢民數百萬災區數十縣顛沛流離死亡枕藉已公請嚴佑之往辦義賑並請宋培之往辦留養婦孩接佑之電徐海災重較川災百倍草根樹皮早經食盡沿途賣兒女者紛紛此時野無青草天又下雪凍餓死者日有百數十人天絕災黎存亡呼吸非辦急賑不可若至三月不堪設想乞再籌銀數千恐緩不濟急愈速愈妙但現在待款孔急需款甚鉅南紳頻年籌募早已筋疲力盡憶前北地災荒南紳接濟今南邊災重北紳定必樂輸倘蒙仁人君子慷慨解囊捐款請即滙至敝所俾即彙解多多益善愈速愈妙救人一命勝造浮屠功德無量　上海陳家木橋電報總局內籌賑公所楊廷杲謹啓　素仰貴館諸公樂善不倦求將前項募啓刋登貴報俾閱報者惻然動念捐款源源災民幸甚杲懇

徐海一帶地多斥鹵一遇水旱即餓殍載道頃接孫仲英觀察轉寄上海義賑公所勸捐電啓合亟照登務求諸善紳胞與爲懷慨賜捐助即日滙寄上海俾紓災民殘喘公侯萬代　本館附啓

紫竹林第一樓番菜館

本號專作英法大菜各色精細點心各樣洋酒洋貨等物一應俱全並售

上上紅茶每斤津錢八百　一千六百

又批發茂生公司鐵海紙烟零整發售價值格外公道原箱計一百盒價洋一百四十四元每盒計五百支洋一元五角凡仕商賜顧請即駕臨是荷

主人謹白

悅來洋貨店

開設天津法國租界紅樓後自運各國玩物金邊三連磨花描銀玻璃磚鏡子五彩大小碗蓋杯盤料器奇形異樣香水壺荷包靴掖洋景襪子手套叫鐘表鍊花鈕扣子戒指洋火盒玳瑁梳篦金銀首飾鼻烟壺各樣五色料金珠書圖等物格外價廉消售發客

京緞零剪　減價售現

零剪

高鴉背　一千三百五

正號元青貢緞每尺　一千四百文

中號　一千一百文

副號　八百八十文

眞杭青金銀庫緞每尺　二千二百文

眞裕順曾皮絲烟每包　一千一百文

南京鹹鴨每支　大一千八百文　小一千二百文

寄售

龍井　一千七百文

雨前　每斤　一千一百文

珠蘭　一千四百文

雀舌　九百六十文

本號自製元緞京緞蠶售零剪杭絨衣線燕金腿南貨糟貨一應俱全近因錢市漲落不同分別減價抑因無恥之徒假冒南味字號者甚多雖云謀利誠恐亂眞欲辦藉用煩諸君鑒　天津宮北大獅子胡同公益仁記南味坊謹白

海大道　鴻春樓番菜館

啓者本店三層大樓工程告竣地勢寬闊以備貴官紳請讌擇於去臘遷移新正月初二日開市各樣俱全價廉物美凡仕紳賜顧者請即駕臨是幸

主人謹白

三井洋行分莊告白

啟者日本商始創貿易爲業數拾年以來今分莊開設北門外鍋店街洗家衚衕口對過專選精工料實東洋棉紗各等時式大小疋棉布粗洋布斜紋洋標等格外公道價亦從廉凡仕商賜顧者請至分莊面議可也特此佈聞

三井本莊主人啟

經濟叢書出 濟鈔票售

茲啓者本局所印經濟叢鈔照經科分爲六門曰內政曰外交曰理財曰經武曰格物曰攷工部二百卷訂四十二本裝六函六月出書每部售洋十元買書票者售洋八元買票之時付洋四元領書再繳書念四部贈書一部各日報均登報聲明士林願買書票就近向天津北門內府署東各報處梁子亨售書局紫氣堂購取買書票一張先付英洋四元其餘四元領書再繳日後出書請即執花邊圖記對號票一紙爲據倘將此票遺失與局無涉

經濟書局全啓

烏利文洋行

啓者本行開設香港上海三十餘年四方馳名專售各式金銀鐘表鑽石戒指八音琴千里鏡眼鏡等物並修理鐘表外洋新到各色鐘表價錢比別家格外公道開設在紫竹林法租界大街本行又分莊在北門外樂壺洞保陽棧傍生祥內請諸君降臨光顧是幸特此佈聞

戊戌年閏三月初五日 禮拜一

烏利文洋行

北浮橋口 回回 西天慶羊肉飯莊

包辦酒席不用水海味

小賣俱全用清眞白麵

准于本月初九日開市

新開元隆號綢緞洋貨莊

自去歲四月初旬開張以來蒙各主顧垂盼雲集馳名日盛本號特由蘇杭等處加意揀選名機新鮮貨色零整銀價俱照大莊行市公平發售以昭久遠此白寄賣龍井雨前素茶福建皮絲水烟各種眞料大小皮箱開設天津府北門外估衣街中路北門面便是

告白

啓者敝行出售彩票共計六百張除已售出四百餘張外尚有一百餘張待售售完即定期抓彩每票一張售洋三元諸公若不憑信貨物請到本行先來看彩然後買票均無不可至各彩詳細數目前報登過此次不及備載並託鍋店街恒義號又美昌號竹記號代售

天津紫竹林南有喊洋行謹啓

回回牛羊公司告白

啓者本公司開設天津紫竹林法租界烏利文洋行旁邊專由內地採買牛羊以備洋人購用所有圈養一切宰牛羊之法目皆按西法其牛羊肉淨無可比與衆不同本公司今因議定新章特邀回教中人專爲司理此事故特聲明除每日售與洋人按照取之外所有牛羊肉皆照章售與華人零用格外公道不悮主顧 議定準斤十六兩價錢 牛肉每斤一百八十文 羊肉每斤二百六十文

主人謹啓

恒昌照像館

啓者本號今因建造新樓于三月初二日暫遷往牌坊外先農壇前另設玻璃照像棚諸君賜顧請駕光臨是荷俟本樓工竣後回原舖謹此佈聞

本主人謹啓

美孚老牌煤油

啓者美國三達煤油公司之德富士老牌煤油天下馳名萬商稱美蓋其質潔色清亮白如銀且絕無烟氣能耐久燃比之生荳等油晶光百倍而儉用價廉此為德富士老牌之佳處誠屬無雙妙品也士商賜顧請到天津美孚洋行採辦或向就近殷實行店購買庶不致悞

DEVOE'S
PAT'D JUNE 22.63.
BRILLIANT
OIL
IMPROVED
PAT'D JUNE 28.64.
PATENT CAN
美孚行

開設天津紫竹林海大道旁

福仙茶園

京都洪春班

特請山陝京都上洋姑蘇名角

閏三月初六日早晚

堂會

創包機器

敬啓者近來西法之妙莫過機器靈巧至各行應用非得其人難盡其妙每值傷損修理必悞時日今有甯子卿專於經理機器玆擬創辦包定各項機器常年煤料工力價值格外公道如貴行欲商者請到福仙茶園面議可也特白

海大道福仙茶園街口

新開清眞同瑞茶店

本店主人不惜資本精選各省雷鳴小種雨前雀舌三窨珠蘭茉莉雙薰龍井銀針安化紅梅諸品名茶各樣鮮花明目散薰法與衆不同以上各貨加工揀選凡貴商賜顧者不悞　謹啓

石印王可莊狀元全本殿試卷

寄京琉璃廠各書紙店發售留津無多祇在本齋發賣每本收津錢八百文　小儀門縫雪齋啓

京都　一品樓

本樓擇於三月十二日開市大吉

本舖常做

隨意便飯　蘇造餚饌　烤鴨薰鷄　應時小賣

內有雅座樓房

開設天津紫竹林大街北頭路西門面便是

閏三月初六日出口輪船　往上海　禮拜二

新豐	輪船往上海	招商局
豐順	輪船往上海	招商局
景星	輪船往上海	怡和行
通州	輪船往上海	太古行

閏三月初五日銀洋行情

天津通行九七六錢

銀盤二千三百三十二　洋一千六百六十五

紫竹林通行九六錢

銀盤二千三百六十二　洋一千六百九十文

洋錢行市七錢二分

新開 敦慶隆綢緞洋貨莊

擇於閏三月十一日開張

本號開設天津北門外估衣街西口路南第五家專辦上等綢緞顧繡以及各樣花素洋布各碼線批合線俱按銀莊零整批發格外克己士商賜顧者請認明本號招牌庶不致誤　本號特白

朱鈍翁先生鑑湖高士浙水名流代學爽鳩世習扁鵲脉理精奧醫術深通來津十年屢治危症名揚遐邇著手回春久寓彌勒庵

直報

本館開設天津紫竹林海大道老菜市氣燈房巷內

光緒二十四年閏三月初六日 第一千零三十三號
西歷一千八百九十八年四月廿六日 禮拜二

啓者昨接上海孫仲英善長來電旋又接到顧緝庭葉澄衷嚴筱舫楊子萱施子英各觀察來電據云江蘇徐海兩屬水災綦重飢民數十萬顚沛流離死亡枕籍災區十餘縣待賑孔急需欵甚鉅官欵恐未能徧及素仰貴社諸大善長久辦義賑飢溺猶已敬求代呼將伯源源接濟功德無量蒙滬賑欵即滙上海陳家木橋電報總局內籌賑公所收解可也云云伏思同居覆載異姓不啻天親縱隔形骸民物莫非胞與頓遭洪水哀此災荒盡是蒼生何分畛域况救人性命即積我陰功雖此日拯兹黎庶散盡赤仄青蚨卜他年報在子孫同來玉堂金馬敝社欵無備濟自知獨力難成術欲廣仁惟冀衆擎易舉叩乞 顯宦鉅紳仁人君子共憫奇災同施仁術原擬活人無算雖千金之助不爲多但能濟世有功即百錢之施不爲少盡心籌畫量力輸將敝社不禁爲億萬災黎泥首叩禱也如蒙 慨助即交天津溜米廠濟生社帳房代收並開付收條以昭徵信 濟生社籌賑同人謹啓

部照已到 直隷勸辦湖北賑捐局自光緒二十三年十一月二十日以後至光緒二十四年正月初十日以前請獎各捐生部照已到請即攜帶實收來局換照可也

上諭恭錄

上諭崑岡着充翰林院掌院學士欽此 上諭事件處欽此 上諭崑岡着充會典館正總裁廖壽恒着充會典館副總裁欽此 上諭榮祿着稽察欽奉旨凱泰着補授內大臣欽此 上諭戶部奏遵議國史館正總裁啓秀着充國史館副總裁欽此 上諭崑岡着充會典館正總裁欽此 上諭薛允升奏假期屆滿病仍未痊懇請開缺一摺宗人府府丞解清甘餉各員應給獎叙請旨辦理一摺着吏部議奏單併發欽此 薛允升着准其開缺欽此

讀滬報刼餉事系之以論

從來元惡大憝弄兵潢池事未有不起於細微者也若輩兇悍性成動輒藉端騷擾貪夜相殺掠大爲閭閻害懦弱畏其強隱忍而不敢較縉紳家以事不干已且恐結怨於小人亦莫肯誰何在廉明吏除暴安良捕治之律以應得之罪繫身囹圄中長加羈禁否則定地發遣遠竄烟瘴地不過費數紙案牘勞差役一奔走而患消於無形矣乃類皆無事爲榮非巨案不肯認眞但從寬示薄懲不足懾服其心於是匪胆大匪迹張匪黨亦愈聚愈衆由偷竊而搶刼由搶刼而殺傷甚至戕官刼獄抗拒官兵肆無忌憚叛逆之勢以成而不可撲滅頃讀滬報紀盜刼餉銀一則不禁慨然焉報稱傳聞江西撫軍某中丞提撥陝省餉銀十萬兩委員督解於三月初八日行至安徽鳳陽府屬之定遠縣張橋驛時已傍晚突來劇盜數十百人刼去餉銀一萬三千兩縣主聞報立飭通班捕役勒限嚴緝一面申詳上憲移知鄰封會同營汛一體緝拿云云夫餉銀之起解也有委員焉有兵丁焉沿路經過各州縣復照例派兵護送事體何等重大防範何等緊嚴非尋常盜賊所敢刼亦非尋常盜賊所能刼而居然刼之以去且數至一萬餘兩之多何哉然則該匪之猖獗可知矣自軍以來盜賊

蜂起到處伏莽未靖明火執仗各巨案時有所聞由封疆大吏奏定新章但係搶刦之案無論爲首爲從均處以極刑且恐久稽顯戮或有病斃及脫逃等情事未能明正典刑故一經訊有確供卽恭請王命就地正法然後傳首犯事各地方懸竿示衆王法何等森嚴而乃愍不畏死糾集黨羽多人白晝通衢橫奪官欵揆其情節與叛逆何以異雖然事有由來非一日之故也賊匪縱極兇殘無不畏官勢懼國法者特有司縱容之諱飾之以養成其惡耳偸竊之案無論矣各地方倘有明火執仗及拒傷事主等重情一經禀報到官務爲設法消彌或化大而爲小或避重而就輕温言撫慰事主嚴刑比責捕役平其氣而安其心使不肯上控所以規處分也處分旣免而捕緝之事緩矣而賊匪之罪輕矣顧一己之考成遂脫賊人於刑戮賊安得不橫乎故小偸也寖假而變爲大盜穿窬也寖假而至於撞門且竊藏於窮鄉僻壤間者寖假而胆敢入城廂刦官府故曰有司養成其惡也聞江淮間有施老窩子者鹽梟也黨羽千百人盤踞數州縣聲勢洶洶居然與梁山泊之宋江相伯仲上年有某營官督勇往拿施老窩子竟敢呼羣嘯黨與官軍對壘如臨大敵營官卒爲所敗兇鋒悪燄至今尚未撲滅安徽一案得毋卽其黨類與不然何其橫也咸豐間粵匪之變蹂躪幾徧天下勞師糜餉經營十餘年始得盪平當其初豈遽有數十百萬衆哉要不過悪少十餘輩潛伏山谷間打家刦舍擄掠以爲生地方官不亟加捕治得以從容糾合人愈衆勢愈張遂至包藏禍心謀爲不軌一發而不可復制星星之火可以燎原涓涓不塞乃成江河殷鑒非遙可不愼與餉銀國家要需也委員朝廷命官也官可抗餉可刦目無法紀一至於斯皆有司之過也往者不可諫來者猶可追於此而不購眼線重賞格盡數成擒俾無漏網伸國法以警兇頑恐粵匪之覆轍復見於今日矣敢抒鄙見用爲當事者告

接續會典奬單　○候補侍讀內閣中書崇廉請俟升任後　賞加四品銜內閣中書毓隆請在任以撫民同知通判不論雙單月遇缺卽選內閣中書謙福請在任以撫民同知不論雙單月遇缺卽選內閣中書智銓請　賞加五品銜卽補侍讀內閣中書穆津請俟升侍讀後在任以六部郎中選用翰林院筆帖式承英請在任以知縣不論雙單月歸議叙班前選用內閣中書吉順請　賞加隨帶二級內閣中書潤昌請　賞加隨帶二級內閣候補侍讀錫庚請作爲郎中分部遇缺卽補內閣候補中書廷林請以中書無論滿漢本堂不計旗分遇缺卽補○謹將列入一等議叙中異常勞績之漢總校總纂帮總纂修協修詳校校對等官擇其尤爲出力者擬給優奬繕具清單恭呈　御覽伏候　欽定計開漢總校總纂帮總纂官國子監祭酒吳樹梅請以應升之缺開列在前並　賞加二品銜內閣侍讀學士滎慶請以三四品京堂儘先開列並　賞戴花翎翰林院編修馮誦清請保送知府分省補缺後在任以道員用翰林院侍講學士瑞洵請以三品缺出開列在前翰林院編修朱祖謀請以五品坊缺開列在前並　賞加侍講銜翰林院編修檀璣請俟開坊缺後　賞加四品銜翰林院編修劉永亨請以五品坊缺開列在前並　賞加侍講銜　此單未完

山川望幸　○　內廷傳諭　皇太后定於是月中臨幸昆明湖計日爲初六初七初八十五十六十七共六日屆期

皇上躬奉　慈輿仍遵舊制由阜城門外萬壽寺乘　御船直達昆明湖然後登岸所有萬壽山之宮殿寺宇現在巳經奉宸苑笥飭步軍統領衙門將應行　輦路一律清除以備　警蹕之行其昆明湖之輪船　御座船及萬壽山各宮殿則由奉宸苑修理清潔祇候　臨幸值差人等均異常忙碌云

揭曉謝　恩　○日昨報登本年戊戌科會試於閏三月十一日揭曉今聞改期特錄告示於後○禮部爲曉諭事照得會試揭曉次日例應主考等官帶領中式貢生赴　午門前行謝　恩禮今本年戊戌科會試准至公堂移稱改於閏三月十二日揭曉爲此合行曉諭新中貢士等知悉於十三日黎明穿公服赴　午門前隨同主考等官行禮各宜懍遵毋得違悞特示

大挑演禮　○吏部示傳所有本部大挑一二等人員均傳於閏三月初四日午刻齊赴本部司務廳演習禮儀背誦履歷於初五六日俱穿補服帶領引　見毋得自悞特示

示領俸餉　○戶部爲行知事俸餉處案呈所有正黃廂紅等旗應領閏三月分米折錢糧銀兩本部庫定於初十日辰刻開放

爲此傳知承領人員務於是日辰刻赴庫支領毋違特示

迭獲盜犯　○近日京師搶刼之案層見疊出並經步軍統領三堂憲嚴禁烟館賭局以清盜源已列前報今聞閏三月初三日阜成門內南千章衚衕地方有情狀可疑四人經右翼巡兵看出破綻向前盤詰該四人言語支離當卽鎖拏解交右翼署中拷訊據供偷竊皮庫衚衕某宅銀兩衣飾等物歷歷不諱遂併解步軍統領衙門咨送刑部按律擬辦按都門搶案迭出破獲恒鮮自經步軍統領嚴諭始陸續拏獲著名巨盜被搶各案亦卽破獲可見並非盜有通天本領全在緝捕之認眞與否今所獲之盜若不枉縱吾知此後刼案自必漸少也

送路盛儀　○大學士麟芝菴中堂呈遞遺摺奉　上諭着賞給陀羅經被派貝子溥倫帶領侍衛十員卽日前往奠醊等因欽此已見邸抄茲聞閏三月初四日係送路之期在崇文門內東單牌樓三條衚衕府第搭蓋起脊棚門首設備鼓樂夫十二名每日合樂齊吹往奠諸鉅公衣冠濟濟車馬塞途是夕延請東華門外賢良寺戒僧諷經齋醮送路時紙紥車轎頂馬跟騾僕從象形甚多送路之諸鉅公暨門生等皆係步行魚貫不絕觀者傾城聞擇於四月下旬始行發引如何舉動俟訪明再錄

眞除志喜　○都察院經歷穆大鴻前經被叅部議開缺經總憲委派額外經歷陳銘署理已列前報茲聞都察院已將陳銘於閏三月初五日繕寫綠頭籤帶領引　見卽行實授矣

項上圓光　○左安門內玉清觀有道人宋某者年近期頤而耳目聰明雖弱冠人亦無以及黑夜觀書乃其常事聞者咸疑之近有某士子挾不數見之書於雨夜造訪其廬出書與讀歷歷不爽或謂此非目力之神乃其項上之圓光返照也然乎否乎請質諸修身養性者

奉旨回籍　○原任大學士張文達公之萬發殯暨靈柩奉　旨回籍等情均紀報紙茲於初五日抵津船泊薩寶實洋行前督憲王夔帥於下午四點鐘率同司道各官均赴舟次弔祭

軍節起程　○頃聞甘肅提督董軍門福祥奉　旨由甘肅統隊開往正定駐札現已起程在途諒不久卽抵防次矣

恭送柏節　○前報署臬司廷廉訪因公晉京等因茲悉初六日仍乘火車前往府縣各官均赴車站恭送如儀

道批照錄　○滄州民人劉元太呈批錢債細故既曾控府飭縣傳追何得來轅呈瀆殊屬健訟惟據稱該徐洛順保同之後潛赴德州避匿如果屬實亦甚巧猾仰南皮縣速卽關傳到案訊追清償具覆倘再延匿卽行詳請提究爾仍赴縣候示呈單抄存

府憲批示　○寗河縣人王德榮稟批據稟已悉姑候行知該縣查核辦理毋庸多瀆切切勿違此批

解犯赴省　○樂生錢鋪被搶一案經任千戎購線𨒪緝陳得勝等七犯暨在先拿獲之王塏均經訊有端倪昨經臬憲來文將八犯一併提省鞫訊覆核現照章每犯備車一輛長短解役三名外有汎兵護送押解前往矣

搶犯歸案　○前有販羊回民行至武清境界被匪搶刼曾報經戡驗通緝在案聞近日連獲七犯官府提訊明確現飭差解往歸案以憑究辦

請備土牛　○昨有文大兩縣村民多人同赴督河廳稟稱河水陡漲恐村前格淀隄或致潰決有損田廬請修土牛以備防禦云云蔡主簿囑候詳查覆該村民等唯唯遵退

要犯送縣　○昨午東關內洋車載一少年項上加鎖後面差役多人擁護觀者互相猜嫌謂係刦船要犯未知確否旋卽拉赴縣署而去

勘估鳳堤　○前紀楊村紳董鄉民諸葛彥等聯名赴水利局稟請修築鳳河東堤一則茲聞局憲派委前往勘估同津稟覆再籌欵興工云

津貼請示　○本郡四大名園輪日演戲因有閒雜人等赴園攪擾往往滋生事端園主公同會商具禀有司情愿有戲之期按座扣出津錢五十文爲善堂津貼請差彈壓並請告示粘貼戲園門首已經官塲俯如所請派差發諭矣

衣鉢相傳　○昨有人由京都來津者談及近來都中街兵假賊詐索良民鋪戶如不遂意該弁兵卽串通賊犯令供刦竊贓物寄存該鋪該家云云不一而足昨又有順天提標守備王某施某等押帶賊犯楊胖子勾串西珠汛弁兵宋占鰲王麻子等在前門外柳樹街一帶地方鋪戶娼寮詐索銀兩約有數百金之多假賊害人甚於盜賊矣又天津差弁亦有是法昨某兩署差役在侯家後一帶妓館內聲稱新官到任不准開設等詞各妓館以孔方了事復有某署差役帶同外縣之役聲稱會票拿人亦赴娼寮詐索錢文必償其欲壑始了噫爲鬼爲蜮是眞衣鉢相傳

翻雲覆雨　○穆鐵者紈袴子弟與侯家後翠香堂內翠寶相往還經穆之同類人趙某等說合給七十鳥身價銀若干將翠寶買出與穆從良並許給開翠香堂之老板錢若干昨已經將翠寶用花轎娶至穆家不知因何起衅將翠香堂老板送河北汛官懲辦該汛派役將該堂封閉永不准開設云

城隍出巡　○四月初六初八兩日天津府縣兩城隍照例赦辜以便超度諸亡魂今歲衆會首議定照章出巡仍不賽會刻街市閒均粘貼報單

先發制人　○南門外小藥王廟前劉某止一女因招贅爲養老計過門三年壻病故劉强使女守節以光門閭初二夜間竟被鄰人孫二誘拐偕逃孫母得耗恐劉不依乃作先發制人之計反在劉姓門首滋鬧非令劉交出伊子不可紛紛擾擾勸者看者人山人海不知將來作何結局

施醫被扭　○昨有異鄉人年約知命在道署東轅門外捨藥施醫圍觀者頗形擁擠突有官差數人喝退衆人卽將施醫者扭去旁觀皆目登口呆究不知是何緣故

有女同行　○蘆莊關帝廟有異鄉人携少婦僑寓廟中正擬租屋爲藏嬌計昨晚突來數差人將男婦一同捉將官裡去不知是何案情也

光緒二十四年閏三月初四日京報全錄

宮門抄○閏三月初四日戶部　通政司　詹事府　正白旗值日無引見　恩普假滿請安　湖南藩司俞廉三到京請安　淮安關監督金聲請訓　榮惠續假十日　薛允升奏請開缺　召見軍機　俞廉三　金聲

○○王文韶片　再據天津縣紳士記名御史翰林院檢討王恩溎等聯名呈稱已故二品銜道員用補用知府蕭世本係四川富順縣人由翰林院散館分部主事改官知縣指省直隸前督臣曾國藩素知其才委辦各案同治九年天津民敎滋事曾國藩疏稱該員抗志前哲有體有用精明練達才器閎深辦事悚愼顧全大局請署補天津縣篆該員於危機駭浪之中挈鉅持細旰夕不遑捉兇鞫犯無縱無枉人心大定厥後再任斯邑於敎養大端靡不殫誠竭力津民强悍械鬥成風鍋夥匪徒最爲地方巨害該員嚴加懲創此風爲之歛戢津邑訟獄之繁甲於通省該員嚴約書差自定程課二十餘條手批詞狀躬親審鞫獄無留滯津邑比歲旱荒本境災黎及外來者不下萬餘人該員禀設粥廠躬親監放病施醫藥寒製棉衣災民賴以存活城南舊有猪龍河淤塞年久民苦積潦該員創議疏通導洩入海鄰邑東光南皮滄州等縣舊有多年淤阻光緒九年霪雨爲災之州縣居民爭掘河隄幾成械鬥該故員奉委前往剴切開導請欵挑修四十餘里地成沃壤民息爭端嗣以知府需次在津歷奉委辦理營務處除緝海盜設義學建書院修築車街隄工請查各國租街修街道以利人行立車局以輕民役輿情感頌歷久不忘呈請附祀原任直隸總督大學士曾國藩專祠以慰民望等情前來臣查該故員蕭世本清廉慈惠剛正不阿歷任天津清苑遵化蔚州廣平正定等府州縣勤政愛民終如一實爲守令中不可多得之員

該故員在津最久其辦理教案持平速結不致激成巨患尤爲深得民心遺愛在人未便任其泯沒復查前任天津道吳毓蘭劉秉琳前任天津縣知縣王炳燮皆以生平政績及人經紳民稟由前督臣李鴻章奏准附祀曾國藩專祠在案該故員蕭世本事同一律合無仰懇　天恩俯准將二品銜道員用知府前任天津縣知縣蕭世本附祀天津曾國藩專祠由地力官春秋致祭並將生平事蹟請　宣付國史館立傳以彰循績而順輿情理合附片陳請伏乞　聖鑒　訓示謹　奏奉　硃批着照所請該衙門知道欽此

○○邊寶泉片　再惠安縣知縣李綺青撤任查看遺缺查有本任仙遊縣知縣王煒堂從公勤愼堪以調署據藩臬兩司會詳前來除咨部外理合附片具陳伏乞　聖鑒謹　奏奉　硃批吏部知道欽此

○○頭品頂戴湖廣總督臣張之洞湖北巡撫臣譚繼洵跪　奏爲湖北光緒十五年被水成災開捐辦賑收支各銀數敬繕淸單恭摺具陳仰祈　聖鑒事竊照光緒十五年湖北各屬被水成災經前督撫臣及臣之洞奏蒙　天恩先後撥銀十五萬兩並准開捐以濟工賑之需當卽率同司道查明災區有堤者撥給修堤之費寓賑於工無堤者或分設粥廠或散給錢米一律賑撫災黎均免失所嗣因賑務完竣賑捐限滿卽飭停止在案茲據總辦湖北籌賑局布政使王之春按察使馬恩培糧儲道岑春蓂署鹽法武昌道朱其煊會詳稱光緒十五年湖北奏開賑捐於次年正月接准部覆除去封印日期截至光緒十七年三月底一年限滿計收捐欵銀十四萬九百六兩七錢九分九厘內除京外各官及鄰省助銀二萬三千一百二十九兩二錢九分九釐不請獎叙及四川同知銜游鑑洋等捐銀二千兩已請建坊外其本省官紳士庶捐銀十二萬四千七百七十七兩五錢業經分次請奬又光緒十三年賑捐項下奏報餘存銀三萬一千六十五兩二錢三分九厘連奏撥銀十五萬兩統共收銀三十三萬九百七十二兩三分八厘除被災各州縣工賑兩項共支用銀三十二萬九千四十四兩七錢八分一厘又協助順直賑需銀一萬兩實存銀二十七兩二錢五分七厘擬請留備各屬工賑之需等情開單詳請具　奏前來臣等覆核無異除咨戶工部查照外所有湖北光緒十五年被水成災開捐辦賑收支各銀數謹繕淸單合詞恭摺具陳伏乞　皇上聖鑒謹　奏奉　硃批該部知道單併發欽此

寃抑難伸

茲因光緒十八年以押租銀貳萬六千兩花費九千兩租辦王德新瑞有德兩處京引連年賠累自力不支乃于二十年以自已房間契紙瑞有德合同借據押到郡紳李子香所開瑞恒錢舖銀七千兩約于是年六月內再以王德新合同押銀三千兩統計銀壹萬兩俟交齊之日言明按壹分壹厘上票外現給該舖息銀五厘八年限滿再準商回贖所押之件立有議單各執爲証另錄查監至二十一年歲底還該商舖銀一千兩後聞因賑捐准各商增長鹽價從此引岸漸有起色商滿擬欠瑞恒之欵于八年到期更不難歸還該紳之欵詎料伊不待限滿卽派家丁店役舖夥十餘人來商家坐討四十餘日更將商弟少謙騙至伊家說令書押將租引轉租渠辦而商弟再四跪央方得放回復又將商喚至伊隔壁一所空房之內不準出門三十三日每日兩三次李子香自來挽勸仍令商書押將租引歸伊築辦課運商因欠外之欵鉅而且繁焉能照允伊竟巧計百出又煩出徐潤泉邵子周向商家老父寡孀言說果不將引岸轉租李子香辦伊斷不能將商放回而商之父孀皆有痛子痛侄之心遂爲其所惑隱忍書押蓋印圖章李子香恃有議單在手才將商放回嗣因業商王德新瑞有德不準轉租具稟贖回乃子香以自行揑寫議單爲憑並不敢將實在証據呈案含混赴運憲案下控告運憲燭其奸遂不以鹽務論按照私債不準折抵引岸故將案發縣而前縣主陳未識因何不追確情亦不問該商所執作質字據堅向商按照伊自揑寫議單追銀二萬一千兩夫賬目原以本欠主自立之據爲憑若不據此而僅恃討欠者呈出莫須有之字據卽給照追雖有無限寃情恐終不能分白矣思當日向該紳舖借銀之時約擬八年爲限者以此數年中引岸稍有起色不難歸還引岸卽無起色所得贏餘亦能屢抽屢還按原議應扣至二十八年正月方爲限滿自可歸淸而伊突于二十一年歲底卽來索討殊出情理之外伊非不知于理不合但意在謀產見產被贖遂露出詭謀奸態似此必須追出商親立字據沉寃可白案亦可水落石出敢具此情爲合郡告亦敢據此請官府察謹將伊不交出眞據底錄後

立議單陳松岩陳少謙瑞恒號今議到陳松岩陳少謙因有正用情愿將自行租辦王德新大宛兩縣額引一千八百一道並東壩外舖一座瑞有德大宛兩縣額引一千八百一道引契二番自置二道街房一座紅契二番公櫃取銀扎子一個取房租扎子二個計倪姓陸姓房產紅契係買朱姓蕭姓的作押憑中借到

瑞恒號公法化寶銀一萬兩正筆下現交銀七千兩因有

陳恒益謹白

租辦王德新引契一張未交同中言定至六月內將引契交出再付銀三千兩以歸一萬兩之數言明每月按一分一厘行息限期八年爲滿年限不滿不準回贖倘限內因事故收回同中言定陳松岩陳少謙情愿貼併瑞恒號銀三千兩作爲加息其本銀每本歸付銀一千餘兩限滿將本利還清後卽將引契產契房租摺公櫃銀摺繳回如到期本利不付卽將東引東壩外鋪一座交出歸爲瑞恒號自辦扣作本利將本利還清陳松岩陳少謙再爲收回自辦每年春秋兩運生鹽歸瑞恒號發運價銀隨行貼市生鹽亦以八年爲限將本利還清後卽歸陳松岩陳少謙自行發運欲後有憑各無返悔立此議單二帋各執一帋爲據外有陳松岩陳少謙借約一帋交付瑞恒號收執候至年終將利付給外至歸本銀若干再爲換票

光緒二十年正月廿五日立議單陳松岩陳少謙瑞恒號 中友人苑杏汀各有圖章押記

魁陞號綢緞洋貨莊

本號自置顧繡綢緞洋貨等物整零均按銀莊格外公道皆比大市價廉發售 寓天津北門外估衣街五彩號衚衕口坐北向南便是特此 本號謹啓

悅來洋貨店

開設天津法國租界紅樓後自運法國各國玩物金邊三連磨花描銀玻璃磚鏡子五彩大小碗盞杯盤料器奇形異樣香水壺荷包靴掖洋景襪子手套叫鐘表鍊花針扣子戒指洋火盒玳瑁梳篦金銀首飾鼻烟壺各樣五色料金珠畫圖等物格外價廉消售發客

前登白要賬一則有日久不還月頭必錄別者欠戶均有憑証惟翟金波張樂山成心取巧前數次白云河東居住二人均有欠賬未能指名理當來號找我查兌公事公辦交易各平心田如大數付給欠零不要當面說明仁義分清不想當日找吾要報要書朝夕來號自取每至交賬之時不見面稍信云無暇日久不當不還被談反說欠汝的日昨昧心亦敢登白你二人學問近知煩他做白亦未遮蓋無目之人不知本心虧人否傍觀視之何人虧大良心某係丁酉十月一念八後至今除收大數欠萃報書籍錢一吊四百翟金波從丁酉十月底至今除收大良數欠蘇報畫報錢一吊三百前月命人稍信向張某要錢云在估衣街某書局付錢又命人等候連日不見初二翟金波昧心告白頭一字敢用論字此論字 皇上說話名曰 上諭汝是何等之人敢用諭字爲首該當何罪可見心田不加汝並非名士不能深指名士文友均說此字不當又云昧盡天良著四字必有所應的當日在我手取報如今引狠入寨人皆共知雖還欠賬至今還有欠項何必登報遮蓋勉說臭聞耳又冒充後人吾未指是汝自饒了後人二字另人可笑要着後人何用非言並不取巧亦不罵人公正爲是向你二人交易仁義當先不提前事就因要賬起見今用白送聲明實具誰是誰非可見一斑要錢不還如此下場被人欠賬不還者對景傷情神目如電

梁子亭啓

紫竹林第一樓番菜館

本號專作英法大菜各色精細點心各樣洋酒洋貨等物一應俱全並售
上 八百
上紅茶每斤津錢一千
六百
又批發茂生公司鐵海紙烟零整發售價值格外公道原箱計一百盒價洋一百四十四元每盒計五百支洋一元五角凡仕商賜顧請卽駕臨是荷

主人謹白

減價

今有友人自辦陝西老土每兩津錢四百八十文新到梁州土每兩津錢五百四十文如蒙賜顧者請到東門內聚隆成寄售

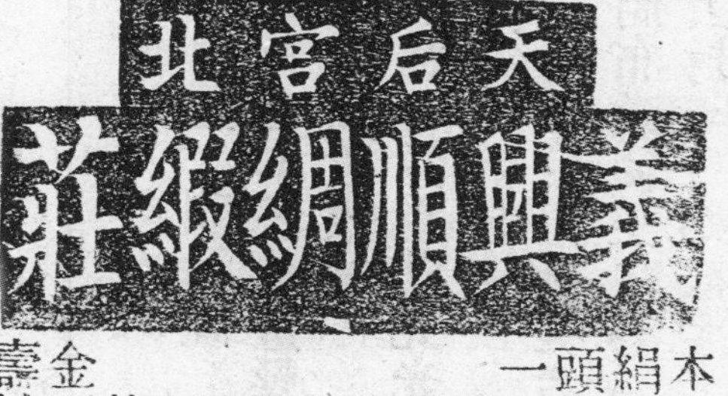

本莊自置顧繡綢緞綾羅紗絹各樣洋貨南貨雅扇桂丹頭油香貨歸安貝松泉湖筆一概俱全

頭號杭寧綢	四錢三
頭號江寧綢	三錢三
頭號摹本緞	三錢八
紅梅茶	九百六
紅茶 每斤	六百四
紅茶梗	二百二
龍井茶	一吊八
金百布裡	五兩八
壽棉襁裙綢裡每套	六兩八

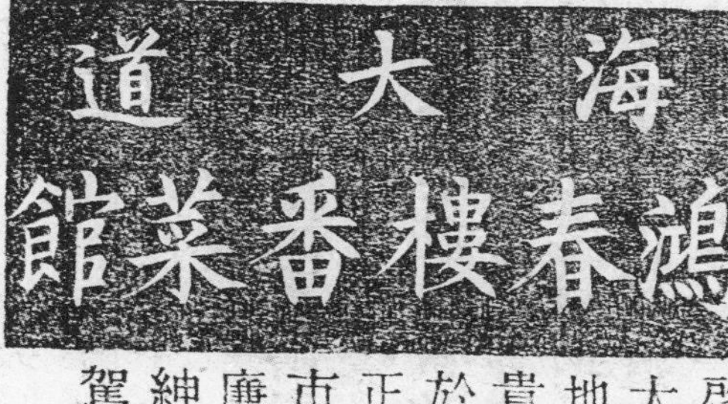

啓者本店三層大樓工程告竣地勢寬闊以備貴官紳請讌擇於去臘遷移新正月初二日開市各樣俱全價廉物美凡仕紳賜顧者請卽駕臨是幸

主人謹白

光緒二十四年閏三月初六日 直報 第七版 二〇八五

告白

啓者敝行議定抓彩計票六百張內有五十會得彩頭彩計四尺高度金銅樓大座鐘一個値價銀一千兩此鐘本爲賣於萬壽時所用貨到稍遲萬壽之期已誤雖經紳商看過終以貨高不肯遞價敝行亦以此物難尋常出售因添搭鐘表八音琴等貨以便抓彩所添之貨通按跌價估値配彩以次挨及頭彩至五十彩因花樣過多前報業經登過此次不及備載諸公若不憑信貨物若何請到本行先來看彩然後購票均無不可每票一張售洋三元並託鍋店街恒義號又美昌號竹記號代售 天津紫竹林有喊洋行謹啓

北洋橋口回回

西天慶羊肉飯莊

包辦酒席不用水海味 小賣俱全用淸眞白麵

准于本月初九日開市

新開 元隆號綢緞洋貨莊

自去歲四月初旬開張以來蒙各主顧垂盼雲集馳名日盛本號特由蘇杭等處加意揀選名機新鮮貨色零整銀價俱照大莊行市公平發售以昭久遠此白寄賣龍井雨前素茶福建皮絲水烟各種眞料大小皮箱 開設天津府北門外估衣街中路北門面便是

三井洋行分莊 告白

啓者日本商始創貿易爲業數拾年以來今分莊開設北門外鍋店街洸家衚衕口對過專選精工料實東洋棉紗各等時式大小疋棉布粗洋布斜紋洋標等格外公道價亦從廉凡仕商賜顧者請至分莊面議可也特此佈聞

三井本莊主人啟

啓者本行開設香港上海三十餘年四方馳名專售各式金銀鐘表鑽石戒指八音琴千里鏡眼鏡等物並修理鐘表外洋新到各色鐘表價錢比別家格外公道開設在紫竹林法租界大街本行又分莊在北門外樂壺洞保陽棧傍榮生祥內請諸君降臨光顧是幸特此佈聞

戊戌年閏三月初六日禮拜二

烏利文洋行

告白

近年市售石印書譜除介子園十竹齋外每以舊本而易新名良由難覓新稿若敝局新印之耕香館畫賸蒙賞鑒諸君賜顧者極讚其筆法神韻每部價洋二元併發售石印經史子集科場文章新出策學滙源西學富彊叢書時務分類輿國策各種格致洋學古今閑書目繁不及備載湖筆徽墨信箋文玩紈摺雅扇貨高價廉 天津東門外同文書局啓

恒昌照像館

啓者本號今因建造新樓于三月初二日暫遷往牌坊外先農壇前另設玻璃照像棚諸君賜顧請駕光臨是荷侯本樓工竣復回原舖謹此佈聞 本主人謹啓

牛羊公司告白

啓者本公司開設天津紫竹林法租界烏利文洋行旁邊專由內地採買牛羊以備洋人膳用所有圈養一切宰牛羊之法日皆按西法其牛羊肉淨無可比與衆不同本公司今因議定新章特邀同敎中人專爲司理此事故特聲明除每日售與洋人按擢取之外所有牛羊肉皆照章售與華人零用格外公道不悞主顧 議定準斤十六兩價錢 牛肉每斤一百八十文 羊肉每斤二百六十文 主人謹啓

閏三月初八日出口輪船 往上海 禮拜四

新濟 輪船往上海 招商局

海晏 輪船往上海 招商局

利運 輪船往上海 招商局

閏三月初六日銀洋行情

天津通行九七六錢

銀盤二千三百三十二 洋一千六百六十五

紫竹林通行九六錢

銀盤二千三百六十二 洋一千六百九十文

洋錢行市七錢二分

朱鈍翁先生鑑湖高士浙水名流代學爽鳩世習扁鵲脈理精奧醫術深通來津十年屢治危症名揚遐邇著手回春久寓彌勒庵

本館開設天津紫竹林海大道老菜市氣燈房巷內

光緒二十四年閏三月初七日
西歷一千八百九十八年四月廿七日　禮拜三
第一千零三十四號

啓者昨接上海孫仲英善長來電旋又接到顧緝庭葉澄衷嚴筱舫楊子萱施子英各觀察來電據云江蘇徐海兩屬水災綦重飢民數十萬顚沛流離死亡枕籍災區十餘縣待賑孔急需欵甚鉅官欵恐未能徧及素仰貴社諸大善長久辦義賑飢溺猶已敬求代呼將伯源源接濟功德無量蒙滙賑欵卽滙上海陳家木橋電報總局內籌賑公所收解可也云云伏思同居覆載異姓不啻天親縱隔形骸民物莫非胞與頓遭洪水哀此災荒盡是蒼生何分畛域況救人性命卽積我陰功雖此日拯茲黎庶散盡赤仄靑蚨卜他年報在子孫同來玉堂金馬敝社欵無備濟自知獨力難成術欲廣仁惟冀衆擎易舉叩乞　顯官鉅紳仁人君子共憫奇災同施仁術原擬活人無算雖千金之助不爲多但能濟世有功卽百錢之施不爲少盡心籌畫量力輸將　敝社不禁爲億萬災黎泥首叩禱也如蒙　慨助卽交天津溜米廠濟生社帳房代收並開付收條以昭徵信

濟生社籌賑同人謹啓

部照已到　直隸勸辦湖北賑捐局自光緒二十三年十一月二十日以後至光緒二十四年正月初十日以前請奬各捐生部照已到請卽攜帶實收來局換照可也

上諭恭錄

太常寺題四月初一日孟夏時享　太廟奉　旨朕親詣行禮　後殿遣溥靜行禮東廡遣銘勛西廡遣黃永安各分獻欽此　又題四月初三日常雩大祀　天於　圜丘奉　旨朕親詣行禮　四從壇遣鍾秀德壽立瑞黃永安各分獻欽此　旨正紅旗蒙古都統着剛毅補授欽此

談兵

兵可百年而不用不可一日而無備兵者國之所視爲安危也朝廷以武功定天下八旗勁旅暨各綠營星羅棊布三百年未之或易中東一役海軍燼焉陸兵亦屢經敗挫不得已割地請和賠欵二百兆度支告匱幾於羅掘俱窮於是持國柄者議裁兵節餉爲目前補救計客疑焉造而問曰上糜餉以養兵兵出力以衛國事有相需未可廢焉況今列國環伺强鄰偪處雖整軍經武猶恐不足資拱衛供調遣一旦弛備而撤防是示之弱也譬如禽必羽毛豐也而後能高飛獸必爪牙利也而能攫食人必手足全備也而能取携能步履藉使殺羽毛翦爪牙束縛手足則禽失其爲禽獸失其爲獸人失其爲人矣可奈何曰因時制宜非得已也當創巨痛深之際正臥薪嘗膽之時發憤爲雄視昔年爲尤急豈肯狃補瘡之見自取亡身處角力之秋反言偃武乎無如巨欵難籌救時乏術地丁關稅厘金等項歲有常經出與入業不能敷捐納一途近成弩末卽欲重征厚歛又恐擾累閭閻故出此下策耳客曰爲欵項計則得矣國家大局毋乃重可慮乎刻下和議告成海疆無事泰西各國類皆信使往來居然化干戈爲玉帛矣然機微意險事遠禍深變故之隱伏有難以逆料者倘乘吾怠而蹈吾瑕何以應之東南一帶海疆萬餘里處處可虞輪船衝突不啻電掣風馳聲東而擊西備南則攻北先年官軍數十萬尙

覺不敷分布今再加删減則兵愈寡而備愈多此敗亡之道也曰裁之云者非徒取其少也意謂去弱而留强耳且兵貴精不貴多兵之精者器械利步伐齊坐作進退有紀律一可當百用能如身之使臂臂之使指所向有功否則老幼充數羸敝不堪徒糜餉糈而已雖多何益哉昔岳武穆用兵善以少擊衆嘗以背嵬軍八百人勝兀朮雄師數萬漢高祖合諸侯之師六十萬伐楚項王簡精兵五萬擊敗之殺傷殆盡不但此也咸豐間粵匪犯順擾湖湘塔齊布羅澤南諸公練湘軍以忠勇爲之倡士卒均披襟當砲石無怯意有退避者輒非笑之庚申之役英人募邊民數千人勒以兵法爲前驅遂破海口犯京師官軍數萬不能禦非其明証與今也太平日久營務廢弛從前之雄師勁旅死亡過半其存者卒老病不堪驅策否則習於安逸染嗜好求如當年之衝鋒陷陣奮不顧身者蓋已鮮矣與其養無用之兵徒糜有用之餉何如省無用之餉另養有用之兵故裁兵者非甘自弱也實圖自强也裁兵節餉以償敵釁弭矣交固矣乘此數年之暇補瘡痍蓄銳氣養全鋒遴選將領之沉毅勇敢有謀畧而嫻戰陣者使之招募壯丁以時部署訓練之兵少則費可稍省費省則餉不妨從厚兵得厚餉自奉之餘資兼可贍家口衣食足而無內顧憂然後責其死力用以固疆埸雪國恥人皆偕作同仇踴躍爭先矣不然者徒慕軍容之盛不存敵愾之思平時坐耗金錢臨事望風奔潰有虛聲而無實用仍蹈敗亡之覆轍已耳廟堂大計當軸自有權衡我輩艸茅未可妄議也君休矣勿多言

接續會典奬單　○翰林院編修吳炳請　賞加侍講銜禮部候補主事陳文銳請俟補主事後以員外郎無論題選咨留遇缺卽補並隨帶一級漢纂修協修官分省補用知府截取同知內閣中書吳中欽請俟補知府後在任以道員補用候選知府截取同知內閣中書朱文震請俟補知府後在任請以道員補用記名御史翰林院編修蔡曾源請俟補御史後作爲歷俸期滿翰林院侍講熙瑛請以應升之缺開列在前記名道府吏部員外郎范廣衡請俟得四品後　賞加三品銜並隨帶二級四品銜記名道府吏部郎中李紹芬請以道員用並　賞換三品頂戴戶部候補主事晏安瀾請以本部主事無論題選咨留遇缺卽補並　賞加四品銜道員用記名道府戶部郎中馮汝癸請俟得道員後　賞加二品銜戶部候補主事王淸穆請俟補主事後以本部員外郎遇缺卽補禮部主事陶福同請以本部員外郎無論咨留遇缺卽補並隨帶二級禮部郎中李士瓚請俟截取知府後　賞加三品銜記名道府兵部郎中劉尙倫請俟得道府後　賞加三品銜並隨帶二級四品銜兵部郎中僕子童請　賞換三品頂戴兵部候補主事曹允源請以本部主事無論題選咨留遇缺卽補並　賞加四品銜記名道府工部郎中趙爾震請俟得道員後賞加二品銜記名御史工部員外郎許祐身請俟補御史後作爲歷俸期滿　此單未完

票傳棚匠　○總管內務府票仰五城傳喚棚匠四十名自閏三月十五日起至二十五日止每日卯刻齊集東安門外聽候內務府點名由內侍派往各宮殿搭蓋涼棚下午三點鐘散工次日照舊當差以搭齊之日遣散

飭備竹簾　○內廷慈甯宮　長春宮　毓慶宮　頤和園等處每交夏令例掛竹簾現經　內務府劄交營造司飭傳匠役於閏三月十六日將應用大小竹簾五百三十六架一律造齊呈交　內務府查驗由總管內侍轉交各處敬謹懸掛

從容殉節　○烈婦殉夫例得旌表京師前門外板章衚衕陸某年老乏嗣聞秦氏女四德全備遂續娶之女復奉事惟謹體恤周至陸以閨房之內娛老有人不復似從前之衰頹景象矣詎猝遘奇疾勢瀕於危族兄弟以後事詢者陸舌强不能答惟目視秦氏淚涔涔下氏會意迨夜分吞金先殉閭里傳其事僉謂女非出自名門而深諳大義從容盡節殆其素志部中紳士嘉其志操繕稟上達詳請入奏循例旌表洵足爲門楣光矣

當商生息　○五城發商生息銀兩向由五城地面當商於四立日按四季交納以備津貼賞捕之需本年閏三月十五日節交立夏所有五城各當商應交生息銀兩均限於初十日當堂呈交按五城院憲司坊各官俱有應得津貼之資近年頗稱豐足云

私酒被拏　○京師宣武門外騾馬市地方於閏三月初三日有匪棍十數人獐頭鼠目結黨同行被右安門外稅局巡丁跟蹤

挐獲張三洪六等並搜獲販運私酒百數十斤解交崇文門稅課司懲辦按京城私酒漏稅罰欵甚嚴此次被挐各犯情節較重未知能否判罰了結俟訪明再錄

同惡相濟　○京師永定門外西羅家園地方有魏七者虎而冠者也久爲鄉黨側目其妻性悍而潑尤能同惡相濟娶媳劉氏性柔順不能得姑氏歡心致被百般淩虐竟至用繩勒斃私埋匿報京俗遇有病故須由陰陽生批寫殃榜當時陰陽生見該屍身死不明不肯批榜魏七大怒卽肆豺狼之性將陰陽生用蔴繩捆縛袖出利刃多方挾制陰陽生懼而從之旋經劉氏父兄興師問罪反被魏七黨羽縶縛之逼寫保安無事字據協同瘞埋然後釋放劉族人心不能甘當卽赴西城司控告司官飭差將魏七鎖挐責押詳報城憲相驗據情上詳咨送刑部按律審辦

忘言妄聽　○崇文門翟家口居住祁某年逾知命僅一子年十齡閏三月初一日患喉症奄奄一息正在惶急之際忽有自命岐黃之族弟祁翰臣貿貿然來指稱巳死速命掩埋迨翰臣歸家後正在晚餐忽譫語曰延片刻不殮當有良醫救我何干叔事越俎代謀也審其音宛似祁兒語於是家中駭然許爲齋度良久翰臣甦轉而其女亡矣噫佛家輪廻之說自閱微草堂出而其說盛行彼特河間之戲語耳今果有其事噫異矣

候迎軍節　○福州將軍裕軍憲祿調補四川總督遞遺之缺曾經欽奉　諭旨簡放增祺刻悉增將軍於初五日請訓前赴新任聞於初十日到津由邑尊飭差預備茶座並搭聖安棚

豸節過津　○新授貴州貴西道桂香雨觀察霖請訓出都於昨日抵津假紫竹林佛照樓爲行台來往拜謁者絡繹不絕少作勾留卽當搭輪蒞任

鎭軍回任　○大名鎭憲吳掄峯軍門來津面陳要公各則均登前報玆公務巳畢日昨稟辭督憲定於初六日乘坐官舫赴大名本任矣

委辦糧台　○前報甘肅提督董軍門統隊開往正定駐紮一節玆聞該軍後路糧台委派張毓渠觀察梁丹銘太守兼理各事宜刻二君均赴保定領札以便前往任事

府憲批示　○南皮縣人姜墨林稟批據稟巳悉姑候札飭南皮縣戡丈後傳訊斷結可耳爾卽回籍候質勿得逗遛此批

解餉定期　○長蘆運署應解本年春季頭批正課暨札委職名均經登報刻悉頭批正課餉銀定於又三月十二日起解照章派武弁王治忠會同護送

信局被竊　○鍋店街福興潤信局昨夜被賊竊去衣包銀兩共若干當卽開單報案除戡驗外立傳地捕各予笞責二百勒限破案如違干比

火災類誌　○前數日城南火光燭天皆不知何處失愼人言嘖嘖互相猜疑刻巳訪明距城二十五里之張家窩村民張姓家柴園不戒於火並延及鄰園除住房不計外共燒去積薪三百餘堆亦巨災也又初六日午牌時候鳴鑼報警水會齊向東奔訪係河東錦衣衛橋某姓因午炊失愼至所燒房間若干與何姓起火統俟訪明再佈

票查控地　○觀音堂僧人本來指告劉永仁不令贖地等情曾兩次登報玆悉邑尊因本來嘵嘵不休於昨票飭皂役羅兆遠前往查明限五日具覆以憑核奪

逃妻被獲　○陳某妻小家女雖貌僅中人而桃花輕薄最好引蝶招蜂被劉三拐逃在城西南隅土娼內作皮肉生涯日昨經陳尋得究明前情卽就近在保甲局喊控飭勇拿獲併伊妻一同扭局審訊旋卽備文發縣

死生有命　○河東鹽坨陳某養剝船爲生日前赴塘沽剝貨適小火輪帶剝船數艘由下上駛不隄防突被撞翻衆水手落河

者四人陳正在艙中酣睡驚醒赶即下河拯救詎四人咸次第登舟而陳獨遂浪以去迄今數日尚未撈獲屍身語云死生有命信哉

旡妄之災　○某甲滄州產寄居南台子某先生書房每日在西城根擺卦攤餬口昨午擺攤方畢赴該城根小遺忽由城上落下大磚一塊正中頭頂登時血如湧泉經好事者代爲收拾卜攤覓車拉送書房延醫調治然傷勢頗重不知能保無恙否

賊人瞎眼　○海河下羊碼頭村某甲世業儒家徒四壁囊澀一錢忽日前有瞎眼賊越墻入室將試空空妙手甲驚覺大呼有賊該賊竟持械威嚇不許聲張硬行搶刦奈室如懸罄除破被外無餘物搜尋半晌僅携一破錫壺而逸諺云賊不走空觀此益信

路斃堪憐　○河北西窰窪小閘口東四合炭廠旁有倒斃無名男子年約四旬上下暴露終日尚未掩埋不知係災民抑或乞丐行路者莫不惻然

失迷兩誌　○近來失迷幼孩之事本館幾於書不勝書據聞河北院署東大院地方勾姓幼婢十三歲晨出買食物遂至失迷又河北西窰窪某姓家同日失去幼童一名方六歲沿街鳴鑼尋找迄今數日尚無消息迷耶拐耶何其多也

光緒二十四年閏三月初五日京報全錄

宮門抄○閏三月初五日禮部　宗人府　欽天監　正紅旗值日　吏部引　見五十八名　都察院七名　國子監三名　鄭王謝授內大臣　恩　崑中堂等各謝授缺　恩　江西副考官楊家驥到京請　安　瑞洵謝移獎花翎　恩　禮王續假一個月　永隆請假十日　薛允升謝准其開缺　恩　禮部奏派稽察中左門　派出色楞額　又奏派護宴之大臣　派出果勒敏　召見軍機許應騤　楊家驥

○○奴才寶昌祿祥跪　奏爲關內外軍務肅清遵　旨酌保接遞摺報經理台站偵探巡察各員謹擇其異常出力者繕具清單恭摺仰祈　聖鑒事竊奴才前准伊犁將軍長庚等咨爲片奏前因回匪猖獗甘凉路阻伊犁塔爾巴哈台孤懸絕徼此次軍務緊要摺報自改由烏里雅蘇台科布多暨察哈爾等處行走胥臻妥速兩年無誤請由各該城將軍都統叅贊大臣等查明尤爲出力者酌予獎敘以昭激勸等因一片奉　硃批着照所請欽此欽遵咨知前來並因當關內回氛猖獗道路梗塞新疆等處軍務摺報奏改由蒙古台站行走經前任叅贊大臣魁福等欽奉　諭旨整頓台站當卽派員駐紮鄂隆布拉克台常川接遞新疆摺報復因逆匪奔竄玉門敦煌等郡恐以屬境與該處犬牙相錯致有潛蹤窺伺之虞迭經派員偵探巡察並不時赴南東兩路台站往復梭巡且特揀妥員不分晝夜專司接遞新疆等處公文摺報經久無誤所派各員雖履險蹈危寢冰冒雨罔不踴躍從公洵屬異常出力前任叅贊大臣魁福當交卸時曾經面述原委務須懇　恩優獎方弗沒其辛勞奴才伏查在事出力各員有因寒濕致成腿疾者有因風雪致遺凍痕者均屬實力實心不辭勞瘁並且衝寒冒暑累月經年艱苦迭經始終罔懈實屬著有微勞因於光緒二十三年二月十八日具摺奏請從優給獎以昭激勸等因一摺於本年二月初八日接到原摺內開奉　硃批准其酌保數員毋許冒濫欽此欽遵之下實心確查其有出力稍遜者盡數刪除謹擇其異常出力之司員等共七員敬繕清單恭呈　御覽合無籲懇　天恩俯准照擬給獎以照激勸出自　鴻慈逾格至各台蒙弁前已奏請由奴才酌給升銜頂戴咨部覈獎所有其次出力弁兵等請歸外獎酌給五六七品功牌咨部註册以示鼓勵除取異常出力各員履歷咨部查照外理合恭摺具陳伏乞　皇上聖鑒謹　奏奉　硃批該部議奏單併發欽此

○○頭品頂戴雲貴總督臣崧蕃頭品頂戴雲南巡撫臣裕祥跪　奏爲新海防捐輸第四十四卯請獎恭摺仰祈　聖鑒事竊查雲南辦理新海防捐輸業將第一卯至四十三卯捐生按次造册　奏咨核獎並聲明光緒二十三年十月十六日起遵照部咨加成新章辦理以濟要需在案茲據布政使湯壽銘詳稱自二十三年十月十六日奉文加成起至十二月十九日止按照新章計收報捐實官葛巽等十一名貢生三名監生四名共收捐輸正項銀九千八百五十八兩彙爲第四十四卯所收正項銀兩存儲候撥部飯照費集有成數另文批解造具各捐生姓名履歷清册副實收詳請　奏咨前來臣等覆查無異除清册副實收分送吏部戶部國子監外所有新海防

第四十四卯捐輸請奬緣由謹合詞恭摺具陳伏乞　皇上聖鑒　勅部核覆施行謹　奏奉　硃批戶部知道欽此

○○王文韶片　再前准吏部咨議覆臣奏保黑龍江漠河金廠出力人員案內候選通判陳其祥請加四品銜該員報捐通判之案據戶部覆稱按照聲叙年月檢查並無案據行令詳細查明覆奏並將該員原捐執照送部再行核辦等因當經轉飭遵照去後嗣據候選通判陳其祥稟稱該員係同治七年遵籌餉例報捐雙月選用縣丞是年十一月十一日經戶部核准給照九年加捐雙月選用通判復在京銅局補交監生四成實銀是年正月二十四日經戶部核准給照並將原捐執照稟送前來臣覆核無異當將捐照咨送吏部核辦茲又准吏部咨覆此案係奏明奉　旨之件未便據咨核辦將原捐執照存案俟覆奏到部再行辦理等因合無仰懇　天恩勅部仍照原保給奬俾昭激勸謹會同黑龍江將軍臣恩澤附片具陳伏乞　聖鑒　訓示謹　奏奉　硃批吏部知道欽此

○○直隸總督臣王文韶跪　奏爲永定河凌汛搶護平穩恭摺由驛馳陳仰祈　聖鑒事竊臣前因永定河凌汛屆期行令該河道陳慶滋督飭文武員弁駐工妥愼防守茲據該河道稟稱二月十七日以後氷凌逐漸融化河水迭欠增長自七八尺自一丈二三尺溜勢洶湧該道往來河干逐段查看南岸蘆溝司六七號南上三號十七號南下三號七號十三號南二十六號南三二號九號十號十八號南四四五號南五七號南六十號十七號南八上十五號北岸北中頭二三四號六號北二上五號北二七八號北三十二四號北五頭北六八九號十四號或河滿坐灣頂冲坍坎溜勢側注掃段垂蟄或陡陷入水甚有隨蟄上壩後潰坍塌堤脚堤身潰裂之處蘆溝司南岸五督石堤坍塌二段計長四十餘丈寬三四尺情形危險經該河道員率員弁多集兵夫動用料物不分風雨晝夜設法搶廂並用麻袋裝土沉壓添掃捲由收潰坍之處趕緊補築竭力保護始得化險爲平三月十五日全河冰凌化盡水勢漸落溝橋現存底水八尺稟請具　奏前來除飭將修防事認眞趕辦以禦伏秋汛漲外所有永定河凌汛搶護平穩緣由理合由驛恭摺具　奏伏乞　皇上聖鑒謹　奏奉　硃批知道了欽此

○○任道鎔片　再臣准山東撫臣張汝梅咨以東省黃河防守需人附片奏調協備朱彥守備徐進德赴東差遣等因錄稿移咨到臣當卽檄飭下南協備現署祥河都司朱彥遵調赴東聽候差遣至上南守備徐進德先經臣檄調署理中河協備該廳爲著名險要之區時屆桃汛正須估辦春廂布置修守未便遽令離工除咨覆張汝梅查照外理合附片具陳伏乞　聖鑒謹　奏奉　硃批知道了欽此

梁子亭來我問你誰欠你報錢你見過誰登告白要帳動不動就撇臭文指望拿臭文把人薰壞了怕了你好還你錢是不是無如我張某翟某並不短你的錢你的臭文算白撇了你說某公館短錢究竟是那一家公館含糊其詞明是平空揑造卽如我本名寶仁不是給你作保之保人我的名字你全不知捉風捕影可見不短你錢又說不得不聲貪黷無厭這樣文法眞乃利害的狠初看一過令人笑得肚子疼幾乎差氣及至細看這可不好了直覺一種酸臭之氣鬱結腸胃攻衝作痛趕緊推揉方覺肚內雷鳴作屁放出眞正利害晝刀倒不準殺人你的臭文眞可以殺人我是被你薰怕了萬不可這樣玩笑拿臭文薰人鬧着玩你這主意又損又毒請你以後別賣弄你的高才了莫非嘔死人不償命麼得了積點陰功罷呵呵

張寶仁翟金波仝啓

冤抑難伸　　陳恒益謹白

茲因光緒十八年以押租銀貳萬六千兩花費九千兩租辦王德新瑞有德兩處京引連年賠累自力不支乃于二十年以自巳房間契紙瑞有德合同借據押到郡紳李子香所開瑞恒錢鋪銀七千兩約于是年六月內再以王德新合同押銀三千兩統計銀壹萬兩俟交齊之日言明按壹分壹厘上票外現給該鋪息銀五厘八年限滿再準商回贖所押之件立有議單各執爲証另錄查監至二十一年歲底還該商鋪銀一千兩後聞因賑捐准各商增長鹽價從此引岸漸有起色商滿擬欠瑞恒之欵于八年到期更不難歸還該紳之欵詎料伊不待限滿卽派家丁店役舖夥十餘人來商家坐討四十餘日更將商弟少謙騙至伊家說令書押將租引轉租渠辦而商弟再四跪央方得放回復又將商喚至伊隔壁一所空房之內不準出門三十三日每日兩三次李子香自來挽勸仍令商書押將租引歸伊築辦課運商因欠外之欵鉅而且緊焉能照允伊竟巧計百出又煩出徐潤泉邵子周向商家老父寡孀言說果不將引岸轉租李子香辦

伊斷不能將商放回而商之父婿皆有痛子痛侄之心遂爲其所惑隱忍書押蓋印圖章李子香恃有議單在手才將商放回嗣因業商王德新瑞有德不準轉租具禀贖回乃子香以自行揑寫議單爲憑並不敢將實在証據呈案含混赴運憲案下控告運憲燭其奸遂不以鹽務論按照私債不準折抵引岸故將案發縣而前縣主陳未識因何不追確情亦不問該商所執作質字據堅向商按照伊自揑寫議單追銀二萬一千兩夫賬目原以本欠主自立之據爲憑若不據此而僅恃討欠者呈出莫須有之字據即給照追雖有無限冤情恐終不能分白矣思當日向該紳舖借銀之時約擬八年爲限者以此數年中引岸稍有起色不難歸還引岸即無起色所得贏餘亦能屢抽屢還按原議應扣至二十八年正月方爲限滿自可歸清而伊突于二十一年歲底即來索討殊出情理之外伊非不知于理不合但意在謀產見產被贖遂露出詭謀奸態似此必須追出商親立字據沉冤可白案亦可水落石出敢具此情爲合郡告亦敢據此請官府察

謹將伊不交出眞據底錄後

立議單陳松岩陳少謙瑞恒號今議到陳松岩陳少謙因有正用情愿將自行租辦王德新大宛兩縣額引一千八百一道並東壩外鋪一座瑞有德大宛兩縣額引一千八百一道引契二乖自置二道街房座紅契二乖公櫃取銀扎子一個取房租扎子二個計倪姓陸姓房產紅契係買朱姓蕭姓的作押憑中借到　瑞恒號公法化寶銀一萬兩正筆下現交銀七千兩因有租辦王德新引契一張未交同中言定至六月內將引契交出再付銀三千兩以歸一萬兩之數言明每月按一分一厘行息限期八年爲滿年限不滿不準回贖倘限內因事故收回同中言定陳松岩陳少謙情愿貼併　瑞恒號銀三千兩作爲加息其本銀每本歸付銀一千餘兩限滿將本利還清後即將引契產契房租扎公櫃銀扎繳回如到期本利不付即將京引東壩外舖一座交出歸爲　瑞恒號自辦扣作本利將本利還清陳松岩陳少謙再爲收回自辦每年春秋兩運生鹽歸　瑞恒號發運價銀隨行貼市生鹽亦以八年爲限將本利還清後即歸陳松岩陳少謙自行發運欲後有憑各無返悔立此議單二乖各執一乖爲據外有陳松岩陳少謙借約一乖交付　瑞恒號收執候至年終將利付給外至歸本銀若干再爲換票

光緒二十年正月廿五日立議單陳松岩陳少謙瑞恒號

中友人苑杏江各有圖章押記

啓者刻下磁州煤礦已將吸水機器安置停妥各窰宿水业已抽乾所出之煤與唐山五槽相等局内章程按照商辦極爲謹密將來利益已有成效但資本愈厚獲利愈多爲此布告津都申各處紳商有欲入股得利者其股票寄存源豐潤票號請向面塡可也

磁州礦務局謹啓

魁陞號綢緞洋貨莊

本號自置顧繡綢緞洋貨等物整零均按銀莊格外公道皆比大市價廉發售　寓天津北門外估衣街五彩號衚衕口坐北向南便是特此

本號謹啓

悅來洋貨店

開設天津法國租界紅樓後自運各國玩物金邊三連磨花描銀玻璃磚鏡子五彩大小碗盞杯盤料器奇形異樣香水壺荷包靴掖洋景礤子手套呌鐘表鍊花針扣子戒指洋火盒玳瑁梳篦金銀首飾鼻烟壺各樣五色料金珠畫圖等物格外價廉消售發客

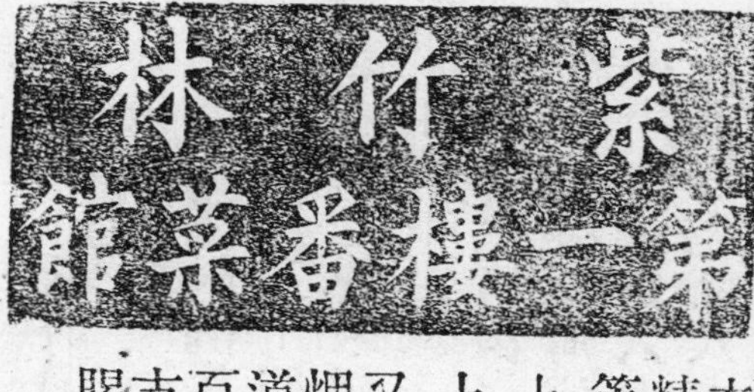

本號專作英法大菜各色精細點心各樣洋酒洋貨等物一應俱全並售

上　紅茶　每斤津錢　八百

上　　　　　　　　　一千六百

又批發茂生公司鐵海紙烟零整發售價值格外公道原箱計一百盒計價洋一百四十四元每盒計五百支洋一元五角凡仕商賜顧請即駕臨是荷

主人謹白

恒昌照像館

啓者本號今因建造新樓于三月初二日暫遷往牌坊外先農壇前另設玻璃照像棚諸君賜顧請駕光臨是荷俟本樓工竣復回原舖謹此佈聞

本主人謹啓

啓者本店三層大樓工程告竣地勢寬闊以備貴官紳請讌擇於去臘遷移新正月初二日開市各樣俱全價廉物美凡　仕紳賜顧者請即駕臨是幸

主人謹白

請看明心方

茲因彼處代售南北各報近有在本號批發報帋躉售各書欠賬不還巧言遮蓋雖有賬可憑自昧方寸如今引狼入寨諸事改章倘再有代售報帋報冊友人本號夥計六人不算別者代售定立一舖家妥實的保單應聲付錢方可交易無論遠近錢樣章程不妥實者均罷論再有一欠戶成心不還反說不欠就用明心本辦理擇一名街大市或明生死靈處各報名姓各說因何事而起皆向空在本願上帝神靈査知倘有虧心者遠報兒女近在身暗虧天地明有報應若有受此病者用此明心方一治就好君子莫怪惟人不虧心弗思莫慮

各報處梁子亭啓

三井洋行分莊
告白

啟者日本商始創貿易爲業數拾年以來今分莊開設北門外鍋店街洸家衚衕口對過專選精工料實東洋棉紗各等時式大小疋棉布粗洋布斜紋洋標等格外公道價亦從廉凡仕商賜顧者請至分莊面議可也特此佈聞

三井本莊主人啟

北浮橋口

回回

西天慶羊肉飯莊

包辦酒席不用水海味

小賣俱全用清眞白麪

準于本月初九日開市

新開 元隆號綢緞洋貨莊

自去歲四月初旬開張以來蒙 各主顧垂盼雲集馳名日盛本號特由蘇杭等處加意揀選名機新鮮貨色零整銀價俱照大莊行市公平發售以昭久遠此白 寄賣龍井雨前素茶福建皮絲水烟各種眞料大小皮箱

開設天津府北門外估衣街中路北門面便是

烏利文洋行

啓者本行開設香港上海三十餘年四方馳名專售各式金銀鐘錶鑽石戒指八音琴千里鏡眼鏡等物並修理鐘表外洋新到各色鐘表價錢比別家格外公道開設在紫竹林法租界大街本行又分莊在北門外樂壺洞保陽棧傍榮生祥內請諸君降臨光顧是幸特此佈聞

戊戌年閏三月初七日禮拜三

烏利文洋行

天津紫竹林 有喊洋行 告白

啓者敝行出售彩票共計六百張整除已售出四百餘張外尚有一百餘張待售售完郎定期抓彩每票一張售洋三元諸公若不憑信貨物請到本行先來看彩然後買票均無不可至各彩詳細數目前報登過此次不及備載並託鍋店街恒義號又美昌號竹記號代售紅樓後三井洋本行暫遷永興洋行同院行斜對門

本主人謹啓

減價

今有友人自辦陝西老土每兩津錢四百八十文新到梁州土每兩津錢五百四十文如蒙賜顧者請到東門內聚隆成寄售

回回 牛羊公司告白

啓者本公司開設天津紫竹林法租界烏利文洋行旁邊專由內地採買牛羊以備洋人膳用所有圈養一切宰牛羊之法目皆按西法其牛羊肉淨無可比與衆不同本公司今因議定新章特邀同教中人專爲司理此事故特聲明除每日售與洋人按摺取之外所有牛羊肉皆照章售與華人零用格外公道不悞主顧 議定準斤十六兩價錢 牛肉每斤一百八十文 羊肉每斤二百六十文

主人謹啓

美孚老牌煤油

啓者美國三達煤油公司之德富士老牌煤油天下馳名萬商稱美蓋其質潔色清亮白如銀且絕無烟氣能耐久燃比之生荳等油晶光百倍而儉用價廉此為德富士老牌之佳處誠屬無雙妙品也士商賜顧請到天津美孚洋行採辦或向就近殷實行店購買庶不致悞

DEVOE'S
PAT'D JUNE 22. 63.
BRILLIANT
OIL
IMPROVED
PAT'D JUNE 28. 64.
PATENT CAN
美孚行

京都 一品樓

本樓擇於三月十二日開市大吉

本舖揣做 隨意便飯 蘇造餚饌 烤鴨薰雞 應時小賣 內有樓房雅座

開設天津紫竹林大街北頭路西門面便是

閏三月初八日出口輪船 往上海 禮拜四

新濟 輪船往上海 招商局

海晏 輪船往上海 招商局

利運 輪船往上海 招商局

閏三月初七日銀洋行情

天津通行九七六錢

銀盤二千三百三十七 洋一千六百六十七

紫竹林通行九六錢

銀盤二千三百六十七 洋一千六百九十二

洋錢行市七錢一分八

新開 敦慶隆綢緞洋貨莊

擇於閏三月十一日開張

本號開設天津北門外估衣街西口路南第五家專辦上等綢緞顧繡以及各樣花素洋布各碼線批合線俱按銀莊零整批發格外克己士商賜顧者請認明本號招牌庶不致誤

本號特白

朱鈍翁先生鑑湖高士浙水名流代學爽鳩世習扁鵲脉理精奥醫術深通來津十年屢治危症名揚遐邇著手回春久寓彌勒庵

開設天津紫竹林海大道旁

福仙茶園

京都洪春班

特請山陝京都上洋姑蘇名角

閏三月初四日起

本園清理賬目擇日開演

本園謹啓

創包機器

敬啓者近來西法之妙莫過機器靈巧至各行應用非得其人難盡其妙每值傷損修理必悞時日今有甯子卿專於經理機器茲以擬創辦包定各項機器以及向有機器常年煤料工力價值格外公道如貴行欲商者請到福仙茶園面議可也特白

海大道福仙茶園街口

新開清眞同瑞茶店

本店主人不惜資本精選各省雷鳴小種雨前雀舌三窨珠蘭茉莉雙薰龍井銀針安化紅梅諸品名茶各樣鮮花明目散薰法與衆不同以上各貨加工揀選凡貴商賜顧者不悞

謹啓

石印王可莊狀元全本殿試卷

寄京琉璃廠各書紙店發售留津無多祇在本齋發賣每本收津錢八百文

小儀門絳雪齋啓

第一頁

直報

本館開設天津紫竹林海大道老棻市氣燈房巷內

光緒二十四年閏三月初八日 第一千零三十五號
西歷一千八百九十八年四月廿八日 禮拜四

啓者昨接上海孫仲英善長來電旋又接到顧緝庭葉澄衷嚴筱舫楊子萱施子英各觀察來電據云江蘇徐海兩屬水災綦重飢民數十萬顛沛流離死亡枕籍災區十餘縣待賑孔急需欵甚鉅官欵恐未能徧及素仰貴社諸大善長久辦義賑飢溺猶巳敬求代呼將伯源源接濟功德無量蒙滙賑欵卽滙上海陳家木橋電報總局內籌賑公所收解可也云云伏思同居覆載巽姓不啻天親縱隔形骸民物莫非胞與頓遭洪水哀此災荒盡是蒼生何分畛域況救人性命卽積我 陰功雖此日拯茲黎庶散盡赤仄青蚨卜他年報在子孫同來玉堂金馬敝社欵無備濟自知獨力難成術欲廣仁惟冀衆擎易舉叩乞 顯官鉅紳仁人君子共憫奇災同施仁術原擬活人無算雖千金之助不爲多但能濟世有功卽百錢之施不爲少盡心籌畫量力輸將 敝社不禁爲億萬災黎泥首叩禱也如蒙慨助卽交天津溜米廠濟生社帳房代收並開付收條以昭徵信

濟生社籌賑同人謹啓

部照巳到

直隷勸辦湖北賑捐局自光緒二十三年十一月二十日以後至光緒二十四年正月初十日以前請奬各捐生部照巳到請卽攜帶實收來局換照可也

上諭恭錄

上諭直隷霸昌道員缺着端方補授欽此 旨巡視南城事務着胡孚宸去欽此 旨巡視西城事務着高燮曾去欽此 旨都察院漢經歷員缺着陳銘補授欽此 旨都察院滿洲筆帖式員缺着祥麟補授欽此 旨都察院滿洲筆帖式員缺着嵩麟補授欽此 旨雲南白鹽井鹽提舉着文源補授廣東徐聞縣知縣着何炳修補授江蘇六合縣知縣着吳大照補授四川安岳縣知縣着陳鼎勳補授雲南河西縣知縣着楊志禮補授貴州餘慶縣知縣着林佩綸補授山東樂安縣知縣着劉炳勛補授河南扶溝縣知縣着楊敬修補授截取舉人劉春榮着以教職用俸滿教職王彭年着以教職用太僕寺筆帖式着濟斌補授太常寺筆帖式着乃慶補授浙江道監察御史着攀桂補授江南道監察御史着曾宗彥補授截取兵科給事中吳樹棻內閣中書車毓恩國子監典簿吳協慶俱照例用擬補國子監學錄謝佩賢中城兵馬司副指揮劉蔭棠吏部筆帖式禧斌俱准其補授長蘆石碑塲鹽大使蔣有霖着照例用奉天鳳凰廳賽馬集巡檢着江文蔚補授明保雲南南安州知州金福英着交軍機處存記保舉吉林儘先卽補主事德祥江西候補知府林介弼陝西候補直隷州知州吳本植直隷候補知州王儆直隷候補知縣陳鳳翔陳賡颺章師程畢寶瑛山西候補知縣葉雲程陝西候補知縣劉華源浙江候補知縣張善友俱照例用升補奉天承德縣京縣知縣陳善寶着准其升補開復前刑部郎中朱錕著准其開復原官翎枝照例用河南開封府理事同知着瑜璞補授盛京戶部銀庫掌關防郎中着富慶補授欽此

寃抑難伸

陳恒鎰謹白

茲因光緒十八年以押租銀貳萬六千兩花費九千兩租辦王德新瑞有德兩處京引連年賠累自力不支乃于二十年以自巳房間契

紙瑞有德合同借據押到郡紳李子香所開瑞恒錢舖銀七千兩約于是年六月內再以王德新合同押銀三千兩統計銀壹萬兩俟交齊之日言明按壹分壹厘上票外現給該舖息銀五厘八年限滿再準商回贖所押之件立有議單各執爲証另錄查監至二十一年歲底還該商舖銀一千兩後聞因賑捐准各商增長鹽價從此引岸漸有起色商滿擬欠瑞恒之欵于八年到期更不難歸還該紳之欵詎料伊不待限滿卽派家丁店役舖夥十餘人來商家坐討四十餘日更將商弟少謙騙至伊家說令書押將租引轉租渠辦而商弟再四跪央方得放回復又將商喚至伊隔壁一所空房之內不準出門三十三日每日兩三次李子香自來挽勸仍令商書押將租引歸伊築辦課運商因欠外之欵鉅而且繁焉能照允伊竟巧計百出又煩出徐潤泉邵子周向商家老父寡嬸言說果不將引岸轉租李子香辦伊斷不能將商放回而商之父嬸皆有痛子痛侄之心遂爲其所惑隱忍書押蓋印圖章李子香恃有議單在手才將商放回嗣因業商王德新瑞有德不準轉租具稟贖回乃子香以自行揑寫議單爲憑並不敢將實在証據呈案含混赴運憲案下控告運憲燭其奸遂不以鹽務論按照私債不準折抵引岸故將案發縣而前縣主陳未識因何不追確情亦不問該商所執作質字據堅向商按照伊自揑寫議單追銀二萬一千兩夫賬目原以本欠主自立之據爲憑若不據此而僅恃討欠者呈出莫須有之字據卽給照追雖有無限寃情恐終不能分白矣思當日向該紳舖借銀之時約擬八年爲限者以此數年中引岸稍有起色不難歸還引岸卽無起色所得贏餘亦能屢抽屢還按原議應扣至二十八年正月方爲限滿自可歸清而伊突于二十一年歲底卽來索討殊出情理之外伊非不知于理不合但意在謀產見產被贖遂露出詭謀奸態似此必須追出商親立字據沉寃可白案亦可水落石出敢具此爲合郡告亦敢據此請官府察謹將伊不交出眞據底錄後

立議單陳松岩陳少謙瑞恒號今議到陳松岩陳少謙因有正用情愿將自行租辦王德新大宛兩縣額引一千八百一道並東壩外舖一座瑞有德大宛兩縣額引一千八百一道引契二帋自置二道街房座紅契二帋公櫃取銀扎子一個取房租扎子二個計倪姓陸姓房產紅契係買朱姓蕭姓的作押憑中借到　瑞恒號公法化寶銀一萬兩正筆下現交銀七千兩因有租辦王德新引契一張未交同中言定至六月內將引契交出再付銀三千兩以歸一萬兩之數言明每月按一分一厘行息限期八年爲滿年限不滿不準回贖倘限內因事故收回同中言定陳松岩陳少謙情愿貼併　瑞恒號銀三千兩作爲加息其本銀每本歸付銀一千餘兩限滿將本利還清後卽將引契產契房租扎公櫃銀扎繳回如到期本利不付卽將京引東壩外舖一座交出歸爲　瑞恒號自辦扣作本利將本利還清陳松岩陳少謙再爲收回自辦每年春秋兩運生鹽歸　瑞恒號發運價銀隨行貼市生鹽亦以八年爲限將本利還清後卽歸陳松岩陳少謙自行發運欲後有憑各無返悔立此議單二帋各執一帋爲據外有陳松岩陳少謙借約一帋交付瑞恒號收執候至年終將利付給外至歸本銀若干再爲換票　光緒二十年正月廿五日立議單陳松岩陳少謙瑞恒號　中友人苑杏江各有圖章押記

接續會典奬單　○記名道府京畿道監察御史陳其璋請俟得知府缺後以道員在任候補太常寺少卿楊宜治請在任遇有三品京堂缺出開列在前並　賞戴花翎截取同知內閣中書王昌年請俟同知分省得缺後在任以知府補用內閣中書渠本翹請以主事分部遇缺卽補候補郎中內閣中書李永懋請　賞加四品銜翰林院侍講翁斌孫請遇有四品坊缺開列在前　記名御史吏部員外郎劉家模請俟補御史後作爲歷俸期滿吏部主事方培愷請俟服闋截取直隸州得缺後以知府補用吏部員外郎雷祖迪請俟得郎中後作爲歷俸期滿吏部候補主事丁寶銓請仍以主事遇缺卽補並　賞加五品銜戶部候補主事聶濟時請　賞加四品銜戶部候補主事范德鎔請　賞加四品銜　記名御史戶部員外郎萬本敦請俟補御史後作爲歷俸期滿戶部學習主事徐信善請俟補主事後以直隸州知州分省補用禮部主事孔傳勳請俟截取直隸州知州得缺後在任以知府補用卽補員外郎禮部主事韓大鏞請補員外郎後以本部郎中遇缺卽補兵部候補主事胡遠燦請以本部主事無論咨留遇缺卽補並隨帶二級　此單未完

都門市景　○京師近日銀價跌落米價騰貴較正二月尤甚計老米每斤四百六十文白米每斤四百小米每斤三百六十文

白麵每斤四百文其餘居家所用之物無一不貴惟銀價每兩足銀易當十大個錢十吊零六百文松江銀每兩易錢十吊零四百文洋銀每元易錢七吊六百文似此市景居長安者莫不愁鎖雙眉長嗟短嘆矣

激發天良　○昭信股票現已舉辦京都雖爲首善之區所有六部九卿各衙門實缺候補各員皆以官爲業殷富者甚少各堂憲雖欲派員確查無如家道殷實之家祇將廉俸公費銀兩集腋成裘以購股票而濟時艱已非易易矣

賄賂公行　○現聞刑部審訊民人王永因爭家產被孀母在西城外坊送究等情一案於詳城時屢經城憲楊萃伯侍御妄用刑求甚至將王永枷示羈押九月有餘始行咨送刑部審訊刻經剛子良大司寇訪悉王永之孀母膝下無嗣承繼內姪爲螟蛉子接續宗祀而王永在阜成門外八里庄爲農家有薄田尚堪餬口其叔在日早經分居另度伊孀母垂涎其產起意霸佔控送其姪轉託西城外坊皂役趙彩央求楊侍御攷丁楊某以白銀四百金賄託違理忘斷豈料此案實以白銀一千五百金預先賄託人所共知刻經剛子良大司寇密派司員澈底根究嚴傳趙彩楊某詎料早已聞風遠避未悉能否弋獲俟訪明再錄

明火再述　○近日京城明火搶刼數見不鮮日前城內王府井大街延宅被盜搶刧多贓經榮振華中堂暨左右兩翼德英副金吾親詣勘驗飭捕嚴緝尚未破獲又禮部懷紹先大宗伯府第內日前夜間被盜十數人各持刀械搶刧古玩衣物携贓過颺由該管地面步軍校詳報步軍統領衙門亦經三堂憲前詣勘驗嚴飭上緊捕獲贓盜倘有廢弛定行嚴叅懲辦云

尚無別情　○永定門內天橋迤南地方車載男屍一具被地面官人拏獲等情已列前報茲聞車內男屍係因在永定門外馬家堡迤北地方被車軋傷身死將屍裝入車內拉運進城尋覔偏僻地處意欲掩埋被官人將車夫王三鎖拿經南城項同壽指揮會同東南兩城指揮相驗委係被車軋傷身死詳城咨送刑部按律審辦

火警紀畧　○閏三月初五夜四鼓忽聞警鑼四起詢係前門外朱毛衚衕某廣貨店不戒於火經三善同義同善安平各水會善伸前往激救至東方既白回祿君始行收燄返駕計延燒毘連某妓寮共燒燬房屋三十餘間所幸並未傷人起火緣由係因積存煤油甚多以致遺火油箱轟轟烈烈不可嚮邇事後將舖主畢某解城責押以爲失愼者戒

直藩牌示　○昨由省來電云藩憲牌示委署清豐縣李秉和因病開缺以改署博野縣實缺定興縣王葆琛調署所遺博野縣原缺飭准補斯缺現署南宮縣戴世文仍回本任遺南宮縣缺以補斯缺郭長年卽赴新任署寗津縣燕綱緯赴平谷縣本任所遺寗津縣缺飭補斯缺祝嘉庸卽赴新任

水利局批　○青光村職員王之銳等稟批前據該紳民等具稟當經札飭天津縣查明傳究在案迄尚未據詳覆據稟各情候卽派弁前往查看如何情形迅速稟覆以憑核奪爾等均回家靜候査辦可也此批

帮審保甲　○保甲總局公務繁雜大有應接不暇之勢昨經天津道憲任觀察札委候補縣劉大令尚文赴局帮審案件昨已赴轅稟知入局任事

德藩覆電　○前紀德國親王來電擬於初八日抵津奈因事未卽起節昨又電稱改於十七日由膠州開行聞督憲委派各營員弁勇丁至期前往海口迎接

姑候差查　○滄州職銜劉崇德赴府指控吳成佔地蓋房有碍義渡等情前已登報現經太守批示爾家義地被吳成蓋房抗延不拆自應赴州呈催何必因此小事來轅嘵瀆姑候札飭新任滄州派差査勘籬房於義渡果係有碍卽令平毁此批

嚴防盜賣　○邑伸徐觀察士鑾因近來匪徒輙有盜賣他人墳地情事一經敗露雖極刑懲治而地終無一追還者暴露棺木拋棄骨骸眞令人有不忍見不忍聞者緣卽赴縣稟請立案爲先事之防刻經邑尊照准並頒發告示曉諭云

請築土牛　○刻據文大主簿蔡承啓詳稱格淀堤一帶水勢汹湧恐有漫溢之虞應請先事修築土牛以爲防備聞道憲俯如

所請飭卽知照矣

縣批兩則　○王有呈批爾兄弟三人如果並未分產爾弟王四海何能將爾赶出呈詞殊難憑信着卽邀同族自向理論毋以細故肇訟致傷骨肉又張棟臣批傷驗爾子張四羣如果並未放炮張大固不能憑空誣指卽使在街玩耍亦何至被毆有傷候傳質可耳此批

押犯送營　○初七日午刻據護衛馬隊營統帶楊副戎派勇十餘人押護兩犯逕解營務處旋由處憲帖請委廉寶大令嵐村提犯鞫訊至該犯名姓與所犯何案容再訪佈

騙手吃虧　○河北關下田甲昨晚出外應酬有騙子手尹二乘間到田家聲稱甲在某處遣予要馬褂穿用適甲從外囘來向之盤詰拐騙情形和盤托出當被扭獲欲送有司究辦時有近鄰出保始將釋放

水會酬神　○河東鹽坨六局定于月之十五六七三日在小聖廟前演劇恭祝赤帝神庥並酬勞伍善衆會首已派人貼報至日高搭席棚懸挂燈彩一時紅男綠女爭拓眼界定有一番熱鬧

河東餘燼　○日昨錦衣衛橋失愼巳經登報刻巳訪明係該處焦姓因午炊遺火燒去住房四間卽經撲滅云

三處小火　○初七日黎明府署西曹姓家不戒於火燒去艸房兩間比及水會赶到巳經隣衆撲滅又午前大有齋附近某姓家突兆焚如頃卽救滅僅燒柴棚半椽又東城根花轎舖對過王家木匠舖遺火將碎木引着立時烟燄大起經各舖人上房用水灌救未致成災

貨船撞破　○昨午新浮橋正值開關有雜貨船一艘從上游順溜而來疾如激箭適有載石船逆流上駛將雜貨船頭撞破立時水浸入艙幸臨岸甚近船中赶緊靠岸起貨未致沉沒然貨巳飄失不少矣該船主當將石載船攔住赴保甲局控告不知如何訊斷俟訪再佈

失女兩誌　○昨午窰洼三條石有男子鳴鑼聲稱城內運署東李姓女年十四於昨午後失迷云云又來一老叟鳴鑼聲喊賈家大橋何姓昨晚失一女十三歲如有見者或送信或送女到舍均當重謝

事同蕉鹿　○昨晚窰洼三條石有長睡客僵臥道旁經人傳知該管地方因黑夜茫茫暫用葦蓆覆蓋候翌晨僱人抬埋次早開視則屍巳無有地方大驚又不敢聲張赶卽捲蓆而去噫豈地方作蕉鹿夢耶抑人固未死或死而後蘇耶是眞索解不得者

不見其出　○近來河北地方多鼠竊幾乎無夜無之昨三更時三條石澡塘西某公館有偸兒入院將肆穿窬伎倆經家人知覺啓門追捕賊跑至坑沿無路可走因踴身投水中追者立候其出然至一炊時之久竟無影響想巳葬身魚腹矣

花叢悲喜　○城內某孝廉富於有貝之才於去歲在郭五班內買妓名屏兒者爲妾今復託友人杜某買龍家班內金香妓言明身價銀一千五百兩昨已人銀兩交矣○又邵某與周胡子小班內雛妓鳳魁交情甚密昨邵之弟不知因何帶領多人將鳳魁室內家俱捽砸一空始各鳥獸散去

光緒二十四年閏三月初六日京報全錄

宮門抄○閏三月初六日兵部　太常寺　太僕寺　廂白旗值日　吏部引　見一百二十名　剛毅謝受正紅蒙都統　恩　梁仲衡假滿請　安　溥良等塲內專摺請　安　克王續假十日　準良續假一個月　兵部奏派繙譯彈壓副都統　派出恩霈官祥

召見軍機　楊頤　皇上明日辦事後至頤和園　皇太后前請安後駐蹕

○○頭品頂戴閩浙總督臣邊寶泉跪　奏爲閩省新案交代巳結各案恭繕清單仰祈　聖鑒事竊照閩省新案交代業經　奏報至光緒二十三年六月底止玆據署藩司李興銳詳稱二十三年七月起至十二月止半年屆滿所有叅限內巳結各案交代照章分晰開

單請　奏前來臣覆査無異除咨部査照外理合開單繕摺具陳伏乞　皇上聖鑒謹　奏奉　硃批戶部知道單併發欽此

○○臣徐桐跪　奏爲司員　法賄求據實糾參恭摺具陳仰　聖鑒事竊臣孫徐培芝係戶部候補員外郎在湖廣司行走與會典館校對官戶部候補主事陳昌圻同事當差本月二十四日酉刻陳昌圻持片來拜未見當卽留信一函臣孫培芝拆閱後異常惶恐當將原件呈臣査辦臣接閱之下不勝詫異査原函內有信二紙請保名條一件詳註功課係爲會典館保案函託臣孫培芝設法舞弊改爲以主事無論題選咨留遇缺卽補並有紅封套一件簽上書寫菲敬二百兩均在函內又於簽旁粘小簽有此件請代向吏部招呼辦理字樣臣維會典館保案本以功課之多寡定保奬之優次戶部候補主事陳昌圻此次保以本部主事遇缺卽補並俟補主事後作爲俸滿該員竟以所得奬敍不優意存舞弊以財行求似此卑鄙無恥胆大妄爲若不嚴行參辦何以振綱紀而肅官方相應請　旨將戶部候補主事陳昌圻卽行革職以示懲儆除將原函並紅封套咨送軍機處査照辦理外謹恭摺據實奏參伏乞　皇上聖鑒謹　奏奉

旨已錄

○○頭品頂戴河南巡撫臣劉樹堂跪　奏爲河內武陟兩縣沁河兩屆安瀾謹照章將在事出力人員懇　恩給予奬敍繕具清單恭摺仰祈　聖鑒事竊査懷慶府屬河內武陟兩縣沁河工程自光緒十六年九月經前護撫臣廖壽豐會同前河臣許振禕奏明改爲官督紳辦並聲明自此次定章以後該官紳等如果辦有成效仿照黃河工程霜清保案酌予奬敍等因光緒十六年九月二十四日奉　硃批着照所請該部知道欽此欽遵在案査黃河奏定章程兩屆安瀾准將在事出力各員奏奬一次河內武陟兩縣沁工自光緒十七年改章以後至二十年已屆四載安瀾准前以事屬試辦未敢遽請奬敍乃二十一年六月河內柳園武陟曲下遽有堤工漫口等事當經臣奏明請欵隨時堵合並將在事出力員伸分別奏保蒙　恩給奬亦在案嗣該伸士等鑒於二十一年之失紛紛請退卽經另派熟悉河務之伸士田大有等接辦又以該兩岸工叚綿長時慮顧此失彼復經箚派委員朱家讓等帮同辦理均係自備資斧不支薪水今自光緒二十二年起至二十三年止已屆兩屆安瀾業經遵照部章將在事出力各員伸履歷先後咨部有案伏査沁河水勢湍悍與黃河無異每遇伏秋盛漲拍岸盈堤防守稍疎奇險立見各員伸等奔走河干和衷共濟先事竭力經營購儲料物臨事則督率人夫分投搶護不避艱險得轉危爲安現屆兩屆安瀾毫無貽誤洵屬始終勤奮辦有成效不無微勞足錄據懷慶府知府江槐庭轉據署河內縣知縣龔世淸武陟縣知縣韓國鈞繕具各員紳銜名清摺呈由彰衛懷道岑春榮稟請核辦並據江槐庭龔世淸韓國鈞聲叙不敢仰邀奬叙等情前來臣覆加査核摺開兩縣辦理沁工各員伸銜名委係始終在事出力並無冒濫所請奬叙核與奏定章程相符至江槐庭龔世淸韓國鈞等督率各員紳分赴各工認眞修守兩載以來悉臻安協亦未便沒其微勞應一併擬給奬叙彙繕清單恭呈　御覽綜計兩縣請奬各員紳經臣一再核減共得一十一員合無仰懇　天恩准照所請給奬以資鼓勵而策將來出自　逾格鴻施除咨部査照外所有河武兩縣沁河兩屆安瀾請將在事出力員紳酌擬奬叙緣由謹會同河東河道總督臣任道鎔恭摺具陳伏乞　皇上聖鑒　訓示謹　奏奉　硃批該部議奏單併發欽此

○○河南巡撫臣劉樹堂跪　奏爲要缺知府因病出缺先行委員署理請　旨迅賜簡放以重地方恭摺仰祈　聖鑒事竊據調署汝陽縣知縣孫壽彭稟報汝甯府知府李德洞於光緒二十四年二月二十日因病出缺應卽委員署理査有候補知府王煥台精明詳愼練達有爲堪以委署據藩臬兩司會詳前來除批飭檄遵並將李德洞出缺日期另行恭疏具　題外査汝甯府管轄一州八縣係衝繁難兼三要缺相應請　旨迅賜簡放以重地方爲此恭摺具　奏伏乞　聖鑒　訓示謹　奏奉　硃批另有旨欽此

啓者刻下磁州煤礦已將吸水機器安置停妥各窰宿水俱已抽乾所出之煤與唐山五槽相等局內章程按照商辦極爲謹密將來利益已有成效但資本愈厚獲利愈多爲此布告津都中各處紳商有欲入股得利者其股票寄存源豐潤票號請向面填可也

磁州礦務局謹啓

彼處昨登明心方人皆共知無暇論此閑閒出售王可莊殿試全卷每部八百津文　快覽一百種全然一空　新到大公日報每月六百路遠酌加　又至各小說價廉物奇　天雨花　筆生花　鐵花仙史　第二奇書　林蘭香　情天寶鑑　笑林新擇雅　哈哈笑　今古奇聞　三續今古　四續今古　夢園叢說　蜻蜓奇緣　花月姻緣　笑中緣　賽桃源　鴻雪因緣圖　巧合佳緣　紅梅閣　鮑駱奇書　大板粉粧樓　牡丹亭　牡丹奇緣　娛親雅言　雙冠誥　雙鳳傳　新出列仙傳　全本湘子傳　八美圖　連十本青樓夢　珍珠塔前後傳　說唱萬花樓　正續新齊諧　子不語　續今古奇觀　時務報一冊至五十七冊俱全　五十八冊不久亦到　餘者各書各報來班再錄

天津北門內各報館紫氣堂仝啓

法製青鹽出售

本堂精置法製青鹽在京多年今因津市短少寄售天津北門內各報館紫氣堂就近購取每包計十盒津文八百零售每盒八十此鹽羣藥配合外用擦牙固齒去口中穢氣治口瘡牙疼咽痛洗眼明目去翳朦清頭火涼水塗熱節沸毒風疹每晨滾水冲服少許能安心神滋腎水固齒根烏鬚髮強筋骨消食積去膨脹陰陽水冲服一錢治霍亂轉筋如神

京都回回丁先生敬慎堂主人謹啓

啓者敝行議定抓彩計票六百張內有五十會得彩頭彩計四尺高度金銅樓大座鐘一個値價銀一千兩此鐘本爲賣於萬壽時所用貨到稍遲萬壽之期已誤雖經紳商看過終以貨高不肯遞價敝行亦以此物雖尋常出售因添搭鐘表八音琴等貨以便抓彩所添之貨通按跌價估値配彩以次挨及頭彩至五十彩因花樣過多前報業經登過此次不及備載諸公若不憑信貨物若何請到本行先來看彩然後購票均無不可每票一張售洋三元並託鍋店街恒義號又美昌號竹記號代售

天津紫竹林有嘁洋行謹啓

魁陞號綢緞洋貨莊

本號自置顧繡綢緞洋貨等物整零均按銀莊格外公道皆比大市價廉發售　寓天津北門外估衣街五彩號衚衕口坐北向南便是特此

本號謹啓

悅來洋貨店

開設天津法國租界紅樓後自運各國玩物金邊三連磨花描銀玻璃磚鏡子五彩大小碗盞杯盤料器奇形異樣香水壺荷包靴掖洋景襪子手套叫鐘表鍊花針扣子戒指洋火盒玳瑁梳篦金銀首飾鼻烟壺各樣五色料金珠書圖等物格外價廉消售發客

紫竹林 第一樓番菜館

本號專作英法大菜各色精細點心各樣洋酒洋貨等物一應俱全並售

上　　　　　八百
上紅茶每斤津錢一千
　　　　　　六百

又批發茂生公司鐵海紙烟零整發售價値格外公道原箱計一百盒價洋一百四十四元每盒計五百支洋一元五角凡仕商賜顧請卽駕臨是荷

主人謹白

恒昌照像館

啓者本號今因建造新樓于三月初二日暫遷往牌坊外先農壇前另設玻璃照像棚諸君賜顧請駕光臨是荷俟本樓工竣復回原舖謹此佈聞

本主人謹啓

海大道 鴻春樓番菜館

啓者本店三層大樓工程告竣地勢寬闊以備貴官紳請讌擇於去臘遷移新正月初二日開市各樣俱全價廉物美凡仕紳賜顧者請卽駕臨是幸

主人謹白

天后宮北 義興順綢緞莊

本莊自置顧繡綢緞綾羅紗絹各樣洋貨南貨雅扇桂冊頭油香貨歸安貝松泉湖筆一概俱全

頭號杭甯綢 四錢三
頭號江甯綢 三錢三
頭號摹本緞 三錢八
紅梅茶 九百六
紅茶 六百四
紅茶梗 每斤 二百二
龍井茶 一吊八
金百襉裙布裡 五兩八
壽綿襉裙綢裡每套 六兩八

三井洋行分莊 告白

敢者日本商始創貿易爲業數拾年以來今分莊開設北門外鍋店街沈家衚衕口對過專選精工料實東洋棉紗各等時式大小疋棉布粗洋布斜紋洋標等格外公道價亦從康凡仕商賜顧者請至分莊面議可也特此佈聞

三井本莊主人啟

拍賣告白

啓者本月初十日禮拜六下午兩點鐘在英國球房西新房子第一號內拍賣外國各樣家俱等件如欲買者請早來細看面拍可也特此佈聞

集盛行謹啓

烏利文洋行

啓者本行開設香港上海三十餘年四方馳名專售各式金銀鐘表鑽石戒指八音琴千里鏡眼鏡等物並修理鐘表外洋新到各色表價錢比別家格外公道開設在紫竹林法租界大街本行又分莊在北門外樂壺洞保陽棧傍生祥內請諸君降臨光顧是幸特此佈聞

戊戌年閏三月初八日禮拜四

烏利文洋行

北浮橋口 回回 西天慶羊肉飯莊

包辦酒席不用水海味
小賣俱全用清眞白麵
准于本月初九日開市

新開 元隆號綢緞洋貨莊

自去歲四月初旬開張以來蒙各主顧垂盼雲集馳名日盛本號特由蘇杭等處加意揀選名機新鮮貨色零整銀價俱照大莊行市公平發售以昭久遠此白 寄賣龍井雨前素茶福建皮絲水烟各種眞料大小皮箱 開設天津府北門外估衣街中路北門面便是

告白

近年市售石印畫譜除介子園十竹齋外每以舊本而易新名良由難覓新稿若敝局新印之耕香館畫賸蒙賞鑒諸君賜顧者極讚其筆法神韻每部價洋二元併發售石印經史子集科場文章新出策學滙源西學富疆叢書時務分類興國策各種格致洋學古今閑書目繁不及備載湖筆徽墨信箋文玩紈摺雅扇貨高價廉

天津東門外同文書局啓

告白

現有靠河園田地一段九十畝上下坐落大直沽北情願按時價出售如欲買者請至河東柴家大坟西劉忠處面議可也

劉忠謹啓

啓者本公司開設天津紫竹林法租界烏利文洋行旁邊專由內地採買牛羊以備洋人膳用所有圖養一切宰牛羊之法目皆按西法其牛羊肉淨無可比與衆不同本公司今因議定新章特邀同教中人專爲司理此事故特聲明除每日售與洋人按摺取之外所有牛羊肉皆照章售與華人零用格外公道不悞主顧 議定準斤十六兩價錢

牛肉每斤一百八十文
羊肉每斤二百六十文

主人謹啓

美孚老牌煤油

啓者美國三達煤油公司之德富士老牌煤油天下馳名萬商稱美蓋其質潔色清亮白如銀且絕無烟氣能耐久燃比之生葚等油晶光百倍而儉用價廉此為德富士老牌之佳處誠屬無雙妙品也士商賜顧請到天津美孚洋行採辦或向就近殷實行店購買庶不致悞

DEVOE'S
PAT'D JUNE 22 63.
BRILLIANT
OIL
IMPROVED
PAT'D JUNE 28.64.
PATENT CAN

開設天津紫竹林海大道旁

福仙茶園

京都洪春班

特請山陝京都上洋姑蘇名角

閏三月初四日起

本園清理賬目擇日開演 本園謹啓

創包機器

敬啓者近來西法之妙莫過機器靈巧至各行應用非得其人難盡其妙每値傷損修理必悞時日今有甯子卿專於經理機器茲擬創辦包定各項機器以及向有機器常年煤料工力價值格外公道如貴行欲商者請到福仙茶園面議可也特白

海大道福仙茶園街口

新開清眞同瑞茶店

本店主人不惜資本精選各省雷鳴小種雨前雀舌三䇾珠蘭茉莉雙薰龍井銀針安化紅梅諸品名茶各樣鮮花明目散薰法與衆不同以上各貨加工揀選凡貴商賜顧者不悞 謹啓

石印王可莊狀元全本殿試卷

寄京琉璃廠各書紙店發售留津無多祇在本齋發賣每本收津錢八百文 小儀門絳雪齋啓

京都 一品樓

本樓擇於三月十二日開市大吉

本舖耑做 隨意便飯、蘇造餑餑、烤鴨、薰雞、應時小賣 內有樓房雅座

開設天津紫竹林大街北頭路西門面便是

閏三月十一日出口輪船 往上海 禮拜日

新裕 輪船往上海 招商局

安平 輪船往上海 招商局

順和 輪船往上海 怡和行

閏三月初八日銀洋行情

天津通行九七六錢

銀盤二千三百三十七 洋一千六百六十七

紫竹林通行九六錢

銀盤二千三百六十七 洋一千六百九十二

洋錢行市七錢一分八

擇於閏三月十一日開張

新開 敦慶隆綢緞洋貨莊

本號開設天津北門外估衣街西口路南第五家專辦上等綢緞顧繡以及各樣花素洋布各碼線批合線俱按銀莊零整批發格外克已士商賜顧者請認明本號招牌庶不致誤 本號特白

朱鈍翁先生鑑湖高士浙水名流代學爽鳩世習扁鵲脉理精奧醫術深通來津十年屢治危症名揚遐邇著手回春久寓彌勒庵

直報

本館開設天津紫竹林海大道老菜市氣燈房巷內

光緒二十四年閏三月初九日　第一千零三十六號
西歷一千八百九十八年四月廿九日　禮拜五

啓者昨接上海孫仲英善長來電旋又接到顧緝庭葉澄衷嚴筱舫楊子萱施子英各觀察來電據云江蘇徐海兩屬水災綦重飢民數十萬顛沛流離死亡枕籍災區十餘縣待賑孔急需欵甚鉅官欵恐未能徧及素仰貴社諸大善長久辦義賑飢溺猶已敬求代呼將伯源源接濟功德無量蒙滙賑欵卽滙上海陳家木橋電報總局內籌賑公所收解可也云云伏思同居覆載異姓不啻天親縱隔形骸民物莫非胞與頓遭洪水哀此災荒盡是蒼生何分畛域況救人性命卽積我陰功雖此日拯茲黎庶散盡赤仄靑蚨卜他年報在子孫同來玉堂金馬敝社欵無備濟自知獨力難成術欲廣仁惟冀衆擎易舉叩乞　顯官鉅紳仁人君子共憫奇災同施仁術　原擬活人無算雖千金之助不爲多但能濟世有功卽百錢之施不爲少盡心籌畫量力輸將敝社不禁爲億萬災黎泥首叩禱也如蒙　慨助卽交天津溜米廠濟生社帳房代收並開付收條以昭徵信

濟生社籌賑同人謹啓

部照已到　直隸勸辦湖北賑捐局自光緒二十三年十一月二十日以後至光緒二十四年正月初十日以前請獎各捐生部照已到請卽攜帶實收來局換照可也

上諭恭錄

上諭理藩院奏敖漢郡王達木林達爾達克呈稱遵赴熱河聽候傳質惟恐冤抑莫伸據情代奏可否請旨派員訊辦一摺着仍派榮祿剛毅提集人証卷宗確切研訊據實具奏欽此　上諭依克唐阿奏副都統會辦旗務意見齟齬一摺盛京副都統溥蔚因遼陽城守尉卽着引見遺缺函商依克唐阿强欲委銜缺相懸之佐領榮綸往署固執已見不能和衷商榷殊屬不合溥蔚着交部議處遼陽城守尉着依克唐阿秉公揀員署理欽此

聲明誆騙　瑞福店謹啓

啓者查有陳恒益代辦王德新瑞有德兩處京引前因無力辦運憑中說合情願自光緒二十二年八月初一日爲始租與瑞福店名下代辦十二年均按王德新瑞有德原議合同毫無增減令同中友現交銀二萬一千兩如陳恒益不卽將京引交出或僅交一處情願將原銀退回格外罰銀六千兩同中三面言明是年六月初三日立有議單一紙并蓋印恒益津店圖章親筆書押交瑞福店收執存據不意陳恒益串謀狡賴將王德新京引讓伊收回瑞有德京引讓伊轉租曾經稟訴　督鹽憲暨運憲旋奉　運憲諭飭綱總催秉公理處嗣因綱總催再三婉勸瑞福店將京引讓伊收回轉租其原交銀兩應許如數清還孰意陳恒益竟將兩處京引應得現銀如數入己僅交王德新關存銀七千九百三十四兩三錢五分尙欠銀一萬三千零六十五兩六錢五分延不淸償當經　運憲發縣訊實管押迭次勒限嚴追幷屢蒙批示該商被陳恒益誆騙之欵經前司暨本司屢次札催天津縣迅速追償何以至今尙未償還其本商陳文珠亦何得竟令逍遙事外候再札飭新署天津縣呂令從速嚴追幷傳陳文珠到案勒追以淸欠欵而免商累等因幷蒙　縣尊將陳家駿

管押迭次訊追并傳本商陳文珠迅速到案伊明知具限還錢萬不能再事搪塞故佈散流言妄登告白或冀聳人聽聞殊不知寫立議單之時經伊煩出親友徐潤泉邵子周苑杏江李瑞堂三面言明作中書押何得竟云揑寫夫揑寫者乃係將無作有之事況有本商陳文珠同堂兄陳家駿同伯父陳恩華同母陳姜氏親筆書押并蓋印伊店圖章何得又謂之莫須有似此自相矛盾實屬無理取鬧至伊孝拉瑞恒欠欵業經　前任縣尊親訊傳及中人并瑞恒謙恒當堂質對明確并將議單收條驗明實係陳恒益誆騙鉅欵毫無疑義因令其煩中說合且屢次展限是加恩於陳恒益者不爲不厚乃伊并不知感激反敢指斥　前任縣尊不追確情未知是何居心因思陳恒益既憑京引支用銀兩既不將京引交出自應將銀兩找回今伊不但勒措不還猶復以妄誕之辭特書諸報可謂違心害理除另行稟究外總之陳恒益誆騙巨欵神人共鑒天地不容彼卽百詞狡辯又不能自原其說豈非天良猶未盡泯乎謹將此案始末情形登諸報牘庶公是公非顯然易見識者鑒之

接續會典獎單　○記名御史兵部郎中張荀鶴請俟補御史後作爲歷俸期滿五品銜兵部候補主事楊芾請以本部主事無論咨留遇缺卽補並　賞換四品頂戴候選同知兵部主事朱㯽濟請以知府分省補用兵部候補主事陳正笏請俟補主事後以直隸州知州分省先卽補截取知府刑部郎中杜慶元請俟補知府後在任以道員用刑部員外郎徐謙請俟補郎中後作爲歷俸期滿補用道截取知府刑部郎中陸學源請俟離知府任歸道員後　賞加二品銜刑部候補員外郎吳蔭培請俟得缺後以本部郎中遇缺卽補刑部主事王金鎔請　賞加四品銜四品頂戴工部主事賈璜請俟得員外郎後　賞加三品銜分省補用知府工部員外郎王權請俟知府得缺後在任以道員補用三品銜應升之缺開列在前　記名御史工部員外郎楊士燮請俟升四品後　賞換二品頂戴工部候補員外郎江德宣請　賞加四品銜四品銜工部主事王振聲請俟補員外郎後　賞換三品頂戴工部候補主事王文謨請俟補缺後作爲歷俸期滿理藩院候補員外郎熙徵請仍以本院員外郎無論滿蒙咨留遇缺卽補並　賞戴花翎　此單未完

科場例案　○禮部爲曉諭事本年戊戌科會試所有新中貢士本部奏請覆試日期一摺於光緒二十四年閏三月初五日具奏本日奉　旨着於本月十四日在　保和殿覆試欽此爲此曉諭新中貢士並三科中式未經覆試各貢士等速卽取結赴部納卷塡寫親供以便按名備卷該貢士等務於覆試前一日備帶筆硯在　長安門左近住宿於十四五鼓赴　中左門外聽候點名接卷該貢士等如實有事故亦卽先期呈明事關　覆試毋得遲延自悞特示○禮部爲曉諭事查科場例內開會試發榜將榜內各省中式者通行嚴加覆試又上科會試已經中式貢士遇有事故准其歸入此次補行覆試等語今本年戊戌科文會試揭曉後新中貢士應行覆試查上屆會試中式後因有事故未經覆試各貢士如有補行覆試者應行附入此次中式貢士一體覆試爲此合行曉諭上三科未經覆試各貢士等知悉務於三日內赴部驗到並取具同鄉京官印結補塡親供以便赴部附入此次覆試補行　殿試各貢士亦卽取具同鄉京官印結赴部投文驗到毋得遲延自悞特示

諭候覆試　○禮部爲曉諭事查定例會試揭曉後次日新中貢士卽赴本部塡寫親供以備磨勘又載會試榜後在　殿廷覆試試以　欽命四書題一道詩題一通又載會試新中貢士取具六品以上同鄉京官印結臨場認識各等語今本年戊戌科會試爲此出示曉諭應試舉人等知悉各宜在京靜候揭曉以中式後恭應覆試　殿試毋得先期出京以致臨期自悞懍遵毋違特示

搶人破案　○近來京師地面搶刦之案曡搶奪婦女之案層見疊出閏三月初三日前門外召帚衚衕有曾姓家忽來匪徒二十餘人各持刀械撞門入室將曾姓之妻嚴氏架搶而去藏匿靑廠于姓院內于姓見其來勢慌張知非善良之輩隨赴北城坊報案蒙派官人十數名隨于姓往捕拏獲起意爲首之犯來二等四名一併解案拷訊詳城研究至如何訊辦俟訪明再錄

神乎技矣　○京師前門外蜈蚣衛地方居民陸姓子年已十五歲今春忽患奇疾始則周身疼痛日夜呼號半月後遍體奇癢搔至流血癢益不支又纏旬餘脊間隱隱露鱗甲狀再數日則自首至足悉皆潔白如銀晶瑩閃灼已成人魚形狀家人無知爲之搜刷

則痛入心脾延醫閱視無能識其症者因倩人舁之各處就醫遍閱名醫亦無人知其是何怪症莫肯爲之用藥後經東四牌樓魏家衕衕請儒醫嚴筱舫診治畧加審視曰此童胎感異類而生今故幻形爲此雖症屬奇異然藥餌固能療也于是立方而去其家照方配藥連服數帖鱗甲漸枯一月後盡行脫落仍復舊時形狀其家感嚴之德携童備禮登門叩謝並稱童母前在江南值大風雨若有所觸因而有孕數月後卽生此子誠如先生所言噫嘻嚴醫眞神乎技矣

壓斃瓦匠 ○京師起蓋房屋嘗聞有壓斃人命情事良由樑棟之材不甚堅固甫行措柱時慮傾頹經始之功不可不慎也昨聞彰儀門內西磚衕衕聶姓啓建室宇上樑支柱後正欲結茅覆土不期中梁忽然卸下將泥水匠某甲登時壓傷魂赴夜臺聶某懊悔非常謬以筮日誤遇煞星責子平家之不慎噫顚孰甚焉

藩司牌示 ○保陽來電云藩憲牌示調署正定縣知縣楊文鼎選授甘肅慶陽府知府遺缺飭實授斯缺之戴作楫仍回本任按楊太守係天津實缺今茲選升津缺當另補人矣

水利局批 ○西沽等村紳民趙寶森等稟批據稟該村等地處永定大清兩河下游村中廬舍屢被水沖請派員疏通清河下口淤塞等情已悉查規復大清河故道培築格淀隄殘缺原爲挽救五大河全局藉以助清刷渾俾免西沽三岔河等處停淤不通起見去冬挑通後清水引歸正溜逐漸刷深今春正擬於窄處加寬險處做埽以期清水暢行淀隄鞏固乃淀北村民突因凌汎陡漲淀水抬高沿淀田廬被淹貪夜糾合多人將淀隄盜扒成口當飭委員赶緊搶堵不料逐日風猛浪狂口門遂已奪溜現在勢難施工業稟請督憲核示遵辦爾等靜候毋庸稟瀆此批

縣批摘錄 ○劉仁壽批前據同興源海味舖王恩承以伊租賃恒德堂舖房轉租與元恒義開設錢舖因元恒義荒閉將房查封呈請啓封給領等情當經批飭取具地隣切結並撿同業主契據呈核在案究竟此項房間是否王恩承包租著原業主撿契取具地隣切結另呈核奪

出考申詳 ○分發長蘆候補鹽巡檢何景元刻已試用期滿由運憲出具切實考語循案申詳以憑督鹽憲咨部查照

哨書發縣 ○昨護衛營管帶官派營勇押解二人送交營務處審訊等情玆訪明二人係該營已革哨書一爲宋文元一爲王步雲兩人退有發言匿名揭帖當經寶大令訊實並供有通同合謀某某五人尙在營中除派差添傳質訊外立將二犯發縣管押

飭比原差 ○張國正指控高青山一案經前任陳大令發票飭傳高青山迄今半年之久迄未註到疲玩已極難保無賄縱情弊刻據邑尊飭房將承票之原差送比該房遵卽知照

官犯過津 ○山東候補縣李大令洪現補用遊擊全遊戎勝奉山東撫憲札委管押已革提督孫萬林赴京日昨抵津暫寓西茂盛店至該革員到京後如何審訊定擬俟訪明再登

造鹽請驗 ○刻據長蘆南運商人全興泰等號將鹽數造齊裴船頂關呈請批驗廳造具商名清單備文轉詳運憲提驗放關以便開船南下

官場風信 ○津郡公務殷繁各局所一切員司工役月費不貲刻聞官場傳說督憲力求撙節以濟時艱擬將營務處水利局保甲局籌賑局合併一局支應局與銀錢所亦合一局如此通融辦理則薪工可省若干然未見明文未敢據以爲信也

軍火銷差 ○江蘇候補縣朱大令枚前奉委赴上海領解軍火等情曾紀報牘日昨來津隨卽趨轅稟知交納事竣卽當回蘇銷差

染房被竊 ○楊家胡同福興潤信局被竊及報官飭捕迄未獲案頃聞附近萬壽宮胡同天來彩染房刻亦被竊該舖掌業開失單赴有司報案

公保地方　○河東二甲地面寬闊現有地方不敷辦公經該處居民公保士著谷吉升可充地方據稱谷素行中正公事諳練當經勞少尉照准除驗看外刻已發給示諭以便充當

力挽澆風　○演唱淫詞穢曲最足敗壞人心男人已屬不可況在婦女昨西門外有某甲牽領兩幼女開場唱演圍聽者正與高采烈適該管保甲局員親帶勇丁往爲抄拿除將甲棍責外並一切演唱時調小曲者盡行驅逐

金頂路燈　○京西北金頂妙峯山天仙聖母久著靈應每逢四月間本埠善男信女前往進香者實繁有徒然路遠且險跋涉頗形不易馬家口下衆善士公議承辦路燈及代香等事自三月三十日起至四月十五日止刻聞仍照舊章辦理云

光緒二十四年閏三月初七日京報全錄

宮門抄○閏三月初七日刑部　都察院　大理寺　廂紅旗値日　吏部引　見一百二十名　端方謝授直隸霸昌道　恩　候補知府林介弼謝　恩　溥侗請假五日　福森布請假十日　松溎續假十日　吳樹棻預備召見　召見軍機　吳樹棻　端方

○○頭品頂戴山東巡撫臣張汝梅跪　奏爲寗海等十四州縣缺分最苦首領佐雜額廉無幾請免接扣本年部提軍需三成以示體恤恭摺仰祈　聖鑒事竊照光緒二十一二三等年東省文武各官養廉接扣部提軍需三成充餉當因新舊並扣不敷辦公請將無關部庫之由外彌補軍需一成二成三成銀兩全行停扣並將額廉無幾之文職首領佐雜武職都守千總外委各員弁以及下下苦缺之寗海文登榮城棲霞招遠高苑博興齊東青城利津霑化新城等州縣免其提扣二成均經前升任撫臣李秉衡奏奉　諭旨允准欽遵轉行在案前准部咨戶部具奏光緒二十四年外官養廉文職自府經縣丞以下武職都司守備以下仍照全數開支其文職州縣以上武職叅將游擊以上再行照案接扣一年等因奉　旨依議欽此咨行到臣自應欽遵辦理惟查布經按經鹽經州同州判雖同是首領佐雜額廉無幾而官階品級皆在府經縣丞以上缺多清苦應請照案免扣至新城一縣甫改下下缺分稍勝於前卽應剔除照扣嘉祥范縣觀城三縣久列下下苦缺情形今非昔比與寗海文登樂城棲霞招遠高苑博興齊東青城利津霑化等十一州縣同爲下下苦缺中之最苦者養廉不敷辦公亦請照案一併免扣其無關部庫由外彌補軍需之一二三成銀兩俱照前案停扣有關部庫之停給核減各成並六分減平仍照舊案核扣用示區別據藩司張國正詳請具　奏前來合無仰懇　天恩俯念寗海文登榮城棲霞招遠高苑博興齊東青城利津霑化嘉祥范縣觀城等十四州縣缺分最苦首領佐雜額廉無幾准免接扣本年部提軍需三成以示體恤出自逾格鴻慈除咨部查照外謹恭摺具　奏伏乞　皇上聖鑒訓示謹　奏奉　硃批戶部知道欽此

○○二品頂戴新授陝西布政使臣李希蓮跪　奏爲恭報微臣到陝接印日期叩謝　天恩仰祈　聖鑒事竊臣欽承　簡命補授陝西布政使當卽專摺謝　恩遵旨入都展　覲仰蒙　召見二次　訓誨周詳莫名欽感　陛辭後束裝就道於三月初八日行抵陝西省城奉撫臣魏光燾飭知赴任旋於初九日准署布政使按察使李有棻將印信文卷冊籍委員賫送前來當卽恭設香案望　闕叩頭祇領任事伏念臣晉陽下士觀政農曹江右分巡旋權差於東省長蘆繼調復陳臬於黔中未効涓埃方深兢惕茲復渥邀　寵眷擢任屏藩查陝省地居關隴藩司責重旬宣用人必嚴律已當以端吏治爲先裕餉不外理財要以厚民生爲本現値時艱孔亟籌借辦捐尤須力爲其難以冀稍有裨益他如整頓厘稅勸墾荒田凡茲事宜在在均關緊要如臣檮昧深懼弗勝惟有殫竭愚誠力祛積弊隨事稟商督臣認眞妥愼經理不敢稍涉因循以期仰答　高厚生成於萬一所有微臣到陝接印日期並感激下忱謹繕摺叩謝　天恩伏乞　皇上聖鑒謹　奏奉　硃批知道了欽此

○○恭壽片　再布政使裕長因川東一帶災賑需欵樂捐庫平銀一千兩以助急需並據聲稱不敢仰邀議叙等情詳請　奏咨立案前來臣覆查無異除咨部外理合附片具陳伏乞　聖鑒謹　奏奉　硃批戶部知道欽此

○○劉樹堂片　再前准戶部咨奏撥雲南銅本在於豫省應解光緒二十二二十一兩年旗兵加餉項下每年撥解銀五萬兩等因節經

分批解過銀五萬兩　奏明在案茲據布政使額勒精額在於光緒二十四年地丁項下續籌銀一萬兩二月二十九日發商承領滙解赴滇等情　奏咨前來臣覆核無異除分咨查照外爲此附片具陳伏乞　聖鑒謹　奏奉　硃批戶部知道欽此

○○裕祥等片　再阿迷州知州鄭克仁據報病故遺缺查有補用知縣李慶鏞辦事穩成堪以署理廣通縣知縣准補宣威州知州程福德據報丁憂所遺廣通縣缺查有在省差委晉甯州知州黃毓崧堪以署理大姚縣知縣陳維新調省遺缺查有准補該縣知縣黎元熙應飭赴本任以重職守據藩臬兩司先後會詳前來除分檄飭遵並另疏題報開缺暨將所遺阿迷宣威二州選缺照章分別留補咨選專咨報部外謹會同雲貴總督臣崧蕃附片具陳伏乞　聖鑒謹　奏奉　硃批吏部知道欽此

冤抑難伸

茲因光緒十八年以押租銀貳萬六千兩花費九千兩租辦王德新瑞有德兩處京引連年賠累自力不支乃于二十年以自巳房間契紙瑞有德合同借據押到郡紳李子香所開瑞恒錢鋪銀七千兩約于是年六月內再以王德新合同押銀三千兩統計銀壹萬兩俟交齊之日言明按壹分壹厘上票外現給該鋪息銀五厘八年限滿再準商回贖所押之件立有議單各執爲証另錄查監至二十一年歲底還該商鋪銀一千兩後聞因賑捐准各商增長鹽價從此引岸漸有起色商滿擬欠瑞恒之欸于八年到期更不難歸還該紳之欸詎料伊不待限滿即派家丁店役鋪夥十餘人來商家坐討四十餘日更將商弟少謙騙至伊家說令書押將租引轉租渠辦而商弟再四跪央方得放回復又將商喚至伊隔壁一所空房之內不準出門三十三日每日兩三次李子香自來挽勸仍令商書押將租引歸伊築辦課運商因欠外之欵鉅而且繁爲能照允伊竟巧計百出又煩出徐潤泉邵子周向商家老父寡嬸言說果不將引岸轉租李子香辦伊斷不能將商放回而商之父嬸皆有痛子痛侄之心遂爲其所惑隱忍書押蓋印圖章李子香恃有議單在手才將商放回嗣因業商王德新瑞有德不準轉租具稟贖回乃子香以自行捏寫議單爲憑並不敢將實在証據呈案含混赴運憲案下控告運憲燭其奸遂不以鹽務論按照私債不準折抵引岸故將案發縣而前縣主陳未識因何不追確情亦不問該商所執作質字據堅向商按照伊自捏寫議單追銀二萬一千兩夫賬目原以本欠主自立之據爲憑若不據此而僅恃討欠者呈出莫須有之字據即給照追雖有無限冤情恐終不能分白矣恩當日向該紳鋪借銀之時約擬八年爲限者以此數年中引岸稍有起色不難歸還引岸即無起色所得贏餘亦能屢抽屢還按原議應扣至二十八年正月方爲限滿自可歸清而伊突于二十一年歲底即來索討殊出情理之外伊非不知于理不合但意在謀產見產被贖遂露出詭謀奸態似此必須追出商親立字據沉冤可白案亦可水落石出敢具此爲合郡告亦敢據此請官府察

陳恒益謹白

謹將伊不交出眞據底錄後

立議單陳松岩陳少謙瑞恒號今議到陳松岩陳少謙因有正用情愿將自行租辦王德新大宛兩縣額引一千八百一道並東壩外鋪一座瑞有德大宛兩縣額引一千八百一道引契二帋自置二道街房座紅契二帋公櫃取銀扎子一個取房租扎子二個計倪姓陸姓房產紅契係買朱姓蕭姓的作押憑中借到　瑞恒號公法化寶銀一萬兩正筆下現交銀七千兩因有租辦王德新引契一張未交同中言定至六月內將引契交出再付銀三千兩以歸一萬兩之數言明每月按一分一厘行息限期八年爲滿年限不滿不準回贖倘限內因事故收回同中言定陳松岩陳少謙情愿貼併　瑞恒號銀三千兩作爲加息其本銀每本歸付銀一千餘兩限滿將本利還清後即將引契產契房租扎公櫃銀扎繳回如到期本利不付即將京引東壩外鋪一座交出歸爲　瑞恒號自辦扣作本利將本利還清陳松岩陳少謙再爲收回自辦每年春秋兩運生鹽歸　瑞恒號發運價銀隨行貼市生鹽亦以八年爲限將本利還清後即歸陳松岩陳少謙自行發運欲後有憑各無返悔立此議單二帋各執一帋爲據外有陳松岩陳少謙借約一帋交去　瑞恒號收執候至年終將利付給外至歸本銀若干再爲換票

光緒二十年正月廿五日立議單陳松岩陳少謙瑞恒號

中友人苑杏江各有圖章押記

啓者族姪景德魁前因來津余曾貲遣回家頃聞並未程身尚在本埠勾留游蕩並冒稱景德泉名號誠恐在親友處假名借貸及一切不妥之事特此告白親友如有願與交接往來者悉聽其便倘有財物轇轕不淸等情事不與我父子相干

景慶雲暨子德泉謹啓

啓者刻下磁州煤礦已將吸水機器安置停妥各窯宿水具已抽乾所出之煤與唐山五槽相等局內章程按照商辦極爲謹密將來利益已有成效但資本愈厚獲利愈多爲此布告津都中各處紳商有欲入股得利者其股票寄存源豐潤票號請向面塡可也

磁州礦務局謹啓

恭頌良醫　敬和司馬今之通儒也凡天下利病之書悉心鈎稽罔不貫澈而於醫學研究尤精故經其手而同春者指不勝屈去冬起以感冒遂患痰喘聘醫量藥收效卒尠春正延先生來藥不三帖即卜小瘳適先生以他事去嗣是專表散者用汗下之劑言收歛者進鎮攝之方言龐品雜不衷其要幽憂沾滯幾歷季旬暮春復延先生至抉羣醫之得失究諸藥之宜忌診脈立方數服遂全乃歎疾痛病苦人所時有以身試藥鮮克有濟故特登報章以頌先生以告當世烏乎美疢惡石審於寸心殤子壽民決之三指可勿知所從事哉　合肥賈制壇誌謝

魁陞號綢緞洋貨莊

本號自置顧繡綢緞洋貨等物整零均按銀莊格外公道皆比大市價廉發售　寓天津北門外估衣街五彩號衚衕口坐北向南便是特此　本號謹啓

法製青鹽出售

本堂精置法製青鹽在京多年今因津市短少寄售天津北門内各報館紫氣堂就近購取每包計十盒津錢八百零售每盒八十此鹽羣藥配台外用擦牙固齒去口中穢氣治口瘡牙疼咽痛洗眼明目去翳朦清頭火涼水塗熱節沸毒風疹每晨滚水冲服少許能安心神滋腎水固齒根烏鬚髮强筋骨消食積去膨脹陰陽水冲服一錢治霍亂轉筋如神

京都回回丁先生敬慎堂主人謹啓

減價

今有友人自辦陝西老土每兩津錢四百八十文新到梁州土每兩津錢五百四十文如蒙賜顧者請到東門内聚隆成寄售

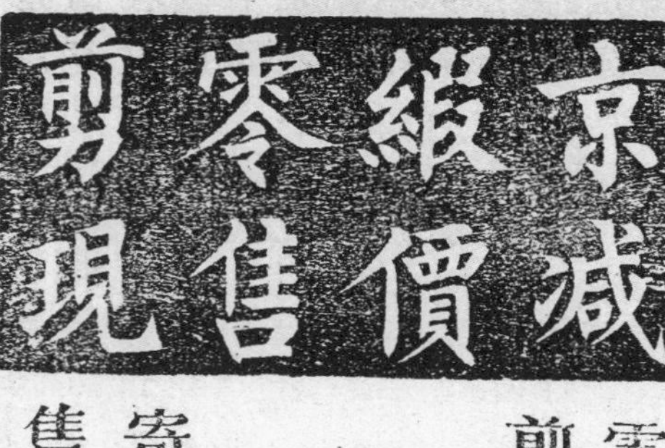

零剪

高鴉背　一千三百五
正號元青貢緞每尺　一千四百文
中號　一千一百文
副號　八百八十文
眞杭青金銀庫緞每尺　二千二百文
眞裕順曾皮絲烟每包　一千一百文
南京鹹鴨每支　大一千八百文　小一千二百文

寄售

龍井每斤　一千七百文
雨前　一千一百文
珠蘭　一千四百文
雀舌　九百六十文

本號自製元淺京緞整售零剪杭線衣線官燕金腿南貨糟貨一應俱全近因錢市漲落不同因分別減價抑因無恥之徒假冒南味字號者甚多雖云謀利誠恐亂眞欲辦蕭猶用煩楮墨　天津宮北大獅子胡同公益仁記南味坊謹白

告白

啓者本公司承辦德國全界土工方數甚鉅現由工部局指拆圍墻一段鋪安能移動鋼軌用鐵車運土以期便捷如有熟練車丁健壯土夫速即自行投到本公司計功酬值定當格外優待也　貽來牟南第四號德載福公司告白

紫竹林　第一樓番菜館

本號專作英法大菜各色精細點心各樣洋酒洋貨等物一應俱全並售
上上　八百
上紅茶每斤津錢一千
六百
又批發茂生公司鐵海紙烟零整發售價值格外公道原箱計一百盒價洋一百四十四元每盒計五百支洋一元五角凡仕商賜顧請即駕臨是荷　主人謹白

恒昌照像館

啓者本號今因建造新樓于三月初二日暫遷往牌坊外先農壇前另設玻璃照像棚諸君賜顧請駕光臨是荷俟本樓工竣復回原鋪謹此佈聞　本主人謹啓

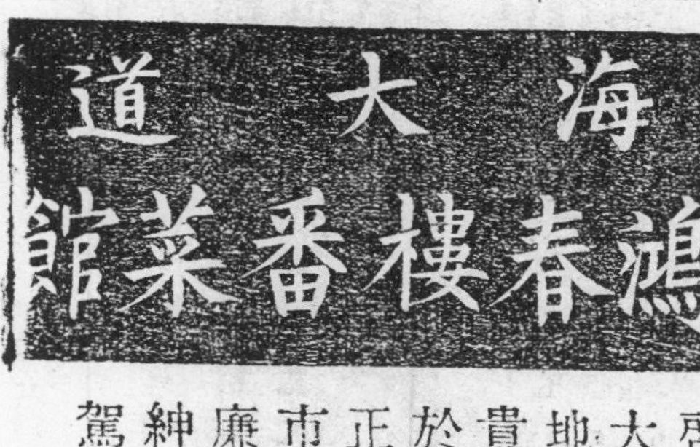

啓者本店三層大樓工程告竣地勢寬闊以備貴官紳請讌擇於去臘遷移新正月初二日開市各樣俱全價廉物美凡仕紳賜顧者請即駕臨是幸　主人謹白

光緒二十四年閏三月初九日
直報
第七版
二一〇九

三井洋行分莊
告白

敝者日本商始創貿易爲業數拾年以來今分莊開設北門外鍋店街沈家衚衕口對過專選精工料實東洋棉紗各等時式大小疋棉布粗洋布斜紋洋標等格外公道價亦從廉凡仕商賜顧者請至分莊面議可也特此佈聞

三井本莊主人啟

悅來洋貨店

開設天津法國租界紅樓後自運各國玩物金邊三連磨花描銀玻璃磚鏡子五彩大小碗盞杯盤料器奇形異樣香水壺荷包靴掖洋景礦子手套吗鐘表鍊花針扣子戒指洋火盒玳瑁梳篦金銀首飾鼻烟壺各樣五色料金珠畫圖等物格外價廉消售發客

新到儒醫

天后宮財神殿內廣此儒醫高魁一專治男婦老幼內外病症辰刻在廟診脉施方過午不候如有外請辰刻來廟付信午後前往病家見症立方

拍賣告白

啓者本月初十日禮拜六下午兩點鐘在英國球房西新房子第一號內拍賣外國各樣家俱等件如欲買者請早來看面拍可也特此佈聞

集盛行謹啓

烏利文洋行

啓者本行開設香港上海三十餘年四方馳名專售各式金銀鐘表鑽石戒指八音琴千里鏡眼鏡等物並修理鐘表外洋新到各色鐘表價錢比別家格外公道開設在紫竹林法租界大街本行又分莊在北門外樂壺洞保陽棧傍榮生祥內請諸君降臨光顧是幸特此佈聞

戊戌年閏三月初九日禮拜五

烏利文洋行

新開 元隆號綢緞洋貨莊

自去歲四月初旬開張以來蒙 各主顧垂盼雲集馳名日盛本號特由蘇杭等處加意揀選名機新鮮貨色零整銀價俱照大莊行市公平發售以昭久遠此白 寄賣龍井雨前素茶福建皮絲水烟各種眞料大小皮箱 開設天津府北門外估衣街中路北門面便是

北浮橋口

回回

西天慶羊肉飯莊

包辦酒席不用水海味

小賣俱全用清眞白麵

准于本月初九日開市

天津紫竹林有㖞洋行
告白

啓者敝行出售彩票共計六百張整除已售出四百餘張外尚有一百餘張待售售完即定期抓彩每票一張售洋三元 諸公若不憑信貨物請到本行先來看彩然後買票均無不可至各彩詳細數目前報登過此次不及備載並託鍋店街恒義號又美昌號竹記號代售

本行暫遷紅樓後三井洋行斜對門永興洋行同院

本主人謹啓

告白

現有靠河園田地一段九十畝上下坐落大直沽北情願按時價出售如欲買者請至河東柴家大坟西劉忠處面議可也

劉忠謹啓

回回 牛羊公司告白

啓者本公司開設天津紫竹林法租界烏利文洋行旁邊專由內地採買牛羊以備洋人膳用所有圈養一切宰牛羊之法目皆按西法其牛羊肉淨無可比與衆不同本公司今因議定新章特邀同教中人專爲司理此事故特聲明除每日售與洋人按摺取之外所有牛羊肉皆照章售與華人零用格外公道不悞主顧 議定準斤十六兩價錢 牛肉每斤一百八十文 羊肉每斤二百六十文

主人謹啓

美孚老牌煤油

啓者美國三達煤油公司之德富士老牌煤油天下馳名萬商稱美蓋其質潔色清亮白如銀且絕無烟氣能耐久燃比之生壹等油晶光百倍而儉用價廉此為德富士老牌之佳處誠屬無雙妙品也士商賜顧請到天津美孚洋行採辦或向就近殷實行店購買庶不致悞

DEVOE'S PAT'D JUNE 22.63. BRILLIANT OIL IMPROVED PAT'D JUNE 28.64 PATENT CAN 美孚行

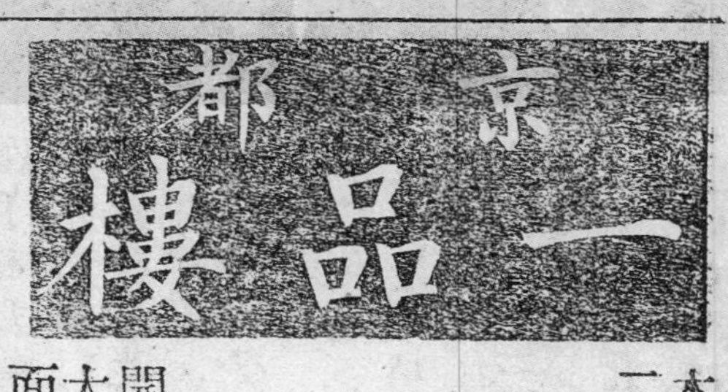

本樓擇於三月十二日開市大吉

本舖崇做

隨意便飯 蘇造餚饌 烤鴨薰雞 應時小賣

內有樓房雅座

開設天津紫竹林大街北頭路西門面便是

閏三月十一日出口輪船　往上海　禮拜日

新裕　輪船往上海　招商局

安平　輪船往上海　招商局

順和　輪船往上海　怡和行

閏三月初九日銀洋行情

天津通行九七六錢

銀盤二千三百三十七　洋一千六百六十七

紫竹林通行九六錢

銀盤二千三百六十七　洋一千六百九十二

洋錢行市七錢一分八

新開 敦慶隆綢緞洋貨莊

擇於閏三月十一日開張

本號開設天津北門外估衣街西口路南第五家專辦上等綢緞顧繡以及各樣花素洋布各碼線批合線俱按銀莊零整批發格外克己士商賜顧者請認明本號招牌庶不致誤　本號特白

朱鈍翁先生鑑湖高士浙水名流代學爽鳩世習扁鵲脈理精奥醫術深通來津十年屢治危症名揚遐邇著手回春久寓彌勒庵

開設天津紫竹林海大道旁

福仙茶園

京都洪春班

特請山陝京都上洋姑蘇名角

閏三月初四日起

本園清理賬目擇日開演　本園謹啓

創包機器

敬啓者近來西法之妙莫過機器靈巧至各行應用非得其人難盡其妙每值傷損修理必悞時日今有寗子卿專於經理機器茲擬創辦包定各項機器以及向有機器常年煤料工力價值格外公道如貴行欲商者請到福仙茶園面議可也特白

海大道福仙茶園街口

新開清真同瑞茶店

本店主人不惜資本精選各省雷鳴小種雨前雀舌三窨珠蘭茉莉雙薰龍井銀針安化紅梅諸品名茶各樣鮮花明目散薰法與衆不同以上各貨加工揀選凡貴商賜顧者不悞　謹啓

石印王可莊狀元全本殿試卷

寄京琉璃廠各書紙店發售、留津無多祗在本齋發賣每本收津錢八百文　小儀門絳雪齋啓

直報

本館開設天津紫竹林海大道老菜市氣燈房巷內

光緒二十四年閏三月初十日　第一千零三十七號
西歷一千八百九十八年四月三十日　禮拜六

啓者昨接上海孫仲英善長來電旋又接到顧緝庭葉澄衷嚴筱舫楊子萱施子英各觀察來電據云江蘇徐海兩屬水災綦重飢民數十萬顚沛流離死亡枕籍災區十餘縣待賑孔急需欵甚鉅官欵恐未能徧及素仰貴社諸大善長久辦義賑飢溺猶已敬求代呼將伯源源接濟功德無量蒙滙賑欵卽滙上海陳家木橋電報總局內籌賑公所收解可也云云伏思同居覆載異姓不啻天親縱隔形骸民物莫非胞與頓遭洪水哀此災荒盡是蒼生何分畛域況救人性命卽積我陰功雖此日拯茲黎庶散盡赤仄青蚨卜他年報在子孫同來玉堂金馬敝社欵無備濟自知獨力難成術欲廣仁惟冀衆擎易舉叩乞　顯官鉅紳仁人君子共憫奇災同施仁術　原擬活人無算雖千金之助不爲多但能濟世有功卽百錢之施不爲少盡心籌畫量力輸將　敝社不禁爲億萬災黎泥首叩禱也如蒙　慨助卽交天津溜米廠濟生社帳房代收並開付收條以昭徵信

濟生社籌賑同人謹啓

直隸勸辦湖北賑捐局自光緒二十三年十一月二十日以後至光緒二十四年正月初十日以前請奬各捐生部照

部照已到

已到請卽攜帶實收來局換照可也

例守局外　美日決戰一事津海關道現奉　北洋大臣王　札准總理衙門來電准日國葛大臣照稱香港報聲明爲局外之地請中國出示亦居局外毋碍兩國和好違萬國公法以敦睦誼等語希飭遵傳諭各報館登報中國爲局外之國沿海商民務飭勿私自接濟美日兩國軍需等因除行沿海各地方官一體示諭嚴禁外合亟登報俾衆週知

聲明誆騙

啓者查有陳恒益代辦王德新瑞有德兩處京引前因無力辦運憑中說合情願自光緒二十二年八月初一日爲始租與瑞福店名下代辦十二年均按王德新瑞有德原議合同毫無增減今同中友現交銀二萬一千兩如陳恒益不卽將京引交出或僅交一處情願將原銀退回格外罰銀六千兩同中三面言明是年六月初三日立有議單一紙并蓋印恒益津店圖章親筆書押交瑞福店收執存據不意陳恒益串謀狡賴將王德新京引讓伊收回瑞有德京引讓伊轉租曾經禀訴　督鹽憲暨運憲旋奉　運憲諭飭綱總催秉公理處嗣因綱總總催再三婉勸瑞福店將京引讓伊收回轉租其原交銀兩應許如數清還孰意陳恒益竟將兩處京引應得現銀如數入己僅交王德新關存銀七千九百三十四兩三錢五分尚欠銀一萬三千零六十五兩六錢五分延不清償當經　運憲發縣訊實管押迭次勒限嚴追并屢蒙批示該商被陳恒益誆騙之欵經前司暨本司屢次札催天津縣迅速追償何以至今尚未償還其本商陳文珠亦何得竟令逍遙事外候再札飭新署天津縣呂令從速嚴追并傳陳文珠到案勒追以清欠欵而免商累等因并蒙　縣尊將陳家駿管押迭次訊追并傳本商陳文珠迅速到案伊明知具限還錢萬不能再事搪塞故佈散流言妄登告白或冀聳人聽聞殊不知寫立議單之時經伊煩出親友徐潤泉邵子周苑杏江李瑞堂三面言明作中書押何得竟云揑寫夫揑寫者乃係將無作有之事況有本商陳

瑞福店謹啓

文珠同堂兄陳家駿伺伯父陳恩華同母陳姜氏親筆書押幷蓋印伊店圖章何得又謂之莫須有似此自相矛盾實屬無理取鬧至伊牽拉瑞恒欠欵業經　前任縣尊親訊傳及中人幷瑞恒謙恒當堂質對明確幷將議單收條驗明實係陳恒益誆騙鉅欵毫無疑義因令其煩中說合且屢次展限是加恩於陳恒益者不爲不厚乃伊幷不知感激反敢指斥　前任縣尊不追確情未知是何居心因思陳恒益旣憑京引支用銀兩旣不將京引交出自應將銀兩找回今伊不但勒措不還猶復以妄誕之辭特書諸報可謂違心害理除另行禀究外總之陳恒益誆騙巨欵神人共鑒天地不容彼卽百詞狡辯又不能自原其說豈非天良猶未盡泯乎謹將此案始末情形登諸報牘庶公是公非顯然易見識者鑒之

寃抑難伸　　陳恒益謹白

玆因光緒十八年以押租銀貳萬六千兩花費九千兩租辦王德新瑞有德兩處京引連年賠累自力不支乃于二十年以自巳房間契紙瑞有德合同借據押到鄒紳李子香所開瑞恒錢舖銀七千兩約于是年六月內再以王德新合同押銀三千兩統計銀壹萬兩俟交齊之日言明按壹分壹厘上票外現給該舖息銀五厘八年限滿再準商回贖所押之件立有議單各執爲証另錄查監至二十一年歲底還該商舖銀一千兩後聞因賑捐准各商增長鹽價從此引岸漸有起色商滿擬欠瑞恒之欵于八年到期更不難歸還該紳之欵詎料伊不待限滿卽派家丁店役舖夥十餘人來商家坐討四十餘日更將商弟少謙騙至伊家說令書押將租引轉租渠辦而商弟再四跪央方得放回復又將商喚至伊隔壁一所空房之內不準出門三十三日每日兩三次李子香自來挽勸仍令商書押將租引歸伊築辦課運商因欠外之欵鉅而且繁焉能照允伊竟巧計百出又煩出徐潤泉邵子周向商家老父寡嬸言說果不將引岸轉租李子香辦伊斷不能將商放回而商之父嬸皆有痛子痛侄之心遂爲其所惑隱忍書押蓋印圖章李子香恃有議單在手才將商放回嗣因業商王德新瑞有德不準轉租具禀贖回乃子香以自行捏寫議單爲憑並不敢將實在証據呈案含混赴運憲案下控告運憲燭其奸遂不以鹽務論按照私債不準折抵引岸故將案發縣而前縣主陳未識因何不追確情亦不問該商所執作質字據堅向商按照伊自捏寫議單追銀二萬一千兩夫賬目原以本欠主自立之據爲憑若不據此而僅恃討欠者呈出莫須有之字據卽給照追雖有無限寃情恐終不能分白矣思當日向該紳舖借銀之時約擬八年爲限者以此數年中引岸稍有起色不難歸還引岸卽無起色所得贏餘亦能屢抽屢還按原議應扣至二十八年正月方爲限滿自可歸淸而伊突于二十一年歲底卽來索討殊出情理之外伊非不知于理不合但意在謀產見產被贖遂露出詭謀奸態似此必須追出商親立字據沉寃可白案亦可水落石出敢具此爲合郡告亦敢據此請官府察謹將伊不交出眞據底錄後

立議單陳松岩陳少謙瑞恒號今議到陳松岩陳少謙因有正用情愿將自行租辦王德新大宛兩縣額引一千八百一道並東壩外舖一座瑞有德大宛兩縣額引一千八百一道引契二帋自置二道街房座紅契二帋公櫃取銀扎子一個取房租扎子二個計倪姓陸姓房產紅契係買朱姓蕭姓的作押憑中借到　瑞恒號公法化寶銀一萬兩正筆下現交銀七千兩因有租辦王德新引契一張未交同中言定至六月內將引契交出再付銀三千兩以歸一萬兩之數言明每月按一分一厘行息限期八年爲滿年限不滿不準回贖倘限內因事故收回同中言定陳松岩陳少謙情愿貼併　瑞恒號銀三千兩作爲加息其本銀每本歸付銀一千餘兩限滿將本利還淸後卽將引契產契房租扎公櫃銀扎繳回如到期本利不付卽將京引東壩外舖一座交出歸爲　瑞恒號自辦扣作本利將本利還淸陳松岩陳少謙再爲收回自辦每年春秋兩運生鹽歸　瑞恒號發運價銀隨行貼市生鹽亦以八年爲限將本利還淸後卽歸陳松岩陳少謙自行發運欲後有憑各無返悔立此議單二帋各執一帋爲據外有陳松岩陳少謙借約一帋交付　瑞恒號收執俟至年終將利付給外至歸本銀若干再爲換票　光緒二十年正月廿五日立議單陳松岩陳少謙瑞恒號　中友人苑杏江各有圖章押記

接續會典獎單

○理藩院題署主事文哲琿侯補主事後以本院員外郎無論滿蒙咨留遇缺卽補　記名海關道侯得道員

後加二品銜兵部郎中童德璋請俟得道員後　賞給三代二品封典在任遇缺儘先前卽選道工部員外郎魏晋楨請離任以道員分發省分歸候補班遇缺儘先前卽補截取知府得缺後以道員用前河南道御史宋承庠請俟得知府後　賞加隨帶二級　漢詳校官截取知府廣西道監察御史楊崇伊請俟知府得缺後在任以道員補用並　賞加三品銜翰林院編修段友蘭請俟保送知府分省補缺後在任以道員用翰林院庶吉士曹汝麟請　賞加五品銜翰林院編修崔永安請以應升之缺開列在前翰林院編修吳蔭培請俟保送知府分省補缺後在任以道員用翰林院編修吳士鑑請　賞加侍講銜翰林院編修宗室毓隆請以應升之缺儘先陞用戶部候補郎中蔡源深請仍以本部郎中無論題選遇缺卽補四品銜工部主事丁象震請俟升員外郎後　賞換三品頂戴記名繁缺知府吏部郎中李光宇請以道員分省補用漢校對官卽補員外郎工部主事汪朝模請俟補員外郎後以本部郎中遇缺卽補分省試用同知內閣候補中書王壽慈請同知分省得缺後以知府在任候補候選郎中內閣候補中書張鴻請仍以郎中分部遇缺卽補　記名截取同知內閣中書楊濃請俟同知得缺後以知府在任補用　此單未完

綢緞解京　○內務府奏請添派　長春宮需
上用緞五十疋素緞五十疋官用緞五十疋彩緞五十疋杭紬二百疋又添派
用活計內計　御用素緞五十疋小卷江紬二百件官用蟒緞二十疋彩緞七百疋紬疋二千疋現經江寧織造照章籌撥銀欵製辦齊全敬謹裝箱封固一併解交內務府收訖

閩省固本　○閩浙總督咨差候補知縣施桐香管解光緒二十四年正二兩月固本兵餉銀十萬兩於閏三月初六日午刻投批交納

清査保甲　○京師近來盜風肆起雖經嚴緝破獲若輩仍不歛跡是眞愍不畏死者矣現經五城察院會同步軍統領衙門委派差委司坊各官及候補營弁定於閏三月十六日帶同總甲巡緝將所有城內城外居民鋪戶客店以及菴觀寺院門牌冊籍均須逐一稽査以杜窩匪而清盜源俾良善者各安生業而强暴者不致覬覦爲非焉

妄言妄聽　○日前有趙氏婦再醮於東華門外燈市口韓某爲妻自成婚後迄今將及兩月詎料閏三月初六日該婦前夫之魂怨婦失節附於婦體大呼韓某之名曰爾有錢何人不可娶必要娶我之婦我家中小兒照管乏人特來索命云云該婦忽然倒地竟登鬼錄韓驚駭特甚聞者亦莫不毛骨悚然娶再醮者鑒之

貽累荐主　○前門外大馬神廟地方有韓氏婦向在前門大街擺設靑菜攤以博蠅頭之利暇時兼爲人擧薦傭工上月中旬曾薦一鄕婦至西柳樹井俞宅爲傭本月初六日婦忽入主人房內竊取金銀首飾等物假意告假乘間逃逸迨至次日主人知覺着人四處尋找杳無影響卽將韓氏赴中城坊送究令其照數賠償韓氏情急萬分以布帶懸於窻櫺希圖畢命幸經院鄰高某瞥見將其解救得生俞某聞知韓氏輕生恐擔威逼重罪反將好言勸慰始得寢事高俞同爲救人一命勝造七級浮屠

同室操戈　○京師前門外打磨廠南城內坊衙署於閏三月初五日有捕頭蕭某不知緣何用刀將聽差人秦某砍傷血流如注當經戴綬之少尉詰訊起衅情由乃蕭秦二人竟敢信口妄供少尉當卽迴避備文移送中東坊訊辦將蕭某派役看押一面飭仵相驗秦某傷痕錄供詳城究辦究因有何嫌隙起釁俟訪再錄

財能累人　○阜成門內北鬧市口德盛糧店鋪主高某因欠俞某銀兩未償一時口角相爭扭赴琴堂成訟詳城嚴責勒限交銀高回至鋪中憂愁愧憤竟以半盞紫霞膏一飲而盡行至宣武門外迤西城根地方登時毒發斃命家人卽以威逼人命控告到官雖不能問抵然而傾家敗產直指顧間事耳嗚呼財之累人也大矣哉

先生休矣　○宣武門外繳家坑地方俞某年近不惑教讀爲生不知緣何與鄰居劉某夫婦口角劉妻肆行辱罵俞某氣忿不堪於閏三月初四日吞服洋藥斃命當將報驗有陰狀一帋言受鄰居威逼所致求給伸寃云云當經北城司將劉某管押傳集院鄰澈

底根究錄供詳城事關人命毋得草率結案咨送刑部審辦至其中究因何情自不難水落石出也

德藩行程 ○頃接申友來函據稱德國親王亨禮於三月二十七日上午十一點鐘到申先由德領事乘小火輪往迓親王卽偕同到埠浦中各兵輪皆懸旗鳴礮以申敬悃撫軍奎樂帥藩憲聶仲芳方伯率鎭道各官均往迎迓邸節在德署小坐卽至洋務局答拜撫帥下午乘馬至龍華游玩傍晚旋署是夕德領事官設盛筵請奎樂帥及各國官商相陪二十八日撫帥在洋務局大排筵宴恭請德親王並德國總領事暨各國領事紳商等一百餘位燈彩輝煌西樂嘹亮七點鐘親王等先後蒞止譯員傳語寒暄畢撫憲親致頌詞親王答詞致意水陸畢陳餚饌無此之盛賓主聯歡直至漏三下始各興辭三十日滬上各國官紳大商假味純園安塏第肆筵設席恭請親王赴宴撫藩二憲亦在座相陪飲至三點鐘始散閏月初一日親王本欲至吳淞口閱自强軍操演後卽坐原來輪船赴膠因乘來之鐵艦在香港修竣甫駛至閩洋機器又有小損卽以坐來輪船前往拖帶至申修理是以赴膠之期尙在未定云云據此則本津所得十七日到津信息洵屬不謬

督批照錄 ○舉人張克家等稟批閱稟至情至理悱惻動人候行津海關道設法磋磨期慰喁望惟世變遷流至此已極本大臣尙有不忍言而不得不言之隱願爲爾紳民等剴切論之祖宗邱墓之地以不動爲安此天理人情也孰知時至今日竟有以動爲安而以不動爲不安也於何言之爾等塋地所在四圍皆在租界之中無論由令之說不留餘地不許祭掃無從出入固屬萬難相處卽由前之說允留餘地許其祭掃准其出入試思數年數十年之後日侵月削事變紛紜纍纍者亦在不可知之數是此地已非乾淨土爾等祖宗骸骨安之數十百年至今而一日不能相安地下有靈當亦有急欲去此以爲快者蓋尋常不可輕動之說所以處常於今所以處變也該紳民等以爲然乎否乎若謂本大臣因公事難辦故作此反常之論以歆動爾等遷移致陷爾等於不仁不義豈本大臣獨非人子乎耿耿此心天日可鑒諒仁人孝子用心必能反覆深思而恍然於其故焉此批

飭查格淀 ○天津道憲札委大文兩縣赶赴格淀隄查看應否修理情形從速具覆以憑核奪

府轅批示 ○南邑民人劉炳榮赴府呈控劉錫九逃徒聚賭等情現蒙批示逃徒事在赦前例准免緝所控聚賭通賊各節並無確據從何訊究惟劉錫九犯案免罪後不思安分輒與該民人挾嫌尋衅終久必成事端嚴飭南皮縣傳訊懲處倘再不知悔改卽照赦後復犯例從嚴究辦狀不遵式此飭

東關改委 ○鹽漕並行東關歷由運憲遴派委員辦理本屆東關差使經方都轉札委候補鹽巡檢皮祖德該員接札後隨卽趨轅稟知卽日到差

縣批二則 ○馮國華呈批錢房細故毋遽興訟着自邀原保人分別理處可也又魏張氏呈批所呈是否屬實並不將印契呈驗憑何察核不准

官犯起程 ○東撫札派二員押解官犯赴京等情均列前報茲悉該官犯因山東曹州傷斃德教士重案奉 旨拿問者昨已起程赴刑部審訊矣

供牽巨案 ○昨晚張某登城墻眺望被南路捕役見形迹可疑拿獲送縣審訊聞供有牽涉某巨案情事當卽嚴押候辦

稟請修隄 ○昨經西于莊地方王立因伊該管五村隄工宜及時興修防備伏秋大汛稟巳內轉俟批出再行照錄

從寬開釋 ○日昨拏獲揭帖巳革營書王步雲宋文元等交營務處發委寶大令嵐村提訊等情巳均登報昨經覆訊該犯等呼冤大令分別棍責戒責按罪疑惟輕之例均予開釋

飭縣查明 ○前報靑縣民人夏潤田赴府稟控牛咬等情刻經批示牛咬不能越界侵佔爾家地畝此中顯有別情姑候札飭該縣查明訊斷可耳聞巳飭房繕札飭知

控追騙欵　○前有徐某私立帶水公司大肆招搖嗣經上憲查封徐曾誆騙王林紼欵若干刻王赴府指控聞已准飭差查矣

白晝搶錢　○張某者京都京貨舖同事也經舖掌櫃遣之來津購買材料昨正午時肩負青錢一吊五百文行至先農壇前被匪徒從側面擁到將錢搶去迨張起身追趕已混入人羣中不可辨認矣

兄弟參商　○南門外某姓弟兄早已分居弟富而兄貧不時有借貸情事昨因有求未遂用刀將弟砍傷當卽赴縣指告蒙委廉驗訊將乃兄笞責二百鎖押飭弟作速醫治俟傷痊愈與否再奪

失愼未成　○昨河東大藥王廟後某姓家因午炊遺火登時烟燄騰空轟轟烈烈急呼鄰右多人七手八脚僅得撲滅大幸也

忠厚長者　○董某者跑洋布合素行忠厚與人無爭日昨赴太平街辦事雇坐某甲洋車因事怱忙並未論價及下車付錢時甲貪得無厭再三勒索董厭而斥之甲大肆蠻橫反將董推倒致跌傷左手並將夾袍扯壞旁觀均抱不平擬捉將官裡去董不願爲已甚反代爲緩頰衆勸之使與董磕頭陪禮乃罷

驚馬傷人　○昨下午四點鐘河北大街北營門張姓幼子年十一出買點心適有驚馬奔來突被踢倒傷及頭顱血流不止馬主一面令人尾隨馬後一面煩人說合請正骨科醫治至能否保全性命俟訪再錄

連番種火　○河北院署東藍家衚衕北口周姓家數日前魚更四躍時曾兆焚如被同院瞥見卽時撲滅僅將窗紙焚毀已紀報牘昨夜該姓後檐又被賊揭去泥片用火燃等葦墻幸知覺甚早又未成災未十日兩肇兆焚如顯係仇人種火諺云不怕賊廣最怕賊想周某當知所愼哉

光緒二十四年閏三月初八日京報全錄

宮門抄○閏三月初八日工部　鴻臚寺　正白旗値日無引　見　奎順假滿請　安　錢應溥請假五日　意公守護　東陵請訓

倉場奏漕船五日回空　工部奏派承修　朝陽門工程　派出溥善　召見軍機　意公　奎順

○○直隸總督臣王文韶跪　奏爲審明秋審情實絞犯毋庸查辦承祀恭摺覆陳仰祈　聖鑒事竊查平谷秋審情實絞犯于葆濆查辦承祀一案前據該縣詳司批飭委員訊取供結詳經臣咨准刑部以案情恐有疑竇犯屬心不輸服奏奉　諭旨飭再由司提省督審等因當經行司飭據該縣將人犯于葆濆同應核卷宗申解到省聲明犯母于王氏因患病難以傳解等情經兼署按察使晏振恪督同保定府知府沈家本覆加研鞫該犯于葆濆堅供殺妻圖賴屬實並無別情核與原題相符惟犯母于王氏既因患病不克提省隨飭委候補知縣章燾前往會同該縣訊據犯母于王氏供稱因聞殺妻之案如係獨子例准承祀是以赴縣呈請並非心不輸服情願具結等語錄取供結稟司核辦該司以此案旣經訊明與原題相符自應遵照部議將該犯于葆濆仍擬絞候歸入光緒二十四年秋審情實辦理其所請承祀應毋庸等情詳請具　奏前來臣覆核無異除備錄供招咨部外理合恭摺覆陳伏乞　皇上聖鑒勅部查照謹　奏

奉　硃批刑部知道欽此

○○署理廣東瓊州鎭總兵篆務南韶連鎭總兵奴才黃順德跪　奏爲統巡班滿謹將出洋督飭獲盜情形恭摺　奏報仰祈　聖鑒事竊照道光二十三年十一月初七日欽奉　上諭嗣後沿海水師各鎭著於每歲出洋時具奏一次俟出洋往返事畢卽將洋面如何情形據實具奏其實因公不能出洋卽著自行奏明均令咨禀該省總督以憑查核等因欽此伏查瓊州洋面每年分上下海口營叅將出洋統巡下班自七月初一日起至十二月底止輪値總兵出洋統巡奴才於光緒二十三年八月初十日到任業將接印任事日期恭疏　題報並陳明接帶下班統巡容將公事赶緊料理卽行出洋督緝在案八月十六日親督各船會駛往圍洲與北海鎭總兵劉邦盛管帶各船會哨探搜查海島並無奸艘藏匿仍卽駛回本境梭巡十一月初十日又帶各船馳往　洲與署陽江營遊擊方承猷管帶各船會哨一面先撥拖民各船飭下班總巡署海口營守備王肇元等分赴各洋賫緝是月初九日在感恩縣屬魚鱗洲洋面拿匪船一隻

生擒海盜陳明三等十名移交雷瓊道馬光裔發縣審訊當經真督臣譚鍾麟核辦在案近日巡過各洋皆屬安靜茲屆下班統巡期滿遵照定例於本年正月初一日札交署海口營叅將陳良傑接帶各船上班統巡奴才即日旋署辦理營務除具報督臣查核外所有奴才出洋班滿巡過洋面獲盜情形理合據實恭摺具 奏伏乞

皇上聖鑒謹 奏奉

硃批知道了欽此

啓者刻下磁州煤礦已將吸水機器安置停妥各窰窩水具已抽乾所出之煤與唐山五槽相等局內章程按照商辦極爲謹密將來利益已有成效但資本愈厚獲利愈多爲此布告津都中各處紳商有欲入股得利者其股票寄存源豐潤票號請向面塡可也

磁州礦務局謹啓

魁陞號綢緞洋貨莊

本號自置顧繡綢緞洋貨等物整零均按銀莊格外公道皆比大市價廉發售　寓天津北門外估衣街五彩號衚衕口坐北向南便是特此

本號謹啓

恒昌照像館

啓者本號今因建造新樓于三月初二日暫遷往牌坊外先農壇前另設玻璃照像棚諸君賜顧請駕光臨是荷俟本樓工竣復回原舖謹此佈聞

本主人謹啓

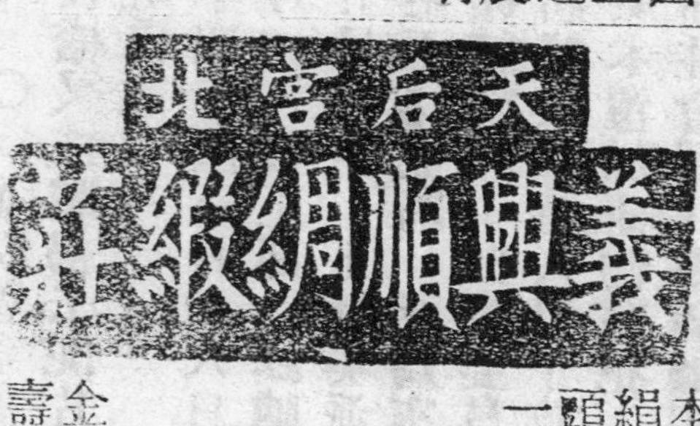

本莊自置顧繡綢緞綾羅紗絹各樣洋貨南貨雜扇桂圓頭油香貨歸安貝松泉湖筆一概俱全

頭號杭寗綢　四錢三
頭號江寗綢　三錢三
頭號摹本緞　三錢八
紅梅茶　九百六
紅茶　每斤　六百四
紅茶梗　二百二
龍井茶　一吊八
金百襇裙布裡　五兩八
壽棉綢裡每套　六兩八

本月初八日接班時務報一至五十八冊俱全　蒙學報至十六冊
譯書公會報一至十五冊俱全　廣智報一至五冊俱全萬國
公報丁酉正月份至今俱全　渝報至十二冊　點石齋畫報至三
月下院　餘者各報來班再錄　官紳委寄各書提取餘部出售
卸製駢體類編郎四十八本二百四十卷　西學通攷　治平十議
時務內外編　正續經世文編郎念四本　經世文三編　中外時
務大畧　萬國時務分類大成　時務分類興國策　文學興國策
中外時務策學大成　格致課藝　時務庸書　泰西事物彙纂
泰西采風　西法易筋經　西事類編　中西瀏地志要　西國
學校　西國律列便覽　時務新議　時務撫言　時務要覽　中
外時務緒言　餘書再錄定閱各日報帋報冊賜函分送不誤時務
日報郎日可到定閱賜信來班必送風雨不誤
天津北門內各報館粱子亨售書局紫氣堂全啓

告白

啓者本公司承辦德國全界土工方數甚鉅現由工部局指拆圍墻一段鋪安能移動鋼軌用鐵車運土以期便捷如有熟練車丁健壯土夫速即自行投到本公司計功酬值定當格外優待也

貽來牟南第四號德載福公司告白

悅來洋貨店

開設天津法國租界紅樓後自運各國玩物金邊三連磨花描銀玻璃磚鏡子五彩大小碗盞杯盤料器奇形異樣香水壺荷包靴按洋景礠子手套叫鐘表鍊花針扣子戒指洋火盒玳瑁梳篦金銀首飾鼻烟壺各樣五色料金珠書圖等物格外價廉消售發客

本號專仿英法大菜各色精細點心各樣洋酒洋貨等物一應俱全並售

上　八百
紅茶　每斤津錢　一千
上　六百

又批發茂生公司鐵海紙烟零整發售價值格外公道原箱計一百盒價洋一百四十四元每盒計五百支洋一元五角凡仕商賜顧請即駕臨是荷

主人謹白

海大道鴻春樓番菜館

啓者本店三層大樓工程告竣地勢寬闊以備貴官紳請讌擇於去臘遷移新正月初二日開市各樣俱全價廉物美凡仕紳賜顧者請即駕臨是幸

主人謹白

啓者敝行議定抓彩計票六百張內有五十會得彩頭彩計四尺高度金銅樓大座鐘一個值價銀一千兩此鐘本爲賣於萬壽時所用貨到稍遲萬壽之期已誤雖經紳商看過終以貨高不肯遞價敝行亦以此物難尋常出售因添搭鐘表八音琴等貨以便抓彩所添之貨通按跌價估值配彩以次挨及頭彩至五十彩因花樣過多前報業經登過此次不及備載諸公若不憑信貨物若何請到本行先來看彩然後購票均無不可每票一張售洋三元並託鍋店街恒義號又美昌號竹記號代售天津紫竹林有𡁠洋行謹啓

三井洋行分莊

告白

敬者日本商始創貿易爲業數拾年以來今分莊開設北門外鍋店街洗家衚衕口對過專選精工料實東洋棉紗各等時式大小疋棉布粗洋布斜紋洋標等格外公道價亦從廉凡仕商賜顧者請至分莊面議可也特此佈聞

三井本莊主人啟

新到儒醫

現寓天后宮財神殿內儒醫高魁一專治男婦老幼內外病症辰刻在廟診脈施方過午不候如有外請辰刻來廟付信午後前往病家見症立方

烏利文洋行

啓者本行開設香港上海三十餘年四方馳名專售各式金銀鐘表鑽石戒指八音琴千里鏡眼鏡等物並修理鐘表外洋新到各色鐘表價錢比別家格外公道開設在紫竹林法租界大街本行又分莊在北門外樂壺洞保陽棧傍榮生祥內請諸君降臨光顧是幸特此佈聞

戊戌年閏三月初十日禮拜六

烏利文洋行

北浮橋口 回回西天慶羊肉飯莊

包辦酒席不用水海味

小賣俱全用清眞白麵

准于本月初九日開市

新開元隆號綢緞洋貨莊

自去歲四月初旬開張以來蒙各主顧垂盼雲集馳名日盛本號特由蘇杭等處加意揀選名機新鮮貨色零整銀價俱照大莊行市公平發售以昭久遠此白

寄賣龍井雨前素茶福建皮絲水烟各種眞料大小皮箱

開設天津府北門外估衣街中路北門面便是

告白

近年市售石印畫譜除介子園十竹齋外每以舊本而易新名良由難覓新稿若敝局新印之耕香館畫賸蒙賞鑒諸君賜顧者極讚其筆法神韻每部價洋二元併發售石印經史子集科場文章新出策學滙源西學富强叢書時務分類興國策各種格致洋學古今閑書目繁不及備載湖筆徽墨信箋文玩紈摺雅扇貨高價廉

天津東門外同文書局啓

告白

現有靠河園田地一段九十畝上下坐落大直沽北情願按時價出售如欲買者請至河東柴家大坟西劉忠處面議可也

劉忠謹啓

田回 牛羊公司告白

啓者本公司開設天津紫竹林法租界烏利文洋行旁邊專由內地採買牛羊以備洋人膳用所有圈養一切宰牛羊之法目皆按西法其牛羊肉淨無可比與衆不同本公司今因議定新章特邀同教中人專爲司理此事故特聲明除每日售與洋人按擱取之外所有牛羊肉皆照章售與華人零用格外公道不悞主顧

議定準斤十六兩價錢

牛肉每斤一百八十文

羊肉每斤二百六十文

主人謹啓

美孚老牌煤油

啓者美國三達煤油公司之德富士老牌煤油天下馳名萬商稱美蓋其質潔色清亮白如銀且絕無烟氣能耐久燃比之生荳等油晶光百倍而儉用價廉此爲德富士老牌之佳處誠屬無雙妙品也　士商賜顧請到天津美孚洋行採辦或向就近殷實行店購買庶不致悞

DEVOE'S
PAT'D JUNE 22.63.
BRILLIANT
OIL
IMPROVED
PAT'D JUNE 28.64.
PATENT CAN
美孚行

京都 一品樓

本樓擇於三月十二日開市大吉

本舖常做

隨意便飯　蘇造餑饌　烤鴨薰雞　應時小賣

內有樓房雅座

開設天津紫竹林大街北頭路西門面便是

閏三月十一日出口輪船

新裕　輪船往上海　招商局
安平　輪船往上海　招商局
順和　輪船往上海　怡和行
禮拜日

閏三月初十日銀洋行情

天津通行九七六錢
銀盤二千三百三十七　洋一千六百六十七
紫竹林通行九六錢
銀盤二千三百六十七　洋一千六百九十二
洋錢行市七錢一分八

新開 敦慶隆綢緞洋貨莊

擇於閏三月十一日開張

本號開設天津北門外估衣街西口路南第五家專辦上等綢緞顧繡以及各樣花素洋布各碼線批合線俱按銀莊零整批發格外克己士商賜顧者請認明本號招牌庶不致誤　本號特白

朱鈍翁先生鑑湖高士浙水名流代學爽鳩世習扁鵲脉理精奥醫術深通來津十年屢治危症名揚遐邇著手回春久寓彌勒庵

開設天津紫竹林海大道旁

福仙茶園

京都洪春班

特請山陝京都上洋姑蘇名角

閏三月初四日起

本園清理賬目擇日開演

本園謹啓

創包機器

敬啓者近來西法之妙莫過機器靈巧至各行應用非得其人難盡其妙每值傷損修理必悞時日今有甯子卿專於經理機器茲擬創辦包定各項機器以及向有機器常年煤料工力價值格外公道如貴行欲商者請到福仙茶園面議可也特白

海大道福仙茶園街口

新開清眞同瑞茶店

本店主人不惜資本精選各省雷鳴小種雨前雀舌三窨珠蘭茉莉雙薰龍井銀針安化紅梅諸品名茶各樣鮮花明目散薰法與衆不同以上各貨加工揀選凡貴商賜顧者不悞　謹啓

石印王可莊狀元全本殿試卷

寄京琉璃廠各書紙店發售留津無多祇在本齋發賣每本收津錢八百文

小儀門緯雪齋啓

直報

本館開設天津紫竹林海大道老菜市氣燈房巷內

光緒二十四年閏三月十一日　第一千零三十八號

西歷一千八百九十八年五月初一日　禮拜日

啓者昨接上海孫仲英善長來電旋又接到顧緝庭葉澄衷嚴筱舫楊子萱施子英各觀察來電據云江蘇徐海兩屬水災綦重飢民數十萬顛沛流離死亡枕籍災區十餘縣待賑孔急需欵甚鉅官欵恐未能徧及素仰貴社諸大善長久辦義賑飢溺猶已敬求代呼將伯源源接濟功德無量蒙滙賑欵即滙上海陳家木橋電報總局內籌賑公所收解可也云云伏思同居覆載異姓不啻天親縱隔形骸民物莫非胞與頓遭洪水哀此災荒盡是蒼生何分畛域況救人性命即積我陰功雖此日拯茲黎庶散盡赤仄青蚨卜他年報在子孫同來玉堂金馬敝社欵無儲濟自知獨力難成術欲廣仁惟冀衆擎易舉叩乞　顯官鉅紳仁人君子共憫奇災同施仁術　原擬活人無算雖千金之助不爲多但能濟世有功即百錢之施不爲少盡心籌畫量力輸將敝社不禁爲億萬災黎泥首叩禱也如蒙　慨助即交天津瀏米廠濟生社帳房代收並開付收條以昭徵信　濟生社籌賑同人謹啓

部照已到　直隸勸辦湖北賑捐局自光緒二十三年十一月二十日以後至光緒二十四年正月初十日以前請奬各捐生部照已到請即攜帶實收來局換照可也

例守局外　美日決戰一事津海關道現奉　北洋大臣王　札准總理衙門來電准日國葛大臣照稱香港報聲明爲局外之地請中國出示亦居局外毋碍兩國和好達萬國公法以敦睦誼等語希飭遵傳諭各報館登報中國爲局外之國沿海商民務飭勿私自接濟美日兩國軍需等因除行沿海各地方官一體示諭嚴禁外合亟登報俾衆週知

啓者本局光緒二十三年分總結帳欵現已一律彙齊結算以便刋刻帳畧於本年五月朔派分股利仍照歷屆章程預請　股友赴山會算其來返川資由局備付訂至四月望爲期俾無悞刋辦特　達　開平礦務總局啓

奏明立案　○環球萬國莫不有外交亦孰不有內政外交與人接或可相干內政則自治其國用人行政各有自主之權他人不容過問情也理也亦萬國公例也自去年朝鮮請俄員經理國課將歷年代爲生財之英員柏君辭退後各西報紛紛議論以爲俄既握三韓稅權行將派人來華縮大清財政去赫德君而用俄員一唱百和似事同外交可以任人操短長者抑何不思之甚耶夫赫德君任大清總稅務司已三十餘年當其初稅僅數百萬近年增至數千萬公忠體國並不以楚材晉用爲嫌我　朝廷倚之重之與樞臣無異豈區區不根之談所能搖動哉頃接都友來函據稱現在中西人士及毆士各報論赫總稅司將來受代者必係俄人一事譯署以其事關內政雖浮言不足爲據而於政體殊有關繫且赫君爲我國重臣豈容他人橫肆簧鼓因與駐京英國欽使早訂條欵將來俟赫君歇手後必仍延請英人接辦已奏明立案奉　旨允准矣云云合亟附誌數語照登報牘俾知內政非外交可以通融將就也

電傳戊戌科會試題名全錄

第一名會元 陸曾煒江蘇 李　濤廣東 鄧增護 黃重杰貴州 章廷黼浙江 周維藩安徽 長　春旗籍 夏壽田湖南
丁惟魯山東 陳耕山福建 第十一名 范　桂蓴 李松年湖南 錢能訓浙江 蘭元恩江蘇 徐發云安徽 王士傑河南
宋嘉俊雲南 鄭寶謙貴州 華　卓江西 張梅亭山東 第二十一名 張聘三河南 楊　沅廣東 張自省直隸 何瑞樹廣東
何廷猷福建 董若陝江蘇 王廷材江蘇 余鳳閣直隸 傅　增四川 張百祿湖南 第三十一名 朱耀奎江蘇 蔡壹年福建
慶　徇旗籍 敏鳴鼎江蘇 高煥然浙江 應得范浙江 榮　貴旗籍 李德運山東 趙春年江蘇 祝嘉聚河南 第四十一名
孟錫鈺直隸 陳緯元四川 梁　楷廣東 韓蘭儉山東 呂慰曾河南 李稷勳四川 鄧起樞湖南 樂　秀旗籍 許汝棻江蘇
魏家常江蘇 第五十一名 劉允亭山東 周　旭湖南 張良弼安徽 歐　鏞廣東 劉漂雲四川 謝家治安徽 龍學泰江西
兪陛雲浙江 周榮期湖南 黃　彬湖南 第六十一名 鮑叔光湖北 廖佩珣廣東 朱映清湖北 黃錫麟廣東 尹家梅湖北
雲　川 胡祥起江蘇 王夢桃安徽 潘紹周江蘇 武毓松湖北 第七十一名 張鳴珂湖北 王守珣直隸 王蘭庭安徽
張鳳藻浙江 李效曾山東 甯鵬南安徽 唐景崙浙江 汪泰源福建 鄒壽祺浙江 彭泰士江蘇 第八十一名 盧元樟江蘇
陳維倫福建 劉景熙江西 鄭師灼江蘇 張美玉江西 何壽朋廣東 張鴻基湖南 陳　綱福建 端本棻福建 常朝冕廣西
第九十一名 張德淵江西 趙恩綸江西 陸春官江蘇 趙耀基雲南 江志伊安徽 薛存善湖南 程式穀江西 章際治江蘇
徐德炳湖北 崇　本旗籍 一百零一名 何邦翰浙江 張光鼐奉天 興　元旂籍 戴光祖江蘇 魯爾斌陝西 梁造舟山東
黃彥鴻福建 趙海湧山東 王拔郡江西 孫卿裕山東 一百十一名 宜　勳旂籍 傅家瑞直隸 魏鴻勛福建 陳　驤直隸
向昌甲雲南 夏光鼎湖北 葛明遠貴州 暴　翔雲南 蔣玉象浙江 煦廷權雲南 一百二十一 志　琮旂籍 傅學敬陝西
傅松齡河南 陳易春福建 胡大崇湖北 孫云錦甘肅 商峨修旂籍 范　軾湖北 李維楨奉天 秦曾敷江蘇 一百三十一
黃　誥旂籍 莊清吉山東 蘇耀泉甘肅 光日進安徽 夏同龢貴州 彭文計直隸 靳　棻河南 徐何榮江西 楊增榮江西
黃和見浙江 一百四十一 易子猷江西 英　浙浙江 任璧新陝西 劉仙經福建 陳培錕福建 何作猷廣東 李　熙福建
劉維宅山東 屠佩環浙江 龍燠綸廣東 一百五十一 查秉鈞安徽 趙延泰浙江 王維城直隸 任本有雲南 楊廷璣福建
雲　祥旗籍 李鍾嶽山東 張　傑貴州 王延綸直隸 陳伯侯福建 一百六十一 蔣　熊湖北 蔭　桓旗籍 李福簡浙江
方　正四川 陸懋勳浙江 鍾　毓旗籍 范　鍾江蘇 翟金宣直隸 黎效松廣西 胡世昌直隸 一百七十一 何肇勳四川
史悠瑞江蘇 歐光鉞安徽 計登瀛陝西 何元泰浙江 管向晉山東 韓桂攀直隸 王思衍山東 陳汝康浙江 杜德輿四川
一百八十一 王芹芳奉天 余寶凌陝西 王　賀河南 崇　芳旗籍 彭鳳沼山東 於　愚四川 張　權直隸 吳功溥廣東
陳應濤福建 周應昆江蘇 一百九十一 汪明元湖北 朱郁春湖北 黃埅鴻 桂殿華安徽 袁勵准直隸 曹佐武山西
周國光湖南 凌福勳安徽 魏　震直隸 陳智諦廣西 二百零一名 高　壽四川 李華伯江蘇 謝緒璠四川 郭日章陝西
黃　惠　安 張　履　春 朱運新江蘇 吳孝愷福建 陳德英廣西 夏壽康湖南 二百一十一 麥秩嚴廣東 何聯恩浙江
李紹烈湖北 馮　由湖南 姜秉善直隸 榮　煜旂籍 張本謨貴州 王廷揚浙江 沈似火浙江 吳震春浙江 二百二十一
崔實仁陝西 張　輅浙江 王儀通山西 文　杰旂籍 王闊城直隸 林施望福建 朱滄鰲貴州 郭顯球江西 王道凝廣東
林耀增廣東 二百三十一 如　麟旂籍 潘昌煦江蘇 黃家駿廣東 蔡炯昌廣西 黃大勛江西 江忠振安徽 鄧邦述江蘇
周長清雲南 林東效河南 楊兆銳雲南 二百四十一 蔡　侗山西 胡　濬直隸 區家偉廣西 牛東蘇河南 張之近河南
高桂馨直隸 蔡丕信江西 邁　洪直隸 余鳴鈞福建 盧德復山東 二百五十一 朱明炤山東 黃毓宇廣東 聶謙吉江西
劉龍翔山東 孟廣來山東 任承紀貴州 周　欽雲南 曾廣嵩福建 郝毓春山東 二百六十一 陳湘濤四川 閻　希直隸

劉光先陝西 楊克烈山西 周尙忠甘肅 陳其昌 鄭元濬甘肅 楊潤身甘肅 馬振儀安徽 于銘訓山東 二百七十一
向步瀛四川 葉存藻福建 葉大琳廣西 劉弛駿山西 馬琦四川 劉鑒夏陝西 莫汝金廣東 方雷安徽 唐毓麟江蘇
張斯鉦山西 二百八十一 鮑士翹 夏進鉅陝西 蔣炳章江蘇 王世奎甘肅 陳澧麟浙江 成沂旂籍 方象堃安徽
王岫賢廣西 郭恩賡山東 林景人浙江 二百九十一 宋功迪 魯進河南 孫其敬河南 李士林四川 陳恩賈湖北
劉煥光福建 陸乃棠廣東 張興慧山西 馮士傑直隸 態光瓚 三百零一名 王士相甘肅 蕭開甲直隸 黃傳鼎浙江
于琛旂籍 楊詠裳湖南 鍾麟旂籍 張綱福建 孫占鰲 陸桐四川 吳黼藻浙江 三百一十一 趙東楷河南
孫光祖河南 魏鳴巽甘肅 魏命侯甘肅 周勃湖南 張學朗雲南 詹照河南 趙傳恩雲南 張三銓山西 陳啓棠廣西
三百二十一 潘餘應雲南 唐城森廣西 李端肇貴州 丁錫祐山東 林樹森山東 韓文蔚雲南 徐炳麟湖北 馮召巽河南
于式棱廣西 羅運松貴州 三百三十一 張應濟山西 房獻增雲南 鄭鍾邑 袁厲端直隸 甯述俞雲南 王熾昌山西
范晉藩廣西 陳良均雲南 朱榮光貴州 李林昌廣東

本屆紅錄係由電傳如有舛誤之處俟官板題名寄到再行照錄　本館謹誌

聿壯觀瞻

○朝陽門城樓城垣坍塌之處亟應修理以壯觀瞻昨經工部奏請 欽派溥善公爲承修大臣委派司員督飭天德泉盛聚豐延年各木廠官商擇於閏三月十七日開工云

出都有期

○湖南布政使俞逸山方伯廉三日前來京 陛見宮門請安已見都抄方伯暫寓前門外後孫公園興勝寺廟內 宣召近日乘輿往謁諸鉅公及荅拜者頗有應接不暇之勢聞定於月初請訓出都履任云

預備敬祀火神

○崇文門內東單牌樓一帶舖戶醵貲於閏三月初九日在前門外西珠市口天壽堂恭慶 火德星君是日備具儀仗恭迎神像至堂虔誠供奉敬獻寶勝和梆子班演劇一天五牲福禮備極潔誠同祝闔境平安當邀神佑

竊賊遭擒

○前門外泰山巷地方葉姓家於閏三月初七夜間被賊用蜈蚣梯入院撬門行竊正在搜竊之際舖夥由睡鄉驚覺喊捕適值營兵夜巡當經兵丁捕獲解送西河汎轉解步軍統領衙門按律懲辦

險症宜防

○京師前歲夏間瘟疫流行往往醫治不及卽斃本年自入春以來城鄉內外天花盛行嬰兒多患險証醫治頗爲不易卽如東直門內王大人胡同居住馬姓夫婦年逾不惑膝下一子一女年皆十歲上下忽於閏三月初一日同出天花苗頭甚險醫治罔效延至初九日先後斃命該父母痛哭不已噫殆亦天災也歟

飭造花名

○刻聞保甲總局李少雲太守札飭各段分局務將各該管勇丁更夫共若干名造具花名淸册呈送到局以憑核對勿延云云

帑費解交

○查直省道府以下均有應解督轅紙張銀兩每年分按季呈交本屆春季分應交銀兩合屬遵照舊章均先後解交到院

府批摘錄

○津邑民人孫澍田批查宋桂榮設計騙銀既經控縣訊明勒令變產歸還何以時閱數月尙未交淸候卽札飭天津縣赶緊比差勒傳訊追覆奪狀不遵式併飭

預請修隄

○昨有下五官庄董事閻富有等赴水利局稟請勘修隄埝以保田園刻聞蒙王觀察批飭遴委往勘至應否葺修須俟覆到核奪

限交逃犯

○壯班散役張平五看守押犯一名日昨乘間脫逃邑尊恐有賄縱情弊立卽提訊當將張平五板責三百限五日將逸犯獲交達則千比並將頭役送究張卽遵具

府尊示禁 ○天津府潘太尊自蒞任以來諸務躬親實事求是尤恐無賴匪徒擾害地方日昨出示略云津郡混混持刀逞兇或羣集行毆或暗中放火本府在津多年深知此事除分飭縣派弁密查外合行出示倘經拏獲定當按法懲辦決不姑寬

官道將竣 ○工程局奉派修理河東官汛大道各則曾紀前報玆聞經委員勘驗後自西直以迄鐵路次第修理平穩不日即當報竣

索債興訟 ○鹽坨魏綾周昨因討債與鄰人何大口角因而動武雖經鄰佑理處魏因小有吃虧心不甘服遂繕寫呈詞赴縣呈控至能否准理再訪

車又傷人 ○昨由楊村車帶來幼孩一口十餘歲抬赴醫院調治下半身鮮血淋漓詢悉被火車軋傷者噫自開行火車以來軋傷者不勝指屈而人終不小心何耶

好行其德 ○白影壁一帶路逕多年失修一遇雨雪泥濘往來頗形窒碍經該處善士劉君倡議醵資鳩工平墊從此如矢如砥行人稱便功德不小哉

賣墳候辦 ○鄭鶴年即鄭三立將祖遺墳地私行盜賣得銀若干當經族長鄭天然查知赴縣呈控昨蒙堂訊質究屬實將三立板責四百鎖押候辦

風奪錢票 ○大畢庄張某昨在新浮橋買物取錢票二紙共計三吊文正在點看忽來旋風一陣從手中吹去急步追趕已墮落河中矣張沉吟半晌無可如何遂頓足而去

花叢蟊賊 ○混混楊小手昨在侯家後向各小班勒索並帶有器械經七段保甲局查知立飭勇丁扭局除棍責三百外仍發縣究治

火會酬神 ○河北院署東聚善火會該紳等公議在道士墳演劇酬神並勞伍善自本月十七日起至二十日止業已張貼長紅報單至期袍笏登場簪裾交錯當有一番熱鬧云

偸兒被獲 ○西沽地方頗稱不靜鼠竊狗偸幾乎無夜無之昨晚四更時浮橋迤北某公館有妙手兒踰垣入方將奏技經公館人知覺披衣追趕賊逃遁不及遽被捉獲當傳知該地方將賊送縣訊辦

貨甲雲津 ○本埠新開敦慶隆綢緞洋貨莊資本豐厚故製辦一切貨物皆係精選上等且不貪厚利發賣價置十分克己據訪事聲稱現在開市之期門市裝潢壯麗燈彩耀目屋內各色貨物山積雲屯實甲津門云

電報總局續招股分公啓 ○中國電報創辦十有八年行遍二十二省先後與丹英俄法四國接線以通外洋備歷艱難已著成效本公司股票一百萬元歷年公積稱是皆爲添線修線所用並無現銀存儲上年與海線公司訂定出洋齊價合同電利更有把握現在興辦恰克圖電工以通陸線出洋電報又須由天津至上海由上海至廣東加添一線以免內地電報遲延湖南及各省均須添造枝線約共需銀六七十萬兩除借墊之外自應續招股本洋銀六十萬元分作六千股每股仍英洋一百元照章本應先儘老股惟電局從前招股之時各省風氣未開紳商多抱向隅之憾此時招股若不先儘老商不足彰公道若不准新商酌附又不足示鼓舞現擬老股六成新股四成無論老商新商均准於限期之內就近赴各省電局掛號先付掛號一成洋銀十元給予各電局收條註明老商新商字樣自本年閏三月初一日起至五月底止即爲截數之期如果逾額照泰西招股章程按照掛號數目攤派以昭平允至續繳九成洋銀九十元限一個月內向原經手掛號各電局換給印收隨後再換給總局股票股摺中國電報總局公啓

光緒二十四年閏三月初九日京報全錄

宮門抄○閏三月初九日內務府 國子監 廂藍旗値日 無引 見 貴州學政嚴修到京請 安 載瀛續假五日 掌儀司奏

十五日祭　奉先殿遣貝勒行禮　召見軍機　嚴修

○○頭品頂戴雲貴總督臣崧蕃頭品頂戴雲南巡撫臣裕祥跪　奏爲添設土藥厘金查卡嚴懲商匪勾結闖關並局員侵蝕虧短以肅榷政而裕餉源恭摺仰祈　聖鑒事竊查滇省土藥厘金於上年九月將酌量加收並擬添查卡嚴稽繞漏一切情形縷晰　奏陳在案伏查滇本邊瘠省分出產百貨無多厘金一項以土藥爲大宗而界連緬越道通川廣路徑紛歧繞漏最易如逐處設卡糜費不貲計惟擇要辦理查有臨安府屬之通海縣城爲商賈雲集之區向無厘卡光緒十八年間因洋紗廣貨充斥委員設卡稽徵詎該縣民情刁悍竟相率罷市抵抗旋因洋紗改由蒙關納稅貨厘無幾始將查卡裁撤近年以來迤西各屬土藥率多販至該處囤積轉售裝成帮由邸北寶寧等屬偷路運出粵西走私不可勝計實爲一大漏厄現經臣等督飭司局委員前往會同地方官設立局卡專查土藥乃該處紳商竟敢後萌故智欲圖把持已飭印委各員剴切示諭寬其既往不加深究倘再仍前抗玩則於通省厘金大有關碍未便因噎廢食致長刁風惟有從嚴究辦乃足以示懲警至西南兩迤沿邊地方向多游練匪徒潛藏出沒而奸商販運土藥繞越偸漏出緬越以及川粵邊境已成慣技甚或勾結匪黨包攬保護斜集成帮持械闖關局卡巡丁無多莫之敢攖擬請嗣後遇有商匪勾結聚黨闖越之案責成防營兵團認眞堵截儻敢拒捕卽照土匪章程辦理庶於整頓之中兼可懲創伏莽又查省厘金定章局員抽收按年分季比較長解四五成以上記功留辦短解二三成以上撤差停委賞罰本極分明經久不免有收多報少圖飽私囊之弊厘金雖非錢糧正賦究屬課欵攸關擬嗣後局員稽徵不力或任意侵挪虧短請比照錢糧定例嚴參勒追用昭激勸而重課厘據雲南厘金總局司道會同布政使湯壽銘詳請具　奏立案前來臣等覆加酌核本省土藥厘金積弊已深非如此極力整飭難望起色合無仰懇　天恩勅部立案准如所議辦理俾得藉資補救以裕餉源除分咨戶部刑部查照暨一切章程有未詳盡者由臣等隨時酌核變通督飭司局遵辦外謹合詞恭摺具陳伏乞　皇上聖鑒　訓示謹　奏奉　硃批該部議奏欽此

○○太子少保頭品頂戴兩廣總督臣譚鍾麟跪　奏爲特參庸劣武職各員恭摺仰祈　聖鑒事竊維講求武備全賴各營官振刷精神認眞整頓其庸劣不職者亟應從嚴參劾以警其餘查有廣東羅定協副將海祿捕務懈弛難期振作潮州鎭標中軍遊擊寶瑞縱兵滋事紀律毫無哲字營哨弁儘先守備黃友朝營務廢弛科歛規費精選營哨弁守備鄧榮誨不守營規以上各員經臣先後撤任撤差相應請　旨將羅定協副將海祿潮州鎭標中軍遊擊寶瑞守備黃友朝鄧榮誨一并革職以肅戎行黃友朝於撤差後押回安徽合肥縣原籍中途脫逃除飭屬查拿遞籍管束外所有特參庸劣武職各員緣由理合繕摺具陳伏乞　皇上聖鑒　訓示再羅定協副將潮州鎭標中軍遊擊二缺粵省尙有應補人員應請留外補合併陳明謹　奏奉　硃批另有旨欽此

牽拉瑞恒欠款業經　前任縣尊親訊傳及中人并瑞恒譔恒當堂質對明確并將議單收條驗明實係陳恒益誆騙鉅款毫無疑義因令其煩中說合且屢次展限是加恩於陳恒益者不為不厚乃伊并不知感激反敢指斥　前任縣尊不追確情未知是何居心因思陳恒益既憑京引支用銀兩既不將京引交出自應將銀兩找回乃伊不但勒措不還猶復以妄誕之辭特書諸報可謂違心害理除另行稟究外總之陳恒益誆騙巨欵神人共鑒天地不容彼即百詞狡辯又不能自原其說豈非天良猶未盡泯乎謹將此案始末情形登諸報牘庶公是公非顯然易見識者鑒之

啓者族姪景德魁前因來津余曾資遣回家頃聞並未程身尚在本埠勾留游蕩並冒稱景德泉名號誠恐在親友處假名借貸及一切不妥之事特此告白親友如有願與交接往來者悉聽其便倘有財物轇轕不清等情事不與我父子相干

景慶雲暨子德泉謹啓

啓者刻下磁州煤礦已將吸水機器安置停妥各窰宿水俱已抽乾所出之煤與唐山五槽相等局內章程按照商辦極為謹密將來利益已有成效但資本愈厚獲利愈多為此布告津都中各處紳商有欲入股得利者其股票寄存源豐潤票號請向面塡可也

磁州礦務局謹啓

減價

今有友人自辦陝西老土每兩津錢四百八十文　新到梁州土每兩津錢五百四十文　如蒙賜顧者請到東門內聚隆成寄售

魁陞號綢緞洋貨莊

本號自置顧繡綢緞洋貨等物整零均按銀莊格外公道皆比大市價廉發售　寓天津北門外估衣街五彩號衚衕口坐北向南便是特此

本號謹啓

恭頌良醫　敬和司馬今之通儒也凡天下利病之書悉心鉤稽罔不貫澈而於醫學研究尤精故經其手而回春者指不勝屈去冬起以感冒遂患痰喘聘醫量藥收效卒尠春正延先生來藥不三帖即卜小瘳適先生以他事去嗣是專表散者用汗下之劑言收歛者進鎮攝之方言龐品雜不衷其要幽憂沾滯幾歷季旬暮春復延先生至抉羣醫之得失究諸藥之宜忌診脉立方數服遂全乃歎疾痛病苦人所時有以身試藥鮮克有濟故特登報章以頌先生以告當世烏乎美疢惡石審於寸心殤子壽民決之三指可勿知所從事哉

合肥賈制壇誌謝

恒昌照像館

啓者本號今因建造新樓于三月初二日暫遷往牌坊外先農壇前另設玻璃照像棚　請諸君賜顧請駕光臨是荷俟本樓工竣復回原舖謹此佈聞

本主人謹啓

悅來洋貨店

開設天津法國租界紅樓後自運各國玩物金邊三連磨花描銀玻璃磚鏡子五彩大小碗盞杯盤料器奇形異樣香水壺荷包靴掖洋景襪子手套呌鐘表鍊花針扣子戒指洋火盒玳瑁梳篦金銀首飾鼻烟壺各樣五色料金珠畫圖等物格外價廉消售發客

紫竹林　第一樓番菜館

本號專作英法大菜各色精細點心各樣洋酒洋貨等物一應俱全並售

上　紅茶　每斤津錢八百

上上　紅茶　每斤津錢一千六百

又批發茂生公司鐵海紙烟零整發售價格外公道原箱計一百盒價洋一百四十四元每盒計五百支洋一元五角凡仕商賜顧請即駕臨是荷

主人謹白

海大道　鴻春樓番菜館

啓者本店三層大樓工程告竣地勢寬闊以備貴官紳請讌擇於去臘遷移新正月初二日開市各樣俱全價廉物美凡仕紳賜顧者請即駕臨是幸

主人謹白

三井洋行分莊 告白

敝者日本商始創貿易爲業數拾年以來今分莊開設北門外鍋店街洗家衚衕口對過專選精工料實東洋棉紗各等時式大小疋棉布粗洋布斜紋洋標等格外公道價亦從廉凡仕商賜顧者請至分莊面議可也特此佈聞

三井本莊主人啟

法製青鹽出售

本堂精置法製青鹽在京多年今因津市短少寄售天津北門內各報館業氣堂就近購取每包計十盒津錢每百零售每盒八十此鹽擎藥配合外用擦牙固齒去口中穢氣治口瘡牙疼咽痛洗眼明目去翳膝清頭火涼水熬熱節沸毒風疹每晨滾水沖服少許能安心神滋臂水固齒根烏鬚髮強筋骨消食積去膨脹陰陽水沖服一錢治霍亂轉筋如神

京都回回丁先生敬慎堂主人謹啓

新到儒醫

現寓天后宮財神殿內儒醫高魁一專治男婦老幼內外病症辰刻在廟診脉施方過午不候如有外請辰刻來廟付信午後前往病家見症立方

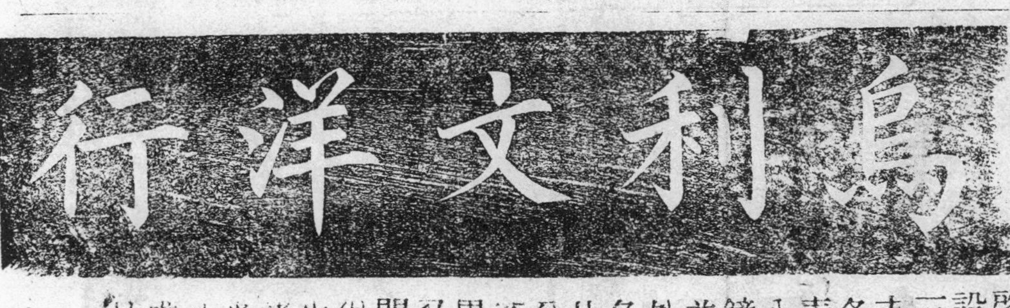

烏利文洋行

啓者本行開設香港上海三十餘年四方馳名專售各式金銀鐘表鑽石戒指八音琴千里鏡眼鏡等物並修理鐘表外洋新到各色鐘表價錢比別家格外公道開設在紫竹林法租界大街本行北又分莊在壺洞門外樂棧傍保陽內請臨生祥君降幸諸光顧是特此佈聞

戊戌閏三月十一日禮拜日

烏利文洋行

北浮橋口 回回 西天慶羊肉飯莊

包辦酒席不用水海味 小賣俱全用清眞白麵

准于本月初九日開市

新開元隆號綢緞洋貨莊

自去歲四月初旬開張以來蒙 各主顧垂盼雲集馳名日盛本號特由蘇杭等處加意揀選名機新鮮貨色零整銀價俱照大莊行市公平發售以昭久遠此白 寄賣龍井雨前素茶福建皮絲水烟各種眞料大小皮箱 開設天津府北門外估衣街中路北門面便是

天津紫竹林 有喊洋行 告白

啓者敝行出售彩票共計六百張整除已售出四百餘張售完外尚有一百餘張待售售洋郎定期抓彩每票一張售洋三元諸公若不憑信貨物請到本行先來看彩然後買票均無不可至各彩詳細數目前報登過此次不及備載並託鍋店街恒義號又美昌號竹記號代售 本行暫遷紅樓後三井洋行斜對門永興洋行同院 本主人謹啓

告白

現有靠河園田地一段九十畝上下坐落大直沽北情願按時價出售如欲買者請至河東柴家大坟西劉忠處面議可也

劉忠謹啓

田回 牛羊公司告白

啓者本公司開設天津紫竹林法租界烏利文洋行旁邊專由內地採買牛羊以備洋人膳用所有圈養一切宰牛羊之法目皆按西法其牛羊肉淨無可比與衆不同本公司今因議定新章特邀回教中人專爲司理此事故特聲明除每日售與洋人按摺取之外所有牛羊肉皆照章售與華人零用格外公道不悞主顧 議定準斤十六兩價錢 牛肉每斤一百八十文 羊肉每斤二百六十文

主人謹啓

美孚老牌煤油

啓者美國三達煤油公司之德富士老牌煤油天下馳名萬商稱美蓋其質潔色清亮白如銀且絕無烟氣能耐久燃比之生荳等油晶光百倍而價用價廉此為德富士老牌之佳處誠屬無雙妙品也士商賜顧請到天津美孚洋行採辦或向就近殷實行店購買庶不致悞

DEVOE'S
PAT'D JUNE 22.63
BRILLIANT
OIL
IMPROVED
PAT'D JUNE 28.64
PATENT CAN
美孚行

京都

一品樓

本樓擇於三月十二日開市大吉

本舖端做

隨意便飯 蘇造餚饌 烤鴨薰雞 應時小賣

內有樓房雅座

開設天津紫竹林大街北頭路西門面便是

閏三月十五日出口輪船 往上海 禮拜四

泰順 輪船往上海 招商局

圖南 輪船往上海 招商局

閏三月十一日銀洋行情

天津通行九七六錢

銀盤二千三百三十七 洋一千六百六十七

紫竹林通行九六錢

銀盤二千三百六十七 洋一千六百九十二

洋錢行市七錢一分八

新開 敦慶隆綢緞洋貨莊

擇於閏三月十一日開張

本號開設天津北門外估衣街西口路南第五家專辦上等綢緞顧繡以及各樣花素洋布各碼線批合線俱按銀莊零整批發格外克已士商賜顧者請認明本號招牌庶不致誤 本號特白

朱鈍翁先生鑑湖高士浙水名流代學爽鳩世習扁鵲脉理精奧醫術深通來津十年屢治危症名揚遐邇著手回春久寓彌勒庵

開設天津紫竹林海大道旁

福仙茶園

京都洪春班

特請山陝京都上洋姑蘇名角

閏三月初四日起

本園清理賬目擇日開演 本園謹啓

創包機器

敬啓者近來西法之妙莫過機器靈巧至各行應用非得其人難盡其妙每值傷損修理必悞時日今有寗子卿專於經理機器茲擬創辦包定各項機器以及向有機器常年煤料工力價值格外公道如貴行欲商者請到福仙茶園面議可也特白

海大道福仙茶園街口

新開清眞同瑞茶店

本店主人不惜資本精選各省雷鳴小種雨前雀舌三睿珠蘭茉莉雙薰龍井銀針安化紅梅諸品名茶各樣鮮花明目散薰法與衆不同以上各貨加工揀選凡貴商賜顧者不悞 謹啓

石印王可卄狀元全本殿試卷

寄京琉璃廠各書紙店發售留津無多祇在本齋發賣每本收津錢八百文 小儀門絳雪齋啓

光緒二十四年閏三月十二日　第一千零三十九號
西歷一千八百九十八年五月初二日　禮拜一

辨症說　仿行間架　咎由自取　不禁之禁　月餉解省　澤及災黎　牽子復仇　醋海餘生

會典獎單　諭勸商捐　毆斃多命　封姨肆虐　工大費繁　宣講月薪　送縣究辦　行旌到鄂

二次臨視　倉場領餉　獲掘墓賊　補偏救弊　春運項關　會辦營務　獻劇酬神　京報全錄

繙譯會試　嚴禁拋磚　孝廉用武　水利局批　造送課册　榜慶得人　事起細微　各行告白

啓者昨接上海孫仲英善長來電旋又接到顧緝庭葉澄衷嚴筱舫楊子萱施子英各觀察來電據云江蘇徐海兩屬水災綦重飢民數十萬顚沛流離死亡枕籍災區十餘縣待賑孔急需欵甚鉅官欵恐未能徧及素仰貴社諸大善長久辦義賑飢溺猶已敬求代呼將伯源源接濟功德無量蒙滙賑欵卽滙上海陳家木橋電報總局內籌賑公所收解可也云云伏思同居覆載異姓不啻天親縱隔形骸民物莫非胞與頓遭洪水哀此災荒盡是蒼生何分畛域況救人性命卽積我陰功雖此日拯茲黎庶散盡赤仄靑蚨卜他年報在子孫同來玉堂金馬敝社欵無備濟自知獨力難成術欲廣仁惟冀衆擎易舉叩乞　顯官鉅紳仁人君子共憫奇災同施仁術原擬活人無算雖千金之助不爲多但能濟世有功卽百錢之施不爲少盡心籌畫量力輸將敝社不禁爲億萬災黎泥首叩禱也如蒙慨助卽交天津溜米廠濟生社帳房代收並開付收條以昭徵信　濟生社籌賑同人謹啓

部照已到　直隸勸辦湖北賑捐局自光緒二十三年十一月二十日以後至光緒二十四年正月初十日以前請獎各捐生部照已到請卽攜帶實收來局換照可也

例守局外　美日決戰一事津海關道現奉　北洋大臣王　札准總理衙門來電准日國葛大臣照稱香港報聲明爲局外之地請中國出示亦居局外毋碍兩國和好違萬國公法以敦睦誼等語希飭遵傳諭各報館登報中國爲局外之國沿海商民務飭勿私自接濟美日兩國軍需等因除行沿海各地方官一體示諭嚴禁外合亟登報俾衆週知

啓者本局光緒二十三年分總結帳欵現已一律彙齊結算以便刊刻帳畧於本年五月朔派分股利仍照歷屆章程預請　股友赴山會算其來返川資由局備付訂至四月望爲期俾無悞刋辦特　達　開平礦務總局啓

辨症說

人之患病也醫者往往不曰患某病而曰患某症問何名爲症不能答也心竊疑焉旣而反覆思之意謂症者證也參證考證相質證也病不一端或病耳或病目或病手與足病在是而所以病者未必在是惟臟腑先病焉然後由經絡以達四肢百骸倘就病論病不能窮流溯源差之毫厘謬以千里病不可救矣病者旣由中以達外醫者當卽外以測中色與聲相證聲與氣相證得佐證並得確證洞見五臟癥結投以藥無不應手回春者人病如是也國病亦莫不如是是在能辨症而已自古無不病之國焉殷之末也病在有餘故其症昏憒而發狂周之衰也病在不足故其證怔忡而驚悸漢文帝朝封建太濫諸侯王潛謀不軌病在腹心故其證顚倒錯亂岌岌而不安賈生謂一脛之大幾如要一指之大幾如股平居不可屈信一二指搐身慮亡聊失今不治必成錮疾善哉精於辨證者乎厥後唐宋元明病不一所見之證亦紛紜百出而不窮無明醫亦無良藥遂輾轉以至於亡則醫之過也醫不能辨證之過也我　朝聖聖相

承創業垂統府庫充兵甲備拓地三萬里農服先疇之畎畝工用高曾之規矩士食舊德之名氏其量則周乎四海也其勢則控乎九州也其精神之振刷則震動乎九夷八蠻其聲靈之赫濯則懾服乎山陬海澨也內無憂而外無患初何有疥癬之疾哉　此稿未完

接續會典奬單　○分省補用知府內閣候補中書陸鍾岱請俟知府補缺後以道員在任候補候選鹽提舉內閣中書袁照藜請以鹽提舉分省歸候補班補用截取同知內閣中書梁佩祥請俟同知得缺後以知府在任補用內閣中書陳嘉銘請俟截取同知得缺後以知府用候選同知內閣候補中書楊亦熹請俟選缺後以知府用內閣候補中書吳𤇯請俟補缺作爲俸滿截取同知後　賞加知府銜戶部候補主事李象寅俟補主事後以本部員外郎遇缺即補翰林院筆帖式文楷請以六部漢字堂主事本班儘先即選翰林院筆帖式麟緒請在任以知縣不論雙單月遇缺即選詹事府主簿周守信請作爲光祿寺署正遇缺即補詹事府候補主簿趙作新請以本班遇缺即補俟補缺後作爲俸滿　記名御史吏部員外郎陳應禧請俟補御史後作爲歷俸期滿吏部候補主事李廷颺請仍以本部主事無論咨留遇缺即補吏部主事李坦請俟補員外郎後以郎中無論咨留遇缺即補吏部員外郎賀勛請　賞加四品銜吏部候補主事柯德樹請　賞加四品銜吏部候補主事慶隆請俟補缺後以本部員外郎遇缺即補戶部候補主事陳昌圻請以本部主事遇缺即補並俟補主事後作爲俸滿戶部額外主事鄭文欽請以本部主事無論咨留遇缺即補候補知府戶部員外郎王廷材請選知府後以道員用　此單未完

二次臨視　○恭親王福體違和現仍續假業見宮門抄刻聞政躬尚未大安　皇上於閏月十二日　駕幸恭邸並奉
皇太后法駕同臨看視仰見我　皇上仁孝親親之至意而恭邸之藎績懋昭社稷倚以爲重是以上而　廷臣下而黎庶無不異口同聲願爲王爺上日升月恒之頌早占勿藥之爻也

繙譯會試　○禮部司務廳傳示云戊戌科繙譯會試現在繙譯舉人赴禮部投卷者共有七十八名俟本月十二正場揭曉後於十四日點名進場考試

倣行間架　○前經戶部奏准收取鋪戶房稅現已行知五城察院委派司坊各官於閏三月十一日爲始按照各街巷鋪戶局子作坊每處共有房屋若干間詳細查明造册以便按戶收取房稅每間計收錢五百文核總報解以濟時艱

諭勸商捐　○閏三月初十日宛平縣飭傳前門外珠寶市聚泰等號各爐房西河沿仁昌金店等號共計一百二十餘家當堂勸捐商稅每家每年令報捐商稅銀六百金不等聞該號商等同稱食毛踐土理應報捐無奈生意蕭條恐有力與心違之事容候各舖自行商酌再行稟覆等語

倉場領餉　○戶部爲示傳事所有總督倉場請領光緒二十四年閏三月分官餉銀兩制錢本部庫定於閏三月十六日開放該委員首領鳳山務於是日辰刻赴庫承領毋得違悞特示

嚴禁拋磚　○日前美國公使之幼公子乘馬游春行經阜成門外護城河岸上時有游手好閒之徒城頭閒遊見西人經過拋磚擊之幸未受傷美公使當即知會總理各國事務衙門移咨步軍統領衙門劄飭九城用心踹緝務獲究辦並出示嚴禁在案近日無敢擅登城垣者然拋磚者究係何人至今尚未拏獲云

咎由自取　○日前刑部貴州司文翰臣部郎超因琉璃廠富華閣裱畫舖將對聯裱壞向舖中吵鬧囑令家人將字號牌子摘去巳列前報茲聞現經剛子良大司寇聞悉其情文部郎日前在署回事巳畢大司寇詢詰摘匾妄爲嚴加申飭部郎唯唯而退於閏三月初十日衣冠而來親身將匾額照舊懸掛希圖了事大司寇整飭官方無徇無隱仍恐難免指糾耳

毆斃多命　○北方風氣剛勁人情好鬥打降之事日有所聞閏三月初九日前門外香廠地方有楊五者素與趙三結成不解之仇各糾匪黨數十人互相械鬥聲勢洶洶如臨大敵直至毆斃多人始各罷手　輦轂之下竟敢如此橫行想三尺法決不能爲若輩

寬宥也

獲掘墓賊 ○盜墓見骨律擬斬決立法何嚴乃匪徒竟敢犯之其情可勝誅哉三月初八日京師西直門外駱駝悖後身地方沈氏墳塋松栢成林望而知爲牛眠吉地日前有胆大匪徒夤夜偷掘新墳緣該匪夙稔春間新葬金玉錦綉充滿其中爲發財計也豈料看墳傭張某于睡夢中聞聲卽出當將該匪獲住翌日回明墳主執送琴堂幸棺破而屍未出或減罪一等歟

孝廉用武 ○京師向有一種小綹每日三五成羣在鬧市窺探行人腰纏乘隙掠剪及其知覺而賊已遠遁在士著受其害者尙鮮若遇外來之人茫無適從苦將誰告誠地方之害也閏三月初九日有河南某孝廉行至宣武門外騾馬市地方偶一失神被小綹由懷中攫去銀一封重十數兩當卽赴西珠汎報案候至兩日之久竟不能合浦珠還該孝廉情急於是糾邀同鄉數十人闖入官廳將兵丁揪至街心拳脚交下聲揚前失銀兩若不卽時交出必不甘心有更事者從旁緩頰許五日之內必令原璧歸趙該孝廉等始行首肯而去

不禁之禁 ○鴉片流毒中國人皆知之恨之而無不嗜之好之是誠大惑不解之事俗以爲中國應有此烏烟刧者當不謬也刻下有舉辦土藥捐稅之說凡烟寮分別納捐領有官帖方准開設於四月初一日爲始京外一律開辦恐洋藥土藥價值從此高昂有烟霞癖者聞之無不愁鎖雙眉誠不禁而禁之善策歟

封姨肆虐 ○京師自入春以來狂風怒號時雨愆期前雖畧沛甘霖究之十日之雨不如五日之風之爲烈也茲於閏三月初七日午後忽有風自西北來者飛揚跋扈走石飛沙歷一時許始息西山有人來云業桃杏園者現時正値花卸結菓之際遭此次封家姨肆虐損傷實多恐今年甘桃大杏或減收成云

補偏救弊 ○近年以來倉場弊竇百出各倉花戶無不任行偷盜以致諸多虧缺現經長允升李宓園兩倉帥査悉前情當將花戶韓雅軒傳到諭云爾所作之事各倉如何虧空汝當自知限爾三日交出白銀萬金以贖前愆否則將爾斬首以儆偷盜韓聞諭之下魂胆皆喪面如土色不由唯唯而退卽於翌日照數交銀贖罪當經倉帥將韓某之欵派委採買米石以補倉虧並函致各省督撫藩臬道府等官會派各倉監督之差現已升授他缺諸公每員速令捐銀一二千三四千兩不等以補前虧倘有違抗定行嚴參懲辦於是各省諸公會允各倉監督之差者均已樂從捐輸酌量採買似此雷厲風行各倉經此整頓以後弊當少殺歟

水利局批 ○姚家等莊民人周奎景等赴水利局投稟蒙批據北蕆憂打等二十四村鄉民具稟請修場河淀北護廒隄工當經會道派員勘明估工六萬四千餘兩需欵較鉅現當庫欵異常支絀之際必難從全總俟稍裕卽不格工轉爲興辦在案着卽知照可也此批

月餉解省 ○長蘆應解三月分省城練餉銀一萬兩昨經運司由庫照數提出札委候補大使孫君會同武弁鄭文鼎管解赴省投納

工大費繁 ○冀州一帶河工向來險要轉瞬伏秋大汎稍失防範潰決堪虞經道憲札委沈大令葆恒前往勘估第該河隄工大費繁該員業經稟覆道憲於日昨據覆稟候督憲批示遵行

春運項關 ○刻據長蘆北告商人桐利慶等八商同時籌包裝船項關照章請驗已蒙運憲批飭明日詣關驗放云

造送課册 ○陸軍改習洋操水師改習雷電皆自强之上計當時之要務也大沽水雷營向章每日操演雷電各色技藝逐日造具詳細課册呈由總統轉詳刻該營已將三月分功課清册呈請北洋大臣查核矣

澤及災黎 ○東北數十村前因大水爲災除放急賑外刻因靑黃不接鄉民異常困苦由籌賑局遴委候補縣彭大令慶孫前往該村逐戶淸査按照極貧次貧標明賑票於稟請核覆後卽當照票給發以資接濟

宣講月薪　○自張靖達公督直時通飭各署延聘諸生宣講　聖諭正人心而維風化迄今已歷多年每月優給廪餼俾知觀感本屆宣講　聖諭之廪生朱士琦赴道轅遞稟請發三月分薪水已蒙批准云

會辦營務　○候補道鄭觀察業敎昨奉督憲札委營務處會辦差使不日卽詣處任事云

榜慶得人　○世人動稱八股取士人材消乏一唱百和舉國若狂僕門外漢不敢定其說之是非但本科紅錄傳來就平日所習聞者而論如張權胡濬陳驥諸君固皆討論時事實學得其宏大精深者卽天津一隅已有此三人天下之大何才蔑有第視用之者如何位置耳不得不爲憖榜慶幸也

率子復仇　○郭家庄脚行王某與藥王廟後張某因事鬥毆正月初二日張將王刺傷及兇手到案各情均已列報刻經多人理處屍母仍不肯休昨率其次子將張家門戶捽砸洶洶之勢鄰右皆不敢過問聞張赴縣控告作何訊理訪明再登

送縣究辦　○昨早訪事人行經東門洞見有鏇纙抬一人滿面血流受傷頗重聞係某署差弁二人尋毆經該署送縣究辦至因何起衅容訪再報

獻劇酬神　○每春津郡水會演劇酬神者無日無之河東同善北局在水梯子韋駝廟于初五日起至十一日止演劇七天敬祝神貺並勞伍善觀者甚衆幾至塞途

事起細微　○鹽坨某甲在脚行爲夥伊子昨午與附近水舖夥計因買水口角肆行詈罵舖掌亦非安分之徒出言相抗以致動武復各集黨羽竟成羣毆聞已捉將官裏去

醋海餘生　○大紅橋沈某業錢行昨晚自舖歸家妻已服毒正在奄奄待斃赶緊依方灌救得慶更生緣沈近來生意頗佳遂納小星別營金屋以貯之妻鬱鬱不樂遽萌短見刻妻母得耗擬興問罪之師經鄰佑出爲調處尚不知作何了結也

行旌到鄂　○特授湖北鹽法武昌道孟觀察繼壎起程日期業經登報該員淸廉自矢爲守並優久爲當道器重於前月二十三日抵省卽蒙湖廣督憲檄飭赴任於某日接印任事矣

光緒二十四年閏三月初十日京報全錄

宮門抄○閏三月初十日理藩院　鑾儀衛　光祿寺　八旗兩翼值日無引　見　召見軍機　張蔭桓　皇上明日辦事後由頤和園還宮

○○奴才恩澤薩保跪　奏爲劃勘巴拜與依克明安公界址籌撥官兵津貼仍納額租恭摺仰祈　聖鑒事竊維黑龍江地處極邊最爲寒苦近年開辦荒礦事務紛繁旗丁支應差使較前倍蓰若不設法調劑勢必益形疲憊奴才督同僚屬再四熟商查有前護將軍增祺　奏請開墾摺內齊齊哈爾省城以東有巴拜荒地一段縱約百餘里橫約二百餘里南接柞樹岡北臨依克明安公東臨通肯河西與省城旗屯毘連是段荒地曾於咸豐元年經前將軍英隆劃設村屯調劑旗丁由省屬官莊閑丁內撥移一百一十五名又於八旗養育兵內酌撥八十五名前往開墾按年每名交納額糧二十二倉石以裕生計奏經部議覆准在案然養育兵向賴充差爲本逐漸回城未能移墾惟所撥官莊閑丁墾種數十年已積有六屯之大生齒亦漸繁盛前次　欽差查辦事件大臣延茂來江會辦荒務因巴拜地方與蒙接壤向未劃定界址事多轇轕未能丈勘入奏查依克明安公原係準噶爾屬下額魯特部落因不願與霍伊特人等同處於乾隆二十年遵　旨由新疆迻至通肯胡雨爾兩河曠地安插迄今百有餘年計戶亦只三十計丁亦未滿千游牧兩河尚有餘地奴才特派佐領吉爾嘎布等會同蒙員前往履勘諭令酌留該蒙生計距料旗墾巴拜六屯已被蒙人圈入伊之界內雖經委員反復辦論而蒙員居心狡展置若罔聞致未劃淸疆界該蒙公旋又親自晋省面求寬給牧廠係屢代藩臣無妨優䘏復飭委員自該公府南三十里之長岡子起斜向東南展至通肯河西岸八道溝北九道溝之南犄角地方上先後統計撥予該公人等荒地四十餘萬晌作爲該公屬界

毋庸升科納租但不准招民私墾致滋事端其所以惠養者亦至厚矣迺該蒙公貪多務得竟敢捏稱舊址私自挖堆將巴拜所設旗屯仍復圈於其內並具文前來似此無厭之求自不能曲從其請惟查巴拜一帶荒地除旗屯已墾熟田外有四十萬晌之譜未便久置曠閑江省地極苦寒兵丁疲憊早擬設法調劑祗因餉源支絀未敢據情陳請今既有此荒段若能撥給通省官兵以及各城公所津貼則八旗藉此豢養不爲仰事俯蓄所累自能壹意從公上備干城之用至於租賦正供値此時局原不能一槪寬免但請免交押租一項稍示體恤將來屆限升科仍照通肯章程以領地之日起限至第六年起科每實地一晌交納大小租錢六百六十文庶餉源漸可充裕差佔官兵均可藉資餬口且土地闢田野治該蒙公蠶食伎倆亦無所施似一舉而數善備者所有劃定疆界籌撥通肯官兵津貼仍納額租緣由是否有當理合繪具圖說恭呈　御覽伏乞　皇上聖鑒　訓示謹　奏奉　硃批着照所請欽此

○○宗人府府丞臣薛允升跪　奏爲假期已滿病仍未痊籲懇　天恩俯准開缺恭摺仰祈　聖鑒事竊臣前因假期屆滿病尚未痊陳請開缺三月初三日奉　旨薛允升着賞假一個月無庸開缺欽此跪聆之下感悚難名匝月以來多方醫治病勢迄未少減現在假期已滿焦灼萬分伏念臣以獲咎之員渥荷逾恒之　寵但使稍堪捂拄何敢自外生成無如痼疾已深頹唐愈甚雖藿葵向日難忘依戀之忱而蒲柳經秋迥異發榮之候卽使勉强銷假終恐隕越堪虞惟有瀝陳下悃仰懇　聖慈始終成全　俯准開缺此後有生之日無非戴德之年矣所有微臣假期已滿病仍未痊懇請開缺緣由理合繕摺具陳伏乞　皇上聖鑒謹　奏奉　旨已錄

○○記名簡放提督正定鎭總兵提標中軍參將密勇巴圖魯奴才李安堂跪　奏爲恭報奴才接署鎭篆日期叩謝　天恩仰祈　聖鑒事竊奴才在直隸提標中軍參將任內接奉直隸督臣王文韶箚委以正定鎭總兵吳育仁現已因病出缺所遺篆務　奏委奴才署理並接統正定練軍楚軍馬隊各營等因遵卽交卸清楚起程於三月二十六日馳抵正定府城據鎭標中軍左營遊擊關保將　欽頒直隸正定鎭總兵關防一顆並統領正定練軍楚軍木質關防一顆暨　王命旗牌書籍文卷等件齎送前來隨恭設香案望　闕叩頭謝　恩祗領任事伏念奴才一介庸愚投効軍旅轉戰蘇浙直東豫皖鄂奉天等省明叙微勞蒙　恩賞給勇號以提督　記名簡放並補授提標中軍參將荷　隆施之逾格愧涓埃之未報茲復渥荷　温綸俾以總兵重任受　恩愈重圖報愈難查正定屏蔽　畿南夙稱重鎭又當九省通衢要路總兵有專閫責成操防巡緝最關緊要自維檮昧深懼弗勝惟有勉竭庸駑益矢勤慎認眞整頓營伍實力訓練操防隨時隨事稟承督臣敬謹辦理斷不敢以暫時攝篆稍涉疎懈以冀仰答　高厚鴻慈於萬一除將接印任事日期循例恭疏題報外所有奴才感激下忱理合恭摺叩謝天恩伏乞　皇上聖鑒謹　奏奉　硃批知道了欽此

聲明誆騙

瑞福店謹啓

啓者查有陳恒益代辦王德新瑞有德兩處京引前因無力辦運憑中說合情願自光緒二十二年八月初一日爲始租與瑞福店名下代辦十二年均按王德新瑞有德原議合同毫無增減今同中友現交銀二萬一千兩如陳恒益不卽將京引交出或僅交一處情願不將原銀退回格外罰銀六千兩同中三面言明是年六月初三日立有議單一紙幷蓋印恒益津店圖章親筆書押交瑞福店收執存據不料意陳恒益串謀狡賴將王德新京引讓伊收回瑞有德京引讓伊收回轉租曾經稟訴督鹽憲暨運憲旋奉憲諭飭綱總傕秉公理處嗣因綱總總傕再三婉勸瑞福店將京引讓伊收回轉租其原交銀兩應許如數淸還孰意陳恒益竟將兩處京引應得現銀如數入己僅交王德新關存銀七千九百三十四兩三錢五分尚欠銀一萬三千零六十五兩六錢五分延不淸償當經運憲發縣訊實管押迭次勒限嚴追幷屢蒙批示該商被陳恒益誆騙之欵經前司暨本司屢次札催天津縣迅速追償何以至今尚未償還其本商陳文珠亦何得竟令逍遙事外候再札飭新署天津縣呂令從速嚴追幷傳陳文珠到案勒追以淸欠欵而免商累等因幷蒙縣尊將陳家駿管押迭次訊追幷傳本商陳文珠迅速到案伊明知具限還錢萬不能再事搪塞故佈散流言妄登告白或冀聳人聽聞殊不知寫立議單之時經伊煩出親友徐潤泉邵子周苑杏江李瑞堂三面言明作中書押何得竟云捏寫夫捏寫者乃係將無作有之事況有本商陳文珠同堂兄陳家駿同伯父陳恩華同母陳姜氏親筆書押幷蓋印伊店圖章何得又謂之莫須有似此自相矛盾實屬無理取鬧至伊牽拉瑞恒欠欵業經　前任縣尊親訊傳及中人幷瑞恒謙恒當堂質對明確幷將議單收條驗明實係陳恒益誆騙欵毫無疑義因

令其煩中說合且屢次展限是加恩於陳恆益者不爲不厚乃伊並不知感激反敢指斥　前任縣尊不追確情未知是何居心因思陳恆益既憑京引支用銀兩既不將京引交出自應將銀兩找回乃伊不但勒措不還猶復以妄誕之辭特書諸報可謂違心害理除另行稟究外總之陳恆益誆騙巨欵神人共鑒天地不容彼卽百詞狡辯又不能自原其說豈非天良猶未盡泯乎謹將此案始末情形登諸報牘庶公是公非顯然易見識者鑒之

余於醫道三折肱矣惟不喜應酧標榜賣葫蘆藥近聞時症過多半爲藥誤不忍坐視起而救之病家若以命爲重到門相邀倘非絕症必當竭力救治病愈之後再行補送脈禮每次不過一二圓不愈不收公道也　海大道新興南里張鐵伯啓

請看新出三報連捷

啓者各省風氣大開新設報館若干名類等等不一日報三日報七日報旬報上下浣報月報中外報當下彼處經理南北各省及中外報帶報冊三十四種還有十餘種不暢之報尚未經理現有新開三種日報請閱各有可取新到奇聞報每日附送靑樓奇聞畫報兩頁又日大公報代送塵天影小書每月六百路遠加資又日新出哈哈報於遊戲報新聞之外間登緊要　上諭時務論說以廣見新聞名士來稿定閱各賜函分送風雨不誤購取各書物美價廉代售經濟叢鈔書票又代售清眞法製靑鹽　天津北門內府署東各報館謹白

啓者敝行議定抓彩計票六百張內有五十會得彩頭彩計四尺高度金銅樓大座鐘一個値價銀一千兩此鐘本爲賣於萬壽時所用貨到稍遲萬壽之期已誤雖經紳商看過終以貨高不肯遞價敝行亦以此物難尋常出售因添搭鐘表八音琴等貨以便抓彩所添之貨通按跌價估値配彩以次挨及頭彩至五十彩因花樣過多前報業經登過此次不及備載　諸公若不遽信貨物若何請到本行先來看彩然後購票均無不可每票一張售洋三元並託鍋店街恒義號又美昌號竹記號代售　天津紫竹林自喊洋行謹啓

啓者刻下磁州煤礦已將吸水機器安置停妥各窰宿水日已抽乾所出之煤與唐山五槽相等局內章程按照商辦極爲謹密將來利益已有成效但資本愈厚獲利愈多爲此布告津都申各處紳商有欲入股得利者其股票寄存源豐潤票號請向面填可也　磁州礦務局謹啓

魁陞號綢緞洋貨莊

本號自置顧繡綢緞洋貨等物整零均按銀莊格外公道皆比大市價廉發售　寓天津北門外估衣街五彩號衚衕口坐北向南便是特此　本號謹啓

恒昌照像館

啓者本號今因建造新樓于三月初二日暫遷往牌坊外先農壇前另設玻璃照像棚諸君賜顧請駕光臨是荷俟本樓工竣復回原舖謹此佈聞　本主人謹啓

悅來洋貨店

開設天津法國租界紅樓後自運各國玩物金邊三連磨花描銀玻璃磚鏡子五彩大小碗盞杯盤料器奇形異樣香水壺荷包靴掖洋景襪子手套叫鐘表鍊花針扣子戒指洋火盒玳瑁梳篦金銀首飾鼻烟壺各樣五色料金珠畫圖等物格外價廉消售發客

紫竹林　第一樓番菜館

本號專作英法大菜各色精細點心各樣洋酒洋貨等物一應俱全並售
上　上　紅茶　每斤津錢一千八百
　　　　　　　　　　　　　六百
又批發茂生公司鐵海紙烟零整發售價値格外公道原箱計一百盒價洋一百四十四元每盒計五百支洋一元五角凡仕商賜顧請卽駕臨是荷　主人謹白

海大道　鴻春樓番菜館

啓者本店三層大樓工程告竣地勢寬闊以備貴官紳請讌擇於去臘遷移新正月初二日開市各樣俱全價廉物美凡仕紳賜顧者請卽駕臨是幸　主人謹白

光緒二十四年閏三月十二日　直報　第六版

天后宮北

義興順綢緞莊

本莊自置顧繡綢緞綾羅紗絹各樣洋貨南貨雅扇桂母頭油香貨歸安貝松泉湖筆一概俱全

頭號杭寧綢 四錢三
頭號江寧綢 三錢三
頭號摹本緞 三錢八
紅梅茶 九百六
紅茶 六百四
紅茶磚每斤 二百二
龍井茶 一吊八
金百祿布裡 五兩八
壽棉裰裙綢裡每套 六兩八

新到儒醫

現寓天后宮財神殿內儒醫高魁一專治男婦老幼內外病症辰刻在廟診脉施方過午不候如有外請辰刻來廟付信午後前往病家見症立方

北浮橋口

回回 西天慶羊肉飯莊

包辦酒席不用水海味
小賣俱全用清眞白麵

准于本月初九日開市

新開元隆號綢緞洋貨莊

自去歲四月初旬開張以來蒙各主顧垂盼雲集馳名日盛本號特由蘇杭等處加意揀選名機新鮮貨色零整銀價俱照大莊行市公平發售以昭久遠此白

寄賣龍井雨前素茶福建皮絲水烟各種眞料大小皮箱

開設天津府北門外估衣街中路北門面便是

三井洋行分莊

告白

啟者日本商始創貿易爲業數拾年以來今分莊開設北門外鍋店街洸家衚衕口對過專選精工料實東洋棉紗各等時式大小疋棉布粗洋布斜紋洋標等格外公道價亦從廉凡仕商賜顧者請至分莊面議可也特此佈聞

三井本莊主人啟

啟者本行開設香港上海三十餘年四方馳名專售各式金銀鐘表鑽石戒指八音琴千里鏡眼鏡等物並修理鐘表外洋新到各色鐘表價外比別家格外公道開設在紫竹林法租界大街本行又分莊在北門外樂壺洞保陽棧傍榮生祥內請諸君降臨光顧是幸特此佈聞

戊戌年閏三月十二日禮拜一

烏利文洋行

告白

近年市售石印書譜除介子園十竹齋外每以舊本而易新名良由難覓新稿若敝局新印之耕香館畫賸蒙賞鑒諸君賜顧者極讚其筆法神韻每部價洋二元併發售石印經史子集科場文章新出策學滙源西學富彊叢書時務分類與國策谷種格致洋學古今閑書目繁不及備載湖筆徽墨信箋文玩紈摺雅扇貨高價廉

天津東門外同文書局啟

告白

現有靠河園田地一段九十畝上下坐落大直沽北情願按時價出售如欲買者請至河東柴家大坟西劉忠處面議可也

劉忠謹啟

啟者本公司開設天津紫竹林法租界烏利文洋行旁邊專由內地採買牛羊以備洋人膳用所有圈養一切宰牛羊之法目皆按西法其牛羊肉淨無可比與衆不同本公司今因議定新章特邀同教中人專爲司理此事故特聲明除每日售與洋人按摺取之外所有牛羊肉皆照章售與華人零用格外公道不悞主顧議定準斤十六兩價錢

牛肉每斤一百八十文
羊肉每斤二百六十文

主人謹啟

閏三月十五日出口輪船　往上海　禮拜四

泰順　輪船往上海　招商局

圖南　輪船往上海　招商局

閏三月十二日銀洋行情

天津通行九七六錢

銀盤二千三百三十七　洋一千六百六十七

紫竹林通行九六錢

銀盤二千三百六十七　洋一千六百九十二

洋錢行市七錢一分八

直報

本館開設天津紫竹林海大道老菜市氣燈房巷內

光緒二十四年閏三月十三日　西歷一千八百九十八年五月初三日　禮拜二　第一千零四十號

部照已到　直隸勸辦湖北賑捐局自光緒二十三年十一月二十日以後至光緒二十四年正月初十日以前請獎各捐生部照已到請即攜帶實收來局換照可也

例守局外　美日決戰一事津海關道現奉北洋大臣王札准總理衙門來電准日國葛大臣照稱香港報聲明爲局外之地請中國出示亦居局外毋碍兩國和好遵萬國公法以敦睦誼等語希飭遵傳諭各報館登報中國爲局外之國沿海商民務飭勿私自接濟美日兩國軍需等因除行沿海各地方官一體示諭嚴禁外合亟登報俾衆週知

啓者本局光緒二十三年分總結帳款現已一律彙齊結算以便刊刻帳畧於本年五月朔派分股利仍照歷屆章程預請赴山會算其來返川資由局備付訂至四月望爲期俾無悞刊辦特達　股友　開平礦務總局啓

啓者刻下磁州煤礦已將吸水機器安置停妥各窰宿水俱已抽乾所出之煤與唐山五槽相等局內章程按照商辦極爲謹密將來利益已有成效但資本愈厚獲利愈多爲此布告津都申各處紳商有欲入股得利者其股票寄存源豐潤票號請向面塡可也　磁州礦務局謹啓

神目如電　陳恒益謹白

商業將一切情形登諸告白似無煩再述矣惟李子香探知商於初八日在縣尊投呈伊即於初九日亦於兩報告白狡辯伊若不辯伊之缺陷仍不出也今既辯矣何竟不敢將商所登議單之底指爲或眞或僞伊非不敢指也此其中大有伊不能吐之實情耳若指爲眞必須呈案呈案則增訛之情畢露若指爲僞一切作押契據均在伊手將來均成廢帋于是欲不辯而不得欲實辯而不敢只得虛與委蛇徒以無理取鬧等詞亂人耳目而已究之眞僞久必自明諒難逃官府之鑒察况伊以假字謀李承宗引岸經佘運憲洞燭其奸立予押之此近日之事昭昭可考也謹將商本月初八所遞呈詞照錄以憑電察　爲懇傳正點追繳實憑撤底淸查施恩斧斷事切商欠李子香之欵業將實在欠數開單具呈在案迭蒙　仁天提訊至公且明雖蒙管押係案情宜爾商之項感刻骨難名至案久懸不能斷結者非不善斷實緣李子香不將眞正借約呈出僅用伊自揑作之僞據蒙混伊之所以不呈眞據者其詐有二以此假據控追案結後再以眞據具告是一賬二討其詐猶淺而不呈眞約增訛銀數借可謀產並可將一切作押之據秘爲已有其詐乃深且兩造共事只商與李子香經手而商弟文珠但具名而已伊以文珠少不更事爲可慫恿以追到案以爲可肆其欺此其詐更不可問也似此必須請李子香俯就到案追繳正據自能水落石出不至寃沉海底矣爲此叩乞　本縣正堂大老爺格外施恩俯准將李子香傳案追繳正據實爲德便上呈

接續會典獎單　○禮部候補主事劉杲請候補主事後以本部員外郎無論咨留遇缺即補五品銜禮部候補主事汪嘉棠請候得缺後以本部員外郎即補並　賞換四品頂戴禮部候補員外郎毆陽熙請俟得缺後以郎中遇缺即補候選直隸州知州禮部候補主事王照請俟選缺後以知府補用禮部候補主事聶寶琛請俟補主事截取直隸州知州得缺後以知府用即選知府禮部員外郎徐堉請俟選知府後在任以道員補用兵部候補主事薛秉壬請　賞加四品銜候補缺後作爲歷俸期滿兵部學習郎中錢熊祥請　賞加四品銜兵部候補主事許秉琦請　賞加四品銜兵部候補郎中李鍾豫請俟補缺後以知府分省補用刑部候補主事履晉請俟補主事後以本部員外郎遇缺即補刑部候補主事孫崇緯請　賞加四品銜刑部候補主事劉彭年請俟補主事後以本部員外郎遇缺即補刑部候補員外郎翁炯孫請俟得缺後以本部郎中遇缺即補刑部候補主事顧曾燦請仍以本部主事無論咨留遇缺即補候選同知工部候補主事賈裕師請俟選同知後以知府用工部候補主事于宗童請　賞加四品銜工部額外主事宮兆甲請　賞加四品銜　記名直隸州知州工部候補主事張露恩請俟直隸州知州分省得缺後以知府在任候補截取直隸州知州工部主事張士彬請　賞加四品銜　此單未完

教職領照　○禮部爲曉諭事查例開各省現任教職會試下第者於揭曉後五日內赴禮部領給執照依限回任其有不候給照先自出京者照違令公罪律罰俸九個月等語今本年戊戌科會試所有各省現任教職例應發榜後五日內赴部領照回任爲此出示曉諭該教職等赴部領照後即行依限回任毋得自悞特示

大挑取結　○吏部爲曉諭事此次大挑一等滿洲蒙古漢軍並各直省舉人本部定於閏三月十六日發給執照爲此示仰該舉人等知悉滿蒙漢取具本佐領圖結各省取具六品以上同鄉京官印結赴部呈領如無圖結印結概不給發其有會榜中式各員應俟　朝考引　見後再行赴部領照可也毋違特示

進士題名　○國子監爲曉諭事照得本監建立進士題名碑所用銀兩向有例支公欵並不由新進士出資乃風聞有無知匪徒輒向各進士按名勒殊索屬胆大妄爲現屆會試揭曉合行先期曉諭倘有此項情弊無論是否本監皂役均以訛詐論扭送到監以憑核辦特示

折獄才長　○候補同知蔣子岩司馬精明幹練折獄才長昨奉尹憲密札令赴昌平州會審要案司馬奉札後遵即晉謁尹憲面聆方畧於閏三月初十日輕裝減從命駕首途矣至案件之是何原委審斷之有無平反當候司馬公旋再行訪錄

賊用悶香　○東華門外天盛蝛店於閏三月初九夜間被樑上君子啓扉而入將舖夥用悶香薰悶不省人事竊去白銀七十餘兩衣服三十餘件次日報官勘驗屬實經步軍統領衙門勒限嚴緝未知能否贓賊並獲俟訪明再錄

進退維谷　○侍衛劉某河南人也丙戌及第後在乾清門當差屢年家中接濟之欵積蓄數百金借與前門外觀音寺某飯舖該舖立一借契侍衛因無中保遂着飯舖竟得飯莊某某等承保當持字畫押之際即扣留不給侍衛欲控於官反恐有碍差使進退維谷未悉如何結局俟訪明再錄

馬能擲人　○虎狼噬人容或有之不謂馬能傷人且啣而擲之是誠事之罕見者東華門外南池子某巨室門外列駿馬數匹皆追風逐電之材閏三月初九日下午有孩提之童道經其門馬忽口啣其肩擲諸數武之外該童登時昏倒不省人事後雖多方救甦不致有性命之憂然已受傷甚重當由其家屬舁回設法調養未悉能否痊愈俟訪明再錄

好行其德　○京師前門外糧食店雲居寺衕衛居住孫某年近花甲人極慈祥皆目之爲忠厚長者閏三月初十日清晨道經阡兒衕衕見屠戶龐某綑縛牲猪四隻正欲宰殺猪若有知兩眼圓睜形狀悽慘孫旁觀不忍即出白强三十金令屠戶將猪立釋其縛遣人送至彰儀門內善果寺廟內牧養每月供給京錢四十千作穀米之資夫猪一蠢物耳天生以供人之口腹孫見其死而有不忍之

心誠好行其德哉

道轅批示 ○青縣民人王順批據呈高二等誘拐人口如果屬實例有應得之罪豈交銀飭領另娶所能了結其中顯有別情仰青縣詳覆候奪呈抄存

府批照錄 ○津邑孀婦張王氏批查戴八因爾子死於非命遂僱爾孫傭工按月給錢以贍身家今將爾孫逐出想因服役不勤所致該氏不知自錯輒以爾子屍棺未歸挺身具報殊屬恃婦逞刁着卽自邀原中時四等自行理處完結毋滋訟端狀不遵式併飭

委員押犯 ○前報官犯孫萬林起程赴京等情玆悉經督憲復委候補縣馬大令毓藻會同押解以昭愼重

兩縣積案 ○近刑部奏定新章州縣官辦理案件應按限期斷結倘有情節曲折不能依限斷結者須摘錄案由彙明月總詳報上憲查核名爲積案刻據靜海青縣遵將三月分積案月冊繕造分詳督藩臬道府以憑稽查勤惰分記功過

委審案件 ○候補縣熊大令紹舟奉運憲方都轉札委赴深州等處會同地方官審訊案件昨已趨轅稟辭諒不日起程前往

縣批五則 ○吳王氏呈批據呈已悉准卽銷案所有呈案借字契據租摺已交劉輔臣具領矣着卽知照劉輔臣呈批准將借字契據租札給領仍具領狀送案備查又李得呈批據呈已悉候催原差查覆核奪又張劉氏呈批據呈是否屬實候飭查覆奪又宋柴氏呈批候催差速傳追訊又蘆卜氏呈批此項塋地究係氏家何人之墳何年安葬呈未叙明已屬含混又不將地契呈驗無從查核應不准理

報病未准 ○胡寶珍係盜賣塋地之犯且有毆差抗票情事久經嚴押候辦昨據看役稟報該犯患病當經批飭提驗可否保釋當堂定奪爲原告胡存信得耗立時喊究遂免驗還押

索欠控官 ○西頭陳瑞祥善權子母因孫國淸負欠不還先口角而後動武陳未免小有吃虧遂赴縣具告比及了事人尾至業已當堂標收矣

押犯赴縣 ○昨早一人年約三十上下滿身血汚手持利刃後隨許多營勇押向縣署進發不知係何案犯應俟訪明再佈

服毒斃命 ○南門外倪家台某氏婦于歸後不爲翁姑所喜氏自嘆命薄遂尋短見於本日九點餘鐘服毒斃命至有無涉訟情事俟訪明再登

西頭失火 ○十二日下午兩點鐘西頭太平街中盛當前飯館不戒於火延燒東洋車廠與筆舖等幸水會相距甚近旋卽鳴鑼傳集衆會立時撲滅至因何起火與燒房若干再訪

神像出巡 ○侯家後供奉王三奶奶例於十一日出巡是晚若大樂若鶴齡以及接駕會在前挨次引導神像緩緩隨行自初更出廟各處周遊直至三更始罷

靜邑刼案 ○刻下搶刼之案到處皆有不獨津郡爲然頃聞靜海縣城西瓦子頭村橋西慶德興錢舖於月之初九晚六點餘鐘突來步賊十數人明火執杖搶去白金一千數百兩分攜而逸該鋪長當卽赴縣報案蒙邑尊程大令帶同刑捕詣驗飭捕分路踹緝務期贓賊俱獲究辦但未悉鴻飛冥冥果能弋獲否

雲津市景 ○節屆立夏迄未渥沛甘霖本埠米面價昂日甚一日良由雨澤愆期亦因私錢未斷故糧行中人抬價居奇有所藉口據聞白米每斛升津錢一百四十文小米一百一十文白面每斤一百文其餘柴草菜蔬無一不貴相彼小民無不愁眉雙鎖也

白晝搶錢 ○某茂才鹽山產設帳河北關下日前遣學生甲乙二人持錢帖兩竿赴河南兌換現錢行至浮橋忽背後來一莽漢將錢帖搶去甲稍長扭賊不放詎該賊執有小刀將甲手劃傷乘間而逸噫白日通衢胆敢肆行搶奪殊屬藐法已極若不嚴拏懲辦恐養癰成患於地方大有關係也

兩生一死 ○本埠乃九河總滙又兼北水驟漲丈餘波浪洶湧行船每視爲畏途日昨有裝青菜小船行抵新浮橋上被浪攪翻當經泊船赶緊撈救水手三人僅獲二人其一人想與屈大夫把背去矣

試船被刦 ○靜海縣屬獨流鎭下圈地方日昨晚泊有赴通考試跨船兩艘突有賊匪十數人各持洋槍躍登逼船主並士子上岸兩船銀錢衣服等物搶刦一空呼嘯而逸聞已開具失單照例赴縣報案噫數日內刦案兩出何强盜之多耶

失而復得 ○河北三太爺廟戲樓後某姓家昨夜三鼓時有偸兒撬門入室竊出衣物等件正在院內包裹適幼孩啼哭某妻醒瞥見屋門大開遂大呼有賊某從夢中驚起披衣出赶賊卽棄贓而逸查點衣物竟一無所失說者謂得失均關運數不然幼孩之哭何適逢其會也然與否與

光緒二十四年閏三月十一日京報全錄

宮門抄○閏三月十一日吏部 翰林院 侍衛處值日 無引 見 定公請假五日 召見軍機

科抄○吏部題於管解京餉五萬兩以上之山西補用令文炘准叙奉 旨依議欽此 又題借揀正指揮候選通判徐成立海淀駐班期滿准叙奉 旨依議欽此 兵部彙題武舉陳尙珍等重宴鷹揚奉 旨依議欽此 吏部題浙江補用令張緕雲准補昌化令奉 旨張緕雲依議用餘依欽此 又題浙江補用令李前泮准補東陽令奉 旨李前泮依議用餘依欽此 又題湖南補用同知吳傳綺補永綏同知奉 旨吳傳綺依議用餘依欽此 兵部題不應爲之正黃旗步軍校海福議處奉 旨依議欽此

○○奴才依克唐阿跪 奏爲副都統會辦旗務意見齟齬事關用人勢難徇情遷就請 旨定奪以一事權恭摺仰祈 聖鑒事竊照盛京副都統向同將軍辦事凡一切旗務均須會稿惟於旗員升補調署要缺必須選擇人才先由兵司開單送候將軍點定再送副都統校閱然後立稿歷來如是辦理初不自今日始也今副都統宗室溥蔚自光緒二十二年冬到任其初遇事和衷不存成見尙盡同寅協恭之誼近則於揀選員缺及委員署缺等事專徇私情不知秉公商酌且代爲人請託上年十二月岫巖城守尉崇恩因病出缺該副都統欲令佐領樹棠前往接署先問奴才之意當時已慮樹棠於此缺人地不宜祗以二品大員同辦一事重違其意勉爲允從姑委樹棠往署今果毀言日至因事無實據尙在密查未據委員聲覆近日遼陽城守尉載椿稟請給咨赴部引 見該副都統見公牘後印函囑奴才將此缺委佐領榮綸往署奴才以佐領署理城守尉銜缺相懸且因榮綸上年被參行賄求差奉 旨查辦未經奏結當以婉言相覆該副都統復令司員傳言此缺非委榮綸不可奴才因語氣固執難以熟商並因時局艱難人心浮動遼尉重任不可不爲地擇員隨飭兵司照章將各協領開具名單經奴才點派協領廣齡仍送溥蔚閱看不料該副都統於單內批示此缺委廣齡不合例本副都統已點協領達春云云蓋明知達春掌兵司關防兼充要差現復勸辦昭信股票不能遠離特指此以相難也名單往返數次迄無定議並聞該副都統面諭司員如將軍以單銜委廣齡我必以單銜撤委似此相持不下實屬有乖體制伏查奉天大吏林立政出多門自前署將軍崇實變通吏治以來將軍事權歸一呼應較靈夤緣奔競之風一時爲之頓息今則積久弊生漸循故轍凡沾沾自喜者每因名位相敵輒欲與將軍抗衡而僚屬門戶之見刁民訟獄之繁悉由此起此奴才近來辦事艱難之情形也今副都統溥蔚以一事齟齬輒敢不恤人言不顧大體從而掣肘奴才若再隱忍不言將來羣起效尤將軍必致徒擁虛位實於公事大有窒礙且遼陽城守尉一缺亦難久懸究竟此缺應否由奴才遴員委署相應據實陳明請 旨定奪以免爭執而一事權所有副都統會辦旗務各存意見緣由理合恭摺具陳伏乞 皇上聖鑒 訓示謹 奏奉 硃批另有旨欽此

○○頭品頂戴兩江總督臣劉坤一跪 奏爲揀員請補陸路叅將員缺恭摺仰祈 聖鑒事竊江西饒州營叅將壽耄病故遺缺接准部咨係陸路部推之缺應用儘先人員前經臣以儘先叅將張開甲請補旋准部覆該叅將張開甲現丁本生母降服憂例應停其升轉所請以該員補授之處應毋庸議行令另行揀員請補等因自應遵照辦理查是缺叅將駐紮饒州府城該處地扼鄱湖爲閩浙入江門

戶彈壓巡防最關緊要非精明强幹之員不足以資表率臣於江西儘先各員內復加遴選查有儘先前推補叅將錢鑑明年五十五歲安徽巢縣人原籍江蘇太倉州由軍功隨剿出力荐保以遊擊儘先補用嗣於剿平西捻肅清案內經前直隸總督臣李鴻章保奏同治九年四月初二日奉 上諭花翎遊擊錢鑑明着免補本班以叅將留於兩江儘先前推補並賞加副將銜欽此光緒四年奏留江西撫標候補奉 旨允准在案該員年力强健營務勤明以之請補是缺叅將洵堪勝任惟名次在該員之前者張開甲之外尚有吳世修張金榜劉秉樸王耀亮四員均籍隸本省例應廻避徐文科一員於都司任內有限緝案件金作礪吳子萬二員尚未到標均未便遷就請補是名次在錢鑑明之前各員均已按名指實核與例章相符合無仰懇 天恩俯准以儘先前推補叅將錢鑑明補授江西饒州營叅將員缺實於營伍地方均有裨益如蒙 俞允俟部覆至日即行給咨送部引 見以符定制除將該員履歷咨部查核外謹會同江西巡撫兼提督銜臣德壽恭摺具 奏伏乞 皇上聖鑒 訓示再遵照新章查明該員並無叅革朦保情弊合併聲明謹 奏奉 硃批兵部議奏欽此

○○王毓藻片 再臣於光緒二十三年十月十六日奏叅文武不職各員請 旨分別降黜一摺欽奉 上諭俞允在案茲准吏部咨覆思南府知府保謙一員該撫僅稱即行開缺並未聲明是否開缺留於該省另補抑係歸部銓選之處應令該撫詳細聲覆奏明辦理等因臣查該府保謙業經開缺擬請送部引 見聽候 諭旨除咨部查照外謹附片覆陳伏乞 聖鑒 訓示謹 奏奉 硃批吏部知道欽此

電報總局續招股分公啓

中國電報創辦十有八年行遍二十二省先後與丹英俄法四國接線以通外洋備歷艱難已著成效本公司股票一百萬元歷年公積稱是皆爲添線修線所用並無現銀存儲上年與海線公司訂定出洋齊價合同電利更有把握現在興辦恰克圖電工以通陸線出洋電報又須由天津至上海由上海至廣東加添一線以免內地電報遲延湖南及各省均須添造枝線約共需銀六七十萬兩除借墊之外自應續招股本洋銀六十萬元分作六千股每股仍英洋一百元照章本應先儘老股惟電局從前招股之時各省風氣未開紳商多抱向隅之憾此時招股若不先儘老商不足彰公道若不准新商酌附又不足示鼓舞現擬老股六成新股四成無論老商新商均准於限期之內就近赴各省電局掛號先付掛號一成洋銀十元給予各電局收條註明老商新商字樣自本年閏三月初一日起至五月底止即爲截數之期如果逾額照奏西招股章程按照掛號數目攤派以昭平允至續九成洋銀九十元限一個月內向經手掛號各電局換給印收隨後再換給總局股票股摺

中國電報總局公啓

聲明誆騙

啓者查有陳恒益代辦王德新瑞有德兩處京引前因無力辦運憑中說合情願自光緒二十二年八月初一日爲始租與瑞福店名下代辦十二年均按王德新瑞有德原議合同毫無增減今同中友現交銀二萬一千兩如陳恒益不即將京引交出或僅交一處情願將原銀退回格外罰銀六千兩同中三面言明是年六月初三日立有議單一紙并蓋印恒益津店圖章親筆書押交瑞福店收執存據不意陳恒益串謀狡賴將王德新京引讓伊收回瑞有德京引讓伊轉租曾經稟訴 督鹽憲暨運憲奉 運憲諭飭綱總催秉公理處嗣因綱總總催再三婉勸瑞福店將京引讓伊收回轉租其原交銀兩應許如數清還孰意陳恒益竟將兩處 京引應得現銀如數入己僅交王德新關存銀七千九百三十四兩三錢五分尚欠銀一萬三千零六十五兩六錢五分延不清償當經 運憲發縣訊實管押迭次勒限嚴追并屢蒙批示該商被陳恒益誆騙之欵經前司暨本司屢次札催天津縣迅速追償何以至今尚未償還其本商陳文珠亦何得竟令逍遙事外候再札飭新署天津縣呂令從速嚴追并傳陳文珠到案勒追以清欠欵而免商累等因并蒙 縣尊將陳家駿管押迭次訊追并傳伊到案伊明知具限還錢萬不能再事搪塞故佈散流言妄登告白或冀聳人聽聞殊不知寫立議單之時經伊煩出親友徐潤泉邵子周苑杏江李瑞堂三面言明作中書押何得竟云捏寫夫捏寫者乃係將無作有之事況有本商陳文珠同堂兄陳家駿同伯父陳恩華同母陳姜氏親筆書押并蓋印伊店圖章何得又謂之莫須有似此自相矛盾實屬無理取鬧至伊率拉瑞恒欠欵業經 前任縣尊親訊傳及中人并瑞恒謙恒當堂質對明確并將議單收條驗明實係陳恒益誆騙鉅欵毫無疑義因令其煩中說合且屢次展限 是加恩於陳恒益者不爲不厚乃伊并不知感激反敢指斥 前任縣尊不追確情未知是何居心因思陳恒益既還京引支用銀兩既不將京引交出自應將銀兩找回乃伊不但勒揩不還猶復以妄誕之辭特書諸報可謂違心害理除另行

瑞福店謹啓

稟究外總之陳恒銓誆騙巨欵神人共憤天地不容彼即百詞狡辯又不能自原其說豈非天良猶未盡泯乎謹將此案始末情形登諸報牘庶公是公非顯然易見識者鑒之

啓者各省風氣大開新設報館若干名類等等不一日報三日報七日報旬報上下浣報月報中外報當下彼處經理南北各省及中外報帋報冊三十四種還有十餘種不暢之報尚未經理現有新開三種日報請閱各有可取新到奇聞報

請看新出三報 連捷

每日附送青樓奇聞畫報兩頁又日大公報代送塵天影小書每月六百路遠加貲又日新出哈哈報於游戲報新聞之外間登緊要上諭時務論說以廣見新聞名士來稿定閱各賜函分送風雨不誤購取各書物美價廉代售經濟叢鈔書票又代售清眞法製青鹽

天津北門內府署東各報館謹白

恭頌良醫

敬和司馬今之通儒也凡天下利病之書悉心鈎稽罔不貫澈而於醫學研究尤精故經其手而回春者指不勝屈去冬起以感冒遂患痰喘聘醫量藥收效卒尠春正延先生來藥不三帖即卜小瘳適先生以他事去嗣是專表散者用汗下之劑言收歛者進鎮攝之方言龐品雜不衷其要幽憂沾滯幾歷季旬暮春復延先生至抉羣醫之得失究諸藥之宜忌診脈立方數服遂全乃歎疾痛病苦人所時有以身試藥鮮克有濟故特登報章以頌先生以告當世烏乎美疢惡石審於寸心殤子壽民決之三指可勿知所從事哉

合肥賈制壇誌謝

啓者昨接上海孫仲英善長來電旋又接到顧緝庭葉澄衷嚴筱舫楊子萱施子英各觀察來電據云江蘇徐海兩屬水災綦重飢民數十萬顛沛流離死亡枕籍災區十餘縣待賑孔急需欵甚鉅官欵恐未能徧及素仰貴社諸大善長久辦義賑飢溺猶已敬求代呼將伯源源接濟功德無量蒙滙賑欵即滙上海陳家木橋電報總局內籌賑公所收解可也云云伏思同居覆載異姓不啻天親縱隔形骸民物莫非胞與頓遭洪水哀此災荒盡是蒼生何分畛域況救人性命即積我陰功雖此日拯茲黎庶散盡赤仄青蚨卜他年報在子孫同來玉堂金馬敝社欵無備濟自知獨力難成術欲廣仁惟冀衆擎易舉叩乞顯官鉅紳仁人君子共憫奇災同施仁術原擬活人無算雖千金之助不爲多但能濟世有功即百錢之施不爲少盡心籌畫量力輸將敝社不禁爲億萬災黎泥首叩禱也如蒙慨助即交天津溜米廠濟生社帳房代收並開付收條以昭徵信

濟生社籌賑同人謹啓

魁陞號綢緞洋貨莊

本號自置顧繡綢緞洋貨等物整零均按銀莊格外公道皆比大市價廉發售　寓天津北門外估衣街五彩號衚衕口坐北向南便是特此

本號謹啓

恒昌照像館

啓者本號今因建造新樓于三月初二日暫遷往牌坊外先農壇前另設玻璃照像棚諸君賜顧請駕光臨是荷俟本樓工竣復回原鋪謹此佈聞

本主人謹啓

悅來洋貨店

開設天津法國租界紅樓後自運各國玩物金邊三連磨花描銀玻璃磚鏡子五彩大小碗盞杯盤料器奇形異樣香水壺荷包靴掖洋景礠子手套叫鐘表鍊花針扣子戒指洋火盒玳瑁梳篦金銀首飾鼻烟壺各樣五色料金珠畫圖等物格外價廉消售發客

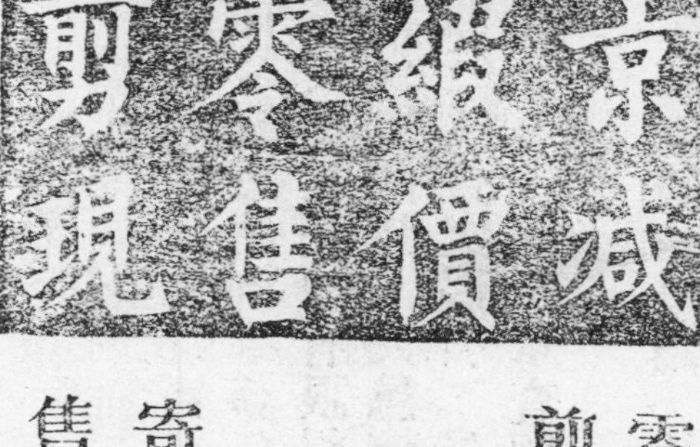

零剪

品名	價
高鴉背	一千三百五
正號元青貢緞每尺	一千四百文
中號	一千一百文
副號	八百八十文
眞杭青金銀庫緞每尺	二千二百文
眞裕順會皮絲烟每包	一千一百文
南京鹹鴨每支 大	一千八百文
小	一千二百文

寄售

品名	價
龍井	一千七百文
雨前 每斤	一千一百文
珠蘭	一千四百文
雀舌	九百六十文

本號自製元淺京緞躉售零剪杭綢衣線宮燕金腿南貨糟貨一應俱全近因錢市漲落不同因分別減價抑因無恥之徒假冒南味字號者甚多雖云謀利誠恐亂眞欲辦薰猶用烟楮墨

天津宮北大獅子胡同公益仁記南味坊謹白

紫竹林 第一樓番菜館

本號專作英法大菜各色
精細點心各樣洋酒洋貨
等物一應俱全並售
上　八百
紅茶每斤津錢一千
上　六百
又批發茂生公司鐵海紙
烟零整發售價值格外公
道原箱計一百盒價洋一
百四十四元每盒計五百
支洋一元五角凡仕商
賜顧請即駕臨是荷
主人謹白

減價

今有友人自辦陝西老土每兩津錢四百八十文新到梁州土每兩津錢五百四十文如蒙賜顧者請到東門內聚隆成寄售

北浮橋口 回回 西天慶羊肉飯莊

包辦酒席不用水海味
小賣俱全用清眞白麵
准于本月初九日開市

新開 元隆號綢緞洋貨莊

自去歲四月初旬開張以來蒙各主顧垂盼雲集馳名日盛本號特由蘇杭等處加意揀選名機新鮮貨色零整銀價俱照大莊行市公平發售以昭久遠此白

寄賣龍井雨前素茶福建皮絲水烟各種眞料大小皮箱

開設天津府北門外估衣街中路北門面便是

三井洋行分莊 告白

啟者日本商始創貿易爲業數拾年以來今分莊開設北門外鍋店街沈家衚衕口對過專選精工料實東洋棉紗各等時式大小疋棉布粗洋布斜紋洋標等格外公道價亦從廉凡仕商賜顧者請至分莊面議可也特此佈聞

三井本莊主人啟

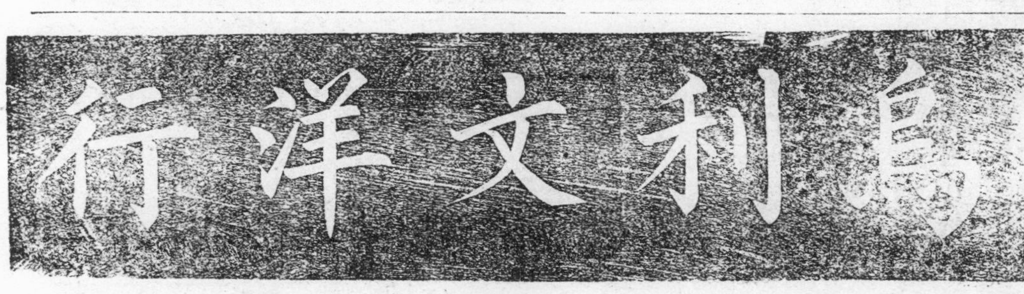

啓者本行開設香港上海三十餘年四方馳名專售各式金銀鐘表鑽石戒指八音琴千里鏡眼鏡等物並修理鐘表外洋新到各色鐘表價錢比別家格外公道開設在紫竹林法租界大街本行又分莊在北門外樂壺洞保陽樓傍榮生祥內請諸君降臨光顧是幸特此佈聞

戊戌年閏三月十三日 禮拜二

鳥利文洋行

天津紫竹林 有喊洋行 告白

啓者敝行出售彩票共計六百張整除已售出四百餘張外尚有一百餘張待售售完即定期抓彩每票一張售洋三元 諸公若不憑信貨物請到本行先來看彩然後買票均無不可至各彩詳細數目前報登過此次不及備載並託鍋店街恒義號又美昌號竹記號代售

本行暫遷紅樓後三井洋行斜對門永興洋行同院

本主人謹啓

告白

現有靠河園田地一段九十畝上下坐落大直沽北情願按時價出售如欲買者請至河東柴家大坟西劉忠處面議可也

劉忠謹啓

啓者本公司開設天津紫竹林法租界鳥利文洋行旁邊專由內地採買牛羊以備洋人膳用所有圈養一切宰牛羊之法目皆按西法其牛羊肉淨無可比與衆不同本公司今因議定新章特邀回教中人專爲司理此事故特聲明除每日售與洋人按摺取之外所有牛羊肉皆照章售與華人零用格外公道不悞主顧 議定準斤十六兩價錢

牛肉每斤一百八十文
羊肉每斤二百六十文

主人謹啓

美孚老牌煤油

啓者美國三達煤油公司之德富士老牌煤油天下馳名萬商稱美蓋其質潔色清亮白如銀且絕無烟氣能耐久燃比之生荳等油晶光百倍而儉用價廉此爲德富士老牌之佳處誠屬無雙妙品也士商賜顧請到天津美孚洋行採辦或向就近殷實行店購買庶不致悞

京都 一品樓

本樓擇於三月十二日開市大吉

本舖耑做 隨意便飯 蘇造餚饌 烤鴨薰鷄 應時小賣

內有樓房雅座

開設天津紫竹林大街北頭路西門面便是

閏三月十五日出口輪船 往上海 禮拜四

泰順 輪船往上海 招商局

圖南 輪船往上海 招商局

閏三月十三日銀洋行情

天津通行九七六錢

銀盤二千三百三十七 洋一千六百六十七

紫竹林通行九六錢

銀盤二千三百六十七 洋一千六百九十二

洋錢行市七錢一分八

新開 敦慶隆綢緞洋貨莊

擇於閏三月十一日開張

本號開設天津北門外估衣街西口路南第五家專辦上等綢緞顧繡以及各樣花素洋布各碼線批合線俱按銀莊零整批發格外克己士商賜顧者請認明本號招牌庶不致誤 本號特白

朱鈍翁先生鑑湖高士浙水名流代學爽鳩世習扁鵲脉理精奧醫術深通來津十年屢治危症名揚遐邇著手回春久寓彌勒庵

開設天津紫竹林海大道旁

福仙茶園

京都洪春班

特請山陝京都上洋姑蘇名角

閏三月初四日起

本園清理賬目擇日開演 本園謹啓

創包機器

敬啓者近來西法之妙莫過機器靈巧至各行應用非得其人難盡其妙每值傷損修理必悞時日今有甯子卿專於經理機器玆擬創辦包定各項機器以及向有機器常年煤料工力價值格外公道如貴行欲商者請到福仙茶園面議可也特白

新到儒醫

啓者天后宮財神殿內寓此儒醫高老先生專治內外兩科男婦大小方脉兼治咽喉眼科等症辰刻在廟診脉施方過午不診候如有外請辰刻來廟付信午後前往病家見症立方

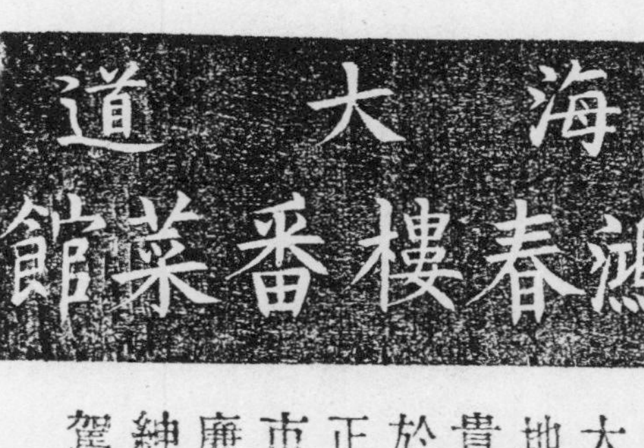

啓者本店三層大樓工程告竣地勢寬闊以備貴官紳請讌擇於去臘遷移新正月初二日開市各樣俱全價廉物美凡仕紳賜顧者請即駕臨是幸 主人謹白

直報

本館開設天津紫竹林海大道老菜市氣燈房巷內

光緒二十四年閏三月十四日　第一千零四十一號
西歷一千八百九十八年五月初四日　禮拜三

部照已到　直隸勸辦湖北賑捐局自光緒二十三年十一月二十日以後至光緒二十四年正月初十日以前請獎各捐生部照已到請即攜帶實收來局換照可也

例守局外　美日決戰一事津海關道現奉　北洋大臣王　札准總理衙門來電准日國葛大臣照稱香港報聲明爲局外之地請中國出示亦居局外毋碍兩國和好違萬國公法以敦睦誼等語希飭遵傳諭各報館登報中國爲局外之國沿海商民務飭勿私自接濟美日兩國軍需等因除行沿海各地方官一體示諭嚴禁外合亟登報俾衆週知

啓者本局光緒二十三年分總結帳欵現已一律彙齊結算以便刊刻帳畧於本年五月朔派分股利仍照歷屆章程預請　股友赴山會算其來返川資由局備付訂至四月望爲期俾無悞刊辦特　達
開平礦務總局啓

啓者刻下磁州煤礦已將吸水機器安置停妥各窰宿水俱已抽乾所出之煤與唐山五槽相等局內章程按照商辦極爲謹密將來利益已有成效但資本愈厚獲利愈多爲此布告津都中各處紳商有欲入股得利者其股票寄存源豐潤票號請向面填可也
磁州礦務局謹啓

上諭恭錄

上諭前據侍講惲毓鼎奏叅順天西路廳同知謝裕楷等贓劣各欵當諭令胡燏棻確查茲據查明覆奏原叅各節或事出有因或早經奏結惟謝裕楷前在大興縣任內頗滋物議着開缺另補朱鳳藻即朱左泉前在三河縣幕聲名甚劣旋以河工候補人員仍充幕友殊屬有違例章著即革職驅逐回籍不准逗遛東路廳同知劉仲瑊誤用朱鳳藻爲幕友亦有不合着交部照例議處該部知道欽此　旨福森布現在丁憂所管正藍旗漢軍副都統着色楞額署理欽此　旨福森布現在丁憂上駟院卿着明安署理欽此　太常寺題四月初三日常雩大祀　天於　圜丘視牲看牲奉　旨遣凱泰視牲堃岫看牲欽此

接續會典獎單　○工部候補員外郎張聯恩請俟補員外郎後以本部郎中遇缺即補工部主事胡治銓請作爲歷俸期滿截取同知國子監助教朱嶲瀛請俟得同知得缺後以知府用並　賞加四品銜謹將列入一等議叙中異常勞績之離館滿漢畫圖提調總校總纂幫總纂纂修協修詳校校對等官擇其尤爲出力者擬給優獎繕具清單恭呈　御覽伏候　欽定計開離館提調官江西九江府知府延熙請在任以道員補用俟得道員後　賞加二品銜離館總校官翰林院編修馬吉樟請　賞加四品銜離館總纂幫總纂官候選道繼恩請　賞加二品銜雲南廣南府知府奎華請在任以道員補用翰林院編修黃紹箕請遇有五品坊缺開列在前安徽鳳陽府知府馮煦請以道員在任補用山東沂州府知府丁立鈞請開缺以道員分省補用前翰林院編修沈曾桐請　賞戴花翎並加侍

講銜國子監祭酒王懿榮請　賞加二品銜　此單未完

謝　恩赴宴　○本屆戊戌科會試新中會元陸增煒等於閏三月十三日黎明經大總裁孫燮臣冢宰等暨十八房房官帶領一班新貴前往　天安門外望　闕謝　恩隨赴禮部署內望　闕再謝　賜宴　恩禮畢孫大冢宰帶領至大堂入座赴下馬宴鏘鏘濟濟雍雍儒雅極一時之盛

視疾二誌　○日前　皇太后　皇上定期再往恭邸看視已敬紀前報茲聞　皇上於十二日辦事後卽詣　頤和園恭請　皇太后法駕起鑾同京臨幸恭邸詳探政體時頗有遲疑徘徊之色是否政躬仍須加意調理上廑　聖懷俟訪再錄

盤庫有期　○向年戶部銀庫於四月間奏請　欽派王大臣詳細盤查以淸款項現經銀庫行知八旗都統各處工程處並付知各司處凡有一切領項放款俱限於四月初五日止一律領齊於初六日起至初十日停止放款餘俟盤查後再行開放云

官運亨通　○大挑知縣必須擇其人品端方年力精壯方可挑取若面貌醜陋身有殘疾概不入挑日前赴選上班時四人同列一排經　欽派大臣驗看內有某孝廉身有殘疾未及看出迨經挑定之後復行驗看　欽派大臣見某步履蹣跚皆云似此有殘疾之人吾等竟爾挑取豈非該員官運亨通一笑而散

金吾嚴禁　○步軍統領衙門諭查烟館賭局實爲窩盜之藪迭經示諭禁止已不啻三令五申矣間有不肖啗弁縱容匪類私行開設之說倘經查實必奏送刑部治罪爲此示仰該司啗千把兵捕人等務須晝夜實力嚴密巡查倘有別項不法情事立卽鎖拿押赴本衙門以憑懲治如若徇隱或別經發覺定行從嚴詳辦各宜懍遵毋違特示

看錄滋事　○閏三月十二日戊戌科會試揭曉十一日夕間琉璃廠地方出看紅錄已列前報茲聞十一日琉璃廠延壽菴廟內往看紅錄諸君紛紛擾擾擁擠不堪在已報泥金者固已色舞眉飛至殺羽諸君代人看榜當不免嗟嘆頻頻垂頭喪氣適出看紅錄者向高中諸公索討喜錢因分潤不勻以致鬥毆誤將名落孫山之某甲毆傷甚重當經北城官人拏獲解案管押詳城究辦以爲逞兇者戒

人贓並獲　○崇文門內東單牌樓北新橋路東有廣盛雜糧店生意頗豐有磨夫四人同起歹意於閏三月初八日夜中由房上運出麥子四石老米五石正運之間被翼中官兵瞥見卽上前扭住鎖赴右翼公所一訊而招其窩贓處爲[illegible]嘎衚衕饅首作房該賣饅首者係夜間穿巷喝賣每至鷄鳴始歸時與該粮店磨夫勾串竊盜既經供扳亦被翼中拏獲六名詳請北署核辦

各宜小心　○前門外珠市口天橋大街每日午後說書演劇以及男女落子各施其技環而觀聽者紛紛蟻集蜂屯於閏三月初十日落卿山有南來車輛撞倒一人受傷沈重當經地面官廳報驗飭緝車夫究辦然九城遼闊正不知何處追尋耳書之以爲軟紅塵裏驅馬高車者儆並望行人各自小心翼翼勿插塵中之足而昂天外之頭免罹意外也

訪拿訟棍　○凡工刀筆者俗稱訟棍平時交結胥役顚倒是非起衅之家大半由其唆弄已則從中漁利人則隱受其害寃鬱莫伸久爲神鬼所怒陽律容或倖逃陰譴必無或苟免者聞三月初九日西城院憲嚴諭差役將西便門外訟棍翁鳳波一名帶案聽候提訊該訟棍素負惡名卒罹法網當此栢台風凜三尺法具在諒不能爲之寬恕也執是業以謀人身家者淸夜捫心亦危矣哉

西人重義　○惻隱之心人皆有之固無分於中西也奈何竟有大不然者豈西人之虛靈不昧而中人之天良爲物欲所蔽乎頃聞西人於東便門外慶豐閘有救險一事身受其賜者固當銜感靡窮卽見者聞者亦當揄揚不置也三月初七日有某西國人出城遊玩行至閘口河岸時値狂風怒吼波浪掀天見一撥船被風覆沒船內五六人同占滅頂西人瞥見觸發不忍之心慨出洋銀十元督令水手人等赶緊援救將繩纜拋下俾五六人緣繩出險得慶更生時往來漁船數隻皆袖手旁觀置若罔見或謂落水之人家在普濟閘相隔二十餘里非親非友故痛癢不關然則西人與我華人更應若風馬牛之不相及矣何以一視同仁竟不分畛域出貲施救往者

不咎來者可追惟望闔境人民守望相助勿或見死不救致為外人竊笑抑更有請者西國例章凡有禦災捍患功德及民者必蒙上賞所望我華長官出示曉諭若能冒險救人者賞銀若干俾家喻而戶曉庶遇有前項情事不難見義勇為未始非慎重人命之一道也

藥稅新章 ○刻經督憲接准戶部咨開議覆奏請專設舖稅藥牙內開議令各直省將洋藥土藥一項必須請領部帖方准行銷大致分繁盛次盛簡僻為三等二千戶以上地方為繁盛一千戶以上為次盛五百戶以下為簡僻部帖每張繁盛歲征銀一千兩次盛七百兩簡僻五百兩領帖充牙之後凡洋土藥交易准該牙經手取用如無票私銷全數入官仍十倍議罰熟膏出售另設烟膏部帖亦分為三等上等歲征銀五十兩次等四十兩再次三十兩請帖後始准開燈私開者查封房貨入官議罰即自四月起一律分設牙行領帖納稅等因當即飭下津海關道暨土藥捐局會同妥辦並出示曉諭云

廣文接印 ○天津府學訓導張廣文在任丁憂及委傅楫兼署等因早經登報刻悉遺缺經部准以何文桂選補該員昨已接印矣

請驗鹽包 ○昨有京引商人慶餘等號同赴小直沽大使署呈遞開碼日期及船數鹽數清單並請詣坨指包提驗準以官砝

札催破案 ○刻聞督憲王制軍札飭津郡道府各憲令將于王莊民人劉文順呈報被竊一案赶緊督飭天津縣移會各營汛上緊搜拿賊贓務獲究報云云

息訟最佳 ○鋪民李星橋因張某債欠赴縣投呈隨蒙批准傳訊在案刻經人理處情愿息訟昨又投呈蒙批謂兩造既願息訟准予免究銷案仰即知照

任邑得雨 ○刻據任邱縣申報該縣境內於三月三十日得雨寸餘禾苗借以滋長堪慰農望理合照例通詳

府委發審 ○候補同知馬司馬復賁昨奉天津府潘太尊片請府署帮審案件昨已赴轅稟知不日即當入署任事

飭緝正身 ○邵三將西頭高二毆傷控經驗准傳究在案刻據該差將邵三傳案提訊經原告辨認乃係僱買頂替者絕非邵三正身除該犯枷責枷號示衆外仍飭差將邵三遞案

死不足惜 ○趙某異鄉人在城內鼓樓地方開設蒸食舖已歷多年生意頗佳據聞趙子不知因何與伊母口角昨夜竟潛服紫霞膏毒發斃命噫因怨母而服毒雖死何足惜焉

伍善助會 ○近因倉門口公善水會伍善缺人有運署高國慶之子高二黑倡立伍善助會刻已張貼始末佈告遠近矣

水會酬神 ○河東澤濟水會擇于閏三月十七日同善西局擇于十九日均在闔津水局會館供奉赤帝眞君演劇獻供並酬勞伍善刻已各處粘貼報單矣

河東竊案 ○河東居民陳姓於昨晚四更時被賊撥門入室竊去衣服首飾等件比及家人警覺賊已遠颺無踪次晨遂列失單照章赴縣呈報

宦途苦況 ○丁子春州同需次津門三十年二月間斷炊經同寅江星階勞晉卿祝巡捕天津縣呂等資助得以敷衍嗣經祝同明督憲轉飭水利局派委格淀堤監工旋因水大不能動工僅予一月薪水而一家二十口不一月依然不能支持今且斷炊矣官況至此夫何以堪

光緒二十四年閏三月十二日京報全錄

宮門抄○閏三月十二日戶部 通政司 詹事府 廂黃旗值日 吏部引 見一百二十名 耆齡假滿請 安 開原城守尉明志請 訓 奕公請假五日 溥侗續假十日 侍衛處奏派 保和殿監試之大臣 派出頭班濂貝勒達賚鍾秀榮斌霍倫泰 二班潤貝勒明安色淸額訥欽泰貴祿 召見軍機 明志 皇上本日至恭王府看視畢還海

○○頭品頂戴江西巡撫臣德壽跪　奏爲遵　旨籌辦昭信股票勸解華欵情形並江西官員認借領票及報効銀數恭摺仰祈　聖鑒事竊照前准戶部咨議覆右中允黃思永奏籌借華欵請造股票先由官爲提倡一摺光緒二十四年正月十四日具奏奉　上諭戶部奏擬由部印造部票一百萬張名曰昭信股票頒發中外周年以五厘行息期以二十年本利完訖平時股票准其轉相售買每屆還期准抵地丁鹽課在京自王公以下在外自將軍督撫以下無論大小文武現任候補候選官員均領票繳銀以爲商民之倡其地方商民願借者卽責成順天府府尹及各直省將軍督撫將部定章程先行出示派員剴切勸諭不准稍有勒索派辦之員能借鉅欵者分別優予獎叙各等語着依議行當此需欵孔亟該王公以及內外臣工等均受　朝廷厚恩卽各省紳商士民亦當深明大義共濟時艱等因欽此嗣印原奏及詳訂章程移咨到臣卽經欽遵報効銀一萬兩一面分別咨行遵照辦理旋准戶部電開昭信股票造成需時有繳欵者應由地方官先付用印實收俟股票頒發再示換給嗣據藩臬兩司及各道報効暨合省文武實任候補大小官員各認領股票合計銀三十二萬八千兩臣卽經電達戶部在案至紳商士民食毛踐土應懷急公奉上之忱已經臣查照部定章程出示曉諭並遴委廉幹候補知府及同通州縣各員會同地方官延邀正紳認眞剴切勸諭曉以大義各聽量力出借如能勸集鉅欵分別請獎儻敢藉端擾累苛派勒　一經發覺査實嚴叅治罪所有繳到銀兩先由藩司付給印收俟股票頒到再行換給並在藩司衙門設立昭信章局一切文件俱用司印所有章程悉遵照京局辦理將來歸還本息銀兩擬擇殷實票號經管發付以免平色參差及延擱諸弊至江西出產貨物無多商乏富饒民鮮蓋藏請先發每張一百兩部票一萬張來江試辦當飭印委各員開誠布公勸導紳商士庶務使激發天良不存觀望如交納踴躍再行續請加發總期設法多集以維大局斷不敢怠忽從事由藩司翁曾桂詳請具奏聲明江西學政臣李　藻報効銀二千兩不領股票等情前來臣查江西文武官員共認前項銀三十三萬兩內臣一萬兩臣　恩深重義當報効稍盡微忱又藩司翁曾桂八千兩臬司張紹華二千兩督糧道劉汝翼六千兩鹽法道春順一千兩廣饒九江道誠勳五千兩吉南　寗道周浩四千兩以上連學臣共三萬八千兩俱各請報効均不敢領取股票歲息計各官認領股票考共銀二十萬二千兩此項銀兩各員咸知待用方殷極思早日交納惟江西地方銀根極緊市肆貿易百用券票每年司道關庫湊解京協各餉約計二百數十萬之多一時難以兌集現銀擬請分限四月六月兩期繳司報部候撥除飭依催集解司存儲報撥並咨戶部外理合恭摺具奏伏乞　皇上聖鑒　勅部查照施行再前次電報戶部計銀三十二萬兩今加學臣銀二千兩共銀三十三萬兩合併陳明謹　奏奉　硃批戶部知道欽此

○○奴才載遷松安跪　奏爲上年遵保搜捕松蟲尤爲出力文武各員內尚有未經核議之員籲懇　天恩飭交內務府核議俾免向隅恭摺仰祈　聖鑒事竊奴才等於上年九月內遵保搜捕松蟲尤爲出力人員一摺奉　硃批該部議奏欽此嗣經吏該議奏內稱查奏定章程內開嗣後內務府遇有請獎之案如所保俱係該衙門官階班次升銜及請武職虛銜並未逾准獎層數者均仍由該衙門自行查照分別辦理毋庸由臣部核辦等語今守護大臣毓崐等奏保搜捕松蟲出力人員請獎一摺欽奉　硃批該部議奏臣等查內務請花翎二品頂戴郎中廣泰等七員均係內務府官員其所請獎叙係該衙門官階班次臣部並無冊檔應由內務府自行查照辦理至府獎武職加銜已據兵部知照另行辦理等因議奏奉　旨依議復准兵部奏稱此案搜捕松蟲出力奏請獎勵之儘先升用郎中委署護軍叅領銜員外郎連璧請　賞換護軍叅領銜員外郎麟瑞烏爾袞圖請　賞加護軍叅領銜儘先升用員外郎主事麟祥請俟升員外郎後　賞加護軍叅領銜核與光緒五年恭修　惠陵工程出力請獎各員成案相符應請援照成案一律照准等因於光緒二十三年十一月十五日具奏奉　旨依議欽此伏査此案奴才等所保搜捕松虫尤爲出力文武各員內員外郎連璧等四員請獎武職加銜暨綠營官弁請獎升階加銜均經兵部議准在案惟郎中廣泰等三員尚未仰邀獎叙同一出力未免向隅惟有籲懇　恩施准照吏部前議內務府官員所請獎叙但係該衙門官階升銜仍由內務府自行查照辦理成案將奴才等前保之內務府花翎二品頂戴郎中廣泰係因官階升銜無可加獎仍擬請移獎該郎中之子候補筆帖式麟慶俟補筆帖式後以主事儘先升用護軍叅領銜郎中文蔭護軍

參領銜郎中文綿仍擬請　賞加二品頂戴以示獎勵之處相應請　旨飭交內務府查照核議以符定章而免向隅所有上年遵保捜捕松蟲尤爲出力文武各員內尚有未經核議之員請由內務府查照核議緣由理合恭摺具陳伏乞　皇上聖鑒　再固山貝子毓寬現因請假回旗是以未經列銜合併聲明謹　奏奉　硃批該衙門議奏欽此

電報總局續招股分公啓　中國電報創辦十有八年行遍二十二省先後與丹英俄法四國接線以通外洋備歷艱難已著成效本公司股票一百萬元歷年公積稱是皆爲添線修線所用並無現銀存儲上年與海線公司訂定出洋齊價合同電利更有把握現在興辦恰克圖電工以通陸線出洋電報又須由天津至上海由上海至廣東加添一線以免內地電報遲延湖南及各省均須添造枝線約共需銀六七十萬兩除借墊之外自應續招股本洋銀六十萬元分作六千股每股仍英洋一百元照章本應先儘老股惟電局從前招股之時各省風氣未開紳商多抱向隅之憾此時招股若不先儘老商不足彰公道若不准新商酌附又不足示鼓舞現擬老股六成新股四成無論老商新商均准於限期之內就近赴各省電局掛號先付掛號一成洋銀十元給予各電局收條註明老商新商字樣自本年閏三月初一日起至五月底止即爲截數之期如果逾額照泰西招股章程按照掛號數目攤派以昭平允至續九成洋銀九十元限一個月內向經手掛號各電局換給印收隨後再換給總局股票股摺　中國電報總局公啓

聲明誆騙

瑞福店謹啓

啓者查有陳恒益代辦王德新瑞有德兩處京引前因無力辦運憑中說合情願自光緒二十二年八月初一日爲始租與瑞福店名下代辦十二年均按王德新瑞有德原議合同毫無增減今同中友現交銀二萬一千兩如陳恒益不卽將京引交出或僅交一處情願將原銀退回格外罰銀六千兩同中三面言明是年六月初三日立有議單一紙并蓋印恒益津店圖章親筆書押交瑞福店收執存據不意陳恒益串謀狡賴將王德新京引讓伊收回瑞有德京引讓伊轉租曾經稟訴　督鹽憲暨運憲旋奉　運憲諭飭綱總總催秉公理處嗣因綱總總催再三婉勸瑞福店將京引讓伊收回轉租其原交銀兩應許如數清還執意陳恒益竟將兩處京引應得現銀如數入已僅交王德新關存銀七千九百三十四兩三錢五分尚欠銀一萬三千零六十五兩六錢五分延不淸償當經　運憲發縣訊實管押迭次勒限嚴追并屢蒙批示該商被陳恒益誆騙之欵經前司暨本司屢次札催天津縣迅速追償何以至今尙未償還其本商陳文珠亦何得竟令逍遙事外候再札飭新署天津縣呂令從速嚴追并傳陳文珠到案勸追以淸欠欵而免商累等因并蒙　縣尊將陳家駿管押迭次訊追并傳本商陳文珠迅速到案伊明知貝限還錢萬不能再事搪塞故佈散流言妄登告白或冀聳人聽閒殊不知寫立議單之時經伊煩出親友徐潤泉邵子周苑杏江李瑞堂三面言明作中書押何得竟云提寫夫提寫者乃係將無作有之事況有本商陳文珠同堂兄陳家駿伯父陳恩華同母陳姜氏親筆書押并蓋印伊店圖章何得又謂之莫須有似此自相矛盾實屬無理取開至伊牽拉瑞恒欠欵業經　前任縣尊親訊傳及中人并瑞恒謙恒當堂質對明確并將議單收條驗明實係陳恒益誆騙鉅欵毫無疑義因令其煩中說合且屢次展限是加恩於陳恒益者不爲不厚乃伊并不知感激反敢指斥　前任縣尊不追確情未知是何居心因思陳恒益既憑京引支用銀兩既不將京引交出自應將銀兩找回今伊不但勸措不還猶復以妄誕之辭特書諸報可謂違心害理除另行稟究外總之陳恒益誆騙鉅欵神人共鑒天地不容彼卽百詞狡辯又不能自原其說豈非天良猶未盡泯乎謹將此案始末情形登諸報牘庶公是公非顯然易見識者鑒之

神目如電

陳恒益謹白

商業將一切情形登諸告白似無煩再述矣惟李子香採知商於初八日在縣尊投呈伊卽於初九日亦於兩報告白狡辯伊若不辯伊之缺陷仍不出也今既辯矣何竟不敢將商所登議單之底指爲或眞或僞伊非不敢指也此其中大有伊不能吐之實情耳若指爲眞必須呈案呈案則增訛之情畢露若指爲僞一切作押契據均在伊手將來均成廢帋于是欲不辯而不得欲實辯而不敢只得虛與委蛇徒以無理取鬧等詞亂人耳目而已究之眞僞久必自明諒難逃官府之鑒察況伊以假字謀李承宗引岸經余運憲洞燭其奸立予抑之此近日之事昭昭可考也謹將商本月初八所遞呈詞照錄以憑電察　爲懇傳正點追繳實憑撤底淸查施恩斧斷事切商欠李子香之欵業將實在欠數開單具呈在案迭蒙　仁天提訊至公且明雖蒙管押係案情宜爾商之頂感刻骨難名至案久懸不能斷結者非不善斷實緣李子香不將眞正借約呈出僅用伊自揑作之僞據蒙混伊之所以不呈眞據者其詐有二以此假據控追案結後再以眞據具告是一賬二討其詐猶淺而不呈眞約增訛銀數猶可謀產並可將一切作押之據秘爲已有其詐乃深且兩造共事只商與

李子香經手而商弟文珠但具名而已伊以文珠少不更事爲可慫恿以追到案以爲可肆其欺此其詐更不可問也似此必須請李子香俯就到案追繳正據自能水落石出不至冤沉海底矣爲此叩乞　本縣正堂大老爺格外施恩俯准將李子香傳案追繳正據實爲德便上呈

啓者各省風氣大開新設報館若干名類等等不一日報三日報七日報旬報上下浣報月報中外報當下彼處經理南北各省及中外報帋報册三十四種還有十餘種不暢之報尚未經理現有新開三種日報請閱各有可取新到奇聞每日附送靑樓奇聞畫報兩頁又曰大公報代送塵大影小書每月六百路遠加資又曰新出笑笑報於游戲報新聞之外間登緊要　上諭時務論說以廣見新聞名士來稿定閱各賜函分送風雨不誤購取各書

請看新出三報遠捷

物美價廉代售經濟叢鈔書票又代售淸眞法製青鹽

天津北門內府署東各報處謹白

啓者敝行議定抓彩計票六百張內有五十會得彩頭彩計四尺高度金銅樓大座鐘一個値價銀一千兩此鐘本爲賣於萬壽時所用貨到稍遲萬壽之期已誤雖經紳商看過終以貨高不肯遞價敝行亦以此物難尋常出售因添搭鐘表八音琴等貨以便抓彩所添之貨遂按跌價估値配彩以次挨及頭彩至五十彩因花樣過多前報業經登過此次不及備載諸公若不憑信貨物若何請到本行先來看彩然後購票均無不可每票一張售十三元並託鍋店街恒義號又美昌號竹記號代售

天津紫竹林有𠸄洋行謹啓

啓者昨接上海孫仲英善長來電旋又接到顧緝庭葉澄衷嚴筱舫楊子萱施子英各觀察來電據云江蘇徐海兩屬水災綦重飢民數十萬顚沛流離死亡枕籍災區十餘縣待賑孔急需款甚鉅官款恐未能徧及素仰貴社諸大善長久辦義賑飢溺猶己敬求代呼將伯源源接濟功德無量蒙滙賑款卽滙上海陳家木橋電報總局內籌賑公所收解可也云云伏思同居覆載異姓不啻大親縱隔形骸民物莫非胞與頓遭洪水哀此災荒蠹是蒼生何分畛域況救人性命卽積我陰功雖此日拯救黎庶散盡赤仄青蚨卜他年報在子孫同來玉堂金馬敝社欵無備濟自知獨力難成術欲廣仁惟冀衆擎易舉叩乞顯宦鉅紳仁人君子共憫奇災同施仁術原擬活人無算雖千金之助不爲多但能濟世有功卽百錢之施不爲少盡心籌畫量力輸將敝社不禁爲億萬災黎泥首叩禱也如蒙慨助卽交天津溜米廠濟生社帳房代收並開付收條以昭徵信

濟生社籌賑同人謹啓

魁陞號綢緞洋貨莊

本號自置顧繡綢緞洋貨等物整零均按銀莊格外公道皆比大市價廉發售　寓天津北門外估衣街五彩號衚衕口坐北向南便是特此

本號謹啓

恒昌照像館

啓者本號今因建造新樓于三月初二日暫遷往牌坊外先農壇前另設玻璃照像棚諸君賜顧請駕臨是荷候本樓工竣復回原鋪諱此佈聞

本主人謹啓

悅來洋貨店

開設天津法國租界紅樓後自運各國玩物金邊三連磨花描銀玻璃磚鏡子五彩大小碗盞杯盤料器奇形異樣香水壺荷包靴掖洋景襪子手套叫鐘表鍊花針扣子戒指洋火盒琺琯梳篦金銀首飾鼻烟壺各樣五色料金珠畫圖等物格外價廉消售發客

告白

余於醫道三折肱矣惟不喜應酬標榜賣葫蘆藥近聞時症過多半爲藥誤不忍坐視起而救之病家若以命爲重到門相邀儻非絕症必當竭力救治病愈之後再行補送脈禮每次不過一二圓不愈不收公道也

海大道新興南里張鐵伯啓

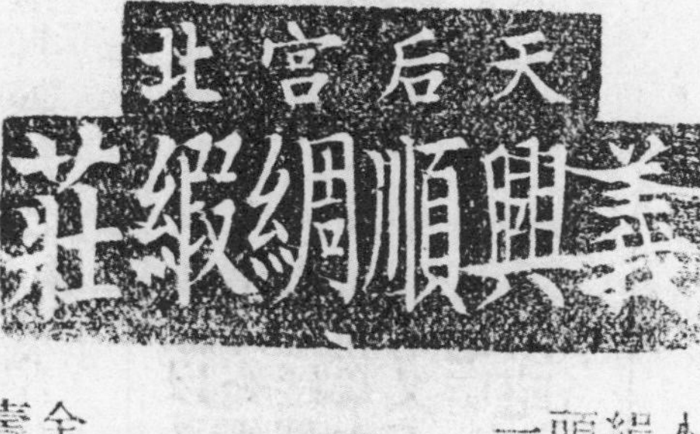

本莊自置顧繡綢緞綾羅紗絹各樣洋貨南貨雅扇桂母頭油香貨歸安貝松泉湖筆一概俱全

貨名	價
頭號杭甯綢	四錢三
頭號江甯綢	三錢三
頭號摹本緞	三錢八
紅梅茶	九百六
紅茶　每斤	六百四
紅梗茶	二百二
龍井茶	一吊八
金百襉裙布裡	一五兩八
壽棉裙綢裡每套	六兩八

光緒二十四年閏三月十四日 直報 第七版 二一四九

紫竹林 第一樓番菜館

本號專作英法大菜各色精細點心各樣洋酒洋貨等物一應俱全並售

上　八百
上　紅茶　每斤津錢一千
六百

又批發茂生公司鐵海紙烟零整發售價值格外公道原箱計一百盒價洋一百四十四元每盒計五百支洋一元五角凡仕商賜顧請即賀臨是荷

本人謹白

減價

今有友人自辦陝西老土每兩津錢四百八十文新到梁州土每兩津錢五百四十文如蒙賜顧者請到東門內聚隆成寄售

北浮橋口

回回 西天慶羊肉飯莊

包辦酒席不用水海味 小賣俱全用清眞白麵

准于本月初九日開市

新開元隆號綢緞洋貨莊

自去歲四月初旬開張以來蒙各主顧垂盼雲集馳名日盛本號特由蘇杭等處加意揀選名機新鮮貨色零整銀價俱照大莊行市公平發售以昭久遠此白 寄賣龍井雨前素茶福建皮絲水烟各種眞料大小皮箱 開設天津府北門外估衣街中路北門面便是

三井洋行分莊 告白

啟者日本商始創貿易爲業數拾年以來今分莊開設北門外鍋店街洮家衚衕口對過專選精工料實東洋棉紗各等時式大小疋棉布粗洋布斜紋洋標等格外公道價亦從廉凡仕商賜顧者請至分莊面議可也特此佈聞

三井本莊主人啟

啓者本行開設香港上海三十餘年四方馳名專售各式鑽石金銀鐘表八音琴千里鏡眼鏡等物並修理鐘表外洋新到各色鐘表價錢比別家格外公道開設在紫竹林法租界大街本行又分莊在北門外樂壺洞保陽棧傍榮生祥內請諸君降臨特光顧是幸此佈聞

戊戌年閏三月十四日禮拜三

烏利文洋行

告白

近年市售石印書譜除介子園十竹齋外每以舊本而易新名良由難覓新稿若敝局新印之耕香館書譜蒙賞鑒諸君賜顧者極讚其筆法神韻每部價洋二元併發售石印經史子集科場文章新出策學滙源西學富彊叢書時務分類興國策各種格致洋學古今閑書目繁不及備載湖筆徽墨信箋文玩紈摺雅扇貨高價廉

天津東門外同文書局啓

告白

現有靠河園田地一段九十畝上下坐落大直沽北情願按時價出售如欲買者請至河東柴家大坟西劉忠處面議可也

劉忠謹啓

啓者本公司開設天津紫竹林法租界烏利文洋行旁邊專由內地採買牛羊以備洋人膳用所有圈養一切宰牛羊之法日皆按西法其牛羊肉淨無可比與衆不同本公司今因議定新章特邀同教中人專爲司理此事故特聲明除每日售與洋人按擇取之外所有牛羊肉皆照竟售與華人零用格外公道不悞主顧議定準斤十六兩價錢牛肉每斤一百八十文羊肉每斤二百六十文

主人謹啓

美孚老牌煤油

啓者美國三達煤油公司之德富士老牌煤油天下馳名萬商稱美蓋其質潔色清亮白如銀且絕無烟氣能耐久燃比之生荳等油晶光百倍而儉用價廉此爲德富士老牌之佳處誠屬無雙妙品也士商或向賜顧請到天津美孚洋行採辦或就近殷實行店購買庶不致悞

DEVOE'S
PAT'D JUNE 22.63.
BRILLIANT
OIL
IMPROVED
PAT'D JUNE 28.64.
PATENT CAN
美孚行

京都 一品樓

本樓擇於三月十二日開市大吉

本舖崇做

隨意便飯 蘇造餜餅 烤鴨 薰鷄 應時小賣

內有樓房雅座

開設天津紫竹林大街北頭路西門面便是

閏三月十五日出口輪船

往上海		禮拜四
泰順	輪船往上海	招商局
圖南	輪船往上海	招商局

閏三月十四日銀洋行情

天津通行九七六錢

銀盤二千三百五十二 洋一千六百七十七

紫竹林通行九六錢

銀盤二千三百八十二 洋錢一千七百零二

洋錢行市七錢一分八

新開 敦慶隆綢緞洋貨莊

擇於閏三月十一日開張

本號開設天津北門外估衣街西口路南第五家專辦上等綢緞顧繡以及各樣花素洋布各碼線批合線俱按銀莊零整批發格外克已士商賜顧者請認明本號招牌庶不致誤 本號特白

朱鈍翁先生鑑湖高士浙水名流代學爽鳩世習扁鵲脉理精奧醫術深通來津十年屢治危症名揚遐邇著手回春久寓彌勒庵

開設天津紫竹林海大道旁

福仙茶園

京都洪春班

特請山陝京都上洋姑蘇名角

閏三月初四日起

本園清理賬目擇日開演 本園謹啓

創包機器

敬啓者近來西法之妙莫過機器靈巧至各行應用非得其人難盡其妙每值傷損修理必悞時日今有窩子卿專於經理機器茲擬創辦包定各項機器以及向有機器常年煤料工力價值格外公道如貴行欲商者請到福仙茶園面議可也特白

新到儒醫

啓者天后宮財神殿內寓此儒醫高老先生專治內外兩科男婦大小方脉兼治咽喉眼科等症辰刻在廟診脉施方過午不候如有外請辰刻來廟付信午後前往病家見症立方

海大道 鴻春樓番菜館

啓者本店三層大樓工程告竣地勢寛闊以備貴官紳請讌擇於去臘遷移新正月初二日開市各樣俱全價廉物美凡仕紳賜顧者請即駕臨是幸

主人謹白

直報

本館開設天津紫竹林海大道老菜市氣燈房巷內

光緒二十四年閏三月十五日　第一千零四十二號
西歷一千八百九十八年五月初五日　禮拜四

部照已到　直隸勸辦湖北賑捐局自光緒二十三年十一月二十日以後至光緒二十四年正月初十日以前請獎各捐生部照已到請卽攜帶實收來局換照可也

例守局外　美日決戰一事津海關道現奉　北洋大臣王　札准總理衙門來電准日國葛大臣照稱香港報聲明爲局外之地請中國出示亦居局外毋礙兩國和好違萬國公法以敦睦誼等語希飭遵傳諭各報館登報中國爲局外之國沿海商民務飭勿私自接濟美日兩國軍需等因除行沿海各地方官一體示諭嚴禁外合亟登報俾衆週知

啓者本局光緒二十三年分總結帳欵現已一律彙齊結算以便刊刻帳畧於本年五月朔派分股利仍照歷屆章程預請股友赴山會算其來返川資由局備付訂至四月望爲期俾無悞刋辦特達
開平礦務總局啓

啓者刻下磁州煤礦已將吸水機器安置停妥各窰宿水俱已抽乾所出之煤與唐山五槽相等局內章程按照商辦極爲謹密將來利益已有成效但資本愈厚獲利愈多爲此布告津都申各處紳商有欲入股得利者其股票寄存源豐潤票號請向面塡可也
磁州礦務局謹啓

上諭恭錄

硃筆遺清銳爲滿洲繙譯正考官崇勳爲副考官欽此　硃筆這內簾監試着英壽彭述去內場監試着如格劉學謙去入號巡察着榮壽穆騰額何乃瑩韓培森去欽此　硃筆這場內督理稽察着左翼副都統舒存右翼副都統色普徵額去欽此　硃筆這收掌試卷等所官着長明常存塔思哈崇祿平安文訓去欽此

神目如電　陳恒益謹白

商業將一切情形登諸告白似無煩再述矣惟李子香探知商於初八日在縣尊投呈伊卽於初九日亦於兩報告白狡辯伊若不辯伊之缺陷仍不出也今既辯矣何竟不敢將商所登議單之底指爲或眞或僞伊非不敢指也此其中大有伊不能吐之實情耳若指爲眞必須呈案呈案則增訛之情畢露若指爲僞一切作押契據均在伊手將來均成廢帋于是欲不辯而不得欲實辯而不敢只得虛與委蛇徒以無理取鬧等詞亂人耳目而已究之眞僞久必自明諒難逃官府之鑒察況伊以假字謀李承宗引岸經余運憲洞燭其奸立予押之此近日之事昭昭可考也謹將商本月初八所遞呈詞照錄以憑電察　爲懇傳正點追繳實憑撤底清查施恩斧斷事切商欠李子香之欵業將實在欠數開單具呈在案迭蒙　仁天提訊至公且明雖蒙管押係案情宜爾商之項感刻骨難名至案久懸不能斷結者非不善斷實緣李子香不將眞正借約呈出僅用伊自揑作之僞據蒙混伊之所以不呈眞據者其詐有二以此假據控追案結後再

以眞據具告是一賬二討其詐猶淺而不呈眞約增訛銀數借可謀產並可將一切作押之據秘爲已有其詐乃深且兩造共事只商與李子香經手而商弟文珠但具名而已伊以文珠少不更事爲可慫恿以追到案以爲可肆其欺此其詐更不可問也似此必須請李子香俯就到案追繳正據自能水落石出不至寃沉海底矣爲此叩乞　本縣正堂大老爺格外施恩俯准將李子香傳案追繳正據實爲德便上呈

接續會典獎單　○前刑部郎中沈曾楨請　賞加三品銜分省補用知府蒯光典請俟分省後免補知府以道員仍留原省歸候補班補用並　賞加二品銜翰林院編修嚴修請　賞加侍講銜翰林院侍講鄒福保請以應升之缺升用江蘇候補知府柯逢時請免補知府以道員仍留原省補用翰林院編修吳慶坻請遇有應陞之缺開列在前離館纂修協修官前理藩院候補員外郎純錫請仍以本院員外郎無論滿蒙咨留遇缺卽補截取同知歐陽鵠請俟選同知後以知府在任補用分發福建同知潘仰熊請俟補同知後在任以知府補用在任遇缺卽補道江西廣信府知府查恩綏請俟得道員後　賞加二品銜四川候補知府李嘉瑞請俟補知府後在任以道員候補分發廣西直隸州知州黃桂丹請　賞加隨帶一級分發安徽知府龔鎭湘請俟得缺後以道員在任升用湖北補用知府郭發源請俟知府得缺後在任以道員補用截取保送四川直隸州知州汪景星請俟補缺後以知府在任卽補直隸保定府知府沈家本請　賞加隨帶一級河南候補直隸州知州劉人熙請俟補缺後以知府用卽用道傳雲龍請　賞加二品頂戴戶部候補主事劉嶽雲請仍以本部主事無論題選遇缺卽補候補知府浙江嚴州府同知傳普請俟補知府後在任以道員補用候選同知陸桂星請以知府分省補用浙江湖州府知府志覲請在任以道員候補直隸口北道覺羅鍾培請　賞加二品銜湖北黃州府知府魁麟請　賞加隨帶一級在任候補知府直隸州知州蔡宗翰請俟補知府後在任以道員補用內閣卽補侍讀中書林開棻請俟截取同知分省得缺後以知府在任候補　此單未完

未傳警蹕　○閏三月十二日恭邸視疾謹紀昨報茲聞値差人紛紛傳說是日恭邸政體欠安是以　皇上聞信並未飭傳警蹕卽起鑾御　頤和園恭請　皇太后親臨看視以致是日悞差者甚多均未降旨云

后妃駐蹕　○總管內務府大臣爲知照事准內總管趙來福傳　旨　皇后瑾嬪珍嬪於閏三月十六日由　內還蹕　南海所有應行導引扈從以及跟隨關防各項官員侍衛人等均於是日寅刻在順貞門外伺候等因交出相應知照各衙門凡有應行傳派自備之處卽當查照向章辦理可也

鴻臚再示　○鴻臚寺爲再行示傳事所有本年大挑一二等官員業經本寺出示傳喚在案茲查得雲南廣東江蘇江西直隸山東等省挑取一二等官員未經赴寺者不少爲此出示再限於二十日以前務各親身赴本寺謝　恩如再不到定卽查辦毋得自悞特示

熱河春餉　○戶部爲示傳事所有熱河都統請領圍塲八旗駐防官兵本年春季分俸銀本部庫定於閏三月十六日開放該委員驍騎校慶喜務於是日辰刻赴庫承領毋得違悞特示

廣種福田　○節近立夏天氣漸熱京師前門外大李紗帽衚衕廣仁堂西局施種牛痘公局業經停止聞城鄉內外欲種牛痘者甚夥有李雲舫司馬出貲復設在前門內半壁街呂祖閣及西長安門觀音菴兩處延聘精習西醫章杏林先生以原苗佈種遠近之來種者人數雖多每期祇種嬰孩二十名口聞俟痘漿充足再行添額誠所謂廣種福田哉

候迎已久　○永定門外馬家堡地方高搭綵棚備迎德國王爵爲時已久自月初以來每日往觀者絡繹於途現聞德王爵於本月十七日由膠州起程諒下旬卽可抵京現經總理衙門將一切應行禮儀業經備辦云

私賣刀械　○京師雖爲首善之區然匪徒結黨逞兇往往身藏尖刀遇事生風稍不遂意持刀恐嚇間有受傷控案而問官從

未追究此種尖刀從何處購買故各匪徒更覺肆無忌憚實爲地面之害茲聞廣渠門內南興隆街有戚某所開之天盛魁舊貨店出售小尖刀時有匪徒前往購買隨身佩帶該店因而獲利頗厚不憚人言嘖嘖不顧他人性命殊堪痛恨按私售刀械例禁綦嚴何以有緝捕之責者不卽嚴拏懲辦耶

鴻飛兎脫 ○閏三月十二日下午前門外東北園地方突來北城練勇局哨弁帶領勇丁數十人擁塞街衢詢之係因捉拏棍徒宋來子一名該犯本領高強於勇丁擁入街門之際該犯卽已知覺飛身越墻而逸迨經勇丁入室早已鴻飛冥冥不知去向聞悉該犯因不知守法歛跡復行結黨搶刦捉人勒贖是以嚴拏欲申法紀而除強暴云

飛簷走壁 ○閏三月十一日宣武門外老墻根地方有妙手空空兒約冠者數輩潛藏某巨宦府第擬俟夜深人靜施其袪篋伎倆不意被臧獲輩知覺登時大聲喊捕該賊欲遁無如瓦舍雲連迴廊曲折竟如失路之人不知所向以致不得其門而出遂由更夫人等合力捕捉詎鷄鳴唱曉天色向明賊竟聳身上房逾墻而逸赶卽分投追捕已渺渺無踪雖未破財究亦受驚不小現已飭令坊汛四處踹緝能否拿獲殊不可必噫盜風四起閭閻迄無安枕之時何物披倡竟敢結隊成羣行竊于巨宦府第必非狗偸鼠竊者所敢爲其爲巨盜也明矣爲問營弁坊官其將何以弭之哉

督轅批示 ○已革前署天津縣典史陳炳堃禀批前據該革員具禀業經批司核明叙詳呈請部咨尚未據詳覆仰布按兩司迅速查明前批核明請咨至此案前經天津府取小紅確供查明詳結毋庸再查禀批發親供併發此批

藎臣內召 ○香帥內召說者以爲因德國親藩指日到京香帥深諳西國儀注令其幇同某邸接待藩節或又以爲現在時事維艱香帥公忠體國飈歷數省一切地方情形胸有成竹召入樞府總持庶政俾各省之鐵路礦務可以同時並舉此二說者雖皆臆度之詞而香帥寢饋時事已二三十年凡所建樹卓有成效早在 聖主洞鑒之中雖由於某中堂保奏實則九重倚畀已匪伊朝夕矣昨接申友來信云帥節現已抵埠日內卽附輪北上宮門請安當在二十日左右云云屆時道出津沽本埠官塲當有一番忙碌也

欽使到津 ○英國欽差大臣竇納樂君昨由京來津詣督轅拜謁以英領事署暫駐襜帷聞尚有一二日盤桓也

軍節過境 ○新簡福州將軍增留守定於十三日來津搭輪赴任業奉傳單赴車站伺候旋接晚電改于十四日晚八點鐘到津邑尊預備 聖安棚仍在車站由督憲率同城文武官均赴站跪請 聖安一時脚靴手版頗形忙碌

經費解京 ○直隸應解內務府經費銀兩已由督憲飭司由長蘆鹽課項下提銀一萬兩札委候補鹽大使吳文緯管解赴部投批交納

海捐清册 ○天津海捐局向來專捐海面船貨逐日所捐欵項例由總辦繕造欵目分數清單按月詳報將來報部照准核銷刻該局總辦吳太守循照舊章將三月分海捐數目造册詳報以憑查核

二批委解 ○長蘆運庫本年應解頭批正課札委員弁職名暨起程日期業經登報茲悉二批管解照案仍委六員謹將職名列後候補大使壽崑黃映奎惲永元經文布候補鹽巡檢楊兆麟候補知事鄭光奇

豸節入署 ○署天津道任觀察接印等情前均登報但觀察雖接印任事而辦公仍在公館緣道署尚未騰出故也刻悉又三月十三日始由公館遷入署內云

催造清摺 ○毛刺史潤身前奉委勘估堤工未及詳覆刻經道憲行知務將勘估如何情形至應修應築之處共需工料銀兩若干造具詳細清摺呈送前來以憑核辦

縣批摘錄 ○侯榮周批爾因無錢將房賣與賈子謙爲業旣經言明自必及時成契交價何至僅立草契卽使屬實儘可催令王國發另立大契交價毋遽以細故開訟端致干拖累

官塲風信 ○天津訟獄之繁甲於通省當道諸公每用隱憂而無可如何刻聞某大憲酌定清理訟獄章程若干條擬交有司以憑遵辦傳說如此未知確否

錄批再控 ○王俞氏因王樂心欠錢不還昨向原中洪泰玉處滋鬧並赴縣具告曾經批飭自邀原中妥爲理處等語該氏昨又錄叙前批投遞呈詞矣

失愼未成 ○昨日晚炊時劉家胡同後衕南劉姓家失愼而劉未之知也經隣人瞥見火光急往知照而火已起矣大家七手八脚一齊灌救旋卽熄滅未致成災亦云幸矣

大胆受驚 ○前報登胆大妄爲一則茲悉李某卽李荷生竭力彌縫倩人在家收拾賬目緣官府擬欲提查故也至於如何了局訪明再佈

光緒二十四年閏三月十三日京報全錄

宮門抄○閏三月十三日禮部 宗人府 欽天監 正黃旗値日 吏部引 見九十七名 信公錫侯各假滿請 安 孫家鼐等塲差完竣覆 命 色楞額等謝署缺 恩 徐樹銘因伊子得保奬謝 恩 劉恩溥謝賞二品頂戴 恩 睿王濟澂各請假十日卓公錢應溥各續假十日 倉塲奏漕船五日回空 召見軍機 許應騤 皇上明日辦事後至恭王府看視畢還海

科抄○禮部題年屆百齡五世同堂之順天宛平縣壽婦姚氏准 旌奉 旨姚氏着再加恩賞緞一疋銀十銀餘依議欽此 吏部題浙江卽用令譚汝玉准補於潛令奉 旨譚汝玉依議用餘依議欽此 又題浙江卽用令李棻准補蕭山令奉 旨李棻依議用餘依議欽此 又題浙江卽用令范傳衣准補縉雲令奉 旨范傳衣依議用餘依議欽此 又題於辦賑出力之兩淮鹽運使江人鏡准叙奉 旨依議欽此 又題安徽補用令吳濤觀准補太平令奉 旨吳濤觀依議用餘依議欽此

○○頭品頂戴浙江巡撫廖壽豐跪 奏爲經濟特科爲人才所出請 飭妥議章程以收實效恭摺仰祈 聖鑒事竊總理衙門咨以貴州學政嚴修請設專科一摺當經會同禮部分別議覆先將大概辦法具奏奉 上諭現在時事多艱需才孔亟自降旨以後該大臣等如有平素所深知者出具切實考語陸續咨送奏請定期舉行特科至歲舉既定年限各該督撫學政務將各書院學堂切實經理隨時督飭院長敎習認眞訓迪用副朝廷旁求俊乂至意等因欽此竊維古之敎者家必有塾州長黨正歲時讀法而書其德行道藝鄉大夫三年大比興賢能而獻之王此周官立法學校與選舉相維之精意所以士敦實行野無遺賢也隋唐以來皆以詞章取士政與敎既判爲兩途仕與學遂各爲一事故歷宋元迄今科目非無英俊而懷才抱道之士或不見用於時無他上不以實求下不以實應也近來歐美諸邦藝學日新其事雖經傳所罕言其取士立法無蹈屢之弊用能自成風氣今我 皇上軫念時艱旁求俊乂採泰西之新法培海內之英才此誠千古一時之盛舉臣愚以爲圖治必先防弊立法要在救時總理衙門議 奏以內政外交理財經武格致考工六事先特科而後歲舉固已簡明允當惟此六事中平日留心掌故討論時務如內政外交二者當不乏人若理財以下諸學殆非設學培養數年之久難期成就且內政外交及理財之農桑格致之算學或可命題以試此外各學非呈驗器藝不足觀其實詣今欲憑文字爲去取作者依題敷衍閱者糊名摸索無論干託賁緣濫登薦牘使絕無瞻徇所得仍詞章之士耳於經濟何與臣愚擬請飭中外薦舉時無論已仕未仕按以上六事遵照原奏聲明何所專長並其人心地操守有無嗜好出具切實考語 奏請 諭旨各就所學分別器使或令在總署當差或充敎習繙譯或分發各省稅關水師陸軍船政製造礦冶紡織鐵路電報各局差遣委用或交出使大臣帶隨外洋游歷練習務使各盡其才試有實效再由各該管切實保奏量予升擢將來人才既衆或酌量舉行特科以副 皇上十年二十年一舉之 諭旨其向來出洋及內地電報等項三年一保之例槪行停止若非學堂出身此項保舉人員槪不准派隨同出洋差使此後考試總署章京一以外交各條命題不限篇幅晷刻不拘楷法工藝一經破除稍習人才自必奮興至歲舉之科則不必試四書文亦毋庸

附鄉會試夫所謂四書文者本孔孟之語而體之於身衍之爲文原期通經致用無如沿襲旣久庸濫浮僞徒撫拾糟粕爲干祿之資一旦莅官案牘茫然用非所習況復捐班雜處補署無期宦海沉淪猝難表見而近年科舉懷挾鎗替陋習日滋防不勝防以云造就人才亦祇見其弊矣今旣名之曰經濟常科似莫若按照特科六事經由學堂選舉如各府縣有小學堂該學堂所習何項學藝有無進益曠廢按月由敎習監院註明報明地方官甄別存記屆歲舉之期卽由地方官會同敎習考試擇尤錄送省學試列優等者准其作爲生員留學堂肄業三年平日課業登記亦如小學堂之式屆期再由督撫會考擇尤拔取准其作爲舉人彙送京師大學堂考試再列優等准作貢士由總理衙門會同禮部帶領引　見賜以進士出身量才授職分發試用其舉人生員之未經中式者分別給予憑照准充學堂敎習惟無論何項學堂必以修身明理繪圖知算爲根本學堂書籍固宜購儲宏富而各省專門亦難變通賅貫無論何項總以　聖諭廣訓及孝經四書朱子小學爲入門考試時專就各門校閱外仍以此書酌量命題使作解文一篇圖算一則以文義通暢理解徵澈爲合式而向來例舉之鄉會試歲科試旣不能驟停亟須認眞整頓所有中額學額必應核實裁減隨時酌量與經濟科互相消息其各省會及府廳州縣向課制藝之書院亦應逐漸酌改將現有之經費挹彼注茲以資學堂膏奬庶風氣轉移學者知所趨向一面停止捐輸嚴核保舉塞徼倖之門開賢才之路計莫先於此矣夫今之所少者人才耳當此百務待舉之期　皇上特下求賢之詔若非權衡至當圖治本原恐法愈變而弊愈滋有不得不愼於始者可否　飭下總理衙門會同禮部將臣所擬各節彙入嚴修等前奏一併妥議厘定章程以拔眞才而收實效除俟訪察得人另行薦舉外愚昧之見是否有當謹繕摺縷陳伏乞　皇上聖鑒　訓示謹　奏奉　硃批該衙門議奏欽此

茲因各省風氣大開新設報館不計其數彼處經理報務十數載年增月盛日出各報一千八百餘份銷行推廣今歲向友立約在彰西口卽東口袁台子地方隆泰行門首新設各報分館先用直報開張　諸公定閱就近向該處購取賜函分送風雨不誤肅此鑒諒

天津北門內府署東各報總處謹白

電報總局續招股分公啓

中國電報創辦十有八年行遍二十二省先後與丹英俄法四國接線以通外洋備歷艱難已著成效本公司股票一百萬元歷年公積稱是皆爲添線修線所用並無現銀存儲上年與海線公司訂定出洋齊價合同電利更有把握現在興辦恰克圖電工以通陸線出洋電報又須由天津至上海由上海至廣東加添一線以免內地電報遲延湖南及各省均須添造枝線約共需銀六七十萬兩除借墊之外自應續招股本洋銀六十萬元分作六千股每股仍英洋一百元照章本應先儘老股惟電局從前招股之時各省風氣未開紳商多抱向隅之憾此時招股若不先儘老商不足彰公道若不准新商酌附又不足示鼓舞現擬老股六成新股四成無論老商新商均准於限期之內就近赴各省電局掛號先付掛號一成洋銀十元給予各電局收條註明老商新商字樣自本年閏三月初一日起至五月底止卽爲截數之期如果逾額照泰西招股章程按照掛號數目攤派以昭平允至續九成洋銀九十元限一個月內向經手掛號各電局換給印收隨後再換給總局股票股摺

中國電報總局公啓

聲明誆騙

啓者查有陳恒益代辦王德新瑞有德兩處京引前因無力辦運憑中說合情願自光緒二十二年八月初一日爲始租與瑞福店名下代辦十二年均按王德新瑞有德原議合同毫無增減今同中友現交銀二萬一千兩如陳恒益不卽將京引交出或僅交一處情願將原銀退回格外罰銀六千兩同中三面言明是年六月初三日立有議單一紙幷蓋印恒益津店圖章親筆書押交瑞福店收執存據不意陳恒益串謀狡賴將王德新京引讓伊收回瑞有德京引讓伊轉租曾經稟訴　督鹽憲暨運憲旋奉　運憲論飭綱總催秉公理處嗣因綱總總催再三婉勸瑞福店將京引讓伊收回轉租其原交銀兩應許如數清還孰意陳恒益竟將兩處　京引應得現銀如數入己僅交王德新關存銀七千九百三十四兩三錢五分尙欠銀一萬三千零六十五兩六錢五分延不清償當經　運憲發縣訊實管押迭次勒限嚴追幷屢蒙批示該商被陳恒益誆騙之欵經前司暨本司屢次札催天津縣迅速追償何以至今尙未　償還其本商陳文珠亦何得竟令逍遙事外候再札飭新署天津縣呂令從速嚴追幷傳陳文珠到案勒追以淸欠欵而免商累等因幷蒙　縣尊將陳家駿

瑞福店謹啓

管押迭次訊追并傳本商陳文珠迅速到案伊明知具限還錢萬不能再事搪塞故佈散流言妄登告白或冀聳人聽聞殊不知寫立議單之時經伊煩出親友徐潤泉邵子周苑杏江李瑞堂三面言明作中書押何得竟云揑寫夫揑寫者乃係將無作有之事況有本商陳文珠同堂兄陳家駿同伯父陳恩華同母陳姜氏親筆書押并蓋印伊店圖章何得又謂之莫須有似此自相矛盾實屬無理取鬧至伊牽拉瑞恒欠欵業經　前任縣尊親訊傳及中人并瑞恒謙恒當堂質對明確并將議單收條驗明實係陳恒益誆騙鉅欵毫無疑義因令其煩中說合且屢次展限是加恩於陳恒益者不爲不厚乃伊并不知感激反敢指斥　前任縣尊不追確情未知是何居心因思陳恒益既憑京引支用銀兩既不將京引交出自應將銀兩找回令伊不但勒措不還猶復以妄誕之辭特書諸報可謂違心害理除另行稟究外總之陳恒益誆騙巨欵神人共鑒天地不容彼即百詞狡辯又不能自原其說豈非天良猶未盡泯乎謹將此案始末情形登諸報牘庶公是公非顯然易見識者鑒之

恭頌良醫　敬和司馬今之通儒也凡天下利病之書悉心鈎稽罔不貫澈而於醫學研究尤精故經其手而回春者指不勝屈去冬起以感冒遂患痰喘聘醫量藥收效卒尠春正延先生來藥不三帖卽卜小瘳適先生以他事去嗣是專表散者用汗下之劑言收歛者進鎮攝之方言寵品雜不衷其要幽憂沾滯幾歷季旬暮春復延先生至抉羣醫之得失究諸藥之宜忌診脉立方數服遂全乃歎疾痛病苦人所時有以身試藥鮮克有濟故特登報章以頌先生以告當世烏乎美疢惡石審於寸心殤子壽民決之三指可勿知所從事哉　合肥賈制壇誌謝

啓者昨接上海孫仲英善長來電旋又接到顧緝庭葉澄衷嚴筱舫楊子萱施子英各觀察來電據云江蘇徐海兩屬水災綦重飢民數十萬顛沛流離死亡枕籍災區十餘縣待賑孔急需欵甚鉅官欵恐未能徧及素仰貴社諸大善長久辦義賑飢溺猶已敬求代呼將伯源源接濟功德無量蒙滙賑欵卽滙上海陳家木橋電報總局內籌賑公所收解可也云云伏思同居覆載異姓不啻天親縱隔形骸民物莫非胞與頓遭洪水哀此災荒盡是蒼生何分畛域況救人性命卽積我陰功雖此日拯茲黎庶散盡青蚨卜他年報在子孫同來玉堂金馬敝社欵無備濟自知獨力難成術欲廣仁惟冀衆擎易舉叩乞　顯宦鉅紳仁人君子共憫奇災同施仁術原擬活人無算雖千金之助不爲多但能濟世有功卽百錢之施不爲少盡心籌畫量力輸將敝社不禁爲億萬災黎泥首叩禱也如蒙慨助卽交天津溜米廠濟生社帳房代收並開付收條以昭徵信

濟生社籌賑同人謹啓

魁陞號綢緞洋貨莊

本號自置顧繡綢緞洋貨等物整零均按銀莊格外公道皆比大市價廉發售　寓天津北門外估衣街五彩號衚衕口坐北向南便是特此

本號謹啓

恒昌照像館

啓者本號今因建造新樓于三月初二日暫遷往牌坊外先農壇前另設玻璃照像棚諸君賜顧請駕光臨是荷俟本樓工竣復回原舖謹此佈聞

本主人謹啓

紫竹林　第一樓番菜館

本號專作英法大菜各色精細點心各樣洋酒洋貨等物一應俱全並售

上　紅茶　每斤津錢八百
上　一千
六百

又批發茂生公司鐵海紙烟零整發售價值格外公道原箱計一百盒價洋一百四十四元每盒計五百支洋一元五角凡仕商賜顧請卽駕臨是荷

主人謹白

京緞零剪　減價售現

零剪

品名	價
高鴉背	一千三百五
正號元青貢緞每尺	一千四百文
中號	一千一百文
副號	八百八十文
眞杭青金銀庫緞每尺	二千二百文
眞裕順曾皮絲烟每包	一千一百文
南京鹹鴨每支　大	一千八百文
小	一千二百文

寄售

品名	價
龍井	一千七百文
雨前	一千一百文
珠蘭　每斤	一千四百文
雀舌	九百六十文

本號自製元邊京緞躉售零剪杭絨衣綫官燕金腿南貨糟貨一應俱全近因錢市漲落不同因分別減價抑因無恥之徒假冒南味字號者甚多雖云謀利誠恐亂眞欲辦薰蕕用煩楮墨

天津宮北大獅子胡同公益仁記南味坊謹白

三井洋行分莊 告白

敝者日本商始創貿易爲業數拾年以來今分莊開設北門外鍋店街洗家衚衕口對過專選精工料實東洋棉紗各等時式大小疋棉布粗洋布斜紋洋標等格外公道價亦從廉凡仕商賜顧者請至分莊面議可也特此佈聞

三井本莊主人啟

北京 新福商義洋行

本行由津號運來西洋玩物食物花草料器布疋等貨不及備載專供各公館使用賜顧者請移玉東交民巷法國府對過洋飯店內便是

天津新福商義代啓

悅來洋貨店

開設天津法國租界紅樓後自運各國玩物金邊三連磨花描銀玻璃磚鏡子五彩大小碗盞杯盤料器奇形異樣香水壺荷包靴掖洋景襪子手套叫鐘表鍊花針扣子戒指洋火盒玳瑁梳篦金銀首飾鼻烟壺各樣五色料金珠書圖等物格外價廉消售發客

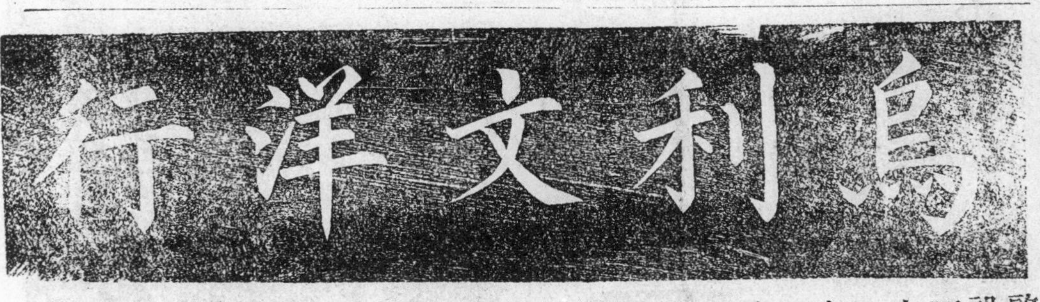

啓者本行開設香港上海三十餘年四方馳名專售各式金銀鐘表鑽石戒指八音琴千里鏡眼鏡等物並修理鐘表外洋新到各色鐘表價錢比別家格外公道開設在紫竹林法租界大街本行又分莊在北門外樂壺洞保陽棧傍生祥內請諸君降臨光顧是幸特此佈聞

戊戌年閏三月十五日禮拜四

烏利文洋行

告白

現有靠河園田地一段九十畝上下坐落大直沽北情願按時價出售 如欲買者請至河東柴家大坟西劉忠處面議可也

劉忠謹啓

新開元隆號綢緞洋貨莊

本號自去歲四月初旬開張以來蒙各主顧垂盼雲集馳名日盛本號特由蘇杭等處加意揀選名機新鮮貨色零整銀價俱照大莊行市公平發售以昭久遠此白 寄賣龍井雨前素茶福建皮絲水烟各種真料大小皮箱 開設天津府北門外估衣街中路北門面便是

天津紫竹林有嘁洋行 告白

啓者敝行出售彩票共計六百張整除已售出四百餘張外尚有一百餘張待售售完郎定期抓彩每票一張售洋三元 諸公若不憑信貨物請到本行先來看彩然後買票均無不可至各彩詳細數目前報登過此次不及備載並託鍋店街恒義號又美昌號竹記號代售 本行暫遷紅樓後三井洋行斜對門永興洋行同院

本主人謹啓

減價

今有友人自辦陝西老土每兩津錢四百八十文新到梁州土每兩津錢五百四十文如蒙賜顧者請到東門內聚隆成寄售

啓者本公司開設天津紫竹林法租界烏利文洋行旁邊專由內地採買牛羊以備洋人膳用所有圈養一切宰牛羊之法目皆按西法其牛羊肉淨無可比與衆不同本公司今因議定新章特邀囘教中人專爲司理此事故特聲明除每日售與洋人按摺取之外所有牛羊肉皆照章售與華人零用格外公道不悞主顧 議定準斤十六兩價錢

牛肉每斤一百八十文

羊肉每斤二百六十文

主人謹啓

閏三月十七日出口輪船

新豐　輪船往上海　招商局　禮拜六

武昌　輪船往上海　太古行

閏三月十八日出口輪船　往上海　禮拜日

景星　輪船往上海　怡和行

通州　輪船往上海　太古行

閏三月十五日銀洋行情

天津通行九七六錢

銀盤二千三百五十二　洋一千六百七十七

紫竹林通行九六錢

銀盤二千三百八十二　洋錢一千七百零二

洋錢行市七錢一分八

直報

本館開設天津紫竹林海大道老棧市氣燈房巷內

光緒二十四年閏三月十六日 第一千零四十三號

西歷一千八百九十八年五月初六日 禮拜五

部照已到 直隸勸辦湖北賑捐局自光緒二十三年十一月二十日以後至光緒二十四年正月初十日以前請奬各捐生部照已到請卽攜帶實收來局換照可也

例守局外 美日決戰一事津海關道現奉 北洋大臣王 札准總理衙門來電准日國葛大臣照稱香港報聲明爲局外之地請中國出示亦居局外毋碍兩國和好違萬國公法以敦睦誼等語希飭遵傳諭各報館登報中國爲局外之國沿海商民務飭勿私自接濟美日兩國軍需等因除行沿海各地方官一體示諭嚴禁外合亟登報俾衆週知

啓者本局光緒二十三年分總結帳欵現已一律彙齊結算以便刋刻帳畧於本年五月朔派分股利仍照歷屆章程預請 股友赴山會算其來返川資由局備付訂至四月望爲期俾無悞刋辦特達 開平礦務總局啓

啓者刻下磁州煤礦已將吸水機器安置停妥各窰宿水(旦)已抽乾所出之煤與唐山五槽相等局內章程按照商辦極爲謹密將來利益已有成效但資本愈厚獲利愈多爲此布告津都中各處紳商有欲入股得利者其股票寄存源豐潤票號請向面壇可也 磁州礦務局謹啓

茲因各省風氣大開新設報館不計其數彼處經理報務十數載年增月盛日出各報一千八百餘份銷行推廣今歲向友立約在彰西口卽東口袁台子地方隆泰行門首新設各報分館先用直報開張 諸公定閱就近向該處購取賜函分送風雨不誤肅此 天津北門內府署東各報總處謹白 鑑諒

上諭恭錄

上諭昨日道旁叩閽之山東民婦程秦氏着交刑部嚴行審訊欽此 旨此次吏部帶領引 見揀選舉人除引 見未到之李爲衡等九名着吏部照例辦理外其鴒齡等四百五十員俱准列入一等照例以知縣簽掣各省試用全蘇等二十八員俱准列入一等以知縣簽掣兩河試用欽此

辨症說 續前稿

乃自咸同以來失於調攝至抱沉痾日積日深漸染漸重遂因循以至於今日也閭閻之休與戚風俗之美與惡朝廷不及聞焉則耳病官府之賢與愚地方之安與危朝廷不及察焉則目病欲富國則利權外溢欲強兵則呼應不靈華洋交涉各事件動形掣肘一切不能操縱自如則手與足皆病病多且重危矣殆矣不急思救拯何以爲生乎雖然病必醫醫必藥理也亦勢也要必辨其病之所由與病之所在乃可下手耳不然目病而治耳手病而治足倒以行逆以施不但無以去病且將反以增病是速之死也況病固甚難知也有病在上而現症於下者焉有病在裏而現症於表者焉本熱也而象似寒本濕也而象似燥本實也而象似虛辨之不精方與藥皆誤輕心掉

之後悔其可追乎現在中華之爲國也察其聲觀其色按其情形一似多年癆傷奄奄待斃有不可終日之勢矣而抑知不然南雲貴北吉江西盡新疆川藏行省二十一肢體固無恙也收漕糧征地丁抽捐鹽課厘金進欵八千萬肌膚未嘗損也士懷忠義民守王法四百兆人無離心筋骨之間依然固結莫解也似弱而非弱似虛而非虛所患者上下之情意不通內外之精神不振特氣血不無壅滯耳氣行而血活則無病矣今之醫國者慮膚之不充則謀興商務以益之見動作之無力則兢招兵勇以助之恐心思智慮之未能暢且達則又設西學講洋務以以開導之方自謂醫中聖手藥不再投可收起回生之效矣然皆治標之劑其於病源之相去豈僅毫厘耶蓋耳也目也手與足也皆冥然罔覺者非有以運動之不能靈血凝氣滯經絡不通運動失其權無怪乎耳目昏花手足痿痺而痲木不仁也有善醫之宰相大臣由顯以測微溯流以窮源知病之不在羸弱而在蔽塞也藥不在峻補而在疏通也用攻伐之品立猛悍之方斥奸佞以懲官邪進忠直以開言路使濁者降使清者升使神凝而魄定民間疾苦上達於九重黼座神明下周於艸野氣機暢矣血脈通矣元精耿耿元氣超超見於而盎於背施於四體於是乎聵者漸以聰昏者漸以明拘攣者無所措而不宜書曰若藥不瞑眩厥疾不瘳此之謂乎至於强鄰逼處烽火時驚皆外感而非內傷一經表散自然雪消冰釋無足慮也區區管見敢以質之醫國者

接續會典奬單　○內閣候補中書許與文請俟補缺後以同知分省歸候補班補用河南候補知府啓綏請俟補缺後在任以道員用前翰林院編修馬步元請以應升之缺升用浙江補用知府胡蔭森請俟補知府後以道員用江蘇揚州府知府沈錫晉請在任以道員用四川鹽源縣知縣歐陽銜請在任以同知用江西建昌府知府何剛德請以道員在任升用前戶部候補主事黃膺請俟服闋後以直隸州知州分省補用禮部郎中李德炳請俟截取知府得缺後在任以道員候補分省補用知府張守炎請俟得缺後以道員用並　賞加三品銜四川敘州府知府孫賦謙請在任以道員用河南候補知府陳昌言請俟補缺後在任以道員補用候補直隸州知州李象辰請俟補缺後以知府用候選道江蘇海州直隸州知州徐懋立請開缺以道員留於原省補用分省補用道錢紹楨請　賞加隨帶一級刑部候補主事喬樹丹請　賞給二代四品封典山西平陽府知府馮鍾岱請在任以道員用河南截取直隸州知州姚延祺請俟補缺後以知府在任候補浙江紹興府知府熊起蟠請在任以道員升用江西南昌府同知鮑恩綬請俟離府知任歸道員後　賞加二品頂戴江蘇候補知府王仁東請俟補知府後在任以道員補用江蘇江寧府知府在任補用道劉名譽請俟得道員後　賞加二品頂戴　此單未完

國學咨送　○國子監爲咨覆事准稽察欽奉　上諭事件處咨取本衙門筆帖式保送人員考試兼行走等因前來查本監筆帖式桐森人亦明白繙譯明順堪以保送貴處考試兼充行走之處相應咨覆稽察欽奉　上諭事件處查照

解送窰磚　○京西琉璃窰廠奉文燒造端門工程應需黃琉璃磚瓦近復燒成一批雇駱駝二十四頭用筐運載往東華門外堆卸東大柵欄內按數點交工程處收訖然後由各廠人夫舁入以便隨時需用

新政可觀　○巡視南城院憲胡侍御孚宸自閏三月十二日接篆以來遇有一切案件無不秉公訊斷督飭司坊各官練勇局哨弁竭力巡捕以靖盜風並聞侍御嚴諭兵捕人等將各巷烟館一律査禁毋得徇隱云

加人一等　○春官榜出得意諸公莫不意氣軒昂精神煥發或擬踏金鰲而直上或期歌岡鳳而超升其次者亦皆思分封花縣快綰銅符展平生之經濟揚仕路之聲華此固諸公分內事也乃日昨新貴某友晤談之頃詢悉所志則曰吾非諸君所知無論鼎甲翰苑吾不敢妄期卽一縣之宰吾內聞諸已外觀諸世亦不願貽鼎折之羞但得一師儒冷官俾豆腐供一飽於願已足敢辱高位以速官謗乎聞者莫不以爲卑無高論且有笑其迂闊者然方當得意之時而能作退步之想此其自知之明誠有加人一等者矣

誘拐契賣　○京師宣武門外四平園居住之石某以與販人口爲生日前由武清縣誘來母女二人言明進京將女擇配佳壻詎石竟將此女契賣某姓爲妾女聞知不從於閏三月十三夜二更時石暗約十餘人手持刀械入室將女搶架而去其母當卽控訴北

城坊巳蒙飭傳石某審訊不知能珠還合浦否

仙人捉賊　○京師宣武門外西磚衚衕景忠祠內地方寬闊近日有樑上君子三人每夜間在房上坐臥說者以爲冲撞仙家竟於閏三月十三夜半三人皆被綁縛卷曲如蝟臥於該祠門首不省人事經菜市汛營兵巡夜至此見其形迹可疑當卽拏獲解交菜市汛守戎署內未悉如何訊究俟訪明再行續錄

形迹可疑　○閏三月十四日午後前門外大街天和館茶社內有甲乙二人同坐吃茶形跡可疑經北城勇局勇丁瞥見向前盤詰言語支離當卽拏獲押解回局訊供詳據嚴行究辦至所因何案俟訪明再錄

札催爵費　○現聞督憲王制軍札飭通省道府令將應行批解本院爵張銀兩着卽照章迅速派員呈交前來勿得延悞云

愼重人命　○時當鹽漕並行每値開關行人爲之梗塞或性急與有緊要事件者動輒從行船上搶過時有失脚落水之患現聞運憲道憲飭下監放鹽漕各船委員轉飭把守橋頭夫役遇有鹽漕各船隨到隨放不得仍前勒抑致關開許久使行人搶關以致失脚落水撈救不及動至傷生等語兩憲之鄭重人命於此可見矣

水利局批　○河東二甲等處職員劉秉銳等稟批現已派員勘估分別擬辦候卽詳請督憲核示爾等應卽回家靜候可也此批

縣批彙錄　○解恩綬呈批候覆訊究追又高尙發呈批着將爾兒傷痕加謹醫治聽候傳訊察究又宋魁元呈批候拘究又宋魁元呈批准省釋領回管束

船局取保　○自鹽價加增以後謀充鹽務者甚夥卽僱船局一項往往有無業之人開設取利倘遇鹽船淹沒或有盜賣等情事該局頭竟至逃逸鹽商不勝其累刻據批驗廳飭下書差傳諭局頭人等均須赶緊取保方准開設

衡水餘波　○刻據鹽務中人傳述前因深州巡役越境在衡水地方見村民車載白麥二石伊等疑爲私鹽率行誤拿頗有囉皀婦女情事現經上控方都轉巳經札委候補縣熊大令紹舟前往查覆云

路河魚素、　○頃聞官塲傳說通州協某協戎在任病故至派委何人署理刻尙未奉明文俟訪明再報

越轎被責　○本埠風氣每逢官府出署辦事畢回署時各轎夫爭先鬥捷以快爲妙本月十三日午後各官俱往車站迎迓增將軍未到遂紛紛回署有某署轎夫因越轎口出不遜被官府聞知當卽抓獲棍責四十隨送縣究辦

細故逞兇　○河北獅子林木匠某甲與某乙口角以致操刀拚命將乙扎傷恐有性命憂乙母赴縣鳴寃旋經人出爲排解延醫調治不知乙母肯允從否

叟被車傷　○昨有賣海蟹張叟在東浮橋被馬車將脚軋破該叟年老氣衰遽受重傷遂至倒地不能起旁觀者飭令車夫僱洋車拉送回家並許爲延醫調治然愈否尙未可知也

辱及婦人　○諺云鷄不與狗鬥男不與女鬥北方雖性强好鬥亦未聞有男子毆辱婦人者現聞杏花村南海興澡堂對過胡同內月之十四日清早有六七人將病人劉某羣毆劉妻恐病中受傷有關性命急向前哀求解勸伊等不容分說將劉妻扭至街心肆行毆辱並撕衣脫鞋凌虐百般旁人見勢甚兇亦無敢過問者後來詢悉劉某前開洋鐵舖因生意不佳歇業有童某子在舖中學徒巳經二年立有字據後童某意欲將字據撤出兩相口角竟至毆打病人凌辱婦女可謂目無法紀矣

家門敗類　○河北大紅橋某甲子因家計富饒不審讀書每與無賴輩伍昨與街鄰鮮菓攤某乙不知因何起衅卽呵令狗黨將乙毆打幸街鄰竭力彌縫始霽威而去乙懾于勢力敢怒而不敢言似此敗類倘不及早防閑恐非家門之福也噫

狹路相逢　○昨傍晚新浮橋正値開關待渡者皆立河邊忽南來一人向人叢中厲聲曰爾好大胆因爾金蟬脫殼致我受比

再三今日尚想脫逃乎卽有人因顧意欲援河彼來人扭住髮辮狠掌其頰曳之而去見者莫不駭然究不知係何案犯也
柴車傷人　○據聞日昨有南鄉四套柴車數輛拉赴某廠交卸行抵南門口橋下緣道路崎嶇一時失愼遽爾傾覆致將担靑
菜之某甲砸傷左腿已折當卽倩人抬送附近小店並央合事人許爲延醫調治能否痊愈再爲理處云
尋仇挺刃　○鹽坨蕭二與馬三舊有挾嫌昨因小不如意蕭持刀將馬砍傷數處雖經控傳到案然馬二傷勢甚重尚不知能
保性命否
羊角駭人　○昨早有推小車人行至新浮橋地方忽然暈倒在地頃刻間面如土色口吐白沫旁人疑爲暴得時症圍觀者如
堵頃卽起立推車揚長而去始知患羊角瘋也

光緒二十四年閏三月十四日京報全錄

宮門抄○閏三月十四日兵部　太常寺　太僕寺　正白旗值日　吏部引　見三十名　恭王謝看視　恩　景澧因伊子中貢士
謝　恩　富康榮惠載瀛各假滿請　安　椿壽明桂各請假十日　鈕楞額請假五日　値年旗奏派管理新舊營房　派出那王崇
禮　召見軍機

○○貴州巡撫臣王毓藻跪　奏爲揀員請補守備各缺以實營伍恭摺仰祈　聖鑒事竊照鎭遠鎭標左營守備葉永泰平越營中軍
守備文政倫先後因病出缺業經臣會同督臣恭疏　題報並聲明遺缺扣留外補在案所遺鎭遠鎭標左營守備員缺接准部咨應用
期滿差官請補又遺平越營中軍守備員缺應用期滿武進士請補臣查有分發貴州營用守備期滿差官陽懋昭現年四十歲四川銅
梁縣人由巳卯科武舉揀選二等掣定備用差官於光緒十六年充補當差十八年捷報處侯期滿補守備後以都司本班補用先換頂
戴十九年三年期滿保列一等是年八月二十五日引　見奉　硃筆圈出著以營守備用遵章呈請分發指分貴州以營守備儘先補
用承領驗票於二十年二月到黔稟到現署永安協左營守備事務該員年壯才明堪以擬補鎭遠鎭標左營守備員缺又查有期滿營
用武進士宋應榮現年三十七歲貴州思南府人由武生中式壬午科武舉丙戌科會試中式第一百一十七名進士隨應　殿試第七
十名　欽點營用守備由部發回本省收營効力承領驗票於光緒十四年三月到黔稟到業經期滿咨部註册在案現署古州鎭標中
營守備事務該員年力强健堪以擬補平越營中軍守備員缺均屬人地相宜合無仰懇　天恩俯准將陽懋昭補授鎭遠鎭標左營守
備宋應榮補授平越營中軍守備各缺實於營伍有裨如蒙　俞允陽懋昭等係分發人員邀免送部並懇　勅部給予劄付以符定制
除咨部科查照外謹會同雲貴總督臣松蕃貴州提督臣羅孝連合詞恭摺具　奏伏乞　皇上聖鑒訓示謹　奏奉　硃批兵部議
奏欽此

○○奴才依克唐阿廷杰跪　奏爲巳革同知才堪造就籲懇天恩俯准送部引　見恭摺仰祈　聖鑒事竊查奉天巳革花翎補用知
府金州廳海防同知王志修山東諸城縣人由廩生中式光緒巳卯科順天鄕試副榜選補內閣中書截取同知奏准留奉補用歷保花
翎補缺後知府先換頂戴委署奉天軍粮廳同知旋補金州廳海防同知光緒二十二年　大計經奴才依克唐阿前任府尹松林列入
罷輭叅劾革職開缺在案嗣因該員患病未經送部迨上年冬病痊來署稟謁奴才等接見之際察其神氣爽朗較前頓異始知該革員
當日之委靡不振乃病伏未發所致初非氣質然也奴才等伏查開缺官員例准送部引見該革員前在軍粮廳署任兩年有餘並無貽
誤嗣補金州廳海防同知到任未及三月雖一時措置未盡合宜列於　計典究無贓私劣跡且前次測繪奉天全省輿圖一切典章制
度圖說表皆出自該革員一人之手編輯十二卷　奏送會典館有案其學問淹貫考据精詳頗爲衆所推服奴才依克唐阿不敢因叅
劾在前意存廻護奴才廷杰試以差事頗能勤愼耐勞其才尚堪造就合無仰懇　天恩俯准將巳革花翎補用知府金州廳海防同知
王志修由奴才等送部帶領引　見之處出自　鴻慈逾格所有請將巳革同知送部引　見緣由是否有當理合恭摺具陳伏乞

皇上聖鑒 訓示謹 奏奉 硃批吏部知道欽此

○○依克唐阿片 再署奉天新民廳同知璧良人尚謹慎辦事無誤惟過慎則葸於案繁地衝之區未盡合宜查有署岫巖州知州馬俊顯才識明通以之調署新民廳同知洵堪勝任其所遺岫巖州一缺雖近東邊而民情樸實案牘較簡卽以璧良互相調署人地均屬相宜除分檄飭遵外理合附片具陳伏乞 聖鑒謹 奏奉 硃批吏部知道欽此

○○劉坤一片 再各省防營如有更換員弁前奉 諭旨飭令隨時奏聞等因歷經遵辦在案茲查管帶步隊中營補用都司張捷三在營病故所遺營務飭委儘先叅將李秀嶺接帶又管帶老湘合字前旗補用遊擊成福泰委充江陰炮台官所遺旗務飭委記名總兵趙常山接帶又管帶蘇防左營候選知府朱上知經撫臣奎俊調帶蘇防前營所遺營務飭調原帶蘇防前營補用都司黃春懷接帶以期各專責成除飭取各該員履歷咨部査核外理合會同江蘇巡撫臣奎俊附片具陳伏乞 聖鑒謹 奏奉 硃批兵部知道欽此

○○劉坤一片 再江南狼山鎭總兵曹德慶於光緒十三年蒙 恩補授是缺嗣於二十年十二月飭赴本任溯自到任之後已屆三年例應陳請 陛見據該總兵稟請具 奏前來臣查該鎭駐紮通州爲長江五省緊要門戶目下江防契重尤須鎭攝得人該總兵素著聲威實心任事前在吳淞等處統帶防營有年熟悉沿江情形一切正資整頓似未便遽易生手合無仰懇 天恩俯准總兵曹德慶暫緩 陛見一俟防務稍鬆再行請 旨北上以重地方而符定例謹會同江南提督臣李占椿附片陳請伏乞 聖鑒 訓示謹 奏奉 硃批着照所請欽此

○○頭品頂戴河南巡撫臣劉樹堂跪 奏爲遵將豫省光緒二十三年分各屬結報交代起數開單彙奏恭摺仰祈 聖鑒事竊准部咨各省算結交代統於歲底開單彙案奏報等因查豫省各屬交代每屆半年彙奏一次其已造送細數冊結者仍按年開單奏報歷經循辦在案茲據藩司額勒精額查明光緒二十三年分已結靈寶等四十七廳州縣正署各任交代五十四起均已造具冊結詳咨循案列摺彙報呈請 奏咨前來臣 覆查無異除咨部査照外相應敬繕清單恭呈 御覽爲此專摺具陳伏乞 皇上聖鑒謹 奏奉 硃批戶部知道單併發欽此

○○裕祥片 再滇府州縣等官無論捐納勞績均例應自到省之日起予限一年詳加察看甄別出具切實考語 奏明補用茲查有補用知縣車士琛補用知縣徐永恒試用知縣吳學祁到省試用均各一年期滿俱例應甄別據藩臬兩司詳請核辦前來奴才查該員車士琛人甚精明徐永恒辦公勤愼吳學祁年壯才明均堪以本班留省補用除履歷清冊咨部查照外謹會同雲貴總督臣崧蕃附片具陳伏乞 聖鑒謹 奏奉 硃批吏部知道欽此

必須呈案呈案則增訛之情畢露若指爲僞一切作押契據均在伊手將來均成廢帋于是欲不辯而不得欲實辯而不敢只得虛與委蛇徒以無理取鬧等詞亂人耳目而已究之眞僞久必自明諒難逃官府之鑒察况伊以假字謀李承宗引岸經余運憲洞燭其奸立予押之此近日之事昭昭可考也謹將商本月初八所遞呈詞照錄以憑電察 爲懇傳正點追繳實遺徹底清查施恩斧斷事切商欠李子香之款業將實在欠數開單具呈在案迭蒙 仁天提訊至公且明雖蒙 管押係案情宜爾商之項感刻骨難名至案久懸不能斷結者非不善斷實緣李子香不將眞正借約呈出僅用伊自捏作之僞據蒙混伊之所以不呈眞據者其詐有二以此假據控追案結後再以眞據具告是一賬二討其詐猶淺而不呈眞約增訛銀數借可謀產非可將一切作押之據秘爲已有其詐乃深且兩造共事只商與李子香經手而商弟文珠但具名而已伊以文珠少不更事爲可縱 恩以追到案以爲可肆其欺此其詐更不可問也似此必須請李子香俯就到案追繳正據自能水落石出不至寃沉海底矣爲此叩乞 本縣正堂大老爺格外施恩俯准將李子香傳案追繳正據實爲德便上呈

啓者敝行議定抓彩計票六百張內有五十會得彩頭彩計四尺高度金銅樓大座鐘一個値價銀一千兩此鐘本爲賣於萬壽時所用貨到稍遲萬壽之期已誤雖經紳商看過終以貨高不肯遷價敝行亦以此物難尋常出售因添搭鐘表八音琴等貨以便抓彩所添之貨通按跌價估値配彩以次挨及頭彩至五十彩因花樣過多前報業經登過此次不及備載諸公若不憑信貨物若何請到本行先來看彩然後購票均無不可每票一張售洋三元並託鍋店街恒義號又美昌號竹記號代售 天津紫竹林有成洋行謹啓

啓者昨接上海孫仲英善長來電旋又接到顧緝庭葉澄衷嚴筱舫楊子萱施子英各觀察來電據云江蘇徐海兩屬水災綦重饑民數十萬顛沛流離死亡枕籍災區十餘縣待賑孔急需款甚鉅官款恐未能徧及素仰貴社諸大善長久辦義賑饑溺猶已敬求代呼將伯源源接濟功德無量蒙滙賑款卽滙上海陳家木橋電報總局內籌賑公所收解可也云云伏思同居覆載異姓不啻天親縱隔在形骸民物莫非胞與頓遭洪水哀此災荒盡是蒼生何分畛域况救人性命卽積我陰功雖此日拯玆黎庶散盡赤仄青蚨卜他年報在子孫同來玉堂金馬敝社款無備濟自知獨力難成術欲齊仁惟冀衆擎易舉叩乞顯官鉅紳仁人君子共憫奇災同施仁術原擬活人無算雖千金之助不爲多但能濟世有功卽百錢之施不爲少盡心籌畫量力輸將敝社不禁爲億萬災黎泥首叩禱也如蒙慨助卽交天津溜米廠濟生社帳房代收並開付收條以昭徵信 濟生社籌賑同人謹啓

魁陞號綢緞洋貨莊

本號自置顧繡綢緞洋貨等物整零均按銀莊格外公道皆此大市價廉發售 寓天津北門外估衣街五彩號衚衕口坐北向南便是特此 本號謹啓

恒昌照像館

啓者本號今因建造新樓于三月初二日暫遷往牌坊外先農壇前另設玻璃照像棚 諸君賜顧請駕光臨是荷俟本樓工竣復回原鋪謹此佈聞 本主人謹啓

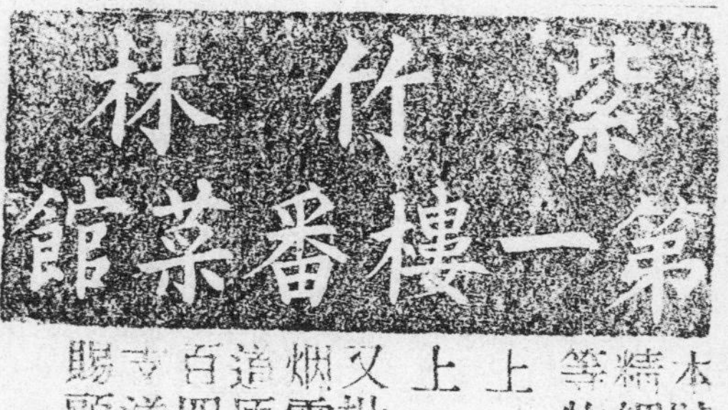

本號專作英法大菜各色精細點心各樣洋酒洋貨等物一應俱全並售
上 八百
上 紅茶 每斤津錢一千 六百
又批發茂生公司鐵海紙烟零整發售價値格外公道原箱計一百盒價洋一百四十四元每盒計五百支洋一元五角凡仕商賜顧請卽駕臨是荷 主人謹白

告白

余於醫道三折肱矣惟不喜應酬標榜賣葫蘆藥近聞時症過多半爲藥誤不忍坐視起而救之病家若以命爲重到門相邀倫非絕必當竭力救治病愈之後再行補送脈禮每次不過一二圓不愈不收公道也 海大道新興南里張鐵伯啓

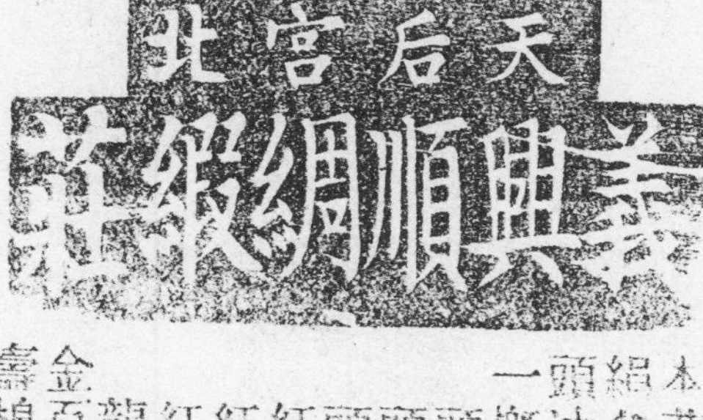

本莊自置顧繡綢緞綾羅紗絹各樣洋貨南貨雅扇桂母頭油香貨歸安貝松泉湖筆一概俱全
頭號杭甯綢 四錢三
頭號江甯綢 三錢三
頭號摹本緞 三錢八
紅梅茶 九百六
紅茶 每斤 六百四
紅茶磚 二百二
龍井茶 一吊八
金百壽裙布裡 五兩八
壽棉綢袍裡每套 六兩八

北京

新福商義洋行

本行由津號運來西洋玩物食物花草料器布疋等貨不及備載專供各公館使用
賜顧者請移玉東交民巷法國府對過洋飯店內便是
天津新福商義代啓

悅來洋貨店

開設天津法國租界紅樓後自運各國玩物金邊三蓮磨花描銀玻璃磚鏡子五彩大小碗盞杯盤料器奇形異樣香水壺荷包靴掖洋景磯子手套叫鐘表鍊花針扣子戒指洋火盒玳瑁流篦金銀首飾鼻烟壺各樣五色料金珠畫圖等物
格外價廉消售發客

告白

現有靠河園田地一段九十畝上下坐落大直沽北情願按時價出售　如欲買者請至河東柴家大坟西劉忠處面議可也
劉忠謹啓

新開元隆號綢緞洋貨莊

自去歲四月初旬開張以來蒙　各主顧垂盼雲集馳名日盛本號特由蘇杭等處加意揀選名機新鮮貨色零整銀價俱照大莊行市公平發售以昭久遠此白　寄賣龍井雨前素茶福建皮絲水烟各種真料大小皮箱　開設天津府北門外估衣街中路北門面便是

三井洋行分莊

告白

敬者日本商始創貿易爲業數拾年以來今分莊開設北門外鍋店街沈家衚衕口對過專選精工料實東洋棉紗各等時式大小疋棉布粗洋布斜紋洋標等格外公道價亦從廉凡仕商賜顧者請至分莊面議可也特此佈聞
三井本莊主人啟

啓者本行開設香港上海三十餘年四方馳名專售各式金銀鐘表鑽石戒指八音琴千里鏡眼鏡等物並修理鐘表外洋新到各色鐘表價錢比別家格外公道開設在紫竹林法租界大街本行又分莊在北門外樂盡衚保陽樓傍榮生祥內　諸君降臨光顧是幸特此佈聞
戊戌年閏三月十六日　禮拜五
烏利文洋行

天津紫竹林

有喊洋行

告白

啓者敝行出售彩票共計六百張整除已售出四百餘張外尚有一百餘張待售售完即定期抓彩每票一張售洋三元　諸公若不憑信貨物請到本行先來看彩然後買票均無不可毛各彩詳細數目前報發過此次不及備載並託鍋店街恒義號又美昌號竹記號代售
本行暫遷紅樓後三井洋行斜對門永興洋行同院
本主人謹啓

減價

今有友人自辦陝西老土每兩津錢四百八十文新到梁州土每兩津錢五百四十文如蒙賜顧者請到東門內聚隆成寄售

啓者本公司開設天津紫竹林法租界烏利文洋行旁邊專由內地採買牛羊以備洋人膳用所有圖養一切宰牛羊之法日皆按西法其牛羊肉淨無可比與衆不同本公司今因議定新章特邀回教中人專爲司理此事故特聲明除每日售與洋人按揭取之外所有牛羊肉皆照章售與華人零用格外公道不悞主顧　議定準斤十六兩價錢
牛肉每斤一百八十文
羊肉每斤二百六十文
主人謹啓

美孚老牌煤油

啓者美國三達煤油公司之德富士老牌煤油天下馳名萬商稱美蓋其質潔色清亮白如銀且絕無烟氣能耐久燃比之生荳等油晶光百倍而儉用價廉此為德富士老牌之佳處誠屬無雙妙品也士商賜顧請到天津美孚洋行採辦或向就近殷實行店購買庶不致悞

開設天津紫竹林海大道旁

福仙茶園

京都洪春班

特請山陝京都上洋姑蘇名角

閏三月初四日起

本園清理賬目擇日開演 本園謹啓

創包機器

敬啓者近來西法之妙莫過機器靈巧至各行應用非得其人難盡其妙每值傷損修理必悞時日今有寗子卿專於經理機器茲擬創辦包定各項機器以及向有機器常年煤料工力價值格外公道如貴行欲商者請到福仙茶園面議可也特白

新到儒醫

啓者天后宮財神殿內寓此儒醫高老先生專治內外兩科男婦大小方脉兼治咽喉眼科等症辰刻在廟診脉施方過午不請候如有外請辰刻來廟付信午後前往病家見症立方

擇於閏三月十一日開張

新開 敦慶隆綢緞洋貨莊

本號開設天津北門外估衣街西口路南第五家專辦上等綢緞顧繡以及各樣花素洋布各碼線批合線俱按銀莊零整批發格外克己士商賜顧者請認明本號招牌庶不致誤 本號特白

朱鈍翁先生鑑湖高士浙水名流代學爽鳩世習扁鵲脉理精奧醫術深通來津十年屢治危症名揚遐邇著手回春久寓彌勒庵

京都 一品樓

本樓擇於三月十二日開市大吉

隨意便飯 蘇造餚饌 烤鴨薰鷄 應時小賣

本舖岩做 內有樓房雅座

開設天津紫竹林大街北頭路西門面便是

閏三月十七日出口輪船 往上海 禮拜六
新豐 輪船往上海 招商局
武昌 輪船往上海 太古行

閏三月十八日出口輪船 往上海 禮拜日
景星 輪船往上海 怡和行
通州 輪船往上海 太古行

閏三月十六日銀洋行情
天津通行九七六錢
銀盤二千三百三十七 洋一千六百六十七
紫竹林通行九六錢
銀盤二千三百六十七 洋一千六百九十二
洋錢行市七錢一分八

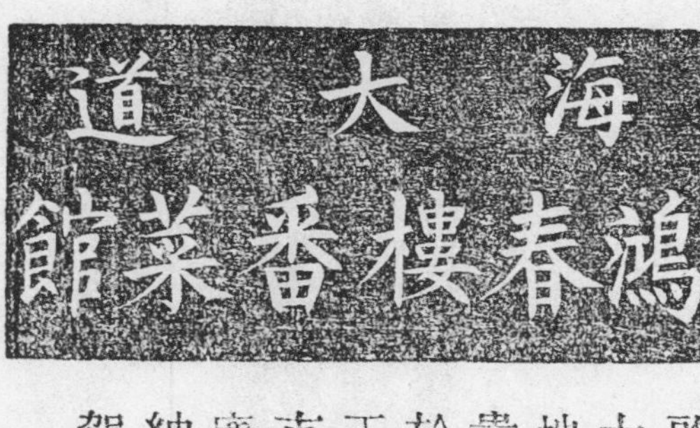

啓者本店三層大樓工程告竣地勢寬闊以備貴官紳請讌擇於去臘遷移新正月初二日開市各樣俱全價廉物美凡仕紳賜顧者請卽駕臨是幸 主人謹白

直報

本館開設天津紫竹林海大道老棧市氣燈房巷內

光緒二十四年閏三月十七日　第一千零四十四號
西歷一千八百九十八年五月初七日　禮拜六

部照已到　直隸勸辦湖北賑捐局自光緒二十三年十一月二十日以後至光緒二十四年正月初十日以前請奬各捐生部照已到請即攜帶實收來局換照可也

例守局外　美日決戰一事津海關道現奉北洋大臣王　札准總理衙門來電准日國葛大臣照稱香港報聲明爲局外之地請中國出示亦居局外毋碍兩國和好違萬國公法以敦睦誼等語希飭遵傳諭各報館登報中國爲局外之國沿海商民務飭勿私自接濟美日兩國軍需等因除行沿海各地方官一體示諭嚴禁外合亟登報俾衆週知

因聖像被毀事有感而書

自古立廟隆享祀肅觀瞻而伸寅敬未有盛於孔子也太史氏有云適魯觀仲尼廟堂車服禮器低徊留之不能去嗚呼德之大致之長澤之深入人心莫與比倫將欽奉之不遑其誰敢褻慢乎周之季也王綱墜列國紛爭倫常乖舛而不明二百四十年間弑父弑君之案層見疊出人類之天下幾變爲禽獸之天下矣孔子不得位不能行道以救時而寄其權於春秋褒則榮於華袞貶則嚴於斧鉞所以明善惡定功罪存人道於幾希也故孟子曰禹抑洪水而天下平周公兼夷狄驅猛獸而百姓寧孔子成春秋而亂臣賊子懼然則世無大禹天下皆洪水也安得有人世無周公天下皆夷狄猛獸也安得有人世無孔子天下皆亂臣賊子也雖有人一如無人且轉不如無人子也而不父其父臣也而不君其君夫婦無別矣長幼無序矣朋友無信矣强凌弱衆暴寡邪害正紛紛焉擾擾焉尚復成何世界乎惟我孔子繼往聖開來學以一身肩道統所爲師表萬世模範百王凡在血氣之倫莫不尊之親之敬之俎豆馨香於無窮者而長國家子萬民爲一代帝王更無論矣暴秦逞私智坑儒焚詩書銖鋤豪傑以愚黔首欲傳子孫於萬萬世乃不再傳國破身亡宗廟邱墟爲天下大戮豈非蔑棄聖敎之過乎漢高祖起家亭長得天下於馬上溺儒冠好慢罵人固非誦詩讀書嘗厕身於士林者也然項羽初平即駕幸闕里躬謁廟堂復用蒯通言徵魯諸生習禮定朝儀喟然歎曰今而後乃知天子之尊也厥後文治日興遂開四百年基業蓋定天下以武治天下以文非秉用儒術尊崇聖道固人心以作士氣而能蒙業而安者鮮矣故立廟隆祀典實自漢高始唐太宗貞觀四年詔州縣學皆作廟嗣後廟貌莊嚴封號有加無已高宗乾封元年追贈太師武后天授中追封隆道公元宗開元二十七年追謚文宣王宋眞

宗加謚至聖元大德十一年復冠以大成二字有明中葉乃改爲至聖先師至今相沿勿替焉我　朝文敎昌明蒸蒸日上士皆砥節礪名民知奉公守法三百年來閭閻安堵海宇澄清得以坐享太平者豈非綱常大義有以固結於不解乎德之及人也厚故人之奉戴也亦益虔　皇上親臨璧雝行典禮地方官春秋致祭明倫堂雖一艸一木無敢毀傷比諸召伯之甘棠有過之無不及豈意山東卽墨之事竟出人意外也哉無論學校中人衣冠士類咸怒髮上指振臂大呼卽里巷細民亦當有驚駭欲絕者現聞公車諸君子聯名具呈都察院請代奏初八日各堂憲已具摺上達同鄉京官亦紛紛遞呈嗚呼噫嘻事之大情之重殆莫甚於此乎前者敎案一節不過盜賊行刦誤傷二敎士彼國遽興兵戎據膠澳勒索巨欵今乃蔑侮聖像殃及先賢彼將何辭以對乎夫中華之有孔聖猶泰西之有耶穌也旣知尊奉耶穌亦何至蔑侮孔聖彼國士大夫具知大義曉人情必不肯作此非理之事意者麾下兵卒昧於中國制度不知爲何廟何神偶然冒犯否則酒後無德乘醉妄爲事或有之該統帶官但失於約束耳況兩國旣經議和聯盟約　朝廷曾嚴飭各直省督撫轉飭州縣官凡立有敎堂處所以及西人遊歷經過各地方一體加意保護矣我保彼敎彼自當保我敎方足昭平允不失友邦睦誼豈復縱容兵士輕啓釁端乎諒德廷一經詰問定當電飭該管官嚴行查辦從重治罪洩義憤而順輿情且示天下以大公至呈中所稱明則蔑吾聖敎隱以嘗我人心等語未免措詞過激彼堂堂大國君若臣類皆仁明英武具雄圖明知衆怒難犯何遽出此下策爲海上諸國笑電信返往屈指不過十餘日定有確音當知吾說之不謬也請姑靜以待之

接續會典獎單　○同知用內閣候補中書況周儀請作爲同知分發省分補用翰林院編修徐仁鑄請　賞加侍講銜離館詳校校對官二品銜山東督糧道桂春請　賞給三代二品封典並隨帶二級理藩院郎補員外郎存緒請俟補員外郎後以本院郎中遇缺卽補直隸宣化府知府李肇南請在任以道員用翰林院編修劉世安請以應升之缺升用甘肅寧夏道胡景桂請　賞加二品銜四川補用知府李佩銘請俟得缺後以道員用翰林院侍讀姚丙然請以應升之缺升用前湖廣道御史陳璧請以應升之缺升用工部主事補缺後無論題選咨留遇缺卽補員外郎甘大章請免補主事仍歸原保班次補用　此單未完

鄂餉到部　○湖北巡撫咨差試用知縣戴立謙蔡世佶管解湖北省光緒二十四年分厘金項下動撥第一批銀三萬兩又本年地丁項下動撥第一批銀五萬兩共銀八萬兩於閏三月十五日午刻赴戶部投批交納

南海承歡　○　皇太后於閏三月十二日由　頤和園起鑾看視　恭邸政體畢　法駕駐蹕南海頤閣　內廷總管首領太監傳示十四十五十六三日飭傳四喜菊部各優伶於每日辰刻赴南海豐澤園演劇至酉刻止劇散門退出

叔姪同科　○叔姪競美自古爲難況在丁年同登甲榜棣蕚爭輝於桃李荊花齊秀於珠宮斯尤　國恩家慶未易多覯者也本年戊戌科會試榜中有山西王儀通王熾昌二人聞係胞叔姪姪中式二百二十四名叔中式三百三十七名玉樹聯芳杏林同宴想吉報到門爲之父母與妻孥者好共織登科之錦喜同賡及第之詩三槐之報爲有徵巳艷羨艷羨

新貴聯歡　○廣東閩省新中諸公於閏三月十五日在宣武門外南橫街粵東會館盛設筵席雇定小福壽菊部並外串名角恭請孫燮臣大冢宰家鼐徐壽衡總憲樹銘徐東甫少宗伯會澧文叔平少司馬治暨諸房師觀劇自午前開場演劇至夜間三點鐘方止珍錯羅陳管絃雜奏聚簪紱之羣英作分榆之雅集興會不淺哉

街道宜潔　○京師每逢夏令向由街道衙門派役於每日清晨在各巷分段掃除汚穢以防人觸染其氣致生疾病若實力奉行誠善政也刻間節交立夏經街道衙門委派五城司坊官飭各鋪鋪頭更夫兼充是役較與往年更形鬆懈偏僻之處穢物不免堆積近日亢陽爲害灰塵浸天一經火傘高張暑氣發洩難免有受疾之患所望賢官長安雇勤愼人夫每日清晨午後在各巷擔水潑街以清塵滓而遏疫氛實功得無量

中堂題主　○大學士麟芸莽中堂騎箕仙逝巳列前報茲聞近日經諸鉅公延請長椿寺法源寺廣惠寺增壽寺法華寺各叢

林隆福寺旃檀寺嵩祝寺雍和宮喇嘛番僧每日諷經齋醮閏三月十六日爲題主之期恭請徐蔭軒中堂爲點主官設備鼓樂儀仗前往東交民巷徐中堂府第迎接陪點者亦屬鉅公名卿並聞四月初二日爲發引之期大槓執事如何預備俟訪明再錄

軍節閱操 ○福州增將軍祺到津等情均登前報茲於十六日早軍節往小站閱看新建陸軍操演聞閱畢仍回津小駐然後搭輪蒞任

集賢題目 ○十六日爲集賢書院運憲齋課考試謹將題目照錄 文題 子路使子羔爲費宰至子曰是故惡夫佞者 詩題 竹外桃花三兩枝 得花字五言八韻

札飭河廳 ○刻經道憲行知子牙河巡檢務將刻下河堤情形並河水盛漲尺寸詳細呈報以憑核奪

營汎須知 ○刻經督憲王制軍札行各營汎遇有巡緝行竊賊犯着就近送交有司懲辦勿得擅動刑具有違例章致干未便

札催清册 ○刻據道憲札行河間府轉飭所屬各州縣務將道控發審已未完結之各案着即勒齊彙開清册呈送來轅以憑核轉

府批照錄 ○滄州民人王玉璞呈批正兇馬貴早經伏法爾猶牽控案外無辜之人意圖訛詐殊屬刁狡本應提責姑從寬批飭不准

遠道紓誠 ○呂秋樵大令以名孝廉現宰官身讀萬卷書行萬里路材堪肆應念切民瘼洵非八股迂儒祗斷斷於章句之學者所可同日語也前年捧檄臨城邑與山右接壤唐風敦樸潤及於鄰大令復以廉儉治之民之瘠者化爲肥官之肥者轉爲瘠憶前歲冬人傳其以廟地改義塾荒僻之鄉人皆問學一事可謂深得治民之要領矣今正上憲以本津繁劇難治爲地擇人檄大令調權是邑下車之始即有甘雨相隨之頌而臨失此賢宰官去思之切衆口一詞昨該縣紳士和麟書吳謙姜清晨張信成張紹賢李璘豐李璘劭趙延緒趙延賓趙同善王峻德等二十餘人由臨城製就旗傘牌額恭賚來津赴縣署呈遞路旁觀者咸稱頌不置於此見大令之惠澤入人者深也

愼勿素餐 ○聖諭廣訓爲衆人說法有關於世道人心實非淺鮮現當各教流行吾道淩替各城鎮鄉村若由舉貢生監切實宣講引伸義意俾販夫農子入耳驚心庶可挽救頹廢萬勿以輕心掉之頃悉本津宣講生員李鳳淸向道轅支領三月分講薪已蒙照發因書數語以志其事並望李生毋負此薪也

請驗鹽船 ○長蘆商人元太等號先後七家開碼築包裝船項關報驗蒙運憲批飭明日詣關驗放伺候勿悞

縣批彙錄 ○孫王氏稟批高姓價買爾家草房經爾嫂朱氏立契畫押並無不合爾即不願賣與高姓儘可與爾嫂好言緩商何必涉訟不准 陳瑞祥稟批據呈孫國淸欠爾錢文有中有據何能狡賴不還着邀同原中自向理討無庸興訟干累粘據發還 馬振升稟批爾家塋地既有印契爲憑王順等何能平空盜賣候察核呈詞顯有隱砌不准 沈榮稟批此項房地如果並非夥產沈得順係爾遠族何能不容爾租出即使屬實既有分單可憑儘可自邀家族理處毋遽興訟致傷族誼 張榮稟批據呈張鳳翔次子出繼張鳳岳爲嗣子承受其嗣母張李氏棺柩亟應催令嗣子妥爲安葬該生以張霓彪牽瀆殊爲不解不准 粘單附

倚勢淩人 ○昨路過東門內西箭道李姓門首見有一人喝令家丁揪住老者毒打並將衣服撕碎詢之乃道署鹽房書吏李某之住宅也細詢其故係因鴻春樓掌櫃王姓找伊催討數月飯賬積欠洋銀一百四十餘元屢催未給反老羞成怒倚勢淩人實屬無賴已極聞鴻春樓刻雖忍氣吞聲諒該號定有興訟之舉不知李某又當以何作護身符也

五縣案件 ○昨交河五縣由驛馳遞三月分命盜雜案及自理各案按照四柱繕造淸册赴呈道轅以備存査

傷愈再訊 ○昨某署差弁二人門毆送縣懲辦一案曾紀前報昨經邑尊提案畧訊數語即將受傷人取保延醫調治兇手飭

押俟傷愈後再行覆訊

換寫呈詞　○昨有陳氏婦與鄰人劉玉因地畝轇轕致肇訟端遣抱在縣具告經值差查係白稟恐違定例囑令向代書換寫呈詞云

光緒二十四年閏三月十五日京報全錄

宮門抄○閏三月十五日刑部　都察院　大理寺　正紅旗值日無引見　莊王等搜檢覆　命　那王等謝管新舊營房　恩敬信等稽察接談換卷覆　命　奕杕等專司稽察覆　命　色楞額稽察中左門覆　命　永隆續假五日　吏部呈進夏季搢紳　召見軍機　阿克丹　閱卷大臣　派出崑中堂翁中堂許應騤徐郙啓秀裕德唐景崇梁仲衡壽耆綿文阿克丹楊頤

○○甘肅新疆巡撫臣饒應祺跪　奏爲查明温宿州屬阿和雅爾庄河西十八村戶口田賦擬請改歸烏什廳管轄以順輿情而清經界恭摺仰祈　聖鑒事竊查新疆阿克蘇道温宿直隸州屬之阿和雅爾庄地處該州西鄙附庄大小共二十村該處有托什罕大河一道橫亘迂環河東二村河西十八村其在河東二村尙與該州壤地相接惟河西十八村距該州二百餘里各民戶應完糧草遠道運輸倍極艱苦每屆夏秋河水不時漲發旣苦阻滯稽延兼患淹漫漂沒該處地屬烏什下游庄民承墾地畝全賴烏什上游各渠錄水分注以資灌漑渠非温宿州管轄兩屬戶民歷年因水肇衅爭端迭見他如人命盜賊重案該州相距遙遠尤有鞭長莫及之虞臣與藩司訪查該庄本與烏什毘連距廳城不及百里康庄大道車馬皆可通行前擬飭將該莊河西十八村戶口田賦就近改隸烏什廳管轄以順輿情當經檄飭阿克蘇道李宗賓督同前署温宿知州傅壽森現署烏什廳同知聯恩會同查勘扦定界址由温宿州造具該莊戶口田賦清册委勘結報計阿和雅爾莊河西十八村戶民其承墾上地一萬二千二百二十九畝二分二厘中地二萬六千四百三十二畝三分下地九千二百六十畝七分三厘歲共應徵本色京斗糧一千三百七十四石七斗四升五合一勺折色草一十五萬八千九百六十四斤七兩三錢六分請自光緒二十四年爲始一律撥歸烏什廳徵收各該村遇有人命盜賊案件自本年正月初一日起卽歸該廳承辦應徵稅課亦由該廳經徵照章報解等情由藩司丁振鐸會同兼臬司潘效蘇詳請奏咨前來除將清册送部外相應仰懇　天恩俯准飭部立案准將温宿州屬阿和雅爾莊河西十八村戶口田賦改歸烏什廳管轄俾順輿情而清經界是否有當謹會同陝甘督臣陶模恭摺具陳伏乞　皇上聖鑒訓示謹　奏奉　硃批戶部議奏欽此

○○經筵講官東閣大學士翰林院掌院學士管理理藩院事務都統臣宗室崑岡等謹　奏爲據情代奏請　旨事內閣抄出光緒二十四年三月二十八日奉　上諭達木林達爾達克縱令蒙弁殺害佃民一案着壽蔭就近提集人證秉公訊結具奏再行降旨達木林達爾克着卽赴熱河聽候傳質等因欽此當卽札飭敖漢郡王達木林達爾達克遵照去後茲據該郡王呈稱奉到部札達木林達爾達克理宜遵赴熱河聽候傳質惟因被屈情由屢向熱河都統訴明並未秉公咨報其劉榮德傅思文二案本係達木林達爾達克協同旗員辦理之案有前任都統崇禮並本縣札文及喀喇沁王印文可憑該犯等原屬著名賊匪因都統袒護報其實爲良民達木林達爾達克若遵札赴熱河候質恐其仍照前一面之詞呈報必致重負冤屈且達木林達爾達克業經革去扎薩克案內人證如有不聽傳喚少涉遲延必又以違抗致干衆處熱河都統雖在本管地面惟現有原被之分將達木林達爾達克交其辦理必致冤抑莫伸實不敢赴熱河聽候傳質惟有懇祈轉奏請　旨如何辦理之處達木林達爾達克無不恪遵如所報有不實之處情甘認罪等情呈遞到院臣等伏查　欽派查辦事件大臣請將劉榮德傅思文二案仍交熱河都統就近秉公傳訊原係因一切人證均遠在熱河免其提集來京致滋拖累起見但原奏有若以壽蔭所查爲憑則該王原供有傅思文等確係賊犯之語若以達木林達爾達克所供爲據則該都統覆奏爲傅思文等實係良民之言各執一詞殊難懸斷等語揆其詞意實因案情輕重卽罪名之大小攸分未敢稍參臆度惟若將原案仍交熱河都統訊結無論畧有偏袒不足以折服該郡王之心卽令情眞事確案無遁飾該郡王亦必以瞻徇迴護藉辭狡執轉令要案不能迅

結人證終遭拖累可否請　旨簡派大員前赴熱河秉公訊辦抑或仍飭原派查辦大臣將人證提集來京研訊確情務期水落石出不致要案久懸以示大公而成信讞所有據情代奏請　旨緣由理合恭摺具陳伏乞　皇上聖鑒　訓示謹　奏請　旨奉　旨已錄

昧心難憑　啓者前閱國聞報有聲明廢票一則徒屬誣賴難憑余自光緒二十年在營口太古行存欵立約三張而二十一年因海疆不靖并未支取至二十一年春秋二次着人往取該行云暫候數月其項一時難過去人候至兩月仍未備齊該行又云請暫先回津幾時備妥卽行電達延至二十三年仍未交付一味搪塞未齊之語迄至今春余用欵卽不能待該行突然登報昧却良心然豈能由此善罷否

樂天和堂主人謹啓

溯自神農嘗百草以治病嗣後名醫代出製成丸散膏丹名目繁多幾不勝僂指數然人有强弱時分古與今病證亦因之而異倘執固鮮通泥成方以治病鮮有能奏效者且補瀉各有所偏寒熱豈能一致欲以兼治百病憂憂乎難哉近有申江南順泰主人購來美醫士爾蘭君所製治蠱藥水能兼治百病功效如神眞可起死回生仙丹不若也按爾蘭君以養花木起家致巨富中年患肺疾不時欬倉纏綿十餘年服藥幾千百裹迄無驗勢瀕危矣因思平日時花種木能使衰者茂枯者榮爲能去蠱也花木如是人豈獨殊爰將治蠱藥嘗之果見輕減遂益選上品材料配和停勻製成藥水連服多劑不踰月病若失復以試他人莫不應手回春於是名傳遐邇購求者紛至沓來大有應接不暇之勢偏美洲活人多矣本埠恒豐泰主人聞之以爲津門通商口岸仕商雲集獨無此妙藥沾惠同人實屬憾事因從上海分來在本行寄售非圖取利亦藉行方便也謹將所治各症列左如有染患各症者急向本行購取

一急痧時疫卽香港廣東傳染之症已經西醫查驗皆因蠱之爲患醸成此症每至一發而不可救爲此藥可以治之取第三種每十分鐘一時服一大酒杯並用布醮藥敷貼周身只要生氣未絕不難施救

一肺癰及各色肺家病症皆因蠱爲患除蠱在腹中已將全肺蛀盡不能施治外倘有一線生機將第一種藥日服少許逐漸加增如夜間尚覺咳嗽卽服半調羹歷半時服一次宜勤不宜斷如胸口尚覺疼痛將第三種藥連瓶浸入溫水內令熱先將絨布鋪放胸口後將藥倒在絨布上逐日如法治之至痛止爲度如兼吐血亦用第三種藥治如上法但藥不令必熱布不必用絨

一戒除洋烟之癮用第一種藥日服五六次三閱月一便可戒絕永無後患而且飲食加增身體肥壯

一治癲瘋等症用第二種藥日服四五次外用布醮第三種藥敷貼患處愈而後止

一喉症用第二種　藥小孩服一小調羹大孩服一大調羹男女人服一小酒杯當藥入口時仰頭呼吸作響聲如啣水嗽口勢然後咽下外用布醮藥束頸

一癧疽乳癰毒瘡及楊梅結毒用第二種藥日服六七次外用第三種藥敷患處

一此藥行遍歐亞各洲活人無數功效不能筆述無論內外各種病症內此服吃外則敷貼均能奏效

天津恒豐泰洋行主人代啓

兹因各省風氣大開新設報館不計其數彼處經理報務十數載年增月盛日出各報一千八百餘份銷行推廣今歲向友立約在彰西口卽東口袁台子地方隆泰行門首新設各報分館先用直報開張　諸公定閱就近向該處購取賜函分送風雨不誤肅此鑑諒

天津北門內府署東各報總處謹白

電報總局續招股分公啓

中國電報創辦十有八年行遍二十二省先後與丹英俄法四國接線以通外洋備歷艱難已著成效本公司股票一百萬元歷年公積稱是皆爲添線修線所用並無現銀存儲上年與海線公司訂定出洋齊價合同電利更有把握現在興辦恰克圖電工以通陸線出洋電報又須由天津至上海由上海至廣東加添一線以免內地電報遲延湖南及各省均須添造枝線約共需銀六七十萬兩除借墊之外自應續招股本洋銀六十萬元分作六千股每股仍英洋一百元照章本應先儘老股惟電局從前招股之時各省風氣未開紳商多抱向隅之憾此時招股若不先儘老商不足彰公道若不准新商酌附又不足示鼓舞現擬老股六成新股四成無論老商新商均准於限期之內就近赴各省電局掛號先付掛號一成洋銀十元給予各電局收條註明老商新商字樣自本年閏三月初一日起至五月底止卽爲截數之期如果逾額照泰西招股章程按照掛號數目攤派以昭平允至續九成洋銀九十元限一年個月內向經手掛號各電局換給印收隨後再換給總局股票股摺

中國電報總局公啓

神目如電

陳恒益謹白

商業將一切情形登諸告白似無煩再述矣惟李子香探知商於初八日在縣僔投呈伊卽於初九日亦於兩報告白狡辯伊若不辯伊之缺陷仍不出也今既辯矣何竟不敢將商所登議單之底指爲或眞或僞伊非不敢指也此其中大有伊不能吐之實情耳若指爲眞必須呈案呈案則增訛之情畢露若指爲僞一切作押契據均在伊手將來均成廢帋于是欲不辯而不得欲實辯而不敢只得虛與委

蛇徒以無理取鬧等詞亂人耳目而已究之眞僞久必自明諒難逃官府之鑒察況伊以假字謀李承宗引岸經永運憲洞燭其奸立予押之此近日之事昭昭可考也謹將商本月初八所遞呈詞照錄以憑電察 爲懇傳正點追繳實憑撤底清查施恩斧斷事切商欠李子香之欵業將實在欠數開單具呈在案迭蒙 仁天提訊至公且明雖蒙管押係案情宜爾商之項感刻骨難名至案久懸不能斷結者非不善斷實緣李子香不將眞正借約呈出僅用伊自捏作之僞據蒙混伊之所以不呈眞據者其詐有二以此假據控追案結後再以眞據具告是一賬二討其詐猶淺而不呈眞約增訛銀數借可謀產並可將一切作押之據秘爲已有其詐乃深且兩造共事只商與李子香經手而商弟文珠但具名而已伊以文珠少不更事爲可慾愚以追到案以爲可肆其欺此其詐更不可問也似此必須請李子香俯就到案追繳正據自能水落石出不至寃沉海底矣爲此叩乞 本縣正堂大老爺格外施恩俯准將李子香傳案追繳正據實爲德便上呈

恭頌良醫 敬和司馬今之通儒也凡天下利病之書悉心鉤稽罔不貫澈而於醫學研究尤精故經其手而回春者指不勝屈去冬起以感冒遂患痰喘聘醫量藥收效卒尠春正延先生來藥不三帖卽卜小瘳適先生以他事去嗣是專表散者用汗下之劑言收歛者進鎭攝之方言龐品雜不衷其要幽憂沾滯幾歷季旬暮春復延先生至抉羣醫之得失究諸藥之宜忌診脉立方數服遂全乃歎疾痛病苦人所時有以身試藥鮮克有濟故特登報章以頌先生以告當世烏乎美疢惡石審於寸心殤子壽民決之三指可勿知所從事哉 合肥賈制壇誌謝

啓者昨接上海孫仲英善長來電旋又接到顧緝庭葉澄衷嚴筱舫楊子萱施子英各觀察來電據云江蘇徐海兩屬水災綦重飢民數十萬顚沛流離死亡枕籍災區十餘縣待賑孔急需欵甚鉅官欵恐未能徧及素仰貴社諸大善長久辦義賑飢溺猶已敬求代呼將伯源源接濟功德無量蒙滙賑欵卽滙上海陳家木橋電報總局內籌賑公所收解可也云云伏思同居覆載異姓不啻大親縱隔形骸民物莫非胞與頓遭洪水哀此災荒盡是蒼生何分畛域況救人性命卽積我陰功雖此日拯茲黎庶散盡赤仄青蚨卜他年報在子孫同來玉堂金馬敝社欵無備濟自知獨力難成術欲廣仁惟冀衆擎易舉叩乞 顯宦鉅紳仁人君子共憫奇災同施仁術 原擬活人無算雖千金之助不爲多但能濟世有功卽百錢之施不爲少盡心籌畫量力輸將敝社不禁爲億萬災黎泥首叩禱也如蒙 慨助卽交天津溜米廠濟生社帳房代收並開付收條以昭徵信 濟生社籌賑同人謹啓

本號自置顧繡綢緞洋貨等物整零均按銀莊格外公道皆比大市價廉發售 寓天津北門外估衣街五彩號衚衕口坐北向南便是特此 本號謹啓

恒昌照像館

啓者本號今因建造新樓于三月初二日暫遷往牌坊外先農壇前另設玻璃照像棚 諸君賜顧請駕光臨是荷俟本樓工竣復回原鋪謹此佈聞 本主人謹啓

紫竹林 第一樓番菜館

本號專作英法大菜各色精細點心各樣洋酒洋貨等物一應俱全並售
上　八百
紅茶每斤津錢一千
上　六百
又批發茂生公司鐵海紙烟零整發售價值格外公道原箱計一百盒價洋一百四十四元每盒計五百支洋一元五角凡仕商賜顧請卽駕臨是荷 主人謹白

法製青鹽出售

本堂精置法製青鹽在京多年今因津市短少寄售天津北門內各報館紫氣堂就近購取每包計十盒津錢八百零售每盒八十此鹽羣藥配合外用擦牙固齒去口中穢氣治口瘡牙疼咽痛洗眼明目去翳朦清頭火凉水塗熱節沸毒風疹每晨滾水冲服少許能安心神滋腎水固齒根烏鬚髮强筋骨消食積去膨脹陰陽水冲服一錢治霍亂轉筋如神 京都回回丁先生敬慎堂主人謹啓

告白

近年市售石印書譜除介子園十竹齋外每以舊本而易新名良由難覔新稿若敝局新印之耕香館畫賸蒙賞鑒諸君賜顧者極讚其筆法神韻每部價洋二元併發售石印經史子集科場文章新出策學滙源西學富彊叢書時務分類與國策各種格致洋學古今閑書目繁不及備載湖筆徽墨信箋文玩紈摺雅扇貨高價廉 天津東門外同文書局啓

三井洋行分莊

告白

敬者日本商始創貿易爲業數拾年以來今分莊開設北門外鍋店街洸家衚衕口對過專選精工料實東洋棉紗各等時式大小疋棉布粗洋布斜紋洋標等格外公道價亦從廉凡仕商賜顧者請至分莊面議可也特此佈聞

三井本莊主人謹啓

北京

新福商義洋行

本行由津號運來西洋玩物食物花草料器布疋等貨不及備載專供各公館使用

賜顧者請移玉東交民巷法國府對過洋飯店內便是

天津新福商義代啓

悅來洋貨店

開設天津法國租界紅樓後自運各國玩物金邊三連磨花描銀玻璃磚鏡子五彩大小碗盞杯盤料器奇形異樣香水壺荷包靴掖洋景襪子手套叫鐘表鍊花針扣子戒指洋火盒玳瑁梳篦金銀首飾鼻烟壺各樣五色料金珠畫圖等物格外價廉消售發客

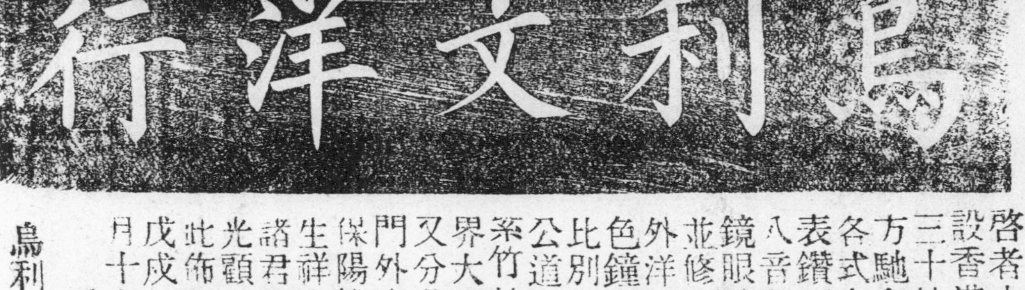

烏利文洋行

啓者本行開設香港上海三十餘年四方馳名專售各式金銀鐘表鑽石戒指八音琴千里鏡眼鏡等物並修理鐘表外洋新到各色鐘表價錢比別家格外公道開設在紫竹林法租界大街本行又分莊在北門外樂壺洞保陽棧傍生祥內請諸君降臨光顧是幸特此佈聞

戊戌年閏三月十七日禮拜六

烏利文洋行

告白

現有靠河園田地一段九十畝上下坐落大直沽北情願按時價出售　如欲買者請至河東柴家大坟西劉忠處面議可也

劉忠謹啓

新開 元隆號綢緞洋貨莊

自去歲四月初旬開張以來蒙　各主顧垂盼雲集馳名日盛本號特由蘇杭等處加意揀選名機新鮮貨色零整銀價俱照大莊行市公平發售以昭久遠此白　寄賣龍井雨前素茶福建皮絲水烟各種真料大小皮箱　開設天津府北門外估衣街中路北門面便是

天津紫竹林

有喊洋行

告白

啓者敝行出售彩票共計六百張整除已售出四百餘張外尚有一百餘張待售售完即定期抓彩每票一張售洋三元　諸公若不憑信貨物請到本行先來看彩然後買票均無不可至各彩詳細數目前報登過此次不及備載並託鍋店街恒義號又美昌號竹記號代售

本行暫遷紅樓後三井洋行斜對門永興洋行同院

本主人謹啓

減價

今有友人自辦陝西老土每兩津錢四百八十文新到梁州土每兩津錢五百四十文如蒙賜顧者請到東門內聚隆成寄售

田回

牛羊公司告白

啓者本公司開設天津紫竹林法租界烏利文洋行旁邊專由內地採買牛羊以備洋人膳用所有圈養一切宰牛羊之法目皆按西法其牛羊肉淨無可比與衆不同本公司今因議定新章特邀回教中人專為司理此事故特聲明除每日售與洋人按擂取之外所存牛羊肉皆照章售與華人零用格外公道不悮主顧　議定準斤十六兩價錢　牛肉每斤一百八十文　羊肉每斤二百六十文

主人謹啓

美孚老牌煤油

啓者美國三達煤油公司之德富士老牌煤油天下馳名萬商稱美蓋其質潔色清亮白如銀且絕無烟氣能耐久燃比之生菓等油晶光百倍而儉用價廉此爲德富士老牌之佳處誠屬無雙妙品也士商賜顧請到天津美孚洋行採辦或向就近殷實行店購買庶不致悞

DEVOE'S
PAT'D JUNE 22.63.
BRILLIANT
OIL
IMPROVED
PAT'D JUNE 28.64.
PATENT CAN

京都 一品樓

本樓擇於三月十二日開市大吉

本舖尚做

隨意便飯 蘇造餑餑 烤鴨熏雞 應時小賣

內有樓房雅座

開設天津紫竹林大街北頭路西門面便是

閏三月十八日出口輪船 往上海 禮拜日

新濟 輪船往上海 招商局

景星 輪船往上海 怡和行

通州 輪船往上海 太古行

閏三月十七日銀洋行情

天津通行九七六錢

銀盤二千三百三十七 洋一千六百六十七

紫竹林通行九六錢

銀盤二千三百六十七 洋一千六百九十二

洋錢行市七錢一分八

新開 敦慶隆綢緞洋貨莊

擇於閏三月十一日開張

本號開設天津北門外估衣街西口路南第五家專辦上等綢緞顧繡以及各樣花素洋布各碼線批合線俱按銀莊零整批發格外克已士商賜顧者請認明本號招牌庶不致誤 本號特白

朱鈍翁先生鑑湖高士浙水名流代學爽鳩世習扁鵲脉理精奥醫術深通來津十年屢治危症名揚遐邇著手回春久寓彌勒庵

開設天津紫竹林海大道旁

福仙茶園

京都洪春班

特請山陝京都上洋姑蘇名角

閏三月初四日起

本園清理賬目明日開演 本園謹啓

創包機器

敬啓者近來西法之妙莫過機器靈巧至各行應用非得其人難盡其妙每值傷損修理必悞時日今有甯子卿專於經理機器茲擬創辦包定各項機器以及向有機器常年煤料工力價值格外公道如貴行欲商者請到福仙茶園面議可也特白

新到儒醫

啓者天后宮財神殿內廣此儒醫高老先生專治內外兩科男婦大小方脉兼治咽喉眼科等症辰刻在廟診脉施方過午不候如有外請辰刻來廟付信午後前往病家見症立方

海大道 鴻春樓番菜館

啓者本店三層大樓工程告竣地勢寬闊以備貴官紳請讌擇於去臘遷移新正月初二日開市各樣俱全價廉物美凡仕紳賜顧者請卽駕臨是幸 主人謹白

直報

本館開設天津紫竹林海大道老菜市氣燈房巷內

光緒二十四年閏三月十八日　第一千零四十五號
西歷一千八百九十八年五月初八日　禮拜日

部照已到　直隷勸辦湖北賑捐局自光緒二十三年十一月二十日以後至光緒二十四年正月初十日以前請獎各捐生部照已到請卽攜帶實收來局換照可也

例守局外　美日決戰一事津海關道現奉　北洋大臣王　札准總理衙門來電准日國葛大臣照稱香港報聲明爲局外之地請中國出示亦居局外毋碍兩國和好違萬國公法以敦睦誼等語希飭遵傳諭各報館登報中國爲局外之國沿海商民務飭勿私自接濟美日兩國軍需等因除行沿海各地方官一體示諭嚴禁外合亟登報俾衆週知

啓者本局光緒二十三年分總結帳欵現已一律彙齊結算以便刋刻帳畧於本年五月朔派分股利仍照歷屆章程預請　股友赴山會算其來返川資由局備付訂至四月望爲期俾無悞刋辦特　達

開平礦務總局啓

啓者刻下磁州煤礦已將吸水機器安置停妥各窰宿水俱已抽乾所出之煤與唐山五槽相等局內章程按照商辦極爲謹密將來利益已有成效但資本愈厚獲利愈多爲此布告津都中各處紳商有欲入股得利者其股票寄存源豐潤票號請向面塡可也

磁州礦務局謹啓

上諭恭錄

上諭此次新貢士覆試列入一等之夏同龢等八十四名二等之蕭開甲等一百二十名三等之孫光祖等一百四十四名俱着准其一體殿試欽此

團防議

客有關心時事者謂執筆人曰現今時局艱難日甚一日國家已成積弱之形雖有發憤爲雄之志萬難遽逞惟遵時養晦尙可苟延殘喘於旦夕間而各直省伏莽未靖又復蠢然欲動加以游勇會匪混迹市廛幾於無處無之近來搶刦之案層見迭出職是故也正月上元節後本埠樂生錢舖正當往來通衢行人如織時胆敢行刦並有拒傷事主情事雖經拿獲數犯正賊尙未抵法昨接據友人函稱靜邑西鄉某錢舖於本月初九晚方上燈時突被强盜十數人闖入櫃房刦去銀一千數百兩又聞有赴通州應試船行至子牙河下游當天晚停泊亦遭搶刦似此情形居者不安枕行者皆畏途民不聊生將奈何曰世之治也民惟仰仗於官世之亂也官轉藉重於民州縣官固職司捕務矣而轄境遼闊動輒百餘里戶口類皆七八萬將欲處處設防勢必有所不能一經出有竊刦等案報官必勘驗勘驗實然後飭捕緝輾轉間賊已遠颺無踪跡故破案時恒少十無一獲當此時而欲官爲保衛何如自行保衛之爲便乎客曰保衛當若何曰除舉辦團防別無善策也小之足以各保身家大之兼可報効君國淸盜源抉盜藪能使若輩絕迹而無所容身設有非常之變鄉與

鄉連合邑與邑連合彼此互相策應其聲勢且能遙助官軍而爲之援咸豐三年以後髮捻交訌蹂躪半天下河南山東各地方多半舉行團練寨堡林立少者千百人多者或至數千數萬人不等敗則憑障固守勝則伺隙邀擊逆匪所以不能大逞其志者該團與有力焉豈僅區區弭盜已哉聞江浙等省頗稱不靖盜賊充斥白晝橫行非特爲閭閻害並敢抗拒官兵相與交鋒對壘肆殺傷更有名爲施老窩子者黨尤衆勢尤兇此拏彼竄迄未淨絕根株沿江一帶哥老會匪相響應四出勾結勢將伺隙而動各大憲深恐一時竊發遂至不可收拾意欲防患未然現在出示署謂照得地方舉辦團防保甲最爲禦侮靖奸之善法方今內患甚多外侮迭至而官兵單薄不得不藉力於團防各屬照辦務須按戶口多少每團挑選精壯者或數十人或數百人編成隊伍製給器械復選精力强壯品性端方素爲鄉里所敬服者爲之管帶督率操練並勸令殷實舖戶酌捐鹽菜錢文責令巡緝一聞有警齊往捕拏所謂富者出資貧者出力保衛身家莫善於此倘果訓練有成堪備征調他日調出卽照營勇例給發大餉建立功名光耀門閭何莫非今日團防爲之嚆矢也云云規模闊大籌畫周詳實當今要務津屬各地方果能倣照舉行實事求是至於備調遣禦大敵建立功名猶屬後日事而當前固大有益於鄉鄰也開辦伊始無容過事舖張致使有名無實且經費浩繁轉恐後難爲繼儘可參酌水會章程五十家爲一社五百家爲一團按戶出丁各置警鑼一具有事鳴鑼爲號互相救援或有託故不到者公議受罰夜則輪流支更五十家分爲五班挨次循環周而復始固猶是守望相助之遺義也俟籌有欵項然後逐漸推廣製旗幟造槍械處常則保護鄉閭遇變則集成勁旅自然盜賊斂迹犬吠無驚矣請以質諸有身家者當不河漢斯言否

接續會典奬單 ○東陵承辦事務衙門主事恒昌請在任以員外郞遇缺卽選安徽潁州府知府聯福請在任以道員歸候補班補用兵部候選郞中廣興請 賞加四品銜知府用陝西候補同知陳壽彭請俟補知府後以道員用分發四川候補同知王郅請俟得缺後以知府用分省補用知府黃英采請俟得知府後以道員用四川候補知府曹穗請俟得缺後以道員補用河南補用知府李翊煌請俟補知府後在任以道員補用通判銜馮知京請以通判分省補用河南候補知府桑寶請俟補缺後以道員用 謹將列入一等議叙中異常勞績之供事擇其尤爲出力者擬給優奬繕具淸單恭呈 御覽伏候 欽定 計開候選從九品胡慶松請以鹽大使不論雙單月遇缺卽選並加五品頂戴供事高藩請以縣丞不論雙單月歸議叙簡用班選用並加六品銜供事孫希賢請以府經歷分省補用並加六品銜候補縣丞楊琛請仍以縣丞分省補用俟得缺後在任以知縣用供事陸寶達請以縣丞分省補用並加六品銜六品銜候選縣主簿張肇元請以州判不論雙單月遇缺前先卽選並換五品頂戴六品銜候選府經歷縣丞葉振芬請以州判不論雙單月選用並換五品頂戴知州用卽補布政使經歷周森請俟候缺後以直隸州知州補用分省歸候班補用縣丞于兆奎俟得缺後以知縣歸候補班補用並加同知銜供事斐景文請以縣丞不論雙單月卽選供事魯兆銛請以縣丞分省補用候選典史馬登瀛請俟選缺後在任以應升之缺升用 此單未完

防患甚周 ○總管內務府大臣諭 禁廷內侍蘇拉人等現在天氣較旱近日炎熱尤甚所有各衙門各殿前金銅鐵三項各大缸本爲儲水而設允宜一律挑水滿注以備應用勿得視爲具文又諭 內廷應有激桶之處亦宜將激桶振器抹淨泥銹安置齊備遇有傳調卽可立時送往蓋亦防患未然之意耳

東陵春俸 ○戶部爲示傳事所有 東陵禮工部請領本年春季分官俸銀兩本部庫定於閏三月二十三日開放該委員章京慶麟務於是日辰刻赴庫承領毋得違悞特示

鰲頭預卜 ○本科各省孝廉來京會試者實繁有徒無不各思預紅綾宴題黃榜名日前揭曉期屆凡由京官就試諸家於是日入定時早已喜報登科賀客羣集若陳君培焜吳君震春向屬文壇健將名著一時爲儕輩所推服今果雁塔同題益信文章有價轉瞬傳臚高唱爭奪錦標不禁爲諸君子預卜鰲頭吉兆

都門氣候　○京師氣候自節交立夏十五十六兩日午間火傘高張異常酷熱路上行人無不揮汗如雨午間雖覺暑熱而朝夕恍似深秋居人因時令不正染患疫症往往延醫不及溘然長逝居長安者尚愼旃哉

妖言惑衆　○京師近日天花盛行西便門內北烟閣地方突有一女不知從何而來裝腔做勢自言伊係痘神每至一家卽高坐神龕命以香花燈燭供奉缺一不可嗣有識者與之爲難至欲奉以老拳女始抱頭鼠竄其人以錢財未失姑且縱之按妖言惑衆例禁綦嚴今以小小女流而亦公然效此世風尚可問哉

犯供不諱　○左安門外左營守戎署弁兵拏獲起意强刼輪姦婦女人犯馮小禿等二名解案嚴訊據供於閏三月十一日我與董三行至左安門內見一婦人李氏年約三十上下提携包裹首飾獨自行走用言威嚇將伊誘至空廟內與董二將其輪姦並將包裹首飾盡行刦去等情供認不諱現已詳解步軍統衙門按律究辦諒不日據情奏送刑部審訊以正典刑

愚孝愚廉　○人生得失之端最足動心者莫過於科名然得之亦不過轉瞬快愉失之亦霎時悲憤又何足重輕耶乃有某孝廉者隱抱蘆衣之病赴試之初屏擋貲斧其家嘖有煩言孝廉因誓不中不歸入場後慘澹經營爲背城之計不意至三場時曹興之圖畫雖精翻教筆誤殷浩之矜持太過竟致空函以此羞憤遂於揭曉後呑服阿芙蓉畢命噫爲茲甲榜甘以身殉亦愚而可憫者矣

品斯下矣　○狎妓耗錢財此老生之常談也詎知有狎妓而反致富者此其品槪可知已京師前門外西河沿有某甲不屑舉其姓名平時遊於花叢見有妓立志超凡而私蓄甚厚不欲終勾欄者甲必殷殷自薦百般誘誆謂自斷紘以來久欲物色內助而所以鰥居自安者以未得有情人耳今卿如肯相從當以白頭爲誓妓之眼中無珠者往往爲其所惑而於脫籍之初甲又預思後步事必萬分牢穩及至妓入其門見大婦在焉自然另籌別路而甲則不推不挽公然書劵列名獲其身價以若所爲不獨一之爲甚而且至再至三噫以一窶人子至今擁貲盈萬居然一富家翁矣

奉　旨閱操　○昨報福州將軍增留守祺閱看新建軍操演等情嗣聞該將軍於請訓時曾奉　皇上面諭飭令乘便將新建陸軍閱看操防得力與否專摺陳奏故軍憲昨已起節前往小站閱看矣

鎭標放餉　○天津鎭標三營餉銀例由道庫提撥按季發放茲聞十七日發放春餉鎭憲仍委派中營韓遊戎會同左右城守三營不日點名給領

道轅批示　○滄州民人王玉璞呈批此案業據該前州訊明詳報王六王杜係被馬貴一人毆扎致傷身死不特兇犯供認不諱卽屍子王全屍父王玉周亦無異詞其爲並無帮兇已無疑義且查該前州原禀爾於王六等身死之後曾向屍妻撞去京錢三百餘千今又控爭葬埋銀兩藉屍訛詐情殊可惡本當押發懲辦姑從寬嚴行申飭倘再妄控定行發回重辦不貸仰滄州知照呈抄存

派弁會解　○長蘆二批鹽課派委職名業經列報茲悉此項銀兩於又三月二十日起解並另派武弁黑恩鈺會同護送

委署協篆　○通州協副將病故出缺等因曾紀前報茲聞督憲札委候補游擊龍游戎殿揚暫行署理至奏補何人刻尚未見明文訪明再錄

府批一則　○津邑監生穆壽山批查劉桐軒所欠巨欵經歷前府堂斷比追迄仍故違不遵實屬刁玩候卽飭傳嚴追至周恒謌所欠之欵業據王德勝等呈明調處求限半月繳案了結至今逾限未據處妥應候併案訊追以淸塵牘

委催錢糧　○候補縣趙大令景忻奉藩司札委行催天津七屬錢糧日昨到津諒不久卽前往各州縣會催矣

縣批彙解　○許儀亭呈批業經票飭候催原役具覆再行察奪又魯秉經呈批已於原役禀內批示矣着卽查照又李上彭呈批俟比捕勒緝又孫耀曾呈批前已明晰批示輒復來案呈瀆殊屬非是應不准理

票傳到案　○前報圪地蕭二刃傷馬三一則昨奉邑遵票傳蕭之胞兄蕭大及族兄蕭祺雲蕭老等質訊刻正犯到案餘皆躱

避僅將蕭祺雲之子獲案未知過堂時作何辦理

小火例誌 ○十七日下午時忽聞鳴鑼報警詢係侯家後義和成後不戒於火幸經水會齊集竭力灌救旋卽熄滅僅焚去草房兩間並未殃及隣右

小心門戶 ○河東于家廠李某小本營生每日歸家須二鼓以後昨晚方定更時候有人身穿藍小夾襖走進屋內李妻初疑夫歸繼覺情形不類大呼有人同院某甲隨卽出赶而佛前錫器已被搶去矣此非慣賊大半附近無賴輩稔知該家無人乘間施其伎倆然則小心門戶實居家第一要務也

買良爲賤 ○河東二甲劉某作水販慣買良家幼女爲娼刻與該黨數人自灤州携來二女視爲錢樹子將謀重利不料各起私心頗形齟齬恐將來不免一塲是非

風姨肆虐 ○縣號書某甲好冶遊日留連於邊玉堂小班中作安樂窩妓寶玉色藝頗佳甲暱之欲代作護花旛而妓不願也甲怒甚大作威福立卽驅之出班七十鳥雖視爲錢樹子而懾於氣燄莫放誰何然則縣書之威權何大耶

稅卡藏嬌 ○周胡子小班有雛妓名鳳蘭者碧玉年華允稱班中翹楚刻經某觀察門政張甲備價一千二百兩爲之脫籍現寄寓楊柳青稅卡中作安樂窩惟聞該妓來歷不明未悉甲能老於是鄉否也

監守自盜 ○李某開布店上月杪因虧欠歇業惟查該舖掌有侵吞情事多至八百餘吊之譜遂送交有司追究

光緒二十四年閏三月十六日京報全錄

宮門抄○閏三月十六日工部 鴻臚寺 廂白旗値日無引 見 定昌假滿請 安 克王續假十日 鍾亮請假兩個月 召見軍機 崇禮 鳳鳴

○○頭品頂戴陝西巡撫臣魏光燾跪 奏爲查明陝省徵收錢糧並無浮多請免提減謹據實覆陳恭摺仰祈 聖鑒事竊臣上年接准部咨以預籌湊解洋欵令各省查照江西減收丁漕錢價提解丁漕平餘成案各就本地情形酌量仿辦等因咨行到陝當經行司飭屬遵辦去後茲據前署布政使李有棻會同善後局司道詳稱伏查陝省正賦原無漕米應徵土糧多收本色其糧折需折均按例價時價徵銀入銷卽地丁一項向係照章徵銀同治八年經前撫臣劉典會同前陝甘督臣左宗棠奏請陝省各屬平餘普減三成十一年復經前撫臣邵亨豫以西安同州鳳翔乾州四府州屬平餘多寡不一分別裁減一二三成會奏各在案至漢中興安延長榆林高州鹿州邠州綏德等處地處南北二山之中土壤寒瘠糧賦有限自遭兵燹半就荒蕪嗣經籌辦開墾陸續升科地丁納銀皆循其舊以後各屬民納正銀一兩額徵耗羨一錢五分隨地丁起解此外傾鎔火耗等費亦係隨正徵收原定數目本係核實除去應用各項無甚盈餘卽東路額賦最多之處每年僅敷辦公若北山榆林保安延長三縣共祇起運地丁銀五百兩定邊一縣則並無銀兩起解據申間有折收錢文者係各照市估增減非特毫無盈餘往往以銀價高低不齊州縣尚爲賠墊綜計全省地丁土粮各項均係核實徵收並無冒濫良由前次明定章程從無折勒自後官有遵守民所共信是以陝省正供向係踴躍各州縣報解日期相距亦不甚遠辦理極爲切實現經各屬查覆到司悉心彙核皆係循舊辦理實無盈餘可以提減等情前來臣查戶部原奏提用減收之議係爲 國計民生兩有裨益起見如果各屬徵收實有盈餘何敢任其欺隱惟陝省錢粮多係徵銀收數向來核實卽間有數處聽從民便以錢折收者亦皆按照時價長落並無浮收實無可以減收提用之處核與江西各省每兩折收至二千五六百文者情形大相懸殊碍難仿照辦理所有查明陝省各屬徵收錢糧並無浮多請免提減緣由除咨戶部查照外理合據實覆陳伏乞 皇上聖鑒謹 奏奉 硃批戶部知道欽此

○○劉坤一片 再湖北解淮川稅一半錢文內有撥解金陵善後局一欵接准部咨行令自本年正月起將前項錢文悉數提解運庫此後欵無可籌當令司道等會商籌議茲據江甯藩司松壽等復稱查金陵善後局創於同治三年所需經費係於善後捐欵支用迨捐

輸停止後經前督臣曾國藩檄飭湖北督銷局於向解霆峻營軍餉之鹽厘內每月撥銀四千兩以資濟用嗣以淮厘無款改在川稅項下撥解光緒九年局欵不敷支放復經前督臣左宗棠飭鄂局加撥銀一千二百兩月共解銀五千二百兩此川稅解淮一半錢文協解善後經費之由來也金陵善後事宜雖經節次歸併而事有萬不可廢如省城內外保甲總分各局及稽察城門巡查河道暨城工歲修文武月課每屆冬防冬賑文武鄉試各善堂等項在在緊要均應照常舉辦此外零星欵目繁多不能枚舉歷經前督臣曾國藩左宗棠先後奏准免其造報各在案金陵係南洋總滙之區地方遼闊人烟稠密宵小最易潛蹤加以城內外教堂林立民教雜處易啓齟齬衆有游歷之人不時來往全賴善後及保甲等局巡防保護彈壓稽察所費無多所全實大此前督臣曾國荃以善後及保甲局相輔而行所以奏留照辦也伏思蘇州善後經費本由厘金項下提用現因蘇滬厘捐派歸稅司代徵前項善後用欵無出已由電商部臣准將江海關每年應撥洋藥厘金銀十四萬九千兩悉數撥濟金陵善後事同一律地方尤為遼闊民情較為困苦所撥川稅數僅及半局中用費本已不敷舍此更無可以挹注茲若再將原有協欵提歸運庫則無米難以為炊勢必將局卡裁撤地方應辦諸務概行廢弛貽誤堪虞瀝情詳請具　奏前來臣查當茲伏莽未靖善後保甲實為地方切要之務前項用欵均屬必不可少之需較之蘇垣尤為事繁欵絀委屬減無可減籌無可籌合無仰懇　天恩俯念江甯省垣關繫綦重於川稅解淮一半錢文內仍准按月照數撥解以濟要需除咨戶部外理合附片具陳伏乞　聖鑒　訓示謹　奏奉　硃批覽欽此

味心難憑　啓者前閱國聞報有聲明廢票一則徒屬誣賴難憑余自光緒二十年在營口太古行存欵立約三張而二十一年因海疆不靖并未支取至二十二年春秋二次着人往取該行云暫候數月其項一時難週去人候至兩月仍未備齊該行又云請暫先回津幾時備妥即行電達延至二十三年仍未交付一味搪塞未齊之語迄至今春余用欵即不能待該行突然登報昧却良心然豈能由此善罷否　樂天和堂主人謹啓

溯自神農嘗百草以治病嗣後名醫代出製成丸散膏丹名目繁多幾不勝僂指數然人有強與弱時分古與今病證亦因之而異倘執固鮮通泥成方以治病鮮有能奏效者且補瀉各有所偏寒熱豈能一致欲以兼治百病戞戞乎難哉近有申江南順泰主人購來美醫士爾蘭君所製治蠱藥水能兼治百病功效如神眞可起死回生仙丹不若也按爾蘭君以養花木起家致巨富中年患肺疾不時欬嗆纏綿十餘年服藥幾千百裹迄無驗勢瀕危矣因思平日時花種木能使衰者茂枯者榮為能去蠱也花木如是人豈獨殊爰將治蠱藥嘗之杲見輕減遂益選上品材料配和停勻製成藥水連服多劑不踰月病若失復以試他人莫不應手回春於是名傳遐邇購求者紛至沓來大有應按不暇之勢徧美洲活人多矣本埠恒豐泰主人聞之以為津門通商口岸仕商雲集獨無此妙藥沾惠同人實屬憾事因從上海分來在本行寄售非圖取利亦藉行方便也謹將所治各症列左如有染患各弊者急向本行購取

一急痧時疫即香港廣東傳染之症已經西醫查驗皆因蠱之為患釀成此症每至一發而不可救為此藥可以治之取第三種每十分鐘一時服一大酒杯並用布醮藥敷貼周身只要生氣未絕不難施救

一肺癆及各色肺家病症皆因蠱為患除蠱在腹中已將全肺蛀盡不能施治外倘有一線生機將第一種藥日服少許逐漸加增如夜間尚覺咳嗽即服半調羮歷半時服一次宜勤不宜斷如胸口尚覺疼痛將第三種藥連瓶浸入溫水內令熱先將絨布鋪放胸口後將藥倒在絨布上逐日如法治之至痛止為度如兼吐血亦用第三種藥治如上法但藥不令必熱布不必用絨

一戒除洋煙之癮用第一種藥日服五六次三閱月便可戒絕永無後患而且飲食加增身體肥壯

一治瘋癲等症用第二種藥日服四五次外用布醮第三種藥敷貼患處愈而後止

一喉症用第二種藥小孩服一小調羮大孩服一大調羮男女人服一小酒杯當藥入口時仰頭呼吸作響聲如唧水嗽口勢然後咽下外用布醮藥束頸

一癬疽乳癰毒瘡及楊梅結毒用第二種藥日服六七次外用第三種藥敷患處

此藥行遍歐亞各洲活人無數功效不能筆述無論內外各種病症內此服吃外則敷貼均能奏效　天津恒豐泰洋行主人代啓

茲因各省風氣大開新設報館不計其數彼處經理報務十數載年增月盛日出各報一千八百餘份銷行推廣今歲向友立約在彰西口即東口袁台子地方隆泰行門首新設各報分館先用直報開張　諸公定閱就近向該處購取賜函分送風雨不誤肅此鑑諒　天津北門內府署東各報總處謹白

電報總局續招股分公啓

中國電報創辦十有八年行遍二十二省先後與丹英俄法四國接線以通外洋備歷艱難已著成效本公司股票一百萬元歷年公積稱是皆爲添線修線所用並無現銀存儲上年與海線公司訂定出洋齊價合同電利更有把握現在興辦恰克圖電工以通陸線出洋電報又須由天津至上海由上海至廣東加添一線以免內地電報遲延湖南及各省均須添造枝線約共需銀六七十萬兩除借墊之外自應續招股本洋銀六十萬元分作六千股每股仍英洋一百元照章本應先儘老股惟電局從前招股之時各省風氣未開紳商多抱向隅之憾此時招股若不先儘老商不足彰公道若不准新商酌附又不足示鼓舞現擬老股六成新股四成無論老商新商均准於限期之內就近赴各省電局掛號先付掛號一成洋銀十元給予各電局收條註明老商新商字樣自本年閏三月初一日起至五月底止即爲截數之期如果逾額照泰西招股章程按照掛號數目攤派以昭平允至續九成洋銀九十元限一個月內向經手掛號各電局換給印收隨後再換給總局股票股摺

中國電報總局公啓

神目如電

陳恒益謹白

商業將一切情形登諸告白似無煩再述矣惟李子香探知商於初八日在縣尊投呈伊即於初九日亦於兩報告白狡辯伊若不辯伊之缺陷仍不出也今既辯矣何竟不敢將商所登議單之底指爲或眞或僞伊非不敢指也此其中大有伊不能吐之實情耳若指爲眞必須呈案呈案則增訛之情畢露若指爲僞一切作押契據均在伊手將來均成廢帋于是欲不辯而不得欲實辯而不敢只得虛與委蛇徒以無理取鬧等詞亂人耳目而已究之眞僞久必自明諒難逃官府之鑒察況伊以假字謀李承宗引岸經佘運憲洞燭其奸立予押之此近日之事昭昭可考也謹將商本月初八所遞呈詞照錄以憑電察　爲懇傳正點追繳實憑撤底清查施恩斧斷事切商欠李子香之欵業將實在欠數開單具呈在案迭蒙　仁天提訊至公日明雖蒙　管押係案情宜爾商之項感刻骨難名至案久懸不能斷結者非不善斷實緣李子香不將眞正借約呈出僅用伊自揑作之僞據蒙混伊之所以不呈眞據者其詐有二以此假據控追案結後再以眞據具告是一賬二討其詐猶淺而不呈眞約增訛銀數借可謀產並可將一切作押之據秘爲已有其詐乃深且兩造共事只商與李子香經手而商弟文珠但具名而已伊以文珠少不更事爲可慫恿以追到案以爲可肆其欺此其詐更不可問也似此必須請李子香俯就到案追繳正據自能水落石出不至寃沉海底矣爲此叩乞　本縣正堂大老爺格外施恩俯准將李子香傳案追繳正據實爲德便上呈

魁陞號綢緞洋貨莊

本號自置顧繡綢緞洋貨等物整零均按銀莊格外公道皆比大市價廉發售　寓天津北門外估衣街五彩號衚衕口坐北向南便是特此

本號謹啓

恒昌照像館

啓者本號今因建造新樓于三月初二日暫遷往牌坊外先農壇前另設玻璃照像棚諸君賜顧請駕光臨是荷俟本樓工竣復回原舖謹此佈聞

本主人謹啓

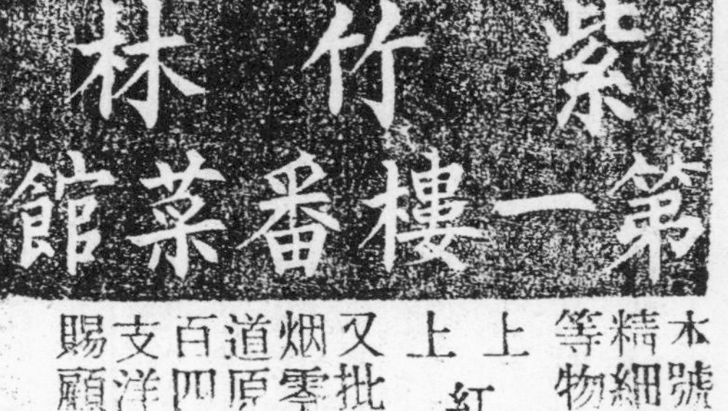

本號專作英法大菜各色精細點心各樣洋酒洋貨等物一應俱全並售

上　八百

紅茶每斤津錢一千

上　六百

又批發茂生公司鐵海紙烟零整發售價值格外公道原箱計一百盒價洋一百四十四元每盒計五百支洋一元五角凡仕商賜顧請即駕臨是荷

主人謹白

啓者昨接上海孫仲英善長來電旋又接到顧緝庭葉澄衷嚴筱舫楊子萱施子英各觀察來電據云江蘇徐海兩屬水災綦重飢民數十萬顛沛流離死亡枕藉災區十餘縣待賑孔急需欵甚鉅官欵恐未能徧及素仰貴社諸大善長久辦義賑飢溺猶已敬求代呼將伯源源接濟功德無量蒙滙賑欵即滙上海陳家木橋電報總局內籌賑公所收解可也云云伏思同居覆載異姓不啻大親縱隔形骸民物莫非胞與頓遭洪水哀此災荒盡是蒼生何分畛域況救人性命即積我陰功雖此日拯茲黎庶散盡赤仄青蚨卜他年報在子孫同來玉堂金馬斂社欵無備濟自知獨力難成術欲廣仁惟冀衆擎易舉叩乞　顯官鉅紳仁人君子共憫奇災同施仁術原擬活人無算雖千金之助不爲多但能濟世有功即百錢之施不爲少盡心籌畫量力輸將斂社不禁爲億萬災黎泥首叩禱也如蒙　慨助即交天津溜米廠濟生社帳房代收並開付收條以昭徵信

濟生社籌賑同人謹啓

天后宮北

義興順綢緞莊

本莊自置顧繡綢緞綾羅紗絹各樣洋貨南貨雅扇桂母頭油香貨歸安貝松泉湖筆一概俱全

頭號杭寗綢 四錢三
頭號江寗綢 三錢三
頭號摹本緞 三錢八
紅梅茶 九百六
紅茶 六百四
紅茶梗每斤 二百二
龍井茶 一吊八
金百襉裙布裡 五兩八
壽棉綢裡每套 六兩八

告白

河北望海寺設英文書館凡格致測量代數諸學無不精通如欲肄業者祈來館報名面定每日早學十點至午六點每晚學八點至十一點

本館謹白

告白

現有靠河園田地一段九十畝上下坐落大直沽北情願按時價出售 如欲買者請至河東柴家大墳西劉忠處面議可也

劉忠謹啓

新開元隆號綢緞洋貨莊

本號自去歲四月初旬開張以來蒙各主顧垂盼雲集馳名日盛特由蘇杭等處加意揀選名機新鮮貨色零整銀價俱照大莊行市公平發售以昭久遠此白 寄賣龍井雨前素茶福建皮絲水烟各種眞料大小皮箱 開設天津府北門外估衣街中路北門面便是

三井洋行分莊

告白

啟者日本商始創貿易爲業數拾年以來今分莊開設北門外鍋店街洮家衚衕口對過專選精工料實東洋棉紗各等時式大小疋棉布粗洋布斜紋洋標等格外公道價亦從廉凡仕商賜顧者請至分莊面議可也特此佈聞

三井本莊主人啟

啓者本行開設香港上海三十餘年四方馳名專售各式金銀鐘表鑽石戒指八音琴千里鏡眼鏡等物並修理鐘表外洋新到各色鐘表價錢比別家格外公道開設在紫竹林法租界大街本行又分莊在北門外樂壺洞保陽棧傍榮生祥內請諸君降臨光顧是幸特此佈聞

戊戌年閏三月十八日禮拜日

烏利文洋行

北京

新福商義洋行

本行由津號運來西洋玩物食物花草料器布疋等貨不及備載專供各公館使用
賜顧者請移玉東交民巷法國府對過洋飯店內便是

天津新福商義代啓

啓者本公司開設天津紫竹林法租界烏利文洋行旁邊專由內地採買牛羊以備洋人膳用所有圈養一切宰牛羊之法目皆按西法其牛羊肉淨無可比與衆不同本公司今因議定新章特邀同教中人專爲司理此事故特聲明除每日售與洋人按摺取之外所有牛羊肉皆照章售與華人零用格外公道不悞主顧 議定準斤十六兩價錢 牛肉每斤一百八十文 羊肉每斤二百六十文

主人謹啓

悅來洋貨店

開設天津法國租界紅樓後自運各國玩物金邊三連磨花描銀玻璃磚鏡子五彩大小碗盞杯盤料器奇形異樣香水壺荷包靴拔洋景蘶子手套叫鐘表鍊花針扣子戒指洋火盒玳瑁梳篦金銀首飾鼻烟壺各樣五色料金珠畫圖等物格外價廉消售發客

美孚老牌煤油

啓者美國三達煤油公司之德富士老牌煤油天下馳名萬商稱美蓋其質潔色清亮白如銀且絕無烟氣能耐久燃比之生荳等油晶光百倍而儉用價廉此爲德富士老牌之佳處誠屬無雙妙品也士商賜顧請到天津美孚洋行採辦或向就近殷實行店購買庶不致悞

DEVOE'S
PAT'D JUNE 22.63.
BRILLIANT
OIL
IMPROVED
PAT'D JUNE 28.64.
PATENT CAN
美孚行

開設天津紫竹林海大道旁

福仙茶園

啓者本園於本月初四日止戲清理賬目今將園內桌椅磁壺磁碗以及新製彩切零星等件合盤出兌如有願兌者及詳細章程請至本園面議可也特此佈告

福仙茶園謹啓

現邀新班進園擇吉登臺

創包機器

敬啓者近來西法之妙莫過機器靈巧至各行應用非得其人難盡其妙每值傷損修理必悞時日今有甯子卿專於經理機器玆擬創辦包定各項機器以及向有機器常年煤料工力價值格外公道如貴行欲商者請到福仙茶園面議可也特白

新到儒醫

啓者天后宮財神殿內廣此儒醫高老先生專治內外兩科男婦大小方脉兼治咽喉眼科等症辰刻在廟診脉施方過午不候如有外請辰刻來廟付信午後前往病家見症立方

京都 一品樓

本樓擇於三月十二日開市大吉

本舖常做

隨意便飯 蘇造餚饌 烤鴨 薰鷄 應時小賣

內有樓房雅座

開設天津紫竹林大街北頭路西門面便是

閏三月廿一日出口輪船 往上海 禮拜三

利運 輪船往上海 招商局

新裕 輪船往上海 招商局

安平 輪船往上海 招商局

閏三月十八日銀洋行情

天津通行九七六錢

銀盤二千三百三十七 洋一千六百六十七

紫竹林通行九六錢

銀盤二千三百六十七 洋一千六百九十二

洋錢行市七錢一分八

新開 敦慶隆綢緞洋貨莊

擇於閏三月十一日開張

本號開設天津北門外估衣街西口路南第五家專辦上等綢緞顧繡以及各樣花素洋布各碼線批合線俱按銀莊零整批發格外克己士商賜顧者請認明本號招牌庶不致誤

本號特白

朱鈍翁先生鑑湖高士浙水名流代學爽鳩世習扁鵲脉理精奧醫術深通來津十年屢治危症名揚遐邇著手回春久寓彌勒庵

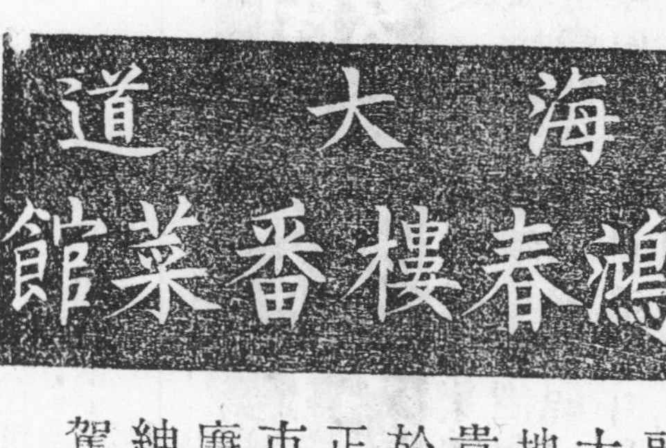

啓者本店三層大樓工程告竣地勢寬闊以備貴官紳請讌擇於去臘遷移新正月初二日開市各樣俱全價廉物美凡仕紳賜顧者請即駕臨是幸

主人謹白

直報

本館開設天津紫竹林海大道老菜市氣燈房巷內

光緒二十四年閏三月十九日　第一千零四十六號
西歷一千八百九十八年五月初九日　禮拜一

部照已到　直隸勸辦湖北賑捐局自光緒二十三年十一月二十日以後至光緒二十四年正月初十日以前請奬各捐生部照已到請即攜帶實收來局換照可也

北洋大臣王　札准總理衙門來電准日國葛大臣照稱香港報聲明爲局外之地例守局外　美日決戰一事津海關道現奉請中國出示亦居局外毋碍兩國和好違萬國公法以敦睦誼等語希飭遵傳諭各報館登報中國爲局外之國沿海商民務飭勿私自接濟美日兩國軍需等因除行沿海各地方官一體示諭嚴禁外合亟登報俾衆週知

啓者本局光緒二十三年分總結帳欵現已一律彙齊結算以便刋刻帳畧於本年五月朔派分股利仍照歷屆章程預請赴山會算其來返川資由局備付訂至四月望爲期俾無悞刋辦特達　股友　開平礦務總局啓

啓者刻下磁州煤礦已將吸水機器安置停妥各窰宿水俱已抽乾所出之煤與唐山五槽相等局內章程按照商辦極爲謹密將來利益已有成效但資本愈厚獲利愈多爲此布告津都中各處紳商有欲入股得利者其股票寄存源豐潤票號請向面塡可也　磁州礦務局謹啓

上諭恭錄

硃筆李培元補授通政使司副使欽此

臚傳儀注

今將本年戊戌科傳臚禮節訪錄於左傳臚前一日讀卷官以前十卷恭呈　御覽　欽定甲第名次啓封付塡榜內內閣學士奉榜詣乾淸門請　皇帝之寶鈐榜訖仍送入退是日早　法駕鹵簿於　太和殿前照常陳設樂部和聲署設中和韶樂於　太和殿簷下兩旁設丹陛大樂於　太和門兩旁俱北向王以下入八分公以上在丹陛上文武各官在丹墀內朝服排立諸貢士穿公服戴三枝九葉頂在墀內於各官之次兩翼序立禮節等官設黃榜案一於　太和殿內東旁又設黃案一於丹陛上正中設雲盤於丹陛下設龍亭於　午門外內閣學士俱朝服捧黃榜安設於　太和殿東旁黃案上屆時禮部奏請　皇上禮服出宮　午門鳴鐘鼓禮部堂官前引　皇上御　太和殿中和韶樂作奏隆平之章　皇上升座樂止鑾儀衛官贊鳴鞭堦下三鳴鞭鳴贊官排贊班丹陛大樂作奏慶平之章鴻臚寺官引讀卷官執事官排班立鳴贊官贊進贊跪叩興讀卷官執事官行三跪九叩禮禮畢樂止內閣大學士一員自黃案捧榜至　太和殿簷下授禮部堂官禮部堂官跪接由內堦左旁下跪置於丹陛正中所設黃案榜架上跪行三叩禮退立東側鳴贊官贊排班丹陛大樂作奏慶平之章鴻臚寺官分引諸貢士至行禮處次第排立贊鳴官贊有制諸貢士皆跪樂停止　未完

接續會典奬單　○候選從九品王文瀚請以縣丞分省補用供事路道南請以縣丞分省補用候選未入流葉永蓁請以道庫大使分省用候補縣丞夏之時請以布政司理問不論雙單月遇缺即選並加同知銜候選未入流杜濟彬請以巡檢分省歸候補班補用並加六品銜候選巡檢王文著請俟得缺後在任以縣主簿補用　供事袁占鰲請以州吏目不論雙單月歸議叙班選用分省歸候補班補用知縣王孔鑄請以同知仍分省補用供事杜仲芳請以縣丞分省補用候選縣丞李占甲請以布政司理問不論雙單月即選分省歸候補班補用知縣朱永齡請以同知仍分省補用巡檢殷璞請　賞加六品銜同知銜分省候補班補用知縣蘇玉海請　賞給五品封典縣丞銜徐煥請以縣丞分省歸候補班補用供事董松椿請以縣丞不論雙單月歸議叙班即選候選府經歷蔣崇詣請以按經歷分省補用分省候補班前補用府經歷李芳請俟得缺後在任以知縣仍歸候補班前補用候選未入流李信平請以縣主簿不論雙單月遇缺即選候選縣丞胡祖光請仍以縣丞分發省分歸候補班補用供事韓奐璽請以縣丞分省歸候補班補用供事王步洲請以巡檢分發省分歸議叙班補用候選未入流夏旣澤請以州吏目分省歸候補班補用候選縣丞魏世平請仍以縣丞分省歸候補班補用　此單未完

伺候閱操○　皇太后於閏三月十二日由　頤和園啓鑾回京看視恭邸政體已列前報茲聞　皇太后法駕於十七日由　南海起鑾仍詣　頤和園駐蹕　皇上於十八日辦事後詣恭邸看視復至　頤和園駐蹕伺候　皇太后閱看火器營神機營等操演鎗砲各隊弁兵僉差諸王公暨文武大小官員其辛勤隨侍更當小心翼翼矣

承修武廟○工部請領本部奏請　欽派承修　關聖帝君廟等工淨需辦買物料及拉運車脚匠夫工價共銀一萬一千六十四兩四錢一分八厘按照奏定章程發給四成實銀四千四百二十五兩七錢六分七厘二毫相應出具印領以便派員前赴戶部支領以備要工云

稽查文冊○宗人府內閣翰林院詹事府六部九卿五城司坊各衙門每年須由都察院派員稽查所有公事文移案件均於查驗後註明冊中彼此校對如有錯誤惟經手人是問現查驗之期已由都察院特派河南道某侍御前往稽察所有各署公事即於閏三月底一律將冊案造齊至期帶同司事吏役人等逐一查察如有不符定當參處云

示發僧俸○戶部爲示傳事所有理藩院咨領本年閏三月分宏仁等寺廟喇嘛錢粮銀兩本部庫定於閏三月二十三日開放該委員筆帖式金綬務於是日辰刻赴庫承領毋得違悞特示

禁賣女座○欽命巡視中城察院　爲嚴禁曉諭事本城所屬地面飯館酒肆極多現聞元興堂大同居有售賣女座情事實屬有關風化且恐滋生事端應亟嚴行禁止傳令各飯館出具不買女座甘結存案除業經出示曉諭外爲此再行示仰各飯館酒肆並捕甲人等知悉倘有售賣女座情事立即嚴拿懲辦决不寬貸特示

險遭拐去○京師前門內西城根陸姓家頗小康生一子甫八歲日昨嬉戲門外被拐匪用迷藥一彈神即迷惘隨之而去至僻靜處將衣服剝下携之由城根逸出前門至荷包巷適與某甲相值甲蓋該孩童之舅也見甥獨行踽踽甚以爲疑遂牽其衣問以何往孩痴若木鷄急覔同行之人已杳如黃鶴知爲匪拐遂挈孩入相識家噴以冷水飲以熱湯始漸蘇醒言其梗概然舌尚木強未能圓轉自如也嗚呼險矣

咨送德藩○頃督憲接到總理衙門電咨德親王在膠州換輪准於月之二十三日抵塘由塘沽乘火車赴都制軍應由塘沽送至楊村沿途七站均結綵棚由地方官照料天津鎭送至馬家堡候出京一同來津云

道批二則○沙船耆民宓耀文等批據禀已悉仰候委員查驗如果屬實取樣呈請倉塲部堂驗明示遵該耆民等務須小心保護不得稍有疏忽干咎切切此批又河間縣人張學禮批據呈劉棟等糾衆發塜如果屬實情殊可惡旣稱控府批訊有案仰河間府

即飭河間縣集訊明確照例懲辦具覆毋任含糊了事爾即回縣候審呈單抄存

官樣文章

○頃聞禮部文咨行直隷督部堂通飭所屬文武各官遇有應赴新任者到任接印時一切儀注均應查照禮部條例所行勿得有乖體制致干察議

委查租界

○頃聞威海所駐日兵盡行撤去其地租與英國作爲通商口岸刻經督憲札委嚴觀察道洪前往查辦地界聞不日當即搭輪赴東云

豸節赴任

○新授廣東高廉道吉觀察順前由京來津候輪莅任茲聞定於十九日起節乘招商局輪船南下

協戎稟辭

○特用游擊龍游戎殿揚奉委署理通州協篆務業於十七日赴院稟辭定於二十日起程前往新任

涓濟歸公

○署楊村通判沈別駕水衡自履任以來實事求是廉潔爲懷曩昔陋規革除淨盡前以船頭弊端百出破除情面立予斥革移請天津縣招募妥人承充絕無一毫私意爲從來任是缺者所未有頃悉以剝船急須油艌照章請領修費涓滴歸公實爲數十年所僅見云

請員辦運

○天津道署接據江浙糧道咨稱本年押運印委各員隨船來津者爲數無多不敷分派請就近保送數員以資辦公俾免貽悞

解犯銷差

○候補縣馬大令毓藻前奉督憲札委會解巳革提督孫萬林赴刑部交收等因均登前報茲于十七日回津隨赴督轅稟知銷差

輔仁題目

○十八日輔仁書院係天津縣呂大令課期業經考訖茲將題目照錄 生文題 膠鬲舉于魚鹽之中至故天將降大任於是人也 童題 雖柔必强 通塲詩題 賦得安得壯士挽天河得河字五言八韻童六韻

河工例報

○現因沿河各汛該管各河水勢漸就低落與該管各堤概未潰決據實稟報前來以備核轉施行

又一小火

○前夜漏二下侯家後江又胡同某小班不戒於火當即鳴鑼報警幸衆伍齊集拆去天棚又扒草房一間始行撲滅

魚去鴻罹

○昨報載靜邑西鄉錢舖被搶一則刻悉是晚有雜貨船兩艘停泊橋下該舖被搶後遂即開行意欲回泊壩台緣船上有鏢故也該處捕役疑係賊船隨向攔詰並登船搜查果有白金一捆當即將船扣住送縣署懲辦聞該客巳據情控告是否誣良爲盜一經研訊不難水落石出

暴死駭人

○劉大者小本營生日昨携籃行至窰窪小鬧口西忽然倒地譫語喃喃似與人爭辯狀少頃大叫一聲隨即氣絕有識者赶緊信知其家舁回殮埋後訪此人素行忠厚而竟如此暴卒得毋前世有宿孽耶噫異矣

忠告之言

○捕盜則無限疆界禦寇則出境殺賊救急則無分畛域皆善舉也人胡憚而不爲指官撞騙越俎而謀非善舉也人胡喜而慣爲是則貪之爲害而分之所以不安也招賭窩娼例所當禁官不禁之而喜之喜其以不禁爲禁卽以禁爲不禁藉例條爲利藪故不在其位亦謀其政習之弊貪之端也聞有某二尹者本管河工娼賭等事非其應管乃竟在侯家後娼窰訛索錢文貪可知矣事屬傳聞姓名頗著然乎否乎姑錄之以爲忠告

老漁善水

○河北新浮橋一帶漁舟麕集撒網垂綸天然一幅畫圖也昨薄暮有漁舟停泊該處正值收網時忽幼童被碰落水老漁素諳水性隨卽奮身躍入隨波逐浪竟援之出險說者謂老漁此舉不啻赤水求珠矣

代收江蘇第七次助賑清單

○黃杏樵助洋一百元 榮慶堂陳助公砝化寶銀十兩 進善堂助洋十元 致祥堂助錢二十吊 顧氏求人口平安順助錢二吊 唐山保甲局寄來罰欵洋二十元 無名氏助洋八元四毛隱名氏助行平化寶銀五兩

蔣劉金陳捐蘇屬賑濟洋十元　濟生社籌賑同人具

光緒二十四年閏三月十七日京報全錄

宮門抄○閏三月十七日內務府　國子監　廂紅旗值日　吏部引　見七十八名　奕劻假滿請　安　湖南藩司俞廉三請　訓榮和由奉天到京請　安　榮中堂請假十日　松溎續假十日　王榮商請假三個月　內務府奏派致祭　昭顯廟　派出克文召見軍機　俞廉三　榮和　　皇上明日辦事後至恭王府看視畢至　頤和園駐蹕

○○頭品頂戴湖廣總督臣張之洞頭品頂戴湖北巡撫臣譚繼洵跪　奏爲湖北試辦工藝附於蠶桑局兼理以節經費而利民生恭摺具陳仰祈　聖鑒事竊維周禮六職飭其材月令五庫審其量是萬物有曲成不遺之妙百工爲自古政令所關光緒十六年臣譚繼洵到任後卽經會同臣之洞諭飭司道籌欵興辦蠶桑曾於十九年三月將辦理情形會銜具　奏旋因辦有成效臣繼洵又於二十二年兼護總督任內　奏明各在案近年廣招學徒添設織機六十張仿織江浙綢緞各料精益求精銷路愈廣經費足資周轉現擬擴充規模就局中委員司事兼管新募工匠學徒講求工藝以備農桑蠶織之不足伏查內地所產麥草本非貴重之物織成帽辮粗細式樣約二百餘種行銷甚有利益就山東烟台一處而論每年銷價計銀已有一二百萬兩之多所造之貨女工居多又樟樹易於種植採葉製煉可成樟腦向有成法廣東近巳仿造亦可暢銷他於日用所需有洋蠟燭洋紙壓油等物多以委棄之布縷毛骨鎔煉而成湖北民貧地瘠水旱頻仍尤當設法補苴用蘇民困茲由山東萊州招僱織辮上等工匠來鄂收買麥草卽於蠶桑局添募本省學徒令其盡心指授由麤及精一面飭令民間廣栽樟樹現有長成之本先行收買試熬樟腦並購運器械逐漸仿製洋蠟燭壓油等物俟辦有效驗卽擇學徒之精其法者派赴各屬轉相傳授總期失業者得所工做成物者各盡土宜以昭副　朝廷利用厚生之至意所有湖北試辦工藝附於蠶桑局兼理以節經費而利民生緣由謹合詞恭摺具陳伏乞　皇上聖鑒訓示謹　奏奉　硃批該衙門知道欽此

○○頭品頂戴湖北巡撫臣譚繼洵跪　奏爲部選人員到省後委署別缺恭摺具陳仰祈　聖鑒事竊照部選興國州知州牛棠於光緒二十三年十月十七日到省經臣飭委代理沔陽州知州印務茲據布政使王之春按察使馬恩培會詳稱該員牛棠到省後未赴本任飭委代理別缺照章應以到省之日作爲到任日期請　奏咨立案前來除將文憑咨送吏部查銷外理合會同湖廣總督臣張之洞恭摺具　奏伏乞　皇上聖鑒勅部查照施行謹　奏奉　硃批吏部知道欽此

○○成都將軍兼署四川總督臣恭壽跪　奏爲川東重慶關自一百四十五結起至一百四十八結止四結期滿徵收土藥各稅開具清單恭摺仰祈　聖鑒事竊據川東道監督重慶關稅務任錫汾詳前奉戶部咨抄奏內開重慶關月支經費請如所奏辦理並將徵收各項洋稅銀兩開列清單按結奏報仍扣四結一年期滿開單奏銷不得以收支數目串入原摺以致混雜不清一面造具四柱清册分送戶部戶科暨總理各國事務衙門核銷奉　旨依議欽此轉飭遵辦在案今自光緒二十二年八月二十五日第一百四十五結起至二十三年九月初五日第一百四十八結止所有徵收各項稅銀並土藥洋藥稅釐及支銷各欵與罰辦銷數均經按結開造册單先後奏咨在案現在四結一年期滿所徵各項正半稅暨另徵土藥稅釐及罰欵除照章開支各欵外實存銀數另文解赴藩庫搭解赴京交納分造册單詳請　奏咨前來臣覆查無異除册分咨總理各國事務衙門並戶部戶科南北洋大臣查照外理合照繕清單恭呈御覽伏乞　皇上聖鑒　再洋商僱用華船現有常關徵料無憑造報至成都將軍係臣本任毋庸會銜合併聲明謹　奏奉　硃批該衙門知道單併發欽此

○○奴才覺羅崇歡志銳跪　奏爲司員年滿循例恭摺具陳仰祈　聖鑒事竊據烏里雅蘇台理藩院承辦章京主事奎林呈稱竊章京前於光緒二十年十二月初三日奉旨派往烏里雅蘇台辦理理藩院事務於二十一年五月初四日抵烏里雅蘇台初六日接辦關防任事起連閏扣至光緒二十四年閏三月初六日止三年期滿例應呈請更換等情前來奴才等覆查無異今該員既經年滿自應照

例　奏請更換其所遺烏里雅蘇台理藩院承辦章京一缺相應請　旨飭下該衙門照例揀員接替以重職守除分行外理合恭摺具陳伏乞　皇上聖鑒　再蒙古叅贊大臣親王那木濟勒端多布因病請假現已回牧未經列銜合併陳明謹　奏奉　硃批該衙門知道欽此

○○饒應祺片　再署精河直隸廳同知傅澤霖所署遺缺應以准補該廳同知劉澄清飭赴本任以專責成據新疆布政使丁振鐸鎮迪道兼按察使銜潘效蘇會詳前來除由臣批飭給委外謹會同伊犂將軍臣長庚陝甘總督臣陶模附片具奏伏乞　聖鑒謹　奏奉　硃批吏部知道欽此

昧心難憑　啓者前閱國聞報有聲明廢票一則徒屬誣賴難憑余自光緒二十年在營口太古行存欵立約三張而二十一年因海疆不靖并未支取至二十二年春秋二次着人往取該行云暫候數月其項一時難週去人候至兩月仍未備齊該行又云請暫先回津幾時備妥即行電達延至二十三年仍未交付一味搪塞未齊之語迄至今春余用欵即不能待該行突然登報昧却良心然豈能由此善罷否　樂天和堂主人謹啓

啓者各省風氣大開新設報館若千名類等等不一日報三日報七日報旬報月報中外報當下彼處經理南北各省及中外報帋報冊三十四種還有十餘種不暢之報尚未經理現有新開三種日報請閱各有可取新到奇聞報每日附送青樓奇聞畫報兩頁又日大公報代送塵天影小書每月六百路遠加資又日新出笑笑報於游戲報新聞之外間登緊要　上諭時務論說以廣見新聞名士來稿定閱各賜函分送風雨不誤講取各書物美價廉代售經濟叢鈔書票又代售清眞法製青鹽　天津北門内府署東各報處謹白

請看新出三報連捷

神目如電　商業將一切情形登諸告白似無煩再述矣惟李子香探知商於初八日在縣尊投呈伊即於初九日亦於兩報告白狡辯伊若不辯伊之缺陷仍不出也今既辯矣何竟不敢將商所登議單之底指爲或眞或僞伊非不敢指也此其中大有伊不能吐之實情耳若指爲眞必須呈案呈案則增訛之情畢露若指爲僞一切作押契據均在伊手將來均成廢帋于是欲不辯而不得欲實辯而不敢只得虛與委蛇徒以無理取鬧等詞亂人耳目而已究之眞僞久必自明諒難逃官府之鑒察況伊以假字謀李承宗引岸經余運憲洞燭其奸立予　陳恒益謹白

溯自神農嘗百草以治病嗣後名醫代出製成丸散膏丹名目繁多幾不勝僂指數然人有強與弱時分古與今病證亦因之而異倘執固鮮通泥成方以治病鮮有能奏效者且補瀉各有所偏寒熱豈能一致欲以兼治百病憂憂乎難哉近有申江南順泰主人購來美國醫士爾蘭君所製治蠱藥水能兼治百病功效如神眞可起死回生仙丹不若也按爾蘭君以養花木起家致巨富中年患肺疾不時欬嗆纏綿十餘年服藥幾千百裹迄無驗勢瀕危矣因思平日時花種木能使衰者茂枯者榮爲能去蠱也花木如是人豈獨殊爰將治蠱藥嘗之果見輕減遂盆選上品材料配和停勻製成藥水連服多劑不踰月病若失復以試他人莫不應手回春於是名傳遐邇購求者紛至沓來大有應接不暇之勢彌美洲活人多矣本埠恒豐泰主人聞之以爲津門通商口岸仕商雲集獨無此妙藥治患同人實屬憾事因從上海分來在本行寄售非圖取利亦藉行方便也謹將所治各症列左如有染患各症者急向本行購取

一急痧時疫即香港廣東傳染之症已經西醫查驗皆因蠱之爲患醞成此症每至一發而不可救爲此藥可以治之取第三種每十分鐘時服一大酒杯並用布醮藥敷貼一周身只要生氣未絕不難施救一肺癰及各色肺家病症皆因蠱爲患除蠱在腹中已將全肺蛀盡不能施治外倘有一線生機將第一種藥日服少許逐漸加增如夜間尚覺咳嗽即服半調羹至半時服一次宜勤不宜斷如胸口倘覺疼痛將第三種藥連瓶浸入溫水內令熱先將絨布鋪放胸口後將藥倒在絨布上逐日如法治之至痛止爲度如兼吐血亦用第三種藥治如上法但藥不令必熱布不必用絨一戒除洋煙之癮用第一種藥日服五六次三閱月便可戒絕永無後患而且飲食加增身體肥壯一治癲瘋等症用第二種藥日服四五次外用布醮第三種藥敷貼患處愈而後止一喉症用第二種藥小孩服一小調羹大孩服一大調羹男女人服一小酒杯當日藥入口時仰頭呼吸作一響聲如喞水嗽口勢然後咽下外用布醮藥束頸一癧疽乳癰毒瘡及楊梅結毒用第二種藥日服六七次外用第三種藥敷患處此藥行遍歐亞各洲活人無數功效不能筆述無論内外各種病症内此服吃外則敷貼均能奏效　天津恒豐泰洋行主人代啓

押之此近日之事昭昭可考也謹將商本月初八所遞呈詞照錄以憑電察　爲懇傳正點追繳實憑撤底清查施恩斧斷事切商欠李子香之欵業將實在欠數開單具呈在案迭蒙仁天提訊至公且明雖蒙管押係案情宜爾商之項感刻骨難名至案久懸不能斷結者非不善斷實緣李子香不將眞正借約呈出僅用伊自揑作之僞據蒙混伊之所以不呈眞據者其詐有二以此假據控追案結後再以眞據具告是一賬二討其詐猶淺而不呈眞約增訛銀數借可謀產並可將一切作押之據秘爲已有其詐乃深且兩造共事只商與李子香經手而商弟文珠但具名而已伊以文珠少不更事爲可慫恿以追到案以爲可肆其欺此其詐更不可問也似此必須請李子香俯就到案追繳正據自能水落石出不至冤沉海底矣爲此叩乞　本縣正堂大老爺格外施恩俯准將李子香傳案追繳正據實爲德便上呈

魁陞號綢緞洋貨莊

本號自置顧繡綢緞洋貨等物整零均按銀莊格外公道皆比大市價廉發售　寓天津北門外估衣街五彩號衚衕口坐北向南便是特此　本號謹啓

恒昌照像館

啓者本號今因建造新樓于三月初二日暫遷往牌坊外先農壇前另設玻璃照像棚　諸君賜顧請駕光臨是荷俟本樓工竣復回原舖謹此佈聞　本主人謹啓

告白

近年市售石印書譜除介子園十竹齋外每以舊本而易新名良由難覓新稿若敝局新印之耕香館畫賸蒙賞鑒諸君賜顧者極讚其筆法神韻每部價洋二元併發售石印經史子集科場文章新出策學滙源西學富強叢書時務分類興國策各種格致洋學古今閑書目繁不及備載湖筆徽墨信箋文玩紈摺雅扇貨高價廉　天津東門外同文書局啓

京緞零剪 減價售現

零剪

高鴉背　一千三百五
正號元青貢緞每尺　一千四百文
中號　一千一百文
副號　八百八十文
眞杭青金銀庫緞每尺　二千二百文
眞裕順曾皮絲烟每包　一千一百文
南京鹹鴨每支　大一千八百文　小一千二百文

寄售

龍井　一千七百文
雨前　每斤　一千一百文
珠蘭　一千四百文
雀舌　九百六十文

本號自製元淺京緞躉售零剪杭緞衣線宮燕金腿南貨糟貨一應俱全近因錢市漲落不同分別減價抑因無耻之徒假冒南味字號者甚多雖云謀利誠恐亂眞欲辦藥猶用煩楮墨　天津宮北大獅子胡同公益仁記南味坊謹白

紫竹林 第一樓番菜館

本號專作英法大菜各色精細點心各樣洋酒洋貨等物一應俱全並售

上　八百
上紅茶每斤津錢一千
六百

又批發茂生公司鐵海紙烟零整發售價值格外公道原箱計一百盒價洋一百四十四元每盒計五百支洋一元五角凡仕商賜顧請即駕臨是荷　主人謹白

減價

今有友人自辦陝西老土每兩津錢四百八十文新到梁州土每兩津錢五百四十文如蒙賜顧者請到東門內聚隆成寄售

啓者昨接上海孫仲英善長來電旋又接到顧緝庭葉澄衷嚴筱舫楊子萱施子英各觀察來電據云江蘇徐海兩屬水災綦重飢民數十萬顛沛流離死亡枕籍災區十餘縣待賑孔急需欵甚鉅官欵恐未能徧及素仰貴社諸大善長久辦義賑飢溺猶已敬求代呼將伯源源接濟功德無量蒙滙賑欵即滙上海陳家木橋電報總局內籌賑公所收解可也云云伏思同居覆載異姓不啻天親縱隔形骸民物莫非胞與頓遭洪水哀此災荒蠢是蒼生何分畛域况救人性命即積我陰功雖此日拯茲黎庶散盡赤仄靑蚨卜他年報在子孫同來玉堂金馬敝社欵無備濟自知獨力難成術欲廣仁惟冀衆擎易舉叩乞　顯官鉅紳仁人君子共憫奇災同施仁術原擬活人無算雖千金之助不爲多但能濟世有功即百錢之施不爲少盡心籌畫量力輸將敝社不禁爲億萬災黎泥首叩禱也如蒙　慨助即交天津溜米廠濟生社帳房代收並開付收條以昭徵信　濟生社籌賑同人謹啓

天津紫竹林　有喊洋行

告白

啓者敝行出售彩票共計六百張整除已售出四百餘張外尚有一百餘張待售售完即定期抓彩每票一張售洋三元諸公若不憑信貨物請到本行先來看彩然後買票均無不可至各彩詳細數目前報登過此次不及備載並託鍋店街恒義號又美昌號竹記號代售紅樓後三井洋行本行暫遷永興洋行同院斜對門　本主人謹啓

告白

河北望海寺設英文書館凡格致測量代數諸學無不精通如欲肄業者祈來館報名面定每日早學十點至午六點每晚學八點至十一點　本館謹白

告白

現有葦河園田地一段九十畝上下坐落大直沽北情願按時價出售　如欲買者請至河東柴家大坟西劉忠處面議可也　劉忠謹啓

新開　元隆號綢緞洋貨莊

自去歲四月初旬開張以來蒙各主顧垂盼雲集馳名日盛本號特由蘇杭等處加意揀選名機新鮮貨色零整銀價俱照大莊行市公平發售以昭久遠此白　寄賣龍井雨前素茶福建皮絲水烟各種眞料大小皮箱　開設天津府北門外估衣街中路北門面便是

三井洋行分莊

告白

敝者日本商始創貿易爲業數拾年以來今分莊開設北門外鍋店街洸家衚衕口對過專選精工料實東洋棉紗各等時式大小疋棉布粗洋布斜紋洋標等格外公道價亦從廉凡仕商賜顧者請至分莊面議可也特此佈聞

三井本莊主人啟

啓者本行開設香港上海三十餘年四方馳名專售各式金銀鐘表鑽石戒指八音琴千里鏡眼鏡等物並修理鐘表外洋新到各色鐘表價錢比別家格外公道開設在紫竹林法租界大街本行又分莊在北門外樂壺洞保陽棧傍榮生祥內請諸君降臨特光顧是幸此佈聞

戊戌年閏三月十九日禮拜一

烏利文洋行

北京　新福商義洋行

本行由津號運來西洋玩物食物花草料器布疋等貨不及備載專供各公館使用　賜顧者請移玉東交民巷法國府對過洋飯店內便是　天津新福商義代啓

悅來洋貨店

開設天津法國租界紅樓後自運各國玩物金邊三連磨花描銀玻璃磚鏡子五彩大小碗盞杯盤料器奇形異樣香水壺荷包靴掖洋景䕶子手套叫鐘表鍊花針扣子戒指洋火盒珧琯梳篦金銀首飾鼻烟壺各樣五色料金珠畫圖等物　格外價廉消售發客

田回　牛羊公司告白

啓者本公司開設天津紫竹林法租界烏利文洋行旁邊專由內地採買牛羊以備洋人膳用所有圖養一切牛羊之法目皆按西法其牛羊肉淨無可比與衆不同本公司今因議定新章特邀同教中人專爲司理此事故特聲明除每日售與洋人按摺取之外所有牛羊肉皆照章售與華人零用格外公道不悞主顧　議定準斤十六兩價錢　牛肉每斤一百八十文　羊肉每斤二百六十文

主人謹啓

美孚老牌煤油

啓者美國三達煤油公司之德富士老牌煤油天下馳名萬商稱羡蓋其質潔色清亮白如銀且絕無烟氣能耐久燃比之生荳等油晶光百倍而儉用價廉此爲德富士老牌之佳處誠屬無雙妙品也士商賜顧請到天津美孚洋行採辦或向就近殷實行店購買庶不致悞

DEVOE'S
PAT'D JUNE 22.63.
BRILLIANT
OIL
IMPROVED
PAT'D JUNE 28.64.
PATENT CAN
美孚行

開設天津紫竹林海大道旁

福仙茶園

啓者本園於本月初四日止戲清理賬目今將園內桌椅磁壺磁碗以及新製彩切零星等件合盤出兌如有願兌者及詳細章程請至本園面議可也特此佈告　福仙茶園謹啓

現邀新班進園擇吉登臺

創包機器

敬啓者近來西法之妙莫過機器靈巧至各行應用非得其人難盡其妙每值傷損修理必悞時日今有甯子卿專於經理機器兹擬創辦包定各項機器以及向有機器常年煤料工力價值格外公道如貴行欲商者請到福仙茶園面議可也特白

新到儒醫

啓者天后宮財神殿內廳此儒醫高老先生專治內外兩科男婦大小方脉兼治咽喉眼科等症辰刻在廟不診脉施方過午請候如有外請辰刻來廟付信午後前往病家見症立方

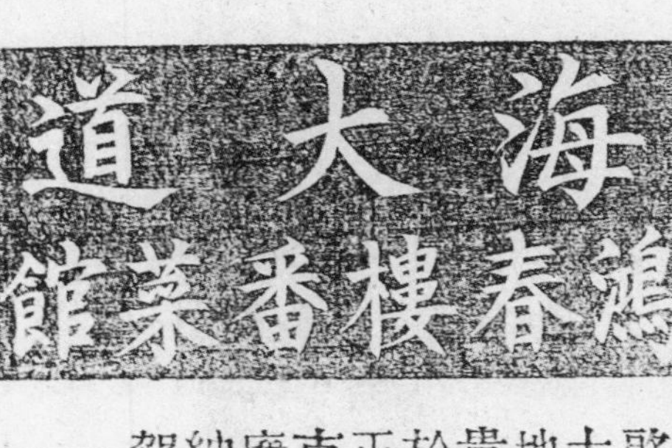

啓者本店三層大樓工程告竣地勢寬闊以備貴官紳請讌擇於去臘遷移新正月初二日開市各樣俱全價廉物美凡仕紳賜顧者請卽駕臨是幸

主人謹白

新開 敦慶隆綢緞洋貨莊

擇於閏三月十一日開張

本號開設天津北門外估衣街西口路南第五家專辦上等綢緞顧繡以及各樣花素洋布各碼線批合線俱按銀莊零整批發格外克巳士商賜顧者請認明本號招牌庶不致誤　本號特白

朱鈍翁先生鑑湖高士浙水名流代學爽鳩世習扁鵲脉理精奧醫術深通來津十年屢治危症名揚遐邇著手回春久寓彌勒庵

一品樓

本樓擇於三月十二日開市大吉

本鋪崇做

隨意便飯　蘇造餑饌　烤鴨薰鷄　應時小賣

內有樓房雅座

開設天津紫竹林大街北頭路西門面便是

閏三月廿一日出口輪船　往上海　禮拜三

利運　輪船往上海　招商局
新裕　輪船往上海　招商局
安平　輪船往上海　招商局

閏三月十九日銀洋行情

天津通行九七六錢
銀盤二千三百三十七　洋一千六百六十七
紫竹林通行九六錢
銀盤二千三百六十七　洋一千六百九十二
洋錢行市七錢一分八

直報

本館開設天津紫竹林海大道老菜市氣燈房巷內

光緒二十四年閏三月二十日　第一千零四十七號
西歷一千八百九十八年五月初十日　禮拜二

部照已到　直隸勸辦湖北賑捐局自光緒二十三年十一月二十日以後至光緒二十四年正月初十日以前請獎各捐生部照已到請即攜帶實收來局換照可也

例守局外　美日決戰一事津海關道現奉　北洋大臣王　札准總理衙門來電准日國葛大臣照稱香港報聲明爲局外之地請中國出示亦居局外毋碍兩國和好違萬國公法以敦睦誼等語希飭遵傳諭各報館登報中國爲局外之國沿海商民務飭勿私自接濟美日兩國軍需等因除行沿海各地方官一體示諭嚴禁外合亟登報俾衆週知

啓者本局光緒二十三年分總結帳欵現已一律彙齊結算以便刊刻帳畧於本年五月朔派分股利仍照歷屆章程預請　股友赴山會算其來返川資由局備付訂至四月望爲期俾無悞刊辦特　達

開平礦務總局啓

啓者刻下磁州煤礦已將吸水機器安置停妥各窰宿水俱已抽乾所出之煤與唐山五槽相等局內章程按照商辦極爲謹密將來利益已有成效但資本愈厚獲利愈多爲此布告津都中各處紳商有欲入股得利者其股票寄存源豐潤票號請向面塡可也

磁州礦務局謹啓

上諭恭錄

上諭前因開缺廣西思恩府知府周天霖據譚鍾麟史念祖於年終出具考語大相懸殊當經諭令黃槐森許振禕確查具奏茲據該撫等先後覆陳黃槐森稱其廉謹有爲品能率屬許振禕亦稱其才具頗優措置裕如與譚鍾麟考語大致相符周天霖着仍以知府用欽此　旨分發湖北補用道錢紹楨安徽試用道錢錫賓湖北道陳芝誥湖南道趙從炳河南補用知府何雲蔚廣東鹽運同李璜湖北補用同知鄭葆琛夏錫疇浙江試用同知卞桐孫江西同知張宗濂貴州同知潘家懌湖北補用直隸州知州存熹郭名昌兩浙鹽運副楊恒辰劉鴻漸安徽試用通判王鏡涵陝西通判賈孝穆江西通判李士璆蕭渭福建通判劉金成湖南通判錢青北河補用知縣李振鈞江蘇知縣郭聯墀楊紹時安徽知縣曾光煦山西知縣何濟元河南知縣趙景彬浙江知縣陳克讓江西知縣甘澍四川知縣葉兆慶廣東知縣秦廣綬錢祖蔭廣西知縣謝士彤李承祖雲南知縣朱壽祺陳廷球安徽知縣蔡康聲胡登崧山東知縣王珊河南知縣呂根萱浙江知縣潘秉忠吳寶鑑趙世芬趙恩益江西知縣王毓翏劉震鴻朱修圻楊家駿張仁荃鄭緒彬福建知縣源鴻逵章識言吳廷楨湖北知縣嚴祖光湖南知縣葉茂春四川知縣羅朝鼎廣西知縣陳永祺楊其葵唐徵錕雲南知縣馬邁良貴州知縣魏炳文雲南鹽大使陳文燦山東鹽大使徐德潤楊壽田福建鹽大使楊葆孫李世祿聞長善沈鍾棫廖炳熙四川鹽大使黃洪鍾廣東鹽大使培崇鍾桐俱照例發往吏部稽勳司郎中員缺着范廣衡補授所遺文選司員外郎員缺着李坦補授擬補吏部稽勳司主事丁寶銓着准其補授欽此

接續會典奬單　○候選按經歷梁思義請　賞加五品銜候選從九品傳重光請以縣丞分省歸候補班補用候選縣丞朱延義請俟得缺後以知縣歸候補班補用候選縣丞蔡學曾請仍以縣丞分省歸候補班用供事高其鑑請以縣丞分省歸候補班補用候選縣丞陳國鈞請仍以縣丞分省歸候補班補用分省補用縣丞孫敬先請俟補缺後在任以知縣補用候選縣丞吳曰修請仍以縣丞分省歸候補班補用分省補用布庫大使陸慶敷請仍以布庫大使分省補用俟得缺後在任以知縣用供事張國瑞請以縣丞分省歸候補班補用候選縣丞鍾毓春請仍以縣丞分省歸候補班補用俟得缺後在任以知縣用候選未入流徐埜請以巡檢不論雙單月歸議叙本班儘先選用並加六品銜候選從九品劉評請以巡檢分發省分歸候補班補用並加六品銜　此單未完

駐蹕閱操　○　皇上於閏三月十八日詣恭邸看視後赴　頤和園駐蹕連日閱視火器健銳等營弁兵操演火鎗砲位已列前報茲聞神機營萬字隊弁兵又新添一隊所有兵丁皆屬年壯技勇該隊所用旗幟號衣亦屬新製費帑非輕　皇上俟閱操畢至二十四日始行起鑾還海所有各部院應行具奏摺件俱赴　頤和園呈遞云

常雩陪祀　○太常寺題四月初三日常雩大祀　天於　圜丘　皇上親詣行禮已見邸鈔茲將各部院開送陪祀司員銜名開列於左　吏部員外郎聯壽主事陸額祿員外郎孫朝華主事陳恩壽　戶部郎中昆敬員外郎興福主事張萬林員外郎李建鏞　禮部員外郎齡昌主事宗裕舒郎中吳景祥主事李秉瑞　兵部員外郎裕麟主事雙祿郎中呂雲錦主事王澤豐　刑部郎中音德亨額員外郎瑞俊郎中楊深秀主事王國慶　工部員外郎鐵麟主事恩豐郎中韓培元主事李潤均等均於初二日赴壇內住宿於初三寅刻伺候陪祀以崇典禮

照例避暑　○京師各部院衙門案牘浩繁所有從公司員部書例於午後進署現以時屆夏令堂諭自四月初一日起改爲清晨八點鐘進署辦公至十二點散署以示體恤俟中秋節後仍按舊制於午刻進署當差

路遇被擒　○閏三月十八日經步軍統領衙門密查番役緝捕要犯石玉峯一名正在嚴密查拏之際於是日下午在前門外天橋地方路遇石玉峯遊行當即鎖拏解案審訊聞該犯係因搶劫重案未悉如何根究俟訪明再錄

各執一詞　○京西門頭溝振興煤窰主人白某因馬某所開窰洞近在咫尺歷年挖取致將兩界通連赴宛平縣署控告馬某盜挖振興窰內煤塊蒙派捕役拘傳兩造到案審訊各執一詞飭令兩造挽人調處嗣以調處不平白某復赴都察院攔輿控告當經總憲批交北城傳訊兩次各執一詞碍難擬結現於閏三月十六日由城移送刑部經當月官將白馬二人交北城坊署捕役帶回看收候提分司研訊

所司何事　○甘肅沙州營守備丁啓祥奉上憲差委來京公幹於閏三月十五日抵京僑寓前門外萬隆客店十六日携帶陝甘總督公文並友人監照一紙欲赴部署投文偶一失檢所携之件已不翼而飛遍尋無蹤該弁焦燥萬狀在通衢大巷粘貼賞格如檢得送還當酬謝銀兩未悉能完璧歸趙否

眼前龜鑑　○刑部爲刑名總滙之區一切案件皆宜秉公剖決刻下有南面之權者只顧一已之私往往以曲就直以直就曲顚倒是非不可枚舉頃聞刑部某部郎迭經堂憲派審案件恃其精察之才專喜以非刑從事近日忽爲鬼祟喃喃自語如醉如痴於閏三月十六日突以剪刀刺破面皮血流如注世有迎合憲意濫用刑求者盍以此爲前車之鑒

尙未霑足　○京師近日天氣炎熱半月不雨農田麥苗已覺乾旱兼之自月初以來每日狂風肆起黃沙迷目赤傘高張行人揮汗如雨居民望雨甚切十八日清晨濃雲密布忽然風伯雨師一齊稅駕簷頭滴滴有聲雷部隆隆震耳至午後雨師返旆約計得雨二寸有餘尙未沾足三農之望澤者仍殷殷若渴云

悞烟爲飴 ○阜成門外驢市口地方廣盛布店鋪主范某年逾不惑只育一子生意雖稱利市而烟霞成癖刻不能離其子年僅三齡於閏三月十七日該童獨坐烟榻嬉耍見磁缸中滿貯阿芙蓉膏認爲糖物抓而食之忽覺味苦呱呱而泣其父母聞聲回視互相驚駭正在手足無措之時幸有中西大藥房所售救烟藥水赶卽購取如法灌救逾時嘔出烟物始不致魂赴枉死城中然亦險矣凡吸烟者可不愼哉

續閱蘆操 ○前報福州將軍增瑞堂留守小站閱操等情茲悉全軍業經閱畢於十九日早又乘火車往蘆台閱看聶軍門各營一俟閱畢卽由蘆台往塘沽附新裕輪船南下蒞任

飭造花名 ○閩道憲任觀察飭下房科令將署內差弁兵夫人等造具花名清册卽日呈堂以憑逐名發給俸薪俾免冒領

工程示諭 ○刻據工程局憲出示曉諭畧謂本局派令打掃兵夫挑挖北門以外濠溝無論行人車輛均須繞行勿得抗違致干究處云云

水利局批 ○靜海等縣職員張廷珍等稟批據稟淸河下游淤塞廬墓被水漫淹請設法疏治等情已悉查前辦規復清河故道培築格淀堤殘缺議挖中亭河接築老南隄原爲挽救五大河全局藉以助淸禦渾俾拯沿淀村民久遭昏墊起見去冬挑通後淸水引歸正溜逐漸刷深今春正擬於窄處加寬於險處作埽以移淸水暢行淀隄鞏固乃淀北村民突因凌汛陡漲淀水抬高沿淀田廬被淹貪夜糾合多人將淀隄盜扒成口當飭委員赶緊搶堵不料連日風狂浪猛口門遂已奪溜現在勢難施工業已稟請督憲核示遵辦爾等靜候毋庸稟瀆此批

稽察漕船 ○天津道憲接准糧道咨開查新章土匪接受抵盜漕糧一經拿獲訊明爲首立正典型爲從者減等治罪請卽通飭沿河地方官認眞稽察並請移鎭通飭營汛協同緝拿等因現已照咨施行矣

飭縣錄詳 ○南皮文生張有輝在道投稟現經批示據呈開溝築埝本道衙門查無詳報案卷仰南皮縣錄詳候奪呈單抄存

委修河隄 ○候補州同洪剌史思齊奉天津道任觀察札委赴子牙河勘修河工事宜昨已赴轅叩謝聞不日當前往任事

勘堤淸摺 ○東淀局委員毛剌史潤身前奉札委查勘淸河堤工刻聞遣丁來津赴水利局投遞勘估堤工一切事宜淸摺並繪圖貼說以備存查

縣批彙錄 ○阮佩廷呈批所呈並無實據應不准理又王勳呈批着卽遵照前批邀中理討毋庸堅請傳追自取訟累又張云起呈批已於原役稟內批傳矣又周昌齡呈批候查卷察奪又劉其新呈批候飭差協同原中査理覆奪又周安呈批已傳訊諭飭矣又王王氏呈批已堂諭飭傳陳大桂等到案聽候質訊核奪又劉恩普呈批候催差嚴緝又閻得寬呈批訴悉候集訊核奪

時有戒心 ○靜屬東子牙鎭有牽驢馱褡套投客寓者將貨騾易銀以行市人以其索値過廉詰所自來據云昨宿靜海縣城某姓店中店主人係舊好曾叨酒食不索値語次適爲縣城人所聞謂縣城無此姓店主市人詰益力其人乃捨褡套牽騾出市人招衆追之其人復捨騾狂奔追不及次日地方赴縣報案途遇二人與之偕若不識途者行不數里前有候於途者曰來乎二人應之遂並一處地方竊三人無行李有兵器不敢與俱視前數百步外有村落急趨之曰我到此親家有事須小勾留入村述其狀衆止宿焉次日復邀多人執械護送乃入縣報案刻下靜西文大間行旅多戒嚴時有盜儆云

地方受責 ○崔某住大直沽昨與隣人某甲兄弟口角未免讓口崔甥趙乙茂才也代崔首告並囑地方報案稟稱有傷求驗當經邑尊片請裴大令驗訊傷有不實大加申飭並將妄報之地方笞責一同逐下

擺會改期 ○鹽坨六局在小聖廟於十五六七等日擺會酬神一則已紀前報茲因會首未議停妥改於廿三四五日演劇云

花叢老虎 ○某營勇目張甲在侯家後爲娼妓雙玉作護花旛卽從中漁利又素與鎭標巡捕某乙在各娼處立有月規稍一

運交便聲言封門龜奴輩畏之羣呼爲老虎噫營伍中人不能出力報國家徒向娼窰求生活抑何不知自重耶

勇丁無賴 ○游勇滋事大半茶園酒肆居多故該行中人每遇兵勇格外小心酬應猶不免爭競打鬧惡習也日昨有游勇二人在河東三官廟旁某飯館打尖畢聲言暫寫欠賬回頭再還酒保答以本小利微不敢賒賬勇大怒出言詈罵勢欲用武舖掌見勢不佳極力央勸始悻悻而去

險受誆騙 ○樂壺洞某鞋舖昨有人向買福履緞鞋兩雙價值四千餘文付津帖五千下應酌找錢若干詎掌櫃小心令舖夥持帖向本舖兌號該人見勢不佳托言赴河北買物回頭走取遂去如黃鶴少頃舖夥回言係假帖衆人共服掌櫃之先見不然定受其欺矣

營弁解紛 ○昨午鼓樓西有東洋車一輛正在行走如飛左輪脫落將坐車人頭顱摔破血流不止坐車人情急赶將車夫毆打一拳正中額角登時氣絕大驚意欲遁去適有某營弁經過詢問情由此時車夫已甦該弁云一摔一打傷均不重既於性命無關祗好罷論而已二人首肯而散

光緒二十四年閏三月十八日京報全錄

宮門抄○閏三月十八日理藩院 鑾儀衛 光祿寺 正藍旗值日 吏部引 見二十名 戶部八名 戶部三庫十六名 刑部六名 廂黃滿十名 莊王等搜檢覆 命 湖南學政江標到京請 安 李培元謝授副使 恩 恭王續假一個月 濂貝勒請假五日 普齡與恩各請假十日 召見軍機 江標

○○頭品頂戴漕運總督奴才松椿跪 奏爲防台拿獲斬梟斬決著名土匪各匪數目及出力各員職名繕具清單籲懇 天恩准予彙案照章保獎恭摺仰祈 聖鑒事竊淸淮各防台光緒二十年二十一年分拿獲著名土匪各匪共三百四十六名業經奴才於二十二年五月 奏報在案茲查二十二年分各防台續行拿獲著名土匪各匪二百六十八名計自二十年起至二十二年年底止共獲六百十四名均經奴才督飭淮揚海道謝元福等悉心研訊內正法匪犯五十四名其情節稍輕者隨時發交地方官審明照例辦理奴才伏查巨匪王小二子等五十四名或係土匪或係散勇結夥搶刦放火殺人視爲泛常且恃有時行洋槍百十成羣動輒拒傷官兵形同叛逆罪不容誅經奴才重懸賞格三令五申嚴飭按名查拿該員弁等均能設法購線跟踪跴緝衝鋒冒鏑不避艱險與臨陣無異三年之中捕獲六百餘名之多地方賴以敉安不無微勞足錄惟在事出力員弁甚多除由奴才酌量自行獎勵外謹將拿獲王小二子等首先出力之候補守備吳德麟等並其次出力之補用總兵黃楚洪等共二十三員名職名遵章繕具清單恭呈 御覽合無籲懇 天恩俯准照章酌保俾資鼓勵謹恭摺具陳伏乞

皇上聖鑒訓示謹 奏奉 硃批該部議奏單併發欽此

○○頭品頂戴湖廣總督臣張之洞跪 奏爲宜昌關第一百四十九結期滿收支各欵稅銀數目照章開單恭摺 奏陳仰祈 聖鑒事竊照前准戶部咨抄奏內開各海關洋稅收支數目辦理未能畫一應令遵照定章按結開列清單奏報一次仍扣足四結開單奏銷一次概不得以收支數目串入原摺以致混雜不清仍一面造具四柱清冊及支銷經費銀兩清冊分送戶部及總理各國事務衙門核銷等因奉 旨依議欽此歷經遵辦在案茲據湖北荆宜施道宜昌關監督兪鍾穎詳稱宜昌關徵收稅銀前經截至光緒二十三年九月初五日第一百四十八結止詳請 奏咨在案茲自光緒二十三年九月初六日起至十二月初八日止第一百四十九結期滿所徵各項稅銀十七萬九千九百八十八兩六錢三分七厘除支存票抵稅傾鎔折耗關用稅司各經費共支銷銀一萬七千五十七兩八厘實存銀十六萬二千九百三十一兩六錢二分九厘連上屆四結存銀三萬四千九十三兩七錢九厘八毫四絲共實存銀十九萬七千二十五兩三錢三分八厘八毫四絲此項銀兩歷照奏案除解還英德俄法洋欵外歸入一年報銷案內解存藩庫委員解京又本結徵收洋藥稅厘銀一百三十七兩五錢除支傾鎔折耗銀一兩六錢五分外尙存銀一百三十五兩八錢五分連上屆八結存銀三百三十

七兩四錢五分一釐二共實存銀四百七十三兩三錢一厘存俟隨同正餉搭解再本結並未徵收洋商自備華式之船鈔毋庸造册報銷詳請奏咨前來臣覆核無異除清單咨送總理衙門暨戶部科查照外理合會同南洋通商大臣兩江總督臣劉坤一湖北巡撫臣譚繼洵恭摺具奏並繕具四柱清單恭呈御覽伏乞皇上聖鑒謹奏奉硃批該衙門知道單併發欽此

○○成都將軍兼署四川總督臣恭壽跪奏爲堪布喇嘛住持又屆期滿援案懇恩再留三年以順番情恭摺具陳仰祈聖鑒事竊照新疆廣寺喇嘛住持三年期滿例應更換玆據布政使裕長成綿龍茂道長春會詳該守堪布喇嘛青饒榮墊於光緒二十年五月十二日奉旨留住之日起扣至二十三年五月十二日二次三年期滿照例應行更換飭據懋功廳同知曹綱詳據大金兩河屯弁夷人以該堪布青饒榮墊梵行正派經典嫻熟自住以來益勵清修闡揚黃教實爲遠近番夷尊重悅服呈請援照成案再留三年等情詳請具奏前來臣查廣法寺堪布喇嘛青饒榮墊前因住持三年期滿番衆悅服曾經奏請留住奉旨允准在案今該堪布喇嘛青饒榮墊既能振興黃教爲當番衆所悅服相應據情仰懇天恩俯准將該堪布喇嘛青饒榮墊再留三年以順番情而資化導是否有當理合恭摺具陳伏乞皇上聖鑒訓示再城都將軍係臣本任毋庸例銜合併聲明謹奏奉硃批着照所請該衙門知道欽此

○○恭壽片再查川省餉源不繼於光緒二十三年辦理捐輸一次當將辦理情形由前督臣鹿傳霖奏奉諭旨允准在案嗣據榮昌江安簡州大足什方江等州縣收捐議叙銀二萬二千三百四十六兩除部飯照費各銀兩存俟搭解外餘均隨時撥充軍餉另案報銷並未另請廣額玆據遵照新章按常例十成銀數核算造具各捐生年貌姓名履歷銀數清册由藩司核明詳請奏咨前來臣查二十三年捐輸案內請叙各捐生俱係呈交十成實銀核與現行常例相符並未在廣額之例合無仰懇天恩俯准勅部速予核議給獎頒發執照來川以便給領用昭激勸除册送部查核外謹附片具陳伏乞聖鑒訓示謹奏奉硃批戶部議奏欽此

啓者各省風氣大開新設報館若千名類等等不一日報三日報七日報旬報上下浣報月報中外報當下彼處經理南北各省及中外報局報册三十四種還有十餘種不暢之報尚未經理現有新開三種日報請閱各有可取新到奇聞報每日附送靑樓奇聞畫報兩頁又曰大公報代送塵天影小書每月六百路遠加資又曰新出笑笑報於游戲報新聞之外間登緊要上諭時務論說以廣見新聞名士來稿定閱各賜函分送風雨不誤購取各書物美價廉代售經濟叢鈔書票又代售淸眞法製靑鹽天津北門內府署東各報處謹白

請看新出三報連捷

恭頌良醫敬和司馬今之通儒也凡天下利病之書悉心鉤稽罔不貫澈而於醫學研究尤精故經其手而回春者指不勝屈去冬起以感冒遂患痰喘聘醫量藥收效卒尠春正延先生來藥不三帖卽卜小瘳適先生以他事去嗣是專表散者用汗下之劑言收斂者進鎭攝之方言龐品雜不衷其要幽憂沾滯幾歷季旬暮春復延先生至抉羣醫之得失究諸藥之宜忌診脉立方數服遂全乃歎疾痛病苦人所時有以身試藥鮮克有濟故特登報章以頌先生以告當世烏乎美疢惡石審於寸心殤子壽民決之三指可勿知所從事哉合肥賈制壇誌謝

溯自神農嘗百草以治病嗣後名醫代出製成丸散膏丹名目繁多幾不勝僂指數然人有强與弱時分古與今病證亦因之而異倘執固鮮通泥成方以治病鮮有能奏效者且補瀉各有所偏寒熱豈能一致欲以兼治百病戞戞乎難哉近有申江南順泰主人購來美醫士爾蘭君所製治蠱藥水能兼治百病功效如神眞可起死回生仙丹不若也按爾蘭君以養花木起家致巨富中年患肺疾不時欬嗆纏綿十餘年服藥幾千百裹迄無驗勢瀕危矣因思平日時花種木能使衰者茂枯者榮爲能去蠱也花木如是人豈獨殊爰將治蠱藥嘗之杲見輕減遂益選上品材料配和停勻製成藥水連服多劑不踰月病若失復以試他人莫不應手回春於是名傳遐邇購求者紛至沓來大有應接不暇之勢徧美洲活人多矣本埠恒豐泰主人聞之以爲津門通商口岸仕商雲集獨無此妙藥沾惠同人實屬憾事因從上海分來在本行寄售非圖取利亦藉行方便也謹將所治各症列左如有染患各症者急向本行購取一急痧時疫卽香港廣東傳染之症已經西醫查驗皆因蠱之爲患釀成此症每至一發而不可救爲此藥可以治之取第三種每十

分鐘時服一大酒杯並用布醮藥敷貼周身只要生氣未絕不難施救　一肺癰及各色肺家病症皆因蟲爲患除蟲在腹中已將全肺蛀盡不能施治外倘有一線生機將第一種藥日服少許逐漸加增如夜間尙覺咳嗽卽服半調羹歷半時服一次宜勤不宜斷如胸口尙覺疼痛將第三種藥連瓶浸入溫水內令熱先將絨布鋪放胸口後將藥倒在絨布上逐日如法治之至痛止爲度如兼吐血亦用第三種藥治如上法但藥不令必熱布不必用絨　一戒除洋煙之癮用第一種藥日服五六次三閱月便可戒絕永無後患而且飲食加增身體肥壯　一治癲瘋等症用第二種藥日服四五次外用布醮第三種藥敷貼患處愈而後止　一喉症用第二種藥小孩服一小調羹大孩服一大調羹男女人服一小酒杯當藥入口時仰頭呼吸作響聲如啣水嗽口勢然後咽下外用布醮藥束頸　一癰疽乳癰毒瘡及楊梅結毒用第二種藥日服六七次外用第三種藥敷患處　一此藥行遍歐亞各洲活人無數功效不能筆述無論內外各種病症內此服吃外則敷貼均能奏效

天津恒豐泰洋行主人代啓

神目如電

商業將一切情形登諸告白似無煩再述矣惟李子香探知商於初八日在縣尊投呈伊卽於初九日亦於兩報告白狡辯伊若不辯伊之缺陷仍不出也今既辯矣何竟不敢將商所登議單之底指爲或眞或僞伊非不敢指也此其中大有伊不能吐之實情耳若指爲眞必須呈案呈案則增訛之情畢露若指爲僞一切作押契據均在伊手將來均成廢帋于是欲不辯而不得欲實辯而不敢只得虛與委蛇徒以無理取鬧等詞亂人耳目而已究之眞僞久必自明諒難逃官府之鑒察況伊以假字謀李承宗引岸經佘運憲洞燭其奸立予押之此近日之事昭昭可考也謹將商本月初八所遞呈詞照錄以憑電察　爲懇傳正點追繳實憑撤底清査施恩斧斷事切商欠李子香之款業將實在欠數開單具呈在案迭蒙仁天提訊至公目明雖蒙管押係案情宜爾商之項感刻骨難名至案久懸不能斷結者非不善斷實緣李子香不將眞正借約呈出僅用伊自捏作之僞據蒙混伊之所以不呈眞據者其詐有二以此假據控追案結後再以眞據具告是一賬二討其詐猶淺而不呈眞約增訛銀數借可謀產並可將一切作押之據秘爲已有其詐乃深且兩造共事只商與李子香經手而商弟文珠但具名而已伊以文珠少不更事爲可慫恿以追到案以爲可肆其欺此其詐更不可問也似此必須請李子香俯就到案追繳正據自能水落石出不至寃沉海底矣爲此叩乞　本縣正堂大老爺格外施恩俯准將李子香傳案追繳正據實爲德便上呈

陳恒益謹白

魁陞號綢緞洋貨莊

本號自置顧繡綢緞洋貨等物整零均按銀莊格外公道皆比大市價廉發售　寓天津北門外估衣街五彩號衙衙口坐北向南便是特此

本號謹啓

恒昌照像館

啓者本號今因建造新樓于三月初二日暫遷往牌坊外先農壇前另設玻璃照像棚諸君賜顧請駕光臨是荷俟本樓工竣復回原舖謹此佈聞

本主人謹啓

紫竹林第一樓番菜館

本號專作英法大菜各色精細點心各樣洋酒洋貨等物一應俱全並售

上　紅茶每斤津錢一千八百

上　紅茶每斤津錢一千六百

又批發茂生公司鐵海紙烟零整發售價値格外公道原箱計一百盒價洋一百四十四元每盒計五百支洋一元五角凡仕商賜顧請卽駕臨是荷

主人謹白

啓者昨接上海孫仲英善長來電旋又接到顧緝庭葉澄衷嚴筱舫楊子萱施子英各觀察來電據云江蘇徐海兩屬水災綦重飢民數十萬顚沛流離死亡枕籍災區十餘縣待賑孔急需欵甚鉅官欵恐未能徧及素仰貴社諸大善長久辦義賑飢溺猶巳敬求代呼將伯源源接濟功德無量蒙滙賑欵卽滙上海陳家木橋電報總局內籌賑公所收解可也云云伏思同居覆載異姓不啻天親縱隔形骸民物莫非胞與頓遭洪水哀此災荒盡是蒼生何分畛域況救人性命卽積我陰功雖此日拯茲黎庶散盡赤仄青蚨卜他年報在子孫同來玉堂金馬儆社欵無備濟自知獨力難成術欲廣仁惟冀衆擎易舉叩乞　顯官鉅紳仁人君子共憫奇災同施仁術原擬活人無算雖千金之助不爲多但能濟世有功卽百錢之施不爲少盡心籌畫量力輸將儆社不禁爲億萬災黎泥首叩禱也如蒙　慨助卽交天津溜米廠濟生社帳房代收並開付收條以昭徵信

濟生社籌賑同人謹啓

三井洋行分莊

告白

敝者日本商始創貿易爲業數拾年以來今分莊開設北門外鍋店街洮家衚衕口對過專選精工料實東洋棉紗各等時式大小疋棉布粗洋布斜紋洋標等格外公道價亦從廉凡仕商賜顧者請至分莊面議可也特此佈聞

三井本莊主人啟

天后宮北 義興順綢緞莊

本莊自置顧繡綢緞綾羅紗絹各樣洋貨南貨雅扇桂毋頭油香貨歸安貝松泉湖筆一概俱全

頭號杭寗綢 四錢三
頭號江寗綢 三錢三
頭號摹本緞 三錢八
紅梅茶 九百六
紅茶 每斤 六百四
紅茶梗 二百二
龍井茶 一吊八
金百襇裙布裡 五兩八
壽棉綢裡每套 六兩八

告白

河北望海寺設英文書館凡格致測量代數諸學無不精通如欲肄業者祈來館報名面定每日早學十點至午六點每晚學八點至十一點

本館謹白

告白

現有靠河園田地一段九十畝上下坐落大直沽北情願按時價出售　如欲買者請至河東柴家大坟西劉忠處面議可也

劉忠謹啓

新開 元隆號綢緞洋貨莊

自去歲四月初旬開張以來蒙各主顧垂盼雲集馳名日盛本號特由蘇杭等處加意揀選名機新鮮貨色零整銀價俱照大莊行市公平發售以昭久遠此白　寄賣龍井雨前素茶福建皮絲水烟各種眞料大小皮箱　開設天津府北門外估衣街中路北門面便是

烏利文洋行

啓者本行開設香港上海三十餘年四方馳名專售各式金銀鐘表鑽石戒指八音琴千里鏡眼鏡等物並修理鐘表外洋新到各色鐘表價錢比別家格外公道開設在紫竹林法租界大街本行北又分莊在北門外樂壺洞保陽棧傍榮生祥內請諸君降臨光顧是幸特此佈聞

戊戌年閏三月二十日禮拜二

烏利文洋行

北京 新福商義洋行

本行由津號運來西洋玩物食物花草料器布疋等貨不及備載專供各公館使用　賜顧者請移玉東交民巷法國府對過洋飯店內便是

天津新福商義代啓

悅來洋貨店

開設天津法國租界紅樓後自運各國玩物金邊三連磨花描銀玻璃磚鏡子五彩大小碗盞杯盤料器奇形異樣香水壺荷包靴掖洋景礠子手套叫鐘表鍊花針扣子戒指洋火盒玳瑁梳篦金銀首飾鼻烟壺各樣五色料金珠畫圖等物格外價廉消售發客

田回 牛羊公司告白

啓者本公司開設天津紫竹林法租界烏利文洋行旁邊專由內地採買牛羊以備洋人膳用所有圈養一切牛羊之法目皆按西法其宰牛羊肉淨無可比與衆不同本公司今因議定新章特邀回教中人專爲司理此事故特聲明除每日售與洋人按摺取之外所有牛羊肉皆照章售與華人零用格外公道不悞主顧　議定準斤十六兩價錢

牛肉每斤一百八十文
羊肉每斤二百六十文

主人謹啓

美孚老牌煤油

啓者美國三達煤油公司之德富士老牌煤油天下馳名萬商稱美蓋其質潔色清亮白如銀且絕無烟氣能耐久燃比之生荳等油晶光百倍而儉用價廉此為德富士老牌之佳處誠屬無雙妙品也士商賜顧請到天津美孚洋行採辦或向就近殷實行店購買庶不致悞

DEVOE'S
PAT'D JUNE 22.63.
BRILLIANT
OIL
IMPROVED
PAT'D JUNE 28.64.
PATENT CAN
美孚行

京都 一品樓

本樓擇於三月十二日開市大吉

隨意便飯　蘇造餜餎　烤鴨　薰雞　應時小賣

本舖崇做

內有樓房雅座

開設天津紫竹林大街北頭路西門面便是

閏三月廿一日出口輪船　往上海　禮拜三

利運	輪船往上海	招商局
新裕	輪船往上海	招商局
安平	輪船往上海	招商局
順和	輪船往上海	怡和行

閏三月二十日銀洋行情

天津通行九七六錢　銀盤二千三百三十七　洋一千六百六十七

紫竹林通行九六錢　銀盤二千三百六十七　洋一千六百九十二

洋錢行市七錢一分八

新開 敦慶隆綢緞洋貨莊

擇於閏三月十一日開張

本號開設天津北門外估衣街西口路南第五家專辦上等綢緞顧繡以及各樣花素洋布各碼線批合線俱按銀莊零整批發格外克已士商賜顧者請認明本號招牌庶不致誤　本號特白

朱鈍翁先生鑑湖高士浙水名流代學爽鳩世習扁鵲脈理精奥醫術深通來津十年屢治危症名揚遐邇著手回春久寓彌勒庵

開設天津紫竹林海大道旁

福仙茶園

啓者本園於本月初四日止戲清理賬目今將戲園及園內桌椅磁壺磁碗新製彩切零星等件合盤出兌如有願兌者及詳細章程請至本園面議可也特此佈告

福仙茶園謹啓

現邀福仙新班進園擇吉登臺

創包機器

敬啓者近來西法之妙莫過機器靈巧至各行應用非得其人難盡其妙每值傷損修理必悞時日今有寗子卿專於經理機器玆擬創辦包定各項機器以及向有機器常年煤料工力價值格外公道如貴行欲商者請到福仙茶園面議可也特白

新到儒醫

啓者天后宮財神殿內廣此儒醫高老先生專治內外兩科男婦大小方脈兼治咽喉眼科等症辰刻在廟診脈施方過午不候如有外請辰刻來廟付信午後前往病家見症立方

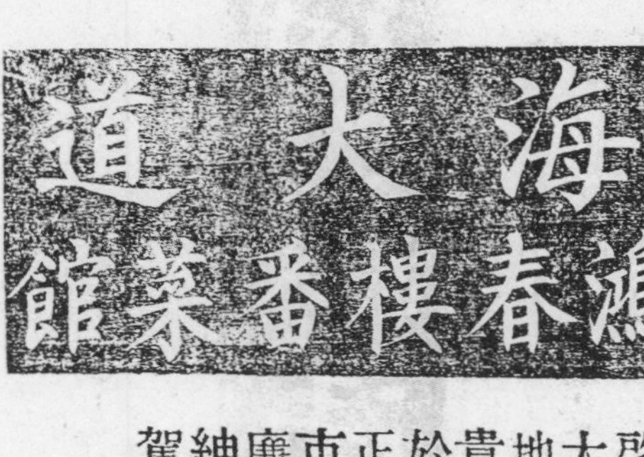

啓者本店三層大樓工程告竣地勢寬闊以備貴官紳請讌擇於去臘遷移新正月初二日開市各樣俱全價廉物美凡仕紳賜顧者請即駕臨是幸

主人謹白

直報

本館開設天津紫竹林海大道老菜市氣燈房巷內

光緒二十四年閏三月二十一日　第一千零四十八號
西歷一千八百九十八年五月十一日　禮拜三

部照已到　直隸勸辦湖北賑捐局自光緒二十三年十一月二十日以後至光緒二十四年正月初十日以前請奬各捐生部照已到請即攜帶實收來局換照可也

例守局外　美日決戰一事津海關道現奉　北洋大臣王　札准總理衙門來電准日國葛大臣照稱香港報聲明為局外之地請中國出示亦居局外毋碍兩國和好違萬國公法以敦睦誼等語希飭遵傳諭各報館登報中國為局外之國沿海商民務飭勿私自接濟美日兩國軍需等因除行沿海各地方官一體示諭嚴禁外合亟登報俾衆週知

啓者刻下磁州煤礦已將吸水機器安置停妥各窰宿水俱已抽乾所出之煤與唐山五槽相等局內章程按照商辦極為謹密將來利益已有成效但資本愈厚獲利愈多為此布告津都申各處紳商有欲入股得利者其股票寄存源豐潤票號請向面塡可也

磁州礦務局謹啓

上諭恭錄

旨保舉江蘇補用道蒯光典浙江補用知府朶如正俱照例用保送知府編修朱錦張燮堂俱以知府分發省分補用分發陝西試用通判饒鳳珪安徽試用知縣杜師預山東試用知縣紀鉅湘河南試用知縣李曜緯河南試用知縣張繼善陝西試用知縣孫尚仁江西試用知縣張紹良福建試用知縣王擴中廣東試用知縣方怡廣西試用知縣薛維均俱照例發往截取刑部司務鄭傳緡着照例用擬補荆州將軍衙門筆帖式榮錦盛京刑部筆帖式葆勛俱准其補授俸滿安徽渦陽縣知縣歐陽靄着回任病痊前安徽潁州府知府鳳林着照例用報効官前安徽蕪湖縣知縣王萬鉎着發往山東交張汝梅差遣委用欽此

臚傳儀注　續前稿

鴻臚寺官於丹陛上東旁立宣　制畢唱第一甲第一名姓名鴻臚寺官引狀元出班就道左跪唱第一甲第二名姓名引榜眼出班就道右稍後跪唱第一甲第三名姓名引探花出班就道左又後跪皆傳唱者三次唱第二甲第一名某人等若干名均不引出班唱畢丹陛大樂作奏慶平之章鳴贊官贊諸進士行三跪九叩禮興退於兩翼原立處樂止贊鳴官贊舉榜禮部堂官進就榜案前北面跪捧榜興降自中階儀制司官以雲盤承榜導以黃蓋由中路出　太和門　午門　中門禮部堂官及一甲進士三名隨榜出鴻臚寺官引諸進士由　昭德門　貞度門左右掖門出鑾儀衛官贊鳴鞭階下三鳴鞭中和韶樂作奏顯平之章　皇上還宮樂止王公以下文武百官皆出捧榜官捧黃榜至　午門連雲盤跪置龍亭內行三叩禮校尉舁亭樂部和聲署作樂導引　御仗批頭前導至　東長安門

外張掛狀元率諸進士等隨出觀榜後至順天府領宴順天府備傘蓋儀仗送狀元歸第所有金榜於　東長安門外張掛三日後照例恭繳內閣越二日狀元率諸進士上　表謝　恩是日鴻臚寺設宴於　午門外甬道正中鳴贊二員監禮御史二員立於案前序班引狀元及諸進士由　東長安門入至闕下序立甬道左右均東西面狀元捧表詣案北面跪陳於案三叩興退鳴贊贊齊班引狀元及諸進士北面聽贊行三跪九叩禮興引退禮部官捧表送內閣擇吉狀元率諸進士詣　太學釋奠於　先師孔子廟行禮如常儀　一進士題名碑建立國子監大成門外禮部題請奉　旨後抄錄原題及各進士甲第名次籍貫交工部國子監遵行

接續會典奬單　○供事葛霖請以縣丞分省歸候補班補用供事姜沛霖請以縣丞分發省分歸候補班先補用候選縣丞莊維模請仍以縣丞分發省分歸候補班補用俟得缺後在任以州判補用候選從九蔣崇詔請以巡檢分發省分歸候補班前補用供事李道元請以縣丞分發省分補用議叙未入流張邦良請以巡檢不論雙單月遇缺卽選候選巡檢李文緒請俟選巡檢後在任以縣丞歸候補班補用並加六品銜選用縣丞張炳蔚請仍以縣丞分發省分補用俟得缺後在任以知縣補用候選縣丞王錫福請仍以縣丞分省補用俟得缺後以知縣補用選用從九品邢國弼請以縣丞分省歸候補班補用供事王廷章請以縣丞分省歸候補班補用候選未入流高占山請以巡檢分省歸候補班補用並加六品銜供事劉寅恭請以縣丞分省補用縣丞徐金請俟得缺後在任以知縣歸候補班補用並加同知銜　此單未完

飭傳隊伍　○閏三月二十至二十二日　皇太后　皇上在　頤和園　海甸閱視大操恭紀昨報茲聞經內務府飭傳火器營鍵銳營神機營各隊弁兵務須屆期披掛每日辰刻伺候點名各分隊伍合力操演刀矛洋鎗抬鎗籐牌厨牌各項技藝毋得違悞並聞是日由慶邸督操如何陣式俟訪明再錄

御路平墊　○四月初三日恭行常雩大祀　天於　圜丘　皇上親詣致祭所有各衙門先期應備事宜均登前報今聞步軍統領衙門督飭八旗兵丁由正陽門前直至　天壇一帶御路撥派兵丁掃除平墊於閏三月二十日爲始一律按段平墊並每日派員稽查倘有疏懈立卽懲辦以昭愼重

示期改早　○都察院向例每月初二十六兩日係五城實缺揀發差委司坊各官叅堂謁見之期現因節交夏令諭令自四月初二十六日改於辰刻赴院一體謁見

節錄則例　○月選郎中以下知縣以上官員並在內京職陞遷及在外現任推升之道府運同知州縣各官仍照例送部引見其現任計俸推升例不引　見人員該督撫接到部文後詳加驗看如果居官素好有才能者於十日內給憑催令赴任如有年老並才力不及者卽行具題由部另行銓選外省推升京職及推升外任人員有交代者文到後該督巡卽責令依限交代查明該員任內並無未完事件於交卸清楚後限二十日內起程赴任其有承辦事件約計半年內可以完竣者催令赶辦仍將原由於兩月內報部如半年以外方可完竣亦於兩月內分別題咨開缺另選

時花進御　○閏三月十九日右安門外豐台村各花廠呈進牡丹花一百盆玫瑰花一百顆覓夫由西長安門抬進內務府轉呈以備　南海　頤和園各處布景點綴藉抒報効之忱云

理應抱呈　○都察院爲出示曉諭事查各省官民人等具呈訴寃理宜本人來院攔輿具呈如係婦人未遣抱告具呈槪不接收爲此出示曉諭各省官民人等一體知悉嗣後係婦人實有寃抑須遣抱告之人寫明遣抱何姓何名如無抱告不准呈訴各宜凜遵毋違特示

幸未延燒　○閏三月十八日夜間三更時崇文門外堂子衚衕曹姓家不戒於火幸經家人知覺赶卽取水竭力撲滅燒燬廚房三間並未延燒鄰右亦云幸矣

風流小讁 ○京師宣武門外騾馬市大街廣陞客棧內有某孝廉者以客中岑寂曾在前門外小李紗帽衚衕九鳳妓寮流連匝月費去銀鈔若干迨會試榜發未中定於十八日束裝旋里詎是日清晨妓女聞風來棧竟在外坐候欲索夜合之資孝廉避不敢見經同居鄉誼代爲排解付妓白銀六十金始得了事孝廉乃乘車出都附輪歸去嗟嗟醒來春夢雖非巳屆十年臨去秋波應悔經茲一轉阮囊既罄趙璧難歸清夜興思得毋懊悔倘若楊梅結果滿袖携歸以貽妻帑以惠朋友則該孝廉又何以爲情耶

定章清訟 ○刻聞督憲擬照議定清理訟獄章程若干條飭科房謄錄裝訂成編頒發通省理刑各衙門遵照辦理以清訟源

恭迓德藩 ○制軍定於廿二日下午五點鐘督同關道憲李觀察前往塘沽預在茶座恭迎德親王亨利蓋因德親王於廿三日早八點卽到塘沽云

望君如歲 ○湖廣總督張香帥之洞奉調晉京 陛見等情業紀前報茲聞帥節由鄂起程行抵上海諒二三日內卽可抵津邑尊預備公館在吳楚公所現飭差備辦一切頗形忙碌

派員押運 ○每屆白糧運通歷由天津道憲派員前往押解刻經任觀察札委候補佐雜彭吏孫陳錫彤充辦差使巳於二十日起程前往矣

水利局批 ○蕭廠村民王士瑞批前准天津道咨會到局當經會道委員勘明北運河東隄被風浪沖刷甚形單薄議俟水涸後與西岸通京大道一律加培以資保衛爾等卽靜候辦理可也毋庸稟瀆此批

河屬清摺 ○刻據河間府將所屬各州縣承審道控之案分巳結未結造具簡明清摺呈送道轅以備存查

汎官執法 ○河北汎兵丁張起元張六有恃差訛詐不守汎規各情事現經汎弁査明照例斥革並發革條示衆

店掌負心 ○張鳳眼楚人也業染工在河北某店彈染布疋饒有積蓄盡交店掌儲存於本月上旬忽作歸與之想因向店掌討取寄欵店掌左支右吾迄未交付張情急聲言具控巳赴縣署倩某代書繕寫呈詞矣

催租肇衅 ○昨有李呂兩人揪扭赴縣具控經裴大令提訊緣呂姓房間典與李某居住因房價不符彼此爭較李某表弟湯姓代抱不平向與理論被呂用刀將湯刺傷大令訊畢飭皂役將呂戒責八十押候究辦

堂供未招 ○蕭二砍傷馬三各情業經兩登報牘昨蒙邑尊堂訊蕭供認菜刀據仵相驗實非菜刀傷邑尊怒喝用八角棍蟒鞭拷打至三百餘仍未肯認飭令索押再訊

被跌斃命 ○某署皂頭某甲與侯家後地保不知因何口角遂至用武甲一努力將地保擁倒地保年老氣衰隨卽被跌斃命當經該署稟請邑尊相驗未知作何辦理訪明再登

喇嘛示寂 ○昨有京師喇嘛在老龍頭侯家店染病店主見病勢沉重遂僱洋車拉赴火車站將送回京詎行至半途在洋車身故當經該管地保稟報邑尊相驗實係因病身死並無別情飭令地保討棺殮埋插標候屍屬認領

不幸之幸 ○大城縣屬黃岔村某甲日昨駕一葉扁舟滿載鹽觔來津交卸行經楊柳青後一片汪洋茫無涯際適西北風作桃浪掀天船隨波顛簸甲見勢不佳急欲返棹奔岸奈心慌手亂一轉移間全船傾覆幸距村落未遠大聲喊救經泊船赶緊撈獲未至淹斃一人而觔巳隨波逐溜以去亦不幸中之幸也

醋海生波 ○西沽王十者與妓女小鳳有舊頗親暱嗣有富戶管家某亦與妓往來王妬之兩不相下致起爭端昨在紅橋相遇某乘王不備出利刃砍之血流如注聞王巳赴縣呈控矣賭近盜姦近殺信哉

光緒二十四年閏三月十九日京報全錄

宮門抄○閏三月十九日吏部 翰林院 廂藍旗値日無引 見 恭王謝看視 恩 永隆假滿請 安 前密雲副都統蘇嚕岱

到京請 安 補用道府沈翊清等謝 恩 那公琦俟各請假十日 鈕楞額續假五日 長順續假二十日 倉塲奏漕船五日回空 召見軍機 蘇嚕岱 沈翊清 皇上明日已初至火器營閱操畢還 頤和園

○○頭品頂戴湖廣總督臣張之洞頭品頂戴湖北巡撫臣譚繼洵跪 奏爲湖北節年水旱成災辦理工賑收支各銀數現截至光緒二十三年年底止敬繕清單恭摺具陳仰祈 聖鑒事竊照湖北地方自光緒二十一年至二十三年水旱頻仍荒祲疊見災深地廣幾及全省實爲數十年來所未有均經臣等隨時奏報仰蒙 恩綸疊沛撥欵截漕並准推廣捐輸一再展限以濟工賑各省督撫臣暨湖北京外官紳本省委員亦皆誼切救災竭力協助廣爲勸募卒集鉅貲俾臣等得以措手於有隄各屬撥欵興修藉工代賑其老弱婦孺不能工作以及無隄處所或散給錢米或分設粥廠一律賑恤並以糧缺價昂多購米石分撥各災區減價平糶以濟民食災黎悉資拯救潰隄亦得修復 鴻慈廣被實惠均沾凡在臣民莫不感頌惟是時閱三載水旱交乘地方之受害彌深待哺之飢民日衆加以上游山陬之鄉之賑道遠運艱下洊水陬之工隄多費鉅支用之繁蓋由於此臣等仰體 皇仁以民命爲重卽處艱窘之時而目擊災情之重不敢稍存膜視亦必百計籌挪工賑兼顧雖幸得免貽誤而需欵浩繁辦理竭蹶情形亦經歷次縷晰具陳在案現在各屬工賑雖未一律告竣藩司王之春奉 命調補四川布政使行將交卸其經手收支各欵應飭先行截數開報以清界限而免轇轕茲據該司王之春會同總辦湖北籌賑局司道詳稱湖北此次工賑除景山縣唐心口隄工並各災區本年春賑以及應辦善後事宜現在尙需撥欵未能截數應俟事竣另行開報外所有光緒二十一年起截至二十三年十二月底止共收奏撥截留漕糧等欵銀三十一萬一千九百八十四兩二錢四分一厘捐輸銀二百四十六萬六千一百三十七兩二錢一分四厘總共收銀二百七十七萬八千一百二十一兩四錢五分五厘工賑項下共支銀三百十一萬五千三百八十六兩一錢二分七厘六毫以收抵支尙不敷銀三十三萬七千二百六十四兩六錢七分二厘六毫均係隨時挪墊以應急需賑捐現已再請展限應俟收有成數陸續歸還等情開單詳請奏咨前來臣等覆核無異除咨戶工二部外理合査照該司道開報收支各數敬繕清單合詞恭摺具陳伏乞 皇上聖鑒謹 奏奉 硃批該部知道單併發欽此

○○張之洞片 再査士民因地方善舉捐銀一千兩以上者例得請旨 建坊給予樂善好施字樣茲有湖北漢陽縣學附生宋康復因上年本省各屬被災遵其故父母遺命捐助庫平銀一千兩以濟賑需據湖北籌賑總局司道詳請具 奏前來核與建坊之例相符合無仰懇 天恩俯准該生宋康復爲其故父原任四川陴縣知縣宋延鍌與故母五品命婦宋黃氏在於原籍照例建坊給予樂善好施字樣以行旌奬謹合詞附片具陳伏乞 聖鑒謹 奏奉 硃批着照所請禮部知道欽此

○○奴才宗室壽蔭跪 奏爲熱河添設馬步練軍二年期滿著有成效遵 旨保奬援案籲懇 恩施恭摺仰祈 聖鑒事竊査光緒二十一年前任都統崇禮以熱河地廣兵單由駐旗營內挑練馬甲五百名又練閑散壯丁二百五十名又於園塲添練步勇二百名嗣因馬賊出沒無常動輒騎馬持械非步軍隊所能抵禦復由馬甲五百名內改練馬隊五十名合陳練馬隊二百五十名並園塲步勇二百名亦改爲馬隊一百名統名曰强勝營並在奴才署內設立營務處所有糧餉文案在派熱河道端多布等總司其事卽由是年春間起逐日訓練於交卸時附片奏明俟二年期滿如果始終奮勉由奴才酌量擇尤保奬等因奉 硃批知道了欽此奴才到任後校閱各營時宣布 聖意俾益知所奮勉復一面專委道府刑司協左領防校等官督催訓練毋得有名無實該員等亦能實力講求確除積習所演馬步各陣式次第嫺熟間復加以變式花樣爲之一新鎗砲刀矛以及步伐進退遲速無不合法節經奴才分撥各處防堵巡剿俱稱得方卽間有大股賊匪亦皆不避危險奮勇擒獲一兵可得一兵之用當此時勢多艱不敢徒飾觀瞻虛耗餉項奴才留心考核現在已逾二年所有在事各員朝夕訓練洵屬始終奮勉且事屬創辦勞怨不辭尤屬異常出力案査熱河官兵改練洋槍經原任熱河都統庫克吉泰擇優奏保曾蒙 恩准在案此次練軍著有成效與前事屬一律謹援案請奬繕具淸單恭呈 御覽伏懇 格外恩施以示

鼓勵而昭激勸是否有當謹恭摺具　奏伏乞　皇上聖鑒　訓示謹　奏奉　硃批該部議奏單二件併發欽此

○○張之洞片　再臣前奏　諭旨查閱湖北營伍當因江漢並漲災賑隄工百事緊迫奏請展緩俟光緒二十三年夏間災象稍紓改練洋槍亦有規模再行舉辦奉　旨允准在案惟查湖北省上年鄖宜施三府因雨潦過多災象未減京山縣唐心口隄工已成復潰此外各州縣災歉亦多籌工籌賑諸務紛紜又兼正值裁減綠營兵額將弁竭蹶不遑兵丁各懷觀望以致操練未能專精直至上年底始將上年應裁兵數陸續分別發餉遣散完竣本年春間工賑仍未竣事日日籌欵事事艱難現又有鄂省鹽厘抵還洋欵之舉鄂省驟失巨餉諸事無措現值籌議交接之際司道各官俱屬焦急束手以上各節均須隨時會商撫臣督飭司道妥爲籌辦一時尚難出省茲仍嚴飭各營上緊練習洋鎗擬請展至秋間諸事略爲就緒再行馳往認眞校閱俾得從容簡校以考實效理合附片具奏伏乞　聖鑒謹　奏奉　硃批着照所請欽此

○○奴才毓瀜跪　奏爲敬謹查明陳設暨庫存金銀器皿等項恭摺奏　聞仰祈　聖鑒事竊奴才自到任後率同司員等恭謁　陵寢謹將陳設等件按照印册逐一查點均屬相符暨金銀器皿庫所存　祭祀供用金銀器皿按件點驗並無虧短各圈餧養牛羊亦皆肥壯足額奴才嚴飭該管司員必須認眞稽察盡心餧養勿容稍有瘠瘦其廣恩庫並另欵津貼二項收存銀兩暨易州工部存有現用物料奴才分日率同司員按欵盤查均與册造數目相符當經取具該管各官切結存案所有奴才查驗一功事宜理合恭摺奏　聞伏乞　皇上聖鑒謹　奏奉　硃批知道了欽此

○○崇歡等片　再前經奴才等爲修理南北兩河會經片奏於街市商民抽收駝銀工程一切統歸商捐商辦俟積有成數即行停止蓋恐日久相沿便成陋規甚不便於民也今自上年開辦以來已抽有三千餘金據商民合詞呈請開工並具呈嗣後如遇大小工程該商民等均願捐資舉辦公呈存案夫抽收駝銀原係籌欵無著一時權宜之計該商等承認以後捐辦工程亦恐此項抽收日久停歛無期現在春融正宜舉辦工作擬即允其所請並踐前言特此附片陳明伏乞　聖鑒謹　奏奉　硃批知道了欽此

分鐘時服一大酒杯並用布醮藥敷貼周身只要生氣未絕不難施救　一肺癰及各色肺家病症皆因蟲爲患除蟲在腹中已將全肺蛀盡不能施治外倘有一線生機將第一種藥日服少許逐漸加增如夜間倘覺咳嗽即服半調羹歷半時服一次宜勤不宜斷如胸口尚覺疼痛將第三種藥連瓶浸入溫水內令熱先將絨布鋪放胸口後將藥倒在絨布上逐日如法治之至痛止爲度如兼吐血亦用第三種藥治如上法但藥不令必熱布不必用絨　一戒除洋煙之癮用第一種藥日服五六次三閱月便可戒絕永無後患而且飲食加增身體肥壯　一治癲瘋等症用第二種藥日服四五次外用布醮第三種藥敷貼患處愈而後止　一喉症用第二種藥小孩服一小調羹大孩服一大調羹男女人服一小酒杯當藥入口時仰頭呼吸作響聲如喞水嗽口勢然後咽下　外用布醮藥束頸　一癰疽乳癰毒瘡及楊梅結毒用第二種藥日服六七次外用第三種藥敷患處　一此藥行遍歐亞各洲活人無數功效不能筆述無論內外各種病症內此服吃外則敷貼均能奏效

天津恒豐泰洋行主人代啓

神目如電

商業將一切情形登諸告白似無煩再述矣惟李子香探知商於初八日在縣尊投呈伊即於初九日亦於兩報告白狡辯伊若不辯伊之缺陷仍不出也今既辯矣何竟不敢將商所登議單之底指爲或眞或僞伊非不敢指也此其中大有伊不能吐之實情耳若指爲眞必須呈案呈案則增詭之情畢露若指爲僞一切作押契據均在伊手將來均成廢帋于是欲不辯而不得欲實辯而不敢只得虛與委蛇徒以無理取鬧等詞亂人耳目而已究之眞僞久必自明諒難逃官府之鑒察況伊以假字謀李承宗引岸經衆運憲洞燭其奸立予押之此近日之事昭昭可考也謹將商本月初八所遞呈詞照錄以憑電察　爲懇傳正點追繳實憑撤底清査施恩斧斷事切商欠李子香之欵業將實在欠數開單具呈在案迭蒙　仁天提訊至公且明雖蒙管押係案情宜爾商之項感刻骨難名至案久懸不能斷結者非不善斷實緣李子香不將眞正借約呈出僅用伊自捏作之僞據蒙混伊之所以不呈眞據者其詐有二以此假據控追案結後再以眞據具告是一賬二討其詐猶淺而不呈眞約增詭銀數借可謀產並可將一切作押之據秘爲已有其詐乃深且兩造共事只商與李子香經手而商弟文珠但具名而已伊以文珠少不更事爲可慫恿以追到案以爲可肆其欺此其詐更不可問也似此必須請李子香俯就到案追繳正據自能水落石出不至冤沉海底矣爲此叩乞　本縣正堂大老爺格外施恩俯准將李子香傳案追繳正據實爲德便上呈

陳恒益謹白

魁陞號綢緞洋貨莊

本號自置顧繡綢緞洋貨等物整零均按銀莊格外公道皆比大市價廉發售　寓天津北門外估衣街五彩號衚衕口坐北向南便是特此

本號謹啓

恒昌照像館

啓者本號今因建造新樓于三月初二日暫遷往牌坊外先農壇前另設玻璃照像棚　諸君賜顧請駕光臨是荷俟本樓工竣復回原鋪謹此佈聞

本主人謹啓

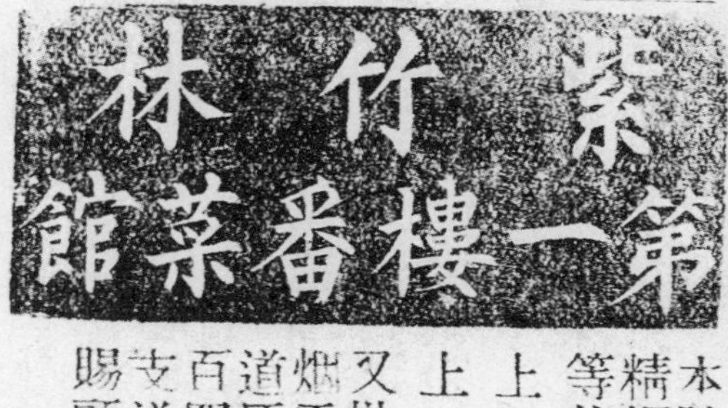

本號專作英法大菜各色精細點心各樣洋酒洋貨等物一應俱全並售

上　　　八百
上紅茶每斤津錢一千
上　　　六百

又批發茂生公司鐵海紙烟零整發售價值格外公道原箱計一百盒價洋一百四十四元每盒計五百支洋一元五角凡仕商賜顧請即駕臨是荷

主人謹白

啓者昨接上海孫仲英善長來電旋又接到顧緝庭葉澄衷嚴筱舫楊子萱施子英各觀察來電據云江蘇徐海兩屬水災綦重飢民數十萬顚沛流離死亡枕籍災區十餘縣待賑孔急需欵甚鉅官欵恐未能徧及素仰貴社諸大善長久辦義賑飢溺猶巳敬求代呼將伯源源接濟功德無量蒙滙賑欵即滙上海陳家木橋電報總局內籌賑公所收解可也云云伏思同居覆載異姓不啻天親縱隔形骸民物莫非胞與頓遭洪水哀此災荒盡是蒼生何分畛域況救人性命卽積我陰功雖此日拯玆黎庶散盡赤仄青蚨卜他年報在子孫同來玉堂金馬敝社欵無備濟自知獨力難成術欲廣仁惟冀衆擎易舉叩乞　顯官鉅紳仁人君子共憫奇災同施仁術原擬活人無算雖千金之助不爲多但能濟世有功卽百錢之施不爲少盡心籌畫量力輸將敝社不禁爲億萬災黎泥首叩禱也如蒙　慨助卽交天津溜米廠濟生社帳房代收並開付收條以昭徵信

濟生社籌賑同人謹啓

啓者本局光緒二十三年分總結帳款現已一律彙齊結算以便刊刻帳畧於本年五月朔派分股利仍照歷屆章程預請股友赴山會算其來返川資由局備付訂至四月望爲期俾無悞刋辦特達

開平礦務總局啓

天津紫竹林有喊洋行告白

啓者敝行出售彩票共計六百張整除已售出四百餘張外尚有一百餘張待售售完即定期抓彩每票一張售洋三元諸公若不憑信貨物請到本行先來看彩然後買票均無不可至各彩詳細數目前報登過此次不及備載並託鍋店街恒義號又美昌號竹記號代售

本行暫遷紅樓後三井洋行斜對門永興洋行同院

本主人謹啓

三井洋行分莊告白

敝者日本商始創貿易爲業數拾年以來今分莊開設北門外鍋店街洸家衚衕口對過專選精工料實東洋棉紗各等時式大小疋棉布粗洋布斜紋洋標等格外公道價亦從廉凡仕商賜顧者請至分莊面議可也特此佈聞

三井本莊主人啟

告白

現有靠河園田地一段九十畝上下坐落大直沽北情願按時價出售 如欲買者請至河東柴家大坟西劉忠處面議可也

劉忠謹啓

新開元隆號綢緞洋貨莊

自去歲四月初旬開張以來蒙各主顧垂盼雲集馳名日盛本號特由蘇杭等處加意揀選名機新鮮貨色零整銀價俱照大莊行市公平發售以昭久遠此白 寄賣龍井雨前素茶福建皮絲水烟各種眞料大小皮箱 開設天津府北門外估衣街中路北門面便是

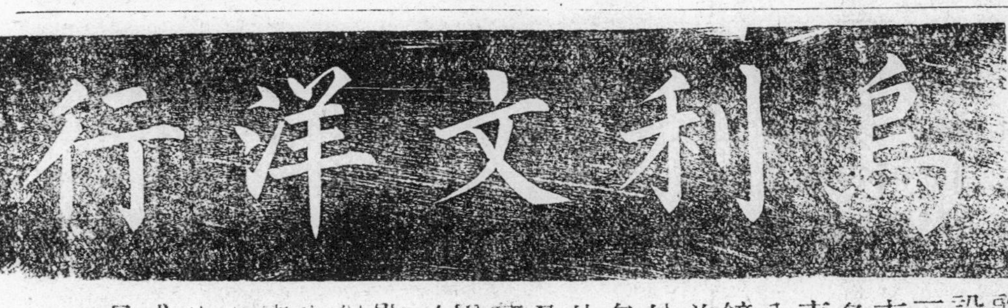

啓者本行開設香港上海三十餘年四方馳名專售各式金銀鐘表鑽石戒指八音琴千里鏡眼鏡等物並修理鐘表外洋新到各色鐘表價錢比別家格外公道開設在紫竹林法租界大街本行又分莊在北門外樂壼洞保陽棧傍榮生祥內請諸君降臨光顧是幸特此佈聞

戊戌年閏三月廿一日禮拜三

烏利文洋行

北京新福商義洋行

本行由津號運來西洋玩物食物花草料器布疋等貨不及備載專供各公館使用

賜顧者請移玉東交民巷法國府對過洋飯店內便是

天津新福商義代啓

悅來洋貨店

開設天津法國租界紅樓後自運各國玩物金邊三連磨花描銀玻璃磚鏡子五彩大小碗盞杯盤料器奇形異樣香水壺荷包靴掖洋景蘋子手套叫鐘表鍊花針扣子戒指洋火盒玳瑁梳篦金銀首飾鼻烟壼各樣五色料金珠畫圖等物格外價廉消售發客

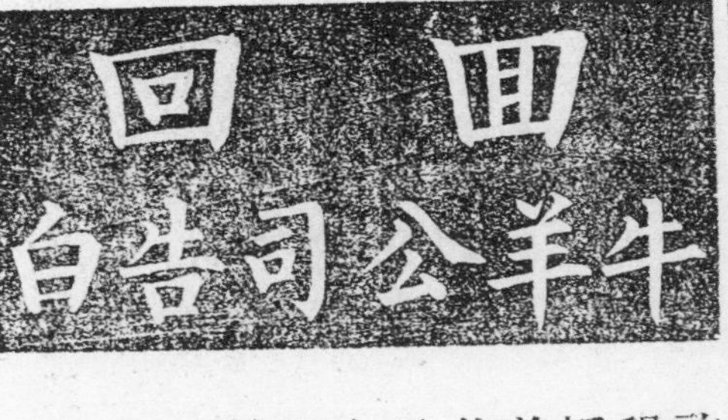

啓者本公司開設天津紫竹林法租界烏利文洋行旁邊專由內地採買牛羊以備洋人膳用所有圈養一切宰牛羊之法目皆按西法其牛羊肉淨無可比與衆不同本公司今因議定新章特邀回教中人專爲司理此事故特聲明除每日售與洋人按摺取之外所有牛羊肉皆照章售與華人零用格外公道不悞主顧 議定準斤十六兩價錢

牛肉每斤一百八十文

羊肉每斤二百六十文

主人謹啓

美孚老牌煤油

啓者美國三達煤油公司之德富士老牌煤油天下馳名萬商稱美蓋其質潔色清亮白如銀且絕無烟氣能耐久燃比之生荳等油晶光百倍而儉用價廉此爲德富士老牌之佳處誠屬無雙妙品也士商或向賜顧請到天津美孚洋行採辦就近殷實行店購買庶不致悞

DEVOE'S
PAT'D JUNE 22.63.
BRILLIANT OIL
IMPROVED
PAT'D JUNE 28.64.
PATENT CAN
美孚行

京都 一品樓

本樓擇於三月十二日開市大吉

本舖嵩做

隨意便飯 蘇造餚饌 烤鴨燻鷄 應時小賣

內有樓房雅座

開設天津紫竹林大街北頭路西門面便是

閏三月廿二日出口輪船 往上海 禮拜四

順和 輪船往上海 怡和行

閏三月廿六日出口輪船 往上海 禮拜一

泰順 輪船往上海 招商局

海定 輪船往上海 招商局

閏三月廿一日銀洋行情

天津通行九七六錢

銀盤二千三百三十七 洋一千六百六十七

紫竹林通行九六錢

銀盤二千三百六十七 洋一千六百九十二

洋錢行市七錢一分八

新開 敦慶隆綢緞洋貨莊

擇於閏三月十一日開張

本號開設天津北門外估衣街西口路南第五家專辦上等綢緞顧繡以及各樣花素洋布各碼線批合線俱按銀莊零整批發格外克巳士商賜顧者請認明本號招牌庶不致誤

本號特白

朱鈍翁先生鑑湖高士浙水名流代學爽鳩世習扁鵲脉理精奧醫術深通來津十年屢治危症名揚遐邇著手回春久寓彌勒庵

開設天津紫竹林海大道旁

福仙茶園

啓者本園於本月初四日止戲清理賬目今將戲園及園內桌椅磁壺磁碗新製彩切零星等件合盤出兌如有願兌者及詳細章程請至本園面議可也特此佈告

福仙茶園謹啓

現邀新班進園擇吉登臺

創包機器

敬啓者近來西法之妙莫過機器靈巧至各行應用非得其人難盡其妙每值傷損修理必悞時日今有甯子卿專於經理機器茲擬創辦包定各項機器以及向有機器常年煤料工力價值格外公道如貴行欲商者請到福仙茶園面議可也特白

新到儒醫

啓者天后宮財神殿內寓此儒醫高老先生專治內外兩科男婦大小方脉兼治咽喉眼科等症辰刻在廟診脉施方過午不候如有外請辰刻來廟付信午後前往病家見症立方

海大道 鴻春樓番菜館

啓者本店三層大樓工程告竣地勢寬闊以備貴官紳請讌擇於去臘遷移新正月初二日開市各樣俱全價廉物美凡仕紳賜顧者請卽駕臨是幸

主人謹白

直報

本館開設天津紫竹林海大道老菜市氣燈房巷內

光緒二十四年閏三月二十二日 第一千零四十九號
西歷一千八百九十八年五月十二日 禮拜四

部照已到 直隸勸辦湖北賑捐局自光緒二十三年十一月二十日以後至光緒二十四年正月初十日以前請獎各捐生部照已到請即攜帶實收來局換照可也

例守局外 美日決戰一事津海關道現奉 北洋大臣王 札准總理衙門來電准日國葛大臣照稱香港報聲明為局外之地請中國出示亦居局外毋碍兩國和好違萬國公法以敦睦誼等語希飭遵傳諭各報館登報中國為局外之國沿海商民務飭勿私自接濟美日兩國軍需等因除行沿海各地方官一體示諭嚴禁外合亟登報俾衆週知

啓者刻下磁州煤礦已將吸水機器安置停妥各窰宿水俱已抽乾所出之煤與唐山五槽相等局內章程按照商辦極為謹密將來利益已有成效但資本愈厚獲利愈多為此布告津都申各處紳商有欲入股得利者其股票寄存源豐潤票號請向面塡可也 磁州礦務局謹啓

浮談

浮生子跡如萍亦如蓬心匪石亦匪席不喜為抗論亦不與世為波靡隨俗浮沉實欲相時推挽隱行其濟人之一念自泛泛觀之則所為若浮動所言概浮談耳其浮談有曰有目者類同視乃有形同而視殊者同一日也月也星彩燈燄也此視之則明彼視則暗此視之則一光彼視之則重暈以此所視語諸彼彼不謂然以彼所視語諸此此不謂然究之日月星燈皆不殊而人殊人殊則視殊焉夫人有老少目有昏明猶未足異所異者不老不少非近非遙猶是光也一視之而成兩久視之而芒遍生抑且見芒不見光至於本無光處反見火星若螢流火光如電掣時而眼前黑子累累時而眼前人物鳥獸獰惡兇頑無怪不作當其見之確識之眞雖以父兄子弟親且信譬解萬端終莫稍釋其疑懼何也其人之目有赤眚病生於臟發於目害於心遂現變相於當前之物見其所見非吾之所謂見也且誠有之心亦宜然視物如此觀理何獨不然遇物如此臨事又何獨不然哉明明褻也而以為敬明明細也而以為巨明明妄也而以為眞往往以片言可息之端而激為不可收拾之件孰非此心失其平所視不遠涓滴不遏之階之厲也此浮生所數言人皆目為常談者客或與之論時事則唯諾以應無可否或問其故曰衆人各有所聞各執己見浮生素未具深識不敢云衆之所見為非又不敢云衆之所見皆是人概言重本而輕末黜華而崇實其所言何嘗非是第恐執末為本以華為實率據一事議論蜂起一倡百和倡者有心和者無心無心者固不可以言信心彼其有心之心其果堪以自信否如其不信不自信則不能自知不能自治口頭賢聖相習成風久遂忘其自知自治者當為何事冥然漠然中偶一覺察則惟知察人不知察己不暇察人之是惟知察人之非既不問為此事者之品為何如人又不問為此事者之心實何所向更不思平其心以將心比心則我之心失其平以蔽於物而隨物浮沉偏於輕重所見無非所蔽也甚矣其流弊尙可思議乎試舉一說以與吾子質人言有醉入蔬圃彳亍畦徑誤踐瓜爼破聲如蛙者以為蛙也誤傷之恐作祟於是寢夢

聞蛙鳴病以困又因偶鞭主炊婢竊思婢將鴆己以報也乃多設條規使婢蹩躠躃躃又因語偶詬妻竊思妻必圖己欲出之又懼不甘必興訟訟恐終凶爰割席而分闈迹愈疎情愈睽釁愈多於是延巫瞽爲厭勝倚左右爲隄防滅戚眷爲處分而戚眷巫瞽左右近侍之爲小人者遂乘機市陰謀爲上下手以顚倒簸弄及至太阿倒持身受其制欲有所爲動輒掣肘不得不任其侮毀而莫如何史册所載巫瞽厭勝釁啓宮闈如戾太子事者悔亦何濟又如明魏監建生祠因木像頭大不適於冠匠或鑿而小之使如式而小隸之黠者乃抱木像慟哭千歲頭傷以獻媚而行譖試問建生祠崇典禮爲將敬也而使人以土木之賤物雕塑飾以衣冠華耶實耶敬乎褻乎如謂匠鑿則千歲頭傷當日千歲木軀之成已受盡無數刀鋸斧鑽設有人以此相詰當必目直口呆將何以說耶然後知一不自信方寸無主百弊叢生無所底止且人苟立德立功立言可自信卽可共信自能光日月壽河山與乾坤同爲不滅何必以干城衛口舌爭耶蓋文如元氣先已入人肝脾體物不遺道卽我曹性命人存與存人亡斯亡世有生民准西之碑不妨磨咸陽之火不妨縱磨碑縱火適以自外夫生成何少損於古昔賢聖也浮生事事不欲質言恐觸沉痛姑妄言之竊願諸君妄聽之也浮生語畢退掃閒軒人爰命不律登諸簡

接續會典獎單　○供事張金誥請以縣丞分省歸候補班補用俟得缺後在任以知縣用候選從九品張勝斌請以縣丞分省歸候補班補用並加六品銜供事丁紹先請以縣丞分省歸候補班補用候選巡檢李崑請以本班分省歸候補班補用供事徐惠金請以府經歷分省歸候補班補用候選從九品張大誥請以巡檢分省歸候補班補用供事周福全請以巡檢分省歸候補班補用供事于恩霖請以縣丞遇缺卽選供事王錫祚請以縣丞分省歸候補班補用分省補用典史宋長榮請俟補缺後在任以縣主簿補用供事李元燮請以縣丞分省用分省補用縣丞張禮謙請俟得缺後以知縣歸候補班補用議叙雙月卽選未入流丁濟美請以典史仍歸議叙本班先卽選並加六品銜指分山西補用府經歷郭連山請以通判仍留原省補用供事王龍甲請以府經歷分省歸候補班補用俟得缺後以應用之缺升用候選從九品劉樹梅請以巡檢歸議叙雙月卽用班內儘先前選用並加六品銜六品銜在任補用縣主簿卽選巡檢尙希程請俟選缺後在任以州判卽補並換五品頂戴六品銜分省歸候補班補用鹽大使徐文彬請俟得缺後在任以知縣歸候補班補用並換同知銜　此單未完

諭嚴門禁　○日前　禁城內屢有闖門人犯經瀾公飭護軍校拏獲奏送刑部嚴行察訊已列前報近日　皇上駐蹕　頤和園閱視火器等營操演　紫禁城內各門現經內務府大臣嚴諭東西長安門　天安門　端門　午門　太和門　東西華門　景運門　隆宗門　神武門值差護軍統領轉飭護軍校等每日於卯刻啓門酉刻閉門嚴禁往來出入之人認眞盤詰若無腰牌卽行攔阻以昭愼重

會銜出示　○欽命巡視中城察院會同步軍統領衙門出示曉諭事照得本年四月初三日常雩大祭　皇上親詣行禮前門外一帶地方五方雜處所屬居民舖戶限於四月初二三兩日禁止容留閑人遇有儀仗車輦經過毋許窺探爲此示仰舖戶居民人等一體知悉如有前項不法之徒立卽嚴拏究辦各宜凜遵毋違特示

鼓勵寒畯　○京師順天府義塾創自咸豐紀元迄今已越四十餘載除小塾外另立大塾附在崇文門外金台書院專爲栽培寒畯子弟現由順天府尹胡大京兆厘定條規凡生徒應試遊庠者恩准給銀十兩以示鼓勵云

屢被呑騙　○日前刑部福建司票仰北城吏目飭傳姚陳氏赴部候訊已列前報查姚陳氏一案因向啓紹索討不償反行捏詞訛詐幷行賄託違例將該氏濫禁鎖押誘哄說合完案啓紹所還銀兩被家人吳春侵用姚陳氏分文未見寃情難伸是以連赴都察院控告三次迨劄交北城訊辦啓紹不敢赴案質訊屢遣張明抱呈供詞狡展當經城憲將張明掌責復經張祥說合將銀兩撞用該氏又赴提督衙門告控咨送刑部鐵掣福建司審訊屢經堂派說合銀兩又被惠四呑用該氏雖知銀爲人呑用仍不干休紹復交銀數百兩轉託回民李梓臣代爲排解李梓臣携入賭場爲孤注之擲盡行輸去延宕日久竟置腦後昨經該氏因屢被欺朦當堂和盤託出旋

蒙提傳啓紹等澈底根究諒李梓臣等斷難置身事外也

捉獲女犯 ○京師五城練勇局暨左右兩翼番役乃因閭閻不靖竊盜繁多分布番役勇丁四處踩緝所以靖盜風也今聞右翼番役於閏三月十八夜間在崇文門外東豆腐巷巡夜查獲女賊田氏一名解送步軍統領衙門審究該翼緝捕勤能固畧見一斑而該氏以閨中少婦竟作妙手空空技倆本領必然高强其事其人洵堪爲綠林生色至田氏係何許人及所供犯竊係何案件統俟賢有司研鞫後再行續錄

具保候傳 ○永定門馬家堡地方王姓與趙某爭奪脚行聚衆械鬥業在順天府涉訟已將原被重責鎖押兼添傳孫某等到案質訊現據馬德玉具保聽候傳訊以免無辜受累俾息蠻觸之爭鼠雀之訟云

驚車傷人 ○閏三月二十日午後前門外取燈衚衕有驚車一輛自西徂東飛馳而過該巷地處狹窄行人躲避不及致將兪某撞倒車輪由兩腿頭顱等處軋過血流如注當經該管地面官人將車夫趙二鎖拏解案管押一面飭行驗明傷痕據報傷勢甚重恐有性命之憂至如何訊辦訪明再錄

迓賓盛儀 ○昨報德親王亨利於二十三日早九點鐘到唐沽等節玆聞海關道憲李觀察奉督憲委於二十二日坐中車先往該處照料一切督憲於二十三日早五點半鐘率司道文武官員前往接待復由唐沽送至楊村始行回署天津鎮憲羅軍門率同鎭標中左右城守等營憲護送至馬家堡慶親王及總理衙門各堂官均先在馬家堡相候沿途車站皆高搭棚座懸結燈彩以致敬恭煌煌乎盛儀也

水利局批 ○據北倉各村舉人趙景新等禀批已委員勘明會同天津道詳請　督憲飭撥工欵修辦矣着卽回家靜候可也此批

道轅批示 ○河間縣文生王元俊等禀批據留各莊橋一帶是否向設堡頭經管堤工本道衙門無案可稽應否如禀添設有無裨益仰河間縣查明舊案核辦具覆詞抄存爾等均回縣候示

愼重貢船 ○刻據津海關憲李觀憲飭下新關委員遇有南省進貢船隻過境隨到隨放勿得留難干咎云云

會辦善後 ○候補府顧太守元勳昨奉督憲札委會辦旅大善後並船澳事宜昨已赴轅禀知一二日當前往任事

草約傳聞 ○昨報威海地界租與英國暨委員勘辦一則玆聞草約已定昨經海關道憲札委候補大使陶大均赴總署禀知銷差明早卽乘火車晋京云

縣批彙錄 ○鄧邢氏呈批候飭差協同原中孟仲山查理覆奪粘據附○又張景魁呈批案已差傳候集訊核奪○又靳宋氏呈批多年當地不將契串呈驗無憑査核應不准理

蒙准重修 ○前東橋口魁陞茶園被災後陳大使不准重蓋等情均登報牘昨蒙禀明大使准將房矮三尺房後河沿照章築壩刻已與工遵辦矣

飭差查覆 ○舖民于甲與某米局交際因賬轇葛致啓訟端曾在縣署呈控邑尊恐所告情詞未必盡實遂先飭差查明禀覆以憑核奪

移屍受責 ○昨報喇嘛示寂一則嗣又訪聞該喇嘛在店中業經身死店主恐受拖累私將屍身移出經地方報驗委係因病身死除飭殮埋待領外以店東擅自移屍掌責示警並帶署押候覆訊

因公肆毆 ○差役王某因公與侯家後地方馬洛爭吵動武王某將馬洛推跌身死等情曾紀前報玆聞實係屍甥曹六赴縣抱告邑尊片請斐委廉臨場相驗驗得該屍馬洛身受木傷五處卽將王某帶縣鎖押候訊

派調剝船　○歷來漕糧到津道憲照章派弁四名在東關專司提調剝船刻已點派陳弁等小心查放以便赶緊北上

議增魚稅　○本埠五方雜處戶口繁多食物除猪羊外魚蝦蟹爲大宗日消何止千萬計昨聞魚行中人聲稱該行經紀通知本郡城鄉各魚店近年大差供應殊繁若不設法籌措賠累何堪以後無論何處魚船來津售賣每包抽津錢二百文以資津帖而免賠累倘有抗違者卽照私貨稟具追究

光緒二十四年閏三月二十日京報全錄

宮門抄○閏三月二十日戶部　通政司　詹事府　八旗兩翼値日無引　見　諭貝子等彈壓覆　命　淸銳等塲內專摺請　安

補用道府蒯光典等謝　恩　許應騤請假五日　召見軍機　皇上明日巳初至火器營閱操畢還頤和園

○○涼州副都統奴才依楞額跪　奏爲查辦過參劾已革協領得敦各欵並派員起解赴部轉發各緣由恭摺覆陳仰祈　聖鑒事竊奴才於光緒二十三年十二月初二日准刑部咨開內閣抄出涼州副都統依楞額奏革員畏罪潛逃沿途拒捕一摺九月二十五日奉

上諭涼州副都統依楞額奏革員畏罪潛逃請飭嚴拿一摺涼州左翼協領得敦前因管理糧餉不實不盡並串通驍騎校裕楨等揑詞誣報經依楞額奏參革職永不敘用發往軍台効力贖罪該革員胆敢與已革舉人恩光等聞風潛逃隱匿省垣抗不到案實屬藐法卽著迅速拿獲解回涼州聽候究辦已革驍騎校百連逃匿無踪著陝甘總督飭屬嚴拿務獲遞解涼州歸案審辦欽此欽遵抄出到部等因咨行到涼州欽遵之人當經督臣解送該革員得敦赴涼歸案奴才飭派右翼協領全安佐領連玉夔臚等會同確切查辦去後旋據該協領等查明稟覆前來奴才逐欵復核查巳革協領得敦前在協領任所歷年所扣平餘銀兩盡數充右司及各旗辦公之用尚未侵吞入巳惟以公充公並不稟明立案意存朦混是以奴才奏參嗣後擬定章程每年所扣銀兩若干存留公庫於年終核算淸楚散給練軍作爲操演津貼以衆兵之餉餘仍充衆兵之公用則餉項不致虛靡卽練軍亦得所資助再查公庫扣存馬價銀八千餘兩原爲遇有征調以充購買騎駝馬匹之需除買馬業經用銀二千數百兩下剩銀六千餘兩該革員或動此欵以修官房或造號衣或製軍器雖屬因公動用亦未稟明立案其中浮冒甚多况當日以庫平收銀較旗平每百兩應餘銀二兩七錢其動用時每百兩祇串平餘銀二兩三錢不等甚有僅足二兩者重入輕出從中剝削奴才卽將革員所剝削之銀如數追出仍歸庫存儲備用並將平砝較準嗣後出入欵項不得畸重畸輕以昭平允而杜弊端再查涼州滿營馬價生息欵原爲養贍孤寡津貼抬砲抬槍之需向由涼州府經收彙解滿營支發自應照例按年造册報部核銷該革員管理右司十有餘年不惟涼州滿營馬價生息未能按年分欵造報並將莊浪銷册積壓巳久亦未擬稿呈堂核咨奴才現嚴飭該管官遵照向章按年造報以杜私壓銷册之弊再該革員管廂藍旗事務歷年私行扣留衆兵餉乾銀一千三百餘兩粮一百數十餘石屢經兵丁控告在案奴才現查明原扣銀粮數目如數追出飭派協領全安會同該旗官員照依原扣之數分散各兵以安衆心此查辦該革員之實在情形也至已革文舉人恩光雖一時遠避未幾自行投囘應從寬交旗管束已革驍騎校百連逃走現由京拿獲遞解囘涼飭交涼莊理事通判舒隆阿審訊據供稱在外並無不法爲匪情事籲懇　天恩憐念旗丁缺乏免銷旗檔仍飭交該旗嚴加管束以期悔悟除派委佐領夔勝將巳革協領得敦於光緒二十四年二月二十一日起解護送兵部查收轉發往軍台贖罪外理合將查辦過各欵緣由恭摺覆陳伏乞　皇上聖鑒謹　奏奉　硃批該部知道欽此

○○頭品頂戴湖廣總督臣張之洞頭品頂戴湖北巡撫臣譚繼洵跪　奏爲要缺知州揀員請補恭摺仰祈　聖鑒事竊照准補沔陽州知州薛福祈據報病故當經具題開缺聲明所遺要缺容另揀員請補在案查截缺章程內開病故之缺有本日可計者卽以本日作爲開缺日期今准補沔陽州知州薛福祈係於光緒二十四年二月初八日病故歸二月分截缺應由外揀員請補查定例州縣應調缺出俱令於現任人員揀選調補如無合例堪調之員始准以候補人員請補又各省道府同知直隸州知州通判知州如係奉　旨命往或督撫題明留於該省候補並試用人員因軍營出力保奏歸候補班補用無論應題應調之缺令該督撫擇其人地相宜者悉准補用

又勞績保舉候補遇題調缺出無論曾任初任均准該督撫酌量補用各等語今沔陽州知州係繁疲難兼三要缺濱臨江漢地廣賦繁兼有堤工要務修防催科在在均關緊要非精明練達才能出衆之員不足以資治理臣等在於現任知州應補人員內逐加遴選非與例不合卽人地未宜實無堪調補之員惟查候補班遇缺儘先前補用知州李士英年六十四歲順天大興縣人祖籍江蘇由優廩生揀充鴻臚寺序班同治六年補授實缺轉補鳴贊十一年恭辦 大婚典禮事宜十月二十日奉 上諭以州判在任候選欽此嗣經調赴烏里雅蘇台軍營差遣勦賊出力保奬十三年五月十三日奉 上諭着免選本班以知州分發省分歸軍功候補班遇缺儘先前補用並賞戴藍翎欽此光緒元年赴部呈請分發簽掣湖北十二月十五日經 欽派大臣驗放八月初十日到省試看一年期滿 奏請以繁缺留省補用於辦理牙帖金出力案內保加四品銜經部核准查該員李士英才具明晰辦事老成係候補班酌量補用之員以之請補沔陽州知州要缺實堪勝任惟調缺請補與例稍有未符但人地實在相需例得專摺奏請合無仰懇 天恩俯念沔陽州知州員缺緊要准以候補班遇缺儘先前補用知州李士英補授實於地方吏治均有裨益該員係候補知州請補知州銜缺相當毋庸送部引見據湖北布政使王之春按察使馬恩培會詳前來謹合詞恭摺具奏伏乞 皇上聖鑒 勅部核覆施行謹 奏奉 硃批吏部議奏欽此

〇〇頭品頂戴湖廣總督臣張之洞頭品頂戴湖北巡撫臣譚繼洵跪 奏爲湖北省光緒二十三年各屬拿獲罪應斬決斬梟匪犯照章就地正法各案謹彙繕清單恭摺具陳仰祈 聖鑒事竊照湖北省盜案前因難以一律規復舊制經前督臣涂宗瀛會同前撫臣彭祖賢 奏明請將土匪馬賊會匪遊勇之持械聚衆搶刦拒捕傷人搶奪婦女勒贖等案暫行查照定章該州縣獲犯訊明稟報後批歸道府督審或委員會審果係罪無可疑卽行就地正法彙案 奏報光緒九年四月十九日奉 旨刑部知道欽此歷經遵照辦理在案茲查光緒二十三年分各屬稟報拿獲各案匪犯除已叅疏防獲犯後應行查銷或案內有餘犯罪應流徒之案均經專案審辦 奏咨外其有報案卽行獲犯各案業經臣等檄行臬司分別飭府督審委員會審或係圖財謀殺本管官或係糾衆強刦殺死事主俱屬贓證確鑿罪干斬決斬梟審明後均卽照章批飭就地正法計案四起犯九名據湖北按察使馬恩培查明各犯各事由具詳前來臣等覆核無異理合彙繕清單合詞恭摺具陳伏乞 皇上聖鑒謹 奏奉 硃批刑部知道單併發欽此

溯自神農嘗百草以治病嗣後名醫代出製成丸散膏丹名目繁多幾不勝僂指數然人有強與弱時分古與今病證亦因之而異倘執固鮮通泥成方以治病鮮有能奏效者且補瀉各有所偏寒熱豈能一致欲以兼治百病憂憂乎難哉近有申江南順泰主人購來美醫士爾蘭君所製治蠱藥水能兼治百病功效如神眞可起死囘生仙丹不若也按爾蘭君以養花木起家致巨富中年患肺疾不時欵唫纏綿十餘年服藥幾千百裹迄無驗勢瀕危矣因思平日時花種木能使衰者茂枯者榮爲人去蠱也花木如是人豈獨殊爰將治蠱藥嘗之杲見輕減遂益選上品材料配和停勻製成藥水連服多劑不踰月病若失復以試他人莫不應手囘春於是名傳遐邇購求者紛至沓來大有應接不暇之勢偏美洲活人多矣本埠恒豐泰主人聞之以爲津門通商口岸仕商雲集獨無此妙藥沾惠同人實屬憾事因從上海分來在本行寄售非圖取利亦藉行方便也謹將所治各症列左如有染患各症者急向本行購取

一急痧時疫卽香港廣東傳染之症己經西醫查驗皆因蠱之爲患釀成此症每至一發而不可救爲此藥可以治之取第三種每十分鐘時服一大酒杯並用布醮藥敷貼周身只要生氣未絕不難施救如夜間尚覺咳嗽卽服半調羹歷半時服一次宜勤不宜斷

一肺癰及各色肺家病症皆因蠱爲患除蠱在腹中巳將全肺蛀盡不能施治外倘有一線生機將第一種藥日服少許逐漸加增如胸口尚覺疼痛將第三種藥連瓶浸入溫水內令熱先將絨布鋪放胸口後將藥倒在絨布上逐日如法治之至痛止爲度如兼吐血亦用第三種藥治如上法但藥不令必熱布不必用絨

一戒除洋煙之癮用第一種藥日服五六次三閱月便可戒絕永無後患而且飲食加增身體肥壯

一治癲瘋等症用第二種藥日服四五次外用布醮第三種藥敷貼患處愈而後止

一喉症用第二種藥小孩服一小調羹大孩服一大調羹男女人服一小酒杯當藥入口時仰頭呼吸作響聲如唧水嗽口勢然後咽下外用布醮藥束頸

一癰疽乳癰毒瘡及楊梅結毒用第二種藥日服六七次外用第三種藥敷患處

一此藥行遍歐亞各洲活人無數功效不能筆述無論內外各種病症內此服吃外則敷貼均能奏效

天津恒豐泰洋行主人代啓

神目如電

陳恒益謹白

商業將一切情形登諸告白似無煩再述矣惟李子香探知商於初八日在縣尊投呈伊卽於初九日亦於兩報告白狡辯伊若不辯伊之缺昭仍不出也今既辯矣何竟不敢將商所登議單之底指爲或眞或僞伊非不敢指也此其中大有伊不能吐之實情耳若指爲眞必須呈案呈案則增訛之情畢露若指爲僞一切作押契據均在伊手將來均成廢帋于是欲不辯而不得欲實辯而不敢只得虛與委蛇徒以無理取鬧等詞亂人耳目而已究之眞僞久必自明諒難逃官府之鑒察況伊以假字謀李承宗引岸經佘運憲洞燭其奸立予押之此近日之事昭昭可考也謹將商本月初八所遞呈詞照錄以憑電察

爲懇傳正點追繳實憑撤底清查施恩斧斷事切商欠李子香之欵業將實在欠數開單具呈在案迭蒙　仁天提訊至公且明雖蒙管押係案情宜爾商之項感刻骨難名至案久懸不能斷結者非不善斷實緣李子香不將眞正借約呈出僅用伊自揑作之僞據蒙混伊之所以不呈眞據者其有二以此假據控追案結後再以眞據具告是一賬二討其詐猶淺而不呈眞約增訛銀數借可謀產並可將一切作押之據秘爲已有其詐乃深且兩造共事只商與李子香經手而商弟文珠但具名而已伊以文珠少不更事爲可慫恿以追到案以爲可肆其欺此其詐更不可問也似此必須請李子香俯就到案追繳正據自能水落石出不至寃沉海底矣爲此叩乞　本縣正堂大老爺格外施恩俯准將李子香傳案追繳正據實爲德便上呈

啓者昨接上海孫仲英善長來電旋又接到顧緝庭葉澄衷嚴筱舫楊子萱施子英各觀察來電據云江蘇徐海兩屬水災綦重飢民數十萬顚沛流離死亡枕籍災區十餘縣待賑孔急需欵甚鉅官欵恐未能徧及素仰貴社諸大善長久辦義賑飢溺猶已敬求代呼將伯源源接濟功德無量蒙滙賑欵卽滙上海陳家木橋電報總局內籌賑公所收解可也云云伏思同居覆載異姓不啻天親縱隔形骸民物莫非胞與頓遭洪水哀此災荒盡是蒼生何分畛域況救人性命卽積我　陰功雖此日拯茲黎庶散盡赤仄青蚨卜他年報在子孫同來玉堂金馬敝社欵無備濟自知獨力難成術欲廣仁惟冀衆擎易舉叩乞　顯宦鉅紳仁人君子共憫奇災同施仁術原擬活人無算雖千金之助不爲多但能濟世有功卽百錢之施不爲少盡心籌畫量力輸將敝社不禁爲億萬災黎泥首叩禱也如蒙　慨助卽交天津溜米廠濟生社帳房代收並開付收條以昭徵信

濟生社籌賑同人謹啓

魁陞號綢緞洋貨莊

本號自置顧繡綢緞洋貨等物整零均按銀莊格外公道皆比大市價廉發售　寓天津北門外估衣街五彩號衚衕口坐北向南便是特此

本號謹啓

告白

河北望海寺設英文書館凡格致測量代數諸學無不精通如欲肄業者祈來館報名面定每日早學十點至午六點每晚學八點至十一點

本館謹白

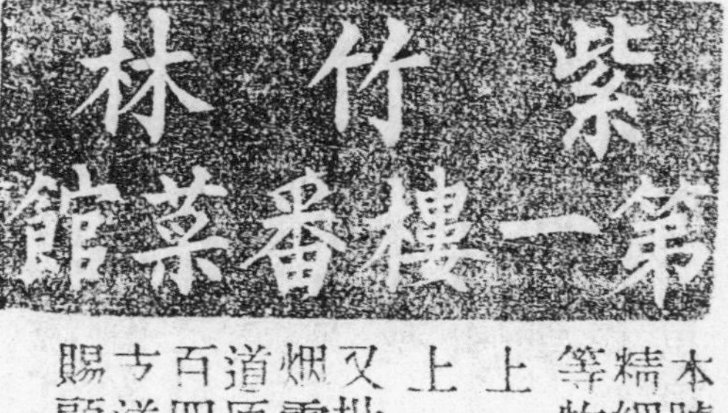

本號專作英法大菜各色精細點心各樣洋酒洋貨等物一應俱全並售

上　紅茶　每斤津錢八百
上　　　　　　　　一千六百

又批發茂生公司鐵海紙烟零整發售價值格外公道原箱計一百盒價洋一百四十四元每盒計五百支洋一元五角凡仕商賜顧請卽駕臨是荷

主人謹白

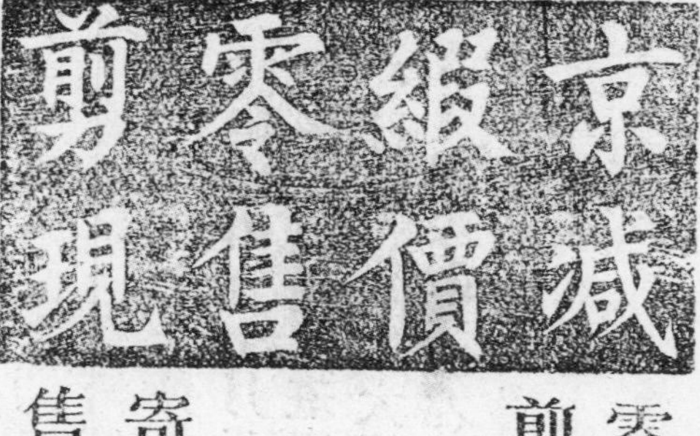

零剪
高鴉背　一千三百五
正號　一千四百文
中號　一千一百文
副號元青貢緞每尺　八百八十文
眞杭青金銀庫緞每尺　二千二百文
眞裕順會皮絲烟每包　一千一百文
南京鹹鴨每支　大 一千八百文　小 一千二百文

寄售
龍井　一千七百文
雨前　一千一百文
珠蘭　每斤　一千四百文
雀舌　九百六十文

本號自製元淺京緞臺售零剪杭絨衣線乍燕金腿南貨糟貨一應俱全近因錢市漲落不同分別減價抑因無恥之徒假冒南味字號者甚多雖云謀利誠恐亂眞欲辦叢猶用煩楮墨　天津宮北大獅子胡同公益仁記南味坊謹白

恒昌照像館

啓者本號今因建造新樓于三月初二日暫遷往牌坊外先農壇前另設玻璃照像棚諸君賜顧請駕光臨足荷俟本樓工竣復回原鋪謹此佈聞

本主人謹啓

天后宫北 義興順綢緞莊

本莊自置顧繡綢緞綾羅紗絹各樣洋貨南貨雅扇桂丹頭油香貨歸安貝松泉湖筆一概俱全

頭號杭寗綢 四錢三
頭號江寗綢 三錢三
頭號摹本緞 三錢八
紅梅茶 九百六
紅茶 每斤 六百四
紅茶梗 二百二
龍井茶 一吊八
金百褶裙布裡 五兩八
壽棉綢裡每套 六兩八

告白

現有靠河園田地一段九十畝上下坐落大直沽北情願按時價出售 如欲買者請至河東柴家大坟西劉忠處面議可也

劉忠謹啓

新開 元隆號綢緞洋貨莊

自去歲四月初旬開張以來蒙各主顧垂盼雲集馳名日盛本號特由蘇杭等處加意揀選名機新鮮貨色零整銀價俱照大莊行市公平發售以昭久遠此白 寄賣龍井雨前素茶福建皮絲水烟各種眞料大小皮箱 開設天津府北門外估衣街中路北門面便是

三井洋行分莊 告白

啟者日本商始創貿易爲業數拾年以來今分莊開設北門外鍋店街洗家衚衕口對過專選精工料實東洋棉紗各等時式大小疋棉布粗洋布斜紋洋標等格外公道價亦從廉凡仕商賜顧者請至分莊面議可也特此佈聞

三井本莊主人識

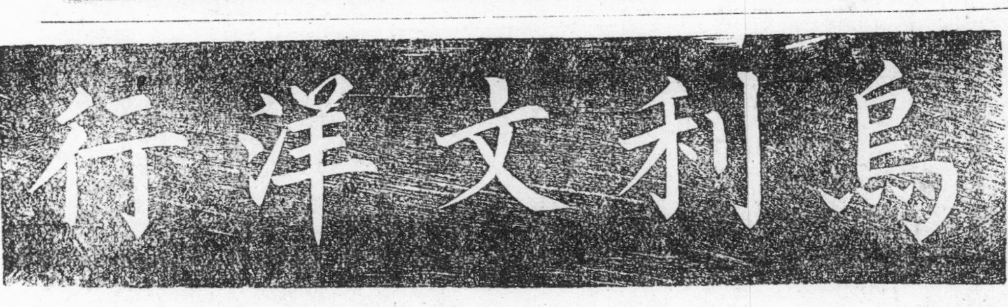

啓者本行開設香港上海三十餘年四方馳名專售各式金銀鐘表鑽石戒指八音琴千里鏡眼鏡等物並修理鐘表外洋新到各色鐘表價錢比別家格外公道開設在紫竹林法租界大街本行又分莊在北門外樂壺洞保陽棧傍榮生祥內請諸君降臨光顧是幸特此佈聞

戊戌年閏三月廿二日 禮拜四

烏利文洋行

告白

啓者本局光緒二十三年分總結帳歀現已一律彙齊結算以便刊刻帳畧於本年五月朔照派分股利仍照歷屆章程預請股友赴山會算其來返川資由局備付訂至四月望爲期俾無悞刊辦特達

開平礦務總局啓

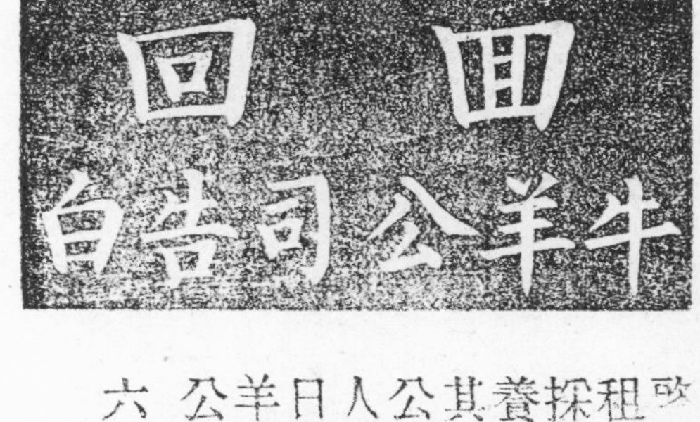

啓者本公司開設天津紫竹林法租界烏利文洋行旁邊專由內地採買牛羊以備洋人用所有圈養一切宰牛羊之法目皆按西法其牛羊肉淨無可比與衆不同本公司今因議定新章特邀同教中人專爲司理此事故特聲明除每日售與洋人按照取之外所有牛羊肉皆照章售與華人零用格外公道不悞主顧 議定準斤十六兩價錢 牛肉每斤一百八十文 羊肉每斤二百六十文

主人謹啓

悅來洋貨店

開設天津法國租界紅樓後自運各國玩物金邊三連磨花描銀玻璃鐏鏡子五彩大小碗盞杯盤料器奇形異樣香水壺荷包靴掖洋景礦子手套叫鐘表鍊花針扣子戒指洋火盒弍痘梳篦金銀首飾鼻烟壺各樣五色料金珠畫圖等物 格外價廉消售發客

美孚老牌煤油

啓者美國三達煤油公司之德富士老牌煤油天下馳名萬商稱美蓋其質潔色清亮白如銀且絕無烟氣能耐久燃比之生荳等油晶光百倍而儉用價廉此爲德富士老牌之佳處誠屬無雙妙品也士商賜顧請到天津美孚洋行採辦或向就近殷實行店購買庶不致悞

DEVOE'S
PAT'D JUNE 22.63.
BRILLIANT
OIL
IMPROVED
PAT'D JUNE 28.64.
PATENT CAN
美孚行

京都 一品樓

本樓擇於三月十二日開市大吉

隨意便飯 蘇造餑餑 烤鴨燻雞 應時小賣

本舖尚做

內有樓房雅座

開設天津紫竹林大街北頭路西門面便是

閏三月廿六日出口輪船 往上海 禮拜一
泰順 輪船往上海 招商局
海定 輪船往上海 招商局

閏三月廿二日銀洋行情
天津通行九七六錢
銀盤二千三百三十七 洋一千六百六十七
紫竹林通行九六錢
銀盤二千三百六十七 洋一千六百九十二
洋錢行市七錢一分八

擇於閏三月十一日開張

新開 敦慶隆綢緞洋貨莊

本號開設天津北門外估衣街西口路南第五家專辦上等綢緞顧繡以及各樣花素洋布各碼線批合線俱按銀莊零整批發格外克已士商賜顧者請認明本號招牌庶不致誤 本號特白

朱鈍翁先生鑑湖高士浙水名流代學爽鳩世習扁鵲脉理精奧醫術深通來津十年屢治危症名揚遐邇著手回春久寓彌勒庵

開設天津紫竹林海大道旁

福仙茶園

啓者本園於本月初四日止戲清理賬目今將戲園及園內桌椅磁壺磁碗新製彩切零星等件合盤出兌如有願兌者及詳細章程請至本園面議可也特此佈告 福仙茶園謹啓

現邀新班進園擇吉登臺

創包機器

敬啓者近來西法之妙莫過機器靈巧至各行應用非得其人難盡其妙每值傷損修理必悞時日今有甯子卿專於經理機器茲擬創辦包定各項機器以及向有機器常年煤料工力價值格外公道如貴行欲商者請到福仙茶園面議可也特白

新到儒醫

啓者天后宮財神殿內廣此儒醫高老先生專治內外科男婦大小方脉兼治咽喉眼科等症辰刻在廟診脉施方過午不候如有外請午刻來廟付信午後前往病家見症立方

海大道 鴻春樓番菜館

啓者本店三層大樓工程告竣地勢寬闊以備貴官紳請讌擇於去臘遷移新正月初二日開市各樣俱全價廉物美凡仕紳賜顧者請駕臨是幸

主人謹白

直報

本館開設天津紫竹林海大道老桒市氣燈房巷內

光緒二十四年閏三月二十三日　第一千零五十號
西歷一千八百九十八年五月十三日　禮拜五

部照已到

直隸勸辦湖北賑捐局自光緒二十三年十一月二十日以後至光緒二十四年正月初十日以前請獎各捐生部照已到請即攜帶實收來局換照可也

例守局外

美日決戰一事津海關道現奉　北洋大臣王　札准總理衙門來電准日國葛大臣照稱香港報聲明爲局外之地請中國出示亦居局外毋碍兩國和好違萬國公法以敦睦誼等語希飭遵傳諭各報館登報中國爲局外之國沿海商民務飭勿私自接濟美日兩國軍需等因除行沿海各地方官一體示諭嚴禁外合亟登報俾衆週知

上諭恭錄

上諭文珮奏病難速痊懇恩開去差事一摺粵海關監督文珮着准其開去差事回旗調理欽此

申論聖像被毀事

日下午筆墨餘閒偶過執友寓齋話舊作消遣客先在焉寒暄未畢猝然曰君來恰好竊有所疑願相與一辨之問何疑曰時事艱難譬諸江河日下深宮旰食宵衣憂勞萬狀而無如何我輩讀書人曾不能設一謀發一議報效國家反躬已不堪自問然猶得自解者曰無權也不在其位不謀其政故也若山東即墨事變出非常凡在血氣之倫莫不疾首痛心怒髮上指以故公車諸孝廉一倡百和先後具呈都察院求代奏而申江各報館亦議論紛如咸作不平鳴豈非大義攸關人心具有公憤出於不自知迫於不容已乎貴館獨寂然若罔聞知並未一登報牘繼閱論說詞涉游移多諱飾意似爲外人開脫者君等固士林中人嘗厠身庠序間竟泛泛然若事不干己無肯出一言相保衛則是自外於聖教將不免爲吾道罪人矣況報館操史筆主持清議凡事之有關大局者不妨正言莊論爲天下公是非原不得引嫌徇私有所諱匿也曰前論意多未盡正欲引伸幸哉君之善問也願少安勿躁待僕詳言之以袪君疑且謝吾過可乎所稱兵卒無知乘醉肆擾等語揣情度理事固宜然原非曲爲解說也實無庸曲爲解說昔魚朝恩與郭汾陽有夙嫌乘間發其祖父墓舉朝惶惶恐變生不測汾陽乃自咎曰吾御軍無狀未能禁士卒掘人墳墓致有此報一言而羣疑頓釋以汾陽之紀律嚴明尚不能禁絕士卒固知德官失於約束則有之非必有心主使也即曰彼實有心藉以滅聖教肆欺凌究於聖人何傷毫末乎溯自周末迄於今二千數百年士庶人漸摩教化入心脾洽肌髓風行於四海九州其明則日月也其高則山岳也其大且深則江河海也雲霧暫時障蔽轉瞬即顯光華明固未嘗少減焉工匠日施斧斤峰巒依然危聳高固未嘗少殺焉風以揚日以炙人民汲飲灌漑江河海長流而不息迄未改其大且深焉端木氏不云乎仲尼日月也無得而踰焉人雖欲自絕其何傷於日月乎多見其不知量也由是觀之教化之行也惟在我之信不信不在人之毀不毀德未足以服人雖譽無益也德實足以動衆雖毀何傷也我夫子體天道立人極師表萬世模範百王神化

長垂天壤間卽無像焉人猶俎豆馨香奉戴之邪還豈區區一毁遂能阻撓乎且孔子一生遭疑忌者屢矣阨於宋困於匡絕糧於陳蔡幾遭不測其危險何如也火於秦阨於佛老充塞於楊朱墨翟橫事譏訐其狡詐何如也然而歷代以來封贈如故追諡如故自天子至於庶人心悅誠服如故是閟褒之無可褒亦貶之不能貶者彼兵士無知妄爲何足深責焉諸孝廉相率呈濟並欲電致欽使詰問德廷似乎小題大作過事張皇抑末也非不知廟貌莊嚴我輩觀瞻所係一旦橫遭欺侮普天義憤實有不能默然者但由地方官詳報大吏知照該國提督責令查緝犯事之人從嚴懲辦治以應得之罪已足洩公憤而警兇頑彼國遙遙數萬里遠隔重洋而必欲電達相責問豈不反形轇轕徒勞無益乎且兵士所爲軍官既非主使國皇更未必知情也卽如曹州一案不過盜賊刦財所致實非朝廷所及料該國遽肆兵威相脅制雖經割地賠款大沾利益而在彼既失交鄰之誼在我且蒙不白之寃卽墨事體畧同顧欲尤而效之揆諸理勢固有所不必矣客曰君言似矣其如有千衆怒何曰我輩不能自強衛聖教反藉聖教以遺君父憂罪莫大焉願君持吾說徧質諸同人受唾罵免使累及朝廷也幸甚

接續會典奬單 ○供事杜成福請以縣丞分發省分歸候補班補用候選縣主簿楊國銓請以州判遇缺卽選並加五品銜候選按經歷洪燦東請以通判分省補用候選縣丞何乃晉請仍以縣丞分省歸候補班補用俟補缺後以知縣用供事王德隆請以巡檢分省歸議敘班先補用候選從九品顏兆珍請以縣丞分省歸候補班前補用分省歸候補班前補用縣丞金鴻翥請 賞加隨帶加二級供事郝瑞卿請以典史分省歸候補班前補用供事李桐請以縣丞分省補用議敘班前先選用府經歷李達春請仍以府經歷分省補用俟得缺後以知縣用候選按經歷晃桂昌請以通判分省補用候選州同周國愷請以通判分省補用候選府經歷席慶鏞請仍以府經歷分發省分歸候補班補用候選縣丞馬壽但請以州判分省補用候選縣丞劉振勳請仍以縣丞分省補用俟得缺後以知縣用供事吳興基請以巡檢分省歸候補班前補用候選縣丞丁起鵬請仍以縣丞分省歸候補班補用俟得缺後在任以知縣用議敘從九品喬楫雲請以巡檢仍歸議敘本班選用並加六品銜供事張仕逵請以巡檢分省歸候補班補用並加六品銜候選按經歷李林慈請以通判分省歸候補班補用 此單未完

閱操紀聞 ○昨聞 皇上御火器營看視操演各隊刀矛籐牌火鎗抬鎗砲位均稱齊整陣法亦皆聯絡不散惟二十一日操演時有兵丁燃放連環鎗一鎗落後 皇上龍顏不悅立將隊長責革以正軍規

花匠應差 ○節逾立夏凡 內廷宮殿暨各他坦所植瑤草奇花俱當修飾現經內務府造辦處飭傳花兒匠五十名於閏三月二十一日祗領腰牌分別至南北兩海 頤和園及 內廷等處認眞修薙各樣花草各該匠人均已按期敬謹伺候矣

味別薰蕕 ○吏科給事中慶大給諫綿曾奉總憲委派署理城差凡一切詞訟案件秉公剖決無枉無縱無論何案皆能折服其心是以頌聲載道今春復派署理西城篆務甫經接篆卽派塲差充當內簾監試而接任之西城楊萃伯侍卿賄貽公行濫刑無忌含寃負屈之人赴都察院呈控者共有十三案之多不知何故竟得未干例議復蒙會典館保以道員記名豈果別有奥援歟而慶大給諫清廉正直愛民如子去春 京察一等未蒙 鈐出擢用近日塲差已竣屢次請假是以都察院委派陝西道監察御史富侍御通阿暫行署理西城事務一俟慶大給諫銷假卽行交卸云

咎由自取 ○日前戶部湖廣司主事陳昌圻因未得保奬妄思賄託經徐中堂奏參革職已見邸抄茲聞該革員寓居北城所屬地面由徐中堂遣家丁將其行賄銀兩交北城兵馬司吏目馮文鎔飭傳該革員當堂具領限三日內備文詳報毋得刻延云

文章憎命 ○頃聞宣武門外教塲頭條衚衕山左會館內張孝廉於三塲完畢靜候捷報豈料名落孫山依然鍛羽於閏三月十九日夜間自縊身死經看守會館人馮某赴西城司報案稟請相驗噫一第何榮竟以身殉豈所謂文章誤我我誤妻房哉一嘆

火災補紀 ○京師闤闠相望人烟稠密火警本難遍紀然有所聞無不卽時登報並綴數言以戒居民冀其防患於未然閏三

月十三日東直門外六里屯劉姓家因早炊不戒於火以致烈燄橫飛火星四散熊熊之勢直撲所貯糧囤當局者見勢不佳趕卽呼人灌救所幸時在白晝人手衆多且各水會善紳雖在隔城皆可聞警齊集互相撲救始返祝融之駕至起火緣由詢悉因遺火柴薪致遭焚如共計燒燬房屋二十餘間所幸者尚未延燒鄰佑耳

均非善類　○京師前門外小保吉巷鄭黑仔買娼賣笑已歷有年妓館設在川店萬明寺夾道俗所謂半掩門是也閏三月二十日有某局勇目偕侶醉游闖門而入妓者見其醉態可掬恐滋事端匿而不見該勇目勃然大怒以爲汝何人斯竟敢以閉門羹拒人於咫尺登時將室中所有搗毀一空鄭黑仔卽喝令蝦兵蟹將立將該勇目扭赴北城坊控告經馮少尉傳訊以兩造均非善類各予重責派役管押詳城究辦

迎來送往　○督憲王夔帥於今晨五點半鐘啓節赴沽十一點半鐘砲聲隆隆訪事報稱制軍率司道府縣於唐沽偕德親王乘火車過津隨制軍同往者爲津海關道憲天津道憲二人運司府縣皆在車站下車回署夔帥送至楊村卽旋至西官偕德親王一同晋京者德國欽差英國欽差外尙有數人聞海外停有鐵甲兵輪數艘用以護衛行旌者

直臬赴任　○新授長蘆鹽運使委署直隸按察使廷廉訪雍由京來津昨赴轅稟辭卽日起程赴省蒞任聞諏於二十六日接篆云

觀察接篆　○淸河道高仲瀛觀察由津起程赴任各則均登報牘頃聞由省來信云巳於二十日接篆矣晏觀察交卸後約在月底回津公館仍預備展家花園

札諭鹽關　○刻據運憲札知鹽關提鹽委員候補大使慶銜等務於明日親往鹽關經理一切將應辦事宜一一舉辦完畢時逐細聲覆以憑查核

飭査護隄　○刻據道憲札飭千里堤暨趙場等汛務卽迅速親往河堤檢查護堤棚椿有無短少現在爲數若干詳細呈明以憑査驗

票傳到案　○蕭二砍傷馬三及堂訊各情均登前報玆於日昨蒙邑尊將蕭大票傳到案笞責四百押候覆訊隨將蕭祺雲之子釋放

將票撤銷　○鋪民魏玉麟前與隣人某甲揷訟蒙准傳訊在案刻巳經人了結遂自行投呈請予息訟蒙批准如稟銷案並一面飭房將案撤銷

道批一則　○東光縣民人劉俊成呈批案巳批縣訊辦乃不候訊結詳覆又來呈瀆足見逞刁仍仰東光縣査照原批訊究核辦詳奪爾卽回縣候質不得逗遛詞抄存

胆大妄爲　○津郡混混無論如何著名兇橫一見官長卽棄甲曳兵而遁從未敢抗官至毆官則向無其事也頃聞三條石混混石猴子與王三胡三打架河北汛照例拏人竟被王姓毆打受傷聞巳赴縣呈控噫此混混之胆可以包身巳

藉屍誣控　○昨登因公肆毆一則事係差役毆斃地方玆據訪事人云某甲在侯家后澡塘爲葉子戲忽然腹痛登時斃命伊家誤以前與某班役王某撕打所致卽赴縣控告王某昨經某委廉訊驗畢着候傳訊云此事是一是二俟訪再錄

幸卽撲滅　○二十二日黎明時西門內弓箭胡同孫姓家不戒於火經衆隣撲救比火會到時火已熄滅計燒柴棚一間

種火宜誅　○河北大胡同某姓家昨早闢門時見窗前有葦柴一束拆視之內有炮藥香火等物時尙未燃舉家大駭是夜西南風大作幸種火未成若一經燃著豈堪設想耶何仇何恨作此滅門技倆可勝誅哉

幸未斃命　○昨西頭南閣有拉洋車甲乙二人不知因何起衅揪扭一處甲一飛脚正中乙脇立時暈絕在地當經該管第九

段保甲局員將甲獲住延候時許乙始趕令甲取保釋放

投河遇救　○西沽浮橋昨有少年陡自投河衆人驚訝代爲喊救卽經該處停泊小船七手八脚將少年撈起詢明住址倩洋車拉送伊家至因何自行短見容訪續佈

無故殺犬　○昨訪事人道經賈家大橋見人拽一大黑犬毛澤而肥言覓隙地封剝聞之殊覺詫異詢旁人云該犬不馴白晝間動輒傷人故縛令處死必食其肉而寢其皮始能洩憤等語噫犬能守夜茲不守夜而傷人其遭此屠戮也宜哉

光緒二十四年閏三月二十一日京報全錄

宮門抄○閏三月二十一日禮部　宗人府　欽天監　侍衛處値日無引　見　棍貝子回籍請　安　潤貝勒請假五日　宗人府奏派正進補進王六班　派出卓公信公　又奏派充族長　派出信公　禮部奏派稽察中左門　派出果勒敏　召見軍機

皇上明日巳初至火器營閱操畢還頤和園

○○奉天府府丞兼學政奴才貴賢跪　奏爲歲試吉林黑龍江旗民生童試事完竣恭摺具陳仰祈　聖鑒事竊吉林自設考棚以來黑龍江士子均來吉應試道途甚遠同治十三年前任學臣　奏准仿照順天事例院府接連考試以示體恤歷屆遵辦在案本年循例舉行歲試由奉省起程三月初二日行抵吉林初四日扃門考試奴才每於試日督飭提調官嚴密稽察責成廩保等詳細認識而各生童均能恪守規矩安靜無事奴才悉心校閱生員擇其文理清眞者列之優等童生擇其文理明順者進取如額十九日文場試畢接試武場生童弓馬技藝尙能嫻熟亦均照例取進統於三月二十三日考竣各屬文風以吉林府爲最伯都訥廳次之長春府又次之餘亦均有可觀奴才於發落時文則勗以敦品勵學武則勉以有勇知方期副　朝廷作育人才至意奴才此次經過地方雨雪霑足民情安謐堪以上紓　宸廑所有奴才歲試吉江兩省情形理合繕摺奏　聞拜摺後卽日起程回奉接辦試事合併陳明伏乞　皇上聖鑒謹　奏奉　硃批知道了欽此

○○奴才宗室壽蔭跪　奏爲旗員獲咎查無實據懇請開復以資策勵恭摺具陳仰祈　聖鑒事竊據印務協領全齡稟稱降補領催麟章前由雲騎尉以剿賊積功補授防禦歷保至佐領補用嗣以佐領引　見擬陪光緒十七年五月初十日奉　旨以佐領記名欽此旋因拿獲馬賊彙獎案內請以補佐領後加前鋒翼長銜是年十月教匪倡亂經前都統德福因該員熟悉軍務派委帮理營務文案事宜深資得力所有佈置防剿一切亦無貽誤十八年四月經前都統奎斌以該員帮理文案無知妄作聲名狼藉奏參以領催降補原摺內稱該員年力强壯可望有爲是年八月　軍政經奎斌考驗該員守謹才長彙册咨部在案並歷經委辦操防一切事宜均能勞瘁不辭於營務陣式尤能講求洵屬奮勉有爲才堪造就稟請開復前來奴才詳加查察其原參無知妄作之處毫無實據亦無經人稟揭控告各案委因傳聞之誤及詢之僚屬咸皆稱其屈抑若竟任其棄置未免可惜合無仰懇　天恩俯准將麟章開復原官原銜以資策勵之處出自　聖主逾格鴻慈奴才爲鼓勵人材起見是否有當理合恭摺具陳伏乞　皇上聖鑒訓示謹　奏奉　硃批麟章着不准開復欽此

○○福州將軍兼船政事務調補四川總督奴才裕祿跪　奏爲元凱練船修改工竣恭摺具陳仰祈　聖鑒事竊查元凱輪船前於光緒二十一年十月間由兵部咨交閩廠拆卸另裝經前兼辦船政大臣邊寶泉飭廠議換鍋爐一副並修船殼改配銅輪嗣奴才兼管船政後因在船政之靖遠練船本係將就配用不合練船規制艙面逼窄練坐諸形擁擠且僅有輪機並無桅帆砲位於教練亦未能全備元凱船本木質鍋爐機器均屬舊式現既在廠修理如照原式修成不過僅供巡緝轉運之用若照練船式修改加配帆檣砲位則在堂生徒皆資練習於巡緝轉運等事仍可兼顧所增修費無多而爲益較大曾將擬辦情形於二十二年十一月間恭摺　奏明在案隨卽督飭在廠員紳將該船應換鍋爐並修理船殼改配銅輪暨加配桅檣帆纜裝修學生艙位學堂安設操演砲位等工以及該船應添天

文駕駛測量各儀器及一切應用書籍器具督飭分別修造購辦茲據船政提調直隸候補道徐建寅等稟報該船於本年二月十四日將各工一律如式修竣砲位亦俱安設妥協應添儀器書籍等項均已備齊奴才親赴該船查驗工程堅實運掉亦甚靈便俱與練規制符合奴才伏查元凱輪船係前經奏明照練船規制修改爲船政學堂肄業諸生上船練習之用此船艙位較寬船身較大輪機桅帆俱備比靖遠可以涉大洋於習練風濤甚爲有益現經修理完竣即將靖遠練生移該船練習靖遠前因船小練生不能多容因現在更換元凱其在後學堂功課已滿待上船習練之生並可多撥數名赴船隨同學習俾資造就至該船應用管駕教習管輪駕駛各項人等若將靖遠船原設之名各額酌量調撥不過畧爲增改即可敷用其靖遠一船所有應用員弁舵水人數應如何於現有輪船裁併分派當由奴才與督臣會商妥爲議定另行奏明辦理除將工料等項用欵歸入製船經費報銷案內造報外所有元凱練船修理工竣緣由理合恭摺具　奏伏乞　皇上聖鑒謹　奏奉　硃批該部知道欽此

○○頭品頂戴安徽巡撫臣鄧華熙跪　奏爲安徽省光緒二十二年分津帖奏銷案內叅後續完銀數各員遵章繕具清單恭摺仰祈
聖鑒事竊據署布政使于蔭霖詳稱前奉戶部奏定章程各項奏銷案內未完一分以上各員先行開單具奏由部核定處分其有具奏後續完者准其續行奏請歸本案開復等因奉經遵照辦理安徽省造辦光緒二十二年分津帖奏銷前經遵章先將未完一分以上各員名開單詳請奏報一面循例造冊詳題在案茲查明光緒二十二年分津貼奏銷案內該州縣衛各員叅後續完分數按照奏銷原報清單未完分數按項開單其趕報冊列原報未完不及一分各員續完銀數職名請仍歸奏銷本案辦理詳請具　奏等情前來臣覆核無異謹將津貼奏銷案內奏報後續完銀數各員繕具清單恭呈　御覽除咨部查照外理合會同兩江總督臣劉坤一恭摺具陳伏乞　皇上聖鑒　勅部核覆施行謹　奏奉　硃批該部知道單併發欽此

茲因各省風氣大開新設報館不計其數彼處經理報務十數載年增月盛日出各報一千八百餘份銷行推廣今歲向友立約在張家口即東口袁台子地方隆泰行門首新設各報分館先用直報開張　諸公定閱就近向該處購取賜函分送風雨不誤肅此鑒諒　天津北門內府署東各報總處謹白

神目如電

商業將一切情形登諸告白似無煩再述矣惟李子香探知商於初八日在縣尊投呈伊即於初九日亦於兩報告白狡辯伊若不辯伊之缺陷仍不出也今既辯矣何竟不敢將商所登議單之底指爲或眞或僞伊非不敢指也此其中大有伊不能吐之實情耳若指爲眞必須呈案呈案則增訛之情畢露若指爲僞一切作押契據均在伊手將來均成廢帋于是欲不辯而不得欲實辯而不敢只得虛與委蛇徒以無理取鬧等詞亂人耳目而已究之眞僞久必自明諒難逃官府之鑒察況伊以假字謀李承宗引岸經佘蓮憲洞燭其奸立予押之此近日之事昭昭可考也謹將商本月初八所遞呈詞照錄以憑電察　爲懇傳正點追繳實憑撤底清查施恩斧斷事切商欠李子香之欵業將實在欠數開單具呈在案迭蒙　仁天提訊至公且明雖蒙管押係案情宜爾商之項感刻骨難名至案久懸不能斷結者非不善斷實緣李子香不將眞正借約呈出僅用伊自揑作之僞據蒙混伊之所以不呈眞據者其詐有二以此假據控追案結後再以眞據具告是一賬二討其詐猶淺而不呈眞約增訛銀數借可謀產並可將一切作押之據秘爲已有其詐乃深且兩造共事只商與李子香經手而商弟文珠但具名而已伊以文珠少不更事爲可慫恿以追到案以爲可肆其欺此其詐更不可問也似此必須請李子香俯就到案追繳正據自能水落石出不至冤沉海底矣爲此叩乞　本縣正堂大老爺格外施恩俯准將李子香傳案追繳正據實爲德便上呈　陳恒益謹白

啓者昨接上海孫仲英善長來電旋又接到顧緝庭葉澄衷嚴筱舫楊子萱施子英各觀察來電據云江蘇徐海兩屬水災綦重飢民數十萬顛沛流離死亡枕籍災區十餘縣待賑孔急需欵甚鉅官欵恐未能徧及素仰貴社諸大善長久辦義賑飢溺猶已敬求代呼將伯源源接濟功德無量蒙滙賑欵即滙上海陳家木橋電報總局內籌賑公所收解可也云云伏思同居覆載異姓不啻天親縱隔在形骸民物莫非胞與頓遭洪水哀此災荒盡是蒼生何分畛域況救人性命即積我陰功雖此日拯茲黎庶散盡赤仄青蚨卜他年報在子孫同來玉堂金馬敝社欵無備濟自知獨力難成術欲廣仁惟冀衆擎易舉叩乞　顯官鉅紳仁人君子共憫奇災同施仁術原擬活人無算雖千金之助不爲多但能濟世有功即百錢之施不爲少盡心籌畫量力輸將敝社不禁爲億萬災黎泥首叩禱也如蒙　慨助即交天津溜米廠濟生社帳房代收並開付收條以昭徵信　濟生社籌賑同人謹啓

魁隆號綢緞洋貨莊

本號自置顧繡綢緞洋貨等物整零均按銀莊格外公道皆比大市價廉發售　寓天津北門外估衣街五彩號衚衕口坐北向南便是特此　本號謹啓

近年市售石印畫譜除介子園十竹齋外每以舊本而易新名良由難覓新稿若敝局新印之耕香館畫賸蒙賞鑒　諸君賜顧者極讚其筆法神韻每部價洋二元併發售石印經史子集科塲文章新出策學滙源西學富強叢書時務分類興國策各種格致洋學古今閑書目繁不及備載湖筆徽墨信箋文玩紈摺雅扇貨高價廉　天津東門外同文書局啓

恭頌良醫　敬和司馬今之通儒也凡天下利病之書悉心鈎稽罔不貫澈而於醫學研究尤精故經其手而回春者指不勝屈去冬起以感冒遂患痰喘聘醫量藥收效卒尠春正延先生來藥不三帖即卜小瘳適先生以他事去嗣是專表散者用汗下之劑言收歛者進鎮攝之方言龐品雜不衷其要幽憂沾滯幾歷季旬暮春復延先生至抉羣醫之得失究諸藥之宜忌診脉立方數服遂全乃歎痰病苦人所時有以身試藥鮮克有濟故特登報章以頌先生以告當世烏乎美疢惡石審於寸心殤子壽民決之三指可勿知所從事哉　合肥賈制壇誌謝

恒昌照像館

啓者本號今因建造新樓于三月初二日暫遷往牌坊外先農壇前另設玻璃照像棚諸君賜顧請駕光臨是荷俟本樓工竣復回原舖謹此佈聞　本主人謹啓

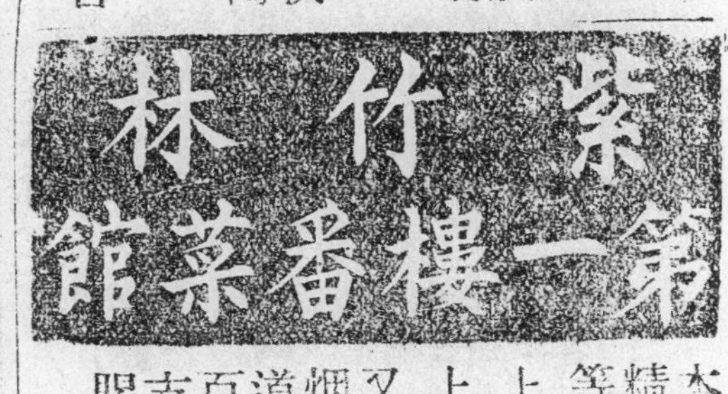

本號專作英法大菜各色精細點心各樣洋酒洋貨等物一應俱全並售
上　紅茶　每斤津錢八百
上　　　　　　　　一千
又批發茂生公司鐵海六百
烟零整發售價值格外公紙
道原箱計一百盒價洋一
百四十四元每盒計五百
支洋一元五角凡五百仕商
賜顧請即駕臨是荷
主人謹白

告白

現有靠河園田地一段九十畝上下坐落大直沽北情願按時價出售　如欲買者請至河東柴家大玟西劉忠處面議可也　劉忠謹啓

新開元隆號綢緞洋貨莊

自去歲四月初旬開張以來蒙各主顧垂盼雲集馳名日盛本號特由蘇杭等處加意揀選名機新鮮貨色零整銀價俱照大莊行市公平發售以昭久遠此白　寄賣龍井雨前素茶福建皮絲水烟各種眞料大小皮箱　開設天津府北門外估衣街中路北門面便是

三井洋行分莊
告白

啓者日本商始創貿易爲業數拾年以來今分莊開設北門外鍋店街沈家衚衕口對過專選精工料實東洋棉紗各等時式大小疋棉布粗洋布斜紋洋標等格外公道價亦從廉凡仕商賜顧者請至分莊面議可也特此佈聞

三井本莊主人啟

啓者本行開設香港上海三十餘年四方馳名專售各式金銀鐘表鑽石戒指八音琴千里鏡眼鏡等物並修理鐘表外洋新到各色鐘表價錢比別家格外公道開設在紫竹林法租界大街本行又分莊在北門外樂壺洞保陽棧傍榮生祥內請諸君降臨特光顧是幸此佈聞戊戌年閏三月廿三日　禮拜五

烏利文洋行

告白

啓者本局光緒二十三年分總結帳款現已一律彙齊結算以便刊刻帳畧於本年五月朔派分股利仍照歷屆章程預請股友赴山會算其來返川資由局備付訂至四月望爲期俾無悞刊辦特達

開平礦務總局啓

悅來洋貨店

開設天津法國租界紅樓後自運各國玩物金邊三連磨花描銀玻璃磚鏡子五彩大小碗盞杯盤料器奇形異樣香水壺荷包靴掖洋景礠子手套呌鐘表鍊花針扣子戒指洋火盒玳瑁梳篦金銀首飾鼻烟壺各樣五色料金珠書圖等物格外價廉消售發客

天津紫竹林
有喊洋行
告白

啓者敝行出售彩票共計六百張整除已售出四百餘張外尚有一百餘張待售售完即定期抓彩每票一張售洋三元諸公若不憑信貨物請到本行先來看彩然後買票均無不可至各彩詳細數目前報登過此次不及備載並託鍋店街恒義號又美昌號竹記號代售本行暫遷紅樓後三井洋行斜對門永興洋行同院

本人主謹啓

美孚老牌煤油

啓者美國三達煤油公司之德富士老牌煤油天下馳名萬商稱羨蓋其質潔色清亮白如銀且絕無烟氣能耐久燃比之生荳等油晶光百倍而儉用價廉此爲德富士老牌之佳處誠屬無雙妙品也士商賜顧請到天津美孚洋行採辦或向就近殷實行店購買庶不致悞

DEVOE'S
PAT'D JUNE 22.63.
BRILLIANT
OIL
IMPROVED
PAT'D JUNE 28.64.
PATENT CAN
美孚行

京都 一品樓

本樓擇於三月十二日開市大吉

本舖崇做

隨意便飯 蘇造餑餑 烤鴨 薰雞 應時小賣

內有樓房雅座

開設天津紫竹林大街北頭路西門面便是

閏三月廿六日出口輪船 往上海 禮拜一

泰順 輪船往上海 招商局

海定 輪船往上海 招商局

海晏 輪船往上海

怡生 怡和行

閏三月廿三日銀洋行情

天津通行九七六錢

銀盤二千三百四十文 洋一千六百七十文

紫竹林通行九六錢

銀盤二千三百七十文 洋一千六百九十五

洋錢行市七錢一分八

新開 敦慶隆綢緞洋貨莊

擇於閏三月十一日開張

本號開設天津北門外估衣街西口路南第五家專辦上等綢緞顧繡以及各樣花素洋布各碼線批合線俱按銀莊零整批發格外克巳士商賜顧者請認明本號招牌庶不致誤

本號特白

朱鈍翁先生鑑湖高士浙水名流代學爽鳩世習扁鵲脉理精奧醫術深通來津十年屢治危症名揚遐邇著手回春久寓彌勒庵

開設天津紫竹林海大道旁

福仙茶園

啓者本園於本月初四日止戲清理賬目今將戲園及園內桌椅磁壺磁碗新製彩切零星等件合盤出兌如有願兌者及詳細章程請至本園面議可也特此佈告

福仙茶園謹啓

現邀新班進園擇吉登臺

創包機器

敬啓者近來西法之妙莫過機器靈巧至各行應用非得其人難盡其妙每值傷損修理必悞時日今有甯子卿專於經理機器茲擬創辦包定各項機器以及向有機器常年煤料工力價值格外公道如貴行欲商者請到福仙茶園面議可也特白

新到儒醫

啓者天后宮財神殿內廣此儒醫高老先生專治內外兩科男婦大小方脉兼治咽喉眼科等症辰刻在廟診脉施方過午不候如有外請辰刻來廟付信午後前往病家見症立方

海大道 鴻春樓番菜館

啓者本店三層大樓工程告竣地勢寬闊以備貴官紳請讌擇於去臘遷移新正月初二日開市各樣俱全價廉物美凡仕紳賜顧者請即駕臨是幸

主人謹白

直報

本館開設天津紫竹林海大道老菜市氣燈房巷內

光緒二十四年閏三月二十四日 第一千零五十一號
西歷一千八百九十八年五月十四日 禮拜六

部照已到　直隸勸辦湖北賑捐局自光緒二十三年十一月二十日以後至光緒二十四年正月初十日以前請獎各捐生部照已到請即攜帶實收來局換照可也

例守局外　美日決戰一事津海關道現奉　北洋大臣王　札准總理衙門來電准日國葛大臣照稱香港報聲明為局外之地請中國出示亦居局外毋碍兩國和好違萬國公法以敦睦誼等語希飭遵傳諭各報館登報中國為局外之國沿海商民務飭勿私自接濟美日兩國軍需等因除行沿海各地方官一體示諭嚴禁外合亟登報俾衆週知

論救貧首在開礦

中國之貧至今日極矣正供在錢糧各直省水旱偏災不但議緩議蠲征收減色而偏野災黎又須時加賑濟雜項在厘稅各要區局卡林立非惟員司差役經費浩繁而偷漏中飽尤覺弊不勝防進欵如此其絀也而支銷則日見其增購槍砲造輪船籌兵餉又加以東洋之賠欵洋債之生息動輒幾千百萬以有限之脂膏塡無窮之谿壑摘東補西萬分棘手殆岌岌不可終日乎操國計者非不亟思補救也抽房捐矣加土稅矣現又勸行昭信股票矣然皆一時權宜之計可暫行而不可常恃無與於生財之大道也大抵理財之道不患流不長而患源不遠不患用之廣而患生之窮天地間自然之利取不禁而用不竭者其惟在於開礦乎中庸謂今夫山一卷石之多及其廣大艸木生之禽獸居之寶藏興焉記曰天不愛道地不愛寶寶者何礦是也鑛之類甚夥其上者有金焉有銀焉次則銅與鐵鉛與錫焉最下者爲煤凡皆天生之地蓄之以備人用而任所取携者也不惟救貧且可致富不惟濟一時且可利累世奈何棄而弗顧致有用之財置無用之地徒沾沾焉搜括於閭閻剝削於闤闠反使外人耽耽窺伺指瑕尋隙以奪我利權謀何左也計何拙也且中國非不知開礦也管子云上有丹砂下有黃金上有慈石下有銅金上有凌石下有鉛錫銅上有赭者下有鐵上有鉛者下有銀由是觀之中國察礦之法尚在西人以前特風氣未開耳推原其故或惑於風水之說而民多顧忌或恐啓爭鬥之端而官爲禁止又有偶然開矣因資本無多半途中止辦理不善功敗垂成徒耗資財迄無成效於是擲黃金於虛牝率皆視爲畏途遂無敢倡議者可惜也近年來興商務收利權汲汲於富國之謀若漠河金鑛開平煤礦雲南銅鑛莫不漸著成效矣何不併力爲之多集資本購機器裕我國用厚我民生誠中國一大轉機也曾聞二十一行省五金各礦到處皆是川藏則有金與銅也江西湖南則金銅之外兼有煤也雲南兩廣則五金備具也奉天吉林則有金也山西河南則有煤與鐵也礦產之盛實甲於五大洲擁無窮之利開不涸之源又何事加捐欵借息債瑣瑣者爲哉雖然開礦非難而察鑛實難倘察之不得其法深恐徒勞無益耳開辦之初當延泰西著名鑛師使之詳加考驗隨處訪求深悉其底蘊探明其究竟預決該礦能採若干年可出若干貨約獲若干利共須底本幾何共用人力幾何察驗明白矣然後鳩工集事百廢具興先

有成竹在胸則後來之獲利不如操左劵乎現在部庫支絀一時固難籌此巨欵何妨飭諭各直省凡出有鑛產地方准民間招商集股呈請有司官認眞保護不得阻撓需索待利益既豐按十分取一酌抽課稅一切贏絀官不與聞期以十年爲限礦產一律全開民生自裕國計亦不虞拮据矣嗚呼石韞玉而山輝水懷珠而川媚學士文人口頭爛熟徒作爲詞章點綴而不知卽鑛產之先聲也藏金地下懷寶啼飢而事事仰給於外人甘受剝削其不至窮且困者幾何哉敢告中國人不特開鑛產更當立礦學朝夕講求務使人人通曉隨地開採合一國之人力啓無盡之財源中國富饒將駕泰西諸國上矣是所望於當事者

接續會典獎單 ○候選從九品張祥源請以縣丞分省歸候補班補用候選從九品王增益請以縣丞分省歸候補班補用供事姚晋中請以縣丞分省歸候補班補用供事顧國璋請以縣丞分省歸候補班補用分省補用縣丞鄭爾純請俟得缺後在任以知縣歸候補班補用供事鄭喬杰請以縣丞分發省分歸候補班補用供事崔錫圭請以巡檢分省歸候補班補用候選縣丞張壽齡請以縣丞分發省分歸候補班補用候選州判張起銘請以州同不論雙單月遇缺卽選候選從九品劉觀文請以縣丞不論雙單月遇缺卽選並加六品銜供事鄭俊請以巡檢不論雙單月歸議叙間用班選用分省補用縣丞陳潤藻請俟補缺後以知縣用候選縣丞崔元淮請仍以縣丞分省歸候補班補用俟得缺後在任以知縣用候選縣丞温祖鈞請以縣丞分省補用俟得缺後在任以知縣補用候補班儘先前卽補知縣候選按經歷馬振麟請以知縣分省補用議叙不論雙單月選用未入流杜寶善請以典史仍歸議叙不論雙單月卽用班內儘先選用六品銜卽選縣 孫緝文請以按察司經歷不論雙單月歸議叙班先選用並換五品頂戴不論雙單月歸議叙間用班選用巡檢俞林請俟得缺後在任以鹽大使歸議叙班前先卽補 此單未完

常雩盛典 ○四月初三日常雩大祀 皇上親詣行禮所有各部院司員應行陪祀者已據開送錄報玆聞禮部傳示陪祀人員於初二日辰刻上 圜丘壇內 朝房齋宿伺候初三日寅刻承値陪祀要差並於前一日禮部堂官將表文繕正進呈 御覽後卽由 太和殿護送黃亭一座飭校尉抬出 午門 端門 天安門 大清門 正陽門先期至 圜丘內供奉交壇官敬謹看守次日伺候 御駕親臨致祭 玆悉侍衛處奏請 派出稽察壇墻之大臣督飭八旗各營兵丁在 壇墻外支搭帳棚晝夜輪流梭巡傳籌以昭嚴密並聞步軍統領衙門嚴飭該管地面弁兵預期平治務使道如砥平所有正陽門外大街兩旁魚市玉器市俱飭拆撤以清蹕路云

肅靜迴避 ○德國親王於閏三月二十三日由唐沽乘火車至馬家堡更換大轎入都我 皇上欽派慶親王前往迎接並預飭步軍統領榮振華中堂左右兩翼副金吾督飭中營左右南北四營暨各汛副叅遊都守千把外委弁兵齊集前往彈壓閒雜人等以免擁擠凡小本貿易食物各攤一概禁止售賣淸淨道路以昭愼重

入室搶物 ○京師地面寬闊良莠不齊故通衢狹巷之間每見有匪徒攫物之案至入人室處搶奪物件則誠罕見前門外花枝胡同朱姓家于閏三月二十一日時甫黃昏竟有一年約三旬人翩然搶入將其婦手腕銀釧突然擄去該婦時適倚床乳孩不勝錯愕急呼其夫往追而夫又目苦短視不移時便以不辨誰何懊喪而歸婦只得無可如何而已

府示照登 ○順天府爲曉諭事前准戶部文開福建司案呈准北檔房傳付本部議覆黑龍江副都統景祺奏請專設鋪稅釐稅一摺光緒二十四年二月初七日奉 旨依議欽此抄錄原奏恭錄 諭旨行令轉飭一體遵照辦理等因到府准此當經本衙門以城內鋪戶旗產納稅向歸兩翼管理城外爲五城轄境所有大宛兩縣地面均在京營以外此次應否會同五城兩翼查辦咨請部示今准戶部片覆自應遵照奏案由順天府五城兩翼秉公遴派委員會同查辦仍一面先行出示按照奏章會同辦理等因除由本衙門咨移兩翼監督五城察院遴派委員會同本衙門委員妥商查辦並剔除剃頭棚燒餅鋪並扁食小本各鋪外合行出示曉諭爲此示仰京城內外鋪商行店一體遵照部章無論資本之重輕獲利之厚薄與夫間架之大小廣狹均按所賃房屋租摺每月實繳銀數自本年四

月初一日爲始於十成租價內酌提一成歸公此一成內房主與租客各占其平如每月租價銀十兩房客加銀五錢房主少收銀五錢合成一兩按月提出或由地方印官查收或另派員分收聽候會議章程另行曉諭此外並無絲毫規費至自行差造鋪屋但係經商雖無租摺亦應比照同行所繳銀數照收一成一俟洋款本息還清再行酌量停止其洋藥土藥一項應查明各城鄉市鎮售賣洋藥土藥及出售洋烟膏各行店共若干分別地面繁盛次盛簡僻三等能否自本年四月起一律分設牙行請領部帖統由委員酌度地方情形再行稟請示遵該商等食毛踐土具有天良當念我 朝深仁厚澤久淪人心於房主租客所出無幾自必感憤激發踴躍遵辦庶集成鉅數以備撥還欵藉紓 國家之急不獨見爾等急公好義之忱本秉尹本尹堂亦有深幸焉其各宜懍遵毋違特示　光緒二十四年閏三月二十二日告示

飭查額羨　○刻據制軍接准戶部咨開請飭各河道飭屬將各河附近莊田有無淤額羨租造具簡明清冊咨移過部以憑核辦云

津貼領訖　○營務處憲飭差催繳四口津貼等情已經登報茲悉該脚行頭張起元已於昨午呈繳當經轎夫照章領訖

道轅批示　○鹽山縣李樹滋稟批開墾稻田必須先籌水利前因南運河來源不旺未能灌溉多田故有禁止續開之示原恐地戶虛耗資本貽後悔也據稟爾買劉姓旱田一千六十餘畝擬改水田正與前示相悖且田至一千餘畝需水必多豈瑩田賸水所能敷用姑候札行營田局委員令查明具覆再奪

道憲傳諭　○刻聞道憲傳諭吏書將闔署各房經書暨各班差役造具花名清冊以憑唱點聽候面諭

縣批一則　○黃查氏呈批據呈是否屬實候飭差查明理處覆奪粘據附呈不列抱特飭

督捕有諭　○昨據鹽河督捕廳派令書差傳集闔津地保暨河路捕役即日到廳聽候面諭至所論係何要務容訪再佈

兩全爲上　○前報登胆大妄爲一則茲聞案已送縣經委廉林大令提驗飭令兩造煩人自行理處語云寃仇宜解不宜結與其兩敗俱傷何如兩全爲上也

賬目難淸　○鋪氏于得海與某米局賬目轇葛搆訟等情已經登報刻聞親朋理處諸多掣肘于以事難處結現又赴縣案遞稟矣

是何案犯　○日昨起更時有一人肩負黃包手持燈籠上寫縣署公務四字神色倉皇在東浮橋上站立許久忽從對面來一十餘齡少年行走甚急該差即扭之以去究不知係何案犯也

難乎爲媳　○河北關下豐姓娶婦過門後婦姑時常不睦昨媳某氏不知何故自縊幸被同院人窺見赶緊落下咽喉尚有微一息延至時許始得復甦云

支更防火　○近數日院署東望海樓後一帶縱火者屢有所聞刻經該處居民歛貲雇人支更此後庶可保無虞矣

會首告退　○河北聚善水局演劇酬神各則均紀報牘茲聞該會首事田某不知因何告退刻已將停辦報紙貼出矣

失孩又見　○失迷幼孩之事屢登報牘誥誡何居家者終不嚴加防範也日昨道士坆戲台前有鳴鑼尋子者自稱劉姓住河北西窰窪子五歲乳名順兒身穿洋紅小夾襖藍印花褲雙臉鞋紅綠絨繩歪辮自昨日下午失迷至今二日尚未找獲云云

花飛何處　○據聞城內某甲作估衣生理妻某氏不守閫訓時常淡妝濃抹倚門賣俏甲屢加呵斥迄不悛昨氏托鄰媼赴鋪中取紬褂一件言歸母家一省視甲付之且告媼代囑即夕早歸詎一去不返及甲登泰山詢問並未見氏歸甯現在四出偵尋尚杳無蹤影云

報應不爽　○河北三太爺廟戲樓後某甲曾充某署差官素行不端劣蹟不堪枚舉日前黃昏時在屋內正門幼孩嬉笑忽然

倒地兩目直視口如寒蟬赶舁床間大似捆縛之狀未及醫藥入夜卽斃屍貌獰猙令人不敢逼視語云善惡到頭終有報只分來早與來遲觀此益信

響牆驅盜　〇河北窰洼張姓家昨夜魚更三躍時有鼠盜者穴牆行竊甫挖半透該房忽然坍塌賊被嚇而逸張亦從夢中驚醒瞥見虛室生白燃燈起視知後檐傾倒半面黎明收拾磚土見有挖墻器械始悟墻被賊挖而倒于是藉藉傳聞僉謂賊之與張均爲不幸之幸也按煤窰工人皆係無賴先向煤東挪借已久及挖煤時工既苦且無錢煤東防工人竊逃圍以亂石動輒坍塌作聲名爲響墻今乃知響墻不第能防竊出兼可以防竊入矣

光緒二十四年閏三月二十二日京報全錄

宮門抄〇閏三月二十二日兵部　太常寺　太僕寺　廂黃旗值日無引　見　順王謝補進王六班　恩　溥良等塲內專摺請
安　清銳等塲內專摺請　安　溥侗續假十日　毓秀請假五日　兵部奏派査齋　派出彭壽英信敬昌秀吉色楞額澧深恩普明
安　召見軍機

〇〇頭品頂戴陝甘總督臣陶模跪　奏爲審明已革北川營都司侵冐餉糧按例定擬恭摺具陳仰祈　聖鑒事竊據甘肅西甯鎭總兵何美玉西甯道聯魁會禀據大通縣屬北川等莊堡紳民錢維綸等聯名控稱北川營都司周大馥於光緒二十一年賊匪猖獗時奉准挑留民丁三百七十名作爲歷勇一旗缺額侵餉頗多各莊堡自練民勇保護周大馥冐作餘丁五百一十名支領食糧並鹽菜錢文侵吞入已各等情經臣於光緒二十二年十一月十七日奏請先行革職並一面批行西甯鎭道委員將該都司周大馥及其姪周松林哨弁郭麗泉李向玉營書張志誠押解到省並據聲稱案內應訊之郭少卿李景夏均已聞風逃逸當卽飭司檢齊粮臺支發糧餉賬目同赴省投到之原告錢維綸等先行一併發府審辦並飭將周大馥隨身行李封存備抵旋奉到二十二年十二月初一日　硃批周大馥先行革職嚴行審辦等因欽此當經轉飭遵照去後玆據署蘭州府知府周景曾督同讞局委員卽用知縣朱遠善大挑知縣朱海審明按例議擬詳由布政使曾禾按察使丁體常會同覆審轉解前來臣親提研鞫緣周大馥籍隸湖南湘陰縣咸豐年間投効軍營由勇目歷保花翎儘先補用副將勵勇巴圖魯光緒十三年借補北川營都司二十一年三月循化撒回變亂北川近接循化百姓驚惶周大馥卽諭各堡紳民錢維綸等舉辦團練錢維綸等稱無經費周大馥令其先向各鋪商借墊隨後代爲禀請發欵歸還錢維綸等信允共招民勇一千三百餘名置備軍火旗幟共用錢一千餘串均在各商鋪借欵墊發五月間賊信漸緊周大馥自請招勇防守具禀後因道梗未奉批回六月間賊信愈緊周大馥卽在難民中先招勇一百七十名分作三哨左哨派本營把總郭麗泉管帶右哨派本營經制李向玉管帶周大馥自帶中哨並派在逃之官親郭少卿經理粮餉出入營書張志誠造辦文册又諭錢維綸等在團練內逃選壯丁五百一十名作爲餘丁一併訓練協防因未支給口粮錢維綸等亦未逃選六月內賊匪撲營數次周大復帶勇督團與賊接仗先後陣亡團勇數十名至十月間始奉前督臣批准招勇一旗計三百七十人作爲勵勇照章給發新餉周大復遂於十一月初一日添招二百名始足一旗至領餉時周大復憶及原係五月內具禀卽囑令郭少卿揑作閏五月初一招足成軍領支餉銀又借前禀逃選餘丁名目懇准給發鹽菜口糧又將陣亡團勇揑作勵勇造册詳請郵賞正批飭覆查卽據錢維綸等査知聯名禀控西甯鎭道轉禀經臣　奏參革職提審飭司檢同糧台支發糧餉賬目一併發官審辦並將周大復行李飭令封存備抵計審出周大復侵吞缺額勇餉並虛領餘丁鹽菜口糧共湘平銀九千五百七十二兩三錢四分一厘傳同錢維綸等三面環質實係周大復囑令郭少卿揑冐侵吞入已郭麗泉等均無知情聽從虛冐分贓等弊當將周大馥發縣勒限監追嗣據陸續繳到湘平銀九千三百七十五兩又於行李內査封銀一百五十六兩八錢七分又扣抵應領添製勵勇號衣軍火銀四十兩四錢七分一厘計於一年限內掃數全完逸犯郭少卿等屢緝無獲應行擬結査例載監守盜倉庫錢粮入已數在一千兩以上者擬斬監候勒限一年追完如限內全完死罪擬減二等發落等語此案已革北川營都

司周大馥因回亂招勇缺額並揑冒挑選餘丁一共侵吞粮餉合湘平銀九千五百七十二兩三錢四分一厘按例罪應斬候惟其侵吞入已之銀已於一年限內如數全完仍應照例減等問擬周大馥合依監守盜倉庫錢糧入已數在一千兩以上一年限內全完死罪減二等例擬杖一百徒三年係職官請從重發往軍台効力贖罪把總郭麗泉經制李向玉營書張志誠伊姪周松林訊無知聽從侵冒分贜應與伸訴得實之紳民錢維綸等均請免議逸犯郭少卿等仍嚴飭獲日另結呈繳銀兩解司儲庫備用傷亡團勇應飭查明造册到日核給卹賞至原解練團經費應飭該紳民等自行捐欵歸還不得向公中請領除供招咨部外所有審明已革北川營都司侵冒糧餉按例定擬緣由理合恭摺具陳伏乞 皇上聖鑒 訓示施行謹 奏奉 硃批周大馥著發往新疆効力贖罪餘議欽此

○○許振禕片 再部選瓊山縣知縣葉士模前據到省繳憑當經委署靈縣知縣篆務附片 奏明在案現應飭令該員葉士模前赴瓊山縣知縣本任以專責成據藩臬兩司會詳前來除咨明吏部外臣等謹附片具陳伏乞 聖鑒謹 奏奉 硃批吏部知道欽此

○○陶模片 再前捕獲慶陽府屬合水等縣謀逆首從各犯察明懲辦地方安靜 奏請將在事出力文武員弁分別奬叙並聲明分途持示解散脅從出省拿盜之陳富貴等均屬異常出力俟查出履歷另行酌量請奬於本年二月初八日奉 硃批徐慶璋等均着照所請奬勵該部知道欽此當經分行遵照去後茲據慶陽府知府徐慶璋詳齎陳富貴等履歷懇請核奬前來臣伏查此案匪首劉二等蓄意謀反製藏軍械糾集多人希圖大舉雖先期破獲若非陳富貴等前往解散脅從復出省拿獲首盜幾至元惡漏網難免不擾害地方實屬出力較著合無仰懇 天恩俯准將五品軍功陳富貴以把總歸標儘先拔補監生縣主簿銜俞家鴻以縣主簿歸部候選附生徐錫類以主簿歸部候選文童彭福曜以未入流歸部候選俾昭激勸除履歷咨部外理合附片具陳伏乞 聖鑒 訓示再文童彭福曜曜字前奏誤書作耀合併陳明謹 奏奉 硃批着照所請該部知道欽此

○○張之洞片 再前准戶部咨奏請豫撥光緒二十四年分東北邊防經費銀兩案內指撥湖北粮道庫漕項銀四萬兩南粮米折銀四萬兩等因當經轉飭遵照章辦理去後茲據湖北布政使王之春督粮道岑春蓂會詳稱在於漕項欵內所收節年隨漕軍三安家閑丁項下動支銀一萬二千兩節年漕粮水脚銀八千兩折漕粮兌費銀一萬兩貧役市平市色銀一萬四百六十一兩六錢七分折合庫平足色銀一萬兩以上共湊足銀四萬兩作爲本年第一批邊防經費銀兩查有試用知縣戴立謙蔡世堪以委解等情詳請 奏咨前來除給咨管解外理合會同湖北巡撫臣譚繼洵附片具陳伏乞 聖鑒謹 奏奉 硃批戶部知道欽此

神目如電

商業將一切情形登諸告白似無煩再述矣惟李子香探知商於初八日在縣尊投呈伊卽於初九日亦於兩報告白狡辯伊若不辯伊之缺陷仍不出也今既辯矣何竟不敢將商所登議單之底指爲或眞或僞伊非不敢指也此其中大有伊不能吐之實情耳若指爲眞必須呈案呈案則增訛之情畢露若指爲僞一切作押契據均在伊手將來均成廢帋于是欲不辯而不得欲實辯而不敢只得虛與委蛇徒以無理取鬧等詞亂人耳目而已究之眞僞久必自明諒難逃官府之鑒察况伊以假字謀李承宗引岸經佘運憲洞燭其奸立予押之此近日之事昭昭可考也謹將商本月初八所遞呈詞照錄以憑電察 爲懇傳正點追繳實憑撤底淸查施恩斧斷事切商欠李子香之欵業將實在欠數開單具呈在案迭蒙 仁天提訊至公且明雖蒙管押係案情宦爾商之頂感刻骨難名至案久懸不能斷結

陳恒益謹白

者非不善斷實緣李子香不將眞正借約呈出僅用伊自揑作之僞據蒙混伊之所以不呈眞據者其詐有二以此假據控追案結後再以眞據具告是一賬二討其詐猶淺而不呈眞約增訛銀數借可謀產並可將一切作押之據秘爲已有其詐乃深且兩造共事只商與李子香經手而商弟文珠但具名而已伊以文珠少不更事爲可慫恿以追到案以爲可肆其欺此其詐更不可問也似此必須請李子香俯就到案追繳正據自能水落石出不至寃沉海底矣爲此叩乞　本縣正堂大老爺格外施恩俯准將李子香傳案追繳正據實爲德便上呈

啓者刻下磁州煤礦已將吸水機器安置停妥各窰宿水且已抽乾所出之煤與唐山五槽相等局內章程按照商辦極爲謹密將來利益已有成效但資本愈厚獲利愈多爲此布告津都中各處紳商有欲入股得利者其股票寄存源豐潤票號請向面填可也

磁州礦務局謹啓

本號自置顧繡綢緞洋貨等物整零均按銀莊格外公道甚比大市價廉發售　寓天津北門外估衣街五彩號衚衕口坐北向南便是特此

本號謹啓

魁陞號綢緞洋貨莊

溯自神農嘗百草以治病嗣後名醫代出製成丸散膏丹名目繁多幾不勝僂指數然人有强與弱時分古與今病證亦因之而異倘執固鮮通泥成方以治病鮮有能奏效者且補瀉各有所偏寒熱豈能一致欲以兼治百病憂憂乎難哉近有申江南順泰主人購來美醫士爾蘭君所製治蠱藥水能兼治百病功效如神眞可起死回生仙丹不若也按爾蘭君以養花木起家致巨富中年患肺疾不時欬嗽纏綿十餘年服藥幾千百裹迄無驗勢瀕危矣因思平日時花種木使衰者茂枯者榮爲能去蠱也花木如是人豈獨殊爰將治蠱藥嘗之果見輕減遂益選上品材料配和停勻製成藥水連服多劑不踰月病若失復以試他人莫不應手回春於是名傳遐邇求治者紛至沓來大有應接不暇之勢偏美洲活人多矣本埠恒豐泰主人聞之以爲津門通商口岸仕商雲集獨無此妙藥沾惠同人實屬一憾事因從上海分來在本行寄售非圖取利亦藉行方便也謹將所治各症列左如有染患各[illegible]考急向本行購取

一急痧時疫卽香港廣東傳染之症已經西醫查驗皆因蠱之爲患釀成此症每至一發而不可救爲此藥可以治之取第三種每十分鐘一時服一大酒杯並用布醮藥敷貼周身只要生氣未絕不難施救

一肺癆及各色肺家病症皆因蠱爲患除蠱在腹中已將全肺蛀盡不能施治外倘有一線生機將第一種藥日服少許逐漸加增如夜間尙覺咳嗽卽服半調羹歷半時服一次宜勤不宜斷如胸口尙覺疼痛將第三種藥連一瓶浸入溫水內令熱先將絨布鋪放胸口後將藥倒在絨布上逐日如法治之至痛止爲度如兼吐血亦用第三種藥治如上法但藥不令必熱布不必用絨

一戒除洋煙之癮第一種藥日服五次外用布醮第三種藥日服五六次三閱月便可戒絕永無後患而且飲食加增身體肥壯

一治癲瘋等症用第二種藥日服四五次外用布醮第三種藥敷貼患處愈而後止

一喉症用第二種藥小孩服一小調羹大孩服一大調羹男女人服一小酒杯當藥入口時仰頭呼吸作一響聲如唧水嗽口勢然後咽下外用布醮藥束頸

一癰疽乳癰毒瘡及楊梅結毒用第二種藥日服六七次外用第三種藥敷患處此藥行遍歐亞各洲活人無數功效不能筆述　無論內外各種病症內此服吃一外則敷貼均能奏效

本號又寄賣英五月美西根發財票全張價銀四元頭彩得銀六萬元

天津紫竹林恒豐泰洋行主人代啓

啓者昨接上海孫仲英善長來電旋又接到顧緝庭葉澄衷嚴筱舫楊子萱施子英各觀察來電據云江蘇徐海兩屬水災蓁重飢民數十萬顚沛流離死亡枕藉災區十餘縣待賑孔急需款甚鉅官款恐未能徧及素仰貴社諸大善長久辦義賑飢溺猶已敬求代呼將伯源源接濟功德無量等因遵卽匯上海陳家木橋電報總局內籌賑公所收解可也云云伏思同居覆載異姓不啻天親縱隔形骸民物莫非胞與頓遭洪水哀此災荒盡是蒼生何分畛域況救人性命卽積我陰功雖此日搖茲黎庶散盡赤仄靑蚨卜他年報在子孫同來玉堂金馬敝社欵無備濟自知獨力難成術欲廣仁惟冀衆擎易舉叩乞　顯官鉅紳仁人君子共憫奇災同施仁術　原擬活人無算雖千金之助不爲多但能濟世有功卽百錢之施不爲少盡心籌畫量力輸將敝社不禁爲億萬災黎泥首叩禱也　如蒙慨助卽交天津溜米廠濟生社帳房代收並開付收條以昭徵信

濟生社籌賑同人謹啓

恒昌照像館

啓者本號今因建造新樓于三月初二日暫遷往牌坊外先農壇前另設玻璃照像棚諸君賜顧請駕光臨是荷俟本樓工竣復回原舖謹此佈聞

本主人謹啓

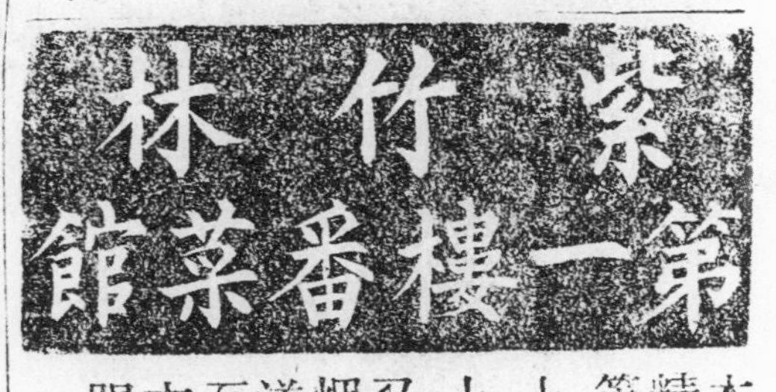

本號專作英法大菜各色精細點心各樣洋酒洋貨等物一應俱全並售

上　八百
紅茶　每斤津錢　一千
上　六百

又批發茂生公司鐵海紙烟零整發售價值格外公道原箱計一百盒價洋一百四十四元每盒計五百支洋一元五角凡　仕商賜顧請即駕臨是荷

主人謹白

告白

現有葦河園田地一段九十畝上下坐落大直沽北情願按時價出售　如欲買者請至河東柴家大坟西劉忠處面議可也

劉忠謹啓

新開元隆號綢緞洋貨莊

本號自去歲四月初旬開張以來蒙　各主顧垂盼雲集馳名日盛本號特由蘇杭等處加意揀選名機新鮮貨色零整銀價俱照大莊行市公平發售以昭久遠此白　寄賣龍井雨前素茶福建皮絲水烟各種真料大小皮箱　開設天津府北門外估衣街中路北門面便是

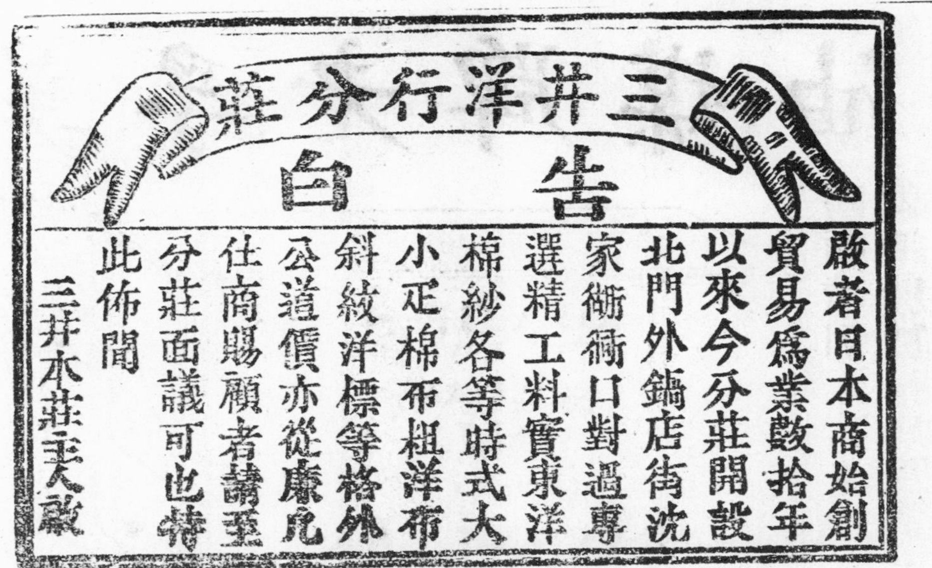

三井洋行分莊

告白

啟者日本商始創貿易爲業數拾年以來今分莊開設北門外鍋店街洗家衚衕口對過專選精工料實東洋棉紗各等時式大小疋棉布粗洋布斜紋洋標等格外公道價亦從廉凡仕商賜顧者請至分莊面議可也特此佈聞

三井本莊主人啟

啓者本行開設香港上海三十餘年四方馳名專售各式金銀鐘表鑽石戒指八音琴千里鏡眼鏡等物並修理鐘表外洋新到各色鐘表價錢比別家格外公道開設在紫竹林法租界大街本行又分莊在北門外樂壽洞保陽棧傍榮生祥內請諸君降臨光顧是幸特此佈聞

戊戌年閏三月廿四日　禮拜六

烏利文洋行

告白

啓者本局光緒二十三年分總結帳款現已一律彙齊結算以便刊刻帳畧於本年五月朔派分股利仍照歷屆章程預請股友赴山會算其來返川資由局備付訂至四月望爲期俾無悞刊辦特達

開平礦務總局啓

悅來洋貨店

開設天津法國租界紅樓後自運各國玩物金邊三連磨花描銀玻璃磚鏡子五彩大小碗盞杯盤料器奇形異樣香水壺荷包靴掖洋景蘸子手套叫鐘表鍊花針扣子戒指洋火盒玳瑁梳篦金銀首飾鼻烟壺各樣五色料金珠畫圖等物格外價廉消售發客

天后宮北 義興順綢緞莊

本莊自置顧繡綢緞綾羅紗絹各樣洋貨南貨雅扇桂母頭油香貨歸安貝松泉湖筆一概俱全

頭號杭甯綢　四錢三
頭號江甯綢　三錢三
頭號摹本緞　三錢八
紅梅茶　九百六
紅茶　每斤　六百四
紅茶磚　二百二
龍井茶　一吊八
金百福羅布　五吊八
壽棉綢袍每套　六吊八

美孚老牌煤油

啓者美國三達煤油公司之德富士老牌煤油天下馳名萬商稱美蓋其質潔色清亮白如銀且絕無烟氣能耐久燃比之生荳等油晶光百倍而儉用價廉此為德富士老牌之佳處誠屬無雙妙品也士商賜顧請到天津美孚洋行採辦或向就近殷實行店購買庶不致悞

DEVOE'S
PAT'D JUNE 22.63.
BRILLIANT
OIL
IMPROVED
PAT'D JUNE 28.64.
PATENT CAN
美孚行

開設天津紫竹林海大道旁

福仙茶園

啓者本園於本月初四日止戲清理賬目今將戲園及園內桌椅磁壺磁碗新製彩切零星等件合盤出兌如有願兌者及詳細章程請至本園面議可也特此佈告

福仙茶園謹啓

現邀新班進園擇吉登臺

創包機器

敬啓者近來西法之妙莫過機器靈巧至各行應用非得其人難盡其妙每值傷損修理必悞時日今有甯子卿專於經理機器茲擬創辦包定各項機器以及向有機器常年煤料工力價值格外公道如貴行欲商者請到福仙茶園面議可也特白

新到儒醫

啓者天后宮財神殿內廣此儒醫高老先生專治內外兩科男婦大小方脉兼治咽喉眼科等症辰刻在廟診脉施方過午不候如有外請辰刻來廟付信午後前往病家見症立方

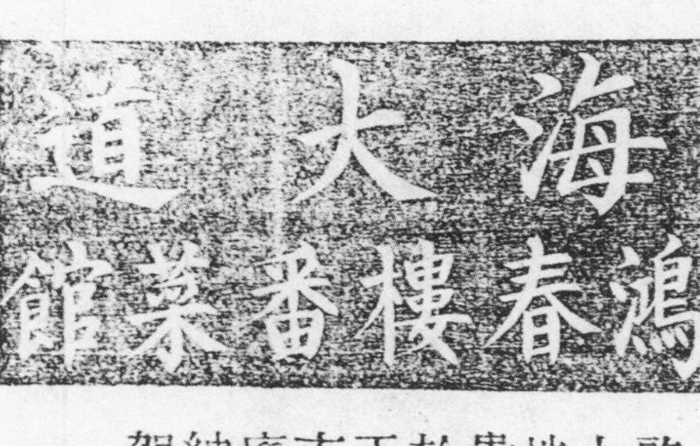

啓者本店三層大樓工程告竣地勢寬闊以備貴官紳請讌去臘遷移新擇於正月初二日開市各樣俱全價廉物美凡仕紳賜顧者請即駕臨是幸

主人謹白

擇於閏三月十一日開張

新開 敦慶隆綢緞洋貨莊

本號開設天津北門外估衣街西口路南第五家專辦上等綢緞顧繡以及各樣花素洋布各碼線批合線俱按銀莊零整批發格外克已士商賜顧者請認明本號招牌庶不致誤

本號特白

朱鈍翁先生鑑湖高士浙水名流代學爽鳩世習扁鵲脉理精奧醫術深通來津十年屢治危症名揚遐邇著手回春久寓彌勒庵

京都一品樓

本樓擇於三月十二日開市大吉

本舖耑做 隨意便飯 蘇造餑餑 烤鴨薰鷄 應時小賣

內有樓房雅座

開設天津紫竹林大街北頭路西門面便是

閏三月廿六日出口輪船 往上海 禮拜一

泰順 輪船往上海 招商局
海定 輪船往上海 招商局
海晏
怡生 輪船往上海 怡和行

閏三月廿四日銀洋行情

天津通行九七六錢
銀盤二千三百四十文 洋一千六百七十文
紫竹林通行九六錢
銀盤二千三百七十文 洋一千六百九十五
洋錢行市七錢一分八

直報

本館開設天津紫竹林海大道老菜市氣燈房巷內

光緒二十四年閏三月二十五日　第一千零五十二號

西歷一千八百九十八年五月十五日　禮拜日

部照已到　直隸勸辦湖北賑捐局自光緒二十三年十一月二十日以後至光緒二十四年正月初十日以前請獎各捐生部照已到請即攜帶實收來局換照可也

上諭恭錄

旨永隆現在駐工所管正黃旗漢軍副都統着載瀛署理其所署廂紅旗蒙古副都統着蘇嚕岱暫行署理欽此　旨永隆現在駐工其所署左翼前鋒統領着載卓暫行署理欽此　旨粵海關監督着莊山去欽此

觀禮說

觀往古之禮於史觀當世之禮於野非禮失而求諸野之謂謂野之有俗無一不本諸朝政政成於上斯俗化於下風行則草偃當其風之既行觀之幾莫測其所以然而然當其風之將行未行觀之殊非一朝一夕之功更非一手一足之烈其由來遠矣語云善人爲邦百年亦可以勝殘去殺又曰如有王者必世而後仁言其難也故必祖功宗德無非忠厚之遺開國承家俱有神明之壽而後其政成其俗成其流風斯足以異世而常保堯之後千餘年而有晋殷之後數百年而有宋風俗之美可以救政之悪厥有由也故凡作者之聖知天子之後可以仍爲天子聖人之後不必復有聖人則國之不能常安法之不能常存政之不能常善又不能常留此身以待不知誰何之雲礽惟有善制禮以維風俗以遺後人迨政衰勢敗國弱民貧時猶可於死灰中存此星星之火以待復燃使四鄰峇觀治者望之肅然不敢猝起而議其後是雖聖人之典禮僅存實則聖人之精神固常耿耿奕奕也嗚呼可以觀矣昔魯之慶父弑君齊仲孫湫來省難仲孫歸曰不去慶父魯難未已公曰魯可取乎對曰不可猶秉周禮未可動也云云彼湫之所省何難固爲亂大倫者也周禮安在其云秉周禮者爲誰在朝廷乎秉鈞之大臣卽此弑君之大逆欲去而不能者又奚以觀其亦觀於泮宮洙泗間郁郁洋洋士風民風依然周公魯公之舊雖經慶父之變能廢其主不能敗其俗能侵其權不能易其俗俗之固結於人者深正禮之淪洽於人者至聞絃歌而知子游之政見馴雉而知魯恭之政猶斯義也此所謂觀禮於野者也至所謂觀禮於史者春秋時亦屢言之魯莊公欲觀社其臣諫曰君擧必書書而不法後嗣何觀管仲之戒齊桓曰作而不記非盛德也周王之私犒晋使也曰非禮也勿籍此亦見人君之言動史無不書雖以人君之權貴親囑勿籍而後世猶並其親囑之語悉知之者史之不奪於權貴也且春秋本魯史非史之直筆無以成春秋不觀崔杼弑齊君之事乎史氏直書其事崔子殺之其弟繼書而死者二人南史北史又復執簡而至斧鉞之鋒可奪而筆鋒不可奪此身之頭可奪此心之理不可奪斯民之所以直道而行也故謂觀往古之禮於史也此非余一人之私言也子貢曰觀其禮而知其政聞其樂而知其德由百世之後等百世之王莫之能違於何觀之觀之於史而必觀其禮者何誠以禮也者制自時中當王之聖本諸身徵

諸庶民考諸三王而不謬建諸天地而不悖質諸鬼神而不疑百世以俟聖人而不惑故凡議禮之主必能知人知天斯能知禮以議禮所以善觀治者必觀其禮而於國之貧富强弱猶後焉則禮爲政之所由出俗之所由成治亂興衰之所由升降倚伏也要矣若夫揖讓進退升降之威儀此禮之文非禮之實雖有舊章究無成見且舊章古禮亦有不可行於今者如禮記所載本先儒傳述舊聞以爲百代經制者而其事亦多不可爲訓如郝氏敬所謂俎豆席地袒衣行禮宜於古不宜於今國君饗賓夫人出交爵國君夫人入臣子家弔喪此等犯嫌疑祭祀用子弟爲尸使父兄羅拜若祫祭則諸孫濟濟一堂爲鬼此等近戲謔均屬非宜總之觀禮宜觀其本猶觀水必觀其瀾勿徒觀其節文細目也因客問節文之禮竊推論之

接續會典奬單 ○分省補用縣丞李玉華請俟得缺後在任以知縣歸候補班補用候補未入流孫寶樹請以巡檢不論雙論單月歸議敘間用班內選議敘未入流首洪泉請以巡檢不論雙單月遇缺先選用候選縣丞毛恩霖請仍以縣丞分省補用俟得缺後以知縣用候選按察司經歷姜在田請以通判分省補用供事郝桂芳請以縣丞不論雙單月歸議敘班前先卽選候選縣丞高繼鐸請仍以縣丞分發省分歸候補班補用供事王朝銓請以縣丞分發省分歸候補班補用分省補用縣丞李文羹請俟得缺後在任以知縣補用供事李兆鏞請以府經歷分省歸候補班補用卽選府經歷畢湧請以鹽運判分發省分歸候補班補用供事魯勳請以縣丞分省歸候補班補用縣丞馬堃華請俟得缺後在任以知縣歸候補班補用分省歸議敘班補用縣丞孟廣堯請俟得缺後在任以知縣用議敘班先選用鹽大使李世斌請俟選缺後以知縣在任候補供事孟學謙請以縣丞分發省分歸候補班補用分省補用知縣陸嘉穀請俟補知縣後以直隸州知州在任候補議敘從九品盧英駿請以巡檢歸議敘班不論雙單月儘先卽選六品銜選用府經歷滕含英請以知縣不論雙單月歸各項議敘一班後選用並換同知銜　此單未完

繙譯揭曉 ○本年戊戌科繙譯會試取中貢士名第訪錄於左　第一名岐桂廂紅旗漢軍輝圖佐領下人年三十一歲　第二名榮光廂紅旗蒙古孝順武佐領下人年二十九歲　第三名聯華廂藍旗漢軍署德蔭佐領下人年四十歲　第四名左桐正黃旗漢軍景澄左領下人廣州駐防年三十二歲　第五名招起陞正黃旗漢軍承桂佐領下廣州駐防年四十八歲　第六名博齊圖廂白旗滿洲魁源佐領下人壽州駐防年二十八歲　第七名存沛正藍旗滿洲寶麟佐領下人荆州駐防年五十歲

○禮部示頭傳八旗官學候補敎習蒲光寶限於三日內親身赴部驗到備帶筆墨當堂塡寫親供核對筆蹟毋得違悞特示

博施濟衆 ○日前恭親王政體違和 皇上屢次臨視恭紀於牘現聞邸節近日政體稍安惟尙鬱悶不適昨於閏三月十八九等日諭令管事大人凡在本巷小本營生者終朝濤苦殊堪憫念每人著給京錢六吊以示體恤數日之間已費去京錢數千吊之譜云

弊作於習 ○京師各滙兌莊赴戶部兌交官項大半皆用十兩重之小錠此十兩重小錠京中稱爲十足今於閏三月二十二日某滙號兌交官項經戶部銀庫驗出成色甚低令其卽爲更換次日控出某爐房朦弊請卽提案照辦不知作何究竟俟訪再錄

人山人海 ○德國親王於閏三月二十三日入都已列前報是日王等入都時已在下午四點鐘經順天府尹憲胡雲楣大京兆預備筵宴慶邸李中堂翁中堂等前往迎接計綠呢大轎九乘有德國兵丁數百名各持洋鎗排隊進城前門大街直至東交民巷一帶紅男綠女往觀者人山人海頗爲熱鬧云

姑妄言之 ○京師前門外鑾慶衚衕邵某於閏三月二十一日有友人過訪相與閒談迨送客出門邵返內室忽然倒地口吐涎沫不省人事經其子瞥見有人向伊父身上相按倏忽不見赶卽救治已魂歸地府按邵名虎文係歷任北城東城吏目升授東城副

指揮復升知縣尙未得選在都久居都人士紛紛談論以爲邵虎文供職時遇有詞訟案件諸多枉縱並有貪劣屈抑情事其子亦深知其情今邵之死情同活捉令人聞之莫不驚訝云

騙術翻新　○京師前門外大齊家衚衕一帶烟館林立惟三順成一家頗有名譽日前烟館未禁之先凡癖嗜阿芙蓉膏者無不聯袂偕來飽飫紫霞風味是以利市三倍近有某甲操外省口音華服而來在該館後屋開燈呑雲吐霧自午至申吸烟有一二兩之譜隨卽付銀一錠約計二兩有零又令夥計購買食物恣意啖噉許俟一總算帳烟館東夥見其衣服麗都吸烟豪爽闊客曾不多見得此主顧沾潤必多因極力張羅惟恐不當其意同時烟客皆以貴人目之將屆酉初忽來頭帶五品頂戴武弁帶同兵丁十數人各執器械刑具擁入該烟館挨炕巡視巡至後屋一見甲面卽用鐵鎖套住牽之出門彼時烟館主人以爲此必是漏網巨犯懼爲所累惟恐去之不速更不敢向算烟資詎料該武弁兵丁將甲帶至前門內東城根僻靜處所卸去鐵鎖一笑而散見者皆不知何故紛紛談論該烟館主人聞知卽將所給之銀向錢店易錢銀實僞鼎始悟遇騙欲往尋覓已不知鴻飛何處矣

督批照錄　○候選同知胡詠昇等稟批近因振興商務便有一等游手好閑之輩輒借一事爲由侈言集欵若干稟請試辦其實於此事之源流本末全未領會不過希圖批准以爲招搖圖利之符此等伎倆本大臣覰破已久何鋻胡詠昇尤此類中之荒唐最著者也所請著不准行倘敢在此逗遛借端生事一經訪確或被告發定卽嚴拿究辦決不姑寬尙其凛之此批

調船備運　○刻據道憲札飭楊村廳赶將所轄河剝船隻未裝差者調歸水次以便逐次運糧北上無悞　天庾正供云

候驗放關　○密縣商人王雅孫引名源泰現據造鹽一千餘包裝船六艘業已項關照例投文稟請提驗蒙運憲批飭明日詣關驗放

縣批照錄　○宋彭呈批爾父以已房當與叚長慶係在何時如果年限已滿爾備價回贖轉典之李大何能狡執着卽邀同原中向段長慶等從公理論毋遽興訟併干拖累

照領工食　○霍家嘴建有板橋向歸天津道經理至管理該橋夫役工食亦由道署按月撥發向章也刻屆具領工食之期該橋夫等日昨照例赴道請領

呈已標收　○劉清赴縣署指控鄰人趙六借端訛詐請飭差拿照例懲辦云云呈已照章標收但未知將來如何批示耳

孝廉落水　○西頭灣子有停泊客船載有會試某孝廉聞係靜海人因晩間出艙便溺失脚落水打撈不及遂與屈大夫把臂去矣經該管地方赴縣具報昨由邑尊片請江大令前往相驗至該孝廉係何姓名俟訪再佈

節外生枝　○城內榮家衚衕顧某妻服洋藥身死業經報官相驗聞驗後蒙飭成殮因向孫姓賒棺木未允顧乘怒將孫家摔砸孫姓赴縣控告顧亦隨後遞詞尙不知官府若何批示也

窩巢被燬　○南門內某甲下處因午炊失愼遺火積薪突兆焚如幸大衆人多立時撲救未致延燒鄰右然窩巢已爲祝融氏收拾去矣

包月惡風　○本埠凡有新張舖面須向乞丐頭目講明規費名曰包月若不預先講明迨開市時定有老少乞婦三羣五夥在門前攪擾惡風也昨河東鴿子集某首飾舖新張若輩任意訛索洶洶然勢如鼎沸舖掌不得已許給包月資若干始各鳥獸散

衅由看戲　○昨小聖廟六局演劇有藥王廟馮某與小栅欄左某因擁擠起釁遂至打作一團雖經多人勸散聞兩造從此結仇日後定有一塲惡戰云

米糧落價　○自入春以來糧米昂貴日甚一日數米爲炊者大半愁鎖雙眉刻據糧行中人云除天津外各地方均霑透雨禾田次第播種卽小麥一宗每石落約一吊餘別色粗糧亦漸見跌落不似從前米貴如珠矣

賊中無賴　○昨午河北三太爺廟戲樓前有男女二孩被無賴子誘至僻靜小胡同將現錢並手鐲一並奪去兩孩且哭且喊及經人問明而賊已鴻飛冥冥不知所之矣

姑妄聽之　○河北營門外夏姓子十四歲昨晚在牆子河內赴船買魚失脚落水經人赶緊撈獲早已氣絕體冰魂歸地府矣僉謂該處原非深淵大澤每至河水漲發動輙淹斃人命意必有溺鬼討替也然乎否乎

錢行有鬼　○本埠各街市巷口新開小錢鋪暨換錢局何止數十家大半兌換零碎銀兩希圖微利日昨有異鄉人某甲在河北大紅橋某換錢局易換碎銀該舖所付錢文不但短數且多私爐甲持向退換而該舖夥百口不肯認錯甲怒甚勢將用武幸經街鄰極力調停始得了結噫既壓秤復扣色而錢數尙不能足居心尙可問耶無怪俗呼該行中人爲錢鬼子也

光緒二十四年閏三月二十三日京報全錄

宮門抄○閏三月二十三日刑部　都察院　大理寺　正黃旗値日無引　見　信公謝充族長恩並謝署補進王六班　恩　清銳等塲差完竣覆　命　溥良等塲差完竣覆　命　莊王貴昌各請假十日　濂貝勒錢應溥各續假五日　睿王續假十五日　召見軍機　溥良

○○頭品頂戴湖南巡撫臣陳寶箴跪　奏爲湖南籌辦災賑事竣所有收支銀錢穀米各欵數目核實援案開單彙報恭摺仰祈聖鑒事竊照光緒二十一年湖南長沙衡州寶慶等府所屬地方被旱成災飢民乏食經前撫臣吳大澂及臣先後會同前兼護督臣譚繼洵奏懇截留漕折銀三萬兩並以災區甚廣飢民衆多司局庫欵支絀不敷賑濟　奏請仿照直隸省現辦賑捐章程開辦湖南賑捐光緒二十一年十月二十四日經戶部議准具奏本日奉旨依議欽此咨行到湘當經分別飛咨各省查照並轉飭照章勸辦去後茲據湖南籌賑總局司道等詳稱函致京官暨各省督撫司道文武員紳不分畛域或捐廉倡導或捐輸將用能籌集鉅欵源源解濟並先經由局挪借存儲倉穀詳蒙遴派員紳會同各該地方官親赴各區稽察核實散放統計收支銀錢穀米自光緒二十一年十二月開辦賑捐起一年限內共收捐及各省挪墊共銀七十五萬四千二百二十二兩七錢二分五厘制錢七萬二千九百二十七吊五百八十七文大小銀元折合大銀元二十一萬三千二百六十五元八角穀一十三萬四千二百七十四石六斗四升米九千三百六十四石九斗一升六合除支發銀錢穀米及提存採買備荒穀價另單開報外現存銀一萬一百二十四兩八錢九毫銀元九千三百三十元二角存俟歸還江蘇借墊銀一萬兩廣西借辦穀五千餘石並米三百餘石之用至此次辦理籌賑實屬涓滴歸公凡應賑災區先由地方官查明災歉分數禀由臣飭委廉幹員紳或遴選本地公正紳士親赴各鄉確查戶口分別災重則賑多災輕則賑少核實散放並不假手胥吏其中或折發銀錢或逕發穀米因地制宜窮黎咸便其流離轉徙飢民隨時資遣回籍所用之欵靡不實事求是絕無絲毫浮冒仰沐皇恩普被感召天和二十二年秋收有成年穀豐稔旋因澧州永順所屬小有偏災亦經臣分別奏明散賑據各屬地方官及承辦員紳將收支各欵分晰開單先後送局由該司道等督同局員覆核具詳請奏前來臣覆加確核委係實用實銷理合援照順直奏准成案謹將收支各欵彙開簡明清單恭呈御覽仰懇　天恩俯准飭部核銷照案免造結冊以歸簡易其所以籌賑開捐本屬强弩之末各省賑捐四出勸辦更屬甚難乃承各京員捐資倡率各省官紳極力籌湊並挪欵墊解先其所急而直隸督臣王文韶兩江督臣劉坤一兩廣督臣譚鐘麟籌濟之殷欵鉅時速災黎尤賴保全其本省在事員紳或敦勸輸捐勤懇臻至或查災散賑心力俱疲並承大理寺少卿盛宣懷倡率前上海道黃祖絡義紳謝家福等廣爲籌捐墊湊鉅欵義紳嚴作霖等馳驅遠道親歷災區散義賑於極貧補官賑之不足當夫哀鴻徧野得哺嗷嗷正恐獨力難持幸荷衆擎並舉蓋湘民多有散勇歸農習成游惰豐年尙虞乏食歉歲更難謀生其時危苦情形較他省尤爲可慮幸能迅速賑撫罔或後時不惟立拯窮黎更以潛消隱患曲突徙薪不無微勞足錄除黃祖絡義紳謝家福嚴作霖等捐助賑銀十二萬兩業經大理寺少卿盛宣懷咨請奏明擬照晉邊助賑案悉由北洋大臣專案奏咨外此次湘賑奏明倣照順直賑

捐章程辦理所有各省本省在事出力員紳應請援照順直辦賑成案擇優保奬藉資鼓勵除清單咨送戶部核銷外理合會同湖廣總督臣張之洞恭摺具奏伏乞　皇上聖鑒　訓示謹　奏奉　硃批准其擇優酌保毋許冒濫餘依議欽此

○○陳寶箴片　再湖南自光緒十年九月起奉戶部指撥每月協濟廣西軍餉銀一萬兩業經陸續籌解統計先後共解過庫平銀五十萬兩作爲湖南加撥廣西協濟軍餉均經　奏咨在案茲據善後局司道詳稱廣西委員候補知縣俱祖范坐湘守催查湘省近來奉撥認還洋欵及協濟各省餉銀爲數甚鉅特念粵湘輔車相依待餉孔急現於裁減局務節省項下支紋銀一萬兩又厘局厘金項下支洋銀一萬兩合共庫平銀二萬兩於光緒二十四年三月初十日札委廣西候補知縣但祖范管解回粵交收等情詳請　奏咨前來臣覆核無異除分咨查照外謹同湖廣總督臣張之洞附片具陳伏乞　聖鑒謹　奏奉　硃批戶部知道欽此

○○頭品頂戴陝甘總督臣陶模跪　奏爲補還知縣以裨地方恭摺仰祈　聖鑒事竊據甘肅布政使曾鉌按察使丁體常詳稱甯遠縣知縣沈瑞霖病故遺缺應歸光緒二十三年十二月分截缺係簡缺業將開缺日期及例不掣籤緣由詳咨在案自應照例按班請補查例載知縣告病故休致三項缺出准其以一缺題補各項候補並進士即用人員以一缺題補本班大挑舉人又大挑人員借補中簡佐貳於大挑本班到班時卽按科分名次先後調還不得將其次之員攙補各等語甘省病故休知縣前巳用至第二輪候補知縣李瑞徵准補伏羌縣知縣止今此缺輪應大挑到班查有巳丑科大挑知縣借補階州白馬關簡缺州判雷正鳴科分在先例應調還該員雷正鳴現年五十九歲四川富順縣人由附生中式光緒元年乙亥科本省鄉試舉人三年考取宗室漢敎習十五年巳丑科大挑一等以知縣用簽掣甘肅於是年七月二十六日到省年滿甄別例以知縣留省補用旋經借補用白馬關州判十九年三月初三日到任試署年滿呈准實授本司等查該員雷正鳴老成穩愼辦事精詳現經調署西固州同辦理一切諸臻妥協以之調還知縣實堪勝任人地亦極相宜會詳請　奏前來臣查該員雷正鳥年强才裕辦事穩愼合無仰懇　天恩俯念以該員補還甯遠縣實於地方有裨如蒙　俞允該員係以知縣借補白馬關州判今補還甯遠縣知縣銜缺相當毋庸送部引　見再該員任內並無叅罰案件謹恭摺具陳伏乞
皇上聖鑒訓示至所遺白馬關州判係簡缺甘省現有應補人員應請扣留外補合併聲明謹　奏奉　硃批吏部議奏欽此

陳恒益謹白

神目如電

商業將一切情形登諸告白似無煩再述矣惟李子香探知商於初八日在縣尊投呈伊即於初九日亦於兩報告白狡辯伊若不辯伊之缺陷仍不出也今既辯矣何竟不敢將商所登議單之底指爲或眞或僞伊非不敢指也此其中大有伊不能吐之實情耳若指爲眞必須呈案呈案則增詭之情畢露若指爲僞一切作押契據均在伊手將來均成廢帋于是欲不辯而不得欲實辯而不敢只得虛與委蛇徒以無理取鬧等詞亂人耳目而已究之眞僞久必自明諒難逃官府之鑒察況伊以假字謀李承宗引岸經佘運憲洞燭其奸立予押之此近日之事昭昭可考也謹將商本月初八所遞呈詞照錄以憑電察爲懇傳正點追繳實憑撤底清查施恩斧斷事切商欠李子香之欵業將實在欠數開單具呈在案迭蒙　仁天提訊至公且明雖蒙管押係案情宜爾商之項感刻骨難名至案久懸不能斷結者非不善斷實緣李子香不將眞正借約呈出僅用伊自揑作之僞據蒙混伊之所以不呈眞據者其詐有二以此假據控追案結後再以眞據具告是一賬二討其詐猶淺而不呈眞約增詭銀數借可謀產並可將一切作押之據秘爲巳有其詐乃深且兩造共事只商與李子香經手而商弟文珠但具名而巳伊以文珠少不更事爲可懲慝以追到案以爲可肆其欺此其詐更不可問也似此必須請李子香俯就到案追繳正據自能水落石出不至冤沉海底矣爲此叩乞　本縣正堂大老爺格外施恩俯准將李子香傳案追繳正據實爲
德便上呈

近年市售石印書譜除介子園十竹齋外每以舊本而易新名良由難覓新稿若敝局新印之耕香館書牖蒙賞鑒　諸君賜顧者極讚其筆法神韻每部價洋二元併發售石印經史子集科場文章新出策學滙源西學富強叢書時務分類與國策各種格致洋學古今閑書目繁不及備載湖筆徽墨信箋文玩紈摺雅扇貨高價廉　天津東門外同文書局啓

恭頌良醫　敬和司馬今之通儒也凡天下利病之書悉心鈎稽罔不貫澈而於醫學研究尤精故經其手而回春者指不勝屈去冬起以感冒遂患痰喘聘醫暈藥收效卒尠春正延先生來藥不三帖卽卜小瘳適先生以他事去嗣是專表散者用汗下之劑言收歛者進鎭攝之方言龎品雜不衷其要幽憂沾滯幾歷季旬暮春復延先生至抉羣醫之得失究諸藥之宜忌診脉立方數服遂全乃歎疾痛病苦人所時有以身試藥鮮克有濟故特登報章以頌先生以告當世烏乎美痰惡石審於寸心殤子壽民決之三指可勿知所從事哉　合肥賈制壇誌謝

魁陞號綢緞洋貨莊

本號自置顧繡綢緞洋貨等物整零均按銀莊格外公道皆比大市價廉發售　寓天津北門外估衣街五彩號衚衕口坐北向南便是特此　本號謹啓

溯自神農嘗百草以治病嗣後名醫代出製成丸散膏丹名目繁多幾不勝僂指數然人有强與弱時分古與今病證亦因之而異倘執固鮮通泥成方以治病鮮有能奏效者且補瀉各有所偏寒熱豈能一致欲以兼治百病憂憂乎難哉近有申江南順泰主人購來美醫士爾蘭君所製治蠱藥水能兼治百病功效如神眞可起死回生仙丹不若也按爾蘭君以養花木起家致巨富中年患肺疾不時欬喘纏綿十餘年服藥幾千百裹迄無驗勢瀕危矣因思平日時花種木使衰者茂枯者榮爲能去蠱也花木如是人豈獨殊爰將治蠱藥嘗之果見輕減遂益選上品材料配和停勻製成藥水連服多劑不踰月病若失復以試他人莫不應手回春於是名傳遐邇購求者紛至沓來大有應接不暇之勢徧美洲活人多矣本埠恒豐泰主人聞之以爲津門通商口岸仕商雲集獨無此妙藥沾惠同人實屬憾事因從上海分來在本行寄售非圖取利亦藉行方便也謹將所治各症列左如有染患各症者急向本行購取

一急痧時疫卽香港廣東傳染之症已經西醫查驗皆因蠱之爲患釀成此症每至一發而不可救爲此藥可以治之取第三種每十分鐘時服一大酒杯並用布醮藥敷貼一周身只要生氣未絕不難施救　一肺癰及各色肺家病症皆因蠱爲患除蠱在腹中已將全肺蛀盡不能施治外倘有一線生機將第一種藥日服少許逐漸加增如夜間尚覺咳嗽卽服半調羹歷半時服一次宜勤不宜斷如胸口尚覺疼痛將第三種藥連瓶浸入溫水內令熱先將絨布鋪放胸口後將藥倒在絨布上逐日如法治之至痛止爲度如兼吐血亦用第三種藥治如上法但藥不令必熱布不必用絨一戒除洋煙之癮用第一種藥日服五六次三閱月便可戒絕永無後患且飮食加增身體肥壯　一治癲瘋等症用第二種藥日服四五次外用布醮第三種藥敷貼患處愈而後止一喉症用第二種藥　小孩服小調羹大孩服一大調羹男女人服一小酒杯當藥入口時仰頭呼吸作響聲如嗽水嗽口勢然後咽下外用布醮藥束頸一癧瘡乳癰毒瘡及楊梅結毒用第二種藥日服六七次外用第三種藥敷患處　一此藥行遍歐亞各洲活人無數功效不能筆述無論內外各種病症內此服吃外則敷貼均能奏效

本號又寄賣英五月美西根發財票全張價銀四元頭彩得銀六萬元　天津紫竹林恒豐泰洋行主人代啓

啓者昨接上海孫仲英善長來電旋又接到顧緝庭葉澄衷嚴筱舫楊子萱施子英各觀察來電據云江蘇徐海兩屬水災綦重飢民數十萬顚沛流離死亡枕藉災區十餘縣待賑孔急需款甚鉅官款恐未能徧及素仰貴社諸大善長久辦義賑飢溺猶已救求代呼將伯源源接濟功德無量蒙滙賑款卽滙上海陳家木橋電報總局內籌賑公所收解可也云云伏思同居覆載異姓不啻大親縱隔形骸民物莫非胞與頓遭洪水哀此災荒盡是蒼生何分畛域况救人性命卽積我陰功雖此日拯茲黎庶散盡赤仄青蚨卜他年報在子孫同來玉堂金馬敝社款無備濟自知獨力難成術欲廣仁惟冀衆擎易舉叩乞　顯官鉅紳仁人君子共憫奇災同施仁術　原擬活人無算雖千金之助不爲多但能濟世有功卽百錢之施不爲少盡心籌畫量力輸將敝社不禁爲億萬災黎泥首叩禱也如蒙　慨助卽交天津溜米廠濟生社帳房代收並開付收條以昭徵信　　濟生社籌賑同人謹啓

恒昌照像館

啓者本號今因建造新樓于三月初二日暫遷往牌坊外先農壇前另設玻璃照像棚諸君賜顧請駕光臨是荷俟本樓工竣復回原舖謹此佈聞 本主人謹啓

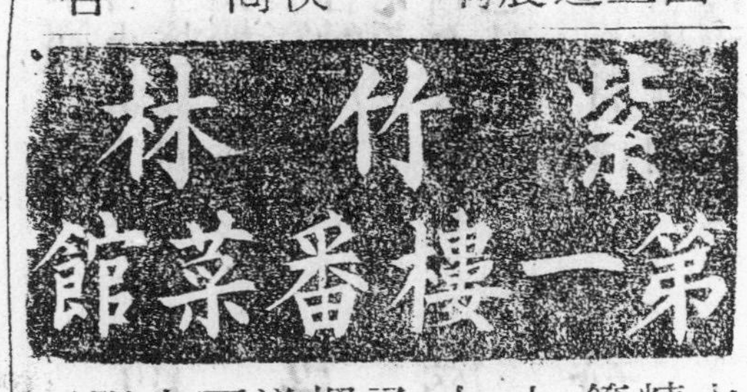

本號專作英法大菜各色精細點心各樣洋酒洋貨等物一應俱全並售
上　八百
上　紅茶　每斤津錢　一千
六百
又批發茂生公司鐵海紙烟零整發售價値格外公道原箱計一百盒價洋一百四十四元每盒計五百支洋一元五角凡仕商賜顧請郎駕臨是荷 主人謹白

告白

現有靠河園田地一段九十畝上下坐落大直沽北情願按時價出售 如欲貢者請至河東柴家大坆西劉忠處面議可也 劉忠謹啓

新開元隆號綢緞洋貨莊

自去歲四月初旬開張以來蒙各主顧垂盼雲集馳名日盛本號特由蘇杭等處加意揀選名機新鮮貨色零整銀價俱照大莊行市公平發售以昭久遠此白 寄賣龍井雨前素茶福建皮絲水烟各種眞料大小皮箱 開設天津府北門外估衣街中路北門面便是

三井洋行分莊

告白

啟者日本商始創貿易爲業數拾年以來今分莊開設北門外鍋店街洸家衚衕口對過專選精工料實東洋棉紗各等時式大小疋棉布粗洋布斜紋洋標等格外公道價亦從廉凡仕商賜顧者請至分莊面議可也特此佈聞 三井本莊主人啟

烏利文洋行

啓者本行開設香港上海三十餘年四方馳名專售各式金銀鐘表鑽石戒指八音琴千里鏡眼鏡等物並修理鐘表外洋新到各色鐘表價錢比別家格外公道開設在紫竹林法租界大街本行又分莊在北門外樂壽洞保陽棧傍榮生祥內請諸君降臨特光顧是幸此佈聞 戊戌閏三月廿五日禮拜日 烏利文洋行

告白

啓者刻下磁州煤礦已將吸水機器安置停妥各窰宿水由已抽乾所出之煤與唐山五槽相等局內章程按照商辦極爲謹密將來利益已有成效但資本愈厚獲利愈多爲此布告津都中各處紳商有欲入股得利者其股票寄存源豐潤票號請向面塡可也 磁州礦務局謹啓

告白

啓者本局光緒二十三年分總結帳款現已一律彙齊結算以便刊刻帳畧於本年五月朔派分股利仍照歷屆章程預請股友赴山會算其來返川資由局備付訂至四月望爲期俾無悞刊辦特達 開平礦務總司啓

天津紫竹林有喊洋行

告白

啓者敝行出售彩票共計六百張整除已售出四百餘張外尚有一百餘張待售售完郎定期抓彩每票一張售洋三元諸公若不憑信貨物請到本行先來看彩然後買票均無不可至各彩詳細數目前報登過此次不及備載並託鍋店街恒義號又美昌號竹記號代售 本行暫遷紅樓後三井洋行斜對門永興洋行闕院 本人主謹啓

美孚老牌煤油

啓者美國三達煤油公司之德富士老牌煤油天下馳名萬商稱美蓋其質潔色清亮白如銀且絕無烟氣能耐久燃比之生荳等油晶光百倍而儉用價廉此爲德富士老牌之佳處誠屬無雙妙品也士商賜顧請到天津美孚洋行採辦或向就近殷實行店購買庶不致悞

DEVOE'S
PAT'D JUNE 22.63.
BRILLIANT
OIL
IMPROVED
PAT'D JUNE 28.64.
PATENT CAN
美孚行

開設天津紫竹林海大道旁

福仙茶園

啓者本園於本月初四日止戲清理賬目今將戲園及園內桌椅磁壺碗新製彩切零星等件合盤出兌如有願兌者及詳細章程請至本園面議可也特此佈告

福仙茶園謹啓

現邀新班進園擇吉登臺

創包機器

敬啓者近來西法之妙莫過機器靈巧至各行應用非得其人難盡其妙每值傷損修理必悞時日今有甯子卿專於經理機器玆擬創辦包定各項機器以及向有機器常年煤料工力價値格外公道如貴行欲商者請到福仙茶園面議可也特白

新到儒醫

啓者天后宮財神殿內寓此儒醫高老先生專治內外兩科男婦大小方脉兼治咽喉眼科等症辰刻在廟診脉施方過午不候如有外請辰刻來廟付信午後前往病家見症立方

海大道 鴻春樓番菜館

啓者本店三層大樓工程告竣地勢寬闊以備貴官紳請讌擇於去臘遷移新正月初二日開市各樣俱全價廉物美凡仕紳賜顧者請卽駕臨是幸

主人謹白

新開 敦慶隆綢緞洋貨莊

擇於閏三月十一日開張

本號開設天津北門外估衣街西口路南第五家專辦上等綢緞顧繡以及各樣花素洋布各碼線批合線俱按銀莊零整批發格外克已士商賜顧者請認明本號招牌庶不致誤

本號特白

朱鈍翁先生鑑湖高士浙水名流代學爽鳩世習扁鵲脉理精奥醫術深通來津十年屢治危症名揚遐邇著手回春久寓彌勒庵

悅來洋貨店

開設天津法國租界紅樓後自運各國玩物金邊三連磨花描銀玻璃磚鏡子五彩大小碗盞杯盤料器奇形異樣香水壺荷包靴掖洋景襪子手套叫鐘表鍊花針扣子戒指洋火盒玳瑁梳篦金銀首飾鼻烟壺各樣五色料金珠書圖等物

格外價廉消售發客

閏三月廿六日出口輪船　往上海　禮拜一

泰順　輪船往上海　招商局

海定　輪船往上海　招商局

海晏

怡生　輪船往上海　怡和行

閏三月廿五日銀洋行情

天津通行九七六錢

銀盤二千三百四十文　洋一千六百七十文

紫竹林通行九六錢

銀盤二千三百七十文　洋一千六百九十五

洋錢行市七錢一分八

本館開設天津紫竹林海大道老菜市氣燈房巷內

光緒二十四年閏三月二十六日　第一千零五十三號
西歷一千八百九十八年五月十六日　禮拜一

部照已到　直隸勸辦湖北賑捐局自光緒二十三年十一月二十日以後至光緒二十四年正月初十日以前請奬各捐生部照已到請卽攜帶實收來局換照可也

上諭恭錄

上諭奎俊奏在籍大員因病呈請開缺據情代奏一摺工部右侍郎惲彥彬着准其開缺欽此

論礦利勝於農工商

民有四士以外皆生財者也農爲本商爲末工則介乎本末之間上裕國用下厚民生自古賴之故人君欲致承平享饒富將以美利利天下所汲汲講求者不外訓農也通商也惠工也農不訓則土地荒蕪而歲必饑商不通則懋遷壅滯而財必匱工不惠則製造枯窳而器用無所利此其故人人能知之人人能言之矣豈知當今之世足以益國益民利之大而且厚者尤在於開礦非農工商所得比也何以言之夫民以食爲天而食實出於農農事之不可緩明矣然而難甚春耕焉夏耘焉秋收焉少壯力諸原婦子餉於野塗足霑體冒暑衝寒歷盡終歲之勤勞僅獲養畜貪稍一失時荒歉隨之矣且雨不足也則旱爲災雨稍過也又潦爲患推之雀鼠之消耗風雹之摧殘隨時當加堤防煩憂慮及稼登塲糧入倉乃舉室歡欣慶有年究之除耔種人工完課外獲利幾何約不過十一二是農之利不如開礦也東南近海便魚鹽西北多山宜畜牧江淮地産茶絲燕雲素饒毛革有與無何以相通少與多何以相抵則販貴鬻賤是商之慣技也然亦有未易言者貨判精與粗價有低與昂路分遠與近倘見不眞辨不明稍一疎忽立形虧折所以錙銖必較毫厘必爭局外人往往鄙夷之而不知道固然也又況稅厘之徵收重迭舟車之運脚浩繁輾轉剝削盈餘亦屬無幾至於牽車牛冒犯風霜泛江湖備嘗險阻猶其後焉者是商之利不如開礦也至若百工之事似較農商稍易矣不待多儲資本憑手藝卽可以謀生無須到處奔馳居肆中便足以集事然而爲利無多焉工不堅者不能暢銷也料不實者不能多售也工堅矣料實矣而花樣不新制作不巧亦無以廣招徠況近年來洋貨盛行進口日多一日若布匹若磁器以及銅鐵各器皿來者源源不絕土貨受充斥雖減價猶不足以相敵以故各作坊歇業之外倒閉尤多是工與農商同均不如開鑛也大凡財利之憑人力得者其爲時必遲其爲數必少其爲事必難以視鑛産之取不禁用不竭所謂天生之地産之造物無盡藏供人取求者未可同日語矣無水旱之灾則勝於農無販運之勞則勝於商無事雕鏤纂組則尤勝於工何所畏而不爲乎昔王侍御曾奏開礦政謂官吏貪圖省事不願開採小民又本小力微無能興辦以致藏金地下懷寶啼飢應請特旨飭下各行省凡有礦地方一律准民招商集股呈請開採地方官爲之保護爲之彈壓酌抽課稅則上與下兩得其益嗣經戶部議覆謂前據漕運總督松椿奏請開辦各省鑛産已由臣部按照原奏開明省分咨行各督撫將軍都統大臣詳細查明各境內有可開

採之處確有把握准其奏明開辦今該御史復奏請准民開採既於公帑無虧尤與　國庫有益自應照准由是各省聞風興起亟求開辦迄今已閲多時而礦利尚未大興者非礦產無利實辦理未得其法耳倘有深於礦學之礦師詳加考求尋佳鑛則歷時久而獲利厚馴致富饒不難操劵以待且礦利既興所出五金及煤如雲屯如霧沛既供中華之用復可運行外洋商賈之獲利益厚焉鑛既多價必廉製造各器具以時消售工人之獲利益豐焉商運於四方工製成百物農出五穀以互相交易用便而費省利益可以均霑焉於是民豐物阜家給人足既由貧以致富更變弱而爲强中國權力猶不能雄視五大洲者吾不信也

接續會典奬單　○選用從九品高濬請以鹽大使歸各項議叙班先前選用分省歸候補班補用鹽大使劉式玉請俟得缺後在任以知縣歸候補班補用並加同知銜候選未入流楊瑗請以巡檢分省補用候選從九品劉鎭請以縣丞不論雙單月歸部選用供事王朝饋請以縣丞分省歸候補班補用候選縣丞欒振聲請以州判分省歸候補班補用供事張元凱請以府經歷分發省分歸候補班補用議叙候選按經歷項寶書請以知縣不論雙單月歸議叙班先選用候選從九品韓毓林請以縣丞分省歸候補班補用候選府經歷林祚藩請以知縣不論雙單月選用候選縣丞羅澍請以知縣不論雙單月選用候選巡檢劉恩詰請以縣丞分發省分歸候補班補用候選從九品尚學敏請以縣丞分發省分歸候補班補用供事滕鴻鈞請以府經歷歸議叙班選用供事夏鴻逵請以府經歷分省歸候補班補用供事俞壽彭請以巡檢分省歸候補班儘先補用補用知州江西南昌府義甯州州同尹保衷請開缺仍以知州歸原省補用在任候選縣丞奉天金州廳巡檢王維周請開缺以縣丞仍留原省補用卽補縣主簿江蘇如皋縣西塲巡檢薛釗請俟補主簿後在任以州判補用浙江候補縣丞高廷瓚請俟得缺後以知縣仍歸原省補用分發江蘇補用縣丞魯厚堃請以應升之缺升用　未完

洗塵盛宴　○德國親王亨利於閏三月二十三日入都業經疊列前報茲聞二十四日清晨前門內東交民巷德國欽署門首設有綠轎數乘中國兵弁甚多詢悉德國親王乘輿謁拜駐京各國欽使暨往謁中國諸王公樞臣諒近日彼此往返答拜者頗有應接不暇之勢並悉是日英國欽使署中肆筵設席爲德王洗塵盛舉也

體恤民艱　○內城熱鬧之區以東四牌樓西單牌樓地安門大街三處爲最而地安門外所有鋪棚夾成複巷現因恭親王政體違和　皇上時往看視不及淸道拆毁人遂謂此巷已經　御覽　聖駕經過俱不起去聖人之體恤民情誠無微不至已

稽而不征　○京師崇文門稅課司自奉戶部洋藥稅釐併征章程以來所有洋藥進京概不重行征稅惟每年須將一年之內所騐箱數若干開單報稱本屆已由稅課司報稱光緒二十二年八月起至二十三年八月止共進洋藥一萬五千餘斤惟入京土藥一項係按舊章征稅是年共收稅銀一千六百數十兩業經咨部查核

吉事轉凶　○彰儀門內南馬道地方陳某於閏三月十七日爲子授室婚娶交拜禮成親朋滿座送入洞房喧闐笑語陳某因料理喜事數夜未眠見鬧房者甚衆未便攔阻而其子自思是夜諒不能與新人同夢一至黃昏卽向另室就寢諸親朋興高采烈鬧至四更始散新人遂閉門滅燈衆以爲錦衾獨寐也及日上三竿依然高臥衆始疑之入戶窺視見新人已以紅綢爲畢命之具懸樑自縊矣賀者未去弔者又來未悉新郞又何以爲情也

能回造化　○德西醫在崇文門內燈市口設立施醫院將醫道新法傳授學生劉溥泉每日淸晨施醫日前有孟某患病中醫束手投醫院求診劉君躬爲診治不數日竟霍然大愈於閏三月二十四日辰刻約同衆族衣冠齊楚雇覓旗牌亭座鼓樂喧闐恭送匾額一方詣劉君宅第懸掛劉君謙遜再三然後拜受於以見良醫之功能回造化也

西市火災　○閏三月二十三日夜交四鼓宣武門內西四牌樓永義成布店忽然火起濃烟密布紅光燭天勢已不可嚮邇隨大聲呼救幸西安水會與該布店近鄰赶卽齊力撲救又東安崇仁各水會亦聞信電掣而來奮力激灌祝融氏始斂跡而退計焚去房屋十數間幸未延燒鄰佑惟西安水會墻垣被火燒紅詢其起火緣由乃因煤油燈火性猛烈所致遭此焚如當經該管地面官廳步軍

校將該鋪主殷某解交步軍統領衙門責押以爲失愼者戒

峰山進香 ○京北妙峰山碧霞元君廟每年於四月初一日起至十五日止爲關廟進香之期都中無論士農工商及旗民善男信女先期於閏三月望後舉行襯供會茶葉會獻鹽會青菜會提燈會路燈會並經善士醵資在南道三道渾河等處徧搭欄杆以遮香客行路之險又在南道陳各掌中道大覺寺新道北安河響墻子老北道石佛殿等處設立茶棚數十座施助粥茶十五晝夜以備來往香客之飢渴並聞兵部武選司闔司善士敬獻燈油百觔大臘二枝用板箱裝盛每枝雇夫四名由兵部武選司抬至妙峰山娘娘廟殿內於閏三月二十九日夜間燃燭進香又有直屬各善士亦於閏三月下旬皆寶馬香車如龍如水而至其沿路茶棚內設薑湯者更勝于曩昔且有津門好善君子在北安河下坎直至娘娘廟前遍插洋燈四十餘里之遙俾崎嶇之路得以無虞出是途者如遊不夜城中無煩秉燭無惑乎肩摩轂擊徹夜不息舉國若狂也

督轅批示 ○鹽山縣文生劉倬勳抱告巴成稟批爾等前以撤串下鄉加倍逼索等詞來轅呈控批府飭據該縣查得原控並未指明何差逼索何人無從查究稟由該府議得嗣後該縣經徵錢粮照例由各花戶自行完納如有零星小戶距城遙遠必須墊串始能清完者仍嚴密查察倘敢重利取償卽行從嚴究辦以恤民隱等情詳覆在案茲具呈該縣戶書李菊村一櫃徵收銀數兩歧正粮加增以外更有催役錢一千如果實有其事何以前呈並未聲明顯係節外生枝有意纏訟仰天津府再行委員前往該縣按照此次控情提集訊明據實稟覆核辦爾等卽回縣候審毋得逗遛

道批照錄 ○寗津縣文生叚寶森等稟批前飭該縣查覆劉雲書家產罄盡欠項驟難淸償經縣訊查屬實是以斷令先還二成餘俟劉雲書討得外欠再行歸還查核所斷已甚平允乃該生前次抗違不遵並敢出言挾制今又砌詞來轅瀆辨實屬恃符逞刁張魯泉隨同妄控亦有不合應不准行仰寗津縣查明詞抄存違式並飭

鎭節旋防 ○德藩入都制軍原擬派羅軍門護送至馬家堡然後一同來津嗣因德藩此行非二三日所能返旆故先令軍門仍回防次俟接有德王來津起程確耗再飭軍門往接軍門已於二十五日乘裏河小火輪遄歸防次矣

飭催交代 ○刻據藩司分移各道飭下所屬卸任州縣務將交代淸册依限呈繳過司以憑核辦

縣批一則 ○于琴呈批爾子路經茶鋪如無起衅別故何至平空被毆察核案情顯有不實着卽加謹醫痊毋得率請備案

道署發審 ○候補知州唐刺史貞吉奉天津道憲任觀察委向道署發審案件昨已赴督轅稟知不日當入道署任事

春賽先聲 ○今日爲駐津西國官商春賽之首日微雲淡日不暖不寒綠柳成陰畦麥作浪洵一幅華林馬射圖也午刻在事諸君車馬絡繹中國士女亦相率往觀佟樓一帶十分熱鬧

輪船觸礁 ○日本郵船會社之玄海丸來往津沽已歷數載船身堅固艙位寬闊上等船也昨由津出口南駛行抵成山頭地方不知何以忽然觸礁電稱船已碰壞搭客以及貨物未知有無損傷俟後信再錄

加價雇駁 ○海運漕米抵埠各則均登報牘刻聞運通剝船每載二百石官價津錢七十六吊正嗣因去歲剝船有虧糧米者另雇商船裝運每船仍載二百石除按原價外加津錢二十五吊正刻已陸續運通交納云

飭護貢船 ○刻據道憲札飭關卡委員遇有各省進貢船隻過境須派差照章護送仰卽知照云

津貼宣講 ○鄉甲局宣講生李恩紱向由道署按季津貼本屆春季分應支津貼三十千現經李稟求照發給領矣

幾投濁流 ○河北關下孫小辮者素無賴鼠竊狗偷或所不免昨在新浮橋被某甲扭住勢將投諸濁流幸衆人勸散再四詰問所以甲亦終未實告解事者曰既欲其生何必又實其罪也遂各置不問

息訟免累 ○龐永興因爭地基與鄰人某甲互打有傷上縣指控刻經親友出爲理處本知能免訟累否

情有可疑　○南門外客民李永泰昨在廣仁堂前暗自丈量地段被該堂巡勇瞥見恐其有偸量揑契盜賣情事隨卽扭去回明總辦刻已片送縣署懲辦云

當當上當　○銅錢短絀私錢充斥市街各行皆不敢認眞挑剔惟當舖出入到處向係淨錢通例也昨河東天聚當有某甲與當掌口角詢係爲在天聚當當錢八百持向德興當贖當其中私錢約有五六十文因此與天聚當理論退換詎該當不但不認反欲尋毆幸有好事者出爲調停令當舖換給錢帖甲始持之以去

忠厚有餘　○本埠洋車愈增愈夥現至數千百輛以致道路擁擠時肇事端日昨估衣街有某舖掌櫃行經楊家衚衕被洋車掛夾袍撕破尺許車夫懼連稱老爺不置該舖掌絕無怒意從容言曰汝本苦人況非出于有心責汝何益言畢揚長而去一時旁觀無不稱爲忠厚長者云

光緒二十四年閏三月二十四日京報全錄

宮門抄○閏三月二十四日工部　鴻臚寺　正白旗値日無引　見　卓公鈕楞額濟澂各假滿請　安　載瀛等各謝署缺　恩莊山謝放粵海關監督　恩　阿克東阿請假五日　恩公錫侯各請假十日　明桂續假五日　椿壽續假十日　倉場奏漕船五日回空　召見軍機　莊山　皇上明日巳刻升　仁壽殿

○○頭品頂戴湖南巡撫臣陳寶箴跪　奏爲已故總兵立功桑梓據情籲懇　恩施以彰藎績而順輿情恭摺仰祈　聖鑒事竊臣據湖南新寧縣知縣張超南詳據在籍候選道鄧善寶等聯名呈稱已故提督銜前署湖南提督雲南臨元鎭總兵遒勇巴圖魯李明惠係新寧縣人道光二十九年土匪李沅發倡亂攻陷新甯李明惠隨同前雲貴總督劉長佑以團丁赴剿衝鋒血戰殄除首逆是爲立功之始咸豐四年僞鎭南王朱洪英由廣西全縣竄入湖境直薄縣城勢甚猖獗惟時李明惠方隨劉長佑赴東安縣城聞警馳回援剿拔毀城外凝秀關賊棚連獲大勝生擒唐蔣各賊目立解城圍九年正月逆酋石達開竄擾湖南衆號數十萬分股圍攻寶慶永州二府並撲新甯李明惠隨同江忠義擊破永州賊衆回援寶慶遇賊於新甯北鄉之藍廟迎頭奮擊殺賊甚多復敗巨股於尺木欒山連戰皆捷適賊黨潛竄新甯全州交界之八十里山意圖乘虛奪城繞我後路李明惠探悉賊情卽入城部署守具一面率隊迎剿大敗賊衆於東鄉盆溪石田崑山一帶斃賊無算復大捷於南鄉新寨龍塘大飄坪五里川等處追躡至南風堡朱家坪復獲勝於西鄉烟村之渡斬馘數千餘賊潰竄四散自是以後新甯遂無賊蹤湖南旣報肅清李明惠久隨大軍援剿江西湖北廣西等省疊克名城屢殄巨寇積功荐升提督銜記名總兵歷任湖南永州鎭總兵署提督及任雲南臨元鎭署昭通鎭總兵光緒四年在昭通鎭任內防堵巴蠻感受暑濕積勞病故奉　旨着照提督軍營立功後積勞病故例從優議卹銀二百兩廕一子給予六品頂戴送部帶領引見並准其附祀本籍與立功地方昭忠祠以彰勞績欽遵在案職等追維李明惠馳驅戎馬疊保危城推其捍衛桑梓之功合邑士庶迄今感念難忘伏思江忠義與李明惠共居里閭偕建勳庸江忠義曾荷　特旨准在本籍建立專祠李明惠同時立功保衛桑梓邑民愛慕俱深援案請於本籍建立專祠以隆報饗呈懇轉詳等情由縣詳請具　奏前來臣查提督銜原任雲南臨元鎭總兵遒勇巴圖魯李明惠以團丁從戎轉戰數省薦陟提鎭身後蒙　恩賜卹並准附祀昭忠祠仰荷　鴻施固已至優極渥惟其保衛桑梓之功該州紳民感念不置玆據聯名呈請不敢壅於　上聞可否仰懇　天恩仍准將已故提督銜前署雲南提督原任雲南臨元鎭總兵遒勇巴圖魯李明惠於本籍新甯縣建立專祠由地方官春秋致祭以順輿情之處出自　恩施逾格除咨部外謹恭摺具陳伏乞　皇上聖鑒訓示謹　奏奉　硃批着照所請該部知道欽此

○○奴才依克唐阿跪　奏爲剿辦昭烏達盟竄賊查明在事出力文武人員遵　旨酌保謹繕淸單恭摺仰祈　聖鑒事竊照上年昭烏達盟馬賊肆擾竄匿奉天界山內迭次欽奉電傳　諭旨派隊搜剿當將先期調派統帶胡喜治志德克登額營官周廷順陳楠等帶

隊出邊剿捕並擒獲首要各犯姓名先行電奏嗣據各統帶續獲首夥十數名並廣甯縣獲送窩主兩名又據統帶烏額興阿等在東山圍場獲盜數十名一併札交發審處訊明議擬先將大青樂等六十六名照章正法其二等台吉等犯於光緒二十三年十一月二十日專摺具奏請 旨並請將在事出力員弁酌保數員以示鼓勵奉 硃批拉特那西里等四犯均照所擬斬梟逸犯李春仍飭嚴拿務獲在事出力員弁准其酌保毋許冒濫欽此欽遵將拉持那西里等四犯正法一面札飭嚴拿李春務獲解究在案伏查奉天西北荒原廣漠壤接諸蒙東南深山密林夙爲盜藪緝捕之難地勢使然散勇無歸流而爲盜勢所必至以故近年馬賊滋擾往往大股執持利器非厚集兵力幾至難制此次昭烏達盟地方竄賊入邊四散藏匿勾結土匪四境之內盜賊蜂起幸各營實力雕搜一時擒獲首要各犯並著名巨盜共數十名不致蔓延爲患地方賴以安謐剿辦情形業於前摺詳細陳明諒在 聖明洞鑒查奉天向來拿獲鄰境盜犯及著名巨盜均得從優照異常勞績保獎此次所獲拉特那西里等爲蒙古大股賊首大青樂爲漏網已久之著名巨盜爲本省鄰境以除大害且多係歷次接仗始行就獲核其勞績實與戰功無異謹將在事出力文武員弁分繕清單恭呈 御覽合無仰懇 天恩照擬給獎以示鼓勵除將各員履歷咨部查照並將陣亡員弁另案請卹外所有遵 旨酌保獲盜員弁緣由理合恭摺具陳伏乞 皇上聖鑒訓示謹 奏奉 硃批着照所請該部知道單二件併發欽此

○○奴才載遷跪 奏爲移交印鑰日期恭摺奏 聞仰祈 聖鑒事竊奴才等於三月二十一日具 奏固山貝子毓崐丁母憂回京守制所有承辦事務衙門印鑰可否另行派員署理一摺於二十七日接奉硃批即著載遷暫行接管欽此當經奴才專摺另謝 天恩在案嗣准宗人府咨部查例載守護之人遇有事故由府隨時奏 派前往等語查固山貝子毓崐現在守護 東陵今伊母病故例應穿孝百日照例奏請 簡派一人前往暫行更替俟該貝子百日服滿仍回本任等因具奏奉 旨派出奉恩輔國公意普欽此欽遵咨行前來茲奉恩輔國公意普於閏三月十三日到任據稱接署固山貝子毓崐守護之差所有承辦事務衙門印鑰自應該公佩帶當經奴才派委司員將承辦事務衙門印鑰齎交奉恩輔國公意普暫行接署所有奴才移交印鑰日期理合恭摺具奏 聞伏乞皇上聖鑒謹 奏奉 硃批知道了欽此

神目如電

陳恒益謹白

商業將一切情形登諸告白似無煩再述矣惟李子香探知商於初八日在縣尊投呈伊即於初九日亦於兩報告白狡辯伊若不辯伊之缺陷仍不出也今既辯矣何竟不敢將商所登議單之底指爲或眞或僞伊非不敢指也此其中大有伊不能吐之實情耳若指爲眞必須以呈案呈案則增詭之情畢露若指爲僞一切作押契據均在伊手將來均成廢帋于是欲不辯而不得欲辯而不敢只得虛與委蛇之徒以無理取鬧等詞亂人耳目而已究之眞僞久必自明諒難逃官府之 鑒察況伊以假字謀李承宗引岸經佘運憲洞燭其奸立予押之此近日之事昭昭可考也謹將商本月初八所遞呈詞照錄以憑電察爲懇傳正點追繳實憑撤底清查施恩斧斷事切商欠李子香之欵業將實在欠數開單具呈在案迭蒙 仁天提訊至公且明雖蒙管押係案情宜爾商之頂感刻骨難名至案久懸不能斷結者非不善斷實緣李子香不將眞正借約呈出僅用伊自揑作之僞據蒙混伊之所以不呈眞據者其有詐有二以此假據控追案結後再以眞據具告是一賬二討其詐猶淺而不呈眞約增詭銀數借可謀產並可將一切作押之據秘爲已有其詐乃深且兩造共事只商與李子香經手而商弟文珠但具名而已伊以文珠少不更事爲可懲 愿以追到案以爲可肆其欺此其詐更不可問也似此必須請李子香俯就到案追繳正據自能水落石出不至寃沉海底矣爲此叩乞 本縣正堂大老爺格外施恩俯准將李子香傳案追繳正據實爲德便上呈

治蠱藥嘗之果見輕減遂益選上品材料配和停勻製成藥水連服多劑不踰月病若失復以試他人莫不應手回春於是名傳遐邇購求者紛至沓來大有應接不暇之勢徧美洲活人多矣本埠恒豐泰主人聞之以爲津門通商口岸仕商雲集獨無此妙藥沾惠同人實屬憾事因從上海分來在本行寄售非圖取利亦藉行方便也謹將所治各症列左如有染患各症者急向本行購取

一急痧時疫即香港廣東傳染之症已經西醫查驗皆因蠱之爲患釀成此症每至一發而不可救爲此藥可以治之取第三種每十分鐘時服一大酒杯並用布醮藥敷貼周身只要生氣未絕不難施救

一肺癰及各色肺家病症皆因蠱爲患除蠱在腹中已將全肺蛀盡不能施治外倘有一線生機將第一種藥日服少許逐漸加增如夜間尚覺咳嗽即服半調羹歷半時服一次宜勤不宜斷如胸口尚覺疼痛將第三種藥連瓶浸入溫水內令熱先將絨布鋪放胸口後將藥倒在絨布上逐日如法治之至痛止爲度如兼吐血亦用第三種藥治如上法但藥不令必熱布不必用絨

一戒除洋煙之癮用第一種藥日服五六次三閱月便可戒絕永無後患而且飲食加增身體肥壯

一治癲瘋等症用第二種藥日服四五次外用布醮第三種藥敷貼患處愈而後止

一喉症用第二種藥小孩服一小調羹大孩服一大調羹男女人服一小酒杯當藥入口時仰頭呼吸作響聲如唧水嗽口勢然後咽下外用布醮藥束頸

一癰疽乳癰毒瘡及楊梅結毒用第二種藥日服六七次外用第三種藥敷患處

一此藥行遍歐亞各洲活人無數功效不能筆述無論內外各種病症內此服吃外則敷貼均能奏效

本號又寄賣英五月美西根發財票全張價銀四元頭彩得銀六萬元

天津紫竹林恒豐泰洋行主人代啟

啟者昨接上海孫仲英善長來電旋又接到顧緝庭葉澄衷嚴筱舫楊子萱施子英各觀察來電據云江蘇徐海兩屬水災綦重飢民數十萬顛沛流離死亡枕籍災區十餘縣待賑孔急需款甚鉅官款恐未能徧及素仰貴社諸大善長久辦義賑飢溺猶已敬求代呼將伯源源接濟功德無量蒙滬賑款即滙上海陳家木橋電報總局內籌賑公所收解可也云云伏思同居覆載異姓不啻大親縱隔形骸民物莫非胞與頓遭洪水哀此災荒盡是蒼生何分畛域況救人性命即積我陰功雖此日拯茲黎庶散盡赤仄青蚨卜他年報在子孫同來玉堂金馬敝社款無儲濟自知獨力難成術欲廣仁惟冀衆擎易舉叩乞 顯宦鉅紳仁人君子共憫奇災同施仁術原擬活人無算雖千金之助不爲多但能濟世有功即百錢之施不爲少盡心籌畫量力輸將敝社不禁爲億萬災黎泥首叩禱也如蒙 慨助即交天津溜米廠濟生社帳房代收並開付收條以昭徵信

濟生社籌賑同人謹啟

魁陞號綢緞洋貨莊

本號自置顧繡綢緞洋貨等物整零均按銀莊格外公道皆比大市價廉發售 寓天津北門外估衣街五彩號衚衕口坐北向南便是特此

本號謹啟

京緞零剪 減價售現

零剪

高鴉背 一千三百五
正號元青貢緞每尺 一千四百文
中號 一千一百文
副號 八百八十文
眞杭青金銀庫緞每尺 二千二百文
眞裕順曾皮絲烟每包 一千一百文
南京鹹鴨每支 大 一千八百文 小 一千二百文

寄售

龍井 一千七百文
雨前 每斤 一千一百文
珠蘭 一千四百文
雀舌 九百六十文

本號自製元緞京緞發售零剪杭綢衣綫紗縐金腿南貨糟貨一應俱全近因錢市漲落不同分別減價抑因無恥之徒假冒南味字號者甚多雖云謀利誠恐亂眞欲辨薪舊用煩諸墨 天津宮北大獅子胡同公益仁記南味坊謹白

告白

念三接到廣智報一至九册俱全 集成報至三十三册 渝報至十四册 出售國朝駢體正宗 御製駢體類編 皇朝經世續三編 曾惠敏公奏疏 無邪堂問答 文選八種 古經解鈎沈 精選策百萬卷 西事類編 西國學校 泰西西學通考 西征紀程 中西測地志畧 采風泰西事物彙纂 西算指南 西法數學 西算借旨 西法算學入門 西算勾股明鏡錄 西法易筋經 中西天文算學 西法律例 大清律例 新到福州華美月報 餘者暇日再錄物美價廉

天津北門內府署東各報總處
梁子亨售書局紫氣堂仝啟

恒昌照像館

啓者本號今因建造新樓于三月初二日暫遷往牌坊外先農壇前另設玻璃照像棚諸君賜顧請駕光臨是荷俟本樓工竣復回原舖謹此佈聞

本主人謹啓

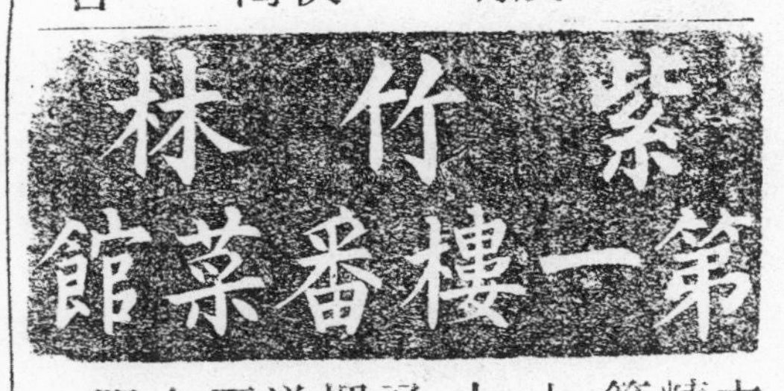

本號專作英法大菜各色精細點心各樣洋酒洋貨等物一應俱全並售
上　八百
紅茶　每斤津錢一千
上　六百
又批發茂生公司鐵海紙烟零整發售價値格外公道原箱計一百盒價洋一百四十四元每盒計五百支洋一元五角凡仕商賜顧請即駕臨是荷

主人謹白

告白

現有靠河園田地一段九十畝上下坐落大直沽北情願按時價出售　如欲買者請至河東柴家大坟西劉忠處面議可也

劉忠謹啓

新開　元隆號綢緞洋貨莊

自去歲四月初旬開張以來蒙　各主顧垂盼雲集馳名日盛本號特由蘇杭等處加意揀選名樣新鮮貨色零整銀價俱照大莊行市公平發售以昭久遠此白　寄賣龍井雨前素茶福建皮絲水烟各種眞料大小皮箱

開設天津府北門外估衣街中路北門面便是

三井洋行分莊

告白

啟者日本商始創貿易爲業數拾年以來今分莊開設北門外鍋店街洮家衚衕口對過專選精工料實東洋棉紗各等時式大小疋棉布粗洋布斜紋洋標等格外公道價亦從廉凡仕商賜顧者請至分莊面議可也特此佈聞

三井本莊主人啟

啓者本行開設香港上海三十餘年四方馳名專售各式金銀鐘表鑽石戒指八音琴千里鏡眼鏡等物並修理鐘表外洋新到各色鐘表價錢比別家格外公道開設在紫竹林法租界大街本行又分莊在北門外樂壺洞保陽棧傍榮生祥內請諸君降臨光顧是幸特此佈聞

戊戌年閏三月廿六日　禮拜一

烏利文洋行

告白

啓者本局光緒二十三年分總結帳欵現已一律彙齊結算以便刊刻帳畧於本年五月朔派分股利仍照歷屆章程預請股友赴山會算其來返川資由局備付訂至四月望爲期俾無悞刊辦特達

開平礦務總局啓

告白

啓者刻下磁州煤礦已將吸水機器安置停安各窰宿水已抽乾所出之煤與唐山五槽相等局內章程按照商辦極爲謹密將來利益已有成效但資本愈厚獲利愈多爲此布告津都中各處紳商有欲入股得利者其股票寄存源豐潤票號請向面填可也

磁州礦務局謹啓

天后宮北　義興順綢緞莊

本莊自置頭號綢緞綾羅紗絹各樣洋貨南貨雅扇桂林頭油香貨歸安貝松泉湖筆一概俱全

頭號杭寧綢　四錢三
頭號江寧綢　三錢三
頭號摹本緞　三錢八
紅梅茶　九百六
紅茶　六百四
紅茶頭　每斤　二百二
龍井茶　一吊八
金百蘊裙布裡　五兩八
壽棉綢裡每套　六兩八

美孚老牌煤油

啓者美國三達煤油公司之德富士老牌煤油天下馳名萬商稱美蓋其質潔色清亮白如銀且絕無烟氣能耐久燃比之生荳等油晶光百倍而儉用價廉此為德富士老牌之佳處誠屬無雙妙品也　士商賜顧請到天津美孚洋行採辦或向就近殷實行店購買庶不致悞

開設天津紫竹林海大道旁

福仙茶園

啓者本園於本月初四日止戲清理賬目今將戲園及園內桌椅磁壺磁碗新製彩切零星等件合盤出兌如有願兌者及詳細章程請至本園面議可也特此佈告

福仙茶園謹啓

現邀新班進園擇吉登臺

創包機器

敬啓者近來西法之妙莫過機器靈巧至各行應用非得其人難盡其妙每值傷損修理必悞時日今有甯子卿專於經理機器茲擬創辦包定各項機器以及向有機器常年煤料工力價值格外公道如貴行欲商者請到福仙茶園面議可也特白

新到儒醫

啓者天后宮財神殿內厲此儒醫高老先生專治內外兩科男婦大小方脈兼治咽喉眼科等症辰刻在廟診脉施方過午不候如有外請辰刻來廟付信午後前往病家見症立方

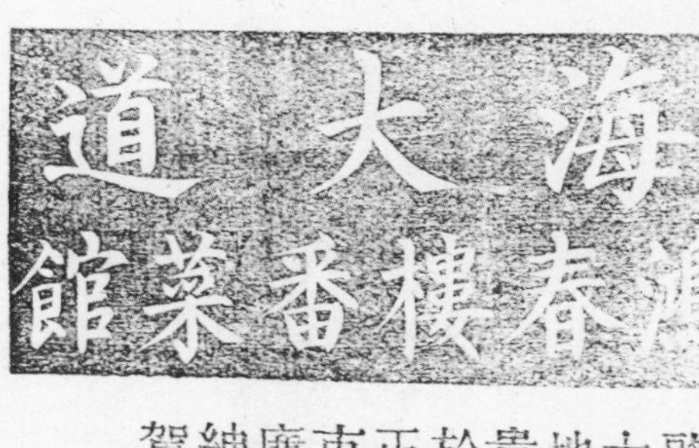

啓者本店三層大樓工程告竣地勢寬闊以備貴官紳請讌擇於去臘遷移新正月初二日開市各樣俱全價廉物美凡仕紳賜顧者請駕臨是幸

主人謹白

悅來洋貨店

開設天津法國租界紅樓後自運各國玩物金邊三連磨花描銀玻璃磚鏡子五彩大小碗盞杯盤料器奇形異樣香水壺荷包靴掖洋景襪子手套叫鐘表鍊花針扣子戒指洋火盒玳瑁梳篦金銀首飾鼻烟壺各樣五色料金珠畫圖等物格外價廉消售發客

閏三月廿八日出口輪船　往上海　禮拜三

新濟　輪船往上海　招商局

盛京　輪船往上海　太古行

武昌　輪船往上海　太古行

閏三月廿六日銀洋行情

天津通行九七六錢

銀盤二千三百五十文　洋一千六百八十五

紫竹林通行九六錢

銀盤二千三百八十文　洋一千七百一十文

洋錢行市七錢一分八

新開 敦慶隆綢緞洋貨莊

擇於閏三月十一日開張

本號開設天津北門外估衣街西口路南第五家專辦上等綢緞顧繡以及各樣花素洋布各碼線批合線俱按銀莊零整批發格外克巳士商賜顧者請認明本號招牌庶不致誤

本號特白

朱鈍翁先生鑑湖高士浙水名流代學爽鳩世習扁鵲脉理精奧醫術深通來津十年屢治危症名揚遐邇著手回春久寓彌勒庵

直報

本館開設天津紫竹林海大道老菜市氣燈房巷內

光緒二十四年閏三月二十七日 第一千零五十四號
西歷一千八百九十八年五月十七日 禮拜二

上諭恭錄

硃筆榮慶補授鴻臚寺卿欽此

聞女學堂於四月開塾感而書此

待友不來挑燈獨坐見蕊結若垂穗不忍剔落乃察其光燄上下以究其本末之收發始則以引火柴取火火出於物實由於機之兩兩相觸而化生初點持火以灼燈心由黑而紅而白大光以發愈上愈發愈白愈光再上則復漸紅漸黑其光亦漸收而至於盡剔其心則新光發屢剔屢新其膏屢涸而至於竭遂并其燈心而枯焉爰悟夫天地之大造化之極亦何莫不然哉疆之闢則由近而遠由小而大風之起則由樸而華由誠而僞勢之積則由强而弱由治而亂誰爲爲之孰令致之勢有必至理有固然雖以聖人見微知著亦萬不能强其不能然而使之然遏其不能不然而使之不然也凡事有所不可知者則爲天人事之變卽天心之變時也運也命也皆天也今之世大之極華之極譬諸燈燄爲白之白光之光愈發愈上再上則恐至於紅而黑愈剔愈新再剔則須防其竭而枯是誠不可不慮也中國之人文由朴而華由誠而僞以致由强變爲弱由治卽於亂尤其顯而易見之成跡矣雖然中之學啓於羲衍於文其命意也志在扶陽而抑陰夫陰陽互根並生相待成化陰陽和則萬物得胡於陽則用扶於陰則用抑且陰陽俱爲天生非爲人生卽人之生人其於古今天下父母之重生男不重生女一心且莫由操其券於意必固我而能遂誠以人皆陰陽所生雖古神聖莫非秉陰陽成體是以陰陽生神聖初非神聖生陰陽此何事也而可以扶之抑之未免爲神聖一想情願耳而其說則數千百年奉爲圭臬蒙未嘗學問於此不敢贊一辭抑豈爲此說者其人皆爲陽之屬特以自庇其種類如禮爲周公所制故其稱必先夫後婦設爲周婆所制則將先婦於夫乎恐古今天下之所尚似皆不得爲無過也顧伊古道統先聖後聖多傳男子未傳婦人者以三代建學明倫有男學無女學男女之偏重此其中亦似有天焉玆則天心漸轉矣中國建設女學堂延中西師讀中西書兩年以來上海各報屢載其事其開辦舉動之盛議論辯駁之精中外欣欣聞者見者莫不欽仰要旨全在通經文明大義使其在家爲賢女出嫁爲賢婦將來爲賢母以內學成內敎裕他日敎導子女之本源懿歟盛哉昔吾曾讀列女傳知更生之爲此以謂王政必自內始故列古女善惡所以致興亡者以戒天子其言太任之娠文王也目不視惡色耳不聽淫聲口不出敖言又以謂古之胎教者皆如此夫能正其視聽言動者此大人之事而有道者之所畏也顧令天下之女子能之何其盛也惟太任當日所學何書所師爲誰其聞知見知者又爲誰一字無傳豈其天生聖母事事皆不學而能抑

此稿未完

其學有淵源實賴尊師取友以成德如魯無君子斯焉取斯者而書闕有間遂使雖盛弗傳歟可憾也抑吾更有憾者古之賢女或貴爲帝后孝親無異庶民貧無擔石孝親必具甘旨至以朱門之女相夫子居林下屏卻嫁時衣布裳椎髻挽鹿車操井臼餉隴畝而舉椀齊眉史册不嘉其學第嘉其行而賢母自熊丸畫荻外如孟母之三遷擇鄰斷機訓子者從不著其能否讀三墳五典八索九邱與其能否搦管臨池持籌握算毋亦當時女學未興無從就傳抑亦因門衰祚薄影隻形單藐藐此孤僅存宗緒紡織猶恐以不給舍十指而執經問業母子將無以爲生此斷機之喻所由起歟其如孟母以外等而次之其賢雖不及孟母其子雖遜於子輿而子母甘賤食貧卒能成德業爲善士者當亦不乏使其時皆入女學以砥礪琢磨成爲美器則如孟母者又當僂指數數而不勝記也惜乎皆雖美弗彰也

接續會典奬單 ○謹將列入一等議敘中異常勞績之畫圖總纂幇總纂纂修協修詳校校對等官擇其尤爲出力者擬給優奬繕具清單恭呈 御覽伏候 欽定 計開 畫圖總纂幇總纂官工部候補郎中周景請以本部郎中無論題選咨留遇缺即補免試俸工部即補員外郎秦樹聲請仍以本部員外郎無論題選咨留遇缺即補翰林院編修劉啓瑞請遇有應升之缺開在前並 賞加侍讀銜刑部即補員外郎胡玉麟請補缺後以本部郎中無論題選咨留遇缺即補翰林院編修楊士臚請分發知府後以道員留省補用翰林院編修高覲昌請分發知府後 賞加三品銜內閣候補中書楊鋭請作爲侍讀遇缺即補並 賞加四品銜畫圖纂修協修官候選同知內閣中書黃以霖請以知府分省補用並 賞加鹽運使銜翰林院編修葉昌熾請遇有應升之缺開列在前並 賞加侍講銜吏部候補主事關榕祚請仍以本部主事無論題選遇缺即補並 賞加五品銜 戶部候補主事涂國盛請免補主事以本部員外郎無論題選遇缺即補工部候補員外郎曹垣請作爲本部郎中遇缺即補 記名御史工部員外郎王彥威請俟補御史截取得知府後在任以道員候升奉滿截取外用內閣中書盧紹基 賞加五品銜刑部候補主事陳壽田請作爲本部員外郎遇缺即補並 賞加四品銜揀選知縣王鑾請以知縣分省歸候補班補用補缺後以直隸州知州用欽天監博士陳壽圖請以應升之缺儘先升用並 賞加五品銜候選同知兵馬司正指揮趙子璨請免選同知以知府分省歸候補班補用揀選知縣汪奎請以知縣分發省分歸候補班補用俟補缺後以直隸州知州補用欽天監主簿陳壽彭請以應升之缺儘先升用俟升任後在任以員外郎儘先前選用 記名理事同知通判刑科筆帖式立保請免補理事同知通判作爲員外郎分部無論咨留遇缺即補欽天監天文生國子監算學額外分教習崇源請以應升之缺儘先升用並 賞加五品銜欽天監冬官正李德俊請俟選主事後以本部員外郎遇缺即補並 賞加四品銜國子監學正學錄劉鉅請免補本班以助教無論咨留遇缺即補 此單未完

觀見禮成 ○閏三月二十五日巳初 皇上在頤和園仁壽殿玉瀾堂召見德國親王亨利由總署司員帶同使臣頭等二等三等叅贊等於辰刻齊進 頤和園至 仁壽殿玉瀾堂外恭候 傳宣是日應差者爲軍機大臣總管內務府大臣總理各國事務衙門大臣左右兩翼前鋒統領八旗護軍統領步軍統領左右翼總兵及滿漢侍衛齊集殿左右肅靜無譁少頃御前大臣王公貝子貝勒公御前侍衛扈從 皇上升仁壽殿玉瀾堂慶親王先在東旁侍立總署堂官二員帶領德國親王及使臣一員叅贊繙譯三員進仁壽殿德國親王使臣俱一鞠躬前數步再一鞠躬至龍柱間正立又一鞠躬使臣致詞繙譯譯文畢使臣一員向前至納陛中階下捧書敬候慶親王由左階下接受國書仍由左階下至案前將國書陳於案上德國親王使臣俱一鞠躬 皇上答以首肯使臣退到龍柱原立處慶親王在案前恭候 皇上慰畢問即由階下至使臣站立處用漢語傳宣使臣恭聽畢一鞠躬 皇上仍答以首肯總署堂官帶領德國親王使臣等退後數步皆一鞠躬退至殿左又一鞠躬即下殿由左階出禮成

傳諭彈壓 ○閏三月二十三日德國親王率公使叅贊等來京駐東交民巷德國欽使公署二十四日乘輿徧謁駐京各國欽使隨經各國恭請赴彰儀門外蓮花池觀看賽馬二十五日赴海甸 頤和園 仁壽殿 玉瀾堂 覲見是晚經步軍統領榮仲華中堂交派前門大街東河西河東珠西珠各官廳哨弁兵丁查照德國親王暨各國駐京欽使同於二十六日往永定門內天壇 先農壇

兩壇　遊矚嚴飭軍民人等加意彈壓閒雜人等毋得乘間擁擠致干查究而昭嚴肅云

晉豫齊豐　○頃有由河南山東來京者述及山東河南山西三省各府州縣早經得有透雨二麥暢茂現已結穗頗見豐收之兆惟入直隸境一片鹹土未得透雨麥苗長不足尺並有黃萎之色秋禾亦多半未種沿途農民日禱祀上蒼普降甘霖俾轉歉爲豐以免荒旱云

京門刧案　○閏月二十四日有馬某赴山東公幹雇車三輛載家屬十餘人行經右安門外黃村地方時已昏黑突來盜匪十餘人手持洋鎗刀械將馬姓砍傷刧去銀兩衣物等件約值數百餘金當經該管營汎勘驗屬實現已飭捕嚴緝鴻飛冥冥不知果能破獲否

前生因果　○朝陽門外神道街褚某者因家業凋零習賈遠方近日稍有積蓄携貲遄返其妻年甫而立膝下已有子女二人褚兒女情長不忍遽別閏三月二十二日魚更二躍時褚方與牀頭人絮絮細語計較何日登程所居房屋因年久失修猝然倒塌趨避不及全家被壓在內鄰佑人等聞聲赶出急爲援救迨經挖出業各魂歸地府矣聞者莫不酸鼻且謂褚平日頗存厚道一旦全家罹此奇禍殆佛氏所謂前生因果歟

賽馬觀勇　○駐京泰西國各官員每於春夏之交賽馬三日藉以遣興並賭勝負本屆已於閏三月二十四日開賽二十六日賽畢諸君莫不興高采烈色舞眉飛無稍懈怠意於以見西人勇敢之氣歷久不渝非華人所可及已

過門守節　○夫死改嫁例所不禁況乎未經廟見不得爲婦更不得以從一而終之例律之不謂此中有人節比松筠操同金石不特爲閨閣增光且足備車採擇也京師安定門內方家衚衕地方有袁姓者閨中女年十九齡豔如桃李姓若冰霜於今春許祁某爲妻祁於月之初旬作古知子莫若父噩耗傳來秘不以告亟爲之議婚他族以免意外之憂詎耳屬於垣女已知悉謂心如古井水波瀾誓不起跪請於父願作未亡人父不忍辜負青春未之或許女乃於閏三月二十四日竟索服投夫家守貞現經兩家妥議令小姑抱木主成禮並經親族爲之請　旌

督批照錄　○直隸試用縣丞龔樹義等稟批稟悉鑄造銀元所以維持錢法調劑盈虛與他項商務不同未便權操自下所引福建成案其官辦改爲商辦緣由本部堂未能深悉然一省有一省辦法福建可行直隸不可行所請應毋庸議此批

飭營造册　○鎭標裁汰兵額等情迭經列報刻據鎭憲羅軍門耀廷札飭標下九營赶將各營所屬兵丁造具花名清册呈送來轅以憑查核無悞云云

道轅批示　○職員劉秉銳等批候仍咨水利局酌核辦理俟准復到再行飭遵

准發額引　○長蘆北告商人晉益恒等號同赴運署請領本年額引以憑下坨築包裝船南下蒙運憲查案准行飭房核發由商具領

委收橋工　○前委員修築良鄉河橋各工程業登報牘茲聞各工告竣由水利局憲札諭試用大使卓德徵前往驗收准於月底起程云

道委發審　○候補知縣陳大令用壎昨奉天津道憲任觀察札委發審案件事宜日昨上院稟謝督憲入署任事

縣批彙錄　○沈治呈批單毓豐等短欠該舖銀錢既有賬儘可隨時理討毋庸遽請傳追自取訟累○又王瑞麟呈批前經票傳該役以爾赴山海關未回稟覆在案既據呈訴候比差傳案訊追○又翟文成呈批已於地方稟內批飭傳案復訊察奪矣

五縣案由　○刻據河間府屬獻縣等五案照章將三月分積案清册摘錄案由按照奏定舊發新收開除實在簡明四柱開呈上憲以憑查核

津貼領訖　○減河壩霍家嘴管橋夫役例有薪工向在道署給發茲聞三月分工薪津貼當經該橋夫頭喬際武赴轅領訖

鍋炸傷人　○日昨午後五點鐘時南門外某機器磨房水鍋忽然炸裂被傷者二人赶卽抬送回家延醫調治聞傷雖重性命尙可保全亦云幸矣

命付東流　○昨晚三更時有人行至北浮橋上正值開關忽忽搶過以致失脚跌入河中救生船赶卽撈救奈風狂浪疾夜色茫茫勢不能得手遂至命付東流矣

枷號示懲　○李永泰妄量地段被廣仁堂片送縣署懲辦等情已經列報刻經邑尊呂大令提李永泰堂訊畢除責飭外並行枷號發交地方帶至廣仁堂前示衆

寃家宜解　○昨馮某與左某在小聖廟觀劇因擁擠起衅一則茲聞某某等恐兩造結仇勢必釀成事端相約出爲理處於日昨在首局擺席合好馮左均經首肯前嫌可盡釋矣

客船被刦　○大屬黃岔村東某舟子也日昨攬載糧客來津買運海粮隨帶白銀數百兩行經楊柳靑大泊日落崦茲遂停泊焉入夜突有賊匪五六人登船索食該船主知係綠林豪客炊飯餉之食畢復借川資東以無錢對賊怒曰善財難捨非自行動手不可隨出洋槍嚇住衆人餘賊細加搜羅盡刦其銀錢衣服等物而去

光緒二十四年閏三月二十五日京報全錄

宮門抄○閏三月二十五日內務府　國子監　正紅旗値日無引見　恭王謝看視　恩　許應騤假滿請　安　定公壽昌各請假十日　侍衛處奏派　保和殿監試之大臣　派出頭班謨貝子奕功鈕楞額毓麟松壽　二班倫貝子德壽訥欽泰伊立布景厚掌儀司奏初一日祭　奉先殿偉貝勒行禮　召見軍機　皇上明日辦事後由　頤和園還宮　皇上本日升玉瀾堂德國親王覲見

○○二品銜粵海關監督奴才文珮跪　奏爲病難速痊籲懇　天恩開去差事回旗調理恭摺仰祈　聖鑒事竊奴才夙有喘疾在京供職時每至隆冬輒爾發作自抵任以來於今四載因粵地濕潮感受濕氣喘疾較前益甚然彼時尙幸時發時愈猶可力疾趨公詎料本年二月間偶受風寒驟覺頭眩身熱心鬧作嘔以致臥病纏綿難以視事嗣經竭力調治外感雖退而正氣已虧因之牽動舊疾喘益加重據醫云奴才年逾六十氣血就衰兼之粵省地濕風多一時難望速痊且精神恍惚恐成篤疾伏查監督一差兼司常洋稅務當此庫欵支絀之時徵收還撥在在需用精心且時與各國領事等官接見中外交涉攸關尤須精神貫注遇事方可無虞竊思奴才內府世僕知識庸愚由堂郞中蒙　恩簡放粵海關監督三次差滿渥承　寵命仍留接管宜如何竭盡心力以期稍報涓埃無如福薄災生不堪任事又何敢以病軀戀棧致使稅務廢弛上負　聖恩益滋咎戾思維再四惟有仰懇　天恩俯念粵海關差務緊要准予開去監督差使回旗調理一俟病勢稍痊卽行呈報內務府銷假當差萬不敢稍躭安逸自外　高厚生成之至意除咨呈總理衙門戶部內務府查照外所有奴才病難速痊懇請開去差事緣由理合恭摺具陳不勝恐懼隕越之至伏乞　皇上聖鑒訓示謹　奏奉　硃批另有旨欽此

○○奴才恩澤薩保跪　奏爲特參廳官縱役殃民卸篆潛行請　旨卽行革職以淸仕途恭摺仰祈　聖鑒事竊查本任呼蘭同知鍾秀識見猥瑣辦事荒謬廳屬上控案件層見迭出當因該同知難膺民社於去歲十一月間撤任調省査看揀委理刑主事額勒錦布前往接署曾於是月二十九日附片具　奏十二月二十五日奉到　硃批吏部知道欽此欽遵飭知在案嗣准呼蘭副都統倭克金泰咨揭該同知蒞任以來凡遇民人上控必將原告設法羅致恣意凌辱所有札提人証率皆抗不遵解致使案無結期又該廳稅局西集廠分卡竟用書差十餘名紛紛下鄉藉端訛詐計贓至一千三百餘串之多小民不堪其擾激成衆怒遂於十月二十六日共將蠹役趙秀

文等扭送來轅並起獲贓欵賬目一併繳案該同知聞知其事猶復徇庇書差代爲呈辨其縱役殃民情弊委屬無疑各等因准此維時檄調札文業已到廳該同知佯作不知徑行來省稟見希圖戀棧當飭其遵札交卸聽候查看去後詎料甫行解任輒又稟請病假奴才因其被揭之案尚無端倪且未經印委各員代出並無詐病避事甘結核與定例不符隨卽駁飭在案茲據副都統倭克金泰署同知額勒錦布先後報稱撤任同知鍾秀忽於三月初一日風聞帶同家屬赴吉林去訖當經查看屬實等情飛報前來查該同知故禁平人徇庇差役已屬有玷官箴且以調省之員輒敢私自潛行實於仕途楷模並未通曉似此庸劣粗率何能聽其濫竽貽誤地方相應請 旨將該同知鍾秀卽行革職以昭警戒而肅官常所有特參廳官縱役殃民卸篆潛行緣由理合恭摺具陳伏乞 皇上聖鑒 訓示謹 奏奉 硃批鍾秀著卽革職飭拏訊辦該部知道欽此

○○依克唐阿片　再查統帶奉字右軍記名簡放總兵胡喜志統帶奉字後軍花翎二品銜記名協領佐領德克登額該二員平日講求訓練紀律嚴明而於搜捕賊匪尤能不遺餘力兩軍分紮省城西北各處嘗以有事調遣未能專顧一隅而地力劇盜探伺該二員之去留以相出沒其聲威足以攝賊可知此次胡喜志拿獲蒙古大股馬賊首要各犯數十名又赴庫魯地方會同提督聶士成剿辦河賊匪時有斬獲而醫巫閭山前後地面爲之肅清德克登額帶領所部於昌圖府屬實力搜捕維時匪首大青樂勢甚猖獗專意搜捕三月之久始克就擒並獲同夥劇盜十餘名府境周圍千餘里得以安堵現在營中員弁均已從優保獎而統將之功未可掩抑合無仰懇天恩准將記名簡放總兵胡喜志以提督記名簡放記名協領佐領德克登額以副都統記名簡放以勵戎行之處出自逾格鴻慈除將該二員履歷咨部外謹附片陳明伏乞 聖鑒 訓示謹 奏奉 硃批胡喜志德克登額着交軍機處記名欽此

○○許振禕片　再已故前署瓊山縣知縣邱寶森徵存正雜欵穀價銀一千一百餘兩米四百餘石迭催未解經臣會同督臣譚鍾麟附片 奏請革職勒限嚴追欽奉 諭旨轉行遵照去後茲據布政使張人駿督糧道延祉會同交代總局司道詳稱該員叅追後陸續將欠解銀米完解清楚請將原參革職之案具 奏開復等情前來臣覆核無異相應請 旨將已故前署瓊山縣知縣邱寶森原參革職之案准予開復謹合詞附片具 奏伏乞 聖鑒謹 奏奉 硃批着照所請該部知道欽此

神目如電　陳恒益謹白

商業將一切情形登諸告白似無煩再述矣惟李子香探知商於初八日在縣尊投呈伊卽於初九日亦於兩報告白狡辯伊若不辯伊之缺陷仍不出也今既辯矣何竟不敢將商所登議單之底指爲或眞或僞伊非不敢指也此其中大有伊不能吐之實情耳若指爲眞必須呈案呈案則增訛之情畢露若指爲僞一切作押契據均在伊手將來均成廢帋于是欲不辯而不得欲實辯而不敢只得虛與委蛇徒以無理取鬧等詞亂人耳目而已究之眞僞久必自明諒難逃官府之 鑒察況伊以假字謀李承宗引岸經佘運憲洞燭其奸立予押之此近日之事昭昭可考也謹將商本月初八所遞呈詞照錄以憑電察爲懇傳正點追繳實憑撤底清查施恩斧斷事切商欠李子香之欵業將實在欠數開單具呈在案迭蒙 仁天提訊至公且明雖蒙管押係案情宜爾商之頂感刻骨難名至案久懸不能斷結者非不善斷實緣李子香不將眞正借約呈出僅用伊自揑作之僞據蒙混伊之所以不呈眞據者其詐有二以此假據控追案結後再以眞據具告是一賬二討其詐猶淺而不呈眞約增訛銀數借可謀產並可將一切作押之據秘爲已有其詐乃深且兩造共事只商與李子香經手而商弟文珠但具名而已伊以文珠少不更事爲可慫恿以追到案以爲可肆其欺此其詐更不可問也似此必須請李子香俯就到案追繳正據自能水落石出不至寃沉海底矣爲此叩乞 本縣正堂大老爺格外施恩俯准將李子香傳案追繳正據實爲德便上呈

溯自神農嘗百草以治病嗣後名醫代出製成丸散膏丹名目繁多幾不勝僂指數然人有強與弱時分古與今病證亦因之而異倘執固鮮通泥成方以治病鮮有能奏效者且補瀉各有所偏寒熱豈能一致欲以兼治百病戞戞乎難哉近有申江南順泰主人購來美醫士爾蘭君所製治蠱藥水能兼治百病功效如神眞可起死回生仙丹不若也按爾蘭君以養花木起家致巨富中年患肺疾不時欬嗆纏綿十餘年服藥幾千百裹迄無驗勢瀕危矣因思平日時花種木能使衰者茂枯者榮爲能去蠱也花木如是人豈獨殊爰將

治蠱藥膏之杲見輕減遂益選上品材料配和停勻製成藥水連服多劑不踰月病若失復以試他人莫不應手回春於是名傳遐邇購求者紛至沓來大有應接不暇之勢徧美洲活人多矣本埠恒豐泰主人聞之以爲津門通商口岸仕商雲集獨無此妙藥沾惠同人實屬憾事因從上海分來在本行寄售非圖取利亦藉行方便也尙將所治各症列左如有染患各症者急向本行購取

一急痧時疫卽香港廣東傳染之症已經西醫查驗皆因蠱之爲患釀成此症每至一發而不可救爲此藥可以治之取第三種每十分鐘時服一大酒杯並用布醮藥敷貼周身只要生氣未絕不難施救 一肺癰及各色肺家病症皆因蠱爲患除蠱在腹中已將全肺蛀盡不能施治外倘有一線生機將第一種藥日服少許逐漸加增如夜間尙覺咳嗽卽服半調羹歷半時服一次宜勤不宜斷如胸口倘覺疼痛將第三種藥連瓶浸入溫水內令熱先將絨布鋪放胸口後將藥倒在絨布上逐日如法治之至痛止爲度如兼吐血亦用第三種藥治如上法但藥不令必熱布不必用絨 一戒除洋煙之癮用第一種藥日服五六次三閱月便可戒絕永無後患而且飲食加增身體肥壯 一治癲瘋等症用第二種藥日服四五次外用布醮第三種藥敷貼患處愈而後止 一喉症用第二種藥小孩服一小調羹大孩服一大調羹男女人服一小酒杯當藥入口時仰頭呼吸作響聲如嚥水嗽口勢然後咽下外用布醮藥束頸 一癰疽乳癰毒瘡及楊梅結毒用第二種藥日服六七次外用第三種藥敷患處 一此藥行遍歐亞各洲活人無數功效不能筆述無論內外各種病症內此服吃外則敷貼均能奏效 本號又寄賣英五月美西根發財票全張價銀四元頭彩得銀六萬元

天津紫竹林恒豐泰洋行主人代啓

啓者昨接上海孫仲英善長來電旋又接到顧緝庭葉澄衷嚴筱舫楊子萱施子英各觀察來電據云江蘇徐海兩屬水災綦重飢民數十萬顚沛流離死亡枕籍災區十餘縣待賑孔急需欵甚鉅官欵恐未能徧及素仰貴社諸大善長久辦義賑飢溺猶已敬求代呼將伯源源接濟功德無量蒙滙賑欵卽滙上海陳家木橋電報總局內籌賑公所收解可也云云伏思同居覆載異姓不啻天親縱隔形骸民物莫非胞與頓遭洪水哀此災荒盡是蒼生何分畛域況救人性命卽積我陰功雖此日拯茲黎庶散盡赤仄靑蚨卜他年報在子孫同來玉堂金馬敝社欵無備濟自知獨力難成術欲廣仁惟冀衆擎易舉叩乞顯官鉅紳仁人君子共憫奇災同施仁術原擬活人無算雖千金之助不爲多但能濟世有功卽百錢之施不爲少盡心籌畫量力輸將敝社不禁爲億萬災黎泥首叩禱也如蒙慨助卽交天津溜米廠濟生社帳房代收並開付收條以昭徵信 濟生社籌賑同人謹啓

魁陞號綢緞洋貨莊

本號自置顧繡綢緞洋貨等物整零均按銀莊格外公道皆比大市價廉發售 寓天津北門外估衣街五彩號衚衕口坐北向南便是特此 本號謹啓

茲因各省風氣大開新設報館不計其數彼處經理報務十數載年增月盛日出各報一千八百餘份銷行推廣今歲向友立約在張家口卽東口袁台子地方隆泰行門首新設各報分館先用直報開張 諸公定閱就近向該處購取賜函分送風雨不誤肅此鑑諒 天津北門內府署東各報總處謹白

近年市售石印書譜除介子園十竹齋外每以舊本而易新名良由難覓新稿若敝局新印之耕香館畫賸蒙賞鑒 諸君賜顧者極讚其筆法神韻每部價洋二元併發售石印經史子集科場文章新出策學滙源西學富彊叢書時務分類輿國策各種格致洋學古今閑書目繁不及備載湖筆徽墨信箋文玩紈摺雅扇貨高價廉 天津東門外同文書局啓

恭頌良醫 敬和司馬今之通儒也凡天下利病之書悉心鉤稽罔不貫澈而於醫學研究尤精故經其手而回春者指不勝屈去冬起以感冒遂患痰喘聘醫量藥收效卒尠春正延先生來藥不三帖卽卜小瘳適先生以他事去嗣是專表散者用汗下之劑言收歛者進鎭攝之方言龐品雜不衷其要幽憂沾滯幾歷季旬暮春復延先生至抉羣醫之得失究諸藥之宜忌診脉立方數服遂全乃歎疾痛病苦人所時有以身試藥鮮克有濟故特登報章以頌先生以告當世烏乎美痰惡石審於寸心殤子壽民決之三指可勿知所從事哉 合肥賈制壇誌謝

三井洋行分莊
告白

啟者日本商始創貿易爲業數拾年以來今分莊開設北門外鍋店街洸家衚衕口對過專選精工料實東洋棉紗各等時式大小疋棉布粗洋布斜紋洋標等格外公道價亦從廉凡仕商賜顧者請至分莊面議可也特此佈聞

三井本莊主人敬識

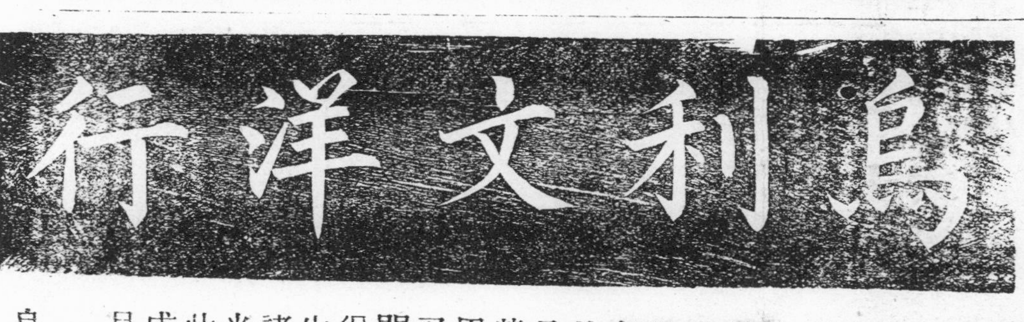

啓者本行開設香港上海三十餘年四方馳名專售各式金銀鐘表鑽石戒指八音琴千里鏡眼鏡等物並修理鐘表外洋新到各色鐘表價錢比別家格外公道開設在紫竹林法租界大街本行又分莊在北門外樂壺洞保陽棧傍榮生祥內請諸君降臨光顧是幸特此佈聞

戊戌年閏三月廿七日　禮拜二

烏利文洋行

告白

啓者本局光緒二十三年分總結帳款現已一律彙齊結算以便刊刻帳畧於本年五月朔派分股利仍照歷屆章程預請股友赴山會算其來返川資由局備付訂至四月望爲期俾無悞刊辦特達

開平礦務總局啓

告白

啓者刻下磁州煤礦已將吸水機器安置停妥各窰宿水俱已抽乾所出之煤與唐山五槽相等局內章程按照商辦極爲謹密將來利益已有成效但資本愈厚獲利愈多爲此布告津郡申各處紳商有欲入股得利者其股票寄存源豐潤票號請向面填可也

磁州礦務局謹啓

天津紫竹林 有喊洋行 告白

啓者敝行出售彩票共計六百整除已售出四百餘張外尚有一百餘張待售售完即定期抓彩每票一張售洋三元諸公若不憑信貨物請到本行來看彩然後買票均無不可至各彩詳細數目前報登過此次不及備載並託鍋店街恒義號又美昌號竹記號代售　本行暫遷紅樓後三井洋行斜對門永興洋行同院

本人主謹啓

恒昌照像館

啓者本號今因建造新樓于三月初二日暫遷往牌坊外先農壇前另設玻璃照像棚諸君賜顧請駕光臨是荷俟本樓工竣復回原舖謹此佈聞

本主人謹啓

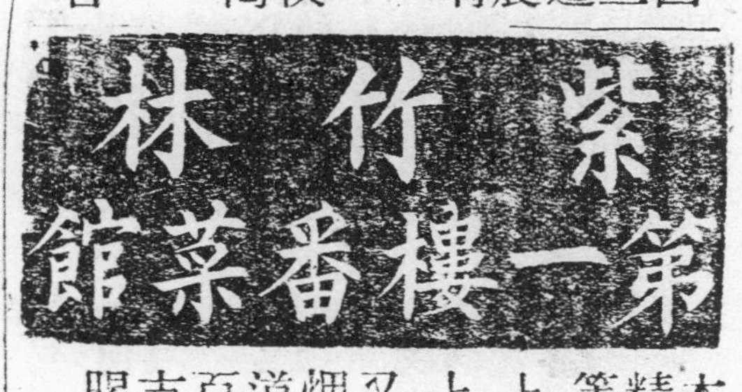

本號專作英法大菜各色精細點心各樣洋酒洋貨等物一應俱全並售

上上紅茶　每斤津錢一千八百

上紅茶　每斤津錢一千六百

又批發茂生公司鐵海紙烟零整發售價值格外公道原箱計一百盒價洋一百四十四元每盒計五百支洋一元五角凡仕商賜顧請即駕臨是荷

主人謹白

告白

現有靠河園田地一段九十畝上下坐落大直沽北情願按時價出售　如欲買者請至河東柴家大坟西劉忠處面議可也

劉忠謹啓

新開 元隆號綢緞洋貨莊

自去歲四月初旬開張以來蒙　各主顧垂盼雲集馳名日盛本號特由蘇杭等處加意揀選名機新鮮貨色零整銀價俱照大莊行市公平發售以昭久遠此白　寄賣龍井雨前素茶福建皮絲水烟各種貨料大小皮箱　開設天津府北門外估衣街中路北門面便是

美孚老牌煤油

啓者美國三達煤油公司之德富士老牌煤油天下馳名萬商稱美蓋其質潔色清亮白如銀且絕無烟氣能耐久燃比之生荳等油晶光百倍而儉用價廉此爲德富士老牌之佳處誠屬無雙妙品也士商賜顧請到天津美孚洋行採辦或向就近殷實行店購買庶不致悞

DEVOE'S
PAT'D JUNE 22.63.
BRILLIANT
OIL
IMPROVED
PAT'D JUNE 28.64.
PATENT CAN

閏三月廿八日出口輪船　往上海　禮拜三
景星　輪船往上海　怡和行
新濟　輪船往上海　招商局
盛京　輪船往上海　太古行
武昌　輪船往上海　太古行

閏三月廿七日銀洋行情
天津通行九七六錢
銀盤二千三百五十文　洋一千六百八十五
紫竹林通行九六錢
銀盤二千三百八十文　洋一千七百一十文
洋錢行市七錢一分八

悅來洋貨店

開設天津法國租界紅樓後自運各國玩物金邊三連磨花描銀玻璃碍鏡子五彩大小碗盞杯盤料器奇形異樣香水壺荷包靴掖洋景襪子手套叫鐘表鍊花針扣子戒指洋火盒玳瑁梳篦金銀首飾鼻烟壺各樣五色料金珠畫圖等物格外價廉消售發客

新開 敦慶隆綢緞洋貨莊

擇於閏三月十一日開張

本號開設天津北門外估衣街西口路南第五家專辦上等綢緞顧繡以及各樣花素洋布各碼線批合線俱按銀莊零整批發格外克已士商賜顧者請認明本號招牌庶不致誤

本號特白

朱鈍翁先生鑑湖高士浙水名流代學爽鳩世習扁鵲脉理精奧醫術深通來津十年屢治危症名揚遐邇著手回春久寓彌勒庵

開設天津紫竹林海大道旁

福仙茶園

啓者本園於本月初四日止戲清理賬目今將戲園及園內桌椅磁壺磁碗新製彩切零星等件合盤出兌如有願兌者及詳細章程請至本園面議可也特此佈告

福仙茶園謹啓

現邀新班進園擇吉登臺

創包機器

敬啓者近來西法之妙莫過機器靈巧至各行應用非得其人難盡其妙每值傷損修理必悞時日今有甯子卿專於經理機器玆擬創辦包定各項機器以及向有機器常年煤料工力價值格外公道如貴行欲商者請到福仙茶園面議可也特白

新到儒醫

啓者天后宮財神殿內廣此儒醫高老先生專治內外兩科男婦大小方脉兼治咽喉眼科等症辰刻在廟診脉施方過午不候如有外請辰刻來廟付信午後前往病家見症立方

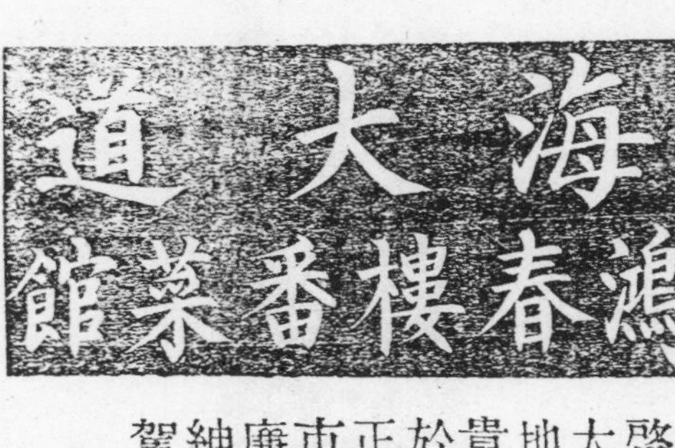

啓者本店三層大樓工程告竣地勢寬闊以備貴官紳請讌擇於去臘遷移新正月初二日開市各樣俱全價廉物美凡仕紳賜顧者請駕臨是幸

主人謹白

直報
光緒二十四年閏三月二十八日 第一千零五十五號
西歷一千八百九十八年五月十八日 禮拜三
本館開設天津紫竹林海大道老菜市氣燈房巷內

部照已到　直隸勸辦湖北賑捐局自光緒二十三年十一月二十日以後至光緒二十四年正月初十日以前請獎各捐生部照已到請卽攜帶實收來局換照可也

上諭恭錄

上諭工部右侍郎兼管錢法堂事務着楊儒補授未到任以前着梁仲衡兼署欽此

聞女學堂於四月開塾感而書此　續前稿

伊古以來女有學而善弗傳美弗彰與夫欲學而限於資格抱憾於託體之有虧者雖曰人事豈非天數然天心善轉善變於男女實一視同仁道大莫外凡有血氣不畔中西無鬱不發鬱之彌久其發之當彌光而其栽培傾覆因材爲篤之心天難與人以相見其理則恒遍寄於斯人之心而其始則又必先寄於一二有才有識又復當權得力者之專心致志揣摩想像中突起猝發以提唱而振興之如燈本無光得火以光火不長明附燈以明而人之任其事也又必如燈之屢剔屢新並矢以百折不迴習之而不啻若性者承平天孫公謂轉丸者天下之至穢也吉羌不穢乎轉丸也而嗜之西子天下之至美也游鱗不美乎西子也而避之非轉丸之馥于吉羌西子之媸于游鱗也不吉羌不嗜轉丸不游鱗不避西子然而叩之吉羌弗知叩之游鱗弗知者性乎嗜性乎避也人之任事其存心必若是斯能有志以竟成今大善士於時局艱難不遑啓處中現宰官身出大神力積年累月運妙明心掉廣長舌現身說法勸諭中外於以萃衆善以大啓女塾且與天足會先後繼成是天將以中西學惠女子不棄其柔弱俾各自强特先篤生諸善長玉成其事俾得取益他山借攻磋以相與共强中土習文事可兼武備勿令古今偉男專美於前致笑坤道無成焉天乎天乎文王旣歿文不在玆乎嘗按吾華中古而後下逮秦漢文如伏女解經曹昭續史暨夫酬賓授講詠絮辨琴武如錦車持節翠袖當熊馬試桃花裙拖榴色臨敵則親執桴鼓誓師則拔劍登壇者代不乏人然綜而計之歲逾數千朝更數十而女之學成爲文者若而人武者若而人文武兼全品學兼優者尤不數數覯其皆女學未興之咎歟自今以往則家有女塾黨有女庠於男童束髮授書之年卽爲女童束髮授書之日異時男可枕經於輟耕太息之暇女可胙史於停針不語之時常可以處而爲師變可以出而爲帥男或不足猶有婦人是大人不必夫人夫人堪勝大人者比比而是洪蒙至今容有未闢開闢之後當少洪蒙希其光宜防膏竭吾不知具旋乾轉坤之才者當奚以善其後也且夫陰陽進退之理互相倚伏昔則陽進而陰退今則陽退而陰進敢據陽進之弊以爲陰進之規夫男學之弊也由文勝而質亡在朝不爲好官長實在家卽非好學生藉詩書爲風月之媒倚經籍作虎狼之翼身爲聖門弟子心爲名敎罪人致使人恨祖龍不生莫除寃孽言者切齒聞者痛心奉勸女學引爲龜鑑勿擅才華有懷慚德焉至於重其所輕輕其所重事事顚倒運數使然非又憖生敢冀挽回於萬一者矣

接續會典獎單　○刑部員外郎郭照奎請賞戴花翎並加四品銜指分廣西試用同知陳壽瑄請以知府仍留原省歸候班前補用　記名直隸州知州刑部主事顧厚焜請俟直隸州分省補缺後在任以知府補用　記名繁缺知府掌湖廣道御史鄭思贊請俟得知府後以道員在任候補翰林院編修夏孫桐請　賞加侍講銜工部候補員外郎李潤均請作爲本部郎中遇缺卽補分省補用知府毛祖模請俟補知府後在任以道員補用刑部候補主事徐宗溥請以本部主事無論咨留遇缺卽補兵部主事補缺後以本部員外郎無論題選咨留遇缺卽補周儒臣請免補主事仍歸原保班次補用在任候選知府翰林院編修吳筠孫請俟得知府後　賞加三品銜翰林院編修鍾廣請　賞加五品銜內務府候補堂筆帖式恩鳳請俟補筆帖式後遇有堂委署主事缺出儘先陞用分部卽補員外郎陳本仁請　賞加四品銜戶部候補主事彭穀孫請　賞加四品銜候選縣丞高雲程請以知縣分省歸候補班補用畫圖詳校官候補筆帖式扎拉芬請作爲理藩院主事無論滿蒙咨留遇缺卽補並　賞加四品銜內閣候補中書汪大燮請作爲侍讀遇缺卽補禮部候補員外郎徐承焜請免補員外郎以本部郎中遇缺卽補翰林院編修徐琪請遇應升之缺題奏畫圖校對官欽天監博士司秉鈞請以應升之缺儘先升用並　賞加五品銜教諭選缺後知縣朱繼經請以知縣分省補用並賞加同知銜知府用指分試用同知馮敩高請以知府仍歸原省補用

此單未完

甸園經費　○戶部爲示傳事所有　頤和園請領本年四月分駐班經費銀兩本部庫定於閏三月二十八日開放該委員筆帖式銘瑞務於是日辰刻赴庫承領毋得違悞特示

南學多才　○國子監南學自前大司成宗室盛伯熙侍郎整頓以來人才濟濟乙未科春闈與館選者四五人已云盛矣年來兼管監務陸鳳石侍郎益善提倡時復身親至署與各堂講求作文之法孜孜不倦本屆戊戌科會試中式者卜舍生多至十人學正學錄六人應月者又三四人不誠盛之又盛乎熟聞諸君强半善書瓊林宴中定復不少教育之良獲效如此俟朝考後尤當欣然染翰而爲之記也

盛筵待客　○德國親王來都乘輿赴各壇廟等處游矚等情已列前報茲聞閏三月二十六日午後東交民巷德國駐京欽使署內設筵恭請各國欽使暨中國諸鉅公杯酒聯歡並設外國音樂一部藉以侑觴夕間燃放兩洋各種烟火光怪陸離五色璀璨人咸謂見所未見云

限日交銀　○凡五城司坊新官接任舊任官例須結算交代將一切卷宗並任內經手動用各款有無虧缺限三箇月內據實盤查清楚如係舊任官或虧挪銀兩延不完繳者卽將舊任官嚴行追繳倘再行抗違定卽懲辦昨聞南城正指揮劉景韶結算交代有虧挪銀兩情弊經城憲查悉票傳該革員劉景韶限五日內將所虧銀六百兩如數繳淸倘再逾限不交定行嚴懲不貸云

老樹殺人　○閏三月二十五日夜間狂風肆虐京師左安門內四塊玉居民郭某家有古樹一株大可數圍被風拔起懸高數尺跌在屋頂房屋倒塌壓斃婦女一人其餘傷頭爛額者三人至房屋之瓦面多被風揭去作蝴蝶飛或謂此係龍氣沖擾實則空中電氣觸樹上電氣至遭此殃也

罪不容誅　○盜賣他人墳地其罪已不勝誅若喪心病狂盜賣自家祖墳並將骨殖掘挖此其人尙得容於天地間乎京師彰儀門內醋張衚衕居住楊某素日不務正業無所不至有墳地一段坐落在西便門外十方院村中因無嫖賭之資忽欲賣此以作孤注商之族衆均斥其非人而楊天良漸滅竟將其地私售於人連夜將地內墳塚五座偸挖淨盡至十方院相近空地內掩埋經族人查知控於宛平縣刻經簽傳到案想一經訊實恐身首當異地居矣

得遂同穴　○京師阜成門內安匠營朱某有女年已及笄姿首頗佳與鄰右沈某年貌相若沈因鄰好時相往來遂與女有曖

昧事朱未之知也本月下澣女于歸有期沈偕女於二十四日乘間逸出同赴西直門外護城河內雙雙投河斃命當經地面報知西城司相驗飭屬備棺殮埋生同衾而死同穴情之所鍾似癡也而實可憫矣

別饒風味　○每歲孟夏彰儀門外天甯寺廟內例舉蘭花勝會一時文人雅士莫不出所栽佳卉羅列座間以待游人品評甲乙今會中人已於閏三月二十五六兩日舉賽門異爭奇於軟紅十丈中別饒一番風景

督批照錄　○安徽廪生范震湖北舉人李作哲河南附監生楊月村等禀批據禀請補考集賢書院候行津郡司道查核辦理此批

帥節回鄂　○兩湖總督張香帥之洞奉　旨入京等情迭列前報頃於二十七日酉刻接奉京電云香帥於二十五日酉刻抵滬旋奉電　諭因沙市現釀巨案令即折回本任

營務處批　○前記名總兵馬占鰲禀批據禀慶承舖掌吉少棠因借貸不遂之嫌假造合同揑控爾子馬俊卿係伊東家希圖訛賴是否屬實候札飭天津縣錄案詳覆核奪此批

道轅批示　○獻縣人崔建寅等批前據禀報業已批審在案廖　等究被何人所害一經集訊自能水落石出爾等毋庸越瀆仍仰獻縣提集犯証研審確情依限錄供通報毋任狡延爾等均回縣候質單抄存

縣署批示　○溫永德呈批永德堂究竟是否爾家堂名如果別無糾葛盧玉鳳何至無心給錢控不近情不准粘契三紙發還○又蘇蔭棠呈批既據再三呈求姑候飭查復奪○又劉順會呈批呈悉候飭查復奪○又本來呈批姑候飭查邀同原中理處復奪○又李張氏呈批爾家祖遺塋地有無契據未據叙明顯係有意朦混不准○又蘭蔭桂呈批准如禀立案粘單附

力清盜源　○賭局烟館爲盜賊淵藪屢經查禁無如日久玩生刻聞十五段保甲局局員孫少尉飭勇嚴諭該管地面各烟館不准有招賭窩娼情事並諭地方不時查察如有前項弊端立即禀報究辦

勇丁滋鬧　○有李麻子者在侯家後開設娼窰爲生不知因何與練軍營勇丁有隙昨晨某勇丁赴娼窰未起之時糾集同伴數十人持械將娼窰摔砸聞有某客與某娼正在朦朧之際被勇丁一並砍傷經該管保甲局偵知即派局勇將伊等抓獲送縣訊究或有別情俟堂訊後再爲續登

莊頭遞禀　○昨午有某王府莊頭赴府遞禀訪係因北圈地畝該佃任意拖欠請飭追究等情旋經標收囑候批示

橋夫被控　○東門外任姓婦日昨途經東浮橋適値開關被人擁擠跌落艙內將腿跌折橋夫代爲僱人送回聞該婦刻以橋夫推捽等詞赴縣具告是耶非耶一經判斷自能水落石出

官路十條　○南門外靳家台有房身地基一段並相連坑地一段於道光年間由業主楊姓賣與翟永慶管業弓丈分明四至淸楚曾投契過割完糧已歷多年近爲劉姓賈姓翟姓高姓等七家硬行佔用由翟文成控縣請追已蒙熊委廉勘丈明確斷令高姓等將侵佔之地退還詎劉姓等三家竟敢抗違趁熊委廉出差串同差役朦混闔委廉反將翟文成責飭不憑印契不容申說以賈劉二姓揑契爲憑無契者令其補契云云

事殊轇葛　○榮家衚衕顧某妻服毒身死及顧與孫姓因賒棺木互控等情均縷晰登報兹悉屍父復以該屍之死禍實起於孫小波云云繕呈投遞尚不知琴堂作何批示

會首出山　○河北聚善水局會首因事告退前報業經錄登兹聞津衆會首因接辦無人大家出爲理處刻聞首肯照舊經理一切諒不日即當謝客

投生就死　○武屬門廠鎮某甲因家鄉荒歉來津賣水爲生昨午在刷子廟渡口汲水偶一失足跌落河中泊船赶即撈救沓

無踪影大約與屈大夫把臂去矣

挾嫌種火　○河北院署東望海寺一帶屢次肇灾衆意必無賴輩因借貸不周挾嫌陷害昨二更時望海寺旁某姓家突然火起立時烟燄漲天幸距河近便於取水衆人連扒帶灌僅焚柴棚一間遂將撲滅矣噫何寃何仇下此毒手甚哉小人之可畏也

老漁閒話　○昨晚西沽泊魚船一艘有老漁因撤網餘閒與人坐談云數日前在勝芳北大泊與夸船同泊一處該船載客約十餘人狀貌類皆赳赳然入夜豪飲所談皆搶刼事毫不避人船頭置空棺未悉中藏何物天未明即駛去等語噫盜賊横行於此可見一斑亟錄之以告有捕務之責者尙其嚴加緝捕哉

嫁婢高風　○永淸縣屬崔某世家也數年前在玉田縣買幼女作婢𥟖年已及笄懷春有感因與僕夫某甲通一度春風珠胎暗結甲懼而辭去後女腹漸膨大爲主母瞥見欲轉鬻之謀諸夫崔不可一日向婢細詢顚末慨然曰事已至此不如將計就計隨遣人召僕告以故僕謝曰蒙公厚德是所願也但身儕奴隸阮囊屢空可奈何崔因出東錢百千囑令草草安置遂于月之初旬迎娶而去因憶昔人詩云使君身是圓通佛洗盡人間棄婦愁其崔某之謂乎

光緒二十四年閏三月二十六日京報全錄

宮門抄○閏三月二十六日理藩院　鑾儀衛　光祿寺　廂白旗值日無引　見　榮慶謝授鴻臚寺卿　恩　克王潤貝勒各續假十日　召見軍機　淸銳　皇上明日午刻升　文華殿

○○頭品頂戴湖南巡撫臣陳寶箴跪　奏爲提督大員戰功卓著懇　恩賜䘏以彰忠藎恭摺仰祈　聖鑒事竊臣據署湖南長沙縣知縣潁承裕詳據內閣中書任錫純提督銜湖南綏靖鎮總兵陳海鵬等聯名呈稱已故補授廣東水師提督達春巴圖魯任星元係湖南長沙縣人於道光二十九年投充撫標右營兵丁值髮逆倡亂奉調出師隨軍防剿永州等處固守城池咸豐四年經原任禮部右侍郎曾國藩札調赴鄂派充水師中營哨官八月克復湖北武昌漢陽等府奮勇陷陣身受火器重傷十一月會剿田家鎮堅巢賊横鐵練鎖江護以砲台水師被阻不進諸軍會議分戰船爲四隊次第迭攻該故提督請爲第一隊徑赴半壁山鐵練前焚賊快蟹船二隻岸賊燃巨砲轟擊該提督身受重傷仍奮臂大呼搶險直入手攀鐵練曳船徑出各隊乘勢繼進舉火鑠斷鐵練並焚賊船四十餘隻奪獲船二百餘艘十二月追至湖口跟剿五年克復江西弋陽縣是時廣信賊勢甚張該故提督故緩行期以懈賊志忽賊黨從後麕集該故提督出軍迎敵賊衆大敗悉毀附城賊卡隨率師會集城下遂復府城六年克復饒州右肩被砲子擊穿七年接管水師中營事務九月克復湖口縣城攻破梅家洲賊壘時賊酋以大小木牌横亘江心牌中設立望樓密排大砲小槍該故提督偵知賊牌收藏火藥之處手燃巨砲轟中藥箱奮力擊攻賊牌立燼八年四月隨大軍克復九江府城九年六月連復景德鎮及浮梁縣城歷保花翎遊擊蒙　賞勵勇巴圖魯名號十年克復東流彭澤各城左腿被砲子洞穿猶裹創力戰並攻破江南南陵賊壘保以叅將加副將銜十一年三月救護景德鎮糧台旋補湖南永州鎮標右營遊擊員缺仍帶勇剿賊攻破安徽赤岡嶺菱湖賊壘及克復安慶省城連次痛剿該故提督不分晝夜疊破大股悍賊遞保副將加總兵銜同治元年正月十三日奉　旨着記名以水師總兵用欽此四月克復江南太平蕪湖各府縣並攻剿金柱關東梁山等要隘經前兩江總督臣曾國藩保奏同治二年正月初七日奉　上諭提督銜記名總兵任星元着補授廣東陽江鎮總兵員缺欽此五月攻克九洑洲石城肅淸江西該故提督統率舟師血戰四時之久經兩江督臣曾國藩保奏三年正月初六日奉　上諭總兵任星元着交軍機處記名遇有提督缺出請旨簡放欽此二年九月內奉檄選派水師營哨官帶赴廣東三年六月行抵粵省經前兩廣督臣毛鴻賓　奏辦水師營務旋委帶內河水師砲船並委另募勇防堵北江遵募楚勇成軍駐紮南雄四年七月札委署理南韶連鎮總兵篆務仍駐南雄遠防事告竣奉飭赴陽江鎮本任五年十一月接到廣東水師提督印務統帶大小師船剿辦曹沖客匪是年十二月十二日奉　上諭廣東水師提督著任星元補授欽此六年會同辦理軍務經前廣東巡撫臣蔣益澧督同水陸夾攻

屢挫兇匪擒斬甚多四月諸匪窮蹙悔罪投誠撫局已定蒙 賞換達春巴圖魯名號並賞給白玉翎管四喜搬指大小荷包謹領在案嗣因親父美玉在籍病故聞訃丁憂回籍守制擬服闋再投報効無如從戎日久心血過虧積勞成疾觸發舊傷於同治八年四月二十六日在籍病故身歿之後家無長物一如寒素是時長子啓現年甫二歲次子啓璘生僅數月孤苦零丁無人呈請 奏邺伏念該故提督効力戎行轉戰東南數省戰功卓著經各路統兵大臣陳 奏在案竊見軍興以來文武大員曾經立功在籍病故者如彭大光劉連捷等均蒙 奏邀 恩旨優邺該故提督從戎最早出力尤多剿賊建功事同一律職等同居里閈見聞甚確未忍聽其湮沒公懇轉詳請 奏等情由縣詳請前來臣查已故補授廣東水師提督任星元由行伍從戎數十年轉戰胡北江西安徽江南廣東等省衝鋒陷陣屢受重傷克復各城剿平巨憝功績卓著乃以積勞傷發在籍病故殊堪悼惜茲據援案呈請由縣轉詳前來合無籲懇 天恩俯准勅部將已故原任廣東水師提督任星元照軍營立功後積勞病故例從優議邺出自 逾格鴻施除履歷事實送部外理合恭摺具陳伏乞 皇上聖鑒 訓示謹 奏奉 硃批兵部議奏欽此

○○延茂片 再現署敦化縣知縣胡承恩調省另有差委遺缺應令本任敦化縣知縣署農安縣知縣白希李回任遞遺農安縣一缺應飭實任是缺之杜學瀛回任各重職守據署吉林分巡道謝汝欽詳請具 奏前來除分檄飭遵外理合附片具奏伏乞 聖鑒謹奏奉 硃批吏部知道欽此

○○頭品頂戴陝甘總督臣陶模跪 奏爲遵照部咨揀員對調副將員缺恭摺仰祈 聖鑒事竊臣前准部咨擬補甘肅涼州鎮屬永昌協營副將韓廷芝係甘肅人例應迴避本省應令照章在於兼轄省分揀員對調等因臣查有陝西河州鎮屬洮岷營副將張錫光係湖南永定縣人該員年力正強戰功夙著堪以調補甘肅永昌協營副將所遺陝西洮岷協副將員缺即以韓廷芝調補均屬人地相宜與例亦符合無仰懇 天恩俯准將韓廷芝張錫光互相對調如蒙 俞允俟接到部覆後再行給咨赴部引 見以符定制除查取該二員履歷清册另行送部外謹會同陝西固原提臣鄧增署甘肅提臣張永清合詞恭摺具陳伏乞 皇上聖鑒 訓示謹 奏奉 硃批兵部議奏欽此

神目如電

陳恒益謹白

商業將一切情形登諸告白似無煩再述矣惟李子香探知商於初八日在縣尊投呈伊卽於初九日亦於兩報告白狡辯伊若不辯伊之缺陷仍不出也今既辯矣何竟不敢將商所登議單之底指爲或眞或僞伊非不敢指也此其中大有伊不能吐之實情耳若指爲眞必須呈案呈案則增訛之情畢露若指爲僞一切作押契據均在伊手將來均成廢帋于是欲不辯而不得欲實辯而不敢只得虛與委蛇徒以無理取鬧等詞亂人耳目而已究之眞僞久必自明諒難逃官府之 鑒察況伊以假字謀李承宗引岸經佘運憲洞燭其奸立予押追之此近日之事昭昭可考也謹將商本月初八所遞呈詞照錄以憑電察 爲懇傳正點追繳實憑撤底淸査施恩斧斷事切商欠李子香之欸業將實在欠數開單具呈在案迭蒙 仁天提訊至公且明雖蒙 管押係案情宜爾商之頂感刻骨難名至案久懸不能斷結者非不善斷實緣李子香不將眞正借約呈出僅用伊自揑作之僞據蒙混伊之所以不呈眞據者其詐有二以此假據控追案結後再以眞據具告是一賬二討其詐猶淺而不呈眞約增訛銀數借可謀產並可將一切作押之據秘爲已有其詐乃深且兩造共事只商與李子香經手而商弟文珠但具名而已伊以文珠少不更事爲可愚以追到案以爲可肆其欺此其詐更不可問也似此必須請李子香俯就到案追繳正據自能水落石出不至寃沉海底矣爲此叩乞 本縣正堂大老爺格外施恩俯准將李子香傳案追繳正據實爲德便上呈

溯自神農嘗百草以治病嗣後名醫代出製成丸散膏丹名目繁多幾不勝僂指數然人有强與弱時分古與今病證亦因之而異倘執固鮮通泥成方以治病鮮有能奏效者且補瀉各有所偏寒熱豈能一致欲以兼治百病戞戞乎難哉近有申江南順泰主人購來美醫士爾蘭君所製治蠱藥水能兼治百病功效如神眞可起死回生仙丹不若也按爾蘭君以養花木起家致巨富中年患肺疾不時欬喘纏綿十餘年服藥幾千百裹迄無驗勢瀕危矣因思平日時花種木能使衰者茂枯者榮爲能去蠱也花木如是人豈獨殊爰將

治蠱藥嘗之果見輕減遂益選上品材料配和停勻製成藥水連服多劑不踰月病若失復以試他人莫不應手回春於是名傳遐邇購求者紛至沓來大有應接不暇之勢徧美洲活人多矣本埠恒豐泰主人聞之以爲津門通商口岸仕商雲集獨無此妙藥沾惠同人實屬憾事因從上海分來在本行寄售非圖取利亦藉行方便也謹將所治各症列左如有染患各症者急向本行購取

一急痧時疫卽香港廣東傳染之症已經西醫查驗皆因蠱之爲患釀成此症每至一發而不可救爲此藥可以治之取第三種每十分鐘時服一大酒杯並用布醮藥敷貼周身只要生氣未絕不難施救 一肺癰及各色肺家病症皆因蠱爲患除蠱在腹中已將全肺蛀盡不能施治外倘有一線生機將第一種藥日服少許逐漸加增如夜間尚覺咳嗽卽服半調羹歷半時服一次宜勤不宜斷如胸口倘覺疼痛將第三種藥連瓶浸入溫水內令熱先將絨布鋪放胸口後將藥倒在絨布上逐日如法治之至痛止爲度如兼吐血亦用第三種藥治如上法但藥不令必熱布不必用絨 一戒除洋煙之癮用第一種藥日服五六次三閱月便可戒絕永無後患而且飲食加增身體肥壯 一治癲瘋等症用第二種藥日服四五次外用布醮第三種藥敷貼患處愈而後止 一喉症用第二種藥小孩服一小調羹大孩服一大調羹男女人服一小酒杯當藥入口時仰頭呼吸作響聲如喞水嗽口勢然後咽下外用布醮藥束頸 一癧疽乳癰毒瘡及楊梅結毒用第二種藥日服六七次外用第三種藥敷患處 一此藥行遍歐亞各洲活人無數功效不能筆述無論內外各種病症內此服吃外則敷貼均能奏效 本號又寄賣英五月美西根發財票全張價銀四元頭彩得銀六萬元

天津紫竹林恒豐泰洋行主人代啓

啓者昨接上海孫仲英善長來電旋又接到顧緝庭葉澄衷嚴筱舫楊子萱施子英各觀察來電據云江蘇徐海兩屬水災綦重飢民數十萬顛沛流離死亡枕藉災區十餘縣待賑孔急需欵甚鉅官欵恐未能徧及素仰貴社諸大善長久辦義賑飢溺猶已敬求代呼將伯源源接濟功德無量蒙滙賑欵卽滙上海陳家木橋電報總局內籌賑公所收解可也云云伏思同居覆載異姓不啻大親縱隔形骸民物莫非胞與頓遭洪水哀此災荒盡是蒼生何分畛域況救人性命卽積我陰功雖此日拯茲黎庶散盡赤仄青蚨卜他年報在子孫同來玉堂金馬儆社欵無備濟自知獨力難成術欲廣仁惟冀衆擎易舉叩乞顯宦鉅紳仁人君子共憫奇災同施仁術原擬活人無算雖千金之助不爲多但能濟世有功卽百錢之施不爲少盡心籌畫量力輸將儆社不禁爲億萬災黎泥首叩禱也如蒙慨助卽交天津溜米廠濟生社帳房代收並開付收條以昭徵信

濟生社籌賑同人謹啓

魁陞號綢緞洋貨莊

本號自置顧繡綢緞洋貨等物整零均按銀莊格外公道皆比大市價廉發售 寓天津北門外估衣街五彩號衚衕口坐北向南便是特此

本號謹啓

新到京都敬慎堂法製青鹽發莊

本堂在京開張多年揀選純淨青鹽配和羣藥製法備極精美四遠馳名並無二家此鹽外用擦牙固齒去口中惡氣治口瘡牙疼咽痛洗眼明目去翳朦清頭火治眼弦赤爛紅腫迎風流淚涼水調塗熱節沸毒風疹時以掌心蘸藥擦面去一切遊風熱節赤斑黑點且能永不生癬滋潤面皮每於清晨滾水冲服少許能安心神滋腎水固齒根烏鬚髮強筋骨利小便逐痰飲醒脾胃消食積去膨脹却瘴癘和水土陰陽水冲服一錢治霍亂轉筋如神無論男婦老幼居家行路俱宜常用此誠衛生之要道也初到津門價值從廉每包十盒售津錢八百文零售每盒八十文如蒙 仕商惠顧請向寄售諸號就近講取可也整批零躉請駕臨天津府北門外小夥巷內路西本莊面議量數多寡照行發客

本堂主人謹啓

本津寄售處 府署東紫氣堂 估衣街西口製香樓 肉市口西大街榮恩樓 南閣西玉盛合 竹杆巷西口同昌厚 河北大街瑞泰恒 針市街祥茂厚 宮南東興號 歸賈衚衕口同和義 興隆街合記 北門內丹桂軒 東浮橋口大太號 紫竹林牌坊外祥茂德 海大道同瑞茶店 鳴盛園傍榮恩號

念七日接到蒙學報至二十册 新到福州華美日報每月一册 時務日報亦然 快到賜閱分送不悞 天津北門內府署東各報處梁子亭啓

三井洋行分莊

告白

啟者日本商始創貿易爲業數拾年以來今分莊開設北門外鍋店街洗家衚衕口對過專選精工料實東洋棉紗各等時式大小疋棉布粗洋布斜紋洋標等格外公道價亦從廉凡仕商賜顧者請至分莊面議可也特此佈聞

三井本莊主人啟

恒昌照像館

啓者本號今因建造新樓于三月初二日暫遷往牌坊外先農壇前另設玻璃照像棚請諸君賜顧請駕光臨是荷俟本樓工竣復回原舖謹此佈聞

本主人謹啓

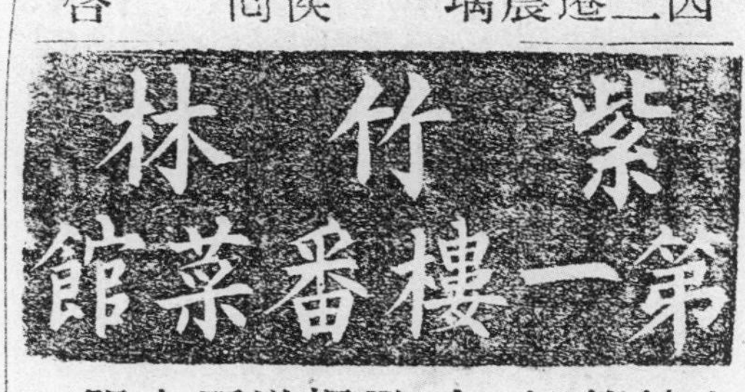

本號專作英法大菜各色精細點心各樣洋酒洋貨等物一應俱全並售

上　紅茶　每斤津錢八百

上　　　　一千一百六百

又批發茂生公司鐵海紙烟零整發售價值格外公道原箱計一百盒價洋一百四十四元每盒計五支洋一元五角凡仕商賜顧請卽駕臨是荷

主人謹白

啓者本行開設香港上海三十餘年四方馳名專售各式金銀鐘錶鑽石戒指八音琴千里鏡眼鏡等物並修理鐘錶外洋新到各色鐘表價錢比別家格外公道開設在紫竹林法租界大街本行又分莊在北門外樂壽洞保陽棧傍生祥內請諸君降臨幸光顧是特此佈聞

戊戌年閏三月廿八日禮拜三

烏利文洋行

告白

現有靠河園田地一段九十畝上下坐落大直沽北情願按時價出售　如欲買者請至河東柴家大坆西劉忠處面議可也

劉忠謹啓

新開元隆號綢緞洋貨莊

自去歲四月初旬開張以來蒙　各主顧垂盼雲集馳名日盛本號特由蘇杭等處加意揀選名機新鮮貨色零整銀價俱照大莊行市公平發售以昭久遠此白　寄賣龍井雨前素茶福建皮絲水烟各種眞料大小皮箱　開設天津府北門外估衣街中路北門面便是

告白

啓者本局光緒二十三年分總結帳款現已一律彙齊結算以便刊刻帳畧於本年五月朔派分股利仍照歷屆章程預請股友赴山會算其來返川資由局備付訂至四月望爲期俾無悞刊辦特達

開平礦務總局啓

告白

啓者刻下磁州煤礦已將吸水機器安置停安各窰宿水俱已抽乾所出之煤與唐山五槽相等局內章程按照商辦極爲謹密將來利益已有成效但資本愈厚獲利愈多爲此布告津都中各處紳商有欲入股得利者其股票寄存源豐潤票號請向面填可也

磁州礦務局謹啓

天后宮北 義興順綢緞莊

本莊自置頓繡綢緞綾羅紗絹各樣洋貨南貨雅扇桂田頭油香貨歸安貝松泉湖筆一概俱全

頭號杭甯綢　四錢三

頭號江甯綢　三錢三

頭號摹本緞　三錢八

紅梅茶　九百六

紅茶　六百四

紅茶　每斤　二百二

龍井茶　一吊八

金百襉裙布裡每套五兩八

壽棉綢裡六兩八

直報

本館開設天津紫竹林海大道老菜市氣燈房巷內

光緒二十四年閏三月二十九日　第一千零五十六號
西歷一千八百九十八年五月十九日　禮拜四

上諭恭錄

上諭工部左侍郎着楊頤兼署欽此　上諭給事中高燮曾奏昭信股票宜分別辦理一摺昭信股票原期上下流通不特爲暫時籌款之計前經諄諭不准苛派抑勒若如所奏各省辦理此事名爲勸借實則勒索催迫騷擾貽累閭閻亟應嚴行查禁着各督撫通飭各該地方官按照部定章程妥爲辦理商民人等願領與否各聽其便如有不肖官吏藉端指派致滋擾累立卽查參懲辦以杜流弊而順輿情該部知道欽此

辨訛

日方西斜陽上窗牖花影扶疎公事畢與館友瀹茗暢談時事適送報人以滬報至檢閱閏三月念一日有湘省要聞一則不禁愕然驚喟然歎以爲時當勢阻智窮計無所出輙自尋短見拚性命以塞責乃愚夫婦之所爲稍具識見者不屑也況封疆大吏膺朝廷簡命表率僚屬一省所視爲安危尤當忍垢含羞爲國家濟艱難維持大局豈得自視如艸菅爲孤注之擲貽笑於天下乎既而反覆思之恐謡耗風聞以訛傳訛出諸道途悠悠之口未可遽信爲眞也據稱文滙西報載九江訪事人接得官場信息言湖南有西人數名被匪徒戕害湘撫陳佑民中丞聞警情急吞金自盡云云噫斯事也徼特國家大計關繫匪輕卽流播四方尤足惑衆志搖亂人心有不可不亟辨者焉凡大員秉節鉞坐鎭一方實與股肱心膂無或異位綦重望綦隆焉惟犯贓私重罪及僭越失人臣禮者然後加刑辟其餘一切公罪率得援議貴之條概從末減蒙原宥西人無被戕之事不待言矣卽有之該管州縣官實難辭其責次則兼轄之道府亦咎有應得若總督若巡撫不過失於覺察屬員辦理不善罰俸焉而已降級焉而已甚至撤任革職無可再加罪不至死也去歲山東一案情形與此畧相同該撫李中丞得開缺處分天下人猶寃之以爲罰過其罪此近案之可援者也何至畏罪自戕乎事之可疑者一也且中丞淸忠直亮懷大志素以維持世局爲心自履任湖湘與督臣張香帥和衷共濟　朝廷倚畀方殷固一方保障也當變起倉猝地方驚擾不得安自當極力周旋化大爲小化有爲無內固中華之體統外全與國之交情無使別生枝節而後可倘艸艸出此下策無論自視太輕不且有負委任乎昔孔子論管夷吾云豈若匹夫匹婦之爲諒也自經於溝瀆而莫之知也管仲忘君事仇忍恥偸生夫子猶原之可見士君子當爲人主安社稷定禍亂不重硜硜小節況該省事體懸殊中丞萬不爲此冒昧事事之可疑者二也明秦紘爲總督經畧蠻疆因事被逮校尉至時方治軍旅不動聲色從容理事畢衣冠而出旣踰嶺乃囚服就檻車人問故曰經畧位尊遽就拘執恐蠻夷見之

輕朝廷損國威既踰嶺乃眞因矣人服其鎮靜有雅量夫奉　旨被逮固罪人也尙兢兢焉顧大局不肯損威望爲大臣體統宜然耳今
匪徒滋事端不急思設法緝拿嚴行懲辦伸國法而靖地方顧乃付之一死置國事於不問貽九重憂爲百姓累更不止損威望失大臣
體統事之可疑者三也太史公有言人固有一死死或重於泰山或輕於鴻毛要視所死何如耳設當患生肘腋間少主被弑國事糜爛
而不可收拾拚以身殉如苟息之不食言否則帥偏師以修封疆免冑入敵軍義無反顧如先軫之喪元又或受命守土力遏賊衝矢城
存與存城亡與亡之志迨糧盡援絕引頸受刑而不悔如張巡許遠之困睢陽皆死之有名者也若該報所云死君乎死敵乎誠不知其
何所取焉要之東坡海外之傳世恒有之無足深較也陳中丞爲國柱石臣時方向用揆諸天時人事未必有意外變遽賦騎箕卽曰修
短有數未能邀大耋享遐齡或因王事勤勞猝遘他疾所致節署深嚴門外人不得底蘊遂致妄加揣測未可知也果爾該省當封章入
奏不出數日間當見邸抄矣何妨靜以聽之

接續會典奬單　○宗人府以主事補用筆帖式宗室載武請以本府經歷主事無論咨留遇缺卽補理藩院候補筆帖式吉章
請作爲本院主事無論滿蒙咨留遇缺卽補候選縣丞吳養性請以知縣分省補用內務府升用員外郞筆帖式廣祿請仍以俸深班員
外郞儘先升用並　賞換三品銜內閣候補中書余銀請以主事分部遇缺卽補分省試用同知劉寅浚請免補同知以知府仍留原省
補用分省通判陸長佑請　賞加四品銜候補內管領內務府筆帖式端書請仍以內管領與保奬卽補人員間缺輪補內閣事書顧芳
請俟截取同知補缺後以知府補用卽補主事補缺後在任卽補員外郞內務府候補筆帖式宜良請俟補筆帖式後免補主事仍以員
外郞儘先卽補工卽補郞中番盛年請俟補缺後在任以知府不論雙單月選用候選道江聯葑請仍以道員分省補用刑部候補員外
郞恩潤請仍以本部員外郞無論咨留遇缺卽補理藩院候補主事恒謙請俟服闋後以直隸州知州分省歸候補班補用內務府升用
員外郞棫興請仍以員外郞歸俸深班遇缺儘先升用工部卽補主事陳恒慶請俟補主事後作爲歷俸期滿並加隨帶一級理藩院題署
主事全立請以主事無論滿蒙咨留遇缺卽補刑部主事曾鑑請賞加四品銜欽天監監副郭世鍾請以員外郞儘先選用四品銜戶部
郞中鄂芳請　賞換三品頂戴　　此單未完

棲流領餉　○戶部爲示傳事所有都察院咨領五城棲流所應領光緒二十四年夏季分備用銀二千五百兩本庫定於四月
初二日辰刻開放務於是日辰刻派委五城正指揮出具印領赴庫支領毋違特示

强盜就擒　○閏三月二十六日三更時分提督衙門大班汛兵在前門外王皮衚衕妓寮內鎖拿二人而出其人衣服麗都舉
止不俗謂是明火强盜當時該妓寮中徵歌買笑者無不舌撟不下云

觀國之光　○德國親王入都後近日在各處游歷暨宴樂等事業經疊列前報茲聞閏三月二十七日辰刻該王等乘輿詣安
定門內雍和宮及崇文門內觀象台下午申刻始返欽署並聞不日欲赴昌平州游明陵云

虔求雨澤　○天氣亢旱已久鄉民望澤尤殷地方官爲民請命設壇請雨澤無如半月之久氣候炎熱都中行人無不揮汗如
雨現經順天府尹憲暨大興宛平兩縣邑尊示諭於四月初一日起禁止屠宰恭詣城隍廟內都天神像駕前朝夕拈香竭誠禱告想至
誠感神定卜指日渥沛甘霖也

刖刑自惹　○火車傷人之事曾經順天府尹憲胡雲楣大京兆嚴飭看道兵等不時驅逐閒人以免致遭不測今於閏三月二
十七日永定門外馬家堡地方上午火車來時有范某在彼遊行躱避不及被火車軋倒將兩足軋落血流如注當經鐵路公司派夫用
木板將范某抬至安定門內某西醫院接骨醫治然傷勢較重未知能否痊愈俟訪明再錄

義風薄俗　○京師崇文門內東單牌樓蘇州衚衕松某者廂紅旗人也平日家稱富厚奈不務正業日以嫖娼宿妓養育優伶
爲樂不數年家貲蕩然罄盡目下只落得科頭跣足日在街頭乞太公九府錢一文以度日昨在前門外大柵欄地方路遇飛車一輛中

坐某伶從西而來見松即命停車而下掖松登車同至韓家潭雲秀堂下處立予更換新衣欵備酒酌並慨贈白銀百金以資過度聞此優係松某昔日爲贖身者今見其坎坷至此追念前情藉圖報答云

戾氣所鍾

○前門外陝西巷蔡某娶馮氏爲室游手好閒倚泰山爲生活妻亦搔首弄姿動輒學劉四罵人以故鄰居多不齒數憑懷孕許久忽於閏三月二十六日臨盆未下驚慌殊甚落草乃人面貓身逾刻即斃鄰里相傳莫不鼓掌稱怪是亦異聞殆乖戾之氣所鍾歟

大徹大悟

○東華門外燒酒衚衕有戚某者年屆花甲其爲人正直忠厚頗有古君子風閏三月二十五日忽走伻召其女婿外甥及諸親戚齊至謂吾不久於人世矣特與爾等一見以了塵緣命家人置備嘉殽歡呼暢飲與闌席撤以後事相託衆人相顧愕然謂翁精神矍鑠上壽可期何出此不祥之言戚不答衆人莫明其故亦不以爲意次日戚又開視箱櫃撿點衣衾並備石灰包以爲棺中墊用衆益目笑存之詎布置甫畢戚已端坐堂中含笑而逝衆戚始各悟翁實預知死期故從容話別撒手西歸是殆佛氏所謂得大解脫者歟

敲詐未成

○京師宣武門外赶驢市有蕭某者以售熟牛肉爲生勤儉自持頗甚溫飽取孀崔氏爲外室在金井衚衕賃得小房一間居然比翼雙棲閏三月二十六日因細故口角該氏潛服阿芙蓉膏經蕭知覺多方施救不及魂歸泉壤蕭正欲棺殮不料被氏之親串邀集無賴多人滋擾不許收殮蕭知勢不能敵赴坊控訴旋蒙差往拘拏諸無賴聞風逃遁矣

札催究報

○現據府憲札飭鹽山縣赶將該處職員高丹家被竊之案從速提捕嚴比贓賊務獲究報並將書吏有無塗改字樣之處一併究查云云

易之以膠

○江浙糧帮到津由河剝裝運每逢起運之時須由楊村廳硃標印封發交書差前赴剝船按艙實貼以防偸盜本屆該廳照章舉辦惟於向來麪糊粘封改用水膠此誠防偸之妙訣也但恐該差等未能實力奉行耳

查取職名

○刻據戶部行知各省督撫令將所屬州縣有交代不淸之員查取職名依限彙齊據報咨部以憑核辦云

控欠標收

○本埠監生穆壽山昨在府轅控稱周恒謂等所欠之欵爲數甚鉅雖經王德勝等從中調處迄今月餘尙未繳還分文懇請訊追等語委廉接呈標收囑候批示

行不得也

○日昨豐潤五營派弁來津向軍機局投文請領夏季火藥計四十箱並有子彈等件搭附火車起解惟該車站現奉督憲札諭嗣後遇有外埠各營來領子藥搭坐火車外運者須以護照爲憑方准運往否則扣留該營弁不知現定章程未持護照致將各箱藥彈扣留

不堪收兌

○糧道陸觀察於前月赴海河收驗沙船有某船米包甚劣不堪收兌即令將艙封閉並將該管押運委員撤差

縣批彙錄

○高廷益呈批續禀均悉着仍煩親友妥速了結毋得延岩干咎○又高廷益禀批云准暫緩傳着仍邀煩親友調處了結以息訟端而安生理○又孫張氏呈批家務細故着邀同親族自向理說毋庸涉訟呈不列抱違式特飭○又陳瑞祥呈批候飭查覆奪○又張國良呈批候飭查覆奪○又宋彭呈批候飭差查理覆奪

狐朋狗友

○無賴土棍狗黨狐羣呼朋引類見面即稱兄弟非必眞有兄弟情也而出入其家輒內外不避少於長遂兄之嫂之口是而心殊非是河東某甲乙爲口盟兄弟乙常向甲家閑坐呼甲妻爲嫂人或疑爲陳平之盜昨夜正到陽台甲忽闖入乙不及披衣納履赤條條奪門遁去甲向氏盤詰吵鬧擾擾終夜不知其作何了結也傳聞如是姑錄之以符新聞體例

淋漓盡致

○詩有別才酒有別腸騎馬似船眼花落井因醉人之恒徑也昨午河東小口北岸有某甲酩酊後逍遙河上直向中流放步擬一間津龍宮幸被彼岸人窺見急追數武掖身撈上衣履沾濡淋漓盡致劉伶此時亦豁然如服淸涼散矣

迹近縱火 ○前報登幸卽撲滅一則茲悉分府西弓箭衙衙後孫姓家上房傍西北角空房一間房後坐落小衙衙房內堆存板片空箱本月二十日下半夜聞似爆竹連聲並煤油火藥氣味急起出視見房中籬巴墻山有小洞透火光旋卽聞鑼火巳大作當將該房扒倒火卽壓下灌之以水比會到時火巳撲滅次日清理灰土查有點火柴頭數點顯係有種火情形似與院署東近日種火各節相仿俗之弊民之憂矣

光緒二十四年閏三月二十七日京報全錄

宮門抄○閏三月二十七日吏部 翰林院 廂紅旗値日無引 見 崑中堂磨勘試卷覆 命 松溎毓秀各假滿請 安 果勒敏稽察中左門覆 命 梁仲衡謝署缺 恩 熙敬請假五日 榮中堂續假五日 恩公啓倭良培各請假十日 召見軍機 崇禮 溥善 本日 皇上升 文華殿法國使臣畢盛覲見 閱卷大臣 派出剛毅松溎

○○頭品頂戴陝甘總督臣陶模跪 奏爲頒行昭信股票息借華欵現以籌辦大槪情形並先行挪湊銀二十萬兩聽候撥用仍於股票項下劃扣造報恭摺仰祈 聖鑒事竊臣於光緒二十四年二月初二日接准戶部咨開議覆右中允黃思永奏籌借華欵請造股票一摺欽奉 上諭在京自王公以下在外自將軍督撫以下無論大小文武現任候補候選官員均領股票繳銀爲商民倡地方商民願借者卽將部定章程先行出示並派員剴切勸諭不准稍有勒索等因欽此當卽欽遵分別咨行遵照並與司道公同籌議臣先繳銀五千兩藩司曾禾先繳銀三千兩臬司丁體常先繳銀二千兩各道及府廳州縣應酌領出借爲商民倡約共可繳借銀一十萬兩左右惟員缺大小在任久暫情形各有不同借銀卽多寡不一應請由外妥定章程辦理庶無窒碍至紳商士民酌借股欵業經查照部章在於省城設立昭信分局並於各屬就近檄飭釐局委員會同各地方官妥速勸辦務在曉以大義激發天良各聽量力出借懔遵 諭旨不准稍有苛派勒索已飭司道先行刊發印收隨時塡用俟戶部頒到股票再行換給第所借數目多寡一時尙難豫定甘肅屢遭兵燹災非他省可比若待逐漸報借始行彙繳未免過於遲緩臣與司道再三熟商先擬設法挪銀二十萬兩聽候撥用前經電達戶部在案應由勸借股欵項下陸續收還有餘另行報撥再甘省候補文員類多貧乏武職俸廉較少亦尠殷實之員容臣與司道體察勸辦統俟有端緒再行詳細續陳除咨部查照外謹恭摺具陳伏乞 皇上聖鑒訓示謹 奏奉 硃批戶部知道欽此

○○松椿片 再據湖北督糧道岑春蓂詳稱光緒二十二年分湖北漕項奏銷案內武昌衛守備馮國棟未完六分一厘安家正耗銀一百五兩八錢四分三厘七毫於二十三年十一月二十四日全數續完解儲道庫巳列入二十四年春撥册內容再歸於二十三年漕項奏銷內造報又武左衛守備阮貞祥未完十分軍三正耗銀一百二十三兩四錢三分九厘及未完十分開丁銀二十三兩四錢亦均於二十四年正月二十九日續完清楚解儲道庫應俟列入二十四年秋撥暨二十三年漕項奏銷各册內造報詳請具 奏免議等情前來奴才覆核無異除武昌衛守備馮國棟業經另案叅革外相應請 旨飭部查照並將武左衛守備阮貞祥前叅未完各處分扣除免議以符定章謹附片陳明伏乞 聖鑒 訓示謹 奏奉 硃批戶部知道欽此

○○二品銜署湖南布政使按察使臣李經羲跪 奏爲恭報微臣抵湘接署藩篆任事日期叩謝 天恩仰祈 聖鑒事竊臣於光緒二十三年六月二十日在湖南按察使任內具摺謝 恩籲懇 陛見奉 硃批着來見欽此遵卽交卸篆務於九月十九日到京泥首宮門仰蒙 召見兩次 訓誨周詳莫名欽感 陛辭時請假兩個月回籍修墓蒙 恩允准十一月十一日束裝出都遄回本籍事畢尅期起程茲於本年三月十二日行抵湘省奉撫臣陳寶箴行知以藩司何樞調補山西布政使委臣署理藩篆十三日准調任藩司何樞委員將印信文卷移交前來當卽恭設香案望 闕叩頭祇領任事伏念臣皖江下士知識庸愚臬事時陳愧乏涓埃之報藩條暫綰彌深隕越之虞查湘省爲江漢上游藩司乃旬宣重任舉凡用人理財察吏安民諸大端在在胥關緊要況値時事艱難尤當力圖整頓如臣檮昧深懼弗勝惟有益矢悃誠遇事稟商督撫臣悉心經理斷不敢以暫時攝篆稍涉因循以期仰答 高厚鴻慈於萬一所

有徽臣抵湘接署藩篆日期並感激下忱理合恭摺叩謝　天恩伏乞　皇上聖鑒謹　奏奉　硃批知道了欽此

○○許振禕片　再據廣東布政使張人駿督粮道延祉會同交代總局司道詳稱查有已故前署順德縣知縣嚴崇德徵存正雜欵銀六千七百餘兩盤缺穀三百五十餘石疊催未解請參追前來相應請　旨將已故前署順德縣事遂溪縣知縣嚴崇德革職勒限該家屬於四個月內將欠解銀穀掃數完解倘逾限不完或解不足數再行從嚴參辦所有參追已故知縣欠解銀穀緣由合詞附片具陳伏乞　聖鑒謹　奏奉　硃批着照所請該部知道欽此

出售法製靑鹽　念八日接到萬國公報至閏月份從丁酉年至今俱全　時務報從開報至今俱全　蒙學報從開報至今俱全　渝報從本年正月份至今俱全　新到福州華美月報　餘者閑書暇日再錄

天津北門內府署東各報處紫氣堂仝啓

神目如電

陳恒益謹白

商業將一切情形登諸告白似無煩再述矣惟李子香探知商於初八日在縣尊投呈伊即於初九日亦於兩報告白狡辯伊若不辯伊之缺陷仍不出也今既辯矣何竟不敢將商所登議單之底指爲或眞或僞伊非不敢指也此其中大有伊不能吐之實情耳若指爲眞必須呈案呈案則增訛之情畢露若指爲僞一切作押契據均在伊手將來均成廢帋于是欲不辯而不得欲實辯而不敢只得虛與委蛇徒以無理取鬧等詞亂人耳目而已究之眞僞久必自明諒難逃官府之　鑒察況伊以假字謀李承宗引岸經佘運憲洞燭其奸立予押之此近日之事昭昭可考也謹將商本月初八所遞呈詞照錄以憑　電察爲懇傳正點追繳實憑撤底淸查施恩斧斷事切商欠李子香之欵業將實在欠數開單具呈在案迭蒙仁天提訊至公且明雖蒙管押係案情宜爾商之項感刻骨難名至案久懸不能斷結者非不善斷實緣李子香不將眞正借約呈出僅用伊自捏作之僞據蒙混伊之所以不呈眞據者其詐有二以此假據控追案結後再以眞據具告是一賬二討其詐猶淺而不呈眞約增訛銀數借可謀產並可將一切作押之據秘爲已有其詐乃深且兩造共事只商與李子香經手而商弟文珠但具名而已伊以文珠少不更事爲可慫恿以追到案以爲可肆其欺此其詐更不可問也似此必須請李子香俯就到案追繳正據自能水落石出不至寃沉海底矣爲此叩乞　本縣正堂大老爺格外施恩俯准將李子香傳案追繳正據實爲德便上呈

溯自神農嘗百草以治病嗣後名醫代出製成丸散膏丹名目繁多幾不勝僂指數然人有强與弱時分古與今病證亦因之而異倘執固鮮通泥成方以治病鮮有能奏效者且補瀉各有所偏寒熱豈能一致欲以兼治百病憂憂乎難哉近有申江南順泰主人購來美醫士爾蘭君所製治蟲藥水能兼治百病功效如神眞可起死回生仙丹不若也按爾蘭君以養花木起家致巨富中年患肺疾不時欬嗆纏綿十餘年服藥幾千百裹迄無驗勢瀕危矣因思半日時花種木能使衰者茂枯者榮爲能去蟲也花木如是人豈獨殊爰將治蟲藥嘗之杲見輕減遂益選上品材料配和停勻製成藥水連服多劑不踰月病若失復以試他人莫不應手回春於是名傳遐邇購求者紛至沓來大有應接不暇之勢徧美洲活人多矣本埠恒豐泰主人聞之以爲津門通商口岸仕商雲集獨無此妙藥沾惠同人實屬憾事因從上海分來在本行寄售非圖取利亦藉行方便也謹將所治各症列左如有染患各[illegible]考急向本行購取

一急痧時疫即香港廣東傳染之症已經西醫查驗皆因蟲之爲患釀成此症每至一發而不可救爲此藥可以治之取第三種每十分鐘時服一大酒杯並用布醮藥敷貼周身只要生氣未絕不難施救

一肺癆及各色肺家病症皆因蟲爲患除蟲在腹中已將全肺蛀盡不能施治外倘有一線生機將第一種藥日服少許逐漸加增如夜間尙覺咳嗽即服半調羮歷半時服一次宜勤不宜斷如胸口尙覺疼痛將第三種藥連瓶浸入溫水內令熱先將絨布鋪放胸口後將藥倒在絨布上逐日如法治之至痛止爲度如兼吐血亦用第三種藥治如上法但藥不令必熱布不必用絨

一戒除洋煙之癮用第一種藥服五六次三閱月便可戒絕永無後患而且飲食加增身體肥壯

一治癲瘋等症用第二種藥日服四五次外用布醮第三種藥敷貼患處愈而後止

一喉症用第二種藥小孩服一小調羮大孩服一大調羮男女人服一小酒杯當藥入口時仰頭呼吸作響聲如喞水嗽口然後咽下外用布醮藥束頸

一癰疽乳毒瘡及楊梅結毒用第二種藥日服六七次外用第三種藥敷患處

一此藥行遍歐亞各洲活人無數功效不能筆述無論內外各種病症內此服吃外則敷貼均能奏效

本號又寄賣英五月美西根發財票全張價銀四元頭彩得銀六萬元

天津紫竹林恒豐泰洋行主人代啓

啓者昨接上海孫仲英善長來電旋又接到顧緝庭葉澄衷嚴筱舫楊子萱施子英各觀察來電據云江蘇徐海兩屬水災綦重飢民數十萬顛沛流離死亡枕籍災區十餘縣待賑孔急需款甚鉅官款恐未能徧及素仰貴社諸大善長久辦義賑飢溺猶已敬求代呼將伯源源接濟功德無量蒙滙賑款即滙上海陳家木橋電報總局內籌賑公所收解可也云云伏思同居覆載異姓不啻天親縱隔形骸民物莫非胞與頓遭洪水哀此災荒盡是蒼生何分畛域況救人性命即積我陰功雖此日拯兹黎庶散盡赤仄青蚨卜他年報在子孫同來玉堂金馬敝社欵無備濟自知獨力難成術欲廣仁惟冀衆擎易舉叩乞　顯官鉅紳仁人君子共憫奇災同施仁術原擬活人無算雖千金之助不爲多但能濟世有功即百錢之施不爲少盡心籌畫量力輸將敝社不禁爲億萬災黎泥首叩禱也如蒙慨助即交天津溜米廠濟生社帳房代收並開付收條以昭徵信

濟生社籌賑同人謹啓

魁陞號綢緞洋貨莊

本號自置顧繡綢緞洋貨等物整零均按銀莊格外公道皆比大市價廉發售　寓天津北門外估衣街五彩號衚衕口坐北向南便是特此

本號謹啓

新到京都敬慎堂法製青鹽發莊

本堂在京開張多年揀選純淨青鹽配和羣藥製法備極精美四遠馳名並無二家此鹽外用擦牙固齒去口中惡氣治口瘡牙疼咽痛洗眼明目去翳矇清頭火治眼弦赤爛紅腫迎風流淚涼水調塗熱節沸毒風疹時以掌心蘸藥擦面去一切遊風熱節赤斑黑點且能永不生癬滋潤面皮每於清晨滾水沖服少許能安心神滋腎水固齒根烏鬚髮强筋骨利小便逐痰飲醒脾胃消食積去膨脹却瘴癘和水土陰陽水沖服一錢治霍亂轉筋如神無論男婦老幼居家行路俱宜常用此誠衛生之要道也初到天津門價值從廉每包十盒售津錢八百文零售每盒八十文如蒙　仕商惠顧請向寄售諸號就近購取可也整批零躉請駕臨天津府北門外小夥巷內路西本莊面議量數多寡照行發客

本堂主人謹啓

本津寄售處　府署東紫氣堂　估衣街西口製香樓　肉市口西大街榮恩樓　南閣西玉盛合　竹杆巷西口同昌厚　河北大街瑞泰恒　針市街祥茂厚　宮南東興號　歸賈衚衕口同和義　興隆街合記　北門內丹桂軒　東浮橋口天太號　紫竹林牌坊外祥茂德　海大道同瑞茶店　鳴盛園傍榮恩號

告白

近年市售石印畫譜除介子園十竹齋外每以舊本而易新名良由難覓新稿若敝局新印之耕香館畫賸蒙賞鑒諸君賜顧者極讚其筆法神韻每部價洋二元併發售石印經史子集科場文章新出策學滙源西學富彊叢書時務分類與國策各種格致洋學古今閑書目繁不及備載湖筆徽墨信箋文玩紈摺雅扇貨高價廉

天津東門外同文書局啓

新到儒醫

啓者天后宮財神殿內廣此儒醫高老先生專治內外兩科男婦大小方脉兼治咽喉眼科等症辰刻在廟診脉施方過午不候如有外請辰刻來廟付信午後前往病家見症立方

英文夜館

河北望海寺設英文書館凡格致測量代數諸學無不精通如欲肄業者祈來館報名面定每日早學十點至午六點每晚學八點至十一點

本館謹白

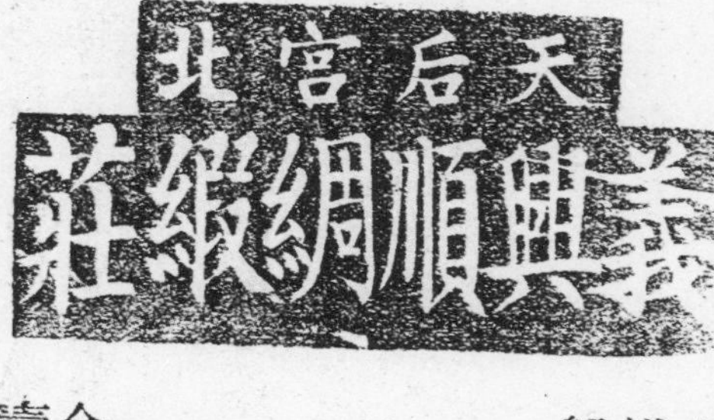

本莊自置顧繡綢緞綾羅紗絹各樣洋貨南貨雅扇桂母頭油香貨歸安貝松泉湖筆一概俱全

頭號杭寗綢	四錢三
頭號江寗綢	三錢三
頭號摹本緞	三錢八
紅梅茶	九百六
紅茶	六百四
紅茶梗每斤	二百二
龍井茶	一吊八
金百襉裙布裡	五兩八
壽棉綢裡每套	六兩八

恒昌照像館

啓者本號今因建造新樓于三月初二日暫遷往牌坊外先農壇前另設玻璃照像棚諸君賜顧請駕光臨是荷俟本樓工竣復回原舖謹此佈聞

本主人謹啓

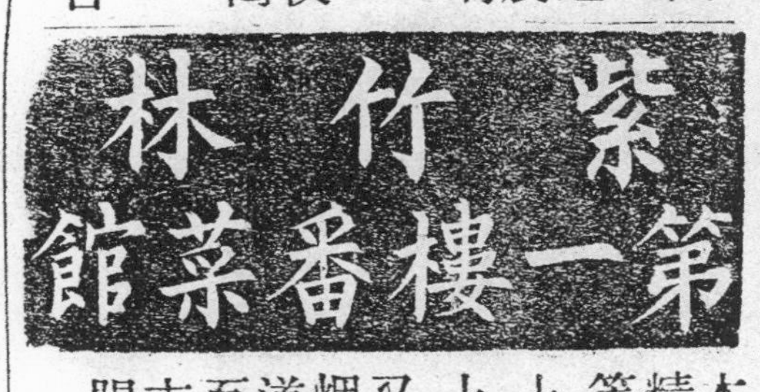

本號專作英法大菜各色精細點心各樣洋酒洋貨等物一應俱全並售
上　上　紅茶　每斤津錢　八百　一千　六百
又批發茂生公司鐵海紙烟零整發售價值格外公道原箱計一百盒價洋一百四十四元每盒計五百支洋一元五角凡仕商賜顧請即駕臨是荷

主人謹白

告白

現有葦河園田地一段九十畝上下坐落大直沽北情願按時價出售　如欲買者請至河東柴家大坟西劉忠處面議可也

劉忠謹啓

新開元隆號綢緞洋貨莊

自去歲四月初旬開張以來蒙　各主顧垂盼雲集馳名日盛本號特由蘇杭等處加意揀選名機新鮮貨色零整銀價俱照大莊行市公平發售以昭久遠此白　寄賣龍井雨前素茶福建皮絲水烟各種眞料大小皮箱　開設天津府北門外估衣街中路北門面便是

三井洋行分莊
告白

啟者日本商始創貿易爲業數拾年以來今分莊開設北門外鍋店街洗家衚衕口對過專選精工料實東洋棉紗各等時式大小疋棉布粗洋布斜紋洋標等格外公道價亦從廉凡仕商賜顧者請至分莊面議可也特此佈聞

三井本莊主人敬

啓者本行開設香港上海三十餘年四方馳名專售各式金銀鐘表鑽石戒指八音琴千里鏡眼鏡等物並修理鐘表外洋新到各色鐘表價錢比別家格外公道開設在紫竹林法租界大街本行又分莊在北門外樂壺洞保陽棧傍榮生祥內請諸君降臨光顧是幸特此佈聞

戊戌年閏三月廿九日禮拜四

烏利文洋行

告白

啓者本局光緒二十三年分總結帳款現已一律彙齊結算以便刊刻帳畧於本年五月朔派分股利仍照歷屆章程預請股友赴山會算其來返川資由局備付訂至四月望爲期俾無悞刊辦特達

開平礦務總局啓

告白

啓者磁州煤礦已將吸水機器安置停妥冬窰宿水俱已抽乾所出之煤與唐山五槽相等局內章程按照商辦極爲謹密將來利益已有成效但資本愈厚獲利愈多爲此布告津都中各處紳商有欲入股得利者其股票寄存源豐潤票號請向面塡可也

磁州礦務局謹啓

天津紫竹林
有喊洋行
告白

啓者敝行出售彩票共計六百張整除已售出四百餘張外尚有一百餘張待售售完即定期抓彩每票一張售洋三元諸公若不憑信貨物請到本行先來看彩然後買票均無不可至各彩詳細數目前報登過此次不及備載並託鍋店街恒義號又美昌號竹記號代售　本行暫遷紅樓後三井洋行斜對門永興洋行同院

本人主謹啓

美孚老牌煤油

啓者美國三達煤油公司之德富士老牌煤油天下馳名萬商稱羨蓋其質潔色清亮白如銀且絕無烟氣能耐久燃比之生荳等油晶光百倍而儉用價廉此為德富士老牌之佳處誠屬無雙妙品也士商賜顧請到天津美孚洋行採辦或向就近殷實行店購買庶不致悞

DEVOE'S
PAT'D JUNE 22.63.
BRILLIANT
OIL
IMPROVED
PAT'D JUNE 28.64.
PATENT CAN
美孚行

開設天津紫竹林海大道旁

福仙茶園

京都新到

崇慶名班

特請

京都上洋姑蘇山陝等處

頭等名角

新彩 新切 擇日 開演

告白

啓者本園於本月初四日止戲清理賬目今將戲園及園內桌椅磁壺磁碗新製彩切零星等件合盤出兌如有願兌者及詳細章程請至本園面議可也特此佈告

福仙茶園謹啓

創包機器

敬啓者近來西法之妙莫過機器靈巧至各行應用非得其人難盡其妙每值傷損修理必悞時日今有甯子卿專於經理機器茲擬創辦包定各項機器以及向有機器常年煤料工力價值格外公道如貴行欲商者請到福仙茶園面議可也特白

海大道 鴻春樓番菜館

啓者本店三層大樓工程告竣地勢寬闊以備貴官紳請讌擇於去臘遷移新正月初二日開市各樣俱全價廉物美凡仕紳賜顧者請即駕臨是幸

主人謹白

悅來洋貨店

開設天津法國租界紅樓後自運各國玩物金邊三連磨花描銀玻璃磚鏡子五彩大小碗盞杯盤料器奇形異樣香水壺荷包靴掖洋景襪子手套叫鐘表鍊花針扣子戒指洋火盒玳瑁梳篦金銀首飾鼻烟壺各樣五色料金珠畫圖等物格外價廉消售發客

四月初二日出口輪船 往上海 禮拜六

安平 輪船往上海 招商局

新裕 輪船往上海 招商局

豐順 輪船往上海 招商局

通州 輪船往上海 太古行

閏三月廿九日銀洋行情

天津通行九七六錢

銀盤二千三百五十二 洋一千六百八十五

紫竹林通行九六錢

銀盤二千三百八十二 洋一千七百一十文

洋錢行市七錢二分二

新開 敦慶隆綢緞洋貨莊

擇於閏三月十一日開張

本號開設天津北門外估衣街西口路南第五家專辦上等綢緞顧繡以及各樣花素洋布各碼線批合線俱按銀莊零整批發格外克已士商賜顧者請認明本號招牌庶不致誤

本號特白

朱鈍翁先生學裕品端才長心細醫道穩慎脉理精奧屢臨大症獨出心裁每生卓見挽救回生十載遊津聲名揚溢久寓彌勒菴